사라진 반쪽

THE VANISHING HALF
by Brit Bennett

사라진 반쪽

BRIT BENNETT

THE VANISHING HALF

브릿 베넷 장편소설
정연희 옮김

문학동네

일러두기

1. 주석은 모두 옮긴이주이다.
2. 본문 중 고딕체는 원서에서 이탤릭체나 대문자로 강조한 부분이다.

나의 가족에게

차례

1부

사라진 쌍둥이

1968

1

사라진 쌍둥이 중 하나가 맬러드로 돌아온 날 아침, 루 르본은 그 소식을 전하려고 자신의 식당으로 달려갔고, 한참의 세월이 지난 지금도 루가 땀에 젖은 채 숨을 헐떡이며 유리문을 밀고 뛰어 들어왔을 때의 충격을 모두가 기억하고 있었다. 어찌나 열심히 달렸는지 옷의 목선이 땀으로 검게 젖어 있었다. 아직 완전히 잠에서 깨지 않은 손님들이 그의 주위로 몰려들었고, 그 수는 열 명 남짓했지만, 나중에는 이번에야말로 뭔가 정말 흥미진진한 일을 목격한 척하고 싶은 마음에 자기도 그곳에 있었다고 거짓말을 하는 사람들이 보태졌다. 그 작은 농장 타운에서는 놀라운 일이 좀처럼 일어나지 않았다. 빈스네 쌍둥이가 사라진 뒤로는 그랬다. 하지만 1968년 4월 그날 아침, 루는 식당으로 출근하면서 가죽으로 된 작은 여행가방을 끌고 파트리지 로드를 걸어가는 데지레 빈스를 목격했다. 그녀는 열여섯 살에 떠났을 때와 정확히 같은 모습이었다—피부색은 여전히 옅어서 거의 젖지 않은 모래색이었다. 골반이 밋밋한 몸은 강풍에 붙들린 나뭇가지를 연상시켰다. 그녀는 머리를 숙이고 걸음을 급히 옮겼는데—루는 그 말을 하고 나서 쇼맨이 그러듯 잠시 뜸을 들였다—일곱이나 여덟 살쯤 되는, 피부색이 타르처럼 까만 여자아이의 손을 잡고 있었다.

"블루블랙," 그가 말했다. "아프리카에서 곧장 날아온 것 같았다니까."

루스 에그하우스에서 대화는 열두 갈래로 갈라졌다. 라인쿡*은 5월에 예순 살이 되는 루가 아직도 허세를 부리느라 안경을 쓰지 않는다는 점을 근거로, 애초에 데지레가 맞긴 한 건지 의심했다. 종업원 여자는 맞을 수밖에 없다고 말했는데, 눈먼 사람이라도 빈스네 딸은 알아봤을 테고 쌍둥이 중 다른 쪽이었을 리는 없다는 게 이유였다. 한편 식사를 하다 말고 옥수수와 달걀 요리를 카운터에 팽개쳐놓은 채 모여든 사람들은 빈스네 딸이네 아니네 하는 어리석은 논쟁에는 관심이 없었다. 그들이 궁금해한 것은 이것이었다—도대체 그 까만 아이는 누구지? 설마 데지레의 딸인가?

"글쎄, 아니면 누구 딸이겠어?" 루가 말했다. 그는 통에서 냅킨을 한 움큼 뽑아 축축한 이마를 훔쳤다.

"고아를 데려왔는지도 모르지."

"나는 데지레한테서 그렇게 까만 애가 나왔다는 게 도무지 믿기지가 않아."

"자넨 데지레가 고아를 받아줄 사람으로 보여?"

---

* 식당에서 특정 요리나 조리 단계를 담당하는 요리사.

물론 그렇게 보이지 않았다. 그녀는 이기적이었다. 그것이 데지레를 조금이라도 기억하는 사람들에게 남은 인상이었고, 대부분 그 이상은 기억하지 못했다. 쌍둥이 자매가 사라진 후로 십사 년이 흘렀고, 사람들이 그들을 알고 지냈던 것도 거의 그만큼의 시간 동안이었다. 자매는 건립자의 날 댄스파티가 끝나고 나서, 그들 어머니가 복도 바로 아랫방에서 잠든 사이 침대에서 사라져버렸다. 어느 아침에는 쌍둥이 자매가 욕실 거울 앞에서 복작이고 있었는데, 그러니까 똑같이 생긴 여자아이 넷이 머리를 매만지며 수선을 피우고 있었는데, 다음날에는 침대가 텅 비어버린 것이다. 침대 커버는 스텔라가 정돈할 차례일 때는 반듯하고 데지레의 차례일 때는 구깃한 여느 날처럼 정돈되어 있었다. 타운 사람들은 오전 내내 그 애들을 찾아다녔다. 이름을 부르며 숲속을 돌아다녔고, 어리석게도 그들이 유괴된 건 아닌지 걱정했다. 그들의 실종은 납치만큼이나 갑작스러워서, 맬러드 주민 전체가 죄인으로 남겨진 것 같았다.

당연히 진실은 사악하지도 신비롭지도 않아서, 쌍둥이는 곧 뉴올리언스에 나타났다. 책임감 없이 달아난 이기적인 아이들. 오래 떠나 있지는 않을 것이다. 도시의 삶에 지쳐 나가떨어질 것이다. 돈도 배짱도 모두 바닥나서, 코를 훌쩍이며 어머니 집의 포치로 돌아올 것이다. 하지만 그들은 결코 다시 돌아오지 않았다. 오히려 일 년 뒤 쌍둥이는 헤어졌고, 자매의 삶은 그들이 공유했던 난자만큼이나 균등하게 쪼개졌다. 스텔라는 백인이 되었고, 데지레는 찾을 수 있는 가장 검은 피부의 남자와 결혼했다.

이제 데지레가 돌아왔고 누구도 그 이유를 알지 못했다. 어쩌면 고향이 그리웠으리라. 그만큼 시간이 지났으니 어머니가 그리웠거나, 그 검은 피부의 딸을 자랑스레 보여주고 싶었으리라. 맬러드에서는 아무도 피부가 검은 사람과 결혼하지 않았다. 타운을 떠나는 사람도 없었지만, 데지레는 이미 떠난 이력이 있었다. 피부색이 검은 남자와 결혼한 것도 모자라 블루블랙 빛깔의 자식을 데리고 타운에 나타난 것은 나가도 너무 멀리 나간 것이었다.

루스 에그하우스에 모였던 사람들이 흩어졌다. 라인쿡은 헤어네트의 고리를 잠갔고, 종업원 여자는 테이블 위에 놓인 동전을 헤아렸고, 작업복을 입은 남자들은 커피를 꿀꺽꿀꺽 마신 뒤 정유공장으로 출근했다. 루는 얼룩진 창문에 기대 길을 내다보았다. 아델 빈스에게 전화를 해줘야 한다. 아델이 이미 겪은 그 모든 일을 생각하면, 아무런 마음의 준비도 못한 채 느닷없이 딸과 재회하는 건 옳지 않은 일 같았다. 하물며 이제 데지레와 검은 아이까지 나타났으니. 맙소사. 그는 전화기를 잡았다.

"그들이 여기 눌러앉을 것 같아요?" 라인쿡이 물었다.

"누가 알겠어? 하지만 확실히 급해 보였어." 루가 말했다. "뭐가 그리 급했는지 궁금하네. 내 바로 옆을 보면서 손도 흔들지 않고 본체만체였어."

"잘난 척하긴. 뭐 그렇게 잘난 게 있다고?"

"맙소사." 루가 말했다. "그렇게 까만 아이는 내 평생 처음이야."

이 타운은 이상한 곳이었다.

맬러드라는 이름은 논과 늪지에 사는, 목둘레에 고리 무늬가 있는 오리의 이름에서 따온 것이었다. 이 타운은 여느 곳과 마찬가지로 장소라기보다 구상에 더 가까웠다. 그 구상은 1848년 앨폰스 드퀴어가 그를 자식보다는 소유물로 여긴 아버지에게서 물려받은 사탕수수밭에 서 있을 때 떠올랐다. 이제 아버지는 죽었고, 자유를 얻은 아들은 그 광활한 땅에 다가올 몇 세기 동안 지속될 무언가를 건설하고 싶다고 생각했다. 자신처럼 백인으로 받아들여질 일은 결코 없으나 니그로로 대우받기는 거부하는 사람들을 위한 타운을. 제삼의 장소를. 그의 어머니는—부디 영면하시기를—그의 옅은 피부색을 싫어했다. 어린 그를 햇볕 아래로 떠밀면서 제발 피부를 태우라고 사정했다. 아마 그래서 애초에 그런 타운을 꿈꾸게 되었는지도 모른다. 옅은 피부색은, 막대한 대가를 지불하고 물려받는 다른 무엇처럼, 외로운 선물이었다. 그는 심지어 자신보다 피부색이 더 옅은 물라토*와 결혼했다. 아내가 첫아이를 임신하자, 그는 자신의 아이들, 그 아이들의 아이들, 그 아이들의 아이들이 크림으로 계속 희석되는 커피처럼 점점 하얘지는 상상을 했다. 조금씩 더 완벽한 니그로가 되는 것이다. 각 세대는 직전 세대보다 더 하얀 피부가 되는 것이다.

곧 사람들이 더 모여들었다. 곧 구상과 장소는 분리할 수 없게 되었고, 맬러드는 세인트랜드리 패리시**의 나머지 부분으로까지 세력을 넓혔다. 유색인들은 그 일을 궁금해하며 수군거렸다. 백인들은 그런 곳이 존재한다는 사실 자체를 믿지 못했다. 1938년에

---

* 흑인과 백인의 혼혈 인종.

** 미국에서 일반적으로 카운티에 해당하는 행정조직의 자치 단위를 루이지애나주에서는 패리시라고 부른다. 이는 과거에 프랑스와 스페인의 지배를 받은 루이지애나주에서 가톨릭교회의 교구 개념을 공식적으로 채택한 것이다.

세인트캐서린교회가 세워졌을 때 패리시에서는 더블린 출신의 젊은 신부를 파견했고, 이곳에 도착한 신부는 자신이 길을 잃은 거라고 확신했다. 주교가 그에게 맬러드는 유색인 타운이라고 말하지 않았던가? 그런데 이곳에서 걸어다니는 이 사람들은 누구지? 하얀 피부에 머리칼이 금색이거나 빨간색인 사람들만 있을 뿐, 피부가 검다고 해봤자 그리스인만큼도 가무잡잡하지 않은데? 이 사람들이 아메리카에서 유색인이라고 여겨지는 사람들, 백인들이 분리해야 한다고 주장하는 사람들이란 말인가? 음, 그 차이를 어떻게 알아보지?

빈스 집안에 쌍둥이가 태어났을 때는 앨폰스 드쥐어가 이미 죽고 한참이 지난 뒤였다. 하지만 그의 4대 손녀들은 원하든 원하지 않든 그의 유산을 물려받았다. 건립자의 날 피크닉 행사 전에는 늘 구시렁거리고 학교에서 건립자에 대한 말만 나와도 자기는 그 일과 전혀 관련이 없다는 듯 눈알을 굴리던 데지레조차. 그리고 쌍둥이가 사라진 뒤에는 그것이 기정사실이 된다. 데지레는 이 타운의 일원이 되는 자신의 생득권을 누릴 마음이 조금도 없었다는 것이. 데지레는 어깨에 올려진 누군가의 손을 으쓱하며 치워버리듯 역사도 그렇게 뒤집을 수 있는 것으로 느꼈다. 타운에서 달아날 수는 있지만, 핏줄에서 달아날 수는 없다. 하지만 빈스네 쌍둥이는 어째서인지 자신들이 그 두 가지를 모두 해낼 수 있으리라 믿었다.

그럼에도, 앨폰스 드쥐어가 한때 자신이 상상했던 타운을 지금 돌아다닌다면 4대 손녀들을 보고 짜릿한 전율을 느꼈을 것이다. 크림색 피부에 밤색 눈동자, 곱슬곱슬한 머리칼의 쌍둥이 자매. 그는 그들의 모습에 감탄했을 것이다. 자식이 부모보다 조금 더 완벽하다는 것. 그보다 더 멋진 일이 어디 있겠는가?

빈스네 쌍둥이는 1954년 8월 14일, 건립자의 날 댄스파티 직후에 사라졌다. 나중에 밝혀지기로, 그들은 줄곧 그 계획을 품고 있었다. 머리가 더 좋은 쪽인 스텔라는 그날 타운 사람들의 정신이 행사에 쏠려 있을 거라고 예상했을 것이다. 정육점 주인인 윌리 리가 립과 양지머리와 핫링크 소시지를 굽는 타운 광장에서 긴 시간 바비큐를 즐기며 햇볕에 취해 있을 거라고. 이어 폰테노 타운장長의 연설이 있었고, 캐버노 신부가 음식에 강복을 빌었으며, 아이들은 벌써 꼼지락거리면서 기도중인 부모가 들고 있는 접시에서 껍질이 바삭한 치킨을 야금야금 뜯어먹었다. 행사가 진행되는 긴 오후 시간 동안 밴드가 음악을 연주했고, 밤까지 이어진 행사는 학교 체육관에서 열린 댄스파티를 마지막으로 끝이 났다. 체육관에서 트리니티 티에리의 럼 펀치를 과하게 마신 어른들은 몇 시간 즐기고 나서 자신들의 아련한 젊은 시절을 그리워하며 비틀비틀 집으로 돌아갔다.

여느 평범한 밤이었다면 샐 델라포스가 창문 밖을 살짝 내다보다가 달빛 아래 걸어가는 두 여자아이를 목격했을 것이다. 아델 빈스는 바닥 판자가 삐걱거리는 소리를 들었을 것이다. 심지어 루 르본이 식당 문을 닫으면서 김 서린 유리창을 통해 쌍둥이를 봤을 수도 있었다. 하지만 건립자의 날에 루스 에그하우스는 일찍 문을 닫았다. 샐은 갑자기 활력을 느끼며 아내와 춤추다 잠들었다. 아델은 럼 펀치를 여러 잔 마신 탓에 코를 골았고, 남편과 동창회 파티에서 춤을 추는 꿈을 꾸었다. 아무도 쌍둥이가 슬그머니 달아난 것을 보지 못했고, 정확히 쌍둥이의 계획대로 이루어졌다.

애초에 그건 스텔라의 생각이 전혀 아니었다—그 마지막 여름에, 피크닉이 끝나면 달아나야겠다고 결심한 건 데지레였다. 아마 놀라운 일은 아니었을 것이다. 수년 동안 데지레는 들어주는 사람만 있으면 맬러드를 떠나고 싶어 죽겠다고 말하고 다니지 않았던가? 그녀는 주로 스텔라에게 말했고, 스텔라는 오랜 세월 망상을 듣는 데 익숙해진 여자의 인내심으로 그 말을 다 들어주었다. 스텔라에게 맬러드를 떠나는 것은 비행기를 타고 중국에 가는 것만큼이나 환상으로 느껴졌다. 엄밀히 따지면 가능한 일이었지만, 그렇다고 실제로 그걸 실행에 옮기는 자신을 상상할 수 있다는 의미는 아니었다. 하지만 데지레는 이 작은 농장 타운 밖의 삶에 대해 늘 환상을 품고 있었다. 쌍둥이 자매가 오펄루서스에 있는 입장료가 오 센트인 극장으로 〈로마의 휴일〉을 보러 갔을 때, 데지레는 발코니석에 앉은 다른 유색인 아이들이 떠드는 소리 때문에 대사를 들을 수 없었다. 그애들은 따분한 표정으로 소란을 피우며 아래쪽에 앉은 백인들에게 팝콘을 던졌다. 하지만 데지레는 난간에 기댄 채 그 자리에서 꼼짝도 하지 않고, 자신이 구름 위를 활공하며 파리나 로마 같은 먼 곳까지 날아가는 장면을 상상했다. 그녀는 심지어 고작 두 시간 거리에 있는 뉴올리언스에도 가본 적이 없었다.

"저 밖에서 너를 기다리는 건 오로지 험한 세상뿐이야." 어머니는 늘 말했지만, 그 말을 들으면 데지레는 더욱 떠나고 싶을 뿐이었다. 쌍둥이는 일 년 전에 그 도시로 달아난 파라 티보도라는 여자애를 알았고, 그건 아주 간단한 일 같았다. 그들보다 한 살 위인 파라가 해냈다면, 떠나는 게 힘들어봐야 얼마나 힘들겠는가? 데지레는 도시로 달아나 배우가 되는 상상을 했다. 지금까지 딱 한 편의 연극 무대—9학년 때 공연한 〈로미오와 줄리엣〉—에 올랐는데, 무대 중앙에 섰을 때 아주 잠시 맬러드가 미국에서 가장 따분한 곳은 아닐 수도 있겠다고 느꼈다. 학급 친구들이 데지레를 환호할 때, 스텔라는 체육관의 어두운 구석으로 숨어버렸고, 데지레는 처음으로 자신이 쌍둥이 중 하나가 아니라, 한 쌍 중의 불완전한 반쪽이 아니라, 오로지 자신이라고 느꼈다. 하지만 다음해 〈십이야〉에서 비올라 역을 타운장의 딸에게 빼앗겼다. 그애 아버지가 공연 직전에 학교에 돈을 기부한 것이다. 어느 저녁 메리 루 폰테노가 함박웃음을 지으며 관객에게 손을 흔들 때, 무대 측면의 대기 공간에서 시무룩한 얼굴로 서 있던 데지레는 쌍둥이 자매에게 당장이라도 맬러드를 떠나고 싶다고 말했다.

"늘 하는 말이잖아." 스텔라가 말했다.

"늘 진심이니까."

하지만 그렇지 않았다. 정말로는 아니었다. 데지레는 맬러드를 싫어했다기보다 자신이 그 작은 공간에 갇혀 있다고 느꼈을 뿐이었다. 그녀는 평생 똑같은 흙길을 걸어다녔다. 그녀는 어머니가 오래전에 사용했던 책상 상판 밑에 자신의 이름 첫 글자를 새겼고, 언젠가는 그녀의 아이들이 그 까끌까끌한 자국을 손가락으로 만져보리라 생각했다. 그리고 학교는 늘 있던 자리, 같은 건물에 있었고 모든 학년이 함께 사용했다. 그래서 맬러드고등학교로 올라가도 진학한다는 느낌은 전혀 없이, 그저 복도를 한 걸음 건너가는 것뿐이었다. 모두가 옅은 피부색에 대해 강박적인 태도를 보이지 않았다면, 그녀는 이 모든 것을 견뎌낼 수 있었을지도 몰랐다. 실 길로리와 잭 리처드는 이발소에서 누구의 아내가 더 흰가를 두고 옥신각신했고, 어머니는 늘 그녀에게 모자를 쓰고 나가라고 소리를 질렀으며, 사람들은 임신했을 때 커피를 마시거나 초콜릿을 먹으면 아기가 검게 태어난다는 어리석은 미신을 믿었다. 아버지는 피부색이 너무 옅어서, 어느 추운 날 아침 그녀가 그의 팔을 뒤집어 돌리자 푸른 핏줄이 다 드러나 보였다. 하지만 백인 남자들이 나타나 아버지를 덮쳤을 때 그런 것은 전혀 중요하지 않았다. 그러니 그 일을 겪은 뒤 그녀가 피부색이 옅은 것에 뭐하러 신경을 쓰겠는가?

이제는 아버지가 잘 기억나지도 않았다. 그 사실이 그녀는 조금 무서웠다. 아버지가 돌아가시기 전의 삶은 누군가에게 들은 이야기처럼 느껴질 뿐이었다. 어머니가 새벽에 일어나 백인들의 집을 청소하러 가거나 주말에 빨랫감을 더 가져와 집 거실에 지그재그로 빨랫줄을 쳐놓지 않아도 괜찮던 시절. 쌍둥이 자매는 퀼트나 시트 뒤에 숨으며 노는 걸 좋아했지만, 어느 순간 데지레는 그게, 집이 늘 모르는 사람의 더러운 빨랫감으로 가득하다는 게 얼마나 수치스러운 일인지 깨달았다.

"진심이면 뭐라도 해봐." 스텔라가 말했다.

스텔라는 늘 아주 현실적이었다. 일요일 밤마다 한 주 동안 입을 옷을 다림질했다. 매일 아침 깨끗한 옷을 찾느라 뛰어다니고 책가방 맨 아래 쑤셔박혀 있는 숙제를 허둥지둥 끝내는 데지레와는 달랐다. 스텔라는 학교를 좋아했다. 유치원 때부터 산수 성적이 가장 좋았고, 10학년 때 벨턴 선생은 그녀에게 아래 학년의 수업 몇 개를 가르치게 했다. 선생은 스텔라에게 자기가 스펠먼대학에 다닐 때 보던 낡은 미적분학 교과서를 주었고, 스텔라는 몇 주 동안 침대에 누워 이상한 도형이나 괄호 안에 든 연속된 긴 숫자를 해독하는 데 열중했다. 한번은 데지레가 그 책을 훑어본 적이 있었는데 방정식이 고대 언어처럼 펼쳐져 있었다. 스텔라는 데지레가 쳐다보는 것만으로도 책이 훼손되었다는 듯이 그걸 확 낚아채 갔다.

스텔라는 언젠가 맬러드고등학교의 교사가 되고 싶었다. 하지만 데지레는 맬러드에서 그려지는 자신의 미래를, 지금까지의 모습 그대로 영원히 흘러갈 삶을 상상할 때마다 목구멍에 뭔가가 걸려 내려가지 않는 것 같았다. 데지레가 떠나자고 해도 스텔라는 단 한 번도 그 이야기는 하고 싶어하지 않았다.

"엄마를 두고 갈 수 없어." 스텔라는 늘 그렇게 말했고, 그러면 데지레는 한풀 꺾여 잠잠해졌다. 어머니는 이미 너무 많은 것을 잃었다는 것, 그 부분은 말할 필요도 없었다.

10학년의 마지막날, 일을 마치고 집에 돌아온 어머니는 자매에게 가을부터는 학교에 가지 말라고 잘라 말했다. 학교 교육은 받을 만큼 받았다고, 어머니는 발을 쉬게 하려고 카우치에 느릿느릿 앉으며 말했다. 그들도 일해야 한다는 것이었다. 당시 열여섯 살이던 쌍둥이는 깜짝 놀랐지만, 스텔라는 자꾸만 쌓여가는 청구서를 보았을 테고, 데지레도 어머니가 지난달에만 두 번 폰테노 가게에 자기를 보내 외상을 더 부탁한 이유가 궁금했을 것이다. 그럼에도 딸들은 어머니가 신발끈을 풀 때 침묵 속에서 서로를 쳐다보았다. 스텔라는 복부를 세게 얻어맞은 것처럼 보였다.

"하지만 저는 일도 하고 학교도 다닐 수 있어요." 스텔라가 말했다. "제가 방법을 찾아……"

"그건 안 된다, 딸." 엄마가 말했다. "낮엔 일하러 가야 해. 그럴 필요가 없었다면 나도 이렇게까진 하지 않았을 거다, 너도 알겠지만."

"알아요, 하지만……"

"게다가 낸시 벨턴이 네게 수업을 시켰다면서. 네가 더 배울 게 뭐가 있어?"

어머니가 이미 오펄루서스에 집을 청소하는 일자리를 구해놓아서, 그들은 아침부터 일을 시작하기로 되어 있었다. 데지레는 어머니를 도와 청소 일을 하는 게 싫었다. 더러운 설거지물에 손을 담그고 허리를 숙여 대걸레질을 해야 하고, 손가락은 백인들의 옷을 비벼 빠느라 언젠가는 퉁퉁 붓고 손마디가 굵어질 것이다. 하지만 적어도 더는 시험을 보고 공부하고 암기하는 일은 하지 않아도 되었다. 수업을 들으면서 눈물이 나올 만큼 지겨울 일도 없었다. 그녀는 이제 어른이었다. 마침내 삶이 정말로 시작되려 하고 있었다. 하지만 자매가 저녁을 준비하기 시작했을 때 스텔라는 입을 다문 채 시무룩하게 개수대에서 당근을 씻었다.

"나는……" 그녀가 말했다. "내 생각엔 어쩌면……"

스텔라는 언젠가 대학에 가고 싶었고, 당연히 스펠먼이든 하워드든 가고 싶은 대학은 어디든 갈 수 있었다. 스텔라가 자기를 두고 애틀랜타나 워싱턴 D.C.로 간다고 생각하면, 데지레는 늘 겁이 났다. 그래서 이제 그녀의 작은 일부는 안심했다. 스텔라가 자기만

두고 떠나지 못하게 되었으니까. 그럼에도 스텔라가 슬퍼하는 모습은 보고 싶지 않았다.

"그래도 대학엔 갈 수 있어." 데지레가 말했다. "그러니까, 나중에 말이야."

"어떻게? 그러려면 먼저 고등학교를 마쳐야 해."

"음, 그럼 그러면 되지. 야간학교나 뭐 그런 걸로. 넌 금방 해낼 거야. 너도 네가 할 수 있다는 거 알잖아."

스텔라는 스튜에 넣을 당근을 썰면서 다시 말이 없어졌다. 그녀는 어머니가 얼마나 절박한지 알았고 그 결정에 대해 어머니와 결코 싸우지 않을 것이었다. 하지만 너무 심란했던 나머지 칼이 손에서 미끄러졌고, 손가락을 벴다.

"젠장!" 낮게 내뱉었는데도 목소리가 너무 크게 나와서 옆에 있던 데지레가 깜짝 놀랐다. 스텔라는 거의 욕을 하지 않았고, 어머니가 들을지 모르는 장소에서는 특히 그랬다. 스텔라는 칼을 떨어뜨렸고, 검지에서 피가 스며나와 가느다란 빨간 선이 생겼다. 데지레는 아무 생각 없이, 그들이 어리고 스텔라가 울음을 멈추지 않을 때 그랬던 것처럼, 피가 흐르는 스텔라의 손가락을 자기 입안에 집어넣었다. 이제 그러기엔 나이가 너무 많다는 것을 알았지만, 데지레는 계속 스텔라의 손가락을 입안에 넣은 채 금속성의 피맛을 느꼈다. 스텔라는 말없이 데지레를 쳐다보았다. 눈이 젖어 있었지만, 울고 있지는 않았다.

"그러는 거 되게 이상해 보이는 거 알지." 스텔라는 그렇게 말하면서도 손가락을 빼지는 않았다.

여름 내내 쌍둥이 자매는 아침 버스를 타고 오펄루서스로 가서, 하얀 대리석 사자가 올라앉은 철제 대문 뒤에 숨어 있는 엄청나게 크고 하얀 집에 들어갔다. 사자의 모습이 지나치게 과장되고 우스꽝스러워서 처음에 데지레는 그걸 보고 웃었지만, 스텔라는 사자가 당장에라도 살아나 자신을 해칠 거라 생각하는 듯 경계의 눈빛으로 쳐다보았다. 어머니가 그들이 일할 집을 찾았다고 했을 때, 데지레는 그 가족이 부자에 백인이리란 걸 알았다. 하지만 이런 집일 줄은 예상하지 못했다. 아주 높은 천장에 다이아몬드 샹들리에가 매달려 있었는데, 먼지를 떨려면 사다리를 놓고 맨 위까지 올라가야 했다. 긴 나선형 계단은 난간을 걸레로 훔치며 이동하다보면 현기증이 났다. 넓은 부엌을 대걸레로 닦다보면 여기저기 가전제품이 보였는데, 너무 미래적이고 신식이라 어떻게 사용하는지도 알 수 없었다.

가끔 집안에서 스텔라를 놓치면 찾아야 했는데, 이름을 부르고 싶어도 목소리가 천장에 부딪혀 메아리가 되어 울려퍼질까봐 두려웠다. 한번은 침실 서랍장을 닦고 있는 스텔라를 발견했다. 스텔라는 작은 로션 병들이 놓인 화장대 거울을 동경의 눈빛으로 들여다보고 있었다. 마치 오드리 헵번처럼 플러시 천으로 된 의자에 앉아 향이 좋은 크림을 손에 발라보고 싶은 표정이었다. 그런 일상이 자연스러운 세상에 사는 여자처럼, 자기 모습에 숨김없이 감탄하고 있었다. 그 순간 스텔라의 뒤에 데지레의 모습이 나타났다. 스텔라는 자신의 그런 갈망을 들킨 것에 수치심 비슷한 감정을 느끼고 고개를 돌렸다.

그 집은 듀폰 가족의 집이었다. 깃털 같은 금발의 아내는 거의 감긴 눈으로 따분한 얼굴을 하고 오후 내내 집안을 지켰다. 남편은 '세인트랜드리 뱅크 앤드 트러스트'에서 일했다. 그리고 컬러텔레비전—스텔라는 전에 그런 걸 본 적이 없었다—앞에서 서로 밀치고 싸우는 두 아들과, 머리가 민숭민숭하고 배앓이를 자주 하는 아기가 있었다. 쌍둥이가 일하러 간 첫날에 듀폰 부인은 쌍둥이를 잠시 뜯어보더니 남편에게 무표정하게 말했다. "애들이 예쁘네. 피부색이 아주 하얘, 안 그래?"

듀폰 씨는 그저 고개만 끄덕였다. 그는 행동거지가 서툴고 어설픈 남자로 코크보틀 안경*을 썼는데, 눈알이 빙글빙글 돌아 구슬로 보일 만큼 렌즈가 아주 두꺼웠다. 그는 데지레 옆을 지날 때마다 누가 누군지 모르겠다는 듯 고개를 갸우뚱했다.

"네가 누구랬지?" 그가 물었다.

"스텔라예요." 데지레는 이따금 그저 재미로 그렇게 대답했다. 그녀는 늘 거짓말에 능숙했다. 거짓말과 연기의 유일한 차이는 듣는 사람이 그 사실을 아는지 모르는지였다. 하지만 결국 둘 다 꾸며낸 행위라는 건 마찬가지였다. 스텔라는 자리를 바꾸는 건 결코 원하지 않았다. 그렇게 하면 들킬 거라고 확신했고, 거짓말은—혹은 연기는—전적으로 몰입할 때만 가능한 것이었다. 데지레는 긴 시간 동안 스텔라를 연구했다. 스텔라가 옷단을 만지작거리는 방식, 귀 뒤로 머리카락을 넘기는 방식, 안녕, 하고 인사하기 전에 망설이듯 위를 올려다보는 방식 같은 것을. 그녀는 스텔라를 거울처럼

* 콜라 유리병 밑바닥처럼 렌즈가 두껍고 도수가 높은 안경.

따라 하고, 목소리를 흉내내고, 자신의 몸안에 스텔라를 살게 할 수 있었다. 자신은 스텔라인 척할 수 있지만 스텔라는 결코 자신이 될 수 없다는 사실로 인해 데지레는 자신이 특별하다고 느꼈다.

여름 내내 쌍둥이는 보이지 않았다. 어느 아이도 파트리지 로드를 걸어가거나, 루의 식당 안쪽 칸막이 자리로 들어가거나, 남자애들이 연습하는 걸 보려고 축구장으로 걸어가지 않았다. 매일 아침 쌍둥이는 듀폰 부부의 집안으로 사라졌고, 저녁에는 지쳐서 두 발이 퉁퉁 부은 채 나타났다. 데지레는 버스를 타고 집으로 가는 동안 탈진한 채 버스 차창에 기댔다. 여름이 거의 끝나가고 있었고, 친구들은 학교 휴게실에서 수다를 떨고 홈커밍 댄스파티의 계획을 세우는데 자신은 욕실 바닥을 닦으면서 가을을 보내야 한다는 건 상상하기조차 싫었다. 이것이 그녀의 남은 인생이 될 것인가? 안으로 들어가자마자 삼켜지는 것 같은 집에서 주눅이 든 모습으로 살아가는 것이?

출구는 하나였다. 데지레는 그게 뭔지 알았고—늘 알고 있었다—8월이 되자 뉴올리언스에 대한 생각을 멈출 수가 없었다. 건립자의 날 아침에 데지레는 또 듀폰 씨의 집에 가야 한다는 사실에 벌써부터 몸서리를 치면서, 침대 위 옆자리에 누운 스텔라를 쿡 찌르고 "가자" 하고 말했다.

스텔라는 끙 소리를 내며 발목에 시트가 감긴 채로 몸을 굴렸다. 그녀는 늘 험하게 잠을 잤고 악몽을 잘 꾸었으나, 무슨 꿈이었는지는 결코 말하지 않았다.

"어디?" 스텔라가 말했다.

"어딘지 알잖아. 이제 말하기도 지긋지긋해. 그냥 가자."

데지레는 탈출구가 눈앞에 나타난 것처럼 느껴지기 시작했고, 조금이라도 꾸물거리면 영원히 사라져버릴 것 같았다. 하지만 스텔라 없이는 갈 수 없었다. 스텔라 없이 살아본 적이 없었고, 마음 한편에서는 그녀와 헤어지면 자신이 살아갈 수 있을지조차 의문이 들었다.

"어서." 데지레가 말했다. "평생 듀폰 부부의 집이나 치우면서 살고 싶어?"

데지레는 무엇이 스텔라의 결심을 굳혔는지 영원히 모를 것이다. 아마 스텔라도 지겨웠을 것이다. 어쩌면, 스텔라는 현실적인 사람이니, 뉴올리언스에서는 돈을 더 많이 벌 수 있을 테고, 그 돈을 집으로 보내면 어머니에게 더 큰 도움이 되리라 생각했을지도 몰랐다. 혹은 스텔라 역시 탈출구가 사라지려 하는 것을 보았고, 자신이 원하는 모든 것이 맬러드 밖에 있다는 것을 깨달았을 수도 있었다. 그녀가 마음을 바꾼 이유가 무슨 대수겠는가? 중요한 것은 오로지 스텔라가 마침내 "좋아" 하고 말했다는 것이었다.

쌍둥이는 건립자의 날 피크닉에서 오후 내내 서성였다. 데지레는 그들의 비밀을 가슴에 담고 있다가 터져버릴지도 모르겠다고 느꼈지만, 스텔라는 평소처럼 차분해 보였다. 데지레가 비밀을 공유하는 사람은 스텔라뿐이었다. 스텔라는 데지레가 시험에서 낙제했을 때 어머니에게 성적표를 보여주지 않고 뒷면에 어머니의 서명을 위조해 가져간 사실을 알고 있었다. 스텔라는 데지레가 폰테노의 가게에서 어떤 물건을 훔쳤는지도 다 알았는데—립스틱, 단추 한 꾸러미, 은제 커프스—데지레가 그것들을 훔친 이유는 그렇게 할 수 있었기 때문이고, 또 타운장의 딸이 옷자락을 펄럭이며 곁을 지나갈 때, 예전에 자신의 것을 빼앗아간 그애로부터 무언가를 훔쳤다고 생각하면 기분이 좋았기 때문이다. 스텔라는 그걸 다 들어주었고 이따금 평가도 했지만, 누구에게도 절대 말하지 않았다. 그리고 그게 가장 중요한 부분이었다. 스텔라에게 비밀을 말하는 것은 유리병에 대고 소곤거린 뒤 뚜껑을 돌려 단단히 닫아버리는 것과 같았다. 어떤 말도 새어나가지 않았다. 하지만 데지레는 스텔라가 자기만의 비밀을 가슴에 담고 있으리라고는 상상해본 적이 없었다.

빈스네 쌍둥이가 맬러드를 떠나고 며칠 뒤 강물이 범람하여 도로가 온통 진흙 범벅이 되었다. 하루만 더 기다렸다면 폭풍이 그들의 계획을 좌절시켰을지 몰랐다. 비가 아니어도 진창이. 그들은 파트리지 로드를 터덜터덜 반쯤 걷다가 이렇게 생각했을 것이다. 됐어, 그냥 잊어버리자. 그들은 강인한 여자들이 아니었다. 걸어서는 진창이 된 시골길을 5마일도 걷지 못했을 것이다—흠뻑 젖은 채 집으로 돌아와 침대에 쓰러져 잠들었을 것이다. 데지레는 자신이 충동적이었음을 인정하고, 스텔라는 그저 의리를 지켰을 뿐임을 인정하면서. 하지만 그날 밤엔 비가 오지 않았다. 하늘은 맑았고, 쌍둥이는 뒤도 돌아보지 않고 떠났다.

돌아온 날 아침, 데지레는 어머니의 집으로 가는 길을 반쯤 헤맸다. 반쯤 헤매는 것이 완전히 헤매는 것보다 더 나빴다—자기 안의 어느 부분이 길을 알고 있는지 알기란 불가능했다. 파트리지 로드는 숲길로 이어졌는데, 그다음은? 강에서 방향을 꺾는데, 어느 쪽으로? 떠났다 돌아온 사람에게 타운은 늘 다르게 보이는 법이었다. 집에 돌아와 모든 가구가 3인치씩 이동된 것을 보는 것처럼. 낯선 사람의 집으로 인식하지는 않지만, 테이블 모서리에 자꾸 정강이를 부딪히게 되는 것이다. 그녀는 숲의 어귀에서 끝없이 이어진 소나무들에 압도되어 잠시 걸음을 멈추었다. 스카프를 만지작거리면서 뭐라도 익숙한 것을 찾아보려 했다. 옅은 푸른색 천 아래로 멍자국이 살짝 비쳐 보였다.

"엄마?" 주드가 말했다. "거의 다 왔어요?"

주드는 둥근 달 같은 큰 눈으로 데지레를 올려다보았는데, 샘과 너무 닮아 보여 데지레는 시선을 피했다.

"응." 그녀가 말했다. "거의."

"얼마나 더 남았어요?"

"조금만 더 가면 돼, 아가. 이 숲만 통과하면 바로야. 엄마가 방향을 찾고 있어. 그러면 돼."

샘이 처음 그녀를 때렸을 때, 데지레는 고향으로 돌아오는 걸 고민하기 시작했다. 결혼한 지 삼 년째였으나 여전히 신혼 같았다. 샘이 아이싱이 묻은 그녀의 손가락을 빨거나 그녀가 입술을 내밀고 립스틱을 바를 때 목에 키스하면 전율이 일었다. 워싱턴 D.C.가 집처럼 느껴지기 시작했고, 스텔라 없이 펼쳐지는 남은 인생을 상상할 수 있을 것 같았다. 그러다 육 년 전의 어느 봄밤, 그녀는 샘의 셔츠에 단추를 다는 걸 깜박했고, 그가 일깨워주었을 때 지금은 저녁 준비를 하느라 너무 바쁘니 직접 달라고 말했다. 그녀는 일을 마치고 돌아와 고단했다. 시간이 늦을 만큼 늦어서 거실에서는 〈에드 설리번 쇼〉가 흘러나오고 있었고, 다이앤 캐럴이 목소리를 떨며

〈It Had to Be You〉를 노래하고 있었다. 데지레가 허리를 숙여 치킨을 오븐에 넣고 돌아서는데, 샘의 손이 날아와 그녀의 입을 따끔하게 후려쳤다. 데지레는 스물네 살이었다. 그녀는 평생 한 번도 얼굴을 맞아본 적이 없었다.

"그를 떠나." 친구 로버타가 전화로 말했다. "그렇게 가만히 참고 있으면, 그런 짓을 해도 되는 줄 알 거야."

"그렇게 간단한 문제가 아니에요." 데지레가 말했다. 그러고는 아기방 쪽을 흘끗 보았고, 부어오른 입술을 만졌다. 그녀는 문득 스텔라의 얼굴을 떠올렸다. 자신과 같지만 멍이 들지 않은 얼굴을.

"왜?" 로버타가 말했다. "그를 사랑해? 그 사람은 너를 그렇게 많이 사랑해서 네 머리통이 떨어져나갈 만큼 세게 때리는 거고?"

"그렇게 심하진 않았어요." 그녀가 말했다.

"그럼 심한 지경이 될 때까지 붙어 있을 작정이야?"

데지레가 떠날 용기를 냈을 때, 스텔라는 이미 백인으로 넘어간 뒤라 연락이 끊긴 상태였다. 연락할 방법이 전혀 없었고, 지금 어디 사는지도 몰랐다. 하지만 어리둥절한 표정으로 그녀의 팔을 꼭 붙잡은 딸을 데리고 유니언 기차역을 요리조리 통과할 때, 데지레는 그저 쌍둥이 자매에게 전화하고 싶은 마음뿐이었다. 몇 시간 전 또 한차례 싸움이 일어났을 때, 샘은 그녀의 목을 잡고 자신의 권총으로 그녀의 얼굴을 겨누었다. 그의 눈동자는 그녀에게 처음 키스했을 때처럼 맑았다. 언젠가 그는 그녀를 죽일 것이다. 샘이 잡았던 목을 놓아준 뒤에도 데지레는 그것을 알았다. 그녀는 가쁜 숨을 내쉬며 몸을 굴려 모로 누웠다. 그날 밤 그녀는 그의 옆에서 잠든 척하다가, 인생에서 두번째로 어둠 속에서 짐을 꾸렸다. 기차역에서 그녀는 샘의 지갑에서 훔친 현금을 들고 딸의 손을 꼭 잡은 채 매표소로 달려갔다. 배가 아플 정도로 숨이 찼다.

이제 어떡하지, 그녀는 머릿속에서 스텔라에게 물었다. 어디로 가면 돼? 하지만 당연히, 스텔라는 대답하지 않았다. 그리고 당연히, 갈 곳은 한 군데밖에 없었다.

"얼마나 남았어요?" 주드가 물었다.

"조금만 더 가면 돼, 아가. 거의 다 왔어."

집에 거의 다 왔다. 하지만 그게 더이상 무슨 의미가 있지? 데지레가 집 앞 계단에 이르기도 전에 어머니가 그녀를 쫓아버릴 수도 있었다. 주드를 한 번 쳐다보고 손가락으로 길을 가리키며 돌아가라고 할지도 몰랐다. 당연히 그 검둥이가 널 때렸겠지. 뭘 기대했니? 앙심을 품고 한 결혼은 오래가지 않아. 데지레는 허리를 숙여 딸을 안아올리고 골반에 걸쳤다. 그리고 이제 아무 생각 없이 걸음을 옮기면서 그저 계속 몸을 움직이는 데 집중했다. 어쩌면 맬러드로 돌아온 건 실수였을지 몰랐다. 새로운 어딘가로 가서 완전히 새롭게 시작했어야 했는지도. 하지만 이제 와 후회하기엔 너무 늦었다. 이미 강물소리가 들렸다. 목에 무겁게 매달려 있는 딸을 안고 그녀는 그쪽으로 걸음을 옮겼다. 강물이 그녀를 올바른 길로 이끌 것이다. 강둑에 서면 길이 기억날 것이다.

워싱턴 D.C.에서 데지레 빈스는 지문 감식법을 배웠다.

1956년 봄에 커낼 스트리트를 걸으면서 빵집 유리창에 나붙은 연방정부의 구인 광고를 보기 전까지, 그녀는 그게 배울 수 있는 무언가라는 사실조차 알지 못했다. 그녀는 출입구에 잠시 멈춰 서서 포스터를 물끄러미 쳐다보았다. 스텔라가 사라진 지 여섯 달이 지났을 때였고, 시간은 느리게, 꾸준히 떨어지는 물방울처럼 흐르고 있었다. 말이 안 되는 일 같지만, 데지레는 가끔 그 사실을 잊었다. 전차에서 재미있는 농담을 듣거나 함께 알던 친구를 스쳐지나갈 때, 그녀는 옆을 돌아보며 스텔라에게 "너 방금……" 하고 말하다가, 스텔라가 사라진 것을 떠올렸다. 스텔라가 난생처음으로 데지레를 혼자 두고 떠났다는 사실을.

하지만 여섯 달이 지난 뒤에도 데지레는 여전히 희망을 붙잡고 있었다. 스텔라가 전화를 걸어올 것이다. 편지를 보내올 것이다. 데지레는 매일 저녁 우편함을 더듬었지만 안은 비어 있었고, 전화기 옆에서 기다렸지만 전화벨은 울리지 않았다. 스텔라는 데지레가 포함되지 않은 새로운 삶을 만들기 위해 사라져버렸고, 데지레는 스텔라가 자신을 버리고 간 도시에서 비참하게 살아가고 있었다. 그래서 빵집 유리창에 단단히 붙은 노란 광고지에서 전화번호를 받아 적었고 퇴근하자마자 채용 부서로 갔다.

그 도시를 다 뒤져도 인성 좋은 사람을 찾을 수 있을지 회의적이었던 채용 담당 직원은 앞에 앉아 있는 단정한 젊은 여자를 보고 깜짝 놀랐다. 여자는 데지레의 신청서를 흘끗 보더니 유색인 칸에 표시가 되어 있는 것을 보고 갸우뚱했다. 그러고는 출생지라고 되어 있는 칸을 펜으로 톡톡 쳤다.

"맬러드." 직원이 말했다. "이런 지명은 처음 들어봐요."

"그냥 작은 타운이에요." 데지레가 말했다. "이곳의 북쪽에 있어요."

"후버 국장님은 작은 타운을 좋아하시죠. 정말 괜찮은 사람들은 작은 타운 출신이라고 그분은 늘 말씀하셔요."

"음," 데지레가 말했다. "맬러드는 그보다 더 작을 수 없을 만큼 작은 타운이에요."

워싱턴 D.C.에서 데지레는 슬픔을 묻으려고 애썼다. 그녀는 지문 부서에서 일하는 다른 유색인 여성인 로버타 토머스에게 방을 빌렸다. 사실 방이라기보다는 지하실이었다—어둡고 창문이 없으나 깨끗했고, 가장 중요한 것은 집세가 감당할 만하다는 점이었다. "썩 좋은 방은 아닌데," 데지레가 출근한 첫날에 로버타가 말했다. "그래도 정말 지낼 곳이 필요하다면." 로버타는 데지레가 거절하기를 바란다는 듯 주저하며 제안했다. 그녀는 세 아이를 키우고 집안일을 도맡느라 몹시 지쳐 있었고, 솔직히 데지레의 존재에 대해 돌볼 대상이 하나 더 늘어난다고 느꼈다. 하지만 열여덟 살도 채 안 된 나이에 혼자 낯선 도시에 와 있는 데지레가 안쓰러웠고, 그래서 지하실을 제안한 것이었다. 거기엔 침대가 하나, 서랍장이 하나, 그리고 매일 밤 달달거리는 소리로 그녀를 재워주는 라디에이터가 있었다.

데지레는 완전히 새 출발을 하리라 다짐했지만, 오히려 이곳에서 스텔라가 더 많이 생각났고, 스텔라는 이 도시를 어떻게 생각할지 궁금했다. 그녀는 스텔라에 대한 기억에서 달아나려고 뉴올리언스를 떠났지만, 몸을 굴려 침대 위 스텔라가 있어야 할 자리를 만져보지 않고는 여전히 잠들 수 없었다.

연방수사국에서 데지레는 지문의 아치형, 고리형, 소용돌이형 문양*에 대해 배웠다. 엄지 쪽으로 흘러가는 요골橈骨 고리 문양이 있다면, 그에 비해 새끼손가락 쪽으로 흘러가는 척골尺骨 고리 문양이 있었다. 중앙에 주머니 형태의 고리가 있는 소용돌이 문양과 이중 고리가 있는 소용돌이 문양. 젊은 손가락과 나이가 들면서 융선 부분이 닳은 늙은 손가락. 그녀는 융선의 모양—넓이, 형태, 구멍, 윤곽, 갈라진 부분, 주름—만으로 백만 명 중에서 한 사람을 가려낼 수 있었다. 매일 아침 그녀의 책상에는 도난 차량, 탄피, 깨진 창문, 문손잡이, 칼에서 채취한 지문이 놓여 있었다. 그녀는 전쟁 반대 시위자들의 지문을 처리했고, 드라이아이스에 파묻혀 고국으로 이송된 죽은 병사들의 유해를 식별했다. 샘 윈스턴이 처음으로 그녀 옆을 지나간 것은 데지레가 도난당한 총에서 채취한 지문을 살펴보고 있을 때였다. 그는 라벤더색 타이를 맸고 같은 색의 실크 손수건을 가슴에 꽂고 있었다. 그녀는 타이의 아주 밝은 색깔과 그걸 과감하게 맨, 그 새까만 피부를 가진 형제의 대담함에 깜짝 놀랐다. 나중에 그녀는 그가 다른 검사들과 같이 점심을 먹는 것을 보고 로버타를 돌아보며 말했다. "유색인 검사가 있는지 몰랐어요."

로버타가 흥 소리를 냈다. "당연히 있지." 그녀가 말했다. "여긴 네가 자란 그 코딱지만한 타운이 아니야."

로버타는 맬러드에 대해 들어본 적이 없다고 했다. 세인트랜드리 패리시를 벗어나면 그 누구도 맬러드를 알지 못했고, 데지레의

* 각각 궁상문(arch), 제상문(loop), 와상문(whorl)이라고도 부른다.

말을 들은 샘은 심지어 그런 곳을 상상하는 데도 애를 먹었다.

"뺑이죠." 그가 말했다. "타운 전체가 당신처럼 피부색이 하얗다고요?"

샘은 어느 오후에 지문 한 세트에 대해 물어보려고 왔다가, 그녀가 앉은 자리 칸막이 위로 상체를 굽히며 같이 점심을 먹자고 말을 건넸다. 나중에 그는 그 지문이 급한 건 전혀 아니었다고, 그저 자신을 소개할 계기를 만들고 싶었던 거라고 했다. 그들은 국립수목원에 앉아 오리들이 연못에서 둥둥 떠다니는 것을 바라보고 있었다.

"나보다 더 하얀걸요." 데지레는 자기 자식들이 응고된 우유 색깔 같다고 입버릇처럼 자랑하던 폰테노 부인을 떠올리며 말했다.

샘이 웃었다. "언제 나를 거기 한번 데려가줘요." 그가 말했다. "하얀 피부의 도시라는 그곳을 내 눈으로 직접 봐야겠어요."

하지만 그는 그저 환심을 사려는 것이었다. 그는 오하이오주에서 태어났고, 버지니아주보다 남쪽으로는 가본 적이 없었다. 그의 어머니는 그를 모어하우스*에 보내고 싶어했지만, 아니, 그는 오하이오주 사람이었다. 그리고 당시는 기숙사들이 인종차별 정책을 폐지하기 전이었다. 수업시간에도 백인 교수들은 그의 질문에는 답을 하지 않았다. 매년 겨울 그는 차 앞유리에서 오줌이 찌든 노란 눈을 긁어내야 했다. 그와 데이트한 옅은 피부색의 여자들은 밖에서는 그의 손을 잡지 않으려 했다. 북부의 인종주의는 그가 아는 것이었다. 남부의 인종주의는 두고 봐야 했다. 그가 아는 한, 그

* 조지아주 애틀랜타에 있는 흑인 남성 대학.

의 친족이 남부에서 달아난 데에는 마땅한 이유가 있었다. 그가 그들의 판단에 의문을 품을 이유가 뭐 있겠는가? 그곳의 백인 꼴통들은 그를 집으로 돌려보내지도 않을 거라고, 샘은 늘 농담했다. 거기 내려갔다가 결국 목화나 따는 신세가 될 수도 있다고.

"당신은 맬러드가 마음에 들지 않을 거예요." 데지레는 그에게 말했다.

"왜요?"

"왜냐하면. 거기 사람들은 이상하거든요. 피부색에 민감해요. 그래서 내가 떠난 거였고요."

그 말은 정확한 사실이 아니었지만, 그녀는 자신이 자란 곳의 사람들과 전혀 다르다는 것을 그가 믿어주길 바랐다. 그가 진실만 빼고 뭐든 믿어주길 바랐다. 진실은, 그녀는 그저 어리고 따분했고, 그래서 쌍둥이 자매를 끌고 도시로 왔으며, 그 도시에서 길을 잃었다는 것이었다. 샘은 잠시 가만히 생각해보더니, 이어 데지레 쪽으로 빵 부스러기 봉지를 기울였다. 그녀가 오리에게 던져줄 수 있게 자신의 샌드위치 가장자리를 뜯어내 모아둔 것이었다. 데지레는 그가 보여주는 이런 세심한 배려에 점점 빠져들었다. 그녀는 웃으면서 봉지 안에 손을 집어넣었다.

데지레는 샘에게 전에는 그와 같은 남자를 만나본 적이 없다고 말했지만, 사실은 남자를 사귄 경험 자체가 없었다. 그래서 그녀는 그가 하는 모든 소소한 행동이 놀랍고 즐거웠다. 샘은 그녀를 흰 테이블보와 우아한 은제 식기가 있는 레스토랑에 데려갔다. 그녀에게 공연을 보여주었고, 엘라 피츠제럴드의 콘서트 표로 그녀를 놀라게 했다. 샘이 처음 그녀를 자기 집에 초대했을 때, 데지레는 그의 원룸형 아파트를 돌아다니며 깨끗한 리넨 시트, 색깔별로 정리된 옷장, 크고 넓은 침대에 감탄했다. 그러고 나서 로버타의 지하실로 돌아갔을 때, 그녀는 거의 울음이 터질 뻔했다.

샘은 그녀가 자란 곳에 같이 가보자는 말을 다시 하지 않았다. 데지레도 그러자고 하지 않았다. 그녀는 처음부터 그에게 맬러드를 싫어한다고 말했었다.

"안 믿어." 샘은 말했다. 그들은 빗소리를 들으며 그의 침대에 누워 있었다.

"믿고 말고가 어디 있어? 내가 느끼는 대로 말한 건데."

"니그로는 늘 고향을 좋아해," 그가 말했다. "우리는 늘 최악의 장소에서 태어나지만. 백인만이 고향을 싫어할 자유가 있지."

샘은 클리블랜드의 저소득층 주택단지에서 성장했고, 사랑할 것이 많이 주어지지 않은 사람에게서만 보이는 열렬한 태도로 그 도시를 사랑했다. 데지레에게 주어진 것은 늘 달아나고 싶었던 타운과 돌아가도 환영받지 못한다는 걸 분명히 해둔 어머니뿐이었다. 그녀는 샘에게 아직 스텔라에 대해 말하지 않았다—그건 그가 맬러드에 대해 이해하지 못할 또 한 가지 같았다. 하지만 빗방울이 철제 비상계단에 후드득 떨어질 때, 데지레는 그를 돌아보며 자신에게는 다른 인생을 살기로 결심한 쌍둥이 자매가 있다고 말했다.

"그렇게 전부 연기를 하고 살면 지칠 텐데." 샘이 말했다. "바보 같은 짓이었다고 느끼고 금방 돌아올 거야. 당신 옆은 너무 따뜻해서 누구든 멀리 떨어져 있을 수 없거든."

샘은 데지레의 이마에 키스했고, 그녀가 그를 더 꼭 끌어안자 귓가에서 그의 심장소리가 들렸다. 그들이 만나고 초기에 있었던 일이었다. 그의 손이 오므려져 주먹이 되기 전에, 그가 그녀에게 피부색이 노란 년이 잘난 척하기는, 네 쌍둥이 동생처럼 너도 미쳤어, 네가 백인인 줄 아는 모양인데, 하는 말을 쏟아내기 전에. 그녀가 자기도 모르게 그를 믿기 시작한 그 시절에.

긴 세월이 지나 시력이 흐릿해지기 시작할 때, 데지레는 실눈을 뜬 채 지문이 묻은 시트지를 쳐다보고 무늬에 표식을 남기며 보낸 나날을 후회하게 될 것이다. 한번은 로버타가 지문 감식 시스템 전체가 곧 기계화될 거라고 말했다. 일본인이 이미 그 기술을 시험하고 있다고. 하지만 어떻게 기계가 훈련된 눈보다 지문을 더 잘 감식할 수 있는가? 데지레는 대부분의 사람은 볼 수 없는 지문의 문양을 보았다. 그녀는 지문으로 한 사람의 인생을 읽을 수 있었다. 훈련을 받는 동안 그녀는 자신의 지문으로도 읽는 연습을 했다. 그녀를 유일무이한 사람으로 만들어주는 그 복잡한 디자인. 스텔라는 칼을 쓰다가 왼쪽 검지를 벤 흉터가 있었는데, 그 또한 지문이 사람마다 달라지는 여러 방식 중 하나였다.

때로 자기가 누구인지는 그런 사소한 일을 통해 결정된다.

아델 빈스는 숲 가장자리에 잘 보이지 않게 자리잡은 하얀 숏건 하우스*에 살았다. 건립자인 앨폰스 드퀴어에 의해 처음 지어졌고,

* 모든 방이 하나로 길게 연결된 집.

그뒤로 드퀴어 집안이 여러 세대에 걸쳐 살아온 집이었다. 아델과 결혼하고 처음에, 새신랑 리언 빈스는 현관 쪽으로 걸어가면서 오래된 가구들을 살폈다. 그는 목공이 되고 싶었던 수리공이어서, 손가락으로 호리호리한 테이블 다리를 만지며 그 섬세한 세공에 감탄했다. 언젠가 이토록 많은 역사가 깃든 집에 살게 되리라고는 상상하지 못했었는데, 다시 생각해보면 드퀴어 집안의 딸과 결혼하는 것 역시 전혀 예상하지 못했던 일이었다. 이렇게 대단한 유산을 물려받은 여자하고. 그의 집안은 프랑스에서 수세대에 걸쳐 포도를 재배하다가 신세계로 이주해 포도 농장을 하려고 했으나, 막상 와보니 루이지애나는 포도를 재배하기에는 너무 덥고 습해서 그 대신 사탕수수 농사를 지었다. 현실에 부딪혀 산산이 부서진 원대한 생각—그게 그가 물려받은 것이었다. 그의 부모는 상황을 좀더 합리적으로 보았다. 맬러드 변두리에 '설리 고트'라는 이름의 주류 밀매점을 연 것이었다. 맬러드에 사는 신앙심 깊은 사람들은 나중에 빈스 가족이 겪은 비극의 뿌리를 그 죄 많은 사업에서 찾았다. 빈스 집안의 아들 넷 중 누구도 서른을 넘기지 못했다. 리언은 그중 가장 부실했고, 가장 먼저 죽었다.

그 집은 세월과 더불어 빛이 바랬지만, 그래도 아직은 데지레가 기억하는 모습 그대로였다. 그녀는 딸을 더 단단히 들쳐 안고 공터로 들어섰다. 걸음을 옮길 때마다 어깨가 쿡쿡 쑤셨다. 저만치 황동 기둥, 청록색 지붕, 좁은 앞쪽 포치가 보였다. 어머니가 그곳에 놓인 흔들의자에 앉아 녹색 콩을 까서 물그릇에 넣고 있었다. 어머니는 여전히 가냘프고 머리칼은 등뒤로 길게 내려와 있었지만 관자놀이께는 이제 희끗희끗했다. 데지레는 잠시 걸음을 멈추었다.

딸은 여전히 그녀의 목에 무겁게 매달려 있었다. 세월이 그녀의 가슴에 손을 대고 뒤로 떠미는 것 같았다.

"너네가 언제 여기 도착할지 궁금했다. 루가 이미 전화로 알려줬어. 너를 봤다면서." 어머니는 데지레에게 말했지만, 시선은 품에 안긴 아이를 향해 있었다. "안고 다니기엔 많이 큰 것 같은데."

데지레는 마침내 딸을 내려놓았다. 등이 아팠지만 고통은, 적어도 익숙한 것이었다. 몸이 아프면 신경이 곤두서고 정신이 또렷해졌으므로, 기차에서 한곳에 붙들린 채 이동할 때 느낀 멍한 감각보다는 훨씬 나았다. 그녀는 앞으로 가라고 딸을 슬쩍 밀었다.

"가서 마망*에게 키스해드리렴." 그녀가 말했다. "어서 가. 괜찮아."

딸은 수줍어서 그녀의 다리를 꽉 끌어안은 채 움직이지 않다가, 데지레가 다시 한번 밀치자 마침내 마지못해 계단을 올라갔고 쭈뼛쭈뼛 할머니를 한 팔로 안았다. 아델은 더 잘 보려고 아이를 떼어놓으며 뒤로 물러섰고, 아이의 헝클어진 땋은 머리를 만졌다.

"가서 목욕부터 해라." 아델이 말했다. "냄새가, 둘 다 밖에 오래 있었던 티가 나는구나."

욕실에서 데지레는 금이 간 타일 바닥에 무릎을 꿇고 굽이 달린 욕조에 딸을 씻길 물을 받았다. 데지레는 물의 온도를 손으로 확인하면서 어쩐지 꿈속에 있는 것 같은 기분을 느꼈다. 거울은 위쪽 모서리 부분이 검어져 있었고, 세면대 자기는 비늘처럼 벗겨지고 있었으며, 나무 바닥은 예전에 통금 시간을 넘겨 슬그머니 들어올

---

* 프랑스어로 어머니라는 뜻이지만, 여기서는 할머니를 일컫는다.

때 밟지 않고 피해야 한다는 것을 점차 알게 되었던 지점에서 삐걱 소리를 냈다. 어머니는 여느 평범한 아침인 것처럼, 포치에서 깍지콩을 까고 있었다. 하지만 그들은 스텔라가 떠난 뒤로는 대화를 나눈 적이 없었다. 그때 데지레는 눈물을 꺽꺽 삼키며 집에 전화를 걸었고, 어머니는 "네가 자초한 일이다" 하고 말했다. 데지레가 무슨 말을 할 수 있었겠는가? 애초에 스텔라를 떠밀어 집을 떠나게 만든 장본인이 바로 자신인데. 이제 동생은 백인이 되어 살기로 결심했고, 어머니는 비난을 받아야 할 대상인 스텔라가 더이상 이곳에 없었기에 데지레를 탓했다.

부엌에서 데지레는 의자에 털썩 주저앉았고, 잠시 후 자신이 늘 앉던 의자에 앉았다는 것을 깨달았다. 그녀 옆의 스텔라 의자는 비어 있었다. 어머니는 레인지 앞에서 부지런히 뭔가를 하고 있어서, 데지레는 한참 동안 어머니의 굳은 등을 바라보았다.

"그래서 그동안 그 꼴로 지냈구나." 어머니가 말했다.

"무슨 뜻이에요?"

"내가 무슨 뜻으로 말했는지 알 텐데." 어머니가 돌아보았고, 눈물이 그렁그렁 차올라 있었다. "네가 우리를 그만큼 미워하는 거로구나, 그렇지 않니?"

데지레는 의자를 뒤로 밀며 일어섰다.

"여기 돌아오지 말았어야 했다는 건 알겠네요."

"앉아."

"엄마가 저한테 할말이 그거 말고 없다면……"

"뭘 기대했니? 네가 어디 살다 왔는지 모르겠다만, 너랑 눈곱만큼도 닮지 않은 아이를 끌고 나타난 주제에……"

"우린 떠날 거예요." 데지레가 말했다. "제게 화가 났으면 얼마든지 화를 내세요, 엄마. 하지만 제 딸한테는 나쁘게 하지 마세요."

"앉으라고 말했어." 어머니가 다시, 이번에는 더 조용히 말했다. 그리고 네모나고 노란 옥수수빵을 테이블 이쪽으로 밀어주었다. "나는 그냥 놀란 거야. 놀라지도 못해?"

지난 세월 내내 데지레는 집에 전화를 거는 상상을 했다. 워싱턴 D.C.에 도착해 로버타의 지하실에 정착한 뒤로 어머니가 그녀에게 연락할 방법은 없었다. 샘이 청혼한 뒤에도. 그리고 그들이 벚꽃 아래서 약혼 사진을 찍었을 때도. 그녀는 그 사진을 봉투에 넣어 주소까지 썼지만 차마 부칠 수 없었다. 그를 부끄럽게 여겨서—샘은 그렇게 받아들였다—가 아니었다. 당신의 일을 같이 기뻐해주지 않을 사람과 좋은 소식을 나누는 게 무슨 의미가 있겠는가? 어머니가 무슨 말을 할지는 이미 알았다. 너는 그 검은 남자를 사랑하는 게 아니야. 그저 반항심에 그와 결혼하려는 것뿐이지. 반항하는 아이에게 가장 나쁜 건 그 아이에게 관심을 주는 거다. 언젠가 너도 네 자식을 낳으면 무슨 말인지 알 거다. 결혼식이 끝나고, 케이크를 자르고, 술에 취한 친구들이 웃으면서 거리로 나간 뒤 그녀는 프릴이 달린 하얀 드레스를 입은 채 피로연장 깊은 안쪽에 털썩 주저앉아 울었다. 언젠가 그녀가 결혼식을 올릴 때 곁에 쌍둥이 자매와 어머니가 없을 거라고는 상상도 해본 적이 없었다.

프리드멘스병원에서 딸을 낳은 뒤 그녀는 어머니에게 전화를 걸어볼까 고민했다. 주드가 태어났을 때 유색인 간호사는 아기를 분홍색 담요에 싸기 전에 잠시 동작을 멈추었다. "여자아이가 아빠를 닮는 건," 간호사가 마침내 아기를 건네며 말했다. "행운이에요."

간호사는 그러고 나서 작게 미소를 지었는데, 데지레를 안심시켜야 한다고 생각한 모양이었다. 하지만 데지레는 아기의 얼굴을 홀린 듯 쳐다보았다. 다른 여자라면 딸이 자신을 거의 닮지 않았다는 사실에 실망했겠지만, 그녀는 그저 감사한 마음뿐이었다. 그녀가 가장 원하지 않는 것이 자신을 빼닮은 누군가를 사랑하는 일이었다.

"온다고 미리 말해줬으면 좀더 준비를 해뒀을 텐데." 어머니가 말했다.

"떠나기 직전에 결정한 거예요." 데지레가 말했다.

그녀는 기차에서 거의 먹지 못했다. 크래커를 좀 깨작거리고 카페인의 영향으로 가슴이 두근거릴 때까지 블랙커피를 들이켰을 뿐이었다. 계획을 세워야 했다. 맬러드, 그리고 뭘 하지? 다음엔 어디로 가지? 여기서 계속 지낼 수는 없을 텐데, 달리 어디로 가야 할지 떠오르지 않았다. 지금 세월의 더께가 쌓인 부엌을 둘러보며, 그녀는 워싱턴 D.C.에서 살던 자신의 아파트가 그리워졌다. 직장, 친구들, 삶. 그녀가 과잉 반응을 한 것일 수도 있었다—폭동 때문에 모두 신경이 곤두서 있었다. 일주일 전 월터 크롱카이트가 그 뉴스를 보도했을 때, 그녀는 샘이 우는 것을 보았고 카우치에 앉아 자신의 품안에서 전율하는 그를 안아주었다. 총을 쏜 자는 아마 미친 사람이었겠지만, 군사비밀 첩보원이거나 정부를 위해 활동하는 연방수사국 요원일지도 몰랐다. 혹은 죄를 지은 니그로들이 반대편과 공모를 한 것일 수도 있었다. 그는 횡설수설했고, 그녀는 방송이 끝날 때까지 그를 꼭 안아주었다. 그날 밤 그들은 절박하게 사랑을 나누었고, 그건 목사*를 추모하는 방식이라기엔 이상했지만, 그녀는 모르는 남자에 대한 슬픔에 압도되어, 자신이 자신처럼 느껴지지 않았다.

다음날 아침, 데지레는 처참하게 파괴된 가게 앞을 지나갔고, 판자를 대어 막은 가게 유리창에는 '소울 브라더'**라는 글씨가 휘갈겨진 종이가 붙어 있었다. 연대를 서두르자고 외치는 주장을 마커로 써서 붙인 것이었다. 연방수사국은 그날 직원들을 일찍 귀가시켰다. 버스에서 내려 집으로 걸어오는데, 겁먹은 유색인 청년—몸집이 그가 움켜잡은 야구방망이처럼 앙상했다—이 그녀에게 가방을 내놓으라고 요구했다.

"얼른 내놔, 이 흰둥이 년아!" 그가 빽빽 소리를 지르며 지구의 중심까지 뚫을 기세로 방망이를 길바닥에 내려쳤다. 그녀는 공포와 분노에 사로잡힌 청년의 눈에 자신이 어떻게 보일지 깨달았지만, 너무 두려워 오해를 바로잡아주지도 못한 채 핸드백의 가죽끈을 더듬었고, 그 순간 샘이 두 팔을 들고 그녀 앞으로 뛰어들며 말했다. "이 사람은 내 여자야, 브라더." 그러자 십대 청년은 소음 속으로 달아났다. 샘은 그녀를 자신의 안전한 가슴에 끌어안은 채 급히 아파트 안으로 들어갔다.

도시는 나흘 밤 동안 불이 밝혀져 있었다. 그리고 그 마지막 밤에 샘은 그녀의 벗은 몸을 꼭 잡으며 속삭였다. "하나 더 만들자." 그녀는 잠시 뒤에야 그게 아기를 의미한다는 걸 깨달았다. 데지레는 전부터 망설이고 있었다. 무슨 의도가 있었던 건 아니지만 하나를 더 낳으면 그에게 더욱 얽매이게 될 것이고, 샘이 화를 낼 때마

* 마틴 루서 킹 목사를 말한다.

** soul brother. 흑인 남성이 동포로서 같은 흑인 남성을 일컫는 표현.

다 걱정할 아기가 하나 더 늘게 될 거라는 생각에서였다—그와 아기를 하나 더 낳는 건 도저히 못할 일 같았다. 물론 샘에게 그렇게 말하지는 않았지만 그녀의 망설임이 그 생각을 여실히 보여주었고, 나중에 샘에게 목을 잡혔을 때 데지레는 그 이유를 정확히 알았다. 그가 아직 슬퍼하고 있을 때 그녀가 상처를 준 것이었다. 그가 화난 것도 이상할 게 없었다. 그래서 자신의 힘을 조금 행사하려 한 것이다. 그가 한 남자로 존중받는 것이 거부되는 세상에 사는데, 누가 그를 비난하겠는가? 그녀가 그렇게 자기주장을 내세워서는 안 되었던 것이다. 평화로운 가정을 위해 그녀가 더 노력할 수도 있었다. 이 남자는 분노한 청년의 야구방망이와 그녀 사이를 막아선 바로 그 남자 아니었던가? 쌍둥이 자매가 그녀를 버리고 어머니가 그녀의 전화를 거부했을 때 그녀를 사랑해준 바로 그 남자 아니었던가?

어쩌면 너무 늦은 건 아닐 것이다. 떠난 지 이틀밖에 되지 않았다. 언제든 샘에게 전화를 걸어 실수였다고 말하면 된다. 머리를 식힐 시간이 필요했다고, 그게 다라고, 정말로 떠날 생각은 물론 없었다고. 어머니는 접시를 다시 그녀 쪽으로 밀어주었다.

"지금 어떤 곤란한 상황에 빠진 거니?" 어머니가 말했다.

데지레는 억지로 웃음을 짜냈다. "곤란한 상황은 없어요, 엄마."

"내가 바보는 아니다. 남편한테서 도망친 걸 모를 거라 생각하니."

데지레는 식탁을 물끄러미 내려다보았고, 눈물이 차올랐다. 어머니는 옥수수빵에 우유를 붓고 포크로 으깼다. 데지레가 어렸을 때 종종 먹던 방식이었다.

"그는 이제 없는 거다." 어머니가 말했다. "옥수수빵 먹어라."

그날 밤 늦게, 얼리 존스는 맬러드에서 남동쪽으로 100마일 넘게 떨어진 곳에서 인생의 행로를 바꿔놓을 일거리를 제안받았다. 그때는 그도 그렇게 될 줄은 몰랐다. 어떤 일거리든 그에겐 그저 그것—일거리—이었고, 어네스토의 술집 안으로 들어가 목을 쭉 빼고 빅 실을 찾는 동안 그는 수중에 한잔할 돈이 있는지 그것만이 걱정이었다. 얼리는 주머니에 들어 있는 동전 몇 개를 잘랑거려보았다. 그에겐 일 달러도 붙어 있는 법이 없었다. 두 주 전에 실이 제안하는 일을 맡았지만, 어쩌다보니 번 돈을 뉴올리언스에 사는 젊은 독신 남자에게 필요한 모든 것—카드 게임, 술, 여자—에 탕진하고 말았다. 지금 그는 다른 일거리가 절박하게 필요했다. 물론 돈을 벌기 위해서였지만, 한곳에 너무 오래 머물러 있는 것을 싫어하기 때문이기도 했다. 같은 곳에 두 주 동안 머무는 것은 당시 그에게는 너무 긴 시간이었다.

얼리는 정착하는 유의 남자가 아니었다. 끊임없이 떠돌아다니는 것만 잘했다. 어디에도 뿌리를 내리지 못한 소년 시절을 보내며 특별히 통달한 기술이었다. 어린 시절—그렇게 부를 수 있다면—에는 제인즈빌이나 제나, 그리고 더 남쪽으로 뉴로즈와 팰머토에 있는 농장에서 소작인으로 농사를 지었다. 그는 여덟 살 때 친척집에 보내졌는데, 그 집에는 자식이 없고 그의 부모에게는 너무 많았기 때문이었다. 그는 자기 부모가 살아 있다 해도 지금 어디 사는지 몰랐고, 그들 생각은 전혀 하지 않는다고 말했다.

"사라졌어요." 누가 물어보면 그는 그렇게 대답했다. "떠난 사람은 떠난 거예요."

하지만 진실은, 숨은 사람들을 찾는 헌터 일을 처음 시작했을 때 그가 자신의 가족을 찾으려 했다는 것이다. 실패는 빨랐고, 그는 모멸감을 느꼈다. 부모에 대한 정보가 충분하지 않아 어디서 시작해야 하는지 짐작할 수조차 없었다. 차라리 잘된 일이었을 것이다. 그들은 어린 시절에도 그를 원하지 않았다—그런데 어른이 된 그와 뭘 하겠는가? 하지만 좌절감은 그를 계속 괴롭혔다. 헌터 일을 시작한 뒤 그가 찾아내지 못한 사람은 자신의 부모가 유일했다.

끊임없이 떠돌아다니려면 뭐든 사랑하지 않는 게 가장 중요했다. 시간이 흐르고 경험이 반복되면서, 얼리는 달아난 사람들이 어떤 이유로 돌아오는지 알고 놀랐다. 대체로 여자 때문이었다. 잭슨에서 그는 살인미수로 지명수배된 남자를 붙잡았는데, 그 남자도 아내 때문에 돌아왔다. 새 여자는 어디에서든 찾을 수 있었지만, 생각해보면, 가장 폭력적인 남자는 늘 가장 감상적인 남자였다. 순수한 감정, 어느 모로 보나 그랬다. 그를 정말로 놀라게 한 것은 소유물 때문에 돌아온 사람들이었다. 빌어먹을 차 때문에 돌아온 경우는 헤아릴 수 없을 만큼 많았는데, 늘 자신과 떼어놓을 수 없을 정도로 오래 몰고 다닌 고물 차였다. 털리도에서 그는 오래된 야구공을 가지러 어린 시절 살던 집으로 돌아온 남자를 붙잡았다.

"글쎄, 나도 몰라요." 남자는 얼리의 엘카미노 뒷좌석에서 수갑을 찬 채 말했다. "그냥 그걸 진짜 사랑한다니까요."

얼리는 어디로든 사랑 때문에 끌려간 적은 없었다. 어느 장소든 그는 떠나자마자 잊었다. 이름은 희미해졌고, 얼굴은 흐릿해졌고, 건물은 형체가 허물어져 알아볼 수 없는 벽돌덩어리가 되었다. 그는 자신이 다닌 모든 학교의 교사 이름과 그가 살았던 거리와 심지어 부모의 생김새도 잊었다. 짧은 기억력, 그것도 그의 재능이었다. 기억이 오래가면 누구든 미쳐버릴 수 있다.

그가 실이 주는 일을 간헐적으로 맡아서 한 지 이제 칠 년이 되었다. 얼리는 누구에게든 자신이 법을 위해 일하는 것처럼 비춰지고 싶지는 않았다. 그는 오로지 한 가지 이유—돈—로 범죄자를 잡았고, 백인의 정의 같은 것에는 쥐뿔만큼도 관심이 없었다. 일단 붙잡고 나면, 배심원이 유죄판결을 내릴지, 그 사람이 교도소 생활을 잘 견딜지 전혀 궁금하지 않았다. 싹 잊었다. 한번은 누가 술집에서 그를 알아보았고, 그때 칼에 찔려 생긴 흉터가 아직도 그의 복부에 기념품처럼 기다랗게 남아 있었다. 망각이 그가 이 일을 할 수 있는 유일한 방법이었다. 그는 범죄자 사냥을 좋아했다. 실이 실종된 아이나 양육비를 대지 않는 아버지를 찾는 일을 제안할 때마다 얼리는 고개를 가로저었다.

"그런 인간들에 대해선 아무것도 몰라요." 그가 위스키 잔을 기울이며 말했다.

어네스토의 술집에서 실은 어깨를 으쓱해 보였다. 실의 공식 사무실은 세븐스 워드에 있었지만 얼리는 그를 거기서 만나는 걸 싫어했다. 길 건너에 교회가 있어서, 신앙심 깊은 사람들이 건물 계단을 내려가며 다들 그를 쳐다보는 것 같았기 때문이었다. 이 술집은 얼리의 취향에 맞는, 다소 어둡고 안전한 분위기였다. 실은 판지 색깔의 피부에 실크 같은 검은 머리칼을 가진 건장한 남자였다. 은색 라이터를 들고 다니면서, 말하는 동안 손가락 사이에 끼우고 빙빙 돌렸다. 오래전 이런 술집에서 얼리와 처음 만났을 때도 그라이터를 빙빙 돌리고 있었다. 얼리는 은색 라이터에 부딪혀 반사된 빛이 카운터를 따라 춤추는 것을 바라보며 그의 이야기를 심드렁하게 들었었다.

"자네, 어떻게 돈을 좀 벌고 싶지 않나?" 실이 물었다.

그는 깡패나 포주 같아 보이진 않았으나 법과 관련된 일을 하는 사람다운 단정한 느낌은 없었다. 그는 보석 보증인이었는데, 현상금 사냥꾼으로 일할 새로운 사람을 찾다가 얼리를 눈여겨본 것이었다.

"자네한테는 고요한 분위기가 있어." 실이 말했다. "그게 좋아. 나는 보고 들을 줄 아는 사람이 필요하거든."

얼리는 그때 스물네 살이었고, 막 출소해 뉴올리언스에서 혼자 살고 있었다. 그곳을 고른 이유는 뭘 하든 새 출발을 하기 좋은 장소라고 생각했기 때문이었다. 그는 일이 필요했기 때문에 그 일을 맡았다. 자신이 그 일을 잘하리라고 예상하지 않았지만, 막상 해보니 아주 잘했고, 실은 보석 보증과 전혀 무관한 일까지 그에게 계속 맡겼다.

"내가 그들에 대한 이야기를 해줘야 자네가 아는 거지." 실이 말했다. "그런데 나는 아직 아무 얘기도 안 했단 말일세."

"음, 가족사에 끼어들고 싶진 않아요. 다른 일은 없습니까?"

실이 웃었다. "그런 말을 하는 사람은 자네가 처음일세. 자네 말고 다른 사람들은 비열한 개자식을 쫓지 않아도 되는 일을 주겠다고 하면 다들 좋아하거든."

하지만 얼리는, 적어도 지명수배자가 어떤 생각을 하는지는 파악할 수 있었다. 지쳐 있고, 절박하고, 생존이라는 순전한 이기심을 바탕으로 행동했다. 그렇지 않은 이유로 사라진 사람들이라면 난감했다. 특히 결혼한 사람들은 정말로 이해할 수 없었고, 그들 사이에 끼어들고 싶은 마음도 전혀 없었다. 하지만 다시 생각해보면, 일은 그냥 일이었다. 가벼운 일을 맡지 않을 이유가 뭐 있겠는가? 안 그래도 지난 이 주 동안 한 남자를 추적하느라 멕시코 한가운데까지 갔다 온 참이었다. 사막에서 차가 고장났고, 벌을 받든 말든 자신은 아무 관심도 없는 남자를 추적하다 거기서 죽게 되는 건 아닐까 생각했다. 받는 돈이 같다면 한 번쯤 쉬운 일을 맡는 것도 나쁠 건 없지 않은가?

"여자를 잡는 일이면 안 해요." 그가 말했다.

"그런 일은 아니야. 그냥 여자를 찾으면 전화만 해. 남편이 그 여자를 찾고 있어. 아이를 데리고 도망갔대."

"왜 도망쳤대요?"

실이 어깨를 으쓱했다. "내 알 바 아니지. 남편이 여잘 찾고 싶어해. 여자가 북쪽에 있는 맬러드라는 이름의 작은 타운 출신이라는데. 들어본 적 있나?"

"어렸을 때 지나가본 적 있어요." 얼리가 말했다. "재미있는 곳이죠. 허세로 똘똘 뭉친 곳."

그는 그 타운에 대해 거의 기억나는 게 없었지만 모두 피부가 하얗고 잘난 척을 했다는 건 기억했다. 한번은 미사를 드릴 때 키가 크고 얼굴이 파리한 남자가 자신의 아내보다 얼리가 먼저 성수반에 손가락을 담갔다는 이유로 그를 후려쳤다. 그때 열여섯 살이던 그는 목에 느닷없이 느껴진 얼얼한 감각에 깜짝 놀랐고, 얼리의 삼촌은 그의 어깨를 잡고 금이 간 타일 바닥을 내려다보며 사과했다.

얼리는 그곳에서 보낸 여름 한철 동안 타운 변두리에 있는 농장에서 일했고 돈을 더 벌기 위해 식료품 배달도 했다. 친구는 한 명도 만들지 않았지만, 식료품을 배달하려고 어느 집 포치 계단을 오르다가 어떤 여자애를 보고 부질없는 사랑에 빠졌다. 그애가 어떻게 그의 마음에 들어왔는지조차 몰랐다. 그들이 만났을 때 그는 너무 어렸고, 그녀를 제대로 알지도 못했다. 가을이 되자 그는 다른 타운에 있는 다른 농장으로 옮겨갔다. 하지만 얼리는 그녀가 맨발로 그녀의 집 거실에 서 있는 것을, 유리창을 닦는 것을 보았다. 실이 그 사진을 얼리 앞에 밀어놓았을 때 그는 심장이 덜컹했다. 거의 자신의 의지에 의해 이 상황이 만들어진 것처럼 느껴졌다. 십 년 만에 처음으로, 그는 데지레 빈스의 얼굴을 바라보고 있었다.

2

빈스네 쌍둥이가 작별인사도 없이 떠났을 때, 누군가가 그런 식으로 갑작스럽게 사라지는 경우에 늘 그렇듯, 그들의 떠남에도 여러 의미가 입혀졌다. 그들이 뉴올리언스에 나타나기 전에는, 그저 지겨워서 재미를 찾아 나선 여자애들로 판명 나기 전에는, 그들에게 비극적인 일이 일어났다는 것만이 그 상황을 설명할 유일한 가능성 같았다. 쌍둥이 자매의 운명은 늘 축복과 저주를 동시에 받은 듯 보였다. 어머니로부터는 이 마을이라는 유산을, 아버지로부터는 상실의 빈자리로 가득한 혈통을 물려받았다. 빈스 집안의 아들 넷이 모두 서른이 되기 전에 죽었다. 맏이는 사슬에 묶여 강제 노역을 하다가 열사병으로 쓰러져 죽었다. 둘째는 벨기에의 참호에서 가스를 마시고 질식해 죽었다. 셋째는 술집 난투에 휘말려 칼에 찔려 죽었다. 막내인 리언 빈스는 두 번이나 린치를 당했다. 첫 린치는 집에서 쌍둥이 자매가 빠끔 열린 벽장 문틈으로 지켜보는 가운데 일어났는데, 자매는 손바닥이 침으로 축축해질 때까지 서로의 입을 서로의 손으로 틀어막고 있었다.

그날 밤 리언이 테이블 다리를 깎고 있는데, 백인 남자 다섯 명이 현관문을 차고 들어와 그를 밖으로 끌어냈다. 그는 얼굴을 땅에 세게 박으며 넘어졌고, 입안이 흙과 피로 범벅이 되었다. 주동자—가을 사과처럼 붉은빛이 감도는 금발의 키가 큰 백인이었다—가 구겨진 쪽지를 흔들면서, 리언이 거기 불쾌한 내용을 써서 백인 여자에게 건넸다고 주장했다. 리언은 글을 읽을 줄도 쓸 줄도 몰랐지만—리언의 손님들은 그가 무언가 표시할 일이 있으면 죄다 X자를 그려넣는 것을 알고 있었다—백인 남자들은 그의 손을 짓밟아 손가락 관절을 모조리 부러뜨렸고, 이어 네 차례 총을 쏘았다. 그는 살아남았지만, 사흘 뒤 백인들이 다시 병원으로 쳐들어와 유색인 병동의 병실을 다 뒤지고 다닌 끝에 마침내 그를 찾아냈다. 이번에 그들은 그의 머리를 두 방 쏘았고, 면으로 된 베개에 빨간 꽃이 피어났다.

데지레는 첫번째 린치를 목격했을 뿐이지만 계속해서 두번째를 상상했다. 아버지는 잠든 채, 저녁을 먹은 뒤 의자에 앉아 꾸벅꾸벅 졸 때처럼 머리가 기울어 있었을 것이다. 그러다 천둥 같은 부츠 소리에 깨어났으리라. 그는 비명을 질렀을지도, 어쩌면 그럴 시간조차 없었을지도 모른다. 퉁퉁 부은 두 손은 붕대가 감긴 채 무력하게 그의 옆에 놓여 있었을 것이다. 벽장 안에서, 데지레는 백인 남자들이 아버지를 집에서 끌어내는 장면을 지켜보았다. 끌려가는 아버지의 긴 다리가 바닥에 툭툭 부딪혔다. 그녀는 갑자기 쌍둥이 자매가 비명을 지르려고 하는 것을 느끼고 스텔라의 입을 손으로 틀어막았고, 잠시 후 이번에는 스텔라의 손이 데지레의 입을 막는 것이 느껴졌다. 그 순간 그들 사이에서 뭔가가 달라졌다. 전에는 거울을 보는 것처럼 스텔라를 예측할 수 있었다. 하지만 벽장 안에서 처음으로, 데지레는 자신의 쌍둥이 자매가 어떻게 행동할지 모르겠다고 느꼈다.

경야經夜에서, 쌍둥이는 한 쌍의 검은 원피스를 입었다. 안에 입은 슬립 때문에 다리가 따끔거렸다. 재봉 일을 하는 버니스 르그로는 장례식 며칠 전에 애도의 뜻을 전하러 왔다가, 아델이 매장식에서 리언에게 입힐 교회용 바지를 꿰매고 있는 것을 보았다. 아델의 손이 떨리고 있었고 버니스는 바늘을 빼앗아 대신 바지를 꿰매주었다. 아델이 혼자 이 일을 어떻게 감당할지 그녀는 상상할 수 없었다. 드퀴어 집안은 부드러운 것, 길고 편안한 삶에 익숙했다. 쌍둥이는 심지어 장례식 때 입을 옷도 없었다. 다음날 아침 버니스는 검은 천 한 필을 가져와 거실에서 무릎을 꿇은 채 줄자를 들었다. 그녀는 쌍둥이를 여전히 구분하지 못했지만, 어느 쪽이 누구인지 물어보기가 창피해서 "너, 저기 가위 좀 가져와"라거나 "똑바로 좀 서봐, 얘야" 같은 간단한 지시만 했다. 그녀가 안절부절못하는 쪽에게 "그만 꼼지락거려, 얘. 그러다 찔려" 하고 말하자, 다른 하나가 그애가 잠잠해질 때까지 손을 잡아주었다. 이를 어쩌면 좋아, 버니스는 두 아이를 번갈아 쳐다보며 생각했다. 두 몸으로 나뉜 한 사람을 위해 원피스를 만드는 느낌이었다.

매장식이 끝나고, 버니스는 복작거리는 아델의 거실에서 쌍둥이가 빠르게 곁을 지나갈 때 자신의 바느질 솜씨에 감탄했다. 안절부절못한 쪽이 데지레였다는 것을 그녀는 나중에 알게 되었는데,

그 아이가 다른 쪽의 손을 잡아끌며 삼삼오오 모여 수군거리는 어른들을 비집고 지나갔다. 리언이 그 쪽지를 썼을 리 없었다—백인 남자들은 뭔가 다른 일로 화가 났던 것일 텐데, 그들이 무슨 일로 화가 났는지 누가 알겠는가? 윌리 리가 듣기로, 백인들이 화가 난 건 리언이 그들보다 더 낮은 값을 불러 그들의 사업을 가로챘기 때문이라고 했다. 하지만 자기들이 부른 값보다 더 적게 받았다고 어떻게 사람을 쏘는가?

"백인들은 너무 많이 원하면 그 이유로, 너무 적게 원하면 또 그 이유로 사람을 죽일 놈들이에요." 윌리 리는 고개를 가로저으며 담뱃잎 가루를 파이프 안에 쑤셔넣었다. "그자들의 규칙을 따를 수밖에 없지만, 문제는 그자들이 내키는 대로 규칙을 바꿔버린다는 거죠. 가히 악마 같은 놈들이에요."

침실에서 쌍둥이 자매는 매트리스 모서리에 걸터앉아 다리를 흔들면서 파운드케이크 조각을 조금씩 뜯어먹었다.

"아빠가 뭘 어떻게 했는데?" 스텔라가 계속 물었다.

데지레는 한숨을 쉬었고, 처음으로 적당한 대답을 생각해내야 한다는 부담을 느꼈다. 칠 분 차이라도 손위는 손위였다.

"윌리 리가 말한 대로야. 아빠가 일을 너무 잘해서."

"하지만 그건 말이 안 되잖아."

"말이 될 필요가 없지. 백인들이잖아."

세월이 흐르자, 아버지는 그녀에게 스치듯 순간순간 떠오를 뿐이었다. 데님 셔츠를 만지다가, 자신이 다시 작아져 아버지의 가슴을 감싼 거친 질감의 천에 얼굴을 갖다댄 듯한 느낌이 드는 그런 순간에. 적어도 맬러드—이상하고 분리된 타운—에서는 자신과 같은 유의 사람들 속에 숨어 안전하게 지낼 수 있어야 마땅했다. 하지만 아무도 검은 피부의 사람과 결혼하지 않는 이곳에서조차 당신은 여전히 유색인이었고, 그것은 백인 남자들이 당신이 죽기를 거부했다는 이유로 당신을 죽일 수 있다는 의미였다. 빈스네 쌍둥이가, 백인 남자들이 그러기로 결정했기 때문에 아버지 없이 자라야 하는 이 작은 아이들이 장례식용 원피스 차림으로 그 사실을 상기시켜주었다.

그리고 그들은 자라서 숙녀가 다 되었고, 이제 같은 점과 다른 점 모두 도드라져 보였다. 아무도 쌍둥이를 구분할 수 없는 시절이 있었다는 것조차 이내 웃음거리가 되었다. 데지레는 마치 한쪽 발이 땅에 박혀 있고 계속해서 그걸 빼내려 애쓰는 사람처럼 늘 불안해 보였다. 스텔라는 아주 침착해서, 샐 델라포스의 성미 고약한 말조차 그녀 주변에서는 한 번도 날뛴 적이 없었다. 데지레는 학교 연극에서 주인공 역을 한 번 맡았고, 폰테노 가족이 교장에게 뇌물을 먹이지만 않았다면 두 번 맡았을 것이다. 스텔라는 아주 총명해서, 어머니가 비용을 댈 수 있었다면 대학에 갔을 것이다. 데지레와 스텔라, 맬러드의 딸들. 커가면서 그들은 더이상 두 몸으로 갈라진 한 몸이 아니라, 각자의 방향으로 상대를 끌어당기는, 한 몸에 부어진 두 몸처럼 보였다.

사라진 딸들 중 하나가 돌아온 다음날, 아델 빈스는 아침 일찍 일어나 커피를 내렸다. 그녀는 전날 밤 거의 잠을 이루지 못했다. 십사 년 동안 혼자 살다보니 침묵 외의 소리는 모두 낯설게 들렸다. 바닥 판자가 삐걱거리거나 이불이 사각거리거나 숨쉬는 소리가 들릴 때마다 화들짝 놀라서 깼다. 아델은 실내복의 벨트를 조여 매며 부엌을 가로질렀다. 산들바람이 앞문을 통해 불어들어왔다—데지레가 포치 난간에 기대 있었고, 연기가 그녀의 머리 쪽을 스치며 길게 흘러갔다. 데지레는 늘 그 자세로, 왜가리처럼 한쪽 다리를 반대쪽 다리 뒤에 놓고 서 있었다. 아니면 그러는 건 스텔라였나? 아델의 기억 속에서 딸들의 모습은 뒤섞여 있었다. 딸들의 구체적인 모습들이 자리를 바꾸다가 결국에는 합쳐져 하나의 상실이 되었다. 한 쌍. 아델은 한 쌍이 필요했다. 그리고 이제 하나가 돌아오고 나니 나머지 하나의 상실이 더 새삼스럽고 날카롭게 느껴졌다.

아델이 물을 넣은 냄비를 레인지 위에 올리고 돌아서는데, 검은 아이가 문간에 서 있었다.

"깜짝이야!" 그녀가 말했다. "너 때문에 심장이 멎는 줄 알았구나."

"죄송해요." 아이가 조그맣게 말했다. 아이는 조용했다. 왜 이렇게 조용한 것일까? "물 좀 줄래요?"

"주실래요." 아델은 그렇게 말하고, 어쨌거나 컵에 물을 채워주었다. 그리고 조리대에 몸을 기댄 채 아이가 물 마시는 것을 지켜보며 자신의 딸을 연상시키는 부분이 조금이라도 있는지 얼굴을 뜯어보았다. 하지만 아이의 사악한 아버지만 보일 뿐이었다. 검은 피부의 남자는 좋을 게 하나도 없다고 자신이 데지레에게 말해주지 않았던가? 그동안 내내 딸에게 경고하지 않았던가? 검은 남자는 딸의 아름다움을 짓밟을 거라고. 그가 처음에는 그 아름다움을 사랑할지 몰라도, 결코 손에 넣을 수 없는 모든 욕망의 대상에 그러는 것처럼, 그것에도 점점 분개하게 될 거라고. 이제 그는 그 때문에 딸을 벌하고 있는 것이었다.

아이는 빈 컵을 조리대에 내려놓았다. 아이는 낯선 나라에서 깨어난 것처럼 어리둥절해 보였다. 그녀의 손녀. 맙소사, 손녀가 생기다니. 그 단어는 아델의 머릿속에서조차 어색하게 느껴졌다.

"가서 놀지 그러니?" 아델이 말했다. "나는 아침 준비를 해야겠다."

"아무것도 안 갖고 왔어요." 아이가 말했다. 아마 두고 온 모든 장난감을 말하는 모양이었다. 도시 장난감, 진짜 모터로 움직이는 칙칙폭폭 기차나, 인간의 머리칼을 가진 플라스틱 인형 같은 것. 어쨌거나 아델은 쌍둥이 방으로 들어갔고, 침대가 헝클어져 있는 것을 보고 순간적으로 소스라치게 놀랐다가—데지레는 간밤에 예전에 눕던 자리에서 잠을 잤다—이어, 퀴퀴한 냄새가 나는 벽장문을 열었다. 벽장 깊숙이 놓아둔 판지 상자에서 아델은 스텔라가 데지레에게 만들어줬던 옥수수자루 인형을 찾아냈다. 아이는 머뭇거렸지만—가게에서 산 자기 인형과 비교하면 괴물 같아 보였을 것이다—스텔라의 인형을 조심스럽게 들고 거실로 갔다.

한 쌍. 한때 아델에게는 한 쌍이 있었다. 건강한 쌍둥이가, 그것도 첫 임신에서 낳은 딸들이. 그녀는 자신의 침실에서 분만을 했는데, 갑작스레 눈이 내려 산파가 제시간에 도착하지 못할까봐 조마조마했다. 마담 서로Theroux가 도착했고, 아델에게 운이 좋다고 말했다. 삼 세대 동안 어느 쪽 집안에도 쌍둥이는 없었다. 산파가 말하기를, 쌍둥이를 낳는 축복을 받았다면 하늘과 땅을 결합하는 신성한 쌍둥이인 마라사를 섬겨야 한다고 했다. 그들은 강한 힘을 가졌으나 질투심이 많은 아이 신이었다. 둘을 동등하게 숭배해야 했다—제단에는 사탕 두 개, 소다수 두 개, 인형 두 개를 놓아야 했다. 아델은 세인트캐서린교회에서 교리 공부를 마친 터라 아이들이 태어났을 때 이교도 신앙에 대한 마담 서로의 말을 들었다가는 곤란한 상황에 빠질 것을 알았다. 하지만 그 이야기에 귀를 기울이면서 출산의 고통을 덜 수 있었다. 이어 데지레가 태어났고, 칠 분 뒤 스텔라가 태어났다. 아델은 한 팔에 한 아이씩 안았다. 쪼글쪼글하고 발그레하고 그녀 이외에는 다른 무엇도 필요하지 않은 아기들을.

쌍둥이가 태어난 뒤 아델은 제단을 만들지 않았다. 하지만 나중에, 아이들이 사라지고 나서 그녀는 자신이 오만했던 게 아닌가 생각했다. 아무리 바보 같은 소리로 들렸어도 제단을 세웠어야 했다. 그랬다면 딸들이 머물렀을지도 몰랐다. 아니, 어쩌면 책임은 온전히 그녀에게 있는지도 몰랐다. 쌍둥이를 동등하게 사랑하지 못한 것, 아마 그게 딸들을 쫓아냈을 것이다. 좋은 일이 일어나기를 열심히 바라면 무엇도 딸을 해칠 수 없으리라 확신하며, 그녀는 아빠를 더 많이 닮은 데지레를 늘 더 엄하게 대했다. 고집 센 아이에게는 고삐를 맬 필요가 있었다. 그녀가 데지레를 사랑하지 않았다면 아이를 고집불통으로 자라게 놔두었을 것이다. 하지만 다시 생각해보면 데지레는 미움을 받는다고 느꼈을 것이고, 스텔라는 방치되었다고 느꼈을 것이다. 그게 문제였다. 두 사람을 정확하게 똑같이 사랑하는 것은 결코 가능하지 않은 일이었다. 그녀에게 주어진 축복은 시작부터 이런 운명이 예정되어 있었고, 그녀의 딸들은 질투심 많은 신들만큼이나 기분을 맞춰주기가 불가능했다.

리언은 쉽게 사랑할 수 있는 사람이었다. 그와 오래 함께하지 못하리란 걸 아델은 알았어야 했다. 그녀의 모든 축복은 삶의 초반에 아주 쉽게 찾아왔으나, 그녀는 그 전부를 잃으면서 후반부를 보냈다. 하지만 데지레를 다시 잃지는 않을 것이다.

그녀는 커피 두 잔을 들고 삐걱거리는 포치로 올라섰다. 데지레가 잽싸게 난간에 담배를 비벼 껐다. 아델은 거의 웃을 뻔했다—저렇게 컸는데 사탕을 훔치는 아이처럼 행동하다니.

"아침식사를 좀 준비하려고 하는데." 아델이 말했다. 그리고 딸에게 머그잔을 건네며, 스카프를 둘러봤자 거의 가려지지 않는 데지레의 울긋불긋한 멍을 다시 한번 흘끗 보았다.

"배가 그렇게 고프지는 않아요." 데지레가 말했다.

"뭐든 먹지 않으면 쓰러질 거야."

데지레는 어깨를 으쓱하며 커피를 한 모금 홀짝였다. 아델은 딸이 손바닥 안에서 날개를 퍼덕이는 새처럼 벌써 달아나려고 하는 것을 느낄 수 있었다.

"네 딸은 이따 내가 학교에 데려가마." 아델이 말했다. "입학 절차를 밟아야지."

데지레가 코웃음을 쳤다. "대체 왜 그러시려는 건데요?"

"음, 공부는 계속 시켜야지……"

"엄마, 우리는 여기 계속 있지 않을 거예요."

"어디로 갈 건데? 그리고 어떻게 갈 건데? 네 수중에 십 달러도 있을 것 같지 않구나."

"모르겠어요! 어디든요."

아델이 입을 앙다물었다. “여기서 나하고 같이 지내느니 어디로든 가겠다는 거구나.”

“그런 게 아니에요, 엄마.” 데지레는 한숨을 쉬었다. “그저 지금 우리가 어디서 지내야 하는지 모르겠어요.”

“가족과 함께 있어야지, 얘야.” 아델이 말했다. “여기 있어. 여기가 안전해.”

데지레는 숲속을 바라보며 아무 말도 하지 않았다. 머리 위에서는 하늘이 깨어나며 옅은 라벤더색과 분홍색으로 물들었고, 아델은 한 팔로 딸의 허리를 감았다.

“스텔라가 지금 어떻게 살고 있을 것 같아요?” 데지레가 말했다.

“모르겠다.” 아델이 말했다.

“엄마?”

“스텔라 생각은 하지 않아.” 아델이 말했다.

밸러드에서 데지레는 어디서나 스텔라를 보았다.

라일락색 원피스를 입고 수도 펌프 옆에서 한가롭게 놀고 있는 모습도, 양말 안으로 손가락을 넣어 발목을 긁는 모습도 보았다. 숨바꼭질을 하며 숲속으로 들어가 나무 뒤에 숨는 모습도 보았다. 흰 종이에 싼 닭고기 간을 비밀처럼 소중하게 꼭 움켜잡고 정육점을 나서는 모습도 보았다. 곱슬곱슬한 머리는 뒤에서 하나로 모아 핀으로 고정한 다음 리본으로 묶고 원피스는 늘 빳빳하게 풀을 먹여 입고 신발은 반짝반짝 닦아서 신는 스텔라. 얌전한 소녀, 데지레는 스텔라를 그런 모습으로만 알았다. 이런 스텔라의 모습이 자꾸 그녀의 시야에 어른거렸다. 스텔라가 울타리에 기대선 모습, 카트를 밀며 폰테노 가게의 통로를 지나가는 모습, 세인트캐서린교회의 돌계단에 앉아 민들레 씨앗을 불고 있는 모습. 데지레가 딸을 학교에 데려간 첫날, 스텔라가 그들 뒤에 나타나 흙먼지가 발에 차여 양말에 들러붙는다고 불평했다. 데지레는 스텔라의 존재를 무시하려고 주드의 손을 꼭 잡았다.

"오늘 친구들한테 꼭 말을 걸어봐." 데지레가 말했다.

"나는 내가 좋아하는 사람들하고만 말할 거예요." 주드가 말했다.

"하지만 아직 모르잖아. 네가 누구를 좋아하게 될지. 그러니 모두에게 잘 대해야 해. 그래야 알 수 있으니까."

데지레는 딸의 칼라에 달린 러플 주름을 펴주었다. 그녀는 전날 밤 마당에서 무릎을 꿇은 채 빨랫대야에 주드의 옷을 넣고 비벼 빨았다. 두 사람이 입을 옷을 충분히 챙겨오지 못해서, 데지레는 뿌연 물속에 손을 담그며 딸이 너무 자라서 더는 입을 수 없게 될 때까지 같은 옷 네 벌을 번갈아 입는 것을 상상했다. 그녀는 왜 미리 계획을 세우지 않았던가? 스텔라였다면 세웠을 것이다. 실행에 옮기기 몇 달 전부터 달아날 계획을 세웠을 것이다. 한 번에 양말 한 짝씩 천천히, 다람쥐처럼 야금야금 짐을 꾸렸을 것이다. 돈을 준비하고, 기차표를 사고, 갈 곳을 정해놓았을 것이다. 실제로 스텔라가 뉴올리언스에서 그렇게 했었기 때문에 데지레는 그것을 잘 알았다. 스텔라는 옆방으로 들어가는 것처럼 쉽게, 한 인생에서 빠져나와 다른 인생으로 들어가버렸다.

학교 운동장에 가까워지니 베이지색 피부의 아이들이 얼빠진 얼굴로 담벼락에 바짝 붙어서 있는 게 보였다. 데지레는 딸의 손을 다시 꽉 쥐었다. 그녀는 주드에게 가장 예쁜 옷을 입혔다. 분홍색 앞치마가 달린 흰색 원피스를 입히고, 가장자리에 레이스가 둘린 양말과, 메리 제인 구두를 신겼다. "뭔가 갈색은 없니?" 어머니가 문간에서 서성거리며 물었지만, 데지레는 어머니의 말을 무시했다. 주드의 땋은 머리에는 분홍색 리본을 맸다. 다들 검은 피부에는 밝은 색깔이 촌스러워 보인다고 입을 모았지만, 그녀는 딸을 칙칙한 올리브그린이나 회색 안에 감추고 싶지 않았다. 하지만 지금 다른 아이들 옆을 지나가면서 그녀는 스스로가 바보같이 느껴졌다. 분홍색이 지나치게 눈에 띄었다. 백화점에서 파는 인형처럼 입혀놓은 바람에, 딸아이가 아이들과 자연스럽게 어울릴 기회가 자신에 의해 이미 망쳐진 것 같았다.

"왜 다 저를 쳐다봐요?" 주드가 물었다.

"네가 여기 새로 와서 그래." 데지레가 말했다. "그냥 네가 누군지 궁금한 거야."

그녀는 목소리를 밝게 하려고 애쓰며 미소를 지었지만, 딸은 경계하는 눈빛으로 학교 운동장을 흘끗 보았다.

"얼마나 오래 여기 있어야 해요?" 딸이 물었다.

데지레는 주드 앞에 무릎을 꿇었다. "여기가 다르다는 거 알아." 그녀가 말했다. "하지만 그냥 잠시만이야. 엄마가 뭔가 방법을 찾아낼 때까지만, 알았지?"

"잠시가 얼마나 길어요?"

"모르겠어, 아가." 데지레가 마침내 말했다. "모르겠어."

설리 고트는 기둥 위에 느긋이 올려 앉힌 건물이었고, 붉게 변색된 지붕 위로는 나무에 붙어 자란 이끼가 뚝뚝 흘러내릴 듯 매달려 있었다. 데지레는 진창이 된 좁은 길을 조심조심 골라 디디며 다 허물어져가는 맨 아래 계단 앞에 이르렀다. 정유공장에 인접한 작은 타운 근처에 영화관도 없고 나이트클럽이나 야구장도 없다는 것은 한 가지를 의미했다. 무료함을 느끼는 거친 남자들이 많다는 것. 마리 빈스는 맬러드에서 그것이 문제라고 생각하지 않은 유일한 사람이었다. 오히려 부모님이 남겨준 농가를 술집으로 개조하고, 네 명의 아들에게 유리잔을 씻고 술통을 운반하고 가끔은 싸움을 뜯어말리는 일을 시켰다. 언젠가 술집을 아들 중 하나에게 물려주려고 생각했지만, 그녀가 죽었을 때 아들들은 이미 모두 죽고 없었다. 쌍둥이는 아버지의 장례식 이후 할머니를 거의 보지 못했다. 어머니가 그 주류 밀매점과도, 그곳 주인인 우아하지 않은 여인과도 관계를 끊고 싶어했기 때문이었다. 리언이 중간에서 상황을 부드럽게 만들어주던 시절에는 두 여자도 충분히 예의를 갖춰 서로를 대했지만, 그가 사라진 지금 두 사람에게는, 그들의 슬픔에는 여유가 없었다.

그래서 쌍둥이는 마리 빈스가 맬러드에서 가장 거친 남자들에게 위스키를 어떻게 따라주었는지에 관한 이야기, 카운터 밑에 늘 '냇 킹 콜'이라고 명명한 권총을 둔다는 이야기만 들었을 뿐이다. 정유공장 일꾼들이 포커 게임을 하다가 서로 밀치거나 여자를 놓고 싸움을 하면 마리가 냇 킹 콜을 꺼냈고, 그러면 집안 살림을 하는 여자에게는 대체로 끄떡도 하지 않는 성난 남자들이 성당 복사처럼 온순해진다는 것이었다. 하지만 설리 고트에 처음 발을 들여놓은 순간 데지레는 거의 실망했다. 그녀는 늘 그 술집을 마법의 장소로 상상했었고, 거긴 어쩐지 아버지를 떠올리게 하는 공간일 것 같았다. 하지만 그곳은 그저 시골의 싸구려 술집에 지나지 않았다.

데지레가 대낮에 술집에 간 건 달리 갈 곳이 떠오르지 않았기 때문이었다. 윌리 리의 트럭 앞자리에 앉아 이리저리 부대끼며 오펄루서스까지 오는 동안 오전 시간이 다 지나갔다. 일자리에 지원하고 싶다고, 윌리 리가 자신의 가게 밖에서 배달할 물건을 트럭에 싣고 있는 것을 보고 그녀는 말했다. 그가 시내까지 태워줄 수 있는지? 정육 트럭이 맬러드에서 멀어져갈 때, 그녀는 이미 학교 건물 안으로 사라져버린 딸이 서 있던 곳을 흘끗 돌아보며 여전히 딸 생각에 빠져 있었다. 그 가녀린 어깨와 옆구리에 꼭 붙인 손.

"어디 내려줄까?" 윌리 리가 물었다.

"보안관 사무소 앞에요."

"보안관 사무소?" 그가 그녀를 돌아보며 말했다. "거긴 무슨 볼일이 있어서?"

"말했잖아요. 일자리요."

윌리 리가 시큰둥하게 말했다. "청소 일은 맬러드 근처에서도 찾을 수 있어."

"청소 일 말고요."

"그럼 보안관 사무소에서 무슨 일을 하려고?"

"지문 감식가로 지원하려고요." 데지레가 말했다.

윌리 리가 웃었다. "그러니까 다짜고짜 그 안으로 들어가서, 뭐라고 말하겠다고?"

"그 일에 지원하고 싶다고요. 왜 웃으시는지 모르겠어요, 윌리 리. 저는 십 년 넘게 지문 감식가로 일했어요. 연방수사국에서 할 수 있는 일을 여기서는 못할 이유가 뭔지 모르겠어요."

"몇 가지 이유가 있겠지." 윌리 리가 말했다.

하지만 그녀가 이곳을 떠난 뒤로 세상이 조금은 바뀌지 않았는가? 그래서 그녀가 세인트랜드리 패리시의 보안관 부서로 세상 자신만만한 태도로 걸어들어간 것 아니겠는가? 그녀는 철조망 울타리가 둘린 더러운 황갈색 건물 안으로 곧장 들어갔고, 모래색 금발에 통통한 체격의 보안관보에게 그 일에 지원하고 싶다고 말했다. "연방수사국이라고 그랬소?" 그가 눈썹을 치키며 물었고, 그녀는 희망에 부풀었다. 지문 감식가를 뽑는 시험지를 빠르게 풀면서 이 순간 이런 유의 사고 활동을 할 수 있다는 것에, 최근에 주로 하는 생각—가진 돈으로 얼마나 더 버틸 수 있을 것인가 같은 실질적인 고민—말고 진짜 분석적인 사고를 할 수 있다는 것에 감사했다. 그녀는 시험을 빠르게 끝냈고, 보안관보는 놀라서 약간 웃으면서 기록을 세운 것 같다고 말했다. 그는 답을 확인하기 위해 황색 문서철에서 답안지를 꺼냈다. 하지만 그러기에 앞서 지원서 전체를 훑어보았고, 주소가 맬러드로 되어 있는 것을 본 순간 시선이 얼어붙었다. 그는 답안지를 문서철에 다시 끼워넣고 자신의 의자로 되돌아갔다.

"그건 거기 둬요, 아가씨." 그가 말했다. "내 시간을 낭비할 이유는 없으니까."

지금 그녀는 환영의 의미로 내건 간판—쿨한 여자! 핫한 맥주!—아래를 지나 설리 고트로 들어갔고, 기름때가 묻은 작업복을 입은 남자들을 비집고 비어 있는 칸막이 자리를 찾아 앉았다.

"어라, 누군가 했더니." 늙은 바텐더인 로나 히버트가 말했다. 그녀는 데지레가 시키지도 않은 위스키 잔을 내려놓았다.

"저를 보고도 별로 놀라지 않으시네요." 데지레가 말했다. 그녀가 타운에 온 지 이제 이틀이 되었으니, 당연히 모르는 사람이 있을 리 없었다.

"언젠간 집으로 돌아와야지." 로나가 말했다. "이제 제대로 얼굴 한번 보자."

어두운 술집 안인데도 데지레는 여전히 푸른 스카프를 하고 있었다. 로나가 뭔가를 봤다고 해도 그에 대해 언급하지는 않았다. 그녀는 카운터 뒤쪽으로 사라졌고, 데지레는 술잔을 비운 뒤 델 듯한 그 감각에 위로를 받았다. 대낮에 혼자 술을 마시는 자신이 한심하게 느껴졌지만, 달리 뭘 할 수 있겠는가? 그녀는 일자리가 필요했다. 돈이 필요했다. 계획이 필요했다. 하지만 그녀의 딸을 빤히 쳐다보던 그 아이들을, 그녀를 내쫓은 보안관보를, 그녀의 목을 움켜잡은 샘을 생각하면. 데지레는 그 전부를 잊고 싶어서 로나를 다시 손짓으로 불렀다.

한 잔 또 한 잔. 그를 보았을 때 데지레는 이미 알딸딸하게 취한 상태였다. 그는 낡은 갈색 가죽 재킷을 입고 지저분한 부츠를 신은 발 한쪽을 스툴에 올린 채 카운터 끝에 앉아 있었다. 그의 옆에 앉은 남자가 뭐라고 말하자 그는 위스키를 내려다보며 미소를 지었다. 튀어나온 광대뼈가 눈에 확 들어왔다. 그토록 많은 시간이 지났지만 그녀는 어디에서든 얼리 존스를 알아볼 수 있었다.

맬러드에서 보낸 마지막 여름에 데지레 빈스는 만나서는 안 되는 한 남자를 만났다.

그전까지 그녀는 만나도 괜찮은 남자들만 만나면서 살아왔다. 피부색이 옅고 야심이 있는 맬러드 출신의 남자애들, 그녀의 땋은 머리를 잡아당기는 남자애들, 교리문답 시간에 그녀의 옆에 앉아 사도신경을 외우는 남자애들, 학교 댄스파티중에 바깥에서 그녀에게 키스해달라고 사정하는 남자애들. 그녀는 그중 하나와 결혼하면 되었다. 조니 허로가 그녀의 역사책에 하트 모양의 편지를 남겼을 때, 길 댈코트가 홈커밍 행사에 같이 가자고 했을 때 데지레는 사실상 어머니가 자신을 그들에게 떠미는 것처럼 느꼈다. 아무나 하나 골라, 아무나 하나 골라. 그럴수록 그녀는 발꿈치를 땅에 단단히 붙이고 꼼짝도 하고 싶지 않았다. 여자가 당연히 자기를 좋아할 거라고 여기면 남자는 흥미를 잃는 법이었다.

맬러드 청년들은 사촌처럼 익숙하고 안전했지만, 누군가의 조카가 놀러오거나 소작농이 타운 변두리로 이동해 올 때를 빼면 주변에 다른 남자는 없었다. 데지레는 소작농 가족의 청년들과는 한 번도 대화를 나눈 적이 없었다—그저 그들이 타운을 지나갈 때 쳐다본 게 전부였다. 키가 크고 호리호리한 근육질에 피부가 갈색으로 그을린 청년들. 그 청년들은 남자로 보였다. 그렇다고 그들과 무슨 대화를 할 수 있겠는가? 게다가 피부색이 어두운 남자와는 말을 섞어서는 안 되었다. 한번은 한 청년이 모자를 살짝 들며 그녀에게 인사를 건넨 일이 있었는데, 어머니가 혀를 차며 그녀의 팔을 더욱 단단히 잡았다.

"저쪽은 쳐다보지도 마." 어머니가 말했다. "저런 사내애들은 바른길로 가는 덴 관심이 없어."

맬러드에 돌아다니는 검은 피부의 사내들은 원하는 게 그저 여자 사냥뿐이라고, 어머니는 입버릇처럼 말했다. 백인 여자들에게 집적거리고 싶지만 불가능하니 피부색이 옅은 여자를 차선으로 생각한다고 말이다. 데지레는 피부색이 어두운 남자는 한 번도 만나보지 못했는데, 6월의 어느 저녁 거실 유리창을 닦다가 뿌연 유리를 통해 앞쪽 포치에 서 있는 한 남자를 보았다. 키가 큰 청년은 셔츠 없이 오버올 작업복만 입었고, 피부색은 졸인 설탕처럼 짙은 갈색이었다. 그는 한 팔로 종이봉투를 든 채, 자주색 과일을 한 입 베어 물더니 손등으로 입을 닦았다.

"나 들어가도 돼?" 그가 말했다. 그녀를 너무 빤히 쳐다봐서, 데지레는 얼굴을 붉혔다.

"안 돼." 그녀가 말했다. "넌 누구니?"

"누구 같아?" 그가 말했다. 그러고는 그녀 쪽으로 봉투를 돌려 폰테노의 로고를 보여주었다. "문 열어줘."

"나는 네가 누군지 몰라." 그녀가 말했다. "도끼 살인자일 수도 있잖아."

"내가 도끼를 가진 것처럼 보여?"

"여기선 안 보이는지도 모르지."

그는 그냥 포치에 봉투를 내려놓고 갈 수도 있었다. 그렇게 하지 않는 걸 보면서, 데지레는 그들이 지금 은근히 서로를 유혹하고 있다는 것을 깨달았다.

그녀는 창턱에 걸레를 내려놓고 그가 먹는 걸 지켜보았다.

"근데 지금 먹는 게 뭐야?" 그녀가 물었다.

"와서 봐."

데지레는 마침내 방충문의 잠금 고리를 풀고 맨발로 포치로 나갔다. 얼리가 그녀에게 다가왔다. 그에게서 백단유와 땀 냄새가 났고, 그가 다가올 때 그녀는 숨을 쉴 수 없을 만큼 짧은 순간 동안 그가 키스를 할지도 모르겠다고 생각했다. 하지만 그는 그러지 않았다. 그는 무화과를 들어 그녀의 입술에 갖다댔다. 데지레는 그의 입이 닿았던 자리를 베어 물었다.

나중에 그녀는 그의 이름을 알게 되었는데, 심지어 이름이라 하기도 뭣한 이름이었다. 하지만 그 이름을 입안에서 굴리자 그녀의 얼굴에 미소가 지어졌다. 얼리Early, 얼리, 시간을 부르는 느낌이었다. 한 달 내내 그는 꽃을 선물하듯 과일을 놓고 갔다. 매일 저녁 쌍둥이가 듀폰 부부의 집에서 일하고 돌아오면 포치 난간에 자두나 복숭아, 혹은 블랙베리가 가득 담긴 냅킨이 놓여 있었다. 천도복숭아와 배, 루바브. 그녀가 한 번에 다 먹을 수 없을 만큼 많은 양이었다. 그녀는 나중에 아껴 먹으려고 앞치마에 숨겨두거나, 구워서 파이로 만들었다. 가끔 얼리는 저녁에 식료품을 배달하러 가는 길에 그녀의 집 앞을 지나다가 포치 계단에서 잠시 시간을 보냈다. 그는 배달은 파트타임으로 하고, 나머지 시간에는 타운 변두리 근처의 농장에서 친척 아저씨와 아주머니의 일을 돕는다고 말했다. 하지만 수확이 끝나면 그곳에서 도망쳐 뉴올리언스 같은 진짜 도시로 갈 계획이라고 했다.

"가족들이 널 그리워하지 않을까?" 데지레가 말했다. "네가 떠나면?"

그는 코웃음을 쳤다. "돈이라면 그립겠지." 그가 말했다. "돈이라면 그리워할 거야. 그들은 그것만 생각하거든."

"음, 돈 생각을 안 할 수는 없지." 데지레가 말했다. "어른들은 다 그런걸."

늘 돈 걱정을 달고 살지 않는 어머니를 어떻게 상상할 수 있겠는가? 어쩌면 꿈꾸듯 집안을 돌아다니는 듀폰 부인 같은 모습일지도. 하지만 얼리는 고개를 가로저었다.

"그거랑은 달라." 그가 말했다. "네 엄마한텐 집이 있잖아. 너네는 이 타운 전체를 가졌어. 우린 아무것도 없어. 그게 내가 네게 이 과일을 주는 이유야. 어쨌거나 내 것은 결코 아니거든."

데지레는 냅킨에 담긴 블랙베리 한 알을 집었다. 이미 너무 많이 먹어서 손가락 끝이 자주색으로 물들어 있었다.

"이 과일이 전부 네 거라면," 그녀가 말했다. "나한테 아무것도 안 줄 거야?"

"다 내 거라면," 얼리가 말했다. "너한테 전부 다 주지."

그러더니 그는 데지레의 손목 안쪽에 입을 맞추었고, 이어 손바닥에도 입맞춘 뒤 그녀의 분홍색 새끼손가락을 입에 집어넣어 그녀의 피부에 남은 과일맛을 느꼈다.

집 뒤쪽 풀밭을 통과해 그녀에게 과일을 주고 가는 검은 피부의 사내. 얼리가 언제 올지, 오긴 할지 전혀 알 수 없어서, 데지레는 해가 빛을 잃어갈 때쯤 포치 난간 옆에 앉아 그를 기다리기 시작했다. 스텔라는 조심하라고 경고했다. 스텔라는 늘 조심했다. "내 말 듣고 싶지 않은 거 알아." 스텔라가 말했다. "하지만 너는 걜 잘 알지 못하고, 듣자 하니 좀 무례한 애 같아." 하지만 데지레는 신경 쓰지 않았다. 얼리는 그녀가 만나본 남자 중 처음으로 흥미로운 상대이자 맬러드 밖의 삶을 꿈꾸는 유일한 남자였다. 그리고 아마도 스텔라가 그를 신뢰하지 않는다는 점이 좋았을 것이다. 데지레는 두 사람이 만나는 건 결코 바라지 않았다. 그는 싱긋 웃고, 데지레와 스텔라를 번갈아 쳐다보며 비슷한 점 사이에서 다른 점을 찾아내려고 할 것이다. 그녀는 사람들이 말없이 뜯어보는 게, 누군가가 자신을 가능했을 다른 모습과 비교하는 게 싫었다. 심지어 그게 더 나은 모습이라면. 그가 스텔라에게서 더 마음에 드는 뭔가를 찾으면 어쩌지? 그건 겉모습과는 상관이 없을 것이고, 어쩐지 그게 더 기분 나빴다.

데지레가 그와 데이트를 하는 것은 아예 불가능했다. 그 문제를 같이 이야기해본 적은 없었지만, 얼리 역시 잘 알고 있었다. 그는 어머니가 일하고 있을 때만 포치 앞을 지나갔고, 하늘이 어둑해지면 곧바로 떠났다. 하지만 어느 저녁에 일을 마치고 돌아온 어머니가 데지레와 얼리가 대화를 나누고 있는 장면을 보고 말았다. 그는 난간을 훌쩍 뛰어넘었고, 그의 무릎에 놓여 있던 블랙베리는 포치 바닥에 산탄처럼 흩어졌다.

"당장 떠나는 게 좋을 거다." 어머니가 말했다. "내겐 남자나 만나고 다닐 딸은 없어."

자신도 뭔가 잘못했다고 느낀다는 듯 얼리가 항복의 의미로 손을 들었다.

"죄송합니다, 아주머니." 그가 말했다. 그러고는 데지레를 돌아보지도 않고 숲속으로 허둥지둥 사라졌다. 데지레는 그가 나무 사이로 사라지는 것을 비참한 심정으로 지켜보았다.

"왜 그랬어요, 엄마?" 데지레가 말했다.

하지만 어머니는 그녀를 안으로 떠밀었다. "언젠가는 나한테 고마워하게 될 거다." 어머니가 말했다. "너는 네가 뭐든 다 아는 줄 알지? 딸아, 너는 이 세상이 어떤 곳인지 몰라."

세상의 예측할 수 없는 잔인함에 대해서는 아마 어머니가 맞았을 것이다. 어머니는 이미 자기 몫의 대가를 치렀다. 그리고 어머니는 데지레가 치를 몫이 다가오는 것을 보았고, 검은 피부의 남자가 그 일을 앞당기는 것은 원하지 않았다. 혹은 어머니도 다른 모두처럼 검은 피부가 추하다고 생각해 거리를 두려 한 것일지도 몰랐다. 어찌됐건 얼리 존스는 다시 찾아오지 않았다. 데지레는 듀폰 부부의 집을 청소하면서 그를 생각했다. 토요일 오후에는 살 게 없는데도 길에서 식료품을 운반하는 그를 잠시라도 볼 수 있을까 해서 폰테노 가게 안을 서성였다. 그러다 마침내 폰테노 씨에게 물었고, 그는 그 청년의 가족은 다른 농장으로 옮겨갔다고 알려주었다.

만약 얼리에게 연락할 방법을 알았다면, 데지레는 그에게 무슨 말을 했을까? 어머니가 그런 말을 한 것에 대해 미안하다고? 아니면 그를 방어해주지 못해 미안하다고? 그녀는 이 지역 사람들과 생각이 같지 않다고? 하지만 그녀는 이제 그게 사실인지도 확신할 수 없었다. 어떤 행위를 하다가 들킨 데서 오는 수치심과 행위 자체에서 비롯하는 수치심은 분리할 수 없는 것이었다. 얼리와 시간을 보내는 것이 잘못된 일이라고 조금이라도 생각하지 않았다면, 왜 그녀는 얼리에게 루의 가게에서 만나 몰트를 마시자고 하지 않았을까? 혹은 산책하거나 강둑에 앉아 있자고 하지 않았을까? 얼리가 보기에는 아마 그녀도 어머니와 전혀 다르지 않았을 것이다. 그게 그가 작별인사도 없이 타운을 떠난 이유인 것이다.

지금 얼리 존스는 다시 맬러드에 돌아와 있었다. 더이상 나달나달해진 셔츠에 과일을 담아 오던 갈대처럼 호리호리한 소년이 아니라, 어른이 된 남자로. 데지레는 무슨 생각을 할 겨를도 없이 불안정하게 자리에서 일어나 그를 향해 다가갔다. 얼리가 고개를 돌려 쳐다보았고, 그의 갈색 피부가 흐릿한 조명 아래 반짝거렸다. 그는 그녀를 보고도 놀란 것 같지 않았고, 아주 잠시 작은 미소를 짓기까지 했다. 잠시 그녀는 무슨 말을 해야 할지 알 수 없었고, 다시 소녀가 된 것 같은 기분이었다.

"너일 거라고 생각했어." 그녀가 마침내 말했다.

"당연히 나지." 그가 말했다. "내가 아니면 누구겠어?"

얼리는 한편으로 정확히 그녀가 기억하는 모습 그대로였다. 키가 크고, 야생 고양이처럼 군살 없이 근육이 발달한 몸을 가진 남자. 하지만 희뿌연 술집 안인데도, 데지레는 그의 눈에서 힘들었던 세월을 읽을 수 있었다. 그의 고단한 눈빛이 그녀를 놀라게 했다. 얼리는 까끌까끌하게 수염이 돋은 턱을 긁적이며 로나를 손짓으로 부른 뒤 느긋이 데지레의 잔을 가리켰다.

"도대체 여기서 뭘 하는 거야?" 그녀가 말했다. 그를 다시 만난다 해도 그곳이 맬러드가 되리라곤 생각지 못했다.

"잠시 시내에 와 있어." 얼리가 말했다. "처리할 업무가 좀 있어서."

"어떤 업무?"

"뭐. 이런저런 업무."

그는 다시 웃었지만, 뭔가 불안정한 분위기가 감돌았다. 그는 그녀의 왼손을 흘끗 내려다보았다.

"그러니까 어느 남자가 네 남편이야?" 그가 실내를 가득 채운 남자들을 고갯짓으로 가리키며 말했다.

그녀는 아직 결혼반지를 끼고 있다는 사실을 잊고 있다가 손을 꽉 오므렸다.

"남편은 지금 여기 없어." 그녀가 말했다.

"그럼 남편은 너 혼자 이런 데 앉아 있는 거 괜찮대?"

"그건 내가 알아서 해." 그녀가 말했다.

"물론 그렇겠지."

"엄마 보러 온 거야. 그게 다야. 남편은 사정상 같이 올 수 없었고."

"음, 간이 큰 남자네. 너를 자기 시야 밖에 두어도 괜찮다니."

그는 그저 옛 시절을 떠올리며 실없는 말을 던지는 것일 테지만, 데지레는 여전히 얼굴이 달아오르는 것 같았다. 그녀는 무심결에 푸른 스카프를 만지작거렸다.

"너는 어떤데?" 그녀가 말했다. "손가락에 결혼반지가 없네."

"없지." 그가 말했다. "그런 건 전혀 내 취향이 아니거든."

"네 여자는 그러는 거 괜찮대?"

"나한테 여자가 있다고 누가 그래?"

"심지어 여러 명일지도 모르지." 그녀가 말했다. "나는 네가 어떻게 살았는지 몰라."

얼리는 웃었고, 잔을 기울여 남은 술을 비웠다. 그녀는 오랫동안 낯선 남자와 이런 대화나 눈짓을 주고받은 적이 없었지만, 샘은 종종 그녀가 그런다고 비난했다. 엘리베이터 운행원과 눈을 맞춘다고, 도어맨에게 너무 다정한 미소를 짓는다고, 택시 운전사의 농담에 너무 크게 웃는다고. 공개적인 장소에서 다른 남자들이 그녀에게 눈길을 주면 그는 우쭐한 것 같았다. 하지만 둘만 있을 때는 그들의 관심을 받았다는 이유로 그녀를 벌했다. 지금 그녀가 이런 장소에 있는 걸 보면 샘은 뭐라고 할 것인가? 그녀가 손만 뻗으면 셔츠 단추를 풀 수 있을 정도로 얼리가 이렇게 가까이 서 있는 것을 본다면?

"그럼 언제 집에 돌아갈 거야?" 그가 물었다.

"글쎄."

"돌아가는 표 같은 건 안 사뒀어?"

"너 질문이 되게 많다." 데지레가 말했다. "그리고 아직 네가 무슨 일을 하는지도 말해주지 않았어."

"사냥." 그가 말했다.

"뭘 사냥해?" 그녀가 물었다.

얼리는 그녀를 내려다보며 한동안 말이 없었고, 데지레는 그의 손이 그녀의 목 뒤쪽을 쓸어내리는 것을 느꼈다. 우는 아이를 달랠 때처럼 자못 부드럽게. 너무 갑작스러워서, 그가 무뚝뚝하게 실없는 말을 던지던 것과는 너무 달라서, 그녀는 무슨 말을 해야 할지 알 수 없었다. 그 순간 그가 스카프를 당겨 풀었다. 멍 색깔은 엷어지기 시작했지만, 어둑한 술집 안에서도 얼리는 그녀의 목둘레에 얼룩덜룩 남아 있는 멍자국을 보았다.

데지레가 소녀였을 때 사람들은 그녀의 밝고 아름다운 피부를 두고 호들갑을 떨었지만, 아무도 이런 일을 경고하지 않았다. 분노한 남자의 흔적이 피부에 얼마나 쉽게 남을 수 있는지를.

얼리는 얼굴을 찡그렸고, 데지레는 그가 치마를 들치기라도 한 것처럼 노출된 기분을 느꼈다. 그녀는 그를 떠밀었고, 그는 놀라서 비틀하며 뒤로 밀렸다. 이어 그녀는 필사적인 동작으로 목에 스카프를 감은 뒤 문을 밀고 밖으로 나갔다.

맬러드는 휘어진다.

장소는 단단하지 않다는 걸, 얼리는 이미 몸으로 배웠다. 타운은 젤리처럼 기억을 축으로 끊임없이 형태를 바꾼다. 데지레 빈스가 술집에서 그를 떠민 다음날 아침, 얼리는 하숙집 침대에 누워 실이 준 사진을 살펴보고 있었다. 그는 계획보다 설리 고트에 더 오래 머물렀지만, 그렇다 해도 거기서 데지레를 만난 건 전혀 계획에 없던 일이었다. 그저 시간을 죽이면서, 여기저기 다니면서 조금 캐보려던 것뿐이었다. 그는 데지레가 없을 것을 알면서도 뉴올리언스를 뒤지며 이틀을 보냈다.

"거기로 돌아간 겁니다. 내가 알아요." 남편이 그에게 전화로 말했다. "친구들이 거기 다 있어요. 거기 말고 어딜 가겠어요? 동생은 사라졌고, 어머니하고는 서로 이야기도 하지 않아요."

얼리는 전화기를 움켜쥔 채 나무판 위로 맨발가락을 이리저리 움직였다.

"동생은 어디로 갔어요?" 얼리가 물었다.

"칫, 내가 알 게 뭐요. 이봐요, 나는 일차 송금을 했다고요. 아내를 찾아줄 거요, 말 거요?"

얼리가 범죄자를 쫓는 일에만 매달리는 이유가 그것이었다. 범죄자와 보석 보증인의 관계는 결코 개인적이지 않았고, 달러와 센트를 놓고 간단한 합의만 하면 끝이었다. 하지만 아내를 찾는 남자는 달랐다. 필사적이었다. 얼리는 거의 샘 윈스턴이 일정한 간격을 두고 자신을 뒤따라온다고 느꼈다. 어쩌면 데지레는 제 발로 남편에게 돌아갈지도 몰랐다. 얼리가 만났던 여자들도 걸핏하면 뛰쳐나갔다 돌아오곤 했다. 하지만 샘은 그녀가 영원히 떠난 거라고 확신했다.

"그냥 갑자기 떠났다니까요." 샘이 말했다. "가방을 싸서, 내 아이도 데리고, 제기랄. 한밤중에 그냥 갑자기 떠났어요. 내가 뭘 어쩔 수 있었겠어요?"

"왜 그렇게 달아났다고 생각해요?" 얼리가 말했다.

"모르죠." 샘이 말했다. "의견 차이가 있었어요. 하지만 당신도 결혼한 부부가 어떤지 알잖아요."

얼리는 몰랐지만 그렇게 말하지는 않았다. 샘이 그에 대해 조금이라도 아는 건 싫었다. 그래서 맬러드에 가보기로 했을 때도 샘에게는 말하지 않았다. 다친 새는 언제나 자기 둥지로 돌아간다. 다친 여자도 다르지 않다. 데지레의 삶에 대해 아는 건 전혀 없었지만, 그녀도 집으로 돌아갈 거라고 그는 확신했다. I-10 고속도로에서 그는 실이 준 사진을 계속 만지작거렸다. 단서를 얻기 위해 살펴보는 거라고 속으로 말했지만, 자신이 그저 보면서 감탄만 하고 있다는 걸 알았다. 그녀의 집 포치에서 그와 은근하게 관심을 주고받던 예쁜 여자애는 이제 아름다운 여인이 되어 크리스마스트리 앞에 무릎을 꿇고 반짝이는 조명에 둘러싸여 웃고 있었다. 행복해 보였다. 가방을 싸서 달아날 여자로는 보이지 않았다. 그렇다면 무엇이 그런 행동을 하도록 몰아붙였는가? 음, 궁금하다고 해도 소용없었다. 어쨌거나 그가 상관할 바 아니었다. 그는 그녀를 찾아내고, 증거로 사진만 몇 장 찍으면 된다. 우편으로 사진을 보내면 돈이 들어온다. 그러면 데지레 빈스와 관련된 거래는 끝난다.

그는 정유공장 일꾼들이 득시글한 술집에서 이렇게 빨리 그녀를 찾아낼 줄은 몰랐다. 목에 있던 멍자국도 전혀 예상치 못한 것이었다. 스카프를 잡아당겼을 때 그녀의 기분을 상하게 할 의도는 없었다—그는 그저 놀랐고, 그게 다였다. 하지만 그녀는 목을 움켜잡았던 사람이 얼리인 것처럼 움찔하더니, 이어 그를 세게 떠밀었다. 그는 뒤에 있던 남자와 부딪치면서 술을 쏟았다. 쫓아갔어야 했겠지만, 놀라기도 했고 솔직히 다른 남자들이 죄다 야유하며 껄껄 웃은 바람에 조금 당황하기도 했다.

"왜 그런 거래요?" 늙은 바텐더 여자가 물었다.

"모르겠어요." 얼리는 냅킨을 집어 재킷을 닦았다. "아주 오랜만에 만난 거예요."

"예전에 사귀던 사이였어요?" 카우보이모자를 쓴 호리호리한 남자가 물었다.

"예전에!" 늙은 남자가 웃으며 얼리의 등을 툭툭 쳤다. "그러네, '예전에'가 맞는 말 같은데!"

"예전에는 저렇게 화를 내지 않았어요." 얼리가 말했다.

"그렇겠죠, 음, 나라면 그녀를 그냥 혼자 두겠어요." 카우보이모자가 말했다. "저 가족 전체가 문제 덩어리죠."

"무슨 문제요?"

"동생이 달아났잖아요, 이제 자기가 백인이라고 생각한다는데요."

"오, 그렇지." 늙은 남자가 말했다. "어디 다른 데 가서 백인 여자처럼 떵떵거리고 산다던데."

"그리고 데지레는 저런 아이를 낳았고."

"아이한테 무슨 문제가 있어요?" 얼리가 물었다.

"문제가 될 건 없어요." 카우보이모자가 느릿하게 말했다. "그냥 그보다 더 검을 수는 없다는 거죠. 데지레는 이곳을 떠나 찾을 수 있는 가장 검은 남자하고 결혼했는데, 자기가 그 남자에게 손찌검당한 걸 여기 사람들은 아무도 모른다고 생각하죠."

"저렇게 큰 멍이 든 채로 나타나서는." 늙은 남자가 웃었다. "그놈이 저애를 훈련시키고 있나보네. 저애를 조 프레이저*로 만들려고 하나. 저애가 당신한테 덤빈 게 그래서군!"

얼리는 여자를 때리는 건 옳지 않다고 생각했다—남자는 정정당당하게 싸워야 하고, 그라면 주먹 대 주먹으로 싸울 수 있는 여자를 만나지 않는 한 다른 방식으로 언쟁을 해결할 것이었다. 한편으로, 일은 일이었다. 그는 데지레의 목사가 아니고, 심지어 친구도 아니었다. 그녀를 정말로 알았던 적은 한 번도 없었다. 데지레는 그저 포치에서 그와 시시덕거리던 여자애일 뿐이었다. 그녀와

* 미국의 프로 복싱 선수. 1964년 하계올림픽에서 금메달을 땄다.

남편 사이에 일어난 일은 그가 상관할 바 아니었다.

아침에 그는 어느 소년에게 오 센트를 주면서 아델 빈스의 집으로 가는 길을 알려달라고 했다. 두꺼운 나무뿌리를 넘으며 그는 길을 천천히 기억해냈고, 카메라 가방이 옆구리에 툭툭 부딪혔다. 그는 어느새 다시 열일곱 살이 되어, 실연의 아픔을 안고 터덜터덜 숲속을 통과하는 기분이 들었다. 그에게 돌아갈 길을 가리키던 아델 빈스는 얼마나 미워 보였는가. 데지레는 어머니 옆에 조용히 서 있을 뿐 심지어 그를 쳐다보지도 못했다. 그는 수치심을 느끼며 힘없이 집으로 돌아왔지만, 삼촌에게 말했을 때 삼촌은 그저 웃을 뿐이었다.

"뭘 기대했니, 이 녀석아?" 그가 말했다. "네가 여기서 어떤 존재인지 몰라? 검둥이 중에서도 상검둥이지."

얼리는 그뒤로 다시는 데지레에게 말을 걸지 않았다. 무슨 말을 할 수 있겠는가? 단단하든 그렇지 않든 장소에는 규칙이 있었다. 얼리는 데지레가 그를 위해 그 규칙을 무시할 수 있을 거라 생각했다는 게 아주 바보같이 느껴졌다.

이제 그는 나무 뒤에 숨어서 카메라 렌즈를 통해 하얀 집에 초점을 맞춰놓고 기다렸다. 머리 위에서 제비들이 활강하는 소리를 듣다가 시간의 흐름을 놓쳤지만, 아마 십 분쯤 지났을 터였다. 마침내 데지레가 앞쪽 포치로 나와 담배에 불을 붙였다. 어제 그녀는 어두운 술집에서 그를 깜짝 놀라게 했었다. 그는 현재의 그녀를 제대로 보지도 못했다. 대낮에 보니 그가 한때 알았던 그 소녀가 떠올랐다. 버들가지처럼 호리호리하고, 허리까지 내려오는 검은 머리카락은 헝클어졌고. 맨발로 서성이는 그녀의 모습에는 불안한

에너지가 넘쳐흐를 듯 가득했는데, 그것이 그녀의 몸을 통과하고 담배 끝으로 이어져 붉은 빛을 뿜는 것 같았다. 그는 마침내 카메라를 들고 셔터를 눌렀다. 데지레가 포치 끝에 이르렀고—찰칵—이어 발꿈치를 디딘 채 돌아섰다—또 한번 찰칵. 일단 시작하자 그는 작고 네모난 틀을 통해 그녀를 지켜보는 것을 멈출 수 없었다. 그녀가 걸음을 옮길 때 푸른 원피스 자락이 살랑이자 그의 시선은 가느다란 발목에 가닿았다. 그 순간 방충문이 열리고, 새까만 여자애가 포치로 나왔다. 데지레는 웃으며 돌아보았고, 아이를 품에 안아올렸다. 얼리는 카메라를 내리고, 데지레가 딸을 안고 집안으로 들어가는 모습을 지켜보았다.

"새 소식은 없습니까?" 그날 저녁 얼리가 전화를 걸었을 때 샘이 말했다. "찾았어요?"

얼리는 포치에서 딸을 안고 있는 데지레를 떠올리며 벽장에 기댔다. 그가 스카프를 끌어내렸을 때, 그녀는 손을 뻗어 목걸이를 바로잡듯 멍든 부위를 손가락으로 매만졌다. 그 역시 그 자리를 만져보고 싶었다.

"시간이 좀더 필요해요." 그가 말했다.

3

맬러드를 떠나는 것은 데지레의 생각이었지만, 뉴올리언스에 머무는 것은 스텔라의 생각이었고, 데지레에게는 오랫동안 그 이유가 수수께끼였다. 처음 그 도시에 도착했을 때, 쌍둥이는 딕시 세탁소의 압착 롤러실에서 함께 일자리를 구했고, 하루에 이 달러를 받으면서 시트와 베갯잇을 갰다. 처음에 데지레는 깨끗이 빤 세탁물 냄새를 맡으면 집 생각이 너무 많이 나서 거의 울음이 터질 뻔했다. 도시의 나머지 부분은 더러웠다—자갈로 포장된 길에는 소변이 흥건했고, 쓰레기통의 쓰레기가 거리로 넘쳐흘렀고, 마시는 물에서조차 금속냄새가 났다. 미시시피강 때문이라고, 그들의 근무 감독인 메이가 말했다. 사람들이 거기 뭘 던져넣는지 누가 알겠는가? 그 도시에서 그리 멀지 않은 외곽 지역인 케너에서 나고 자란 메이는, 쌍둥이의 어리둥절한 반응을 보는 걸 재미있어했다. 어느 아침 그들이 딕시 세탁소에 나타났을 때—전차 기사는 더듬더든 동전을 찾는 그들을 길에 내버려두고 짜증을 내며 가버렸고, 그들은 늦어서 숨을 헐떡이고 있었다—메이는 이 가난한 시골 여자애들이 불쌍하다고 생각했다. 그들은 아직 법적으로 일할 나이는 아니었지만, 메이는 그 자리에서 그들을 고용했다.

"꼬리가 잡히는 건 너희지, 내가 아니야." 메이가 말했다. 당국에서 매번 불시에 감찰을 나오면 메이는 점심식사 벨을 네 번 울렸고, 그러면 쌍둥이는 후다닥 화장실로 도망가 감찰이 끝날 때까지 거기 있었는데, 세탁소에서 일하는 다른 여자들은 그 모습을 보면서 깔깔거렸다. 시간이 흐른 뒤 딕시 세탁소를 생각하면, 데지레는 변기 뚜껑 위에 올라가 스텔라의 등에 꼭 붙어서 균형을 잡고 있는 자신의 모습만 떠올랐다. 그녀는 늘 이렇게 어깨 너머로 뒤를 살피며 일하는 것이 싫었지만, 달리 뭘 할 수 있었겠는가?

"화장실에 몇 번을 뛰어들어도 괜찮아." 데지레는 그렇게 말했었다. "나는 맬러드로는 안 돌아가."

데지레는 이렇게 선언할 만큼 의지가 굳었다. 하지만 솔직히 자신이 없었다. 어머니를 떠난 것에 대한 죄책감도 여전했다. 스텔라는 데지레에게 어머니가 그들 때문에 영원히 화나 있지는 않을 거라고 말했다—더 좋은 일자리를 찾으면 집으로 돈을 부칠 테고, 그러면 어머니도 집을 떠난 것이 그들이 할 수 있는 가장 사려 깊은 일이었음을 알게 될 거라고. 그 생각이 잠깐은 죄책감을 덜어주어 데지레는 마음이 한결 가벼워졌고, 그 안도감 때문에 자신이 뉴올리언스로 끌고 온 스텔라가 이곳에 머무는 것에 그토록 강한 의지를 보이는 것이 이상하다는 생각은 떠오르지 않았다. 스텔라는 그때 이미 달라지기 시작했던 건가? 아니, 그건 더 뒤였다. 당시에,

어쨌거나 초기에, 스텔라는 여전히 줄곧 알던 모습 그대로의 스텔라였다. 묵묵히 빳빳한 베갯잇을 개서 차곡차곡 쌓으며 꼼꼼히 일했다. 한편 데지레는 밤에 나가 놀 계획을 세우며 수다를 떠는 여자들 사이에 틈만 나면 끼어들었다. 스텔라는 두 사람이 번 돈을 한푼도 빼놓지 않고 기록했고, 데지레 옆에서 잠들면서 여전히 이따금, 데지레가 슬쩍 찔러 깨울 때까지 악몽에 시달리곤 했다.

몇 주는 몇 달이 되었고, 소풍처럼 떠났던 갑작스러운 도시 여행이 좀더 영구적인 것으로 다가오기 시작했다. 그 생각을 하면 흥분이 되면서도 무서웠다. 그들이 이런 바보스러운 짓을 해냈다. 그렇다면 다음은 뭐지? 그들이 할 수 없는 건 뭐지?

"첫해가 가장 힘들어." 파라 티보도가 그들에게 말했다. "일 년을 버티면, 그럼 다 된 거야."

처음 한 달 동안 쌍둥이는 파라의 집 바닥에 담요를 몇 장 깔고 그 위에서 잠을 청했다. 이 도시에 처음 도착했을 때, 그들은 후줄근한 차림에 피곤해서 감기는 눈으로, 허기에 시달리며 전화번호부에서 파라의 이름을 찾았다. 파라는 출입구에 기대선 채 그들의 모습을 보고 웃음을 터뜨렸다. 그녀는 그뒤로도 그들을 보고 종종 웃음을 터뜨렸는데, 클럽 창문 앞에서 포즈를 취하는 스트립 댄서들을 보고 얼빠진 듯 입을 벌릴 때나, 보도를 비틀비틀 걸어오는 술 취한 놈팡이를 화들짝 놀라며 피할 때, 모든 면에서 어디에도 가본 적 없는 시골 여자애들처럼 행동할 때 그랬다.

"여긴 내 쌍둥이들." 파라는 친구들에게 그들을 늘 그렇게 소개했는데, 데지레는 그게 그저 당혹스럽기만 했다. 데지레의 서툰 행동은 쌍둥이의 다른 한쪽이 존재한다는 이유로 두 배 더 크게 느껴졌다. 파라는 그레이스 노트라는 이름의 작은 재즈 클럽에서 테이블 서빙을 했다. 자신이 밤에 문을 닫는 당번일 때는 골목을 통해 쌍둥이를 몰래 데리고 들어가, 부엌에서 슬쩍한 음식을 챙겨주곤 했다. 도미니카공화국 출신인 파라의 남자친구는 색소폰을 불었는데, 반짝거리는 은색 셔츠를 배꼽까지 단추를 풀어 입었다. 연주 막간에, 그는 무대 너머로 허리를 숙이고 쌍둥이에게 어떤 곡을 듣고 싶으냐고 물었다. 쌍둥이는 귀가 큰 남자들이 이끄는 대로 어지럽게 빙빙 돌면서 댄스플로어에서 밤을 보냈다. 그들은 그곳 단골들과 친해졌다. 데지레의 발이 아플 때까지 그녀와 춤을 춘 구두닦이 청년도 있었고, 스텔라에게 계속 술을 사겠다고 치근덕댄 군인도 있었고, 데지레가 택시를 잡을 때 자신의 호각을 불게 해준 몬텔리온호텔의 벨보이도 있었다.

"이제 너희도 더이상 맬러드 생각은 안 날 거라고 장담한다." 어느 밤, 쌍둥이가 몸은 피곤하지만 깔깔거리면서 뒷좌석에 날렵하게 올라탈 때 파라가 말했다.

데지레가 웃었다. "전혀 안 나죠." 그녀가 말했다.

그녀는 용감한 척하는 데 능했다. 파라 앞에서는 고향이 그립고 늘 돈이 걱정인 속마음을 결코 드러내지 않을 것이었다. 곧 파라는 쌍둥이가 자신의 집 바닥에 널브러져 있는 것에, 자신의 욕실에서 시간을 보내는 것에, 자신의 음식을 먹고 늘 주변에 얼쩡거리는 것에 지칠 터였다. 원하지 않는 손님이 쌍으로 들어온 셈이었으니까. 그렇다면 그다음은? 어디로 가야 하지? 어쩌면 그들은 그저 이런 생활을 감당할 수 없는 멍청한 시골 계집애인지도 몰랐다. 어쩌면 데지레는 자신이 그 이상이라고 믿을 만큼 어리석었던 것이다. 어쩌면 그들은 고향으로 돌아가야 할지도 몰랐다.

“하지만 넌 여기 오자는 말을 입에 달고 살았잖아.” 스텔라가 말했다. “벌써 돌아가고 싶다고? 뭣 때문에? 그러면 모두 너를 비웃을 텐데?”

나중에야 데지레는 자신의 마음이 흔들릴 때마다 스텔라는 정확히 무슨 말을 해야 집으로 돌아가려는 데지레의 마음을 잠재울지 알고 있었다는 것을 깨달았다. 하지만 스텔라 본인이 계속 있고 싶었다면 왜 그냥 그렇게 말하지 않았을까? 왜 데지레는 그걸 물어볼 생각조차 하지 않았을까? 그녀는 열여섯 살이었고 자기중심적이었으며, 자신의 충동적인 행동이 자신과 쌍둥이 동생을 거리에 나앉게 하는 결과를 낳을까봐 겁을 먹은 상태였다.

“너를 데려오지 말았어야 했는데.” 데지레는 말했다. “나 혼자 떠날 걸 그랬어.”

스텔라는 데지레가 그녀를 한 대 치기라도 한 것처럼 충격을 받은 듯 보였다.

“그러지 못했을걸.” 스텔라는 갑자기 그게 하나의 가능성이 된 것처럼 말했다.

“그렇지.” 데지레가 말했다. “하지만 그랬어야 했어. 너를 이 상황에 끌어들이지 말았어야 해.”

당시에 데지레는 자신을 이렇게 생각했다. 스텔라의 삶에서 유일한 동력, 스텔라의 뿌리를 뽑아낼 만큼 강한 바람이라고. 데지레는 스스로에게 그런 이야기를 해줄 필요가 있었고, 스텔라는 그렇게 하게 두었다. 두 사람 다 그러는 가운데 안전함을 느꼈다.

데지레 빈스가 맬러드로 돌아온 그 첫번째 주가 끝나갈 무렵, 그녀가 얼리를 떠민 일은 이미 모두에게 소문이 났고, 그때쯤엔 떠민 것은 빰을 때린 것으로, 주먹을 갈긴 것으로, 심지어 한바탕 싸움이 난 것으로 부풀려져 있었다. 빈스네 딸이 술집에서 끌려나갈 때 발길질을 하고 소리를 질렀다고 말이다. 신앙심이 그리 깊지 않아 그날 낮에 설리 고트에 있었다고 시인할 수 있는 사람들은, 데지레가 검은 피부의 남자를 공격한 직후 자발적으로 술집에서 나가는 걸 봤다고 말했다. 그는 누구이고 무슨 말을 했길래 그녀가 화가 났는가? 어떤 사람들은 데지레를 잡으러 온 남편일 거라고 했다. 또 어떤 사람들은 무례하게 행동한 이방인이었을 거라고 주장했다—그녀는 그저 자신을 방어한 거라고. 데지레는 늘 자신감이 넘치는 사람이었다. 소동을 일으키느니 차라리 죽음을 택할 스텔라와 달리, 데지레는 상처를 입으면 당연히 덤빌 것이었다. 이발소에서 퍼시 윌킨스는 남자들이 쌍둥이 중 어느 쪽이 더 예뻤는지를 놓고 옥신각신하는 동안 가죽띠에 면도날을 천천히 갈았다. 돌이켜 생각하면 스텔라는 지금 사라지고 없는 만큼 더욱 이국적이고 훨씬 아름다웠다. 하지만 여기 온 뒤로 데지레의 주가가 치솟았다. 누가 보더라도 그녀는 여전히 폭죽이었다. 그녀라면 그들을 내키는 대로 떠밀 수 있을 거라고 농담한 남자가 적어도 셋은 되었다.

"걔들은 늘 뭔가 이상했어." 이발사가 말했다. "아버지가 그 일을 당한 뒤로."

어린 여자애들은 빈스네 쌍둥이가 목격한 그런 일을 봐서는 안 되었다. 장례식에서, 이발사는 쌍둥이를 흘끗 보며 그들에게 뭔가 달라진 부분은 없는지 살폈다. 하지만 그들은 그저 어린아이들처럼, 리언의 팔을 각자 하나씩 잡아당기며 깡충깡충 시내를 돌아다니던 그때와 똑같은 아이들처럼 보였다. 그런 아이들이 절반이라도 정상으로 자랐을 리 없었다. 그가 아는 한 둘 다 약간 미쳐 있었다. 데지레는 아마 누구보다 이상할 것이다. 더 나은 삶을 위해 백인 행세를 하는 것은 분별 있는 일이었다. 하지만 검은 피부의 남자와 결혼하는 건? 그리고 그 남자의 피가 흐르는 블루블랙 빛깔의 아이를 데려오는 건? 데지레 빈스는 결코 벗어날 수 없는 문제를 자초한 것이었다.

루스 에그하우스에서, 데지레 빈스는 스크램블드에그와 베이컨과 토스트가 담긴 접시를 떨어지지 않게 나르는 법을 배웠다. 버터를 넣고 저은 굵게 빻은 옥수수 요리, 시럽을 잔뜩 뿌린 두꺼운 팬케이크도 있었다. 그녀는 작은 테이블 사이를 요리조리 돌아다니고, 커피잔을 떨어뜨리지 않고 재빠르게 모퉁이를 돌고, 주문 받은 것을 외우는 법을 깨우쳤다. 이 일에 지원했을 때, 루에게 삼 년 동안 테이블 서빙을 했다고 말해놓은 터라 일을 빠르게 익혔다.

"삼 년이라고 했나요?" 첫날 아침에 그녀가 애를 먹으며 주문을 받아 적을 때 그가 물었다.

"오래전이지만, 그랬어요." 그녀가 웃는 얼굴로 말했다. "뉴올리언스에서요." 또 어떤 때에는 워싱턴 D.C.에서 서빙 일을 했다고 말했다. 그런 식으로 거짓말이 꼬였고, 루는 그걸 알아차렸지만 대놓고 지적하지는 않았다. 그는 거짓말을 한다고 여자를 비난하는 건 바람직하지 않다고 생각했고, 게다가 데지레에게 일자리가 필요하다는 것을 알고 있었다. 비록 그녀는 자존심 때문에 인정하지 않았지만. 상상해보라—건립자의 4대 손녀가 테이블 서빙을 하는데 백인 가게도 아니고 바로 여기 맬러드에서 하는 것이다. 살아서 이런 날을 목격할 줄 누가 알았겠는가? 드퀴어 집안은 여러 세대 동안 자유롭게 살았고, 아델은 빈스 집안 사내와 결혼했다. 이제 아델의 딸은 정유공장 사내들에게 커피를, 농장 청년들에게 피칸 파이를 내갔다. 평범한 피와 섞이면 영원히 평범해진다.

"데지레는 식당 종업원으론 별로야." 루는 라인쿡에게 말했다. "하지만 크게 손해볼 일은 없으니까."

그가 솔직한 사람이라면 데지레를 고용하고 장사가 더 잘된다는 사실을 인정해야 했을 것이다. 호기심에 찾아온 옛 학교 친구들이 카운터 앞에 앉아 평소라면 마시지도 않았을 커피를 홀짝거렸다. 심지어 너무 어려서 그녀를 기억하지 못하는 십대들도 안쪽 부스에 몰려들어 다닥다닥 붙어 앉은 채, 소소한 유명 인사의 일상적인 모습을 목격했다는 사실에 들떠 등뒤에서 소곤거렸다. 데지레는 그러는 걸 알아차렸다. 당연히 알아차렸다. 하지만 매일 아침 심호흡을 하고 앞치마 끈을 묶고 미소를 지었다. 그녀는 딸을 생각하면서 수치심을 삼켰다. 첫 주에 주방에서 나오다가 카운터 앞에 앉아 있는 얼리 존스를 봤을 때도 그녀는 혀까지 깨물며 버텼다. 잠시 그녀는 앞치마를 만지작거리며 주춤거렸다. 그에게 서빙을 하지 않으면 더 많은 관심을 받을 것이다. 고개를 숙인 채, 그냥 하면 된다.

얼리는 이번에도 가죽 재킷을 입고 있었고, 그녀가 커피잔을 내려놓을 때 턱수염을 긁었다. 낡은 가방이 그의 옆자리 빈 스툴에 놓여 있었다. 그녀가 커피포트를 잔 쪽으로 가져가는데, 그가 손으로 잔을 덮었다.

"너한테 그 짓을 한 놈 말이야." 그가 말했다. "그놈이 네 어머니가 사시는 곳을 알아?"

그때쯤 멍은 누렇게 색이 빠져 있었지만, 그럼에도 데지레는 조심스럽게 그 부위를 만졌다.

"아니." 그녀가 말했다.

"어머니가 네게 편지를 보내거나 그런 적 없어?"

"엄마하곤 연락하지 않고 지냈어."

"다행이네." 얼리는 빈 잔의 매끈한 손잡이 안에 손가락을 밀어 넣었다. "네 동생은?"

"동생이 뭐?"

"동생 소식을 마지막으로 들은 게 언제야?"

그녀가 흠 소리를 냈다. "십삼 년 전."

"음, 동생은 어떻게 된 건데?" 그가 말했다.

"직장을 구했어." 데지레는 대답했다. 그 말을 입 밖에 내고 보니 모든 게 아주 간단하게 들렸다. 물론 그 일은 그렇게 시작되었다. 스텔라는 새 직장이 필요했고, 그래서 신문에 난 구인 광고를 보고 지원했다. 메종 블랑시 백화점 건물 안에 있는 어느 사무실에서 비서를 모집한다는 내용이었다. 그런 회사에서는 유색인은 절대 고용하지 않지만, 도시에서 살려면 돈이 필요했고, 타이핑 실력이 완벽한 스텔라가 부적합자가 되는 건 유색인이라는 걸 들킨 뒤일 텐데, 그러기도 전에 그들이 쫄쫄 굶을 이유는 없지 않은가? 그건 거짓말을 하는 게 아니라고, 데지레는 스텔라에게 말했다. 그들이 그녀를 백인으로 생각하고 고용했다면, 그게 어떻게 그녀의 잘못이겠는가? 지금 그들의 오해를 바로잡아주는 게 무슨 의미가 있는가?

스텔라에게 좋은 직장이면, 그냥 좋은 직장인 것이다. 그게 계획이었다. 따라서 스텔라가 약간 다른 누구인 척을 해야 하지만, 약간만 그렇게 하면 그들이 거리에 나앉지 않아도 되니 그건 충분히 해볼 만한 일 같았다. 그리고 일 년 뒤 어느 저녁, 딕시 세탁소에서 일을 마치고 집으로 돌아온 데지레는 아파트가 비어 있는 것을 보았다. 스텔라의 모든 옷가지가, 스텔라의 모든 소지품이 다 사라졌다. 스텔라가 한 번도 거기 살지 않았던 것처럼.

스텔라의 정성스러운 글씨체로 쓴 쪽지가 있었다. 미안해, 하지만 내 길을 가야겠어. 몇 주 동안 데지레는 그 편지를 간직했고, 어느 밤 불쑥 화가 치밀었을 때 박박 찢어 창밖에 뿌렸다. 지금은 그랬던 걸 후회했고, 스텔라의 손글씨가 담긴 작은 종잇조각이라도 간직했더라면 좋았겠다고 생각했다.

얼리는 잠시 가만히 있었고, 마침내 빈 잔을 그녀 쪽으로 밀었다.

"내가 동생을 찾게 도와주면 어때?" 그가 말했다.

데지레는 얼굴을 찡그리고 천천히 커피를 따랐다.

"그게 무슨 뜻이야?" 그녀가 말했다.

"텍사스에서 새 일을 받았어. 그 일을 끝내면 이리로 돌아올 거야." 얼리가 말했다. "내 차를 타고 같이 뉴올리언스로 가면 돼. 여기저기 수소문해보는 거지."

"왜 나를 도와주려는 거야?" 그녀가 물었다.

"그게 내가 잘하는 일이니까." 그가 대답했다.

"뭘 잘하는데?"

얼리는 카운터 위로 낡은 황갈색 서류 봉투를 슬그머니 밀어주었다. 실 루이스라는 남자의 주소로 보낸 것이었지만, 그녀는 샘의 필체를 알아보았다.

"사냥." 그가 말했다.

텍사스주 애빌린 외곽의 작은 타운에서 얼리는 데지레 빈스에 관한 꿈을 꾸었다.

저무는 해 아래에서, 그는 그녀의 사진을 가슴에 보듬고 엘카미노 뒷좌석에 길게 누워 있었다. 그는 가죽 재킷 안쪽 주머니에 넣어둔 한 장만 빼고 실이 준 사진을 데지레에게 모두 주었다. 사진의 귀퉁이가 가슴을 찔렀다. 왜 그 사진을 간직했는지는 알 수 없었다. 어쩌면 그녀가 다시는 그와 말하지 않겠다고 할지도 모르니 그녀를 기억할 뭔가가 필요했을 것이다. 데지레는 그가 자신을 찾은 진짜 목적이 뭔지 알게 됐을 때 심하게 동요하는 모습을 보였다. 그걸 탓할 수는 없었다. 하지만 얼리는 데지레 주변을 계속 맴돌면서 그녀가 자신을 용서해줄지 확인하려 하지는 않았다. 대신 텍사스로 향했다. 여기서 그는 폭행과 살인미수—피해자는 아내와 아내의 연인, 흉기는 토크렌치—로 기소된 정비공을 쫓고 있었다. 피가 튄 차고 사진이 〈타임스 피커윤〉 1면에 실렸다. 서부로 차를 몰고 가면서, 얼리는 정비공이 배신과 자기만의 정의에 눈이 멀어 삼손이 당나귀 턱뼈를 휘두른 것처럼 렌치를 휘두르는 모습을 상상했다. 한때는 얼리도 세상을 경악하게 만든 그런 범죄로 기소된 남자를 쫓으면서 흥분한 적이 있었을 것이다. 하지만 지금은 집중할 수 없었다. 눈을 감으면 데지레의 모습만 떠올랐다.

그는 트럭 휴게소에서 코카콜라를 사서 공중전화 부스로 들어갔고, 샘 윈스턴에게 그의 아내는 뉴올리언스에 없다는 말만 했다.

"아마 동부로 달아났을 거요." 얼리가 말했다. "뉴욕이나 뉴저지, 그런 곳으로."

"이봐요, 아내가 거기 갈 이유가 대체 뭡니까?" 샘이 말했다. "아니, 분명히 말하는데, 아내는 뉴올리언스로 돌아갔습니다. 당신이 열심히 찾아보지 않은 거겠죠."

"실에게 내가 얼마나 열심히 찾았는지 물어봐요. 여기 있었다면 내가 벌써 찾았을 거요."

"돈을 더 보내면 어떻습니까?"

"그래도 지금과 똑같은 말을 할 거요." 얼리가 말했다. "그 여자는 여기 없어요. 다른 곳을 찾아봐요."

얼리는 부스에 기댄 채 전화를 끊었다. 생각의 실타래를 거꾸로 돌려보기 시작했다. 그는 숨어 있는 남자를 찾는 법은 알고 있었다. 하지만 여자를 결코 발견하지 못하게 숨기는 법은 어떤가? 잘못된 정보를 심고, 샘이 다른 남자를 고용한다 해도 어디서 시작해야 하는지 알 수 없게 흔적을 흩어놓는 것이다. 담배를 찾아 주머니를 뒤지는 그의 손이 떨렸다. 그는 지금까지 일을 중도에 그만둔 적이 한 번도 없었다. 카메라 필름을 햇빛 아래 노출하자 포치에서 찍은 데지레의 사진이 까맣게 변했다. 그의 주머니에 들어올 돈이 사라졌다. 얼리는 실에게 그 일은 성과가 전혀 없고 다른 일이 급하게 필요하다고 말했고, 그러자 실은 어깨를 으쓱하며 그 정비공 사진을 건넸다.

"그 시시한 여자가 자네보다 한 수 위라니 믿기 어렵군." 실이 술집 카운터를 짚고 일어서며 웃었다.

그녀가 정말로 그렇다는 걸 얼리는 인정하기 시작했다. 그녀의 어떤 면 때문인지 모르겠지만, 데지레는 갈고리 모양의 씨앗처럼 그의 안에 들어와 걸렸다. 그녀를 떨쳐낼 수 없었다. 그러고 싶지 않았다. 그는 전화 부스로 들어가 주머니에서 구겨진 영수증을 꺼낸 뒤 루스 에그하우스의 전화번호를 돌렸다. 그녀의 목소리가 들리자 너무 긴장한 나머지 끊을까 잠시 생각했다. 하지만 그러는 대신 목을 가다듬고, 어떻게 지내느냐고 물었다.

"오, 잘 지내지." 데지레가 말했다. "알면서 그래. 지금은 어디가 있어?"

"텍사스주 율라." 그가 답했다. "율라에 와본 적 있어?"

"아니." 그녀가 말했다. "어떤 곳이야?"

"건조해." 그가 말했다. "흙먼지도 많이 날리고. 인적이 드물어. 이곳에 살아 있는 사람은 나 혼자뿐인 것처럼 느껴져. 지구의 가장자리에서 추락한 느낌. 그런 기분 알겠어?"

얼리는 전화선 반대쪽 끝에서 전화기를 붙잡고 주방문에 기대서 있을 그녀의 모습을 상상했다. 마감 시간이 다가오니 가게는 지금 거의 비어 있을 것이다. 어쩌면 그녀 혼자 남아 시간이 가기를 바라고 있는지도 몰랐다. 동생을 생각하거나, 어쩌면 심지어 그를 생각하고 있을지도 몰랐다.

"정확히 알지." 그녀가 말했다.

당시에 물어봤다면 누구도 데지레 빈스가 맬러드에 계속 머물 거라고 생각하지 않았을 것이다. 타운 사람들은 한 달도 있지 않을 거라는 데 내기를 걸었다. 데지레는 자신의 딸을 두고 무례하게 숙덕거리는 사람들 소리가 지긋지긋해질 터였다. 두 사람이 시내를 걸어갈 때마다, 숙덕이는 소리가 귀에 들리지는 않더라도 느끼지 못했을 리는 없었다. 데지레가 어리고 검은 아이의 손을 꼭 잡고 걸어가는 것을 보면서, 어떤 사람들은 심지어 두 사람이 이곳에 오래 머물지 않기를 바랐다. 사람들은 주변에서 검은 아이를 보는 것에 익숙하지 않았고, 그 상황이 자신들을 얼마나 당혹스럽게 하는지 깨닫고 깜짝 놀랐다. 그 여자아이가 모자든 뭐든 쓰지 않고 곁을 지나갈 때마다, 사람들은 한쪽 다리가 가벼워진 채 전쟁에서 돌아온 토머스 리처드가 자기가 잃은 걸 모두 다 보라는 듯이 한쪽 바짓자락을 뒤로 걷어올려 핀을 찌르고 돌아다니는 것을 봤을 때만큼이나 마음이 불편했다. 추한 것을 도저히 어찌할 수 없다면 적어도 감추려는 노력은 해야 했다.

하지만 한 달이 지났고, 모두가 놀랐다. 데지레가 딸 때문에 떠나지는 않더라도, 그저 지겨워서라도 떠날 거라 생각했던 것이다. 도시에서 온갖 모험을 즐긴 뒤에 어떻게 이런 작은 타운의 생활을 견딜 수 있겠는가? 교회의 빵 판매, 바자회, 장기 자랑, 생일 파티, 결혼식, 장례식 같은 행사가 수하물 컨베이어 벨트처럼 끝없이 이어졌다. 이곳을 떠나기 전에도 그녀는 그런 데 참여하는 것을 그다지 좋아하지 않았었다—세인트캐서린교회의 빵 판매에 가져갈 피칸 파이를 굽거나 학교 합창단에서 착실하게 노래를 부르거나 트리니티 티에리의 일흔번째 생일을 축하하는 자리에서 두 시간을 버티는 것은 쌍둥이 중 다른 한쪽인 스텔라가 잘하는 일이었다. 데지레는 아니었다. 그녀는 스텔라가 끌고 간 파티에 마지못해 참석했고, 너무 지루해하는 그녀의 표정을 보면 누구든 차라리 초대하지 말 걸 그랬다고 생각했으며, 케이크를 자르는 동안 그녀는 이미 빠져나가고 없었다.

그런데 바로 그 데지레가 돌아와, 일요일 미사 시간에 어머니와 딸 사이에 무릎을 꿇고 앉았다. 어느 아침, 고향으로 돌아온 지 한 달이 지났다는 사실을 깨닫고 그녀는 다른 누구만큼이나 놀랐다. 그때쯤엔 주드를 학교에 데려다준 다음 집을 치우고, 주드가 루의 가게 카운터에서 책을 읽는 동안 활기 잃은 저녁 손님을 위해 일하는 일상이 이미 자리를 잡았다. 매일 저녁 그녀는 얼리 존스의 전화를 기다렸다. 그가 어디서 전화를 할지, 전화를 하기는 할지 알 수 없었지만, 문 닫을 시간이 다 되었을 때 루의 가게에서 전화벨이 울리면 늘 그녀가 전화를 받았다. 날카로운 벨소리가 울리면 그녀는 무심히 통에 설탕을 채우거나 테이블 상판을 닦고 있다가 화들짝 놀랐다.

"그냥 어떤지 확인하는 거야." 얼리는 늘 그렇게 말했다. 그녀는 어떤 하루를 보냈는지? 어머니는? 딸은? 잘 지내, 잘 지내, 잘 지내. 이따금 그는 그날 식당 일은 어땠는지 물었고, 그녀는 라인쿡이 완전히 정신이 빠져 달걀 프라이 대신 스크램블을 만들어준 바람에 요리 세 접시를 돌려보내야 했다고 말했다. 어떤 때는 데지레가 얼리에게 오늘 운전하는 건 어땠느냐고 물었고, 그는 오클라호마에서 흙먼지 폭풍에 붙들려 바로 앞에 있는 자기 손도 보이지 않을 정도라, 뒤차가 들이받지 않기를 바라며 아주 천천히 이동해야 했다고 말했다. 그녀는 그의 이야기가 재미있었다. 심지어 재미없는 이야기도 재미있었다. 그의 삶은 그녀의 삶과는 아주 다른 것 같았다. 시간이 지나면서, 얼리는 자신의 과거에 대해 말하기 시작했다. 어느 밤 그의 부모가 그를 친척 아저씨, 아주머니 집에 두고 가서 그들의 손에 자랐다는 이야기 같은 것. 그녀 또한 이렇게 다른 집에 맡겨지는 아이들에 대해 알고 있었다. 아버지가 돌아가신 뒤, 이모가 쌍둥이 중 하나를 데리고 가겠다고 제안했었다.

"너무 부담되잖아." 소피 이모는 어머니의 손을 꼭 잡으며 말했다. "우리가 짐을 좀 덜어줄게."

쌍둥이는 침실 문에 바짝 붙어 서서, 각자 자기가 가게 되는 건 아닐까 생각하며 귀를 쫑긋 세웠다. 소피 이모가 바구니에 담긴 강아지를 골라 가듯 자매 중 하나를 선택할까? 아니면 어머니가 어느 한쪽과 같이 살지 않겠다고 결정을 내릴까? 결국 어머니는 소피 이모에게 쌍둥이를 떼어놓을 수 없다고 말했다. 하지만 데지레는 나중에 이모가 자신을 달라고 했었다는 것을 알게 되었다. 소피 이모가 사는 곳이 휴스턴이라, 데지레는 그곳에서 살아가는 자신의 모습을 상상하곤 했다. 어머니가 교회 쓰레기통에서 건져낸 빛바랜 옥양목으로 만든 옷이 아니라, 풀 먹인 원피스와 반짝이는 가죽구두 차림으로 여기저기를 누비는 도시 여자의 모습을.

얼리는 맬러드를 떠난 뒤 다른 사람들의 땅을 농작하는 일에 넌더리가 났고, 그래서 자신의 운을 시험해보려고 배턴루지*로 갔다고 말했다. 음, 그가 거기서 맞닥뜨린 운은 가혹하기만 했다. 그는 먹고살기 위해 자동차 부품을 훔치면서 일 년을 보냈고, 그러다 붙잡혀 앵골라 주립 교도소에 들어갔다. 그는 그때 스무 살, 법의 눈으로도 이미 성년이었지만, 솔직히 그는 부모가 작별인사도 없이 그를 떠났을 때부터 이미 자신을 어른이라 여겼다. 세상은 그가 상상하던 것과는 다르게 움직였다. 사랑하는 사람들이 떠나도 할 수 있는 일이 아무것도 없었다. 그 사실, 떠나는 일은 불가피하다는 사실을 깨달았을 때, 그는 스스로 판단하기에 조금 더 성숙해졌다.

얼리는 교도소에서 사 년을 보냈는데, 그 시간에 대해서는 건너뛰었고, 평생 그 이야기는 별로 하지 않았다.

"그 사실 때문에 뭔가 달라지는 게 있을까?" 그가 데지레에게 물었다.

그녀는 어딘가의 전화 부스 안에 있는 그를, 부츠 신은 발로 유리를 차는 그의 모습을 상상했다.

"그 사실 때문에 뭐가 달라져?" 그녀가 물었다.

얼리는 잠시 말이 없다가, 이윽고 말했다. "흠, 글쎄."

하지만 데지레는 그가 무슨 뜻으로 말했는지 알았다. 이제 그녀는 그를 전과 다르게 생각할 것인가? 그녀는 자신이 얼리에 대해 어떤 생각을 갖고 있는지조차 정확히 몰랐다. 한때 그에게 반했었지만 오래전 일이었고, 그가 자라서 어떤 사람이 되었는지는 알지 못했다. 그녀에게 뭘 원하는지 전혀 몰랐다. 몇 주 전에 그는 스텔라를 찾아주겠다고 제안했고, 그녀가 당장 돈을 줄 수는 없다고 하자 "그건 괜찮아"라고 말했다.

---

* 루이지애나주의 주도.

"그건 괜찮다는 게 무슨 뜻이야?" 그녀가 말했다.

"그러니까, 돈이 당장 필요하진 않다고. 같이 방법을 찾아볼 수 있을 거야."

데지레는 일하는 남자가 돈에 대해 그렇게 태평스러운 것을 본 적이 없었지만, 다시 생각해보면 얼리가 하는 종류의 일을 하는 남자를 만나본 적도 없었다. 그는 보석중에 새로운 어딘가에서 완전히 새 출발을 하려고 흔적도 없이 사라져버린 사람들을 찾아다녔다. 하지만 충분히 자세히 들여다보면 흔적은 늘 있었다—누구도 감쪽같이 사라지지는 않았다. 또다시 그녀는 그가 건넨, 사진이 들어 있는 봉투를 생각했다. 식당 안에서 그 봉투를 끌어안은 그녀는 심장이 쿵쾅거렸었다.

"걱정하지 마." 얼리는 그때 그렇게 말했다. "그 개자식은 여기 얼씬도 못하게 만들 테니까." 그녀가 믿지 못하는 것처럼 보였는지 그는 "나를 믿어. 나는 너를 포기하지 않아"라고 덧붙였다.

하지만 그가 포기하지 않을 이유가 뭔가? 그는 그녀를 거의 알지 못했고, 샘은 그에게 상당한 액수를 제시했다. 얼리가 그녀를 지켜야 할 이유가 무엇인가? 몇 주 동안 데지레는 주드를 데리고 다시 이동해야 하는 게 아닌가 고민했다. 샘이 기어코 그녀를 찾으려 들면 결국 찾아내지 않겠는가? 직접 맬러드로 올 수도 있지 않나? 하지만 어쩌면 지금은 맬러드가 가장 안전한 장소인지도 몰랐다. 샘이 고용한 남자가 그녀는 루이지애나주에 없다고 말했으니, 샘이 그를 의심할 이유가 무엇이겠는가? 어쩌면 얼리를 믿어도 될 것이다—그가 그녀를 다치게 할 생각이었다면 샘은 이미 그녀를 찾아냈을 것이다. 하지만 얼리를 믿을 수 있다는 게 그가 그녀에게 아무것도 원하지 않는다는 의미는 아니었다.

"그는 그저 네가 듣고 싶은 말을 해주는 거야." 어느 밤 어머니가 그녀에게 물기 묻은 접시를 건네며 말했다. "너도 스텔라가 어디 있는지 모르는데 그 남자가 어떻게 알겠니."

데지레는 한숨을 쉬고 접시 닦는 행주를 집었다.

"하지만 그는 사람 찾는 방법을 알아요." 데지레가 말했다. "찾아보지 않을 이유가 뭐 있어요?"

"스텔라는 누가 자기를 찾길 바라지 않아. 놓아줘야 한다. 자기 삶을 살게 둬."

"그건 그애의 삶이 아니에요!" 데지레가 말했다. "제가 그애한테 그 일에 지원해보라는 말만 안 했어도 아무 일 없었을 거예요. 애초에 뉴올리언스에 끌고 가지 않았거나. 그래요. 그 도시는 스텔라에게 맞지 않았어요. 엄마가 줄곧 옳았어요."

어머니는 입을 꾹 다물었다. "그애가 그런 일을 한 건 그때가 처음이 아니야." 어머니가 말했다.

"엄마?"

"백인이 되는 것 말이다." 어머니가 말했다. "뉴올리언스는 단지 그걸 현실로 만들어준 기회였을 뿐이야."

어머니가 줄곧 간직하고 있던 이야기는 이것이었다.

스텔라가 도시로 사라지고 일주일 뒤, 윌리 리가 풀죽은 모습으로 숏건 하우스를 찾아왔다. 아델에게 할말이 있다고 했다—건립자의 날이 되기 몇 주 전에 말했어야 하는 이야기라면서. 어느 오후 그는 오펄루서스로 갈 때 스텔라를 차에 태워 함께 갔다. 스텔라는 암산이 빨랐기 때문에 주말에 그의 정육점 일을 도와주었다. 그녀는 다진 고기의 무게를 눈대중으로 그보다 더 잘 알아맞혔고, 실제로 무게를 달아보면 그녀가 말한 숫자에서 빗나간 적이 없었다. 그녀는 영리하고 신중했는데, 그 마지막 여름에 그는 스텔라가 좀 다르다는 것을 눈치챘다. 자기 안에 꽁꽁 틀어박혀 더욱 슬퍼 보였다. 학교를 중간에 그만뒀기 때문일 거라고 짐작했지만, 그는 9학년 때 낙제한 터라 그게 잘 이해되지는 않았다. 다진 고기 1파운드를 눈대중으로 알아맞힐 수 있는 사람이라면 대학에 가건 가지 않건 잘 살아낼 게 아닌가. 하지만 모두가 그처럼 현실적인 사고방식을 갖고 있지는 않았다. 윌리 리는 시무룩한 얼굴로 계산대에서 일하는 스텔라를 보면서, 그녀가 꿈꾸던 스펠먼대학에 가지 못한다는 사실 때문에 여전히 실의에 빠져 있나보다고 생각했다.

그래서 그는 어느 오후 오펄루서스로 가면서 스텔라에게 같이 가자고 했다. 배달 때문에 가는 길이었는데, 뭐, 이 아이도 잠시 타운에서 벗어나고 싶겠지, 생각한 것이었다. 윌리 리는 그녀에게 코카콜라를 살 돈을 주었고, 그가 짐을 다 내렸을 때 스텔라는 상기된 얼굴로 숨을 몰아쉬며 트럭 옆에 서 있었다. 그녀는 달린스 참스라는 이름의 부적 액세서리 가게에 들어갔다 나온 참이었는데, 거기 점원이 그녀를 백인으로 착각한 모양이었다.

"재미있지 않아요?" 스텔라가 말했다. "백인들, 속여먹기가 정말 쉬워요! 사람들이 하는 말 그대로예요."

"그건 게임이 아니야." 윌리 리가 그녀에게 말했다. "패싱, 그건 위험해."

“하지만 백인들은 구분도 못하는걸요.” 그녀가 말했다. “아저씨 모습을 보세요. 캐버노 신부님하고 똑같이 머리칼이 빨간색이에요. 근데 왜 신부님은 백인으로 살고 아저씨는 그러지 못해요?”

“그 사람은 백인이니까 백인으로 사는 거지.” 그가 말했다. “나는 백인이 되고 싶지 않아.”

“음, 저도 그래요.” 스텔라가 말했다. “그냥 가게를 구경하고 싶었던 것뿐이에요. 엄마한테 이르지 않을 거죠, 네?”

맬러드에서 아이들은 백인인 척하는 사람들의 이야기를 들으며 자랐다. 워런 폰테노는 열차에서 백인 칸에 탔는데, 짐 운반인이 의심하면서 물어보자 충분히 신뢰가 가는 프랑스어로 자기는 유럽인인데 햇볕에 탄 거라고 말했다. 말레나 구도는 교사 자격증을 따기 위해 백인이 되었다. 루서 티보도는 공장 감독이 그를 백인으로 착각하는 바람에 급료를 더 받았다. 이런 순간적인 전환은 재미있었다. 심지어 영웅적이었다. 기분전환삼아 백인이 되어보고 싶지 않은 사람이 누가 있겠는가? 하지만 파세 블랑*은 미스터리였다. 백인으로 전환한 뒤 들키지 않은 사람은 한 명도 보지 못했다. 죽음을 위장하는 데 성공한 사람을 본 적이 없는 것과 마찬가지였다. 그 행위는 그게 계략이라는 것을 아무도 알아채지 못할 때만 성공할 수 있었다. 데지레는 실패한 경우만 알았다. 향수병에 시달리거나 적발되거나 백인 행세를 하는 게 지겨워진 사람들만. 하지만 데지레가 알기로, 스텔라는 이제 인생의 거의 절반을 백인으로 살았

* 프랑스어로 'passe'는 '넘어가다', 'blanc'은 '하얀'이라는 뜻으로, 흑인이 백인으로 정체성을 전환하는 것을 의미한다.

다. 아마 그만큼 오래 연기를 하면 더이상 연기가 아니게 될 것이다. 어쩌면 계속 백인인 척을 하면 결국에는 진짜 그렇게 되는지도 모른다.

"일이 거의 마무리됐어." 이틀 밤이 지난 뒤 얼리가 슈리브포트 외곽에서 전화를 걸어왔다. "아직 동생을 찾고 싶다면 그쪽으로 갈게."

데지레는 스텔라가 자기에게 큰 비밀을 숨기리라고는 생각도 하지 못했다. 데지레 옆에 붙어서 잠을 자던 스텔라가 그럴 리 없었다. 스텔라의 생각은 그들 사이에 강물처럼 흘렀고, 스텔라의 목소리는 데지레의 머릿속에 생생했다. 데지레는 어떻게 그 여름 내내 스텔라가 이미 다른 사람이 되기로 결심한 사실을 모른 채 지낼 수 있었을까? 그녀는 스텔라가 누구인지 더이상 알 수 없었고, 어쩌면 스텔라를 잘 알았던 적이 한 번도 없는지도 몰랐다.

그녀는 손가락을 빙빙 돌려 전화선을 손가락에 더 단단히 감았다. 텅 빈 식당 안에서는 주드가 카운터 앞에 앉아 책을 읽고 있었다. 아이는 늘 뭔가를 읽었고, 늘 혼자였다.

"응." 데지레가 말했다. "그러고 싶은 것 같아."

얼리 존스가 도착한 날 아침, 하늘은 무겁게 내려앉아 있었고 비가 내려 후텁지근했다. 데지레는 카우치 모서리에 앉아 봄의 폭풍우 소리에 귀를 기울이면서 주드의 머리를 땋아주었고, 그러는 동안 뉴올리언스에서 보낸 처음 몇 주가 떠올랐다. 느닷없이 소나기가 내리기 시작하면 그녀는 스텔라와 함께 처마 밑에 숨어들었다. 결국 변덕스러운 비에 차츰 익숙해졌지만, 당시에는 폭풍우가 갑작스레 몰아칠 때마다 비명을 꽥 지르고 발목에 빗물이 튀는 것을 느끼며 건물 벽에 붙어 서서 스텔라와 함께 깔깔거렸다. 그때 앞에 깔린 러그 위에 앉아 있던 주드가 몸을 꼼지락거리며 포치를 가리켰다.

"엄마, 남자예요." 주드가 말했고, 앞쪽 계단에 얼리가 서 있었다. 재킷 칼라를 세우고 턱수염에 빗방울이 묻은 채로. 데지레는 묘한 긴장을 느끼며 황급히 일어섰고, 문을 열어주고 나서야 그들이 지금 서 있는 자리가 정확히 오래전 처음 만난 그 자리라는 것을 깨달았다.

"들어와도 돼." 그녀가 말했다.

"정말로?" 얼리가 말했다. "소란을 피우고 싶지는 않아."

얼리가 그녀 자신만큼 긴장한 것 같아 보여서, 데지레는 대담해졌다. 그녀는 안으로 들어오라고 손짓했고, 얼리는 부츠 신은 발을 포치에 탁탁 쳐서 진흙을 털어냈다. 그리고 그녀를 따라 들어와 문간에 섰다. 한 손은 오므려 재킷 주머니에 넣은 채로.

"여긴 주드." 데지레가 말했다. "주드, 어서 얼리 선생님한테 인사해야지. 엄마가 아저씨랑 잠시 드라이브하러 갈 거라고 했는데, 기억하지?"

"그냥 얼리라고 불러." 그가 말했다. "나는 누구의 선생님도 아니야."

그는 싱긋 웃으며 손을 내밀었다. 주드는 아주 잠시 그의 손안에 자신의 손을 밀어넣더니, 곧 책가방을 가지러 침실로 쪼르르 사라졌다. 나중에 주간州間 고속도로에서 얼리는 주드가 늘 그렇게 조용한지 물었다.

데지레는 차창으로, 햇빛이 폰차트레인호수에 내려앉았다 튕겨 나오는 것을 바라보고 있었다.

"늘 그래," 그녀가 말했다. "전혀 나 같지 않아."

"그럼 제 아빠 같나?"

그녀는 얼리에게 샘에 대한 이야기는 하고 싶지 않았고, 심지어 자기 삶의 동일한 반경 안에 두 남자가 다 존재한다는 상상은 더욱 하고 싶지 않았다. 게다가 주드는 샘 같지도 않았다. 어느 면에서는 스텔라 같았다. 비밀스러웠고, 예컨대 자기와 관련된 뭔가를 말해줄 때조차 밝혀져도 상관없다고 판단한 것만 말했다.

"아니." 그녀가 말했다. "누구도 닮지 않았어, 주드는 그냥 주드야."

"그거 좋네. 온전히 자기 자신일 수 있다는 것 말이야."

"맬러드에서는 아니야." 그녀가 말했다. "주드 같은 아이에겐 불가능해."

얼리는 데지레의 손을 잡았고, 그녀가 놀라자 자신도 아차 하고 손을 뗐다.

"쉽지 않을 거야." 그가 말했다. "내겐 쉽지 않았어. 예전에 교회에서 어떤 남자가 나를 후려친 거 알아? 내 목덜미를 정통으로 때렸어. 오직 내가 자기 아내보다 먼저 성수에 손을 담갔다는 이유만으로. 내가 물을 더럽혔다는 듯이 말이야. 나는 삼촌이 나 대신 맞서줄 줄 알았어. 왠지 몰라도 그럴 거라 생각했지. 하지만 삼촌은 내가 뭘 잘못한 것처럼 그 남자에게 미안하다고 하더라."

얼리가 씁쓸하게 웃었다. 고속도로 건너편에는 화물열차가 덜컹덜컹 달려갔고, 선로에는 빗물이 철벅거렸다. 데지레가 그를 돌아보았고, 그녀의 눈은 젖어 있었다.

"내가 무슨 말이든 했어야 했어." 그녀가 말했다. "엄마가 너를 그렇게 쫓아냈을 때."

얼리가 어깨를 으쓱했다. "오래전 일인걸."

"그런데 왜 나를 도와주려는 거야? 정말로 왜?"

"오, 글쎄." 그가 말했다. "너와 네 동생을 생각하면 안타깝고 마음이 쓰여." 얼리는 데지레를 쳐다보지 않으려고 앞쪽에 시선을 고정했다. "그리고 너하고 이야기하는 게 즐거운 것 같고. 평생 어떤 여자한테도 이렇게 많은 말을 해본 적이 없어."

데지레가 웃었다. "너는 한 번에 두 단어 이상은 말하지 않잖아."

"그거면 충분하지." 그가 말했다.

그녀는 얼리의 목덜미에 손을 대며 다시 웃었고, 나중에 그는 자기가 기억하기로 그런 경험은 처음이었다고 말한다. 차를 운전해 다리를 건널 때, 그의 목덜미에 닿은 그 부드러운 손의 느낌.

그들은 과거를 쫓고 있었다. 거리를, 계단통을, 골목길을 돌며 스텔라를 찾아다녔다.

그들은 쌍둥이가 살았던 엘리베이터 없는 삼층 건물의 계단을 올라갔다. 이제 그곳에는 유색인 노부부가 살고 있었다. 데지레는 최대한 공손하게 데지레나 스텔라 빈스 앞으로 온 우편물이 없었는지 물었지만, 노부부는 여기 산 지 이 년밖에 되지 않았다고 했다. 쌍둥이의 삶은 그들이 도착하기 한참 전에 이미 아파트 벽 속으로 사라지고 없었다. 자매는 함께 요리했고, 그들이 처음으로 구매한 사치품인 작은 트랜지스터라디오를 들었다. 자매는 마침내 자신들이 믿는 대로 어른이 되었다고 느끼면서 새벽까지 깨어 있었다. 자매가 이 첫번째 아파트를 빌리는 계약서에 서명하던 그 당시에도 이미 스텔라는 그 계약이 일시적이리란 걸 알고 있었다. 어쩌면 스텔라는 그때 이미 출구를 찾기 시작했을 것이다.

오후 내내 그들은 과거의 장소들을 돌며 스텔라를 찾았다. 그들은 딕시 세탁소와 그레이스 노트에서 스텔라의 행방을 물었다. 데지레는 전화번호부에서 옛친구들을 찾아냈지만 스텔라 소식을 아는 사람은 아무도 없었다. 파라 티보도는 이제 시의회 의원과 결혼했고, 데지레의 전화를 받자 웃었다.

"스텔라가 달아났다니 믿기지 않아." 파라가 말했다. "그런데 너는, 내가 생각하기로는……"

"아무튼 고마워요." 데지레가 전화를 끊으려고 그렇게 말했다.

"잠깐만," 파라가 말했다. "뭐가 그렇게 급하니. 네 쌍둥이 동생을 봤다고 말해줄 참이었는데."

데지레의 심장이 빠르게 뛰기 시작했다. "언제요?"

"오, 한참 전이지. 네가 떠나기 전에. 스텔라가 근심 하나 없는 표정으로 로열 스트리트를 걸어가더라고. 백인 남자하고 팔짱도 끼고 있었어. 나하고 눈이 딱 마주쳤는데, 고개를 돌려버렸어. 스텔라가 나를 봤다고 장담해."

"그애가 확실해요?"

"네가 아니었다는 것만큼이나 확실하지." 파라가 말했다. "눈에 다 쓰여 있었다니까. 그 백인 남자도 잘생겼더라. 그애가 그렇게 웃고 있었던 이유가 그거였겠지."

스텔라는 어떤 남자를 쫓아가느라 그녀를 버린 것이다. 스텔라가 몰래 사랑에 빠져 있었다니. 스텔라, 결코 남자에 열광하지 않았고, 데지레가 얼리 생각에 빠져 있으면 눈을 흘겼고, 남자친구를 사귀어본 적도 없는 그애가. 얼음장 같은 쌍둥이 계집애, 남자애들은 스텔라를 그렇게 불렀다. 하지만 얼리는 데지레에게 가장 간단한 설명이 종종 가장 맞는 설명이라고 말했다.

"사람들이 감정에 이끌려 어떤 일들을 하게 되는지 알면 놀랄걸." 그가 말했다.

"하지만 나는 그애를 알아." 데지레는 말하다 말고 입을 다물었다. 이제 더는 스텔라에 대해 아무것도 가정할 수 없었다. 그건 이미 깨닫지 않았는가?

얼리가 메종 블랑시 건물에 가보자고 제안했을 때 데지레는 이미 지쳐 있었다. 전에 꼭 한 번, 스텔라가 사라지고 며칠 뒤 용기를 내서 건물 안에 들어가본 적이 있었다. 그때 전차를 타고 커낼 스트리트로 가면서 스텔라가 영원히 사라졌을 리 없다고 생각했다. 스텔라는 원래 종종 이렇게 갑자기 기분이 안 좋아지곤 했다. 스텔라는 말라가는 시트 뒤에 숨어 숨바꼭질을 하는 것이다. 데지레는 스스로도 믿지 못하는, 자신을 안심시키는 말을 속으로 쏟아냈다. 스텔라가 다시 불쑥 나타날 거라고. 아파트 계단에 나타나 어떻게 된 일인지 해명할 거라고. 평생 최고의 직장을 그냥 그렇게 그만두진 않을 거라고. 스텔라가 쌍둥이 자매인 자신을 두고 떠날 리 없다고.

백화점 안으로 들어간 데지레는 천천히 향수 매장을 지나갔다. 스텔라가 꼭대기 층 사무실에서 일했다는 것은 알았지만, 어느 사무실인지는 몰랐다. 로비에서 층별 안내판을 한참 들여다보고 있는데 무뚝뚝한 경비원이 다가와 무슨 용무인지 물었다. 그녀는 스텔라의 이름을 입 밖에 내기가 꺼려져 머뭇거렸고, 경비원은 결국 그녀를 쫓아냈다.

"너무 비장했어." 얼리가 말했다. "좀 부드럽게 접근해야 해. 너무 절박해 보이면 사람들이 눈치를 채. 조개처럼 입을 다물어버리지."

그들은 메종 블랑시 건너편 카페에 앉아 있었다. 데지레는 에스프레소에는 거의 입도 대지 않았다. 그리고 여전히 파라가 스텔라와 함께 있는 걸 봤다는 그 백인 남자에 대해 생각하고 있었다. 스텔라는 아주 행복해 보였다고 했다. 스텔라는 발견되기를 바라지 않았다. 그런데 데지레는 지금 뭘 하려는 걸까? 스텔라를 본인이 원하지도 않는 삶 속으로 다시 끌고 가려는 건가?

"저 안에 들어가면 저들이 뭔가를 알려줘도 괜찮은 사람으로 보여야 해." 얼리가 말했다. "원하는 걸 얻어내는 사람."

"백인이 되라는 거네."

그가 고개를 끄덕였다. "그편이 더 쉽지." 그가 말했다. "나는 같이 들어갈 수 없어. 네 정체가 들통날 거야. 그냥 들어가서 네가 누군가를 찾고 있다고 말하면 돼. 옛친구를 찾는다고. 동생이 아니라. 동생이라고 하면 질문이 너무 많아질 거야. 연락이 끊겼다, 뭐 그런 이야기를 해. 그냥 가볍고 쾌활하게. 마음에 걱정 하나 없는 백인 여자처럼 행동해."

그래서 그녀는 자신이 스텔라라고 상상했다—예전에 알던 모습의 스텔라가 아니라 현재의 스텔라라고. 그리고 커다란 메종 블랑시 출입문의 황동 손잡이를 밀고 백화점 안으로 발을 들여놓았다. 그녀는 원하는 향수는 뭐든 살 수 있는 여자처럼 향수 매장을 당당하게 통과했다. 지나가다 걸음을 멈추고 구입할 의향이 있는 것처럼 몇몇 제품의 향을 맡아보기도 했다. 진열장 안의 장신구를 보고 감탄했고, 멋진 핸드백도 쳐다보았다. 판매원이 다가오자 귀찮은 척했다. 로비에서는 유색인 엘리베이터 운행원이 그녀가 발을 디딘 바닥으로 시선을 내렸다. 그녀는 스텔라가 그랬을 것처럼 그를 무시했다. 얼마나 간단한지 속이 다 메슥거렸다. 백인이 되기 위해 필요한 건 그저 백인처럼 행동하는 것뿐이었다.

그녀가 첫번째 사무실 층에 들어서자 백인 경비가 도움을 주려고 서둘러 다가왔다. 그녀는 얼리가 시킨 대로 말했다. 가볍고 쾌활하게, 마음에 걱정 하나 없는 사람처럼. 데지레는 경비에게, 전에 마케팅 부서에서 일하던 친구를 찾고 있다고 말했다.

당연히 그는 건물 직원 명단에서 스텔라 빈스를 찾지 못했지만, 마케팅 부서를 찾아가는 방법을 알려주었다. 그녀는 엘리베이터를 타고 육층으로 올라갔고, 사무실 안으로 들어가면서 혹시 누가 자신을 스텔라로 오해할까봐 마음을 단단히 먹었다. 하지만 빨간 머리 비서는 그저 그녀를 보고 상냥하게 웃었다.

"옛친구를 찾고 있어요." 데지레가 말했다. "여기 비서로 일했었는데."

"이름은요?"

"스텔라 빈스." 데지레는 이름을 말하면 스텔라가 나타나기라도 할 것처럼 조용한 사무실 안을 둘러보았다.

"스텔라 빈스." 비서는 그 이름을 다시 말하고는 뒤에 있던 서류 캐비닛을 향해 돌아섰다. 그리고 서류를 찾으면서 혼자 노래를 흥얼거렸다. 그 밖에 들리는 소리라곤 부드럽게 톡톡거리는 타자기 소리뿐이었다. 데지레는 이런 장소에서 일하는 스텔라를 상상해 보았다. 각자의 책상에 앉아 있는 다른 고상한 백인 여자들과 같은 지위에 오른 스텔라를.

비서가 서류철 하나를 들고 자리로 돌아왔다.

"유감스럽지만, 현재 주소는 없네요." 그녀가 말했다. "회사에서 발송했다가 반송된 크리스마스카드만 몇 장 있어요."

여자는 지나치게 사과하는 태도로, 서류철에 보관된 가장 최근의 주소밖에 알려줄 수 없다며 굉장히 미안해했다. 비서가 보여준 카드에는 스텔라의 정성스러운 필체로 매사추세츠주 보스턴의 주소가 적혀 있었다.

"결정적인 증거는 아직 나오지 않은 것 같네." 그날 밤 얼리가 말했다. "하지만 그게 시작이니까."

그들은 설리 고트의 어두운 칸막이 자리에 함께 앉아 있었다. 얼리는 위스키를 천천히 홀짝였다. 아침이면 그는 다시 떠날 것이다. 새 일거리가 생겨 더럼에 가야 했다. 하지만 그 일을 마치면 보스턴의 그 주소를 찾아가 더 캐낼 정보가 있는지 알아볼 예정이었다. 데지레는 스텔라가 하고많은 장소 중에서 왜 그 도시로 갔는지 짐작할 수 없었지만, 그건 중요하지 않았다. 그 카드에는 데지레가 스텔라에 대해 여태 알고 있었던 것보다 더 많은 새로운 정보가 담겨 있었다.

그녀는 얼리에게 감사한 마음을 어떻게 표현해야 할지 알 수 없었고, 또다시 그의 도움이 벅찰 만큼 크게 느껴졌다. 술을 다 비운 뒤, 데지레는 그를 하숙집까지 데려다주었다. 그는 흙 묻은 계단을 올라가면서 그녀의 손을 자기 팔 밑에 꼈고, 그녀는 손을 빼지 않았다. 그의 방에 들어가서도 빼지 않았다. 데지레는 취하지 않았지만 갑자기 방안이 후끈하게 느껴졌다. 오랫동안 낯선 남자 앞에서 옷을 벗지 않았다.

그렇다면, 천천히. 얼리는 낡은 서랍장에 기댄 채 기다렸다. 데지레가 그에게 몸을 밀착했고, 그녀의 손이 그의 배 아래로 내려갔다. 손이 벨트에 이르자 그가 막았다.

"이제 시작이야." 그가 말했다. "동생을 찾기까진 아직 한참 멀었어."

얼리는 이것이 그들이 더 나아가는 조건이라는 걸 알고 있다는 듯 데지레의 손을 붙들고 있었다.

"알았어." 그녀가 말했다.

"내가 찾지 못할 수도 있어. 그냥 사라져버린 걸지도 몰라. 너도 알지, 그렇지?"

데지레는 잠시 동안 가만히 있었다. "알아."

"네가 원하는 동안은 계속 찾아볼 거야." 얼리가 말했다. "네가 멈추라고 하면 멈출게."

데지레는 간신히 손을 빼내 그의 검은 티셔츠 아래로 집어넣었다. 그녀의 손가락이 배에 길게 난 우둘투둘한 흉터를 어루만졌다.

그가 전율했다.

"멈추지 마." 그녀가 말했다.

2부

지도

1978

4

1978년 가을, 검은 피부의 여자가 지도에 존재하지 않는 어느 타운에서 로스앤젤레스로 바람처럼 흘러들어왔다.

여자는 지도에 없는 그곳에서 그레이하운드 버스를 타고, 짐칸에서 덜컹거리는 가방 두 개와 함께 먼길을 왔다. 아무 곳도 아닌 곳에서 아무것도 없이 온 여자. 다른 승객 누구에게 물어보든 그녀에 대해 딱히 흥미로운 점은 찾아내지 못했을 것이다. 그녀가 아주, 음, 검다는 것 말고는. 그것 말고 다른 특징이라면, 그녀는 조용했다. 차 안에서 자신의 열일곱번째 생일에 어머니의 남자친구가 준 낡은 탐정소설을 넘겨 보고 있었는데, 그 책을 두번째 읽는 것이었고, 처음 읽을 때 놓친 단서를 샅샅이 찾는 중이었다. 휴게소에서 그녀는 그 책을 팔 밑에 끼고 차 안을 천천히 왔다갔다하며 다리를 풀었다. 초조한 모습이었다. 이탈리아인 버스 운전사는 그녀를 보면서 우리 안을 돌아다니는 치타를 연상했다. 군살 없이 호리호리하고 소년 같은 몸에 긴 다리—여자가 달리기 선수라는 걸 알았다 해도 그는 전혀 놀라지 않았을 것이다. 운전사는 담배를 피우면서 그녀가 버스 안을 또 한 바퀴 도는 것을 지켜보았다. 저 다리에 저 얼굴이라니, 너무 안타까웠다. 저 피부. 맙소사, 그는 여태 저렇게 검은 여자는 본 적이 없었다.

여자는 버스 운전사가 지켜보고 있다는 것을 알아차리지 못했다. 이제 더는 누가 쳐다보든 말든 거의 의식하지 않았다. 의식한다고 해도 그들이 왜 보는지 그 이유를 정확히 알았다. 그녀를 쳐다보지 않기란 불가능했다. 검었다, 그랬다. 하지만 또한 키가 크고 팔다리가 길었다. 십 년 동안 만나지도, 소식을 듣지도 못한 그녀의 아버지처럼. 그녀는 천천히 또 한 바퀴 돈 다음, 책등에 균열이 생기고 책장의 귀가 접힌 책을 펴서 읽던 자리를 찾았다. 그녀는 어렸을 때부터 탐정소설을 좋아했다. 그녀가 포치에 앉아 있으면, 어머니의 남자친구는 총을 청소하면서 자신이 추적하는 사람들에 대한 이야기를 해주었다.

나중에 생각하니, 그건 어른 남자와 어린 여자아이가 유대감을 쌓으려고 한 활동이라기엔 이상한 것이었다. 하지만 그녀는 얼리 존스가 특이한 사람인 것을 이미 알고 있었다. 그가 아버지는 아니었으나, 그녀에게는 아버지에 가장 가까운 존재였다. 그녀는 그가 총을 천천히 해체하는 것을 지켜보는 게 좋았고, 그러는 동안 그에게 질문을 쏟아냈다. 그는 거짓말만 잘하면 누구에 대해서든 알아낼 수 있다고 말했다. 사냥의 절반은 다른 사람인 척하는 것이었다. 친구의 주소를 찾는 옛친구인 척하거나, 오랫동안 연락이 끊긴 삼촌의 새 전화번호를 찾으려는 조카인 척하거나, 아들의 행방을 알고 싶어하는 아버지인 척하는 것이었다. 표적과 가까운 사이이면서 당신이 조종할 수 있는 누군가는 늘 있었다. 문을 찾을 수 없다면 늘 창문이 있었다.

"그렇게 흥미진진한 일은 아니야." 그는 이쑤시개를 씹으면서 말했다. "대부분은 그냥 노부인들과 전화로 부드럽게 이야기를 나누는 거지."

그가 사라진 사람 찾는 것을 아주 쉬운 일처럼 이야기해서, 한번은 그녀가 아버지를 찾아줄 수 있는지 물었다. 그는 그녀를 쳐다보지 않고, 고개를 숙인 채 총신 내부를 솔로 닦으며 말했다.

"그를 찾는 건 네게 좋은 일이 아냐." 그가 말했다.

"왜요?"

"왜냐하면," 그가 말했다. "그는 좋은 사람이 아니니까."

물론 그가 옳았지만 그녀는 그의 확신이 싫었다. 그가 어떻게 아는가? 아버지를 만나본 적도 없으면서.

그녀는 늘 아버지가 자신을 구하러 반짝거리는 뷰익을 몰고 나타나는 장면을 상상했다. 어느 날 학교에서 나오면 아버지가 기다리고 있는 것이다. 키가 크고 잘생긴 아버지가 그녀를 보고 웃으면서 두 팔을 벌린다. 다른 꼬마들이 넋을 놓고 바라본다. 그리고 아버지는 그녀를 다시 워싱턴 D.C.로 데려가고, 그녀는 그곳 학교에 다니면서 친구를 사귀고 남자애들과 데이트를 하고 트랙에서 달리기를 하고 대학에 간다. 대학이 있는 곳은 맬러드와는 너무나도 달라서 그녀는 심지어 맬러드가 존재했다는 것조차, 그곳이 그저 그녀의 상상이 아니라는 것조차 거의 믿을 수 없어진다.

하지만 십 년이 지나도 전화나 편지는 없었다. 결국 그녀는 자신을 스스로 구출했다. 주 선수권대회에 출전해 400미터 종목에서 금메달을 딴 것이다. 기적 중의 기적이었고, 그녀는 대학 신입생 모집 담당자들의 눈에 띄었다. 그녀는 전속력으로 달렸고, 이제 이곳에서 잽싸게 도망쳐 나오는 중이었다. 버스 터미널에서 얼리가 가방을 실어주는 동안 그녀는 금속 계단 맨 아래에 서 있었다. 할머니는 목에 묵주를 걸어주었고, 어머니는 그녀를 끌어안았다.

"나는 지금도 네가 왜 그 먼 캘리포니아까지 가려는지 모르겠다." 어머니가 말했다. "여기도 완벽하게 좋은 학교들이 있는데."

어머니는 농담이라는 듯, 이곳에 머물라고 설득하려는 건 아니라는 듯 조금 웃었다. 두 사람 다 주드가 그럴 수 없다는 걸 알고 있었다. 그녀는 이미 UCLA에서 주는 육상 선수 장학금을 수락했고—솔직히 거절한다는 생각조차 불가능했지만—지금 버스 앞에 서서 탑승을 기다리고 있었다.

"전화할게요." 주드가 말했다. "편지도 쓸게요."

"아무렴 그래야지."

"괜찮을 거예요, 엄마. 찾아뵐게요."

하지만 두 사람 다 주드가 결코 맬러드로 돌아오지 않으리란 걸 알았다. 버스를 탄 뒤 그녀는 묵주를 만지작거리며 어머니가 이런 버스를 타고 맬러드를 벗어나 먼 곳으로 가는 장면을 상상했다. 다만 어머니는 혼자가 아니었고, 스텔라가 옆에 앉아 어둠 속을 내다보고 있었다. 주드는 낡은 책을 무릎 위에 올려놓고 뿌연 유리창에 머리를 기댔다. 사막을 보는 건 처음이었다—그 풍경은 끝없이 펼쳐져 있는 것 같았다. 이내 또 1마일이 재깍 지나며, 삶의 길 위에 선 그녀를 더 앞으로 데려갔다.

아이들은 그녀를 타르 베이비라고 불렀다.

한밤중. 검둥이. 진흙 파이. 웃어봐, 네가 안 보이잖아, 하고 말했다. 네가 너무 까매서 칠판하고 분간이 안 돼, 하고 말했다. 장담하는데, 넌 장례식 갈 때 홀딱 벗고 가도 되겠다, 하고 말했다. 장담하는데, 반딧불이가 낮에도 널 쫓아다닐걸. 장담하는데, 네가 수영하면 석유 같아 보일 거야. 그들은 수많은 농담을 만들어냈고, 세월이 흘러 그녀가 사십대로 접어들고 한참이 지났을 때, 한번은 샌프란시스코에서 열린 어느 디너파티에서 그 목록을 줄줄이 읊기도 했다. 장담하는데, 바퀴벌레가 널 사촌이라고 할걸. 장담하는데, 넌 네 그림자도 못 찾을걸. 주드는 그 기억이 얼마나 생생한지에 놀랐다. 그 파티에서 그녀는 간신히 웃음을 짜냈지만 사실은 전혀 재미있지 않았다. 그 농담들은 진짜였다. 그녀는 정말로 까맸다. 블루블랙. 아니, 너무 까매서 자주색으로 보였다. 커피처럼, 아스팔트처럼, 우주 공간처럼 검었고, 세상의 시작과 끝처럼 검었다.

처음에 할머니는 주드가 햇볕을 피하게 하려고 애썼다. 그녀에게 커다란 정원용 모자를 씌우고 턱밑으로 끈을 숨이 막힐 만큼 단단히 매주었다. 하지만 달리기는 모자를 쓴 채로는 할 수 없었고, 그녀는 달리기를 사랑했으며, 그건 그녀도 어찌할 수 없었다. 아델이 적어도 해가 질 때까지 기다리라고 사정해도 어쩔 수가 없었다. 주드는 여름에는 실내에서 책을 읽으며 시간을 보냈고, 우리 안에 갇힌 기분이 들어 미칠 것 같을 때는 목을 조이는 큰 모자를 눌러쓰고 땀이 난 팔에 들러붙는 긴소매 옷을 입고서 그늘을 쫓으며 마당을 돌아다녔다. 그녀는 더 검어질 수 없을 만큼 검었으나, 맬러드에서 사는 기간이 길어질수록 더욱 검어지는 것 같았다. 학교 단체 사진에서는 검은 점, 주일 미사 신자석에서는 검은 얼룩, 다른 아이들이 수영하는 동안에는 강둑 위를 서성이는 그림자. 너무 검어서 어디서든 그녀밖에 보이지 않았다. 모든 것을 감염시키는, 우유 속에 빠진 파리.

교실에서 그녀의 뒷자리에는 로니 구도가 앉았다. 학교 대표팀 투수, 학년 내내 종이를 똘똘 뭉쳐 그녀에게 던진 아이. 눈은 회색이고, 적갈색 머리칼이 목덜미를 살짝 덮은, 뺨에 주근깨가 퍼져 있는 아이. 잘생긴 소년. 그래서 주드는 그가 그녀를 응시하며 소매를 걷어올린 뒤—팔뚝이 너무 하얘서 갈색 털이 다 보였다—손가락을 풀고 뭉친 종이를 집는 것을 상상하면 소름이 돋았다. 그녀의 목에 뭔가가 부드럽게 툭 부딪히는 게 느껴지고 나면 뒤에 앉은 남자애들이 킬킬거리고 있었다. 그녀는 한 번도 뒤돌아보지 않았다. 한번은 앤시 선생이 로니가 그러는 걸 보고 그에게 수업 끝나고 남으라고 했다. 교실에서 나가면서 주드는 칠판을 닦고 있는 로니를 스쳐지나갔고, 그는 분필 먼지 속에서 칠판지우개를 쓸어내리며 그녀를 보고 히죽 웃었다. 그녀는 집으로 걸어가는 내내 그 순간을 반복해서 떠올렸다. 그의 입술 모양은 찡그림과 미소의 중간 어디쯤이었다.

로니 구도는 그녀를 타르 베이비라고 부른 최초의 사람이었다. 주드가 맬러드로 오고 한 달이 지났을 때였는데, 그가 『브레어 래빗』*을 교실 쓰레기통에서 찾아낸 뒤 아주 재미있는 것을 발견했다는 듯 표지의 검게 반짝거리는 부분을 톡톡 치며 말했다. "이것봐, 주드랑 똑같네." 그녀는 로니가 자기 이름을 안다는 사실에 너무 놀라서, 교실 전체가 웃음바다가 되고 나서야 그가 자기를 놀렸다는 걸 깨달았다. 그는 조용한 독서 시간을 방해했다는 이유로 벌을 받았고, 선생은 얼굴을 붉히며 재빨리 그 책을 빼앗아갔다. 그날 밤 저녁을 먹은 뒤 주드는 어머니에게 타르 베이비가 뭐냐고 물었다. 어머니는 다 먹은 접시를 개수대 안에 담그면서 잠시 말이 없었다.

"그냥 옛날이야기야." 어머니가 말했다. "왜?"

"오늘 어떤 남자애가 저를 그렇게 불렀어요."

어머니는 손을 수건에 천천히 닦았고, 이어 주드 앞에 무릎을 꿇었다.

"걔는 그냥 너를 약올리고 싶었던 거야." 어머니가 말했다. "무시해. 그럼 곧 지겨워져서 그만둘 거야."

하지만 그는 그만두지 않았다. 로니는 그녀의 양말에 진흙을 묻혔고, 그녀의 책을 쓰레기통에 던졌다. 시험중에는 의자 다리를 거칠게 밀었고, 머리에 묶은 리본을 확 잡아당겼으며, 그의 목소리가 들릴 만큼 그녀가 가까이 있으면 곧바로 "투티 프루티, 새까만 주디"**하고 노래를 불렀다. 5학년 마지막날에 그는 학교 계단에서 그녀의 발을 걸었고, 주드는 아래로 구르면서 무릎에 찰과상을 입었다. 부엌 식탁에서 할머니는 무릎 위에 주드의 다리를 올리고 약

---

* 미국 남부 아프리카계 미국인 사이에 전해 내려오는 이야기로 '브레어 래빗'은 주인공인 토끼 캐릭터이며, '타르 베이비'는 여우가 브레어 래빗을 잡으려고 타르와 테레빈유로 만들어낸 인형이다.

** 미국의 흑인 가수 리틀 리처드의 노래 〈Tutti Frutti〉의 가사를 변형한 것.

솜으로 피를 부드럽게 닦아냈다.

"그애가 너를 좋아하나보다." 마망이 말했다. "어린 남자애들은 자기가 좋아하는 여자애들한테 늘 못되게 굴거든."

주드는 로니가 그녀의 손을 잡고, 그녀의 책을 학교에서 집까지 들어주고, 그녀에게 키스하고, 심지어 그의 긴 속눈썹이 그녀의 뺨을 간질이는 것을 상상하려 해보았다. 영화관에서 그와 나란히 앉거나, 로니에게 한 팔로 감싸인 채 카니발 대관람차를 타고 꼭대기로 올라가는 장면도. 하지만 그녀가 그려볼 수 있는 건, 그가 진흙탕에서 그녀에게 흙탕물을 튀기거나 그녀의 머리칼에 씹던 껌을 붙이거나 그녀를 멍청한 년이라고 부르거나 입술이 터지고 눈꺼풀이 퉁퉁 부어올라 눈이 감길 만큼 그녀를 주먹으로 때리는 장면뿐이었다. 그러고 나면 아버지는 늘 성질을 내며 밖으로 뛰쳐나갔고 어머니는 바닥에 주저앉아 카우치 쿠션에 얼굴을 묻고 울었다. 그런데 아버지가 곧바로 나가지 않은 적이 한 번 있었다. 오히려 그는 어머니의 얼굴을 자신의 배로 끌어당기고 머리를 쓰다듬어주었다. 어머니는 훌쩍거리면서도 마치 그의 손길이 위로가 된다는 듯 몸을 빼지 않았다.

로니가 그녀를 때리는 모습을 상상하는 게 더 쉬웠다. 그 다른 면—부드러운 부분—이 그녀는 더욱 무서웠다.

모욕과 놀림을 당하기 전에, 조롱거리가 되기 전에, 양말에 흙탕물이 튀겨지고 의자가 걷어차이고 벤치에서 혼자 점심을 먹기 전에, 그 모든 일이 있기 전에 질문이 있었다. 네 이름은 뭐니? 너는 어디에서 왔니? 왜 여기 왔니? 첫 등교일에 주드와 책상을 같이 쓰게 된 루이자 루비도는 주드에게 몸을 기울이고 아까 데려다준 여자는 누구냐고 물었다.

"우리 엄마." 주드가 말했다. 당연한 것 아닌가? 손을 잡고 학교에 데려다주었는데. 엄마가 아니면 누구란 말이지?

"하지만 진짜 엄마는 아닐 거 아냐, 그렇지?" 루이자가 말했다. "둘이 하나도 안 닮았어."

주드는 잠시 가만히 있었다. 그리고 말했다. "나는 아빠를 닮았어."

"음, 그럼 아빠는 어디 있는데?"

그녀는 답을 알았지만 어깨를 으쓱했다. 아버지는 그들이 떠나온 워싱턴 D.C.에 있었다. 주드는 벌써 아버지가 그리웠다. 비록 어머니의 목에 든 멍이 아직 남아 있었고, 그동안 어머니의 몸에 있던 수많은 멍자국과 그 거무죽죽한 얼룩이 그려놓은 기묘한 지형을 전부 기억하고 있었음에도. 예전에 한번은 수영장에 갔는데, 탈의실에서 어머니가 옷을 갈아입다가 허벅지에서 희미해져가는 멍을 발견하고는 동작을 멈추었다. 어머니는 조용히 옷을 다시 입더니 자신은 오늘 수영장 밖에 앉아 주드를 지켜보기로 했다고 말했다. 그들이 집에 돌아왔을 때 아버지는 어머니를 키스로 맞아주었고, 주드는 자신이 마음만 먹는다면 그 멍이 다른 이유로 생긴 것이라 믿어버릴 수도 있겠다는 걸 깨달았다. 주드가 부모 중 한쪽과 맺은 관계에만 집중하면 다른 쪽과의 끈은 마법처럼 풀려버렸다. 그래서 아버지를 생각해도 러그 위 그녀 옆에 편안하게 드러누워 만화책을 넘겨보는 모습만 떠올랐다. 어머니의 머리채를 잡고 침실로 끌고 가는 모습이 아니라—아니, 그건 다른 남자였다. 그리고 깨진 유리를 다 쓸어내고 나면, 타일에 묻은 피를 다 닦아내면, 어머니가 욕실로 들어가서 얼굴에 얼음주머니를 대고 나오면, 진짜 아버지가 돌아와 웃으면서 어머니의 뺨을 어루만져주었다.

"저는 왜 엄마를 안 닮았어요?" 주드는 그날 밤 어머니에게 물었다. 어머니가 머리를 땋아주는 동안 주드는 카우치 앞 낡은 러그 위에 앉아 있었고, 그래서 어머니의 얼굴은 볼 수 없었지만 손의 움직임이 멎는 것을 느낄 수 있었다.

"글쎄." 어머니가 마침내 말했다.

"엄마는 마망을 닮았잖아요."

"때로는 그냥 그렇게 되기도 하는 거야, 아가."

"우리는 언제 집으로 돌아가요?" 그녀가 물었다.

"내가 뭐라고 했지?" 어머니가 말했다. "우리는 한동안 여기서 지내야 한댔잖아. 꼼지락거리지 좀 마. 그래야 끝내지."

주드는 그들이 집으로 돌아갈 계획도, 다른 어딘가로 갈 계획도 없다는 걸 서서히 깨닫기 시작했고, 곧 그것을 확신하게 되었다. 그런 계획이 있다는 듯이 얘기할 때마다 어머니는 거짓말을 하고 있다는 것을. 다음날 주드가 혼자 앉아 점심을 먹는데, 루이자가 베이지색 피부의 여자아이 세 명의 호위를 받으며 나타나 그녀를 몰아붙였다.

"우리는 네 말을 믿지 않아." 루이자가 말했다. "저 아줌마가 네 엄마라는 것 말이야. 네 엄마라기엔 너무 예뻐."

"엄마가 아니야." 주드가 말했다. "내 진짜 엄마는 다른 곳에 있어."

"어디?"

"나도 몰라. 어딘가에. 아직 못 찾았어."

이유는 모르지만 주드는 스텔라를 생각하고 있었다—역시나 주드와는 별로 닮지 않았겠지만, 어머니보다 훨씬 나을 것이다. 스텔라는 아버지에게 얻어맞을 정도로 그를 화나게 하지 않을 것이다. 스텔라는 한밤중에 주드를 깨우고 억지로 기차에 태워 다른 아이들이 괴롭히는 작은 타운으로 데려가지 않을 것이다. 스텔라는 약속을 지킬 것이다. 스텔라는 맬러드를 떠난다고 약속만 하고 계속 머물러 있지 않을 것이다.

"엄마를 잘 지켜봐." 한번은 아버지가 주드에게 경고했었다. "여전히 그쪽 사람들 같아 보여."

"어떤 사람들요?" 주드는 러그 위 아버지의 옆에 누워 그가 잭스 놀이*를 하는 것을 지켜보고 있었다. 그의 큰 손이 그녀의 눈앞에서 정신없이 움직였다.

"엄마의 고향 사람들." 아버지가 말했다. "엄마 안에는 여전히 그곳의 잔재가 남아 있어. 지금도 자기가 우리보다 잘난 줄 안다고."

아버지가 무슨 뜻으로 그 말을 하는지 정확히 이해하지 못했지만, 주드는 '우리' 안에 자신도 포함된 것이 좋았다. 사람들은 자신이 유일무이한 존재가 되면 특별해질 거라 생각한다. 아니, 그건 당신을 외롭게 만들 뿐이다. 진짜 특별한 건 누군가와 함께 소속되는 것이다.

* 작은 공을 튕기면서 하는 공기놀이와 비슷한 게임.

고등학생이 되었을 때, 주드는 남들이 자신을 뭐라고 부르든 더는 놀라지 않게 되었다. 하지만 외로움은 그녀를 놀라게 했다. 외로움은 결코 익숙해질 수 없는 것이었다. 익숙해졌다고 생각할 때마다 그 안으로 더 깊이 가라앉았다. 점심을 먹을 때는 혼자 앉아 값싼 페이퍼백을 이리저리 뒤적였다. 주말에 친구들이 놀러온 적도 결코 없었고, 루의 식당에 가서 점심을 먹자는 초대를 받지도 못했다. 잘 지내냐고 안부를 묻는 전화도 받은 적이 없었다. 학교 수업이 끝나면 혼자 달리기를 하러 갔다. 그녀는 육상부에서 가장 빨랐는데, 다른 타운의 다른 팀이었다면 주드가 주장을 맡았을 것이었다. 하지만 이 타운의 이 팀에서, 그녀는 연습하기 전에 혼자 몸을 풀었고, 단체 버스에서 혼자 앉았고, 그녀가 주 선수권대회에서 금메달을 땄을 때 위버 코치 말고는 아무도 축하해주지 않았다.

그럼에도 그녀는 달렸다. 달리기를 사랑했기에, 뭔가를 잘하고 싶었기에, 아버지가 오하이오주에서 달리기 선수였기에 달렸다. 스파이크 운동화의 끈을 묶으며 아버지를 생각했다. 이따금, 야구장의 선수 대기석 뒤에서 원을 그리며 달릴 때, 로니 구도가 자신을 지켜보고 있는 것을 느꼈다. 그녀는 달릴 때 약간 절뚝거리는 경향이 있었는데—우아하지 않고 균형이 어긋나 보였다—나쁜 습관이어서 코치가 고쳐주려고 했지만 실패했다. 로니는 아마 그녀가 달리는 모습이 웃긴다고 생각했을 것이고, 어쩌면 그저 까만 몸에 위아래로 흰색 운동복을 입은 모습을 비웃고 싶었는지도 몰랐다. 그녀는 달릴 때 스스로가 가장 검게 느껴졌지만, 한편으로는 가장 덜 검게, 가장 아무것도 아니게 느껴졌다.

주드는 어느 크리스마스에 얼리에게 금색 운동화를 사달라고 해서 그걸 신고 달렸다. 어머니는 한숨을 쉬었다.

"예쁜 원피스는 어떻겠니?" 어머니가 말했다. "새 귀걸이는?" 매년 어머니는 손에 닿는 것조차 견딜 수 없다는 듯 신발 상자를 러그 저만치 밀어놓았다. "이번에도 운동화구나." 주드가 신발을 감싼 얇은 포장지를 벗길 때 어머니가 푸념하듯 말했다. "맹세코 여자애가 왜 그렇게 많은 운동화를 갖고 싶어하는지 난 절대 이해하지 못할 거다."

주드는 열한 살 때 얼리에게 처음으로 운동화를 선물 받았다. 시카고에서 사 온 흰색 뉴발란스 운동화였다. 다음해에 그는 캔자스에 일이 있어서 크리스마스 때 아예 오지 못했고, 그다음 해에는 한 번도 떠난 적이 없었던 것처럼 운동화 한 켤레를 들고 다시 나타났다. 그때쯤 주드는 이미 얼리가 오가는 것에 익숙해질 만큼 익숙해져서, 그것이 계절이 왔다가 가는 것처럼 자연스럽게 느껴졌다.

"그 남자가 또 은근슬쩍 돌아왔구나." 주드의 할머니는 늘 말했다. 할머니는 절대 얼리를 이름으로 부르지 않았다—늘 "그 남자" 혹은 가끔은 "그치"라고 불렀다. 할머니는 딸이 남자와 살림을 차리는 것을 못마땅하게 여겼는데, 얼리가 한 번씩 올 때 살림을 차릴 만큼 오래 있지 않는데도 그랬다. 그게 상황을 더 좋게도, 더 나쁘게도 만들었다. 하지만 얼리 시즌—주드는 그 기간을 그렇게 여기기 시작했다—이 되면 어머니는 뭔가가 달라졌다. 우선 집이 탈바꿈했다. 어머니는 의자 위에 올라서서 커튼을 떼어내고 러그의 먼지를 탁탁 털고 창문을 물로 닦았다. 그리고 옷을 준비했다. 나일론 스타킹을 장만하고, 몇 달 전에 만들기 시작한 원피스를 마무리하고, 구두가 반짝거릴 때까지 닦았다. 마지막으로 가장 당혹스러운 부분은 어머니가 새로 바꾼 딸기향 샴푸로 머리를 감고, 긴 머리칼을 한쪽 어깨 위로 또 반대쪽 어깨 위로 쓸어내리며 거울 앞에서 여학생처럼 멋을 부린다는 것이었다. 얼리가 어머니의 머리칼을 좋아해서, 어머니는 늘 특별히 신경을 썼다. 한번은 그가 어머니 뒤로 다가가 어머니의 머리칼에 얼굴을 묻는 모습을 주드가 목격하기도 했다. 그 순간 주드는 자신이 어느 쪽이 되고 싶은지 몰랐는데—얼리가 되고 싶은지 어머니가 되고 싶은지, 아름답고 싶은지 그걸 바라보고 싶은지—그런 갈망이 고통스러울 만큼 커져서 고개를 돌렸다.

어머니는 얼리 시즌의 시작을 결코 인정하지 않았지만 마망은 알았다. 애매한 협력 관계를 유지하던 할머니와 주드가 더욱 분명한 연맹을 구축하는 것, 이 역시 얼리 시즌의 특징이었다.

"하고많은 남자 중에," 마망이 말했다. "타운에 남자가 저렇게 많은데, 네 엄마는 아직도 여기서 그치만 쫓아다니는구나."

할머니의 침실에서 주드는 침대 주위를 능숙하게 돌아 안약을 집었다. 할머니가 눈이 건조하다고 불평하자 닥터 브레너가 처방해준 것이었다. 매일 밤 잠들기 전에 할머니가 주드의 무릎에 머리를 누이면 회색으로 세어가는 머리칼이 부챗살처럼 퍼졌고, 그러면 주드는 할머니의 눈에 안약을 한 방울씩 넣어주었다.

"네가 봤어야 해." 할머니가 말했다. "걔들을 좋아한 남자가 얼마나 많았는데."

할머니는 여전히 이따금 그랬다. 주드의 어머니에 대해 말하면서 걔들이라고 했다. 주드는 한 번도 할머니의 말을 바로잡아주지 않았다. 주드는 천천히 안약을 떨어뜨렸고, 할머니는 그녀를 올려다보며 눈을 깜박였다.

데지레 빈스는 터미널에서 딸이 탄 버스를 향해 손을 흔들었고, 그레이하운드 버스가 모퉁이를 돌아 사라질 때까지 기다렸다가 고인 눈물을 닦았다. 딸이 뒤쪽에서 차창 밖을 내다보고 있다면, 마지막으로 보는 것이 다시는 딸을 못 볼 것처럼 우는 바보 같은 엄마의 모습은 아니길 바랐다. 얼리가 데지레에게 손수건을 건넸고, 그녀는 웃으면서 눈물을 훔쳤다. "난 괜찮아, 난 괜찮아." 묻는 사람이 없어도 그녀는 그렇게 말했지만, 실은 괜찮지 않았다. 얼리가 출근 시간에 맞춰 그녀를 루스 에그하우스에 내려준 뒤, 그녀는 앞치마 끈을 매면서 그날 하루도 지난 십 년과 똑같은 방식으로 시작되고 있다는 것을 깨달았다. 다만 이번에는 딸을 언제 다시 볼지 모른다는 것만 달랐다.

십 년. 집에 돌아온 지 십 년이었다. 이따금 데지레는 집안을 둘러보며 어떻게 여기로 돌아오게 됐는지 여전히 모르겠다는 듯 고개를 가로저었다. 마치 『오즈의 마법사』의 주인공이 된 것 같았다. 하지만 집이 그녀 위로 내려앉은 게 아니라, 그녀가 지붕을 뚫고 떨어졌고 긴 세월이 지난 뒤 깨어보니 자신이 여전히 같은 곳에 있다는 사실을 깨닫고 어리둥절한 기분이었다. 처음 이곳에 머물기로 결정했을 때 그녀는 스스로 현실적인 이유를 댔다. 루의 가게에서 버는 돈은 다른 곳에서 살기에 충분하지 않았다. 어머니를 또 버릴 수는 없었다. 스텔라 스스로 집에 돌아오리라는 희망도 여전히 놓지 않았다. 그리고 스텔라가 돌아오지 않더라도, 여기서 스텔라가 쓰던 물건 주위를 돌아다니면 동생과 더 가까이 있는 기분이 들었다. 스텔라가 식탁에 앉을 때 쓰던 의자, 스텔라가 제인이라고 이름을 붙여준 옥수수자루 인형. 집안 곳곳에, 스텔라가 만졌던 문의 손잡이나 담요나 카우치 쿠션에 스텔라의 지문이 보이지 않는 흔적으로 남아 있었다.

데지레는 이곳에 어느 정도 자신의 삶을 정착시켰다. 그렇지 않은가? 어머니와 딸과 얼리 존스와 함께. 얼리는 떠나고 또 떠났지만, 또한 계속 돌아왔다. 그가 돌아오면 데지레는 다시 소녀가 된 기분이었고, 고기가 뼈에서 발라지는 것처럼 세월이 떨어져나가는 것 같았다. 얼리의 귀환은 늘 조금 기적 같았다. 한번은 그녀가 반죽을 입혀 구운 스테이크와 달걀 요리를 테이블로 내가는데 얼리가 이쑤시개를 씹으며 카운터 끝에 앉아 있었다. 또 한번은 가게 문을 잠그고 돌아서는데 얼리가 길 건너 전화 부스에 기대서 있었다. 그녀는 몹시 지쳐 있었지만, 갑자기 봄이 온 것처럼 예상치 못한 그의 등장에 웃음이 났다. 어느 날 서리가 내렸는데 그다음날엔 꽃이 핀 것처럼.

"그냥 네 생각이 나서." 얼리는 멀리 찰스턴에서 조금이라도 더 빨리 그녀에게 돌아오려고 피곤한 눈으로 밤새 페달을 밟으며 차를 몰고 온 게 아니라, 집에 돌아가는 길에 잠깐 들른 것처럼 말했다. "별일 없는지 궁금했어."

당연히 그녀에겐 늘 별일이 없었고, 그녀의 하루하루는 한데 섞여 동일한 형태가 되어갔으며, 시간이 지나자 그 사실이 그녀의 마음에 위로를 주었다. 놀랄 일도, 갑작스럽게 화날 일도, 어느 순간에는 안아주다가 다음 순간 때리는 남자도 없었다. 이제 생활은 안정적이었다. 얼리가 나타날 때만 빼면 하루하루가 어떻게 흘러갈지 알았다. 그녀의 삶에서 마음의 준비를 할 수 없는 유일한 존재가 그였다. 그는 다시 떠날 때까지 하루나 이틀 이상은 결코 머무르지 않았다. 한번은 그가 낚시에 데리고 갈 테니 루의 식당에 아프다고 전화를 하라고 그녀를 설득했다. 그들은 물고기는 한 마리도 잡지 못했지만 오후가 절반쯤 지났을 때 그는 그녀에게 키스했고, 손가락을 그녀의 원피스 밑으로 밀어넣어, 유리 같은 호수에 떠 있는 상태로 그녀의 몸을 부드럽게 만졌다. 그것이 지난 몇 달 동안 그녀에게 일어난 사건 중 가장 흥분되는 일이었다.

얼리가 타운에 와서 데지레가 하숙집에서 그를 만나려고 집을 빠져나갈 때, 어머니는 입을 꾹 다물고 근엄한 표정으로 문을 쏘아보았다.

"네가 왜 그 남자를 만나고 다니는지 모르겠다." 어머니가 말했다. "한곳에 정착하지도 않고, 괜찮은 일자리를 찾지도 않는 남자를."

"일은 해요." 데지레가 말했다.

"괜찮은 일이 아니잖니!" 어머니가 말했다. "아마 밖에 나가면 별의별 여자가 다 그치를 쫓아다닐 텐데."

"음, 그건 그 사람 문제지, 제 문제가 아니에요."

그녀는 얼리가 맬러드 밖에서 누구와 함께 밤을 보내는지 묻지 않았다. 그도 그녀에게 묻지 않았다. 얼리가 떠날 때마다 그녀는 그가 그리웠지만, 그가 떠나는 것이 그들의 관계를 이어주는 유일한 이유일지도 모른다고 생각했다. 얼리는 정착하는 유의 남자가 아니었고, 어쩌면 데지레 역시 정착하는 유가 아니었을 것이다. 결혼에 대해 생각하면 그녀는, 샘과 함께 진공 상태의 아파트에 갇힌 채 언제 폭발할지 모르는 샘의 분노에 대비해 마음을 다잡으며 고요한 순간을 견디는 기분이 들었다. 하지만 얼리는 쉬웠다. 숨겨진 면이 없었다. 그들은 다투지 않았고, 그에게 화나는 일이 있어도 그가 곧 다시 떠난다는 사실에 그녀는 마음이 편해졌다. 얼리가 그 자신을 덫에 가두는 것을 거부했기에, 그 역시 그녀를 덫에 가둘 수 없었다. 그가 오면 그녀는 자신의 집에서 지내라고 그를 설득했다.

"아, 글쎄, 데지레." 그가 천천히 턱을 문지르며 말했다.

"반지를 끼워달라는 게 아니잖아." 그녀가 말했다. "내가 정말로 뭔가를 요구하는 게 아니야. 그냥 말이 안 돼서 그래. 내가 맨날 하숙집으로 달려가야 한다는 게. 그리고 주드하고 같이 생각해본 건데, 혹시……" 그녀는 여기서 잠시 말을 멈추었다. 그녀는 결코 자신이 원하는 게 얼리가 딸의 아버지가 되어주는 거라는 인상을 주고 싶지 않았다. 그는 두 사람에게 아무 빚이 없었다. 빚을 지는 건 단연코 그들의 합의 사항이 아니었다.

"당신 어머니 생각은?" 그가 말했다.

"엄마 걱정은 하지 마. 그 문제는 내가 다 알아서 해. 나는 그저…… 음, 그건 말이 안 돼, 그게 다야. 우리 둘 다 어른이야. 이렇게 슬금슬금 다니는 거 지쳐."

"그래, 알겠어." 그가 말했다.

다음번에 타운에 왔을 때 얼리는 데지레의 어머니 집에서 그녀를 만났다. 그는 포치에 서서 지저분한 부츠의 끈을 조심스럽게 풀고, 거기가 비싼 물건을 파는 가게이고 뭔가를 깰까봐 두려워하는 것처럼 집안으로 들어갔다. 그는 어색한 표정으로 테이블에 놓을 꽃을 가져왔고, 데지레는 얼리가 문간에서 허니, 나 집에 왔어, 하고 말하며 마치 텔레비전에 나오는 남편처럼 행동하는 모습을 보고 그들이 부부 연기를 하는 것 같다고 느끼며 꽃병에 물을 채웠다. 그는 또한 먼 곳에서 돌아올 때는 선물을 사 왔다. 그녀에게는 새 핸드백을, 선물을 받고도 고맙다고 하지 않는 어머니에게는 향수를, 주드에게는 책을 사다 주었다. 데지레는 딸에게 얼리가 집에 와서 그들과 함께 지낼 거라고 미리 말해두었다.

"계속요?" 주드가 물었다.

"아니, 계속은 아니고." 데지레가 말했다. "가끔만. 타운에 올 때."

딸은 잠시 말을 멈추었다가, 이윽고 말했다. "음, 아저씨가 여기 오는 건 아닌 것 같아요. 우리가 아저씨를 따라가야 할 것 같은데요."

"그럴 수는 없어, 아가. 아저씨는 진짜 집도 없어. 그래서 우리가 여기 있어야 하는 거야. 하지만 아저씨가 올 때 너한테 멋진 선물도 가져오잖아. 그건 좋지 않아?"

그녀는 물론 딸의 속마음을 알았다. 주드는 그저 떠나고 싶은 것이었다. 딸은 그들이 맬러드로 온 뒤로 줄곧 여기를 떠나고 싶어했고, 데지레는 떠날 거라고 계속 약속만 하는 자신이 부끄러웠다. 데지레는 주드에게 다른 아이들이 친절히 대하거나 같이 점심을 먹자고 하거나 같이 놀자고 할 거라고는 약속할 수 없었다. 그래서 누군가의 생일 파티에 주드가 또 초대장을 받지 못하면, 이 타운만 떠나면 그런 건 중요하지 않다고 말했다. 떠나는 것만이 딸에게 제안할 수 있는 유일한 것이었다. 하지만 얼리와 주드가 카펫에서 함께 뭔가를 읽는 것을 지켜보면서, 어쩌면 계속 있는 것이 주드에게 최악은 아니라는 생각이 들었다. 이곳엔 적어도 가족이 있었다. 주드는 사랑을 받았다. 밤에 데지레는 딸을 안고 자신의 어린 시절 이야기를 들려주었다. 처음에는 자기에게 스텔라라는 이름의 동생이 있다고, 다음에는 네게 이모가 있다고, 그다음엔 옛날에 스텔라라는 이름의 소녀가 여기 살았다고 말했다.

얼리가 추적을 시작하고 몇 년이 흐르는 동안, 스텔라 빈스는 더 이상 스텔라가 아니게 되었다.

뉴올리언스와 보스턴에서는 스텔라 빈스였지만 흔적은 거기서 끊겼다—추측하건대 결혼한 것 같았지만, 스텔라 빈스의 결혼 증명서는 그녀가 있었던 것으로 파악된 어느 지역에서도 찾을 수 없었다. 그러니 어디 다른 곳에서 결혼한 것이다. 그래도 그녀는 여전히 스텔라일 거라고, 얼리는 추측했다. 새 이름은 익숙해지기 힘들다. 전문 사기꾼이라면 완전히 새로운 정체성으로 살아갈 수 있겠지만 스텔라는 그런 전문가와는 거리가 멀었다. 누가 자기를 찾으러 올 거라고 예상하지 않는다면 굳이 조심할 필요가 있겠는가? 그가 보스턴에서 스텔라가 살던 아파트를 알아낼 만큼 그녀는 허술했다.

"오, 정말 좋은 사람이었어요." 얼리가 찾아갔을 때 집주인은 말했다. "조용했고요. 시내 어딘가에서 일한댔는데. 백화점이라고 했던가. 그러더니 어느 날 갑자기 떠나버렸어요. 하지만 정말 좋은 사람이었어요. 말썽도 전혀 일으키지 않았고."

그는 향수 매장에서 일하는 스텔라를 상상했다. 알전구처럼 생긴 분홍색 병을 들고서, 지나가는 여자들에게 향수를 뿌리거나 크리스마스 때 선물용 인형을 포장하는 스텔라. 그는 그녀를 뒤쫓으며 시어스 앤드 로벅 백화점 안을 돌아다니는 꿈을 한두 번 꾸었다. 꿈속에서 스텔라는 의류 매장의 옷걸이나 구두 진열대 뒤에 숨어 있었다.

"남자친구가 있었습니까?" 얼리가 물었다.

집주인은 그뒤로 말이 없어졌고, 이제 가봐야겠다고 말했다. 백인 여자에 대해 질문하는 유색인—그녀는 이미 얼리에게 너무 많은 말을 한 것이다. 하지만 이사를 나가면서 남기고 간 새 주소도 알아내지 못한 얼리에게는 충분하지 않았다. 스텔라는 빵 부스러기를 뿌려놓았고, 그건 거의 아무것도 없는 것보다 나빴다. 거의, 왜냐하면 그는 스텔라를 전혀 찾고 싶지 않았기 때문에.

처음에는 그도 열심히 찾아보고 싶었던 때가 있었다—적어도 스스로에게는 그렇게 말했다. 지금 와서 돌이켜보면 정말로 그랬나 싶었다. 어쩌면 그렇게 하라고 줄곧 그를 끌어당긴 건 늘 데지레의 의지였다. 얼리는 그녀를 기쁘게 해주고 싶었고, 그래서 애초에 스텔라를 찾겠다고 제안한 것이었다. 그가 스텔라를 찾고 싶었던 것은, 데지레가 스텔라를 찾고 싶어했기 때문이었다. 그 소망들이 하나의 갈망으로 합쳐졌고, 그가 몇 년 동안 이 추적을 계속하게 만들었다. 하지만 스텔라는 발견되기를 원하지 않았고, 심지어 그 갈망이 그들의 그것보다 강한 듯 보였다. 데지레가 당기고, 이어서 스텔라가 더 세게 당기고. 어쩌다보니 얼리는 그 사이에 붙들려 있었다.

이제 그가 눈을 돌린 사이 주어진 삶의 시간은 스르륵 빠져나갔다. 어느 아침 그는 데지레 빈스의 침대에서 내려와 턱수염을 쳐다보다가 회색 털 한 가닥을 발견했다. 그는 욕실 거울 앞에서 십 분 동안 서서 더 없는지 샅샅이 살폈고, 처음으로 자신의 얼굴을 보고 깜짝 놀랐다. 그는 자신이 점점 아버지를 닮아가는 게 아닌가 생각했는데, 그것은 자신이 낯선 사람으로 변하는 것만큼이나 불안한 일이었다. 그 순간 두 팔이 그의 허리를 감는 게 느껴졌고, 데지레가 그의 등에 몸을 밀착시켰다.

"얼굴 다 봤어?" 그녀가 물었다.

"회색 털이 하나 있어." 그가 말했다. "봐. 여기."

데지레가 느닷없이 웃음을 터뜨렸다. 긴 세월이 흘렀는데도 그는 여전히 그 웃음소리를 들으면 즐거웠고, 놀라움을 느끼며 폭발하는 듯한 그 웃음에 사로잡혔다.

"음, 당신이 영원히 젊거나 귀여울 거라는 생각은 하지 않는 게 좋을걸." 그녀는 그렇게 말하고 이를 닦으려고 그를 옆으로 떠밀었다. 얼리는 문간에 기대서서 그녀를 지켜보았다. 대부분의 아침에 그녀는 네시에 루의 가게 문을 열어서, 그가 깨어났을 때쯤에는 이미 나가고 없었다. 하지만 다시 생각해보면, 대부분의 아침에 그는 이 침대가 아닌 다른 곳에서 깨어났다. 자신의 차 뒷좌석이나 허름한 모텔의 얼룩진 매트리스에 널브러진 채, 데지레의 방을 상상하면서. 짙은 색 나무 벽, 사진이 나란히 놓여 있는 서랍장, 푸른색 옥양목으로 만든 침대 깔개. 그녀가 어린 시절에 쓰던 방, 그녀가 한때 스텔라와 공유한 침대. 얼리는 스텔라가 눕던 자리에서 잠드는 것에 차츰 익숙해졌고, 이따금 사랑을 나눌 때면, 스텔라가 서랍장 위에서 지켜보고 있는 것처럼 부끄러웠다.

데지레가 자신의 얼굴에 물을 끼얹었다. 얼리는 그녀를 다시 침대로 데려가고 싶었다. 아무리 안아도 더 안고 싶었다. 그는 결코 자신이 원하는 대로 그녀를 사랑할 수 없을 것이다. 완전하게. 완전한 사랑은 그녀를 두렵게 만들 것이다. 맬러드로 돌아올 때마다 그는 반지를 사 올까 생각했다. 그런다면 적어도 그녀의 어머니는 마침내 그를 존중할 것이다. 심지어 그를 아들로 생각하기 시작할지도 몰랐다. 하지만 데지레는 다시 결혼하는 것을 결코 원하지 않았다.

"이미 겪을 만큼 겪었어." 그녀는 말했고, 그 모습에서 전쟁 이야기를 하는 군인의 고단함이 엿보였다.

어떤 의미에서 결혼은 데지레가 결코 이길 수 없고 그저 살아남는다면 다행인 전쟁이었다. 그녀는 얼리에게 샘이 그녀를 어떻게 다치게 했는지 전부 말해주었다. 얼굴을 문에 처박았고, 머리채를 잡고 욕실 바닥 위로 질질 끌었으며, 그의 손에 립스틱과 피가 묻을 만큼 손등으로 입을 세게 쳤다. 그녀는 얼리의 입을 부드럽게 만졌고, 그는 그녀의 손가락 끝에 키스하면서 그녀가 묘사하는 남자와 십 년 전에 통화하며 들었던 그 조용한 목소리를 일치시키려고 해보았다. 그녀는 지금 샘이 어디 사는지 몰랐지만, 얼리는 당연히 그의 행방을 파악해두고 있었다. 샘은 노퍽에서 새 아내와 아들 셋과 함께 살았다. 세 명의 사내아이가 악의를 품은 어른으로 자라는 것, 그것이야말로 세상이 필요로 하지 않는 일이었다. 하지만 얼리는 데지레에게 그 사실을 결코 알려주지 않았다. 말해서 좋을 게 무엇인가?

"주드가 지난밤에 전화했어." 데지레가 말했다.

"그랬어?" 그가 말했다. "어떻게 지낸대?"

"그애 알잖아. 내겐 결코 말을 많이 하지 않아. 하지만 잘 지내는 것 같아. 거기 생활을 좋아해. 당신한테 안부 전해달래."

얼리는 흠 소리를 냈다. 그럴 것 같지 않았다. 주드가 수천 마일 떨어진 곳에서 그를 조금이라도 생각하다니. 그는 주드에게 곁에 있지 않은 아버지를 떠올리게 할 뿐이었다.

데지레가 그의 배를 톡톡 쳤다. "개수대에서 물이 새는데 한번 봐줄래, 자기?"

적어도 그녀는 다정하게 부탁했다. 식탁 건너편에 앉아 그에게 거의 눈길도 주지 않는 아델과는 달랐다. "의자가 삐걱거려." 아델은 일하러 나갈 때 그의 옆을 지나면서 말했다. 그를 뭐든 다 처리하는 잡부쯤으로 여기는 것 같았다. 그리고 어쩌면 정말 그럴지도 몰랐다. 그는 자신이 거의 살지도 않는 집의 가장이었고, 그를 좋아하지도 않는 딸의 아버지였다.

부엌에서 그는 개수대 밑에 몸을 밀어넣었다. 등이 아팠다. 밤에 차에서 잠을 자고 좁은 공간에 숨어 몇 시간을 보내면서 살다보니 이제 몸의 모든 부분이 말썽이었다. 그는 더이상 젊지 않았다. 새로운 일을 하러 떠날 때마다 활력이 솟구쳤던 젊은이가 아니었다. 이제 느껴지는 건 고단함뿐이었다. 심지어 권태롭기도 했다. 그는 세상에 존재하는 모든 종류의 사람을 다 추적해보았다. 하지만 가장 오랜 시간을 들여 추적한 사람들은 여전히 찾지 못했다.

그가 가장 행복한 밤은, 데지레 빈스의 침대에 누워 그녀의 발을 만져주는 밤이었다. 그는 데지레가 머리를 빗는 모습을 보았고, 그녀가 노래를 흥얼거리는 소리에 귀를 기울였다. 그리고 얼리는 바지를 벗었고, 그녀는 잠옷을 입고 침대에 기어올랐다. 그때조차 너무 많은 층—사실은 그들이 스스로에게 하는 거짓말들—이 있는 것처럼 느껴졌는데, 그녀가 불을 끄자마자 그의 사각팬티는 발목으로 내려가고 그녀의 잠옷은 허리까지 올라갔기 때문이었다. 그들은 조용히 하려고 했지만 잠시 뒤면 그는 누가 듣든 말든 상관하지 않았고, 이런 밤이 며칠 주어지지 않을 때는 더욱 그랬다. 길로 나서면 그는 혼자 잠드는 방법을 떠올리려고 애썼다.

"점점 힘들어질 거야, 알다시피." 그가 어느 밤 데지레에게 말했다. "시간이 흐를수록. 이따금 실수로 단서를 흘리는 사람들이 있기는 하지만……"

"나도 알아." 데지레가 말했다. 그녀의 피부는 달빛을 받아 은색으로 보였다. 얼리는 그녀 쪽으로 몸을 굴려 그녀의 골반을 만졌다. 데지레의 몸이 너무 가늘다는 걸 그는 이따금 잊었다. 그가 떠나 있는 시간이 길어질수록 그랬다.

"아마 자기 발로 돌아올 거야." 그가 말했다. "집이 그리워서. 어쩌면 그녀도 나이가 들면 그러는 게 전혀 가치 없는 일이었다고 생각할 날이 오겠지."

얼리는 손을 뻗어 데지레의 곱슬곱슬하고 부드러운 머리칼을 만졌다. 너무 굶주려 있었고, 동시에 그녀에 대한 갈망으로 가득차서 거의 참을 수 없었다. 하지만 그녀는 몸을 굴려 그에게서 떨어졌다.

"너무 늦었어." 그녀가 말했다. "돌아온다 해도. 그앤 이미 없는 거나 마찬가지야."

로스앤젤레스에는 맬러드에 대해 들어본 사람이 아무도 없었다.

주드는 1학년 내내 사람들에게 자신이 자란 곳은 지도에서 찾기가 불가능하다고 이야기하면서 기쁨을 느꼈지만, 처음에는 믿는 사람이 얼마 없었다. 특히 리스 카터가 그랬는데, 그는 모든 타운은 반드시 지도상 어딘가에 있다고 주장했다. 루이지애나주의 어떤 타운은 지도 제작자의 관심을 끌지 못할 만큼 하찮을 수 있다는 사실을 쉽게 믿는 캘리포니아 사람들에 비해 그는 의심하는 쪽이었다. 하지만 리스 역시 남부 출신이었다. 그는 지명만 들으면 그녀가 자란 곳보다 훨씬 더 환상의 도시처럼 느껴지는 아칸소주 엘더레이도*에서 성장했지만, 그곳은 지도상에 존재했다. 그래서 4월의 어느 저녁, 주드는 그를 도서관으로 끌고 가 커다란 지도책을 휙휙 넘겼다. 방금 비를 맞고 들어온 참이라, 리스의 젖은 머리칼은 곱슬곱슬하게 헝클어져 이마 위로 내려와 있었다. 그녀는 숨이 죽은 그의 머리칼을 뒤로 넘겨주고 싶었지만, 그러는 대신 루이지애나주 지도를 가리켰다. 아차팔라야강과 레드강이 만나는 곳 바로 아래를.

"봐." 그녀가 말했다. "맬러드는 없잖아."

"어라." 그가 말했다. "진짜네."

리스는 눈을 가늘게 뜨고 그녀의 어깨 위로 상체를 기울였다. 그들은 지난 핼러윈 때 주드의 룸메이트인 에리카가 그녀를 끌고 간 육상부 파티에서 처음 만났다. 에리카는 브루클린 출신에 다부진 체격의 단거리달리기 선수였는데, 공기 중에 스모그가 자욱하고

* El Dorado. 과거 스페인 정복자들이 신대륙에 존재한다고 믿었던 전설 속 황금의 나라 '엘도라도'에서 유래한 지명.

교통은 복잡하고 열차는 부족하다며 로스앤젤레스에 대해 끊임없이 불평을 늘어놓았다. 에리카가 투덜거리는 소리를 들으면서 주드는 지금 자신이 얼마나 감사한 마음인지 깨달을 따름이었다. 감사는 자신의 부족함이 얼마나 큰지 강조할 뿐이므로, 주드는 그 마음을 숨기려고 했다. 기숙사 입소일에 에리카는 주드의 가방이 두 개뿐인 것을 보고 물었었다. "나머지 짐은 어디 있어?" 에리카의 책상에는 레코드판이 흩어져 있었고, 벽에는 친구들의 사진이 붙어 있었다. 벽장에는 반짝거리는 블라우스가 가득 걸려 있었다. 주드는 자신이 가진 모든 것을 조용히 풀면서, 다른 짐은 어디 맡겨 놓았다고 말했다. 그리고 에리카가 그것에 대해 다시 묻지 않자 에리카를 좋아하게 되었다.

핼러윈 파티 때 에리카는 반짝거리는 자주색 드레스를 입고 머리에 티아라를 썼고, 주드는 좀 어설퍼 보이는 고양이 귀를 골랐다. 화장실에서 주드는 변기 뚜껑에 앉았고, 에리카는 그녀 앞으로 허리를 숙이고 주드의 눈꺼풀에 일렉트릭블루 색깔의 아이섀도를 발라주었다.

"저기, 너도 조금만 신경쓰면 정말로 예뻐 보일 거야." 에리카가 말했다.

하지만 밝은 푸른색은 그녀를 더욱 검어 보이게 해서, 주드는 차를 타고 가는 내내 눈을 살짝살짝 문질렀다. 나중에 리스는 그녀를 봤을 때 맨 처음 눈에 띈 것이 푸른색 아이섀도였다고 말해준다. 실내는 복작거렸고, 그녀는 에리카를 쫓아 마녀와 유령과 미라를 비집고 간신히 지나갔다. 에리카가 얼음을 채운 욕조에서 맥주를 건져내는 동안, 주드는 그 모든 것에 압도되어 출입구 근처로 숨어

들었다. 주드는 모르는 사람의 파티에 초대받았던 적이 없는데다 너무 긴장한 나머지 처음에는 카우치에 카우보이가 앉아 있는 것도 알아차리지 못했다. 그는 금빛 갈색 피부에 잘생긴 얼굴이었고, 턱에는 짧은 수염이 돋아 있었다. 푸른색 격자무늬 셔츠 위에 생가죽 조끼를 입고 색이 바랜 청바지를 입었으며, 목에는 빨간색 반다나를 둘러맸다. 그녀는 그가 지켜보는 것을 느끼며, 달리 무슨 말을 해야 할지 몰라서 "안녕, 나는 주드야" 하고 말했다.

그녀는 대번에 부끄러워져서 스커트 가장자리를 잡아당겼다. 하지만 카우보이는 미소를 지었다.

"안녕, 주드." 그가 말했다. "나는 리스야. 맥주 좀 마셔."

주드는 그가 말하는 방식이 마음에 들었는데, 제안이라기보다는 명령처럼 들렸다. 하지만 그녀는 고개를 저었다.

"맥주는 안 마셔." 그녀가 말했다. "그러니까, 그 맛을 좋아하지 않아. 그리고 마시면 감각이 좀 둔해지는 것 같아. 나는 달리기 선수거든."

그녀는 이제 횡설수설하고 있었고, 리스는 고개를 옆으로 약간 기울였다.

"어디서 왔어?" 그가 말했다.

"루이지애나."

"거기 어디?"

"작은 타운. 너는 못 들어봤을 거야."

"내가 뭘 들어봤는지 네가 어떻게 알아?"

"내 말 믿어." 그녀가 말했다. "난 알아."

그는 웃었고, 이어 자신의 맥주를 그녀 쪽으로 기울였다. "정말

안 마실래?"

어쩌면 그가 그녀처럼 남부 억양을 쓰기 때문이었을 것이다. 어쩌면 그의 잘생긴 외모 때문이었을 것이다. 혹은 이렇게 많은 사람이 있는 방에서 그가 대화 상대로 그녀를 선택했기 때문이었을 것이다. 주드는 그에게 한 걸음 다가섰고, 이어서 한 걸음 또 한 걸음 다가가 마침내 그의 다리 사이에 섰다. 그 순간 시끄러운 남자들 무리가 큰 술통을 들고 몰려왔고, 리스는 손을 뻗어 그녀를 안전한 곳으로 끌어당겼다. 그의 손이 그녀의 무릎 뒤쪽을 감싸 잡았고, 그뒤로 몇 주 동안, 주드는 그 파티를 생각하면 그의 손가락이 자신의 스커트 가장자리에 머물던 것만 기억났다.

지금 그녀는 눅눅한 도서관에서 지도책을 넘기면서, 루이지애나를 지나고 미국을 지나 세계지도에 이르렀다.

"내가 어렸을 때," 그녀가 말했다. "네 살이나 다섯 살쯤 됐을 때였는데, 이건 단지 우리가 사는 쪽만 보여주는 지도라고 생각했어. 다른 지도에는 또다른 세상이 있을 거라고. 아빠는 그게 어리석은 생각이라고 말했어."

아버지가 그녀를 공공도서관에 데려갔고, 그가 지구본을 돌렸을 때 주드는 그의 말이 옳다는 걸 깨달았다. 하지만 리스가 지도를 따라 손가락을 옮기는 것을 바라보며, 그녀의 일부는 여전히 아버지가 얼마간 잘못 알았던 것이기를, 그럼에도 발견되기를 기다리는 세상이 더 있기를 바랐다.

5

엘더레이도에서 출발해 가는 길에 터리스 앤 카터는 리스가 되었다.

그는 플레이노에서 머리칼을 잘랐다. 트럭 휴게소 화장실에 들어가 훔친 사냥용 칼로 뭉텅뭉텅 쳐냈다. 애빌린 외곽에서 파란색 무명 셔츠와 말이 새겨진 은제 버클이 달린 가죽 벨트를 샀다. 셔츠는 지금도 입었고, 버클은 돈이 떨어졌을 때 엘패소에서 전당포에 맡겼다. 하지만 그는 여전히 허리에 걸려 있는 버클의 무게가 느껴지는 듯 아쉬운 투로 그 얘기를 했다. 소코로에서 그는 가슴에 흰 붕대를 감기 시작했고, 라스크루시스에서는 어깨를 쫙 펴고 큰 보폭으로 걷는 법을 새롭게 배웠다. 그렇게 하면 히치하이크를 할 때 더 안전하다고 스스로에게 말했지만, 그는 늘 리스였다는 게 진실이었다. 투손에 이르자 터리스는 코스튬 복장처럼 느껴졌다. 1천 마일을 지나는 동안 터리스를 벗어버리는 게 가능하다면 인간이라는 존재는 얼마나 진짜일 수 있는가?

로스앤젤레스에서 그는 UCLA 근처 체육관에서 청소하는 일을 구했다. 거기서 만난 보디빌더들이 어디 가면 좋은 걸 구할 수 있는지 말해주었다. 머슬비치에서 민소매 셔츠를 입은 남자들이 오후의 햇살 아래 근육을 불끈거리며 몸을 자랑할 때, 리스는 사람들 주변을 서성거렸다. 새드에게 물어봐, 누군가가 말했고, 거기 새드가 있었다. 그는 듬성듬성 자란 턱수염을 빼면 털이 전혀 없는 덩치 큰 남자였다. 리스가 마침내 용기를 냈을 때 새드는 큰 손으로 그를 옆으로 밀어냈다.

"꼬맹아, 오십 달러 갖고 다시 와." 그가 말했다. "그럼 대화를 좀 해볼 만하지."

한 달 내내 아끼고 절약해 마침내 그만큼의 액수를 모으자, 리스는 해변 판잣길 옆 술집에서 새드를 찾아냈다. 새드는 그를 남자 화장실로 데려가 주사기를 꺼냈다.

"전에 맞아본 적 있어?" 그가 물었다.

리스는 눈을 둥그렇게 뜨고 바늘을 쳐다보며 고개를 가로저었다. 새드가 웃었다.

"맙소사, 꼬맹이, 너 나이가 몇이야?"

"먹을 만큼 먹었어요." 리스가 말했다.

"이건 갖고 노는 장난감이 아니야." 새드가 말했다. "기분이 달라진다고. 네 아기 제조기가 둔해진다 그 말씀이야. 하지만 넌 그런 건 걱정하지 않는 것 같구나."

"걱정 없습니다." 리스가 말했고, 새드는 어떻게 하면 되는지 알려주었다. 그날 이후 리스는 새드 같은 사람들을 통해 엄청난 양의 스테로이드를 사들였고, 매번 거래를 할 때마다 그 지저분한 술집 화장실에 처음 들어가 섰을 때처럼 더러운 기분을 느꼈다. 그는 어두운 골목에서 얼뜨기들과 만났고, 악수하는 사이 그의 손에 유리병이 넘어왔으며, 그의 체육관 사물함 안에는 특징 없는 종이봉투가 넣어졌다. 이제 칠 년이란 시간이 흘러, 터리스 앤 카터는 유니언 카운티 공공 기록소에 보관된 출생증명서에 적힌 이름에 지나지 않았다. 누구도 리스가 예전에 여자였다는 걸 알아차리지 못했고, 가끔 그도 그 사실이 잘 믿기지 않았다.

리스는 그 이야기를, 어두운 방안의 붉은 전등 불빛 아래 아직 윤곽이 나타나지 않은 사진을 현상액 속에 집어넣으면서, 주드를 쳐다보지 않고 사무적으로 했다. 핼러윈 파티가 끝나고 몇 주 뒤 그들은 이곳에서 만나기 시작했다. 그녀는 그를 다시 만나리라는 기대를 하지 않았었고, 집으로 돌아오는 길에 에리카가 그 귀여운 카우보이가 근처 체육관에서 일하는 걸 본 적이 있다고 말하지 않았다면 아마 만나지 못했을 것이다. 주드는 실내에서 달리는 걸 싫어했지만—하늘도 없고, 상쾌한 공기도 없고, 그저 거울에 비친 자기 모습을 쳐다보면서 제자리에서 뛰어야 했으므로—그 체육관에서 달리기 시작했다. 리스가 그녀 옆으로 와서 자전거 운동기구를 닦을 때를 빼곤 그곳이 다 싫었다. 그가 핸드바에 기댄 채 말했다. "귀는 어디 갔어?"

주드는 어리둥절해서 거울을 보았고, 그가 그날의 바보 같은 복장에 대해 말한 것임을 알아차렸다. 그녀는 웃었고, 리스가 파티에서 그녀를 만난 것을 기억한다는 사실에 놀랐다. 하지만 당연히 그는 기억하고 있었다. 이 캠퍼스에서 누가—로스앤젤레스 전체에서 누가—그녀만큼 검겠는가?

"깜빡 잊어버렸네." 그녀가 말했다.

"아쉽다." 그가 말했다. "나 그거 마음에 들었는데."

리스는 가슴 쪽에 은색 덤벨이 양각 인쇄된 청회색 티셔츠를 입고 있었다. 이따금 근무중에 지겨워지면, 그는 철봉에 매달려 턱걸이를 몇 번 했다. 그 일을 지원한 이유는 공짜로 체육관을 이용할 수 있고, 그가 신분증 없이 다른 지방에서 온 것을 매니저가 개의치 않았기 때문이었다. 하지만 그의 진짜 꿈은 전문 사진작가가 되는 것이었다. 리스는 그녀에게 언제 한번 자기 작품을 보여주겠다고 제안했고, 그래서 그들이 토요일에 캠퍼스 암실에서 만나기 시작한 것이었다. 이 순간, 그가 사진을 쳐다보고 있을 때, 주드는 리스를 바라보면서 터리스의 모습을 떠올리려 해보았다. 하지만 떠오르지 않았다. 그저 리스만 보일 뿐이었다. 수염이 텁수룩하게 자란 얼굴에 셔츠 소매는 팔꿈치까지 걷어올렸고, 곱슬곱슬 말린 머리칼이 늘 이마 위로 흘러내려 있었다. 너무 잘생겨서 그가 위를 올려다보면 주드는 그의 눈도 제대로 쳐다볼 수 없었다.

"내 이야기를 다 듣고 나니 어때?" 그가 말했다.

"글쎄." 그녀가 말했다. "이런 이야기는 처음 들어봤어."

하지만 엄밀히 말하면 그건 사실이 아니었다. 그녀는 한 번의 인생에서 두 사람으로 사는 게 가능하다는 것을 늘 알고 있었다. 하지만 그건 일부의 사람들에게만 가능한지도 몰랐다. 어쩌면 나머지 사람들은 애초의 모습에 그냥 붙들려 살아야 하는지도 몰랐다. 주드는 맬러드에서 보낸 첫 여름 동안, 피부색을 옅게 만들려고 노력했다. 그런 것이 가능하다고 믿을 만큼 어렸고, 그런 걸 가능하게 하려면 자신은 잘 알지 못하는 연금술 같은 게 어느 정도 필요하다는 것을 알 만큼은 나이를 먹었던 시절이었다. 마법 같은 것. 언젠가 자신의 피부가 희어지기를 바랄 만큼 어리석지는 않았지만, 짙은 갈색만 되어도, 이 무한한 검은색보다 조금만 옅어져도 좋을 것 같았다.

그런 마법이 일어나게 할 수는 없었지만, 주드는 최선을 다했다. 그녀는 〈제트〉에서 나디놀라 미백 크림 광고를 보았다—맬러드의 기준으로 보자면 검지만 주드의 기준에서는 하얀, 캐러멜 피부색의 여자가 붉은 입술로 미소를 짓고 있고, 갈색 피부의 남자가 그녀의 귓가에 이렇게 속삭였다. 피부색이 더 맑고 밝게, 나디놀라 빛으로 바뀐다면 삶이 훨씬 재미있을 거예요! 그녀는 잡지에서 그 광고를 찢어내 작고 네모나게 접어 몇 주 동안 지니고 다녔는데, 어찌나 자주 펴보았는지 접힌 자리가 하얗게 되더니 결국 여자의 입술을 가르며 찢어졌다. 크림 한 통. 그녀에게 필요한 건 오직 그것뿐이었다. 그것을 얼굴에 듬뿍 바르면, 가을에는 새롭게 옅어진 피부색으로 학교에 돌아갈 수 있을 것이다.

하지만 그녀에게는 크림을 살 이 달러가 없었고, 어머니는 야단만 칠 테니 사달라고 할 수도 없었다. 그런 애들은 신경쓸 것 없어, 어머니는 그렇게 말할 터였다. 하지만 학교 친구들 때문만은 아니었다. 주드는 바뀌고 싶었고, 그것이 왜 그렇게 어려운 일이어야 하는지, 왜 그걸 누구에게든 설명해야 하는지 알 수 없었다. 이상하게도 할머니라면 이해해줄 것 같았고, 그래서 할머니에게 그 닳은 광고지를 보여주었다. 할머니는 잠시 동안 물끄러미 그것을 쳐다보다가 그녀에게 돌려주었다.

“더 좋은 방법이 있어.” 할머니가 말했다.

그 주 내내 할머니는 묘약을 만들었다. 욕조에 물을 받고 그 안에 레몬과 우유를 부은 뒤 주드가 몸을 담그게 했다. 할머니는 꿀을 바른 마스크를 주드의 얼굴에 붙였다가 천천히 떼어냈다. 그리고 오렌지즙을 내고 다른 재료를 섞어 주드가 자러 가기 전에 발라주었다. 어떤 것도 소용없었다. 피부색은 옅어지지 않았다. 그리고 그 주의 끝에 어머니가 주드에게 왜 그렇게 얼굴이 번질번질한지 물었고, 주드는 식탁에서 일어나 할머니의 크림을 얼굴에서 씻어냈다. 그 일은 그렇게 끝났다.

“나는 늘 바뀌고 싶었어.” 주드가 리스에게 말했다. “그러니까, 모든 사람이 옅은 피부색을 가진 타운에서 자라면서 내가 하게 된 생각은 이거였어. 음, 어떻게 해도 안 되는구나.”

“다행인데.” 그가 말했다. “네 피부는 참 아름답거든.”

리스는 그녀를 쳐다보았고, 주드는 눈길을 돌려 버려진 건물이 아물아물 시야에 나타나는 인화지를 내려다보았다. 그녀는 아름답다는 말을 듣는 게 싫었다. 그건 사람들이 누군가에게 그런 말을 해줘야 한다고 느낄 때 하는 종류의 말이었다. 로니 구도가 밤중에 이끼가 매달린 나무 아래서, 마구간 안에서, 델라포스네 집 헛간 뒤에서 그녀에게 키스하던 때가 떠올랐다. 어둠 속에서 너무 검다는 건 불가능했다. 어둠 속에서는 모두가 같은 색이었다.

봄이 되자 주드는 매주 주말을 리스와 함께 보냈고, 둘은 떼어놓을 수 없는 사이가 되어 누가 한 사람과 마주치면 다른 한 사람의 안부를 묻는 식이 되었다. 이따금 그녀는 시내에서 리스를 만났고, 그가 카메라 가방을 대각선으로 메고 사진을 찍는 동안 그의 옆에서 서성였다. 그는 주드에게 각기 다른 렌즈의 이름을 알려주고, 빛을 튕겨내는 반사판을 어떻게 잡는지 보여주었다. 리스의 첫 카메라는 교회에서 어떤 남자—지역 사진작가—가 준 것이었는데, 그는 피크닉에서 사진을 찍어보라고 리스에게 카메라를 한 번 빌려주었다가, 리스의 다듬어지지 않은 재능에 깜짝 놀라서 이것저것 찍어보라며 오래된 카메라를 선물했다. 리스는 고등학생 시절 전체를 얼굴 앞에 카메라를 대고 보내면서 졸업 앨범에 들어갈 축구 시합이나 학교 연극, 행군 악대 연습 사진을 찍었다. 그는 길 한복판에 죽어 있는 주머니쥐도 찍고, 구름을 뚫고 길게 내려오는 햇살과 날뛰는 말을 붙잡는 이 빠진 로데오 스타의 사진도 찍었다. 그는 자기만 빼고 뭐든 찍는 걸 좋아했다. 카메라는 결코 그가 스스로를 보듯 자신을 봐주지 않았다.

이제 리스는 창문을 나무판자로 막아놓은 버려진 건물이나 그라피티가 그려진 버스 정류장, 폐물이 된 차체에서 벗겨져 나온 페인트를 찍으며 주말을 보냈다. 오로지 죽어 있고 썩어가는 것만 찍었다. 아름다운 것에는 흥미가 없었다. 이따금 그는 주드의 사진도 찍었는데, 늘 자연스러운 모습만을 담았다. 배경에서 서성이는 주드, 허공을 응시하는 주드. 그녀는 필름을 현상할 때까지 자신이 찍힌 줄도 몰랐다. 그의 렌즈를 통해 찍힌 자신을 바라보고 있으면 늘 한없이 연약해지는 기분이었다. 그가 판잣길에 서 있는 그녀를 찍은 사진을 한 장 주었는데, 그녀는 그것을 어떻게 해야 할지 몰라 집으로 보냈다. 전화 통화에서 할머니가 감탄했다.

"마침내," 할머니가 말했다. "잘 나온 사진이 한 장 생겼구나."

학교 사진을 보면 죄다 너무 검게 보이거나 너무 빛에 노출되어 눈의 흰자위와 치아 말고는 보이지 않았다. 리스는 카메라가 인간의 눈처럼 작동한다고 말했다. 카메라는 그녀를 주목하도록 만들어지지 않았다는 뜻이었다.

"또 나가네." 주드가 토요일 이른아침에 빠져나갈 때마다 에리카는 졸린 목소리로 말했다. "네 멋진 남자를 만나러 가는구나."

"내 남자가 아니야." 주드는 말하고 말하고 또 말했다. 그건 엄밀히 말해서 사실이었다. 리스는 그녀에게 한 번도 데이트 신청을 하지 않았고, 그녀를 레스토랑에 에스코트해 가서 의자를 빼주는 일도 없었다. 키스하지 않았고, 손을 잡지도 않았다. 하지만 비바람이 몰아쳤을 때는 그녀를 자기 재킷으로 감싸주면서 그 자신은 비에 젖어 빗물을 뚝뚝 흘리지 않았던가? 홈 트랙경기가 있을 때마다 보러 와서 주드가 예선을 치르는 동안 열심히 응원하고, 끝나면 여자 탈의실 밖에서 그녀를 끌어안아주지 않았던가? 그녀는 그에게 어머니, 아버지, 얼리, 심지어 스텔라에 대한 이야기도 하지 않았던가? 맨해튼비치의 부두에서 그녀는 청록색 난간에 기대서 있었고, 리스는 세 명의 어부를 피사체로 조준했다. 집중할 때 늘 그러듯 입술을 깨물면서.

"스텔라는 어떤 사람 같아?" 그가 물었다.

주드는 그의 카메라 가방 끈을 만지작거렸다. "오, 나도 몰라." 그녀가 말했다. "예전엔 궁금했어. 이젠 알고 싶지 않은 것 같아. 그러니까, 도대체 어떤 사람이 그렇게 가족을 버리지?"

그녀가 그것이 정확히 리스가 한 일이었다는 것을 깨달았을 때는 너무 늦었다. 그는 과거 전체와 함께 그의 가족을 떼어버렸고, 이제 가족 이야기는 입 밖에 내지 않았다. 주드는 그것에 대해 묻지 않아야 한다는 걸 알았다. 비록 리스는 그녀의 삶에 대해 더 많이 알고 싶어했지만. 한번은 그가 그녀의 첫 키스에 대해 물었고, 그녀는 마구간 밖에서 그녀를 붙잡은 로니라는 이름의 남자애에 대해 말해주었다. 그때 그녀는 열여섯 살이었고, 늦은 밤 달리기를 하러 집에서 슬그머니 나왔을 때였다. 로니는 훔친 체리 와인 한 병을 밤새 강둑에서 친구들과 주거니 받거니 하며 마셔서 알딸딸하게 취한 상태였다. 주드는 그 비워진 병이 그가 그녀에게 키스한 유일한 이유였는지, 그녀가 델라포스네 마구간 뒤에서 마지막 한 바퀴를 돌았을 때 그가 비틀비틀 담장을 넘어 굳이 그녀에게 다가온 이유가 무엇이었는지 늘 궁금했다. 그녀는 달리다가 갑자기 멈춰 서는 바람에 무릎이 찌르르하게 아팠다.

"너…… 너 여기서 뭐하냐?" 그가 물었다.

어리석게도 그녀는 뒤를 돌아보았고, 로니는 웃었다. "너 말이야." 그가 말했다. "우리 말곤 여기 아무도 없어." 그는 한 번도 학교 밖에서 그녀에게 말을 붙인 적이 없었다. 주드는 물론 그가 루의 식당 안쪽 칸막이 자리에서 친구들과 시시덕거리거나 아버지의 트럭 옆에서 빈들거리는 모습을 보았다. 그는 그녀를 괴롭히는 행위가 학교 복도 밖으로 나가면 부적절하다는 것을 아는 듯 늘 그녀를 못 본 체했지만, 어쩌면 그녀를 무시하는 게 더 잔인하다는 것을, 주드가 그의 무관심보다는 차라리 괴롭힘을 더 좋아한다는 것을 알아채고 그러는 것일 수도 있었다. 하지만 하필 숨이 가쁘고 땀에 흠뻑 젖어 지저분한 지금 그가 말을 붙여왔다는 게 그녀는 짜증날 뿐이었다.

로니는 델라포스네 농장을 가로질러 집으로 돌아가는 중이라고 했다. 그는 방과후에 미스 델라포스의 말들을 돌봤다. 혹시 주드는 그 말들이 보고 싶지 않은가? 말들은 나이를 먹을 만큼 먹었지만 여전히 아름답다고 그는 말했다. 밤 동안에는 말을 마구간에 가두고 문을 잠그지만, 그에게 열쇠가 있으니 안으로 들어갈 수 있었다. 그녀는 자신이 왜 그를 따라 들어갔는지 알 수 없었다. 아마 그날 밤 전체가 아주 묘하게—로니가 그녀를 붙잡고, 그녀에게 예의를 갖춰 말하고 있었다—펼쳐지고 있어, 어떻게 끝날지 꼭 확인해야 했을 것이다. 마구간 안으로 들어가자 말똥냄새가 코를 찔렀고, 주드는 그 냄새에 압도되어 무작정 로니를 따라갔다. 어느 순간 그는 걸음을 멈추었다. 물결처럼 흐르는 달빛 속에 말 두 마리가 보였다. 갈색과 회색. 그녀가 상상했던 것보다 키가 컸고, 강인한 몸은 근육이 탄탄하게 잡혀 있었다. 로니가 회색 말의 목을 만졌고, 그녀도 천천히 말의 목을 만지고 그 부드러운 털을 쓰다듬었다.

"아름답지, 응?" 로니가 말했다.

"응." 그녀가 말했다. "아름다워."

"달리는 걸 봐야 해. 그걸 보면 네가 떠올라. 너처럼 달리는 사람은 본 적이 없어. 넌 조랑말처럼 살짝 절뚝거리듯이 달리잖아."

그녀가 웃었다. "그걸 어떻게 알아?"

"봤으니까." 그가 말했다. "내 눈엔 모든 게 다 보여."

그 순간 갈색 말이 발을 쿵 굴러서 회색 말을 놀라게 하자 로니는 주드를 마구간 밖으로 끌어냈고, 곧 미스 델라포스 집의 불빛이 깜박거리다 켜졌다. 그들은 마구간 뒤로 돌아가서, 거의 들킬 뻔한 것에 웃었고, 이어 로니가 몸을 기울여 그녀에게 키스했다. 그들 주위로 밤이 물에 젖은 솜처럼 무겁고 축축하게 내려앉았다. 그의 입술에서 설탕맛이 났다.

"그냥 그렇게?" 리스가 말했다.

"그냥 그렇게."

"음, 맙소사."

그들은 리스의 친구 배리의 아파트 건물 옥상에 서 있었다. 그날 이른 밤시간에 배리는 웨스트할리우드에 있는 미라지라는 이름의 클럽에서 비앙카를 연기했다. 전기가 흐르는 듯 짜릿한 칠 분 동안 비앙카는 넓은 어깨에 자주색 깃털 목도리를 두르고 무대 위를 누비며 〈Dim All the Lights〉를 열창했다. 비앙카는 빨간 루비 색깔의 립스틱을 바르고 돌리 파턴*처럼 풍성한 금발 가발을 썼다.

"여자가 되는 걸로는 충분하지 않아." 공연이 진행되는 동안 리스는 농담을 했다. "그는 백인 여자가 되어야 해."

배리의 아파트에는 온갖 색깔의 가발을 씌운 두상이 줄을 서 있었다. 진짜 같았고 화려했다. 갈색 단발, 검은색 페이지보이**, 곧은 머리칼을 셰어***처럼 자르고 분홍색으로 염색한 스타일, 앞머리가 이마를 덮는 뱅 스타일. 처음에 주드는 배리도 리스와 같을 거라고 생각했지만, 그녀가 배리의 아파트에 갔을 때 그는 폴로 셔

* 미국의 여성 싱어송라이터.

** 머리끝을 안으로 둥글게 만 단발머리 스타일.

*** 미국의 여성 가수이자 배우.

츠와 슬랙스 차림으로 수염이 난 뺨을 박박 긁어대고 있었다. 주중에 그는 샌타모니카에 있는 고등학교에서 화학을 가르쳤다. 그리고 오직 한 달에 두 번, 토요일에 선셋 불러바드에서 조금 떨어진 곳에 있는 작고 어두운 클럽에서 비앙카가 되었다. 그것만 빼면 그는 전혀 여자처럼 보이지 않는 키가 크고 머리가 벗어진 남자였다. 주드는 연극에 빠져든 관객을 보면서, 한편으로 그것이 관객이 느끼는 즐거움의 일부라는 것을 깨달았다. 모두가 진짜가 아닌 걸 알기 때문에 재미있는 것이다.

아래층에서는 아파트 실내가 시끄럽고 더웠다. 새로 나온 셀마 휴스턴의 음반에 실린 노래들이 창밖으로 퍼져나가고 있었다. 아가씨들이 놀러왔다. 아가씨들, 배리는 여자옷을 입고 공연하는 밤에 그와 함께 무대에 서는 남자들을 늘 그렇게 불렀다. 봄이 되자 주드는 배리의 파티에 갈 만큼 간 뒤여서, 화장을 지운 그들의 얼굴을 모두 알았다. 분홍색 모피 옷을 입고 실리아 크루즈의 노래를 부르는 루이스는 회계사였다. 슈프림스* 가발을 쓰고 고고 부츠를 신은 제이미는 전력회사에서 근무했다. 할리는 벳 미들러**로 변신했다—그는 작은 극단의 무대의상 디자이너였고, 다른 사람들에게 맞는 가발을 찾아주었다. 아가씨들은 주드를 무리에 끼워주었고, 이제 주드는 자신이 거의 그들의 일원이라고 느끼기에 이르렀다. 주드는 그전까지 친구들 무리에 속한 적이 없었다. 그리고 그들이 그녀를 받아준 건 오로지 리스 때문이었다.

* 1960년대에 전성기를 누린 미국의 흑인 여성 트리오.

** 미국의 여성 가수이자 배우.

"너는 어땠어?" 주드가 말했다. "네 첫 키스 상대는 누구였어?"

리스는 난간에 몸을 기댔고, 마리화나에 불을 붙였다. "그렇게 재미있는 이야기는 아니야."

"뭐 어때? 재미있을 필요는 없지."

"그냥 교회에서 만난 여자애." 그가 말했다. "내 여동생하고 친구였어. 그전의 일이야."

리스가 되기 전, 그전이라는 말은 그런 의미였다. 그는 '그전' 이야기는 절대 하지 않았다. 주드는 심지어 그에게 여동생이 있었는지도 몰랐다.

"그앤 어땠어?" 그녀가 물었다. 그의 여동생, 그가 키스한 여자애. 터리스. 그애가 그중 누굴 의미하든 그건 중요하지 않았다. 주드는 그저 그의 지난 삶을 이해하고 싶었다. 리스가 그녀를 믿고 털어놓아주길 바랐다.

"기억 안 나." 리스가 말했다. "그래서 말을 돌봤다는 그 남자애는 어떻게 됐어?" 그는 마리화나를 건네면서 능글맞게 웃었다. 그의 목소리는 질투하는 사람처럼 들렸지만, 어쩌면 그건 주드의 바람이었는지도 몰랐다.

"별일 없었어." 그녀가 말했다. "몇 번 키스했고, 그뒤론 말하지 않았어."

그녀는 너무 창피해서 그에게 진실을 말할 수 없었다. 몇 주 동안 밤에 마구간에서 로니를 만났다고는 말할 수 없었다. 어두운 구석에 그는 담요를 깔고 손전등을 세워놓았고, 거기를 그들의 비밀 은신처라고 불렀다. 한낮에 만나는 건 너무 위험했다. 누가 그들을 보면 어쩌나? 밤에는 누구에게도 들킬 염려가 없다. 진실로 그들만 있을 수 있다. 그녀는 그걸 원하지 않는가?

로니는 그녀의 남자친구가 아니었다. 남자친구라면 손을 잡고 하루를 어떻게 보냈는지 물을 것이었다. 하지만 마구간에서 그는 그저 주드를 만지기만 했다. 그녀의 가슴을 손바닥으로 만지고, 그녀의 반바지 속으로 손가락을 집어넣었다. 마구간에서 그녀는 코로 말똥냄새를 들이마시며 그가 그녀의 입안으로 떨어뜨리는 액체를 삼켰다. 하지만 시내에서 그는 주드를 보고도 그냥 지나쳤다. 그럼에도 얼리에게 들키지만 않았다면 그녀는 매일 밤 그를 만나러 나갔을 것이다. 어느 밤 얼리는 주드가 몰래 빠져나가는 소리를 듣고 숲속으로 그녀를 뒤쫓아간 뒤 마구간 문을 쾅쾅 두들겼고, 결국 로니는 미친듯이 바지를 당겨 입고 주드를 밖으로 떠밀었다. 그녀는 문밖으로 나가기도 전에 이미 울고 있었다. 얼리는 그녀를 차마 똑바로 보지 못하고 한 손을 그녀의 팔에 걸었다.

"뭐가 문제니?" 얼리가 말했다. "남자친구를 사귀고 싶으면, 그에게 집으로 오라고 해. 한밤중에 아무 놈이나 만나러 나가지 말고."

"그앤 다른 데서는 저하고 말하지 않아요." 그녀가 말했다.

주드가 어깨를 들썩이며 더 서럽게 울기 시작하자, 얼리는 그녀를 자신의 품안으로 끌어당겼다. 그가 마지막으로 그녀를 그렇게 안아준 건 오래전이었다. 주드가 그러는 걸 원하지 않았었다. 얼리는 그녀의 아버지가 아니었고, 결코 그렇게 될 수 없었다. 아버지의 폭력성은 그녀에게 미치지 않았다. 아버지의 분노는 모두를 향했지만 그녀에게는 아니었다. 아버지는 주드가 스스로를 특별한 사람으로 느끼게 해주었고, 로니가 마구간 뒤에서 키스해주기 전까지 그녀는 그런 기분을 느껴보지 못했다.

로니는 그녀의 남자친구가 아니었다. 주드는 결코 그를 남자친구라고 생각할 만큼 어리석지 않았다. 하지만 누구든 그녀를 사랑해줄 남자가 존재할 거라는 상상은 할 수 없었다. 로니가 그녀를 조금이라도 알아봐주는 것, 그걸로 충분했다.

바람이 가볍게 불며 지나갔고, 주드는 몸을 떨며 자기 몸을 감싸안았다. 리스가 그녀의 팔꿈치를 만졌다.

"추워, 베이비?" 리스가 말했다.

주드는 고개를 끄덕이며 그가 한 팔로 자신을 감싸주기를 바랐다. 하지만 그러는 대신 그는 재킷을 벗어주었다.

"도무지 이해가 안 돼." 배리가 말했다. "섹스 없는 결혼 같잖아."

미라지의 무대 뒤에서, 그는 화장대 거울 앞에 앉아 뺨에 블러시를 바르고 있었다. 공연 한 시간 전이었고, 분장실은 곧 아이섀도를 바르거나 하면서 거울 앞에서 부산을 떨 여왕들로 북적거릴 것이고 공기는 헤어스프레이로 자욱해질 터였다. 하지만 지금 미라지는 어둡고 조용했고, 주드는 바닥에 앉아 무릎 위에 화학 교과서를 올려놓은 채 배리를 쳐다보고 있었다. 그들 사이에 합의가 있었다. 배리는 그녀의 화학 과제를 도와주고, 주드는 그와 함께 폭스힐 몰에 가서 그가 사고 싶은 화장품을 대신 고르는 척하는 것이다. 그녀는 배리와 팔짱을 낀 채 그가 이끄는 대로 통로를 지나갔다. 모르는 사람들이 봤으면 연인 사이인 줄 알았을 것이다. 회색 바지를 입은 키가 큰 남자와 얼굴에 바르는 파우더를 고르는 젊은 여자. 배리가 계산대에서 화장품값을 다 지불하자 계산대 점원은 그가 신사라고 생각했다. 누구도 그의 욕실 선반에 향이 나는 로션과 아이섀도 팔레트와 황금색 립스틱 튜브가 가득하리라고는 상상하지 못했다. 혹은 그가 아무리 화장하는 법을 가르쳐주겠다고 해도 그의 옆에 있는 여자는 그런 것에는 아무 관심이 없다는 것도. 주드는 자신의 피부색에 맞는 화장품이 있기는 할지 의문이었고, 검은 피부의 여자가 빨간 립스틱을 바르면 사람들이 뭐라고 하는지 알고 있었다. 원숭이 엉덩이.

그랬다. 그녀는 배리의 화장품 병이나 튜브를 구경하는 것에는 아무 흥미가 없었다. 그런 것은 화학 실험실에 있는 시험관만큼이나 수수께끼 같았다. 학기가 시작된 후 몇 주가 흘렀고, 그녀는 이미 뒤처지고 있었다. 배리가 그녀의 공부를 도와주겠다고 나선 건 리스가 부탁을 했고, 배리는 절대 리스에게 안 된다고 말할 수 없었기 때문이다. 칠 년 전 디스코장에서 리스를 처음 만났을 때 배리는 그가 아주 멋지다고 생각했고, 술을 잔뜩 마신 뒤 마침내 용기를 내서 말했다.

"뭐라고 말했어요?" 주드가 물었다.

"뭐라고 말했을 것 같아?" 배리가 말했다. "우리집에 가자고 했지! 그런데 리스가 뭐라 그랬는지 알아? '고맙지만 사양할게요'라고 했어." 배리가 웃었다. "믿어져? 내가 커피를 마시겠냐고 물은 것처럼 고맙지만 사양하겠다는 거야. 오, 나는 그래서 늘 시골 남자애들이 좋아. 시골스럽고 다정하고, 바로 그 점 때문에 걔들이 좋아."

주드는 마음을 크게 먹고 리스에게 가서 하고 싶은 말을 내뱉는 장면을 상상하려고 해보았다. 뭐라고 말하지? 계속 그가 생각난다고, 립스틱을 바르는 남자와 이야기를 나누며 알 수 없는 기호가 가득한 교과서를 쳐다보는 이 순간에도 그가 생각나 미치겠다고?

"우리는 친구예요." 그녀가 말했다. "그게 뭐 잘못됐어요?"

"잘못된 건 전혀 없지." 배리는 거울을 통해 주드를 흘끗 보았다. 그는 새로운 모습—라나 터너 같은 고전적인 할리우드 스타일—을 시도해보고 있었지만 블러시를 분홍색으로 너무 짙게 칠해서 피부가 오렌지색으로 보였다. "리스가 너 같은 친구와 만나는 건 본 적이 없어."

한번은 리스가 주드의 식료품을 들고 계단을 올라가면서 가끔 자기가 그녀의 남자친구가 된 것 같다고 농담했고, 주드는 그 말이 뭐가 웃긴지도 모르면서 웃었다. 그가 남자친구가 아니란 말인가? 앞으로도 결코 아니란 말인가? 그럼에도 불구하고 자신이 그 역할을 하고 있다는 걸 리스도 어느 정도 알고 있는 건가? 그때 주드가 말하지 않은 것은 이것이었다. 그녀 역시 가끔 자신이 그의 여자친구인 것처럼 느껴진다는 것. 그리고 그 감정이 두렵다는 것. 그건 커다란 감정이었다. 가슴속 공간 전부를 차지했고, 그녀를 숨막히게 했다.

"우리는 친구예요." 주드가 다시 말했다. "그게 당신 눈엔 왜 안 보이는지 모르겠어요."

"그게 아니라는 사실이 네 눈엔 왜 안 보이는지 모르겠다." 배리는 한숨을 쉬고, 얼굴을 그녀 쪽으로 돌렸다. 한쪽 뺨은 화장이 완벽하게 되어 있었고, 반대쪽은 아직 깨끗했다. "너희가 왜 극구 부인하는지도 모르겠고. 열여덟 살에 사랑에 빠지는 것보다 더 좋은 게 뭐가 있다고? 오, 너희는 몰라. 내가 그 나이로 돌아갈 수 있다면 모든 걸 다르게 할 거야."

"예를 들면 어떤 거요?" 주드가 말했다.

"오, 모든 걸." 그는 다시 거울을 보았다. "이 대단하고 오래된 세상, 우리는 이곳을 단 한 번만 헤쳐 나갈 수 있을 뿐이지. 세상에서 무엇보다 슬픈 일이 있다면 바로 그거야."

그해 여름, 주드는 기숙사에서 나와 리스의 아파트로 들어갔다.

그녀는 그게 스스로 납득할 만한 일이라는 논리적인 이유를 열거해보았다. 그녀는 캠퍼스에서 일하는 근로 학생이었고, 집에 가지 못한다고 말했을 때 크게 실망한 어머니의 목소리를 듣는 건 괴로웠지만 일은 당연한 선택이었다. 그리고 다음해에 지낼 아파트를 아직 구하지 못했고, 집세와 식료품비를 나누어 내면 돈을 아낄 수 있었다. 그 결정이 오로지 돈을 아낀다는 명목에서 나온 것인 척만 한다면 리스의 아파트로 들어가는 그런 어리석은 결정을 내릴 수도 있는 것이었다. 그래서 리스가 의향을 물었을 때 주드는 그러겠다고 대답했고, 곧 두 사람은 좁은 계단통을 오르며 그녀의 짐 상자를 날랐다. 리스는 자기가 카우치에서 자겠다고 말했다.

"진심이야. 나는 더 험한 장소에서도 자봤어." 그가 말했다. 주드는 리스가 아칸소에서 히치하이크를 하는 모습을 상상했다. 트럭 휴게소에서 자거나 그가 찍은 사진 속의 버려진 건물 같은 곳에 숨어들어 지내고, 그런 식의 생활을 반복하는 것을.

처음에 그녀는 리스의 아파트가 낯설었고, 자신이 초대받은 기간을 넘기고서도 나가지 않는 손님처럼 느껴졌다. 그러다 그곳이 집처럼 편안하게 느껴지기 시작했다. 발끝걸음으로 거실을 통과해 아침 달리기를 하러 나가다보면, 담요를 덮고 몸을 둥글게 만 채 잠든 리스가 보였고, 그의 감긴 눈 위로 머리칼이 흘러내려 있었다. 욕실 세면대를 같이 쓰고, 그의 면도기 손잡이를 손가락으로 쓸어보았다. 저녁에 집에 돌아오면 그가 저녁식사로 핫도그를 익히고 있거나, 그녀의 것과 함께 자신의 셔츠를 다리고 있었다. 아니면 함께 카우치에 앉아 그녀가 그의 허벅지에 발을 올린 채 레코드판을 들었다. 리스는 주드에게 운전하는 법을 가르쳐주었고, 그녀가 그의 삐걱대는 보브캣을 몰고 텅 빈 몰의 주차장을 천천히 도는 동안 놀라운 인내심을 보였다.

"이제 운전하는 법을 아니까 넌 어디든 갈 수 있어." 리스가 그녀에게 말했다. "이 도시가 지겨워지면, 그냥 다른 도시로 떠나면 돼."

그는 주드가 주차장을 또 한 바퀴 천천히 도는 동안 차창 밖으로 한 팔을 내민 채 그녀를 돌아보며 웃었다. 그는 그게 아주 쉬운 일인 것처럼 말했다. 떠나는 게.

"절대 이 도시가 지겨워질 리는 없어." 주드는 말했다.

주중에 그녀는 날마다 음악 도서관에 가서 일했다. 무거운 카트를 밀고 통로를 돌아다니면서, 먼지 많은 표지를 수없이 만진 탓에 손가락이 건조해질 때까지 책장 선반에 얇은 악보를 끼워넣었다. 집에 돌아올 때의 웨스트할리우드는 목가적인 캠퍼스와는 아주 다르게 느껴졌다. 그녀는 캠퍼스의 벽돌 건물에 들어갈 때마다 여전히 위축되었고, 교회 안에 발을 들여놓을 때처럼 늘 목소리를 낮췄다. 초록 잔디밭은 끝없이 넓었고, 자전거는 끊임없이 쌩쌩 지나갔다. 기숙사에서는 야심에 불타는 사람들에 둘러싸여 있었지만, 이곳 웨스트할리우드 아파트에서 만나는 이웃은 죄다 명예를 얻겠다는 꿈이 이미 좌절된 사람들이었다. 코닥 대리점에서 일하는 영화 촬영기사, 이민자에게 영어를 가르치는 시나리오 작가, 허름한 술집에서 풍자극에 출연하는 배우 들. 성공하지 못한 사람들이 이 도시 깊숙이 스며 있었다. 당신은 그들의 이름이 새겨진 별을 밟고 지나가면서도 결코 알아차리지 못한다.

주말에 주드와 리스는 함께 샌타바버라 해변을 돌아다니거나 국립역사박물관을 구경했다. 한번은 롱비치에 고래를 보러 가기도 했다. 그날 그들은 돌고래밖에 보지 못했지만, 주드가 기억하는 건 자신이 갑판 위에서 균형을 잃었을 때 그가 뒤로 와서 잡아주었다는 사실이었다. 그녀는 배를 타고 가는 나머지 시간 내내 그렇게, 리스의 가슴에 뒤로 기댄 채 서 있었다.

어떤 토요일 밤에는 무지개색 깃발이 폭포처럼 펄럭이는 곳 아래를 지나, 배리의 공연이 열리는 미라지 극장 안으로 몸을 숙여 들어갔다. 또 어떤 때는 시네라마 돔에 가서 영화를 보았는데, 그 어두운 극장 안에서 주드는 리스가 손을 잡을지도 모른다고 생각했다. 하지만 그는 결코 그러지 않았다. 배리가 7월 4일*에 연 파티에서는 모두 옥상에 모여 하늘에서 타닥타닥 펼쳐지는 불꽃놀이를 구경했다. 주위에서 남자들이 술에 취해 서로 키스했고, 주드는 리스가 혹시 자신에게 키스—뺨에 하는 친구 사이의 키스—할지도 모른다고 생각했다. 하지만 그는 그러는 대신 빨간색과 파란색으로 번득이는 조명 아래 그녀를 혼자 남겨두고 술을 가지러 안으

* 미국의 독립기념일.

로 들어갔다. 그가 그녀에게 바라는 건 뭘까? 뭐라 말하기 힘들었다. 한번은 미라지에서 배리의 공연이 끝난 뒤 리스가 그녀에게 춤을 추자고 했다. 밤이 거의 끝나가고 있었다. DJ는 이미 느린 노래를 틀어서 연인들을 문밖으로 내보내는 중이었다. 리스가 손을 내밀었고, 주드는 그가 이끄는 대로 플로어로 나갔다. 누군가에게 그렇게 밀착되게 안겨본 것은 처음이었다.

"나 이 노래 좋아해." 주드가 말했다.

"알아." 리스가 말했다. "네가 따라 부르는 소리가 들려."

주드는 취하지 않았지만, 스모키 로빈슨의 목소리가 흐르는 가운데 리스의 팔에 감싸여 이리저리 쓸려 다니려니 약간 어지러웠다. 이윽고 비정하게 불이 켜졌고, 모든 커플이 아쉬운 소리를 냈다. 리스는 그녀를 놓아주었다. 그때까지 주드는 불이 켜진 미라지가 얼마나 음울한 곳인지 깨닫지 못했었다. 노출된 파이프, 벗어지는 페인트, 쏟아진 맥주로 끈적거리는 나무 바닥. 그리고 리스는 친구들이 문으로 이동하는 동안, 그녀와 춤춘 것이 재킷을 벗어준 것만큼이나 아무 일 아니라는 듯 웃고 있었다. 주드는 어쩐지 그와 조금 더 가까워진 동시에 어느 때보다 더 멀어진 느낌이었다.

그리고 7월의 어느 저녁, 일찍 퇴근한 그녀는 열린 욕실 문을 통해 리스가 셔츠를 입지 않은 채 서 있는 것을 발견했다. 그의 가슴에 큰 붕대가 감겨 있었고, 그 아래로 붉은 멍이 군데군데 드러나 보였다. 그는 자신의 흉곽을 조심스럽게 만지고 있었다. 처음에 든 생각은 아주 어리석은 것이었다—누가 그를 폭행했구나. 리스가 흘끗 위를 쳐다보았고, 그들의 시선이 거울 속에서 마주쳤다. 그는 급하게 셔츠를 입었다.

"그렇게 엿보지 마." 리스가 말했다.

"어떻게 된 거야?" 주드가 물었다. "그 멍……"

"보기보다 그렇게 아프지 않아." 그가 말했다. "나는 익숙해."

주드는 그가 무슨 말을 하려는 건지 서서히 깨달았다. 그를 폭행한 사람은 없었다. 붕대가 흉곽을 파고들어 그를 멍들게 한 것이다.

"붕대를 풀어." 주드가 말했다. "그것 때문에 아프면 말이야. 여기선 그렇게 하고 있을 필요가 없어. 나는 네가 어떤 모습이건 상관 안 해."

주드는 그 말을 듣고 그가 안심할 거라 생각했지만, 오히려 그의 얼굴에는 익숙지 않은 어두운 표정이 떠올랐다.

"너 때문에 하는 게 아니야." 리스는 그렇게 말하고 욕실 문을 쾅 닫았다. 집 전체가 흔들렸고, 주드는 손이 떨려 열쇠를 떨어뜨렸다. 그는 지금까지 한 번도 그녀에게 소리를 지른 적이 없었다.

그녀는 생각 없이 밖으로 나갔다. 이렇게 화난 모습의 리스를 본 건 처음이었다. 그는 못된 운전기사를 욕했고, 같이 일하는 동료에 대해 불평했고, 한번은 술집에서 그를 자꾸 검둥이라고 부르는 백인을 떠민 적도 있었다. 그의 분노는 불붙었다가 사그라들었고, 그는 이내 다시 자신의 모습으로 돌아왔다. 하지만 이번에는 그녀에게 화를 냈다. 그를 쳐다보지 말았어야 했다—열린 문으로 리스의 모습이 보이자마자 돌아섰어야 했다. 하지만 멍을 보고 너무 놀란 나머지 뭔가 바보 같은 말을 해버렸고, 이제 그가 화났으니 사과할 수도 없었다. 리스는 문을 쾅 닫았고 그녀의 얼굴을 때리지는 않았지만, 어쩌면 단지 그게 편리했기 때문이었는지도 몰랐다. 혹시 주드가 더 가까이 있었다면 그녀를 그만큼 쉽게 벽에 떠밀었을지도 몰랐다.

배리의 집 앞에 다다랐을 때쯤 주드는 울고 있었다. 배리가 그녀를 안아주었다.

"리스가 나를 미워해요." 그녀가 말했다. "내가 바보 같은 짓을 저질러서, 이제 그는 나를 미워해……"

"리스는 너를 미워하지 않아." 배리가 말했다. "와서 앉아. 아침에는 괜찮아질 거야."

별일 아니라고, 배리가 말했다. 그냥 사소한 싸움일 뿐이라고.

하지만 그녀는 평생 사람들이 언쟁을 싸움이라고 부르는 걸 싫어하게 된다. 싸움은 살이 찔리고 눈 주변이 멍들고 뼈가 부러지는 피비린내 나는 사건이었다. 저녁을 어디 가서 먹을지를 놓고 일어나는 의견 다툼이 아니었다. 결코 말로만 하는 게 아니었다. 남자가 화가 나서 언성을 높이는 수준의 것이 아니었다. 싸움은 늘 아버지를 생각나게 했다. 남자들이 술집에서 나가면서 걸걸한 목소리로 떠들거나 청년들이 텔레비전으로 축구 경기를 보면서 지르는 함성만 들어도 그녀는 움찔움찔 놀라곤 했다. 문을 쾅 닫는 소리. 깨진 접시. 아버지는 벽을 주먹으로 쳤고, 접시를 깨부쉈고, 심지어 한번은 자기 안경을 거실 문짝에 던져 깨뜨렸다. 눈앞이 보이지 않을 정도로 몹시 화가 나는 것. 당시의 그녀에겐 그게 이상하면서도 아주 정상적으로 느껴졌는데, 나이가 한참 더 들기 전까지는 그렇게 느껴지는 이유를 완전히 깨닫지 못했다.

주드는 배리의 카우치에 누워 천장을 올려다보면서 그날 밤을 보냈다. 세시 반에 누군가가 문을 두드리는 소리가 들렸다. 문에 난 작은 구멍으로 은은한 포치 불빛 아래 서 있는 리스의 모습이 보였다. 그는 숨을 몰아쉬고 있었고, 데님 재킷의 양쪽 주머니에 주먹 쥔 손을 넣고 있었다. 그는 이내 다시 문을 두드리기 시작했고, 마침내 주드가 잠금 고리를 풀었다.

"사람들 다 깨우겠어." 그녀가 소곤거렸다.

"미안." 리스가 말했다. 그의 숨에서 맥주를 마신 것 같은 들척지근한 냄새가 났다.

"취했구나." 주드는 무엇보다 좀 놀라서 말했다. 그녀가 아는 한 리스는 화가 났다고 술집으로 사라져버리는 일이 한 번도 없었는데, 여기 지금 그가 비틀거리며 서 있는 것이다.

"네게 그렇게 소리지르지 말았어야 했어." 리스가 말했다. "그럴 마음은 없었는데…… 제길, 너도 알겠지만 나는 널 다치게 하지 않아. 알잖아, 그렇지, 베이비?"

누가 당신을 다치게 할지는 너무 늦기 전까지는 아무도 모른다. 하지만 계단에 서서 그녀에게 애원하는 목소리가 하도 절박해서 주드는 문을 조금 더 열었다.

"그런 의사가 있대." 리스가 말했다. "루이스가 그 의사에 대해 말해줬어. 수술을 받으려면 돈을 선불로 내야 해서, 지금 돈을 모으고 있어."

"어떤 수술?" 그녀가 물었다.

"가슴. 그러면 그 빌어먹을 걸 하지 않아도 돼."

"수술은 안전한 거야?"

"충분히 안전해." 그가 말했다.

주드는 그의 가슴팍이 작게 올라왔다 내려가는 것을 가만히 바라보았다.

"나도 미안해." 주드가 말했다. "나는 그저 네가 아픈 게 싫었어. 그럴 의도는 아니었는데…… 아, 그게 뭔지도 모르겠다. 내가 네게 특별한 사람이라는 듯이 행동하려던 건 아니었어."

"그런 말 하지 마." 리스가 말했다.

"무슨 말?"

그는 잠시 말이 없다가, 몸을 앞으로 기울여 그녀에게 키스했다. 주드가 그걸 알아차렸을 때는 그가 이미 몸을 떼어낸 뒤였다.

"네가 내게 특별하지 않다는 말." 리스가 말했다.

아침에 주드는 밝은 캠퍼스를 몽롱한 기분으로 걸어갔다. 리스가 어두운 보도를 걸어 떠나간 뒤로 한잠도 자지 못했다. 심지어 지금도 그를 생각하면 두려움에 뱃속이 뒤틀리는 것 같았다. 어쩌면 리스는 너무 취해서 그녀에게 키스한 사실조차 기억하지 못할 것이다. 집에서 잠을 깼을 때 자신이 뭔가 창피한 일을 했다는 사실만 희미하게 떠올랐을 것이다. 아니면 술이 완전히 깬 뒤 그 일을 후회했을 것이다. 그녀는 남자들이 몰래 키스하고 그뒤에는 없었던 일인 척하는 그런 여자인 것이다.

그날 밤, 아가씨들이 파티를 열었다. 할리의 집 거실은 복작거렸고, 주드는 사람들이 비좁게 앉아 있는 창턱에 간신히 끼어 앉아 럼을 섞은 콜라를 마셨다. 파티를 즐길 기분은 아니었지만, 집에 돌아가 리스의 얼굴을 마주하기에는 여전히 너무 창피했다. 그리고 당연하게도, 그 순간 검은 티셔츠와 청바지 차림의 리스가 방금 샤워를 마쳐 아직 머리칼이 젖은 채 파티에 도착했다. 그는 처음 들어왔을 때 주드에게 손을 흔들었지만, 다가와서 인사하지는 않았다. 어쩌면 그녀를 불쌍히 여겼을 뿐인지도 몰랐다. 그가 키스한 건 그저 소리를 지른 게 미안해서였을 것이다. 그는 지금 그녀가 키스에 더 큰 의미를 부여하고 싶어하는 것을 알기 때문에 그녀를 피해 저만치 멀찍이 서 있는 것이다. 할리가 무슨 문제가 있냐고 물어볼 정도로.

"아무 문제 없어요." 주드가 컵에 럼을 좀더 따르면서 말했다.

"그런데 두 사람 왜 그렇게 어색해요?" 그가 물었다.

할리는 파라 포셋*처럼 모양을 낸 깃털 같은 금발 앞머리를 옆으로 걷어냈다. 주드는 어깨를 으쓱하고 창밖을 바라보았다. 모든 게 정상적인 척하면서 이렇게 계속 지낼 수는 없었다. 그녀는 공기가 필요했다. 그 순간 갑자기 방안이 완전한 어둠에 빠졌다. 음악소리가 끊겼고, 침묵이 암흑 같은 긴장감을 만들었다. 이어 목소리들이 웅성웅성 퍼져나오더니, 배리는 손전등을 어디서 찾으면 되는지 묻고, 할리는 욕실 어딘가에 초가 있을지 모르겠다고 말하고, 루이스는 창가에서 허리를 굽히고 밖을 보며 모두를 불러모았다. 블록 전체의 다른 모든 건물 역시 어둠이 내려앉아 있었다.

주드가 초를 찾아오겠다고 말한 뒤 더듬더듬 어두운 복도를 지나 욕실로 가는데, 리스가 그녀의 손을 잡았다.

"나야." 그가 말했다.

---

* 미국의 여성 배우이자 모델.

"알아." 그녀가 말했다.

어둠 속에서는 누구든 될 수 있었지만, 말하기도 전에 주드는 그라는 걸 알았다. 리스의 향수, 거친 손바닥. 아무리 어두운 방에서라도 그를 찾을 수 있었다.

"젠장, 하나도 안 보여." 그가 말하고 약간 웃었다.

"음, 초를 찾으러 가는 중이야."

"기다려. 이야기 좀 할까?"

"이야기하지 않아도 돼." 그녀가 말했다. "네가 나를 좋아하지 않는 거 알아. 그런 식으로는. 그리고 괜찮아. 그 이야긴 할 필요 없어."

리스가 손을 놓았다. 그나마 다행인 건 그를 쳐다볼 필요가 없다는 것이었다. 초를 찾지 않는다면 그의 얼굴을 볼 필요도 없을 것이다. 그녀는 천천히 복도를 따라 나아갔고, 마침내 욕실 벽의 타일에 손이 닿았다. 그리고 약장 캐비닛을 여는데, 리스가 다시 닫았다. 그러고는 욕실 세면대에 그녀를 밀어붙이고 키스했다.

복도 저쪽에서는 친구들이 앞이 보이지 않는다는 사실에 깔깔거리며 서로의 이름을 신나게 불러대고 있었다. 하지만 욕실에서 두 사람은 그 순간이 지속되지 않을 수 있음을 안다는 듯 절박하게 키스하고 있었다. 전등이 깜박거리며 다시 불이 들어올 테고, 누군가가 그들을 찾으러 올 테고, 그들은 발소리를 듣고 죄의식을 느끼며 서로에게서 떨어질 것이다. 하지만 배리가 부엌에서 의기양양하게 손전등을 들고 돌아왔을 때 두 사람은 이미 문밖으로 빠져나간 뒤였다. 그들은 계단통의 벽을 더듬으며 내려가 마침내 보도로 나섰고, 여전히 손을 잡은 채 어두워진 도시 속으로 사라졌다. 머리 위로 신호등 불빛이 하릴없이 깜박거렸다. 차들이 거리를 기어가고 있었다. 그들 위로 하늘과 땅을 가르는 선이 사라졌고, 거의 일 년 만에 처음으로 주드는 별을 보았다.

거대한 도시 어딘가에서, 어느 할머니는 아이들이 텔레비전의 검은 화면 앞에서 유령 이야기를 하는 것을 들었다. 한 남자는 포치에 앉아 회색으로 변해가는 개의 코를 쓰다듬었다. 검은 머리의 한 여자는 부엌에서 초를 켜고 집의 수영장을 내다보았다. 젊은 남자와 젊은 여자는 집으로 걸어와 조용한 계단을 올라간 뒤 문을 닫고 도시로부터 그들을 차단했다. 남자가 초를 찾으려고 수납장 안을 뒤질 때 여자는 그의 라이터를 들고 있었다. 그가 초를 찾지 못하자 두 사람 모두 안도했다. 그녀는 어둠이 두렵지 않았다. 그는 어둠 속에서 더 안전하다고 느꼈다.

침대에서 그는 그녀의 셔츠를 벗겼고, 그녀의 목에서부터 가슴까지 키스했다. 그가 그녀의 허벅지 사이에 키스한 뒤에야 그녀는 그가 옷을 전혀 벗지 않았음을 알아차렸다.

도시 곳곳에서 커플들이 그들이 지금 하는 것을 하고 있다. 바다에서 검은 파도가 출렁일 때 십대들은 해변에 깐 담요 위에서 키스한다. 신혼부부는 호텔방에서 서로를 더듬는다. 한 남자는 애인의 귓가에 소곤거린다. 한 여자가 가느다란 초에 성냥을 갖다대자 여자의 얼굴이 부엌 창문에 일렁인다. 도시 전체가, 어둠과 빛이다.

6

"너 뭔가 좀 달라졌어." 데지레 빈스가 전화 통화를 하면서 딸에게 말했다.

8월 하순이 되자 열파가 몰려와 로스앤젤레스 전역이 뜨거워졌고, 창문을 다 열어도 바람 한 점 들어오지 않았다. 바깥에서는 보도가 연못처럼 반짝거렸다. 커다란 갈색 귀뚜라미들이 물을 마시려고 수도관을 찾았고, 주드는 매일 아침 샤워실에서 늘 한두 마리를 발견했다. 귀뚜라미가 베이지색 카펫과 색깔이 비슷해서 미처 못 보고 밟을까봐, 그녀는 점점 편집증적이 되어 맨발로는 카펫 위를 걸어다니지 않으려고 했다. 그녀는 리스가 입술 사이로 얼음 조각을 밀어넣는 것을 지켜보며, 날씨가 미칠 만큼 덥지만 삶은 더 나쁠 수도 있다고 생각했다. 그는 파란색 반바지 수영복과 검은색 티셔츠를 입고 있었는데, 쇄골 쪽이 땀으로 번질거렸다. 주드는 전화선을 빙빙 돌려 손가락에 감았다.

"어머니?" 그녀가 말했다.

"오, 어머니라고 부르지 마. 내가 뭐라고 했는지 들었잖니. 뭔가 좀 달라. 목소리만 들어도 알 수 있어."

"엄마, 제 목소리에 이상한 점은 없어요."

"이상한 게 아니라, 다르다고. 내가 그걸 모를 줄 아니?"

주드와 리스는 베니스비치에서 아가씨들을 만나기로 되어 있었다. 그들이 피크닉 바구니에 뭔가를 챙겨넣기 시작하는데 전화벨이 울렸다. 주드는 한 달 동안 집으로 전화하지 않았던 터라, 죄책감 때문에 차마 나중에 통화하자고 말하지 못했다. 하지만 지금은 전화받은 걸 후회했다. 어머니가 다르다고 한 건 무슨 뜻이지? 게다가 어머니는 그걸 어떻게 아는 거지? 주드는 누구에게든 속내를 투명하게 드러내는 것을 싫어했다. 심지어 어머니에게도. 하지만 다시 생각해보면, 배리도 대번에 알아차리지 않았는가? 정전이 되고 이틀 뒤 주드는 메이 컴퍼니 쇼핑몰 바깥의 분수대 앞에서 배리를 만났는데, 그녀가 가까이 다가가기도 전에 그는 눈을 가늘게 뜨고 쳐다보며 의심했다.

"무슨 일 있었어?" 그가 물었다. "표정이 좀 다른데?"

"어떤데요?" 주드가 웃으며 말했다.

그리고 그 순간 그는 알았다. "너 설마." 그가 소곤거렸다. "오, 믿을 수가 없네! 너 그날 우리집 카우치에 앉아서 걔랑 크게 싸웠다고 했는데……"

"싸웠어요! 그러니까, 그때까진 아무 일 없었어요. 맹세해요."

"왜 나한테 말 안 했어?" 배리가 말했다. "너희 중 누구도 내게 연락하지 않은 이유를 모르겠다."

하지만 정전 이후 그녀는 누구에게도 말하지 않았다. 심지어 그녀와 리스 사이에 일어난 일을 어떻게 설명해야 하는지도 알 수 없었다. 어느 밤 그들은 친구였는데, 다음날 연인이 되었다. 그녀가 아침에 일어날 때쯤 리스는 일을 하러 나가고 없었다. 구겨진 시트로 손을 뻗자 그의 몸이 있던 자리가 여전히 따뜻했다. 한낮의 햇살 속에서 전날 밤은 열띤 꿈처럼 느껴졌다. 하지만 아직 따뜻한 시트. 바닥에 떨어져 있는 그녀의 팬티. 베개에서 나는 그의 향수 냄새. 주드는 몸을 굴려 베개에 얼굴을 묻고 그의 냄새를 맡았다. 온종일 그가 전날 밤 있었던 일은 실수였다고 말하는 장면을 상상했지만, 그날 밤 리스는 침대로 올라와 그녀의 목덜미에 키스했다.

"우리 지금 뭘 하는 거지?" 주드가 말했다.

"내가 네게 키스를 하고 있지." 리스가 말했다.

"내가 무슨 뜻으로 말한 건지 알잖아."

그녀는 몸을 굴려 그를 바라보았다. 리스는 웃으면서, 그녀의 티셔츠에 달린 술을 만지작거리고 있었다.

"내가 가면 좋겠어?"

"네 생각은?"

"절대 아니지, 베이비."

리스는 그녀의 목에 다시 키스했다. 그가 그녀의 파자마를 벗겼고, 주드는 그의 벨트를 잡았다. 그러자 그가 움찔하며 몸을 피했다.

"그러지 마." 리스가 부드럽게 말했고, 주드는 어떻게 해야 할지 몰라서 가만히 있었다. 로니는 자기가 원하는 것에 대해 부끄러워한 적이 없었다. 주드의 손을 그의 사각팬티 안으로 밀어넣었고, 그녀의 얼굴을 허벅지에 대고 눌렀다. 하지만 리스를 사랑하는 데는 규칙이 있었고, 시간이 지나면서 그녀도 그것을 깨우쳐갔다. 불은 꺼야 한다. 그의 옷을 벗겨서는 안 된다. 배나 팔은 만져도 되지만 가슴은 안 된다. 허벅지는 되지만 허벅지 사이는 안 된다. 주드는 그가 그녀를 만지듯 자유롭게 그를 만지고 싶었지만 한 번도 불평하지 않았다. 어떻게 그럴 수 있겠는가? 지금은 아니다. 배리가 쇼핑몰 저만치서부터 그녀에게서 뿜어져나오는 감정을 알아차릴 만큼 행복한 지금은, 어머니가 전화로도 알아차릴 만큼 행복한 지금은.

해변에서 주드는 수건 위에 앉아 배리와 루이스와 할리가 물속에서 물장구를 치며 노는 것을 지켜보았다. 그들은 한 시간 동안 교통 체증에 붙잡혀 해변까지 느리게 기다시피 달렸다. 마침내 베니스비치에 도착했을 때, 아가씨들은 셔츠를 벗어 아무렇게나 한곳에 던져놓은 뒤 꽥꽥 소리를 지르며 해변으로 달려갔다. 리스는 주드의 무릎에 머리를 누인 채 그들이 태양 아래 미끈한 몸을 물속에 담그는 것을 지켜보았다. 주드는 손가락으로 리스의 머리칼을 빗어 내렸다.

"수영하고 싶지 않아?" 그녀가 말했다.

리스가 싱긋 웃고, 눈을 찡그린 채 그녀를 올려다보았다. "나중에 하든가." 그가 말했다. "너는 물속에 안 들어가?"

주드는 자기는 수영을 좋아하지 않는다고 말했다. 하지만 워싱턴 D.C.에서는 수영장에 가는 걸 아주 좋아했었다. 맬러드에서는 강에서 수영할 생각조차 하지 않았다—자신을 그렇게 많이 노출한다고 상상해보라. 이제 더이상 맬러드에 살지 않지만, 어떤 식으로든 그곳의 경험은 그녀를 떠나지 않았다. 지금 베니스비치에서도 주드는 자신이 셔츠를 벗자마자 일광욕하는 사람들이 깔깔거리는 장면을 상상했다. 도대체 저 남자는 저런 검둥이를 데리고 뭘 하는 거냐고 리스에게도 비아냥거릴 것이다.

그날 밤 해변에서 집으로 돌아왔을 때 리스는 그녀 위에 올라갔고, 그녀는 불을 켜도 되느냐고 물었다. 그가 조금 웃더니 그녀의 목에 얼굴을 묻었다.

"왜?" 그가 작게 말했다.

"왜냐하면," 그녀가 말했다. "너를 보고 싶으니까."

그는 잠시 움직임이 없다가, 몸을 굴리며 그녀에게서 떨어졌다.

"음, 그러지 않으면 좋겠어." 그가 말했다.

몇 주 만에 처음으로 리스는 카우치에서 잠을 잤다. 다음날 밤 그는 다시 침대로 돌아왔지만, 주드의 기억 속에는 벽 하나를 사이에 두고 그 없이 혼자 잠들었을 때 느낀 외로움이 여전히 남아 있었다. 이따금 그녀는 그 벽이 결코 완전히 허물어지지 않았다고 느꼈다. 그녀는 한 번도 느끼고 싶은 것을 느끼지 못했다. 그의 피부가 자신의 피부에 닿는 감각을.

"만나는 사람이 있어요." 다음번에 어머니가 전화를 걸었을 때 주드는 말했다.

어머니는 웃었다. "당연히 그럴 줄 알았어." 그녀가 말했다. "넌 왜 엄마가 아무것도 모른다고 생각하는지 모르겠다."

"그는……" 주드가 잠시 말을 멈추었다. "그는 좋은 사람이에요, 엄마. 나한테 너무 잘해줘요. 하지만 다른 남자들과는 달라요."

"무슨 뜻이니?"

그녀는 어머니에게 리스에 대한 이야기를 할까 잠시 고민했다.

하지만 그저 이렇게만 말했다. "자꾸 나를 밀어내요."

"음." 어머니가 말했다. "이런 말을 해서 미안하다만, 걔도 다른 남자들이랑 똑같네. 다른 모든 남자들과 정확히 똑같아."

문이 탈칵 열리더니, 리스가 안으로 들어와 의자 등받이에 재킷을 던졌다. 그는 주드 옆을 지나가면서 싱긋 웃고, 손을 뻗어 그녀의 발목을 어루만졌다.

"주드?" 어머니가 말했다. "아직 안 끊었지?"

"네, 어머니." 그녀가 말했다. "안 끊었어요."

일. 그녀는 새 일을 찾아야 할 것이다.

어느 밤 리스가 땀에 젖은 티셔츠를 입은 채로 침대에서 내려서는 것을 보면서 답이 떠올랐고, 일단 떠오르자 아주 간단명료한 일 같았다. 그는 새로운 가슴을 원했다. 그의 지갑에는 늘 윌셔에서 병원을 하는 성형외과 의사 짐 클라우드의 낡은 명함이 들어 있었다. 미라지의 후원자인 닥터 클라우드는 친구의 친구를 소개받는 식으로 일했는데, 수술비가 아주 비쌌다. 선불로 현금 삼천 달러. 그런 수술을 진행하느라 무릅써야 하는 위험을 생각하면 정당한 액수였다. 의사협회가 그의 의사 면허를 박탈할 수도 있고, 병원 문을 닫게 할 수도 있고, 그가 체포되게 만들 수도 있었다. 주드는 꺼림칙하고 불안했지만, 리스는 합법적인 거라고 힘주어 말했다. 그럼에도 그녀는 돌돌 말아 서랍 안에 넣어놓은 그의 빛바랜 회색 양말을 펴서 구겨진 지폐를 꺼낸 뒤 침대 깔개 위에 던져놓고 계산했다. 이백 달러. 그 혼자서는 결코 충분한 돈을 모으지 못할 것이다.

"새 일이 필요해요." 그녀가 배리에게 말했다.

가을이 오면서 샌타애나 바람*을 함께 데려왔다. 밤이면 성난 열풍이 유리창을 덜컹덜컹 흔들었다. 배리의 서른번째 생일을 축하하려고 모두가 그의 아파트에 모여 있었다.

배리는 어깨를 으쓱하고 머리칼을 싹 민 머리를 한 손으로 쓸었다. "음, 날 보지 마." 그가 말했다. 마티니를 석 잔째 마시는 중이라, 이미 알딸딸하게 취한 듯 보였다. "나도 새 일이 필요해. 그 백인 놈들이 돈을 제대로 쳐주지 않아."

"내가 무슨 뜻으로 하는 말인지 알잖아요." 주드가 말했다. "진짜 괜찮은 일, 진짜 돈이 되는 일이요."

"내가 도와주고는 싶지만, 예쁜 친구, 고용할 만한 위치에 있는 사람은 전혀 몰라. 참, 내 사촌 스쿠터가 케이터링 밴을 몰긴 하는데, 그런 건 하고 싶지 않잖아, 안 그래?"

스쿠터는 다음날 오후에 자주색 필기체로 '칼라스 케이터링'이라고 적힌 은색 밴을 몰고 와 그녀를 태워 갔다. 글자는 페인트칠이 벗어지고 있었다. 차 내부는 허물어지기 직전이었는데, 조수석 시트에서는 노란색 발포 고무가 삐져나왔고 천장의 천은 차양처럼 늘어졌으며 빛바랜 방향제는 백미러에 매달린 채 대롱거렸다. 그리 변변치는 못하지만 냉장고는 쓸 만하다고, 스쿠터가 냉장용 음식을 분리하는 벽을 엄지손가락으로 건드리며 말했다. 그는 배리처럼 호리호리했으나 피부색이 좀더 노랬고, 자주색 레이커스 모자를 쓰고 있었다.

---

* 미국 남부에서 내륙 사막지대의 먼지를 해안지대로 실어나르는 거센 열풍.

"이건 알아둬." 스쿠터가 말했다. "백인이 경제가 이렇다 저렇다 무슨 말을 하든 믿지 마. 그건 하나도 중요하지 않아. 백인들은 늘 파티를 하고 싶어하거든."

그가 웃었고, 밴은 꿀렁거리며 페어팩스로 접어들었다. 그녀는 잽싸게 안전벨트를 맸다. 스쿠터는 한쪽 팔을 차창 밖으로 걸치고 운전을 하는 내내 정답게 이야기했는데, 그녀가 묻지도 않은 질문에 답을 하는 것처럼 계속 이야기를 불쑥 중간에 시작해서 대화를 이어갔다.

"그래, 나도 한때 내 가게가 있었어." 그가 말했다. "크렌쇼 거리에서 조금 안쪽으로 들어간 곳에, 작지만 멋진 음식점이었지. 하지만 버티지 못했어. 돈 관리가 늘 시원찮았거든. 일 페니를 벌면 일 페니를 쓰고, 어떤 식인지 알지? 나는 음식은 잘 만드는데 사업에 소질이 없어. 그건 틀림없는 사실이야. 하지만 결국 잘 풀렸어. 이제 나는 칼라의 오른손이니까."

칼라 스튜어트, 그들이 말리부를 향해 퍼시픽코스트 고속도로를 기다시피 달리는 동안 스쿠터는 그 여자가 강경하지만 공정하다고 말했다. 여자가 음식 사업을 하려면 그 두 가지가 다 필요했다. 칼라가 케이터링 사업을 시작한 건 남편이 죽은 뒤였다. 최소한의 노력으로 파티를 열고 싶어하는 사람들이 결코 부족하지 않은 도시에서 하기에 영리한 사업이었다. 스쿠터는 주드의 무릎 위에 검은색 폴로 셔츠를 던져주었다.

"이걸 입어." 그가 말했다. 그녀가 머뭇거리자 그가 웃었다. "지금 말고, 안에 들어가면! 내가 변태는 아니야. 걱정하지 마. 배리가 그러던데, 네가 자기 여동생 같다고. 내가 네게 수작을 부리려고 했다는 이야기가 배리 귀에 들어가서는 곤란하지."

그건 배리가 그녀에 대해 해준 가장 좋은 말이었고, 당연히 그녀가 들으라고 한 말은 아니었다.

"배리는 재미있어요." 주드가 말했다.

"그렇지." 스쿠터가 말했다. "참 재미있는 녀석이야. 나는 그 녀석이 좋아. 한결같이 좋아."

스쿠터가 비앙카에 대해 아는가? 배리는 자신의 삶을 분리하여 유지할 수 있는 능력에 자부심을 느꼈다. "성경 말씀하고 비슷한 거야." 한번은 그녀에게 이렇게 말했다. "왼손이 하는 일을 오른손이 모르게 하라." 그는 한 달에 두 번 토요일 밤에 비앙카로 살았지만 나머지 날에는 그녀를 눈앞에서 밀어냈다. 비록 그녀를 생각하고 그녀를 위해 쇼핑하고 마침내 그녀가 돌아오는 날을 위한 준비를 하기는 했지만. 배리가 교사 회의에 참석하고 가족 모임과 교회에 갈 때 비앙카는 늘 그의 마음 언저리에 있었다. 비앙카에게는 비앙카의 역할이, 배리에게는 배리의 역할이 있었다. 인생을 그런 식으로, 둘로 나누어 살 수도 있는 것이다. 매 순간 지금은 누가 책임을 져야 할 때인지 스스로 알고 있기만 하다면.

"어디 갔었어?" 그날 밤 주드가 침대에 올라가자 리스가 물었다.

걱정하는 목소리였다. 그녀는 전화를 하지 않고 늦게까지 밖에 있었던 적이 없었다. 그녀는 버트 레이놀즈와 라켈 웰치*에게 집을

---

* 두 사람 모두 1960년대에 활약했던 미국의 배우.

팔았던 부동산 중개인이 연 파티에 케이터링 출장을 갔었다. 집안을 돌아다니면서 주드는 길고 하얀 카우치와 대리석 상판과 아스라이 펼쳐진 해변의 전망을 보여주는 큰 유리창을 보며 감탄했다. 그녀는 이렇게—절벽에 매달린 듯한 형태로, 유리창을 통해 실내가 다 드러나 보이는 채로—사는 것을 상상할 수 없었다. 하지만 아마도 부자는 숨을 필요를 느끼지 않을 것이다. 재산이 많다는 건 자신을 드러낼 자유를 의미하는지도 몰랐다.

파티는 한시에 끝났지만 뒷정리를 해야 했다. 스쿠터가 그녀를 내려줬을 때쯤 새벽 하늘은 라벤더 색조를 띠기 시작했다.

"말리부." 그녀가 말했다.

"그 먼 데까지 가서 뭘 했어?"

"새 일자리를 구했어." 그녀가 말했다. "케이터링 업체에서 일해. 배리가 소개해줬어."

"왜?" 리스가 말했다. "학교 공부에 집중하겠다고 말한 걸로 기억하는데."

주드는 진짜 이유를 말할 수 없었다. 그는 식사한 돈을 그녀가 내는 것조차 좋아하지 않아서, 계산서가 오면 늘 곧장 자기 지갑에 손을 뻗었다. 그녀가 비싼 수술비를 내겠다고 하면 절대 동의하지 않을 것이다. 게다가 그가 오해하면 어떻게 하나? 그녀가 그의 수술을 바라는 게 그가 바뀌기를 원해서라고 생각하면? 돈을 많이 모아서 그가 거부하는 것이 어리석게 느껴질 정도가 되기 전까지는 결코 말하지 않을 작정이었다. 그녀는 리스의 한쪽 팔에 들어가 안기며 그의 얼굴을 만졌다.

"그냥 여윳돈이 좀 있으면 좋을 거 같아서." 주드가 말했다. "그게 다야."

그 학기에 주드는 몸에 대해 생각했다.

일주일에 한 번, 그녀는 주삿바늘을 들고 욕조 모서리에 앉았고 리스는 격자무늬 사각팬티를 말아올렸다. 세면대 카운터에는 샤르도네 같은 노르스름하고 투명한 액체가 담긴 유리관이 놓였다. 그는 여전히 주사를 싫어했다. 그녀가 그의 허벅지 두툼한 쪽에 주사기를 찔러넣기 전 바늘 끝을 튀길 때 그는 절대로 쳐다보지 않았다. 다 됐어, 그녀는 그를 아프게 했다는 데 미안함을 느끼며 주사를 놓고 나면 늘 이렇게 속삭였다.

매달 리스는 모아둔 돈에서 자신의 손바닥에 꼭 쥐일 만큼 작은 약병에 대한 값을 지불했다. 그녀는 호르몬이 어떻게 작용하는지에 대해 아는 게 거의 없어서 충동적으로 해부학 강의를 신청했는데, 예상했던 것보다 훨씬 재미있었다. 강의를 듣는 다른 학생들은 기계적인 암기를 지겨워했지만, 주드는 너무 재미있었다. 그녀는 신체 부위의 이름을 쓴 암기용 카드를 아파트 사방에 흩어놓았다. 욕실 세면대 옆에는 'phalanges', 식탁 위에는 'deltoids', 카우치와 쿠션 사이에는 'dorsal metacarpal veins'*를 끼워놓았다.

그녀가 가장 좋아하는 기관은 심장이었다. 그 수업에서 양의 심장을 제대로 해부한 최초의 학생이 그녀였다. 교수는 그게 가장 어려운 해부라고 했다. 심장이 완벽한 대칭은 아니지만 양쪽이 거의

* 차례대로 '손가락뼈' '삼각근' '등쪽손허리정맥'이라는 뜻.

비슷해서 구별이 어렵기 때문이다. 혈관을 찾으려면 심장의 위치를 정확히 알아야 한다.

"손으로 심장을 직접 만져봐야 한다." 교수는 학생들에게 말했다. "물론 미끄럽겠지만 주저하지 마라. 해부는 손가락을 이용해 느끼면서 해야 한다."

밤이면 그녀는 암기용 카드를 리스의 몸에 올려놓고 혼자 문제를 내고 알아맞혔다. 그는 카우치 위에 몸을 쭉 뻗고 누워 소설을 읽으면서, 주드가 그의 팔에 카드를 세워놓는 동안 가만히 있으려고 애썼다. 그녀는 리스가 자신을 무릎에 끌어당겨 안을 때까지 그의 이두근을 따라 손가락을 움직이면서 라틴어로 된 용어들을 조용히 읊조렸다. 피부조직과 근육과 신경, 뼈와 피. 몸은 그렇게 분류해서 이름을 붙일 수 있었지만, 사람은 그렇게 할 수 없었다. 그 둘의 차이는 가슴속에 있는 근육에 달려 있었다. 그 사랑스러운 기관, 지각이 있지도, 의식이 있지도, 감정이 있지도 않지만, 펌프질을 계속하면서 당신을 살아 있게 하는.

퍼시픽팰리세이즈에서 주드는 예약 담당 에이전트들의 파티에서 베이컨으로 만 대추 요리를 들고 돌아다녔다. 스튜디오시티에서는 나이 지긋한 게임쇼 사회자의 생일 파티에서 칵테일을 만들었다. 실버레이크에서 어느 기타리스트는 게살 샐러드를 맛살이 아니라 진짜 게로 만드는지 확인하려고 그녀의 어깨 너머를 기웃거렸다. 한 달이 끝나갈 무렵, 그녀는 양을 측정하지 않고 마티니를 따를 수 있게 되었다. 세탁소에서 옷 주머니에 손을 넣었더니 부서진 워터크래커가 나왔다. 손에 밴 올리브 냄새는 아무리 애를 써도 씻겨 나가지 않았다.

"도서관에서 사람을 새로 고용하는지 알아보는 건 어때?" 리스가 말했다.

"왜?"

"네가 늘 없으니까. 이제 너를 통 못 보잖아."

"그렇게 자주 나가는 건 아닌데."

"나한텐 너무 자주야."

"이쪽이 돈을 더 많이 주잖아, 베이비." 그녀는 그렇게 말하고 두 팔로 그를 감싸안았다. "그리고 난 도시 구경을 더 하고 싶어. 종일 오래된 도서관에 붙박여 있는 것보다 훨씬 재미있어."

그녀는 벤투라에서 헌팅턴비치까지, 패서디나에서 벨에어까지 옮겨다니며 일했다. 샌타모니카에서는 굴이 담긴 쟁반을 들고 음반 제작자의 집을 돌아다니다, 현관에 잠시 멈춰 서서 스카이라인을 향해 끝없이 펼쳐진 수영장을 보며 감탄했다. 이곳에서는 맬러드가 그 어느 때보다 멀게 느껴졌다. 어쩌면 시간이 지나 그곳을 잊게 될지도 모른다. 그곳을 밀어내고 가슴속 깊이 묻으면, 맬러드는 그녀가 한때 살았던 곳이 아니라 그저 지명을 들어본 적이 있는 곳이 될 것이다.

"난 그냥 그 일이 마음에 안 든다." 어머니가 말했다. "백인들한테 음식 나르는 일 말고 네 공부에 집중해야지. 그런 일을 하라고 너를 그 먼 캘리포니아까지 보낸 게 아니야."

하지만 그건 똑같지 않았다. 정말로 그랬다. 주드는 오랜 세월 한 집에서 청소 일을 했던 할머니가 아니었다. 그녀는 콧물을 질질 흘리는 꼬마들의 코를 닦아주지도 않았고, 바람피우는 남편에 대해 불평하는 아내들의 이야기를 들으며 바닥에 대걸레질을 하지도 않았고, 집안이 남의 더러운 속옷으로 그들먹해질 때까지 빨랫감을 받아 오지도 않았다. 이 일에는 그런 사적인 관계가 존재하지 않았다. 주드는 음식 쟁반을 들고 파티장을 누볐고, 일이 끝나면 다시는 그들을 볼 일이 없었다.

어느 밤 늦은 시간에 그녀는 침대에 누워 리스를 안고 있었다. 너무 더워서 그렇게 딱 붙어서는 잘 수가 없었지만, 그를 놓아줄 수도 없었다.

"무슨 생각해?" 그가 물었다.

"오 글쎄." 그녀가 말했다. "베니스비치에 있던 그 집 생각. 거긴 중앙 냉방 시설이 되어 있었거든? 그런데 심지어 그게 필요하지도 않았어. 해변하고 아주 가까워서 창문을 조금만 열어도 시원했거든. 부자는 원래 그런 건가봐."

리스는 웃었고, 그녀에게 얼음 컵을 갖다주려고 침대에서 내려섰다. 그는 주드의 입술 사이로 얼음 조각을 넣어주었고, 그녀는 이 모든 것이 얼마나 평범하게 느껴지는지에 놀라며 입안에서 얼음을 굴렸다. 몇 달 전만 해도 자신이 리스를 사랑하게 됐다는 사실조차 인정할 수 없었는데, 지금은 그의 침대에 알몸으로 누워 얼음을 씹고 있는 것이다. 그녀가 블라인드 틈새로 경찰 헬리콥터가 빙빙 돌고 있는 것을 지켜보다가 돌아보니, 리스가 그녀를 빤히 보고 있었다.

"뭐야?" 그녀가 웃으며 말했다. "그러지 마."

그는 여전히 티셔츠와 사각팬티를 입고 있었고, 주드는 갑자기 자기 모습이 의식되어 시트를 당겨 가슴을 덮었다.

"뭘 그러지 마?" 그가 말했다.

"나를 그런 식으로 쳐다보는 거."

"하지만 나는 너를 쳐다보는 게 좋은데."

"왜?"

"왜냐하면," 그가 말했다. "네 모습이 멋지니까."

그녀는 흥 소리를 내면서 다시 창문으로 고개를 돌렸다. 리스는 아마 그녀의 피부가 검은 것을 신경쓰지 않겠지만, 그렇다고 좋아할 리도 없었다. 아무도 그럴 수 없었다.

"난 네가 그럴 때가 싫어." 그가 말했다.

"어떤 때?"

"나를 거짓말쟁이로 만들 때." 리스가 말했다. "난 네가 자란 곳에서 사는 그런 사람이 아니야. 가끔 넌 여전히 거기 있는 것처럼 행동해. 하지만 넌 거기 있지 않아, 베이비. 이곳에서 우리는 새로운 사람들이야."

언젠가 그는 캘리포니아가 검은 피부의 여왕에게서 이름을 딴 것이라는 이야기를 해주었다. 샌프란시스코에서 여왕의 벽화를 보았다고 했다. 주드는 그가 거기서 찍은 사진을 보여주기 전까지 그의 말을 믿지 않았다. 거기, 검은 여왕이 천장 맨 위쪽에 앉아 있었다. 양옆에 여성 전사 부족을 거느린 채 너무도 왕족 같고 위풍당당한 모습이어서 주드는 여왕이 실존 인물이 아니라는 사실을 알고 상심하기까지 했다. 미술사 책에 따르면 그녀는 검은 피부의 아마존 여왕이 통치하는 가상의 섬에 관한 유명 스페인 소설에 나오는 등장인물이었다. 식민지 개척자들이 다 그러듯 정복자들은 허구를 현실로, 신화를 역사로 변형시켰다. 남겨진 것은 캘리포니아, 여전히 신화의 섬으로 느껴지는 그곳이었다. 그녀는 대양 한복판에, 한때 알던 모두에게서 멀리 떨어져 봉쇄된 채 떠다니고 있었다.

아마 그 가을의 가장 이상한 부분은 주드가 아버지 꿈을 꾸기 시작했다는 사실이었을 것이다.

어떤 꿈에서 그녀는 아버지의 손을 꼭 잡은 채 번잡한 교차로를 지나 나란히 걸어갔다. 그러다 차들이 그들 곁을 쌩쌩 지나갈 때 화들짝 놀라며 꿈에서 깼다. 또 어떤 꿈에서는 놀이터에서 아버지가 그녀를 그네에 태워 밀어주고 그녀는 앞으로 다리를 쭉 뻗고 있었다. 한번은 달리기 트랙에서 아버지가 앞에서 걷고 있고 그녀는 아버지를 잡으려고 달려가지만 결코 따라잡지 못하는 꿈을 꾸었다. 그녀는 숨을 헐떡이며 깨어났다.

"너, 떨고 있어." 리스가 그녀를 바짝 당겨 안으며 속삭였다.

"그냥 꿈을 꿨어." 그녀가 말했다.

"무슨 꿈?"

"아빠 꿈." 그녀는 잠시 말을 멈추었다. "심지어 이유도 모르겠어. 아주 오랫동안 연락하지 않고 살았는데. 예전에는 아빠가 나를 찾으러 올 거라고 생각했어. 아빠는 심지어 좋은 사람도 아니야. 그런데도 내 안의 일부는 여전히 아빠가 나를 찾아주길 바라고 있나봐. 바보 같지 않아?"

"아니." 리스는 천장을 올려다보고 있었다. "전혀 바보 같지 않아. 나는 칠 년 동안 가족하고 연락하지 않았지만, 여전히 가족을 생각해. 엄마는 내가 찍은 사진을 좋아했어. 교회 사람 모두에게 자랑했지. 엄마 사진을 아주 많이 찍었지만 두고 왔어. 전부 두고 왔어."

"무슨 일이 있었던 거야?" 그녀가 말했다. "그러니까, 왜 떠났어?"

"오, 그건 긴 이야긴데."

"그럼 조금만 말해줘. 부탁이야."

그는 한참 말이 없다가, 여동생의 친구와 성적인 장난을 하는 걸 아버지에게 들켰다고 말했다. 가족들이 장막 부흥회에 간 동안 리스는 꾀병을 부리고 혼자 집에 남아서 아버지의 옷장을 뒤졌다. 아버지의 사각거리는 와이셔츠를 입어보고, 넥타이를 윈저노트 방식으로 매보고, 멋들어진 윙팁 가죽구두를 신고 돌아다녔다. 막 몸에 향수를 뿌렸을 때 티나 젱킨스가 풀밭에 나타나 유리창을 톡톡 두드렸다. 뭘 하고 있어? 무슨 놀이를 하는 거야? 그의 복장은 나쁘지 않았고, 머리만 좀 손보면 되었다. 티나는 그의 머리를 목 뒤쪽에서 하나로 묶고 핀을 꽂아주었다.

"다 됐다." 티나가 말했다. "이제 좀더 남자 같다, 그렇지? 근데 이거 무슨 놀이야? 그리고 뭐 마실 것 좀 있어?"

그는 첫번째 질문은 무시하고 두번째 질문은 들어주었다. 나중에 티나는 자신의 부모에게 진을 마셔서 그랬다고 말했다. 그는 큰 유리잔 두 개에 진을 따랐고, 어머니의 시그램 병에는 물을 대신 채웠다. 티나는 자신의 부모에게 자기가 먼저 키스했다거나 그의 가족이 일찍 집에 돌아오는 바람에 그들이 도중에 멈춘 것이라는 말은 하지 않았다.

"아빠한테 커다란 은제 버클이 달린 벨트가 하나 있었어." 그가 말했다. "아빠는 내가 남자가 되고 싶으면 그렇게 다뤄주겠다고 했어."

주드는 눈을 질끈 감았다.

"어쩜." 그녀가 말했다.

"오래전 일이야."

"그건 중요하지 않아." 그녀가 말했다. "그렇게 하는 건 옳지 않아. 네 아버지는 네게 그럴 권리가 없어……"

"차를 몰고 엘더레이도로 돌아가는 장면을 상상하곤 했어. 아빠에게 이제 어디 한번 마음대로 해보라고 말하는 상상. 자기 아버지에 대해 그렇게 느끼면 안 되는 거잖아. 숨이 막혀. 그런 마음이 들면 숨도 잘 쉬어지지 않아. 또 어떤 때는 그냥 시내를 걸어다니는 장면을 상상해. 아무도 나를 알아보지 못해. 자기 장례식에 나타나는 기분과 비슷할 거야. 내가 없이 삶이 흘러가는 것을 그냥 지켜보는 것. 집으로 가서 문을 두드려볼 수도 있겠지. 안녕하세요, 엄마, 하지만 말하기도 전에 엄마는 이미 알 거야. 내가 달라 보이더라도 여전히 나를 알아볼 거야."

"그렇게 해도 돼." 주드가 말했다. "돌아가도 돼."

"같이 가줄 거야?"

"너하고라면 어디든." 그녀가 말했다.

리스는 그녀에게 키스하고 그녀의 셔츠를 들어올렸고, 주드는 생각 없이 그의 셔츠에 손을 뻗었다. 리스의 몸이 뻣뻣해졌고, 그가 몸을 빼자 그녀는 움츠러들었다. 하지만 그가 욕실로 사라졌다가 다시 나왔을 때는 셔츠를 벗고 있었다. 가슴에 붕대를 감은 채 리스가 그녀 위로 몸을 기울였다.

"나는 이게 필요해." 그가 말했다.

"그래." 그녀가 말했다. "알았어."

주드가 그를 끌어당겨 자신의 몸 위로 올라오게 했고, 그녀는 리스의 매끄러운 등을 손가락으로 쓸어올리면서 그의 피부를, 피부를, 그리고 붕대의 감촉을 느꼈다.

리스 카터는 시작부터 끝을 생각했다.

로스앤젤레스에 처음 도착했을 때도 그랬다—집도 없이, 아기 양처럼 머리칼을 자르고, 이미 자신을 파멸시킬 게 분명한 이 도시를 떠나는 상상을 했다. 혹은 핼러윈 파티에서 주드 윈스턴을 처음 봤을 때도 그랬다. 그가 그 파티에 간 것은 체육관에서 눈여겨본 남자가 그를 초대했고, 못 갈 게 뭐 있나, 하고 생각했기 때문이었다. 주드는 스커트를 만지작거리며 혼자 서 있었는데, 그가 본 어떤 사람보다 검었지만, 힘센 손이 그를 카우치 위에 꼼짝 못하게 눌러놓은 것처럼 느껴질 만큼 충분히 예뻤다. 그냥 둬, 리스. 마음 편히 가져. 그는 그 일이 어떻게 끝날지 이미 알고 있었다. 그녀가 그의 무릎 위로 손을 뻗고 그가 밀어내는 것을 느끼면 그녀는 그를 떠날 것이다.

처음에 리스는 로스앤젤레스에 머물 생각이 전혀 없었다. 그저 자신과 엘더레이도 사이에 가능한 한 먼 거리를 두고 싶을 뿐이었다. 할 수만 있었다면 바닷속으로 계속 나아갔을 것이다. 몇 주 동안 그는 밤에 어두운 골목길에서 남자들의 몸을 만졌고 가끔은 입을 사용했다. 그는 그게 싫었지만, 그러고 나면 남자들은 더 다정했고 더 고마워했다. 그의 머리를 쓰다듬으면서 예쁜 남자라고 불렀다. 리스는 호신용으로 아버지의 사냥용 칼을 들고 다녔고, 가끔 머리를 젖혀 벽에 댄 그들의 얼굴을 올려다보면서 그 깐닥거리는 목을 잘라버리는 상상을 했다. 하지만 그러는 대신 그들에게 받은 구겨진 돈을 주머니에 쑤셔넣고 몸을 피할 곳을 찾아 헤매다가 공원 벤치나 고가도로 아래서 잠을 청했다. 그러면 묘하게 아버지와 캠핑하던 때가 떠올랐다. 속이 빈 통나무 위에 앉아, 아버지가 그에게는 손도 대지 말라고 일러둔 칼로 토끼의 목을 따는 것을 지켜보던 것. 그 칼은 아버지가 자신의 아버지에게서 물려받은 것이었다. 리스에게도 아들이 생긴다면 물려줄 생각이었고, 그래서 떠날 때 그 칼을 챙겨 왔다.

그는 나이트클럽이나 술집에서 남자들을 만나 그들의 몸을 만졌다. 남자들은 리스가 사람들 틈을 비집고 지나갈 때 그의 손을 잡았고, 술잔을 들이대거나 같이 춤을 추자고 했다. 그는 누군가가 그의 매끈한 목이나 작은 손, 돌돌 말아 팬티 안에 넣은 양말을 알아차릴까봐 절대 같은 클럽에 두 번은 가지 않았다. 한번은 웨스트우드에서 분노한 백인 남자가 그의 비밀을 알아채고 눈을 멍들게 한 적도 있었다. 리스는 재빨리 규칙을 습득했다. 과거에 대해 솔직한 것은 거짓말쟁이로 여겨질 수 있음을 의미했다. 안전은 오로지 숨기는 데 있었다.

배리를 만난 밤, 그는 허기가 져서 어질어질한 채로 위스키 소다를 홀짝이고 있었고, 배리의 집으로 따라갈 만큼 절박한 상태였다. 하지만 리스는 골목이 아닌 곳에서는 남자와 있어본 적이 없었다. 그는 어둠 속에서 더 안전하다고 느꼈다. 그래서 배리에게 가지 않겠다고 한 것이었는데, 그날 밤 나중에 배리가 그의 팔을 잡고 저녁을 먹겠냐고 물어서 그는 깜짝 놀랐다. 리스는 놀라서 팔을 흔들어 뺐다.

"씨발, 안 간다고 했잖아요."

"네가 아까 한 말은 들었어." 배리가 말했다. "나는 뭐라도 먹고 싶은지 물어본 거야. 배가 고파 보여서. 바로 저기 적당한 데가 있어."

배리는 한 블록 떨어진 곳에서 심야 영업을 하는 식당을 가리켰다. 네온사인의 자주색과 푸른색 불빛이 콘크리트를 파도처럼 쓸었다. 배리는 피칸 파이를 주문했고, 리스는 치즈버거 두 개와 프렌치프라이 한 바구니를 목이 거의 막힐 정도로 순식간에 먹어치웠다. 어쨌거나 그는 자신이 먹은 것에 대한 값을 지불해야 할 것이다. 아니 어쩌면 내지 않아도 될 거라고, 그는 주머니에 든 칼을 만지작거리며 생각했다. 배리는 그를 지켜보면서 포크로 휘핑크림에 길을 냈다.

"몇 살이니?" 배리가 물었다.

리스는 손등으로 입술을 닦다가 세련되지 않은 행동인 것 같다고 느끼며 냅킨 통에 손을 뻗었다.

"열여덟 살이요." 그가 말했지만, 실은 두 달이 더 지나야 했다.

"맙소사." 배리가 웃었다. "너 완전 애로구나. 너도 알지? 나는 네 또래 애들을 가르쳐."

자기는 학교 선생이라고, 배리가 말했다. 그게 아마 그가 잘해주기로 결심한 이유였을 것이다. 다른 삶을 살았다면 리스는 나이트클럽에서 골라잡은 남자가 아니라 그의 학생이 될 수도 있었을 테니까. 하지만 리스는 고등학교를 마치지 못했고, 처음에는 후회하지 않았다. 똑똑한 여자와 사랑에 빠지기 전까지는. 학력은 결국 그녀가 그를 떠날 또다른 이유가 될 것이다.

"그래, 어디서 왔어?" 배리가 말했다. "이 도시에 있는 사람은 모조리 다른 어딘가에서 온 것 같아."

"아칸소요."

"먼 데서 왔구나, 카우보이. 여기까진 무슨 일로 왔니?"

리스는 어깨를 으쓱하고, 프렌치프라이를 케첩에 찍었다. "처음부터 다시 시작하려고요."

"여기 아는 사람들이 있나?"

리스가 고개를 가로저었다. 배리가 담배에 불을 붙였다. 그의 손가락은 아름답고 길었다.

"누가 있어야 해." 그가 말했다. "여긴 너 혼자 지내기엔 너무 큰 도시야. 지낼 곳이 필요하니? 오, 그런 눈으로 보지 마. 나는 나를 원하지 않는 사람은 원하지 않아. 잘 곳이 필요한지 물어보는 거야. 뭐, 너무 잘나서 내 카우치에선 안 자겠다는 건가?"

리스는 왜 그러겠다고 대답했는지 알 수 없었다. 아마 버려진 건물에서 쥐를 쫓아내느라 발을 쿵쿵거리며 자는 데 지쳐서 그랬을 것이다. 아마 배리에게서 믿음직스러운 면을 보았을 것이고, 칼이 허벅지에 부딪히는 것을 느끼며 필요하다면 그걸 쓸 수 있다는 걸 알았기 때문일 것이다. 이유야 뭐가 됐건 리스는 배리를 따라 그의 집으로 갔다. 그들이 집안으로 들어갔을 때, 그는 테이블 상판에 줄을 세워놓은 가발을 휙 둘러보느라 잠시 걸음을 멈추었다. 배리가 긴장했다.

"그냥 가끔 하는 거야." 배리가 말하면서 가발을 조심조심 만지는 모습이 너무 연약해 보여 리스는 고개를 돌렸다.

"나는 당신이 생각하는 그런 사람이 아니에요." 리스가 말했다.

"너는 성전환자잖아." 배리가 말했다. "나는 네가 누군지 정확히 알아."

리스는 한 번도 그 단어를 들어본 적이 없었다—자신을 설명하는 단어가 있는지도 몰랐다. 배리가 웃는 것으로 보아 리스가 놀란 표정을 지은 모양이었다.

"나는 너 같은 남자애들을 많이 알아." 배리가 말했다. 그는 리스를 빤히 보면서 한 걸음 더 가까이 다가왔다. "물론 걔들 커트가 네 것보단 낫지만. 그건 직접 자른 거니?"

욕실에서 배리는 리스의 목에 수건을 두르고 가위를 잡았다. 그가 리스의 머리를 부드럽게 밀어 앞으로 숙이게 했고, 리스는 눈을 감은 채 다른 남자가 마지막으로 자신을 그렇게 부드럽게 만진 게 언제였는지 떠올리려 했다.

12월이 되자 도시는 마침내 서늘해졌지만, 해는 여전히 높이 걸려 있었고 부자연스럽게 밝았다. 지금을 겨울이라고 부르는 것조차 잘못된 일 같았다. 케이터링 밴에서 주드는 차창 밖으로 한 팔을 내밀고 산들바람을 즐겼다. 그녀는 베벌리힐스에서 열린 은퇴파티에 갑작스럽게 투입되어 일하기로 했고, 리스는 그녀가 나가는 모습을 지켜보며 불만스러운 표정을 지었지만 거절하기엔 보수가 아주 좋았다.

"너하고 외식하고 싶었는데." 그가 말했다.

"내일 하자, 베이비." 그녀가 말했다. "약속할게."

주드는 그에게 키스하면서, 그 밤이 끝날 때 주머니에 두둑하게 들어올 팁을 이미 상상하고 있었다. 회사 파티는 늘 좋은 돈벌이였다. 중요 인사들이 온다고, 그들이 베벌리힐스로 부드럽게 진입할 때 스쿠터가 말해주었다. 밴은 길을 감아 돌면서 올라갔고, 올라갈수록 한적해지다가 마침내 검은 철대문 앞에 이르렀다. 스쿠터가 흥 콧소리를 냈다.

"이런 데 살려면 돈이 엄청 들어." 그가 말했고, 철문이 끼익 소리를 내면서 천천히 열렸다. "상상이 돼?"

다음 세기는 이런 모습일 거라고, 스쿠터는 그녀에게 말했다. 부자들이 도시를 떠나 이런 곳으로 옮겨온 뒤, 중세 영주가 해자를 만들 듯 거대한 대문을 만들고 그 안쪽에 들어앉아 살 거라고. 그들은 나무가 늘어선 조용한 거리를 느리게 달려 마침내 집 건물에 이르렀다—로마식 열주 뒤에 흰색 이층 건물이 숨겨져 있었다. 칼라가 그들을 안으로 들였다. 그녀는 그들이 일할 때는 거의 나타나지 않았지만, 오늘은 중요한 파티였고 일손이 부족했다.

"하디슨 그룹은 정말로 우리의 충성 고객이에요." 그녀가 말했다. "그러니 오늘밤 최선을 다해서 서비스해야 돼요, 알았죠?"

칼라의 존재만으로 주드는 긴장이 되었다. 주드가 셀러리를 썰고 토마토 퓌레를 만들 때, 돌돌 말린 프로슈토가 담긴 쟁반을 들고 파티장을 누빌 때, 카운터에서 칵테일을 만들 때, 그녀는 칼라가 자신을 뜯어보는 것을 느낄 수 있었다. 은퇴 파티의 주인공은 하디슨 씨였다—그는 땅딸막한 은발의 남자로 비싸 보이는 회색 슈트 차림이었고, 금발의 젊은 아내가 그의 팔에 매달려 있었다. 모인 사람은 전부 백인에 중년이고 돈이 많았는데, 하디슨 씨가 지금껏 걸어온 길을 칭송하며 건배하고 그의 후계자인 감청색 슈트를 입은 잘생긴 금발의 남자를 위해 잔을 들었다. 남자 옆에는 젊은 여자가 서 있었다. 열여덟 살쯤으로 보였는데, 곱슬거리는 금발에 다리가 길고, 무릎 위로 위험스러울 만큼 짧게 올라오는 은은하게 반짝거리는 은색 드레스를 입었다. 파티가 중반을 지날 무렵, 그 젊은 여자가 남자에게서 떨어져나와 빈 마티니 잔을 살짝 기울인 채 유유자적 카운터로 걸어왔다.

"스물한 살 아래의 손님께는 술을 드릴 수 없어요." 주드가 말했다.

여자가 자기 옷의 칼라에 손을 갖다대며 웃었다.

"음, 그럼 난 스물한 살이에요." 여자가 말했다. 눈이 어찌나 파란지 보라색으로 보였다. 여자가 다시 잔을 기울였다. "어쨌거나 이렇게 재미없는 파티에서는 당연히 술이 필요하죠."

"아버지가 뭐라고 안 하세요?"

여자가 고개를 돌려 잘생긴 남자를 흘끗 보았다.

"당연히 안 하죠." 여자가 말했다. "아빠는 엄마가 아직 오지 않은 걸 애써 외면하느라 다른 데 신경쓸 틈이 없는걸요. 대단하지 않아요? 나는 아빠가 크게 승진했다고 해서 학교에서 여기까지 먼 길을 달려왔는데, 엄마는 나타나지도 않네요. 그러니 이게 엿같은 일 아니냐고요?"

여자가 다시 잔을 꼼지락꼼지락 움직였다. 원하는 걸 얻을 때까지 자리를 떠나지 않으려는 심사가 분명해 보여서, 주드는 새로 한 잔 따라주었다. 여자는 올리브 한 알을 분홍색 입술 사이로 밀어넣으며 사람들 쪽을 돌아보았다.

“음, 바텐더로 일하는 건 좋아요?” 여자가 물었다. “온갖 매력적인 사람들을 다 만날 것 같은데.”

“나는 바텐더가 아니에요. 이 일을 전업으로 하지는 않아요. 대체로는 학생이죠.” 그리고 주드는 약간 지나칠 만큼 자랑스럽게 덧붙였다. “UCLA에 다녀요.”

여자의 눈썹이 올라갔다. “재미있네.” 그녀가 말했다. “나는 서던캘리포니아에 다녀요. 아무래도 우린 라이벌 같네요.”

어느 부분이 재미있다는 건지 말하기는 어렵지 않았다. 처음 만난 사람이 도시 맞은편에 있는 경쟁 학교에 다닌다는 것, 혹은 술을 서빙하는 흑인 여자가 용케 UCLA 같은 대학에 다닌다는 것. 트위드 재킷을 입은 백인 남자가 와인을 달라고 해서, 주드는 여자가 떠나기를 바라면서 메를로 병의 코르크 마개를 뽑았다. 하지만 와인을 따르려고 하는 순간 현관 쪽에서 사람들이 환호하는 소리가 웅성웅성 들려왔다. 여자가 시무룩하게 주드를 돌아보았다.

“재미는 다 봤네요.” 여자가 말하고, 잔에 담긴 마티니를 단숨에 비웠다.

여자는 빈 잔을 카운터 위에 놓고, 방금 한 여인이 들어온 입구를 향해 걸어갔다. 하디슨 씨가 여인이 밍크코트 벗는 것을 도와주었고, 여인은 짙은 색 머리칼을 손으로 쓸어넘기며 돌아섰다. 그 순간 와인병이 바닥에 떨어져 깨지며 산산조각이 났다.

3부

감정선

1968

7

사라진 쌍둥이 중 하나가 맬러드로 돌아온 날 밤, 팰리스 이스테이츠에 있는 모든 집의 앞문에는 주택 소유주 조합에서 긴급회의를 소집한다는 내용의 공고문이 나붙었다. 팰리스 이스테이츠는 브렌트우드에 가장 최근에 만들어진 주택단지로, 전에 회계 담당자의 회비 횡령 논란이 있을 때 딱 한 번 긴급회의를 소집한 적이 있었다. 그래서 이웃들은 그날 밤 클럽하우스에 모여 이번 불미스러운 일은 무엇일지 예상하며 열띤 분위기로 소곤거렸다. 그들이 예상하지 못한 것은 이것, 조합의 현 대표인 퍼시 화이트가 비트처럼 벌건 얼굴로 그들 앞에 서서 유감스러운 소식을 전달하는 모습이었다. 시커모어 웨이에 사는 로슨 부부가 집을 내놓았는데, 유색인 남자가 그 집을 사겠다고 나섰다는 것이었다. 모인 사람 전체가 충격에 빠져 술렁이기 시작했고, 퍼시는 갑자기 자신이 총살형 집행대 앞에 선 것을 깨달으며 두 손을 들어올렸다.

"저는 그냥 소식을 전달하는 것뿐이에요." 아무도 그의 말을 듣지 못했지만, 그는 계속 말했다. 데일 조핸슨은 그런 일이 발생하는 걸 막지 못한다면 주택 소유자 조합이 대체 무슨 소용이냐고 말했다. 톰 피어슨은 그보다 더 세게 나가기로 했는지, 조합이 앞으로 할일을 제대로 하지 못하면 회비를 내지 않겠다고 을박질렀다. 심지어 여자들도 흥분했는데, 어쩌면 여자들이 특히 더 흥분했을 것이다. 그들은 남자들처럼 소리를 지르지는 않았으나, 로스앤젤레스 카운티에서 가장 비싼 새 주택단지에 집을 살 수 있는 남자와 결혼하면서 각자 모종의 희생을 했을 테니 그 투자에 대한 보상을 기대했다. 캐스 조핸슨은 이제 이 동네의 안전을 어떻게 유지할 수 있느냐고 물었고, 결혼 전에 브린모어 칼리지에서 경제학을 전공한 벳시 로버츠는 부동산 가치가 곤두박질칠 거라며 불평했다.

하지만 몇 년이 지나면, 동네 주민들은 그 회의에서 목소리를 낸 한 사람만 기억하게 될 것이다. 그 소음을 뚫고 용케 올라온 하나의 목소리만. 그녀가 소리를 지른 건 아니었다—어쩌면 그래서 사람들이 귀를 기울였을 것이다. 아니면 그녀가 평소에 아주 부드럽게 이야기하는 사람이라서, 시끄러운 회의가 한창 진행중일 때 일어섰다면 뭔가 긴급히 할 말이 있어서라는 걸 모두 알았기 때문일 것이다. 혹은 그녀의 집이 지금 시커모어 웨이에 있기 때문일 것이다. 그녀의 가족이 로슨 부부의 집 맞은편 막다른 골목에 살고 있으니 새 이웃은 그녀에게 가장 직접적인 영향력을 미칠 것이다. 이유야 뭐가 됐건 스텔라 샌더스가 일어서자 실내가 조용해졌다.

"막아야 합니다, 퍼시." 그녀가 말했다. "막지 못하면 더 많이 들어올 거고, 그뒤엔 어떻게 되겠어요? 용인해서는 안 됩니다!"

그녀는 부들부들 떨고 있었고, 옅은 갈색 눈동자는 빛을 번쩍였다. 이웃들은 그녀의 즉각적이고 열정적인 반응에 감동하여 박수를 보냈다. 스텔라는 회의에서 결코 목소리를 내본 적이 없었고, 심지어 자리에서 일어나기 전까지는 자신이 그럴 수 있다는 걸 알지도 못했다. 잠시 동안 스텔라는 거의 아무 말도 하지 않았다—그녀는 모두가 자기를 쳐다보는 느낌이 싫어서, 자신의 결혼식 날에도 쭈그러들어 달아나고 싶었다. 하지만 그녀의 수줍고 흔들리는 목소리는 거기 모인 사람들을 더욱 사로잡을 뿐이었다. 회의가 끝난 뒤 이웃들이 하도 악수를 청해서 그녀는 문밖으로 빠져나가기도 힘들었다. 몇 주 뒤 나무와 가로등에는 큼직한 고딕체로 쓴 노란 전단지가 나붙어 팔랑거렸다. 우리 동네를 지킵시다. 용인해서는 안 됩니다. 자신의 차 앞유리에도 한 장이 붙어 있는 것을 보고, 그녀는 자신이 한 말이 메아리처럼 돌아온 것에 깜짝 놀랐다. 그 말은 다른 사람이 한 것처럼 낯설게 느껴졌다.

이건 말해두는 게 좋겠는데, 블레이크 샌더스는 아내가 회의에서 자기 생각을 말하는 것을 들으며 누구보다 놀랐다. 그녀는 시위 같은 데 참여하는 여자가 아니었다. 그는 아내가 어떤 이슈에 대해 탄원서에 서명하는 것 이상으로 분노하는 것을 본 적이 없었다. 서명도 대체로는 너무 예의를 갖추느라 대학생의 얼굴에 클립보드를 되밀지 못해 하는 일이었다. 블레이크 자신이었다면 어려움 없이 그렇게 했을 것이다. 그도 당연히 지구를 깨끗이 보존하고 싶었다. 그도 전쟁은 빌어먹을 것이라고 생각했다. 하지만 그렇다고 점

잖고 성실한 사람들의 면전에 대고 소리를 지르는 것이 그 문제를 해결하는 올바른 방법은 아니었다. 하지만 스텔라는 그런 이상주의자를 다 받아주고, 그들이 하는 말을 다 들어주고, 그들의 탄원서에 서명했다. 순전히 그녀가 너무 착해서 꺼지라는 말을 하지 못하기 때문이었다. 그런 그의 아내가 소유주 조합 회의가 한창일 때 여느 저항하는 젊은이만큼이나 열띤 모습을 보여준 것이다.

그는 웃음을 터뜨릴 뻔했다. 수줍음 많은 스텔라가 그런 소란을 일으키다니! 하지만 어쩌면 놀랄 일이 아닌지도 몰랐다. 여자가 가정을 보호하려는 마음은 정치보다 더 본원적인 것이었다. 게다가 그녀를 알아온 그 모든 시간 동안 스텔라는 니그로에 대해 한 번도 좋게 말한 적이 없었고, 솔직히 그는 그게 좀 당황스러웠었다. 그는 세상의 자연적인 질서를 존중했지만, 그것에 대해 잔인할 필요는 없었다. 어렸을 때 그에게는 사실상 가족이나 다름없는, 윌마라는 이름의 유색인 보모가 있었다. 지금도 그는 해마다 윌마에게 크리스마스카드를 보냈다. 하지만 스텔라는 심지어 집안일을 도울 사람조차 유색인은 고용하지 않으려 했다—그녀는 멕시코인이 더 열심히 일한다고 주장했다. 그는 늙은 니그로 여자가 발을 끌며 보도를 지나갈 때 스텔라가 왜 고개를 돌리는지, 엘리베이터 운행원에게 왜 번번이 그렇게 퉁명스러운지 알 수 없었다. 그녀는 주변에 니그로가 있으면 개에 물린 적 있는 아이처럼 늘 안절부절못했다.

그날 밤 그들이 클럽하우스에서 빠져나왔을 때, 블레이크는 싱긋 웃으며 그녀에게 장난스럽게 팔을 내주었다. 4월의 밤은 선선했다. 그들은 머리 위로 라벤더색 꽃을 피워내기 시작한 재커랜더 나무 아래를 천천히 지나갔다.

“내가 그런 대중 선동가하고 결혼한 줄은 몰랐네.” 그가 말했다.

블레이크는 자신이 은행 간부의 아들인데 대학 진학을 위해 보스턴을 떠났다고, 그들이 처음 만났을 때 스텔라에게 말했다. 하지만 아버지가 임원으로 있는 은행이 체이스 내셔널이고 그가 다닌 대학이 예일이라는 말은 하지 않았다. 그녀는 이런 것이 그가 정말로 부유한 집안 출신임을 말해주는 단서라는 것을 나중에야 깨달았는데, 예컨대 그가 비싼 옷을 사 입을 수 있는데도 그러지 않고 아버지에 대해서나 자신이 물려받은 재산에 대해 거의 말을 꺼내지 않는 것이 그런 단서였다. 그는 금융과 마케팅을 공부한 뒤 매디슨 애비뉴로 진출하는 대신 약혼자를 따라 그녀의 고향인 뉴올리언스로 갔다. 그들의 관계는 흐지부지되었지만, 그때쯤 그는 그 도시와 사랑에 빠졌다. 그렇게 그는 결국 메종 블랑시의 마케팅 부서에서 일하게 되었고, 그런 연유로 그녀, 스텔라 빈스를 새 비서로 고용하게 되었다.

결혼하고 팔 년이 지났는데도 스텔라는 둘이 어떻게 만났는지에 대한 질문을 받으면 여전히 마음이 조금 불편했다. 상사와 비서, 시간의 역사만큼이나 오래된 이야기였다. 머리칼에 기름기가 좔좔 흐르고 멜빵을 한 배 나온 남자가 책상을 빙빙 돌며 젊은 여자를 쫓아다니는 장면을 떠올리게 하는 이야기.

“나는 그런 영감쟁이가 아니었어.” 블레이크가 한번은 디너파티에서 웃으며 말했고, 그건 사실이었다. 그때 그는 폴 뉴먼처럼 헝클어진 금발에 눈이 청회색이고 턱선이 강해 보이는 스물여덟 살 청년이었다. 어쩌면 그래서 그의 관심이 다르게 느껴졌을 것이다. 당시 그녀는 백인 남자가 눈길을 주면 시든 꽃이 되었다. 하지만 블레이크의 시선 아래에서 그녀는 피어났다.

"내가 스스로 조롱거리를 자처한 거야?" 스텔라가 나중에 물었다. 그녀는 화장대 앞에 앉아 머리를 빗고 있었다. 블레이크는 그녀 뒤로 가서 자신의 흰색 셔츠 단추를 풀었다.

"당연히 아니지." 그가 말했다. "하지만 그 일은 절대 일어나지 않을 거야, 스텔. 나는 다들 왜 그렇게 흥분하는지 모르겠어."

"하지만 당신도 퍼시가 거기 서 있는 거 봤잖아. 디게plumb 겁을 먹은 것 같았어."

블레이크가 웃었다. "나는 당신이 그런 말을 할 때가 정말 좋아."

"어떤 말?"

"당신이 자란 곳의 사투리."

"오, 놀리지 마. 지금은 그러지 마."

"놀리는 거 아니야! 귀여워서 그래."

블레이크가 그녀의 뺨에 키스하려고 몸을 굽혔고, 스텔라는 거울을 통해 그의 금발이 그녀의 검은 머리칼로 기우는 것을 바라보았다. 그녀는 스스로 느끼는 것만큼 불안해 보였을까? 혹시 누가 눈치를 챌까? 동네에 유색인 가족이라니. 블레이크가 옳다. 그런 일은 일어나지 않을 것이다. 조합이 그 일을 막을 것이다. 그런 일에 손써줄 변호사들이 있다, 그렇지 않은가? 달갑지 않은 사람들이 이사오는 것을 막지 못한다면, 동네가 정확히 주민들이 원하는 대로 굴러가지 않는다면 조합이 존재하는 목적이 무엇이겠는가? 그녀는 벌렁거리는 가슴을 진정시키려고 해보았지만 그럴 수가 없었다. 전에 들킨 적이 있었다. 딱 한 번, 그녀가 두번째로 백인 행세를 했을 때였다. 맬러드에서 마지막 여름을 보내는 동안, 부적 액세서리 가게에 들어가는 모험을 감행하고 몇 주 뒤의 일이었다. '니그로 데이'가 아닌 여느 평범한 토요일 아침에 그녀는 사우스루이지애나미술관으로 가서, 니그로들이 골목에 줄을 서 있는 옆문이 아니라 중앙 현관으로 걸어갔다. 막는 사람은 없었고, 이번에도 더 일찍 시도하지 않은 자신이 바보같이 느껴졌다. 백인이 되는 데는 뻔뻔함 말고는 아무것도 필요 없었다. 당신이 어딘가에 속한 것처럼 행동하면 누구든 그게 진짜라고 믿게 만들 수 있다.

미술관에서 그녀는 천천히 이 방 저 방 옮겨다니며 아련한 인상주의 작품을 구경했다. 나이든 도슨트가 한 무리의 활기 없는 아이들에게 감흥 없는 해설을 전달하는 것을 대충 듣고 있다가, 구석에서 니그로 보안 요원 하나가 자신을 빤히 쳐다보고 있다는 걸 알아차렸다. 그 순간 그가 윙크했고, 스텔라는 겁에 질려 고개를 숙인 채 황급히 그를 스쳐지나갔고, 다시 밝은 오전의 시간 속으로 들어설 때까지 거의 숨도 쉬지 못했다. 그녀는 화끈거리는 얼굴로 버스를 타고 맬러드로 돌아갔다. 물론 정체성 전환이란 게 그렇게 쉽지는 않았다. 물론 그 유색인 경비는 그녀를 알아보았다. 우리는 늘 우리 동족을 알아본다고, 어머니는 말했다.

그런데 지금 유색인 가족이 길 건너로 이사를 온다는 것이다. 그들이 그녀가 사실은 누구인지 알아보지 않을까? 혹은 실은 누가 아닌지? 블레이크가 그녀의 목덜미에 키스했고, 그녀의 가운 안에 손을 집어넣었다.

"그 문제는 걱정하지 마, 여보." 그가 말했다. "조합이 허용하지 않을 거야."

한밤중에 딸이 비명을 지르며 깨어났고, 스텔라가 허둥지둥 딸의 방으로 가보니 딸은 또다른 악몽에 한창 시달리고 있었다. 그녀는 작은 침대로 기어들어가 부드럽게 딸을 흔들어 깨웠다. "알아, 알아." 그녀가 딸의 눈물을 닦아주며 말했다. 이렇게 허겁지겁 침대에서 빠져나와 매번 최악의 상황을 두려워하며 딸의 비명소리를 좇아 달려가지만 막상 가보면 그저 케네디가 이불을 둘둘 만 채 시트를 움켜쥐고 있을 뿐이었다. 그런 상황에 이제 익숙해질 만도 했지만, 스텔라는 여전히 심장이 벌렁거렸다. 소아과 의사는 몸에는 전혀 이상이 없다고 말했다. 수면 전문의는 상상력이 지나치게 활발한 아이들이 생생한 꿈을 더 잘 꾼다고 했다. 그러니 아이가 예술가라는 뜻일 수도 있다고, 그는 껄껄 웃으며 말했다. 아동심리학자는 아이의 그림을 살펴본 뒤 아이가 어떤 꿈을 꾸는지 물었다. 하지만 케네디는 겨우 일곱 살이었고, 꿈의 내용을 기억하지 못했다. 그래서 블레이크는 의사들을 찾아다니는 걸 돈 낭비라 여겼다.

"당신 집안 내력 같은데." 그가 스텔라에게 말했다. "샌더스 집안의 착한 딸이라면 대번에 곯아떨어질 거거든."

스텔라는 자기도 어렸을 때 악몽을 꾸곤 했지만 꿈의 내용은 결코 기억하지 못했다고 그에게 말했다. 하지만 뒷부분은 사실이 아니었다. 그녀의 악몽은 늘 똑같았다. 백인 남자들이 그녀의 발목을 붙잡고 비명을 지르는 그녀를 침대 밖으로 끌어내는 꿈이었다. 그 이야기는 데지레에게도 절대 하지 않았다. 그녀가 화들짝 놀라며 깰 때마다 데지레는 옆에서 코를 골고 있었고, 그러면 무서워하는 자신이 바보처럼 느껴졌다. 데지레도 벽장 안에 숨어서 같이 지켜보지 않았던가? 백인 남자들이 무슨 짓을 하는지 데지레도 보지 않았던가? 그런데 왜 그애는 한밤중에 심장이 쿵쾅거리는 것을 느끼면서 일어나지 않는 거지?

그들은 아버지 이야기는 결코 꺼내지 않았다. 스텔라가 그 이야기를 하려고 할 때마다 데지레의 눈에 그렁그렁 눈물이 차올랐다.

"내가 무슨 말을 해주면 좋겠어?" 데지레가 말했다. "나도 딱 네가 아는 만큼만 알아."

"나는 그저 이유가 뭔지 알고 싶어." 스텔라가 말했다.

"아무도 이유는 몰라." 데지레가 말했다. "나쁜 일은 일어나. 그냥 일어나."

이제 스텔라는 딸의 이마에 흘러내린 실크 같은 금발 머리칼을 부드럽게 넘겨주었다.

"괜찮아, 아가." 그녀가 속삭였다. "다시 자렴."

스텔라는 딸을 더욱 바짝 끌어안았고, 이불을 끌어당겨 딸과 자신의 몸을 덮었다. 그녀는 처음에는 엄마가 되고 싶은 마음이 없었다. 임신은 생각만 해도 끔찍했다. 그녀는 아기가 밀려나올수록 점점 더 검어지고 검어져서, 경악한 블레이크가 뒷걸음질치는 장면을 상상했다. 차라리 그녀가 니그로와 바람이 났다고 생각하는 편이 나았다. 그러한 거짓말이 진실보다 더 친절해 보였다. 잠깐의 불륜이 지속적인 허위보다 더 부드러운 기만이었다. 그러나 아이를 낳은 직후 안도감이 밀려왔다. 그녀의 품에 안긴 아기는 완벽했다. 우윳빛 피부, 곱슬곱슬한 금발, 너무 파래서 보라색으로 보이는 눈. 그럼에도 스텔라는 가끔 케네디가 다른 사람의 딸인 것처럼, 그녀가 결코 자신의 것이 될 수 없는 삶을 대여해 살아가는 동안 빌려 쓰는 아이인 것처럼 느껴졌다.

"엄마는 어디서 태어났어요?" 한번은 목욕하는 시간에 케네디가 물었다. 거의 네 살이 다 된 때라 궁금한 게 많았다. 스텔라는 욕조 옆에 무릎을 꿇고 목욕 수건으로 딸의 어깨를 부드럽게 닦아주었고, 지금껏 그녀가 본 누구의 눈과도 같지 않은, 불안정하고 아름다운 보라색 눈을 들여다보았다.

"남쪽에 있는 작은 타운이야." 스텔라가 말했다. "너는 들어보지 못한 곳일 거야." 그녀는 케네디에게 늘 이렇게, 케네디가 또 한 명의 어른인 것처럼 말했다. 모든 육아 도서에서 그걸 권하고 있었다. 언어 능력 발달에 도움이 된다고. 하지만 사실 그녀는 그저 블레이크처럼 아기 말을 쓰는 게 바보같이 느껴졌다.

"어딘데요?" 케네디가 물었다.

스텔라는 아이에게 따뜻한 물을 끼얹었고, 거품이 씻겨 나갔다. "맬러드라는 이름의 작은 곳이야, 예쁜 딸." 그녀가 말했다. "로스앤젤레스와는 완전히 달라."

그녀는 처음이자 마지막으로 딸에게 숨김없이 솔직하게 말했다. 아이가 너무 어려서 기억하지 못할 것임을 알았기 때문이었다. 나중에 스텔라는 거짓말을 한다. 다른 모두에게 그런 것처럼 케네디에게도 자신은 오펄루서스 출신이라고 말하고, 어린 시절에 대해 그 이상은 거의 아무 이야기도 하지 않는다. 하지만 케네디는 계속 물었다. 아이의 질문은 기습 공격처럼, 멍자국을 손가락으로 꾹 누르는 것처럼 느껴졌다. 엄마가 자랄 때는 어땠어요? 형제나 자매는 있었어요? 엄마는 어떤 집에서 살았어요? 한번은 스텔라가 아이를 재우는데 아이가 엄마의 엄마는 어땠냐고 물었고, 그녀는 거의 이야기책을 떨어뜨릴 뻔했다.

"엄마의 엄마는 더이상 여기 없어." 스텔라가 마침내 말했다.

"그럼 어디 있어요?"

"떠났어." 그녀가 말했다. "엄마의 가족은 하늘나라로 떠났어."

그녀는 오래전 뉴올리언스에서도 블레이크에게 똑같은 거짓말을 했다. 부모가 사고로 숨진 뒤 외동딸이었던 그녀 혼자 뉴올리언스로 왔다고. 블레이크가 그녀의 손을 잡았고, 그 순간 스텔라는 갑자기 그의 눈으로 자신을 보았다. 이 도시에서 혼자 힘들게 살아가는 고아의 모습으로. 그가 그녀를 불쌍히 여기는 한 그녀의 실체를 분명히 볼 수 없을 것이다. 그는 그녀의 모든 거짓말을 애도라는 렌즈로 굴절시켜 볼 것이고, 과거에 대한 침묵은 슬픔 때문이라고 여길 것이다. 이제는 거짓말로 시작된 것이 더욱 진실에 가깝게 느껴졌다. 그녀는 십삼 년 동안 쌍둥이 언니와 연락하지 않았다. 지금 데지레는 어디서 살까? 어머니는 어떻게 지내실까? 그녀는 책을 끝까지 다 읽기도 전에 책장에 다시 넣었고, 그날 밤 이를 닦는데 블레이크가 케네디에게 말하는 소리를 들었다.

"엄마는 가족에 대해 말하는 걸 좋아하지 않아." 그가 나직이 말했다. "그 이야기를 하면 슬퍼지나봐."

"왜요?"

"왜냐하면. 가족이 더이상 여기 없으니까. 그러니까 더 물어보지 말자, 알겠지?"

블레이크의 마음속에서, 그를 만나기 전 스텔라의 삶은 비극이었다. 그녀의 가족 전체가 삼켜져버렸다. 그녀는 그가 그런 식으로 생각하는 게 더 좋았다. 백지상태. 그녀의 과거와 현재 사이에 커튼이 쳐져 있고, 그녀는 결코 그 뒤를 들여다볼 수 없었다. 그 틈으로 뭐가 뛰쳐나올지 누가 알겠는가?

동네에 유색인 가족이라니. 그런 일은 결코 일어나지 않을 것이다.

그럼에도 소유주 조합 회의가 끝나고 다음날 아침, 스텔라는 여전히 그 생각에 빠진 채 몇 시간 동안 수영장에 떠 있었다. 머리 위로 구름이 흘러갔다. 아마 비가 내릴 모양이었다. 그녀는 뗏목 튜브와 색깔이 맞는 빨간색 수영복을 입었고, 딸이 학교에 가려고 집을 나서는 걸 보자마자 몰래 진과 소다를 섞어 만든 음료를 홀짝였다. 그녀는 다시 한 모금을 마시며 부엌 안을 부산스레 돌아다니는 욜란다에게 그것이 물처럼 보이길 바랐다. 지금은 진을 마시기엔 분명 너무 이른 시간이었지만, 지난밤부터 메슥거리면서 올라오는 불안한 감정을 가라앉히려고 애쓰는 중이었다. 블레이크는 그 유색인 가족이 로슨 부부의 집에 입찰하는 것을 받아줄 리 없다고 말했지만, 그게 가능하지 않다면 퍼시가 왜 회의를 소집했겠는가? 왜 퍼시는 자기가 할 수 있는 일은 아무것도 없다는 걸 이미 알고 있다는 듯, 모인 사람들 앞에 서서 그렇게 흔들렸는가? 나라는 하루가 다르게 변하고 있었고, 그녀는 신문에서 가두시위에 관한 기사는 빠짐없이 읽었다. 화장실과 대학과 공공 수영장은 인종차별 정책을 철폐하는 중이었고, 그들이 처음 브렌트우드로 이사했을 때 블레이크가 뒷마당에 수영장을 하나 만들자고 고집한 이유도 그것이었다. 개인 수영장은 그녀에게 너무 사치로 느껴졌지만, 블레이크는 "켄을 시립 수영장에 데려가고 싶진 않잖아, 안 그래? 지금은 아무나 들여보내니 옆에 누가 와서 수영을 할지 알 게 뭐야" 하고 말했다.

그는 보스턴에서 백인 전용 수영장을 이용하며 성장했다. 스텔라는 어린 시절 강에서, 혹은 이따금 걸프 해변에서 수영했는데, 백인 인명구조원이 그들에게 빨간 깃발로 표시된 유색인 지정 구역에만 있으라고 주의를 주었다. 물은 당연히 이쪽저쪽 섞여서, 누가 유색인 지정 구역에서 오줌을 누면—데지레는 늘 깔깔거리며 그렇게 하겠다고 겁을 주었다—결국엔 백인 구역으로 흘러가는 것이었다. 하지만 딸을 시립 수영장에 보낼 수는 없었기에 스텔라는 블레이크의 생각에 동의했다. 유일한 해결책은 그들만의 수영장을 만드는 것이었다.

세월이 흐르면서 스텔라는 수영장뿐 아니라 블레이크가 로스앤젤레스에서 필요하다고 한 모든 것에 고마워하게 되었다. 그녀의 빨간색 선더버드 자동차, 가정부 욜란다, 그리고 그가 제공하는 다른 모든 소소한 '안락'. 그녀는 그 표현을 좋아했고, 안락을 그녀의 발목을 빙빙 감아 도는 복슬복슬한 포메라니안으로 상상했다. 블레이크를 만나기 전까지 그녀는 한 번도 안락을 느껴본 적이 없었다. 그를 만난 뒤에야 그 사실을 깨달았다. 블레이크가 스테이크 하나를 온전히 혼자 몫으로 주문하는 것에 놀라며, 주린 배를 안고 잠들던 밤들을 떠올렸다. 혹은 블레이크가 넥타이 두 개 중 뭘 고를지 고민하다 결국 두 개를 다 사는 것을 지켜보며, 신발이 안 맞아 발가락에 쥐가 나는데도 학교에 걸어다녔던 것을 떠올렸다. 혹은 부엌에 들어가 욜란다가 은제 식기를 닦고 있는 것을 보고 오래전 듀폰 부부의 집 포크에 비친 그녀 자신의 모습을 쳐다보던 일을 떠올렸다.

그 시절에 그녀는 자신이 결코 넘보지 못할 비싼 물건들로 가득한 집을 치워야 했다. 말썽꾸러기 사내아이들의 뒷수발을 했고, 팬트리까지 그녀를 쫓아와 문을 닫고 원피스 안으로 손을 밀어넣는 듀폰 씨를 피해 다녔다. 그가 그녀와 자신의 몸을 만진 게 세 번이었는데, 헐떡거리는 그의 숨에는 브랜디 냄새가 진동했고, 벗어나려고 했지만 팬트리는 너무 좁고 스텔라를 선반에 밀어붙이는 그의 힘은 너무 강했다. 그리고 그것은 시작만큼 빠르게 끝났다. 곧 그에 대한 두려움은 만지는 것 자체에 대한 두려움보다 더 커졌다. 그가 언제 뒤에서 슬그머니 나타날지 모른다는 걱정에 사로잡힌 모든 나날이 그가 접근하지 않은 나날까지 전부 망쳤다. 그 일이 처음으로 있고 나서, 스텔라는 그날 밤 침대에서 데지레에게 듀폰 씨를 어떻게 생각하는지 물었다.

"그 사람에 대해 생각하고 말고 할 게 뭐 있어?" 데지레가 말했다. "그냥 비쩍 마른 백인 영감이잖아. 왜? 너는 어떻게 생각하는데?"

어두운 침실 안이었고, 상대가 데지레였는데도 스텔라는 말할 엄두를 내지 못했다. 스텔라는 늘 자신에게 뭔가 특별한 데가 있다고 믿고 싶었지만, 듀폰 씨가 자신을 선택한 건 그저 그녀의 유약함을 알아차렸기 때문이라는 것을 알았다. 쌍둥이 중에서 그런 일을 발설하지 않을 쪽은 스텔라였다.

그리고 그녀는 발설하지 않았다. 평생 누구에게도 말하지 않을 생각이었다. 하지만 데지레가 건립자의 날 이후 떠나자는 계획을 내놓았을 때, 스텔라는 듀폰 씨가 자신을 팬트리 선반에 떠밀던 감각을 느끼며 자신도 떠나야 한다는 것을 알았다. 뉴올리언스에서 데지레의 마음이 흔들렸을 때, 스텔라는 그의 손가락이 그녀의 속옷 안에서 꼼지락거리던 감각을 느끼며 힘을 냈고 두 사람 모두를 위해 머물러야 한다고 생각했다.

하지만 한평생만큼 오래전 일이었다. 스텔라는 튜브 밖으로 발가락 하나를 내밀고 물 표면을 쓸었다. 지금은 그것이 안락이었다—수영장 위를 둥둥 떠다니며 시간을 보내는 느른한 아침, 수납장에는 늘 음식이 가득하고 상자에는 딸의 장난감이 한가득 있고 책장에는 백과사전 한 세트가 꽂혀 있는 이층짜리 집. 더이상 바랄 게 없는 것, 이것이 안락이었다.

오전 중반의 실안개 속에서 그녀는 진을 마셔 불안이 진정된데다 점점 졸음이 몰려와 간신히 물 밖으로 나왔다. 그녀가 물을 뚝뚝 흘리며 부엌 타일에 발을 내려놓자 욜란다가 식사실에서 가구의 먼지를 닦다 말고 고개를 들었다. 스텔라는 발이 젖은 채였고, 욜란다가 이미 바닥을 닦아놓은 것을 잠시 뒤에야 알아차렸다.

"미안해요." 스텔라가 말했다. "나 좀 봐. 당신의 바닥을 더럽혔네요."

그녀는 이따금 여전히 욜란다가 그녀의 집에 온 게 아니라 그녀가 욜란다의 집에 온 것처럼 말했다. 욜란다는 그저 미소를 지을 뿐이었다.

"괜찮습니다, 미스." 욜란다가 말했다. "차 드세요."

스텔라는 수건을 어깨에 대충 걸치고 달콤한 차를 홀짝이며 샤워를 하러 갔다. 적어도 수영은 좋은 운동이 될 거라고, 처음에 그녀는 스스로에게 그렇게 말했다. 하지만 대부분의 아침에 수영은 전혀 하지 않았고 그저 튜브 위에 떠 있을 뿐이었다. 최고로 좋은 아침은 해가 뜨는 시간에 칵테일을 천천히 홀짝이며 물위에 떠 있는 아침이었다. 이렇게 이른 시간에 즐기는 술은 짜릿하면서도 잘못된 일로 느껴졌지만, 한편으로는 이것을 자극적인 뭔가로 여기는 자신의 처지가 한심했다. 그녀의 하루하루는, 예전에 박람회에서 데지레가 그녀를 이끌고 갔던 거울의 방에 갇힌 것처럼, 서로가 서로를 굴절시키면서 한데 섞였다. 그 방에 들어가자마자 순식간에 데지레가 사라졌고, 스텔라는 절박하게 데지레를 불렀다. 어느 시점에 스텔라는 데지레가 그녀 뒤에 서 있는 것을 보고 뒤돌아보았지만, 아무도 없었다. 보이는 것은 그저 기이하게 반사된 자신의 모습뿐이었다.

삶은 이제 이렇게 하루가 다른 하루를 복제하는 듯이 느껴졌지만, 그녀가 어떻게 불평할 수 있겠는가? 뉴올리언스와 보스턴을 오가며 그토록 열심히 일하다가 마침내 그 많은 장소 중 국제적으로 주요한 시장인 로스앤젤레스의 어느 회사에서 주목을 받은 블레이크에게는 불평할 수 없었다. 그는 쉴새없이 일했고, 늘 출장을 다녔으며 침대에서 색색으로 된 도표를 연구하다 잠들었다. 그에게는 스텔라의 하루하루가 꿈처럼 느껴질 것이다. 그녀가 실제로 하는 일이 별로 없다는 걸 알면 더욱 그럴 것이다. 그가 돌아왔을 때 그녀가 아이싱을 발라 내놓는 케이크는 상자에서 꺼낸 것이기 일쑤였고, 그가 밤에 누워서 자는 시트는 욜란다가 세탁한 것이었다. 심지어 딸의 생활도 가끔은 그녀가 다른 누구에게 위임한 집안일의 영역으로 느껴졌다.

그날 오후 스텔라는 브렌트우드 아카데미의 다목적실에 앉아, 셀러리로 랜치 소스에 길게 길을 내고 있었다. 앞쪽에서는 벳시 로버츠가 봄에 열릴 댄스파티의 지원자 명단을 작성하는 중이었다. 스텔라는 자신도 손을 들어야 한다는 것을 알았지만—펀치볼을 만들어오는 것 외에 그녀가 무언가를 자원한 적이 언제였던가?—그러는 대신 창밖으로 완벽하게 관리된 잔디밭을 내다보았다. 그녀는 어떤 색깔의 종이 테이프를 매다는 게 좋을지에 대한 의견이 오가는 것을 들으며, 이런 회의 시간이 점점 지겨워진다고 생각했다. 어떤 맛의 브라우니를 구울지, 스탠리 교장에게 줄 연말 선물로는 뭐가 좋을지. 자신은 알지도 못하는 아이들에 대한 이야기—티나 J.가 장기 자랑에서 무대를 장악했다거나, 바비 R.가 티볼 게임에서 우승했다거나 하는 이런저런 시시한 성취에 관한 이야기—를 또하나 들어야 한다면, 맙소사. 딸이 뭔가 특별한 것을 성취한 적은 없었지만, 설사 그랬다 해도 스텔라는 적어도 모두가 그 얘기를 억지로 듣게 하지 않을 정도의 품위는 있었다.

스텔라는 다른 어머니들이 그녀를 어떻게 생각하는지 알았다—저기 스텔라 샌더스가 가네, 오만한 여편네. 그래, 좋아. 그렇게 생각하라지. 그녀는 그들과 거리를 유지할 필요가 있었다. 그토록 많은 시간이 지났는데도 그녀는 여전히 백인 여자들 주위에 있으면 불안했고, 말을 시작하자마자 이야깃거리가 바닥났다. 회의가 마무리된 뒤, 캐스 조핸슨이 스텔라에게 다가와 간밤에 일어서서 발언을 해주어 고맙다고 말했다.

"누군가가 일어서서 올바른 말을 해야 할 시점이었어요." 캐스가 말했다.

조핸슨 부부는 로스앤젤레스 토박이였다. 데일 가족은 패서디나에 광활한 오렌지나무 숲을 갖고 있었는데, 한번은 그녀와 블레이크에게 농장 구경을 오라고 초대했다. 마치 그곳이 백만 달러짜리 사유지가 아니라 작고 소박한 농가인 것처럼. 스텔라는 무리에서 빠져나와 줄을 맞춰 심은 나무들 사이를 돌아다니는 것으로 그의 허세를 견뎠다. 집으로 돌아가는 길에 블레이크는 그녀가 캐스와 좋은 친구가 될 수 있을 거라고 했다. 그는 늘 그랬다. 스텔라를 회유해 그녀의 울타리 바깥 세계로 나가게 하려 애를 썼다. 하지만 스텔라는 늘 이렇게 자신을 가두고 있을 때 안전하다고 느꼈다.

소유주 조합 회의가 끝나고 일주일 뒤, 최악의 두려움이 현실이 되는 것을 알리는 표지들이 눈에 띄기 시작했다. 처음에는 팻말이었다. 로슨 부부의 잔디밭에 빨간색 글씨로 된 '매매 완료' 표지판이 세워졌다. 그녀는 로슨 부부를 잘 몰랐다. 동네 포트럭 파티에서 뻔한 사교적 인사를 나누는 것 이상으로는 거의 대화를 하지 않았다. 하지만 어느 아침 스텔라는 진입로에 서 있는 데버라 로슨을 보고 용기를 내서 손을 흔들었다. 데버라는 당혹스러운 표정으로 흘끗 돌아보더니, 담황색 머리칼의 사내아이 둘을 얼른 세단 뒷좌석에 태웠다.

"새로 이사하는 사람들은 어때요?" 스텔라가 말했다. "좋은 사람들이겠죠?"

"오, 모르겠어요." 데버라가 말했다. "만나본 적이 없어서요. 중개인이 다 알아서 하니까요."

하지만 데버라는 그 시간 내내 스텔라를 똑바로 보지 못하더니, 황급히 그녀를 스쳐지나 차에 올라탔다. 그래서 스텔라는 데버라가 거짓말을 하고 있다는 것을 알았다. 나중에 스텔라는 헥터 로슨의 도박 문제와 관련한 자초지종과 그 때문에 가족이 빚더미에 올라앉았다는 사실을 알게 되었다. 이웃 절반은 그에게 연민을 느꼈고, 다른 절반은 지금 이 곤경에 대해 그의 무책임함을 탓했다. 그렇게 큰 재산을 잃은 그 남자의 처지를 안타까워할 수도 있겠지만, 그의 불운이 동네 전체에 해를 미친다면 이야기가 달랐다. 그럼에도 스텔라는 자신의 의심이 틀렸을 거라는 희망을 놓지 않고 있었는데, 결국 어느 날 라켓볼을 치고 집으로 돌아온 블레이크가 땀에 젖은 얼굴을 티셔츠로 닦으면서 조합이 항복했다고 말했다.

"그 유색인 남자가 입주를 못하게 하면 고소하겠다고 협박했대." 블레이크가 말했다. "거물 변호사도 고용했던데. 퍼시 영감이 완전히 쫄았어." 블레이크는 스텔라의 얼굴에 그림자가 드리우고 입이 꾹 다물리는 것을 알아차렸다. "아, 그런 표정 하지 마, 스텔. 괜찮을 거야. 장담하는데 여기서 한 달도 못 버틸걸. 아무도 그들을 반기지 않는다는 걸 알게 될 거야."

"하지만 그들 뒤로 더 많은……"

"돈이 없으면 못 들어오지. 프레드가 말해줬는데, 그 남자가 집값을 현찰로 냈대. 그는 다른 종자야."

블레이크는 그 남자를 거의 존경한다는 투로 말했다. 하지만 어떤 유의 인간이 자기가 환영받지 않을 동네로 고소를 해서라도 들어오겠다고 협박하는가? 대체 왜 그런 일을 하겠다고 고집을 피우는가? 정당성을 보여주기 위해? 스스로를 비참하게 만들려고? 백인을 설득하여 마음을 바꾸게 만들겠다는 희망을 품은 채 두들겨 맞고 순교하는 그 모든 시위자처럼, 심야 뉴스에 나오는 결말을 맞이하려고? 두 주 전에 그녀는 블레이크의 의자 팔걸이에 앉아 전국의 도시들이 활활 타오르는 불길로 환해지는 것을 지켜보았다. 하나의 총알이 만든 일이라고, 뉴스 진행자는 말했다. 킹의 넥타이를 뚫은 총알이 만들어낸 힘이라고. 블레이크는 비탄에 빠진 니그로들이 불길에 휩싸인 건물 앞을 뛰어가는 장면을 어리둥절하게 쳐다보았다.

"저 사람들이 왜 저러는지 도무지 모르겠어." 그가 말했다. "자기 동네를 파괴하다니."

지역 뉴스에 따르면, 경찰관들은 시민들에게 진정할 것을 강력히 권고했고, 도시는 삼 년 전에 일어난 와츠 폭동*으로 여전히 혼란스러운 상황이었다. 그녀는 화장실로 들어가 울음소리가 들리지 않게 손으로 입을 단단히 막았다. 데지레는 이런 밤에 절망을 느끼고 있을까? 데지레는 조금이라도 희망을 가진 적이 있었을까? 캐스 조핸슨은 나라 꼴이 엉망이라고 했지만, 스텔라가 보기엔 전과 다름없었다. 톰 피어슨과 데일 조핸슨과 퍼시 화이트는 유색인 남자의 포치로 쳐들어가 그를 부엌에서 끌어내 손을 짓밟지 않을 것이고 다섯 발의 총알을 쏘지도 않을 것이다. 이 사람들은 자선단체에 기부하거나 남부 보안관이 유색인 대학생에게 곤봉을 휘둘렀다는 뉴스에 움찔하는 선량한 사람, 좋은 사람이었다. 그들은 킹이 인상적인 연설자라고 생각했고, 심지어 킹의 생각 중 일부에 동의할지도 몰랐다. 그들이라면 킹의 머리에 총알을 박지 않겠지만—

---

* 1965년 8월 11일에 로스앤젤레스의 와츠 지역에서 흑인 청년이 백인 경찰의 체포에 불응하다 곤봉으로 맞은 일이 불씨가 되어 일어난 흑인 폭동으로 수많은 사상자를 낳았다.

심지어 그의 장례식과 불쌍한 어린 식구들을 지켜보며 울었을지도 몰랐다—그럼에도 그가 그들의 동네에 이사를 온다면 받아주지 않을 것이었다.

"우리가 나가라고 협박하면 되죠." 데일이 식사 자리에서 말했다. 그는 손가락으로 담배를 말면서 보초를 서는 병사처럼 창밖을 내다보았다. "조합이 어떻게 그럴 수 있죠, 네? 우리 모두 그냥 일어나서 떠납시다."

"왜 떠나는 사람이 우리가 되어야 해?" 캐스가 말했다. "우리는 열심히 노력했고, 우리 역할을 다했어."

"전략적 차원에서 하는 말이야." 데일이 말했다. "협상 전략. 집단의 힘을 발휘해야 한다고……"

"볼셰비키처럼 이야기하시네요." 블레이크가 능글맞게 웃으며 말했다. 스텔라는 자신의 몸을 끌어안았다. 와인에는 거의 손도 대지 않았다. 그녀는 유색인 가족이 이사오는 것 말고 다른 생각을 하고 싶었지만, 이 상황에서 대화를 나눌 수 있는 유일한 주제는 그것뿐이었다.

"이 모든 일에 대해 그렇게 웃을 수 있다니 다행이로군요." 데일이 말했다. "동네 전체가 와츠처럼 보일 때까지 두고 보죠."

"장담하는데, 그런 일은 절대 없을 겁니다." 블레이크가 스텔라의 담배에 불을 붙여주려고 허리를 숙이며 말했다. "다들 왜 그렇게 흥분하는지 모르겠군요."

"그런 일은 없어야겠지요." 데일이 말했다. "그렇게 만들 겁니다."

스텔라는 어떤 것이 그녀를 더 불안하게 만드는지 말할 수 없었다. 유색인 가족이 이사오는 장면을 그려보는 것인지, 그들이 이사오는 것을 막기 위해 주민들이 어떤 일을 계획할지 상상하는 것인지.

며칠 뒤, 노란색 이사 차량이 시커모어 웨이를 찾으려고 교차로마다 멈추면서 팰리스 이스테이츠의 구불구불한 거리를 천천히 달려왔다. 밴이 로슨 부부의 집 앞에 설 때, 스텔라는 침실 창문에서 블라인드 틈새로 그 장면을 내다보았다. 똑같은 자주색 셔츠를 입은 호리호리한 유색인 남자 셋이 밴 뒤쪽에서 내렸다. 짐이 하나씩 내려졌다. 가죽 카우치, 대리석 꽃병, 둘둘 말린 긴 러그, 나팔 모양의 코를 가진 거대한 코끼리 석상, 바닥에 세워놓는 가느다란 램프. 가구의 행렬이 끝없이 이어졌지만 가족은 보이지 않았다. 그렇게 한참을 바라보고 있는데 딸이 뒤에서 슬그머니 나타나 "무슨 일이에요?" 하고 속삭였다. 마치 그들이 스파이 게임을 하는 것처럼. 스텔라는 화들짝 놀라 블라인드에서 급히 물러섰다.

"아무것도 아니야." 스텔라가 말했다. "식탁 차리는 거 도와줄래?"

몇 주 동안의 걱정 끝에 이루어진 새 이웃과의 첫 만남은 우연했고 특별하지 않았다. 스텔라는 다음날 아침 딸을 학교에 데려다주려고 밖으로 나갔다가 그 집 아내와 마주쳤다. 문을 잠그면서 딸이 숙제로 만든 입체 모형의 균형을 잡는 데 정신이 팔린 나머지 처음에는 길 건너에 예쁘장한 유색인 여자가 서 있는 것을 미처 보지 못했다. 여자는 단정하고 날씬했고 피부는 피칸색이었으며 머리칼은 슈프림스 멤버처럼 단발이었다. 목선이 깊이 파인 노란 드레스를 입고 있었다. 스텔라는 구두 상자 안에 만든 입체 모형을 배에 꼭 붙인 채 잠시 가만히 있었다. 그 순간 여자가 미소를 지으며 손을 흔들었고, 스텔라는 잠시 망설이다가 마침내 손을 들어올렸다.

"좋은 아침이에요." 여자가 소리쳤다. 지역 억양이 약간 있었는데, 중서부 쪽 같았다.

"네, 그러네요." 스텔라가 말했다.

스텔라가 자신을 소개할 차례였다. 이 동네 누구도 그러지 않았지만, 여자의 집이 바로 길 건너였다—실제로 그 집 거실까지 들여다보였다. 하지만 스텔라는 그러지 않고 케네디를 차 있는 쪽으로 쿡 찔렀다. 학교에 가는 내내 그녀는 운전대를 꼭 잡은 채 머릿속으로 그 대화를 되돌려보았다. 여자의 여유로운 미소. 무엇보다 그녀는 왜 스텔라에게 말을 건네면서 그렇게 편안했는가? 심지어 길 건너에서도 여자는 스텔라에게서 무언가를, 믿어도 될 만한 사람이라 느껴지는 무언가를 보았는가?

"그 건넛집 사람을 만났어." 그녀는 그날 밤 블레이크에게 말했다. "아내 말이야."

"음." 그가 침대 위로 올라와 옆자리에 누우며 말했다. "적어도 좋은 사람 같긴 해?"

"응, 그런 것 같아."

"괜찮을 거야, 스텔." 그가 말했다. "그들도 뭐가 최선인지 알면 조용히 지낼 거야."

방안이 어두워졌고, 블레이크가 키스하려고 몸을 굴리자 매트리스가 삐걱거렸다. 가끔 그가 그녀를 만질 때 스텔라는 아버지를 포치로 끌고 간 그 남자, 붉은빛이 도는 금발의 남자를 보았다. 키가 크고, 회색 셔츠의 단추 몇 개가 풀어져 있고, 뺨에는 면도하다 벤 듯한 자리에 딱지가 앉아 있었다. 블레이크가 그녀의 허벅지 사이를 힘주어 벌렸고, 붉은빛 금발의 남자가 그녀 위에 올라탔다—그녀는 거의 그 남자의 땀냄새를 맡고 등에 생긴 반점까지 볼 수 있었다. 그러다 다시 블레이크의 깨끗한 아이보리 비누 냄새가 나고 그녀의 이름을 속삭이는 남편의 목소리가 들렸다. 어처구니없었다—두 남자는 전혀 닮지 않았고, 블레이크는 그녀를 다치게 한 적이 없었다. 하지만 그럴 수도 있는 것이다. 그래서 그가 안으로 들어올 때 스텔라는 그를 더욱 단단히 붙잡았다.

8

새 이웃이 레지널드와 로레타 워커 부부로 밝혀지면서, 그러니까 토미 테일러 경사가 시커모어 웨이로 이사한다는 소식이 퍼지면서, 가장 호전적이던 사람의 반대도 주춤해졌다. 물론 테일러 경사는 텔레비전에서 방영하는 가장 인기 있는 경찰 드라마인 〈프리스크〉에 등장하는 사랑받는 인물이었다. 그는 늘 말썽을 일으키는 주인공에게 서류 작업이나 업무 규정에 대해 끊임없이 잔소리를 해대는 고지식한 파트너 역할을 했다. "그것도 서류로 정리해놔!" 그것이 그의 특징적인 대사였고, 블레이크는 몇 달 동안 막다른 길의 건너편에서 그를 염탐할 때 인사로 그 표현을 외쳤다. 레지 워커는 잔디를 깎거나 진입로에서 신문을 집다가 늘 먼저 말을 건넸고, 이어 자신의 트레이드마크인 미소를 싱긋 지어 보이며 어깨를 살짝 으쓱했다. 길 건너에서 백인 남자가 자신에게 소리를 지르는 것 정도는 전혀 기분 나쁜 일이 아니라는 듯이.

블레이크는 그게 그들이 함께 농담을 나누는 거라고 생각하는지 무척 즐거워했다. 레지 워커가 그에게 얼마나 인내심을 보이는 건지 알지 못했다. 하지만 스텔라는 그 장면을 보면 늘 당혹스러워서 블레이크를 얼른 안으로 들어가게 했다. 그녀는 뉴스가 아니면 텔레비전을 거의 보지 않았고, 경찰 드라마에는 단연코 흥미가 없었다. 그래서 워커 부부에 대해 알게 됐을 때, 블레이크가 즐겨 보는 드라마에 레지가 나온다는 사실에는 아무런 관심이 없었다. 어쩌면 이 동네의 남편들은 그 사실 때문에 워커 부부의 편이 되었을지도 모른다. 이왕 니그로 옆에 살아야 한다면 유명한 사람이 좋은 것이다. 신뢰를 주는 사람, 심지어 화면에서 제복을 벗은 모습을 한 번도 보여주지 않은 사람이라면 더욱. 처음에 사람들이 레지 워커를 보고 얼마나 놀랐을지 상상해보라. 키가 크고 군살 없는 몸에 짧고 자연스럽게 자른 머리칼. 그는 녹색 격자무늬 바지에 넓은 가슴을 편안하게 감싸주는 실크 셔츠를 입고 있었다. 그가 반짝거리는 검은 캐딜락에 올라탈 때, 손목에 찬 금시계가 번쩍거리며 햇빛을 튕겨냈다.

"현란해." 마지 호손은 레지에 대해 그렇게 말했는데, "위험해"라는 말을 할 때 느껴질 법한 극적인 투였다.

금요일 밤이면 스텔라는 워커 부부가 차에 타는 것을 지켜보았는데, 레지는 검은 슈트를, 로레타는 길게 내려오는 로열블루 색깔의 드레스를 입었다. 아마 파티에 가는 길일 터였다. 할리우드힐스의 어느 저택에서 영화배우들과 어울리고, 야구 선수들과 함께 선셋 불러바드에 있는 나이트클럽에 갈 것이다. 잠시 스텔라는 그들을 믿지 못한 것이 바보처럼 느껴졌다. 밥 호손은 치과 의사였다.

톰 피어슨은 링컨 자동차 대리점을 했다. 어쩌면 워커 부부에게는 이 동네의 나머지 사람들이 자격 없는 이웃으로 느껴질지도 몰랐다. 잠옷을 입은 자신의 모습을 흘끗 내려다보면서 그녀는 그 생각을 부인할 수 없었다.

"저기요," 캐스가 다음 학부모 교사 연합 회의 때 옆자리에 털썩 앉더니 그녀에게 숨가쁜 목소리로 물었다. "그 사람들 어때요?"

스텔라가 어깨를 으쓱했다. "모르겠어요." 그녀가 말했다. "한두 번 본 게 다예요."

"남편은 괜찮다고 들었어요. 하지만 아내는 다른 유라던데요."

"무슨 말이에요?"

"음, 잘은 모르지만 잘난 척을 한다던데요. 바브가 그러는데, 내년에 자기 딸을 우리 학교에 입학시키고 싶어한대요. 내 생각에, 그 여자는 제정신이 아닌 것 같아요! 유색인 아이들이 많이 다니는 아주 좋은 학교가 도시 전역에 널렸어요. 통학 버스도 다니고 없는 게 없다던데."

로레타 워커는 문제를 일으킬 사람 같아 보이진 않았지만, 스텔라가 그 여자에 대해 뭘 아는가? 스텔라는 늘 거리를 유지하면서 블라인드 틈새로만 그 여자를 지켜볼 뿐이었다. 레지 워커는 이른 아침 촬영을 위해 캐딜락을 타고 떠났고, 로레타는 실크인 듯한 녹색 가운을 입고 포치에서 그에게 손을 흔들었다. 로레타는 월요일에—늘 월요일이었다—식료품점에서 돌아와 사온 것을 트렁크에서 꺼냈다. 한번은 황갈색 뷰익이 진입로로 들어왔는데, 유색인 여자 세 명이 와인과 케이크를 들고 줄줄이 차에서 내렸다. 로레타는 그들을 맞으러 진입로로 나갔고, 고개를 뒤로 젖히며 웃었다. 스텔라도 덩달아 미소 짓게 만드는 환한 웃음. 누군가 그렇게 웃는 모습을 마지막으로 본 게 언제였던가?

스텔라는 블라인드 틈새로, 워커 부부의 삶이 마치 텔레비전 프로그램이라도 되는 것처럼 그들을 지켜보았다. 하지만 특별히 놀랄 일은 한 번도 없었다. 딸이 막다른 길에서 워커 부부의 딸과 인형 놀이를 하고 있는 것을 본 그날 아침까지는. 생각할 겨를이 없었다. 스스로 의식하기도 전에 그녀는 황급히 길을 건너 딸의 팔을 잡았고, 케네디를 집안으로 끌고 들어올 때 두 아이 다 놀라서 입을 벌리고 있었다. 안으로 들어온 스텔라는 부들부들 떨면서 아이가 인형을 길에 두고 왔다고 찡얼거리는 것도 무시하고 더듬더듬 문을 잠갔다. 자신의 행동이 지나쳤다는 건 이미 알고 있었다—자신도 케네디 나이 때 백인 여자애들과 놀지 않았던가? 나이가 충분히 어리면 아무도 신경쓰지 않았다. 그들 쌍둥이도 어머니가 일하러 가는 집에 따라가서 거기 사는 백인 여자애와 놀았었다. 어느 오후 그들이 놀고 있는데 여자애의 어머니가 갑자기 자기 딸을 홱 끌어내기 전까지는. 스텔라는 그날 백인 아이의 어머니가 한 말을 딸에게 그대로 했다.

"우리는 검둥이와 놀지 않는다." 그녀의 어조가 엄격해서였는지, 전에는 딸에게 한 번도 그 단어를 사용하지 않아서였는지, 그 일은 그렇게 끝났다.

혹은 적어도 그날 저녁을 먹은 뒤 초인종이 울리고 로레타 워커가 케네디의 인형을 들고 현관 앞 매트 위에 서 있는 모습을 보기 전까지는 그렇게 생각했다. 잠시, 은은한 포치 불빛 아래 금발 인형을 끌어안고 있는 로레타의 모습은 거의 소녀 같았다. 그녀는 스텔라의 손에 인형을 쥐여주고 길 건너로 돌아갔다.

삼 주 동안 스텔라는 로레타 워커를 피했다.

호기심 때문에 몰래 지켜본 것은 제외하고—이제는 우편물을 가지러 가기 전에 로레타와 마주칠 상황을 만들지 않으려고 블라인드 틈새로 살짝 내다보았다. 그녀는 혹시라도 우유가 있는 통로에서 마주칠까봐 겁이 나서 식료품점도 월요일엔 절대 가지 않고 화요일에 갔다. 지금까지 그들이 우연히 마주친 것은 딱 한 번 어느 일요일 아침 두 부부가 같은 시간에 교회로 출발했을 때뿐이었다. 남편들은 서로 유쾌하게 대했지만, 아내들은 각자 아이들을 차에 태울 뿐 서로 말도 하지 않았다.

"여자는 그렇게 친절하지 않네." 블레이크가 진입로에서 차를 빼면서 못마땅한 듯 말했고, 스텔라는 장갑을 자꾸 잡아당길 뿐 아무 말도 하지 않았다.

그녀가 당황할 이유는 없었다, 정말로. 그녀의 행동은 정확히 캐스 조핸슨이나 마지 호손이 했을 법한 것이었다. 그럼에도 그녀는 블레이크에게 아직 말하지 않았다. 그녀가 왜 과잉 반응을 보였는지 알고 싶어하면 어쩌는가? 혹은 그의 어머니가 그녀에 대해 늘 말한 대로 스텔라가 루이지애나의 늪지 쓰레기처럼 행동했다고 생각하면 어쩌는가? 블레이크에게는 온건한 국가에 대한 신념이 있었다. 뉴스에서 경찰이 시위자들에게 곤봉을 휘두르는 모습을 보면서, 그는 늘 자신이 가장 원하는 건 모두가 더불어 잘 지내는 것이라고 말했다. 그러니 그는 스텔라가 이미 충분히 그런 사람이 아니라는 듯 당황할 것이다. 자신이 잘못한 게 없다는 것을 알았지만, 인형을 안고 포치에 서 있던 로레타의 모습을 떠올릴 때마다 여전히 마음이 불편했다. 로레타가 차라리 그녀에게 욕을 했다면 좋았을 것이다. 그녀에게 속이 좁아터진 구닥다리 꼴통이라고 했으면 차라리 좋았을 것이다. 하지만 로레타는 그러지 않았다. 품위를 갖춰야 했기에 그러지 않았고, 그 때문에 스텔라는 더욱 창피했다.

"워커 부인이 학교에 편지 보낸 거 알아요?" 캐스가 어느 일요일에 교회에서 신자석의 그녀 옆자리에 끼어 앉으며 말했다.

"편지요?" 스텔라가 말했다. 그녀는 너무 지쳐서 캐스가 숨도 쉬지 않고 쏟아내는 말을 쫓아갈 수 없었다. 여기, 교회에서조차 로레타 워커를 피할 수 없는 것이다.

"법적인 편지요." 캐스가 말했다. "거물급 변호사를 통해 보냈는데, 가을에 자기 애를 입학시켜주지 않으면 고소하겠다고 했대요. 말이 돼요? 어린애 하나 때문에 그 번거로운 소송을 한다고요? 주목받기 좋아하는 사람들은 꼭 있다니까요."

"그런 사람으로 보이진 않았어요." 스텔라가 말했다.

"그걸 어떻게 알아요?" 캐스가 말했다. 그러고는 가슴 앞에서 팔짱을 꼈다. 스텔라가 항복의 뜻으로 두 손을 들었다.

"당신이 맞아요." 스텔라가 말했다. "나는 알 수가 없네요."

6월이 되자 그녀는 자신의 죄의식을 바닐라 프로스팅을 입힌 레몬 케이크로 대체했다. 그 생각은 갑자기 떠올랐다—두 번 생각하기도 전에 찬장에서 밀가루 포대를 꺼내고 냉장고를 뒤져 달걀을 찾아냈다. 집안에서 정신 나간 사람처럼 살금살금 돌아다니다가, 용기를 내서 나가볼까 하는 생각이 들 때마다 창밖을 흘끔흘끔 내다보았다. 보도에 흩어진 인형들 곁에 혼자 남겨진 워커 부부의 딸과 그 아이가 큰 눈으로 자신을 빤히 쳐다보는 모습을 상상할 때마다 뱃속이 조여드는 느낌이 지긋지긋했다. 용서를 구해야 한다. 그렇게 할 때까지 기분이 나아지지 않을 것이다. 이사를 왔으니 인사차 케이크를 구워 가면 된다. 그러고 나면 적어도 그 여자를 진심으로 대할 수 있을 것이다. 품위 있게. 베푸는 것과 친근한 것은 같지 않다. 누가 묻는다면 자신은 베푸는 사람으로 키워졌다고 말하면 될 것이다. 그 이상도, 그 이하도 아니다. 마음의 평화를 대가로 내주는 레몬 케이크 하나는 손쉬운 거래로 느껴졌다.

오후에 그녀는 깊은숨을 내쉰 뒤 큰 유리 접시에 올린 케이크를 들고 길 건너로 출발했다. 황갈색 뷰익이 워커 부부의 진입로에 서 있었다. 잘됐다, 로레타의 집에 누가 놀러온 것이다. 케이크를 갖다준 뒤 사과만 하고 떠나면 되니 훨씬 쉽다.

로레타는 은은하게 반짝거리는 녹색 원피스 차림으로 문을 열어주었다. 목에 두른 금색 스카프가 길게 늘어져 있었다. 스텔라는 평범한 파란색 원피스를 입고 주저앉은 케이크를 들고 있는 자신의 모습이 벌써부터 부끄러웠다.

"안녕하세요, 샌더스 부인." 로레타가 말했다. 그러고는 화이트와인 병을 손에 든 채 문가에 기댔다.

"안녕하세요." 스텔라가 말했다. "저는 그저……"

"들어오시지 그래요?"

예상치 못한 반응이어서 스텔라는 잠시 가만히 있었다. 거실에서 웃음소리가 터져나왔고, 그녀는 가슴이 갑자기 찡하게 아파왔다. 여자 친구들과 같이 앉아 깔깔거렸던 게 언제였던가?

"오, 아니에요. 그럴 순 없어요." 그녀가 말했다. "손님이 와 계신 것 같은데……"

"무슨 그런 말씀을." 로레타가 말했다. "우리가 여기 포치에서 이야기를 나누고 있을 이유는 전혀 없죠."

스텔라는 궁전 같은 실내장식을 보고 놀라 입구에 잠시 그대로 서 있었다. 거실 바닥에는 흰색 모피 러그가 깔려 있었고, 플로어램프에는 금박을 입힌 전등갓이 씌워져 있었으며, 벽난로 선반에는 타일을 붙여 만든 꽃병이 놓여 있었다. 스텔라 집의 인테리어는 단순했고, 그건 좋은 취향의 지표였다. 낮은 계급만이 이런 식으로 살았다. 가구에 금을 입히고, 여기저기 온갖 장식품을 놓는다. 긴 가죽 카우치에 유색인 여자 셋이 앉아 와인을 마시면서 어리사 프랭클린의 노래를 듣고 있었다.

"숙녀분들, 여긴 샌더스 부인이에요." 로레타가 말했다. "길 건너에 사세요."

"샌더스 부인," 여자들 중 하나가 말했다. "말씀 많이 들었어요."

스텔라는 여자들의 미소를 보며 그들이 정확히 어떤 말을 들었는지 알 것 같아 얼굴이 붉어졌다. 왜 순순히 따라 들어왔을까? 아니, 애초에 왜 케이크를 가져오겠다는 생각을 한 걸까? 왜 그녀는 다른 이웃들처럼 거리를 유지할 수 없었을까? 하지만 이제 너무 늦었다. 로레타는 그녀를 부엌으로 데려갔고, 스텔라는 카운터 위에 케이크를 내려놓았다.

"한잔하실래요, 샌더스 부인?" 로레타가 물었다.

"스텔라예요." 그녀가 말했다. "그리고 그럴 수는 없어요. 그냥 들른 거라. 당신 가족 모두 우리 동네로 온 걸 환영해요. 그리고 지난번 일에 대해……"

스텔라는 로레타가 중간에 말을 끊어주어 그 사건을 다시 말하는 창피함을 덜어주길 바랐다. 하지만 그러는 대신 로레타는 눈썹을 치키며 빈 와인 잔을 잡았다.

"정말로 안 마실 건가요?" 그녀가 말했다.

"그냥 사과하고 싶었어요." 스텔라가 말했다. "제가 그때 무슨 생각을 했는지 모르겠어요. 평소엔 그렇지 않은데요."

"어떻지 않다는 건가요?"

로레타는 스텔라가 하는 말의 뜻을 정확히 알고 있었지만, 스텔라를 놀리면서 아주 즐거워하고 있는 것 같았다. 스텔라는 다시 얼굴을 붉혔다.

"그러니까, 보통은……" 스텔라는 잠시 말을 멈추었다. "아시겠지만, 제가 이런 일은 처음이라서요."

로레타가 잠시 그녀를 쳐다본 뒤 와인을 한 모금 마셨다.

"내가 여기로 오고 싶었다고 생각해요?" 로레타가 말했다. "레지가 여기로 마음을 정했고, 그때는……"

그녀는 말꼬리를 흐렸지만, 스텔라는 문장의 뒷부분을 채울 수 있을 것 같았다. 스텔라가 처음 백인으로 넘어왔을 때, 그게 너무 쉽게 느껴져 그동안 시도하지 않은 걸 믿을 수 없을 정도였다. 그런 삶을 살지 못하게 한 부모에게 화가 났었다. 그들이 백인이 되어 살았다면, 그녀를 백인으로 키웠다면 모든 게 달라졌을 것이다. 어떤 백인 남자도 아버지를 포치에서 끌고 가지 않았을 것이다. 빨래 바구니가 거실을 가득 채우는 일도 없었을 것이다. 그녀는 학교 과정을 다 마치고 수석으로 졸업할 수 있었을 것이다. 어쩌면 예일 같은 대학에 입학해 블레이크와 동등한 위치에서 만났을 것이다. 그의 어머니가 아들과 결혼시키고 싶어하는 여자가 될 수도 있었을 것이다. 지금 자신의 삶에 속한 모든 것을 다 가질 수 있었을 것이다. 그에 더해 아버지와 어머니와 데지레까지도.

처음에는 백인으로 패싱하는 게 아주 간단해 보여서, 부모님이 왜 진작 그러지 않았는지 이해되지 않았다. 하지만 그때 그녀는 어렸다. 다른 누군가가 되는 게 얼마나 오랜 시간이 걸리는 일인지, 원래 자신의 것이 아닌 세상에 사는 것이 얼마나 외로운 일인지 깨닫지 못했다.

"언제 애들이 같이 놀게 해줘도 될 것 같아요." 스텔라가 말했다. "거리 하나 지나면 괜찮은 작은 공원이 있어요."

"네, 그럴 수 있겠네요." 로레타는 더 말하고 싶은 게 있다는 듯 미소를 좀 지나치게 오래 머금고 있었다. 잠시 동안 스텔라는 로레타가 자신의 비밀을 알아차린 게 아닌가 생각했다. 거의 로레타가 그랬기를 바라는 심정이었다. 그 감정이 스텔라는 무서웠다. 자신이 얼마나 간절하게 누군가와 결속되고 싶어하는지가.

"재미있네요." 로레타가 마침내 말했다.

"뭐가요?"

"우리가 여기로 이사왔을 때 무슨 일이 일어날지 몰랐거든요." 로레타가 말했다. "하지만 백인 여자가 평생 본 것 중 가장 심하게 기울어진 케이크를 들고 내 부엌에 나타나리라곤 상상도 못했어요."

로레타 워커는 자신이 어쩌다 로스앤젤레스까지 오게 됐는지 모르겠다고 했다. 지친 한숨을 쉬고 담배를 또 한 모금 빨며 그렇게 말했다. 그녀는 공원 벤치에 앉아 딸들이 그네를 타는 것을 바라보고 있었다. 아직 이른 여름이었지만 아침은 벌써 아주 따뜻했다. 스텔라는 손수건으로 축축한 이마를 훔쳤다. 그녀가 케네디를 그네에 태워 밀어주고 있는데, 작은 유색인 여자아이가 공원 안으로 뛰어들어왔고 로레타가 그 뒤를 쫓아왔다. 여자아이는 어머니의 손을 잡으며 스텔라를 경계하는 눈빛으로 쳐다보았다. 잠시 스텔라는 가버릴까 생각했다. 하지만 그러지 않고 숨을 깊이 들이마신 뒤 그대로 머물렀다.

이제 로레타는 구름 없는 하늘을 우울하게 올려다보았다.

"이 모든 햇살이 부자연스러워요." 그녀가 말했다. "늘 영화 속에 있는 기분이에요."

로레타는 세인트루이스에서 태어났고, 하워드대학교에서 레지를 만났다. 그는 연극을 전공했고, 오거스트 윌슨과 테네시 윌리엄스에 빠져 있었다. 그녀는 역사를 전공했고, 언젠가 교수가 되고 싶었다. 두 사람 다 레지가 따분한 경찰 역을 맡아 유명해지리라고는 상상도 하지 못했다. 레지가 긴 독백을 연습하면서 웅변적인 어조로 로레타를 감동시킬 때, 그녀는 시간이 흘러 그의 가장 유명한 대사가 "그것도 서류로 정리해놔!"가 되리라곤 예상하지 못했다.

"거긴 어땠어요?" 스텔라가 물었다. "하워드요. 거긴 유색인 학교죠, 아니던가요?" 그녀는 마치 예전에 벨턴 선생에게 받은 대학 안내 책자를 다 모아둔 적이 없었던 것처럼, 하워드대학교의 책자를 너무 자주 펴보는 바람에 가운데 부분이 닳아서 찢어진 적이 없었던 것처럼 그렇게 말했다. 책자에는 모든 유색인 학생이 풀밭에 한가로이 앉아 책장을 넘기는 사진이 실려 있었다. 그때 그녀에겐 그곳이 꿈처럼 느껴졌다.

"맞아요." 로레타가 말했다. "거긴 꽤 괜찮았어요."

"나는 늘 대학에 가는 게 꿈이었어요." 스텔라가 말했다.

"아직 갈 수 있어요."

스텔라는 주변의 동네를 손짓으로 가리키며 웃었다. "내가 왜 가겠어요?"

"글쎄요. 당신이 원하니까?"

로레타는 그게 아주 간단한 일인 듯 말했지만, 블레이크는 웃을 것이다. 시간 낭비, 돈 낭비라고, 그는 말할 것이다. 게다가 스텔라는 고등학교도 마치지 못했다.

"그러기엔 너무 늦었어요." 스텔라가 마침내 말했다.

"음, 어떤 공부를 하고 싶어요?"

"수학을 좋아했어요."

이제는 로레타가 웃었다. "음, 머리가 아주 좋은가보네요." 그녀가 말했다. "수학을 재미있다고 좋아하는 사람은 없어요."

하지만 스텔라는 어떤 함수를 쓰느냐에 따라 숫자가 커지기도 작아지기도 하는 수학의 단순성이 좋았다. 하나의 논리적인 단계가 또하나의 논리적인 단계로 이어질 뿐 깜짝 놀랄 변수가 튀어나오는 일은 없었다. 로레타는 몸을 앞으로 숙이고 아이들이 노는 것을 지켜보았다. 모두 로레타를 두고 잘난 체한다고 수군거렸지만, 그녀는 그런 사람으로는, 아이를 억지로 브렌트우드 아카데미에 보내고 싶어하는 사람으로는 전혀 보이지 않았다. 심지어 로스앤젤레스에 살고 싶어하는 사람 같지도 않았다. 그녀는 대학을 마치고 미주리로 돌아가, 가능하면 거기서 석사학위를 받으려고 했다. 그러다 레지와 사랑에 빠졌고, 그의 꿈에 휘말린 것이다.

"그런데 왜 여기로 이사했어요?" 스텔라가 물었다. "그러니까 여기, 이스테이츠로요."

로레타가 눈썹을 치켰다. "당신은 왜 여기로 왔는데요?"

"음, 학교 때문에요. 여긴 좋은 동네예요. 그렇게 생각하지 않아요? 깨끗하고. 안전하고."

누구나 할 법한 대답을 한 것이었지만, 확신은 없었다. 스텔라가 로스앤젤레스로 온 것은 블레이크의 직장 때문이었고, 가끔 그녀는 자신에게 그 문제에 대한 발언권이 전혀 없었다고 느꼈다. 또 가끔은 로스앤젤레스가 주는 가능성에 가슴 설렜던 게 기억났다. 이곳과 그녀의 지난 삶 사이에 어마어마한 거리가 놓이는 것이었다. 자신이 이 도시를 선택하지 않은 것처럼 말하는 건 어리석은 일이었다. 그녀는 물살을 따라 흘러가는 작은 예인선이 아니었다. 그녀는 자신을 창조했다. 백인이 되어 메종 블랑시 건물을 걸어나온 그날 아침 이후로 그녀는 모든 것을 결정했다.

"그러면 나도 똑같은 걸 원할 거란 생각이 들지 않나요?" 로레타가 말했다.

"그렇죠, 하지만 당신은…… 그러니까, 당신 입장이라면 더 쉬운 길이……"

"같은 편에 붙어라?" 로레타가 또 담배 한 개비에 불을 붙였고, 얼굴이 구릿빛으로 빛났다.

"네, 그래요." 스텔라가 말했다. "나는 그저 누구라도 굳이 그래야 할 이유를 모르겠다는 거예요. 그러니까, 좋은 유색인 동네도 많고 또 이런 곳은 사람들의 증오가 아주 깊을 수 있잖아요."

"이러든 저러든 사람들은 나를 미워할 거예요." 로레타가 말했다. "이렇게 큰 집에서 좋은 걸 다 갖고 사니 미워할 만하죠."

그녀는 웃었고, 담배를 또 한 모금 빨았다. 다 안다는 듯한 그 미소를 보자 스텔라는 데지레가 떠올랐다. 다시, 어머니가 잠든 사이 포치로 나가 몰래 담배를 피우는 소녀가 된 기분이었다. 그녀는 로레타의 담배에 손을 뻗으며 그 발간 불빛 쪽으로 몸을 기울였다.

물론 이 동네에는 매그놀리아 웨이에 사는 조핸슨 부부가 있었다—데일은 시내에 있는 금융회사에서 일했고, 캐스는 브렌트우드 아카데미의 교사 학부모 연합 총무였지만 회의 때 회의록을 작성하는 경우는 거의 없었다. 스텔라가 회의록에 눈길을 줬을 때 빈 종이만 보인 게 몇 번인지 몰랐다. 그리고 저만치 주니퍼 스트리트에는 화이트 부부가 살았다—퍼시는 무슨 영화사의 회계 부서에서 일했는데, 어느 영화사인지 스텔라는 기억나지 않았지만 블레이크는 알 것이다. 그는 주택 소유주 조합의 대표이기도 했는데, 그 자리에 출마한 건 그저 아내가 야망을 좀더 가지라고 계속 다그쳐서였다. 린은 오클라호마에서 정유 사업을 하는 집안 출신인데, 어쩌다 퍼시 화이트와 엮였는지는 누구도 모를 일이었다. 퍼시를 한번 보면 알 텐데, 그는 할리우드에서 일하는 남자와 결혼하는 꿈을 품은 여자가 염두에 두었을 만한 남자는 아니기 때문이었다. 그리고 메이플 스트리트에는 호손 부부가 살았다—밥은 스텔라가 지금까지 본 사람 중에서 가장 하얀 치아를 가지고 있었다.

"그 남자 본 것 같아요." 로레타가 말했다. "치아가 크기도 엄청 크죠? 미스터 에드*처럼요?"

스텔라는 웃다가 푸른색 실뭉치를 거의 떨어뜨릴 뻔했다. 가죽 카우치 반대쪽 끝에서 로레타는 자신이 뭔가 재밌는 말을 했다는 걸 스스로 알 때 늘 그러듯 히죽 웃었다. 지금은 와인을 두 잔째 마시는 중이라 그러는 빈도가 높아졌다.

"곧 그 사람들을 다 만나보게 될 거예요." 스텔라가 말했다. "모두 충분히 좋은 사람들이에요"

"당신에겐 그렇겠죠." 로레타가 말했다. "우리집 문 앞에 나타난 사람은 당신뿐인 거 알잖아요."

스텔라도 알고 있었지만, 그 사실을 깊이 생각하지 않으려고 애썼다. 그녀는 눈앞에서 로레타의 코바늘 코가 허공을 이리저리 가르고 뜨개실이 술술 풀려나오는 것을 지켜보았다. 아까 로레타에게 전화를 걸어 아이들이 또 같이 놀아도 되겠느냐고 물을 때는 공원에서 만나면 되겠다고 생각했다. 그녀는 로레타가 집에 놀러오라고 초대할 거라는 예상도, 자신이 수락하리라는 예상도 하지 못했다. 지금 아이들은 워커 부부의 집 뒷마당에서 놀고 있었고—방충문을 통해 아이들이 깍깍거리는 소리가 들렸다—스텔라는 와인을 마셔서 알딸딸한 상태로 로레타가 레지의 연기 이력이 마침내 상승세를 타던 순간을 목격했던 시절에 대해 이야기하는 것을 들었다. 레

* 미국에서 1960년대에 방영한 동명의 시트콤에 나오는, 말하는 말(馬).

지는 〈프리스크〉가 멍청한 드라마라고 생각했지만, 이번만큼은 오프닝 크레디트 장면에서 여자 지갑이나 훔치는 거리의 불한당 역이 아니라 경찰 역을 맡은 것을 감사히 여겼다. 로레타는 이따금 그를 따라 세트장에 갔지만, 그 모든 과정이 몹시 따분하게 느껴져 대체로 어딘가 구석에 처박혀 뜨개질을 했다. 로레타가 자신의 삶에 내재한 그 모든 굉장한 면에 전혀 감흥이 없다는 사실이 스텔라는 놀라웠다. 로레타가 스텔라에 대해 무언가를 물을 때마다, 그녀는 자신이 말해줄 수 있는 게 정말로 없다는 것을 깨달으며 점점 당혹감을 느꼈다.

"말했잖아요." 스텔라가 말했다. "나는 그렇게 재미있는 사람이 아니에요."

"오, 그 말은 전혀 못 믿겠는데요." 로레타가 말했다. "당신의 머릿속에는 온갖 굉장한 것이 회오리치고 있다고 장담해요."

"단언컨대 그런 건 없어요." 스텔라가 말했다. "나는 지극히 평범한 사람이에요."

그녀는 평생 딱 한 가지 재미있는 일을 했고, 남은 인생은 그것을 숨기는 데 써야 했다. 로레타가 어린 시절에 대해 물으면 스텔라는 늘 얼버무렸다. 누군가에게 어린 시절에 대한 기억을 말해주려면 데지레 이야기를 꺼내야만 했다. 그녀는 모든 기억을 반으로 쪼개 쌍둥이 자매가 차지한 부분을 잘라냈다. 그러고 나면 그 기억은 얼마나 외로워 보이는지. 혼자 강에서 수영하고, 사탕수수밭을 돌아다니고, 길에서 자신을 쫓아오는 거위를 피해 숨을 헐떡이며 달리는 스텔라. 외로운 과거, 외로운 현재. 하지만 지금은 달랐다. 어쩌다보니 로레타 워커는 그녀가 대화할 수 있는 유일한 상대가 되었다.

여름 내내 그녀는 로레타의 전화를 기다렸다. 뒷마당에서 딸이 수채화를 그리는 것을 지켜보고 있을 때 전화벨이 울린다. 그러면 스텔라는 곧바로 그림 도구를 챙기고 조심스럽게 길을 살핀 뒤 케네디에게 길을 건너게 한다. 혹은 공공도서관에서 열리는 이야기 프로그램 시간에 맞춰 길을 나설 때 로레타가 전화를 걸어온다. 그 순간 연체된 책은 더이상 길 건너로 가는 것만큼 중요한 일이 아니다. 그리고 집으로 돌아오면 그녀는 딸에게 그 집에 놀러간 것을 블레이크에게는 말하지 말라고 했다.

"왜요?" 케네디가 물었다. 스텔라는 딸 앞에 무릎을 꿇고 아이의 신발끈을 풀어주었다.

"왜냐하면," 스텔라는 말했다. "아빠는 우리가 집에 있는 걸 좋아하니까. 하지만 네가 말하지 않으면 우리는 계속 길 건너로 놀러갈 수 있어. 너도 그게 좋지 않아?"

딸아이가 마치 그것에 대해 단호하게 할 말이 있다는 듯 그녀의 양쪽 어깨에 손을 얹었다. 하지만 실은 그저 테니스 신발을 벗으면서 균형을 잡으려는 것이었다.

"알겠어요." 아이가 너무 쉽게 대답해서, 그녀는 그것이 마음 아팠다.

다른 것과 마찬가지로, 시간이 지나면서 딸에게 거짓말을 하는 것도 쉬워졌다. 아이는 결코 알지 못하겠지만, 그녀는 케네디도 거짓말을 하도록 키우고 있었다. 백인이라고. 딸은 결코 자신을 다른 무엇으로 생각하지 않을 것이다. 진실을 알게 되면 자신을 속인 엄마를 미워할 것이다. 로레타가 전화를 걸 때마다 그 생각이 스텔라의 머릿속을 스쳤다. 하지만 매번 그녀는 마음을 단단히 먹고, 딸의 손을 잡고 길 건너로 걸음을 옮겼다.

수요일 오후만 되면 점심시간을 막 넘긴 즈음 황갈색 뷰익이 워커 부부의 진입로로 들어왔고, 캐스 조핸슨은 스텔라에게 전화를 걸어 그에 대해 이러쿵저러쿵 수다를 떨었다. "한 사람으로 끝나지 않을 줄 알았다니까요." 캐스가 말했다. 캐스는 유색인 여자들이 오는 건 궁극적으로 이 동네를 염탐해서 이사를 올지 말지 정하기 위해서라고 확신했다. 스텔라는 로레타의 친구들이 차에서 내릴 때 전화기를 뺨에 댄 채 부엌 블라인드 틈새로 지켜보았다. 키가 큰 여자는 벌린다 쿠퍼였다—남편이 워너브라더스에서 영화음악을 작곡했다. 고양이 눈 모양의 안경을 쓴 메리 버틀러는 소아과 의사와 결혼했다. 그녀는 유니스 우즈와 여학생 사교클럽에서 만난 친구였는데, 유니스의 남편은 얼마 전에 MGM에 시나리오를 팔았다. 스텔라는 여자들에 대해 로레타가 말해준 기본적인 정보만 알았을 뿐 직접 만나리라고는 예상하지 못했는데, 어느 수요일에 로레타가 전화를 걸어 메리가 아프다고 말했다. 스텔라가 네번째 자리를 채워줄 수 있겠는가?

"비드 휘스트 게임은 잘 못해요." 스텔라가 말했다. 그녀는 카드게임은 물론이고, 운이 따르는 어떤 게임도 젬병이었다.

"허니, 괜찮아요." 로레타가 말했다. "가끔은 아예 카드를 꺼내지도 않는걸요."

스텔라는 비드 휘스트가 여자들이 정말로 하고 싶은 것, 즉 와인을 마시고 수다를 떨기 위한 핑계라는 걸 알게 되었다. 벌린다 쿠퍼는 리슬링을 두 잔째 마시는 중이었는데, 워너사의 비서 중 하나와 부주의한 연애를 하는 어느 영화배우에 대한 이야기를 늘어놓고 있었다. 그 여자는 젊고 예쁘지만 예상대로 당돌해서, 배우의 아내가 남긴 메시지를 전달한다는 구실로, 부재중 전화의 내용보다 훨씬 많은 것을 가지고 그의 트레일러로 갔다.

"요즘 여자들이 점점 당돌해진다니까." 로레타가 말했다. 그리고 담배를 또 한 모금 빨았고 카드는 건드리지도 않았다. "저기, 요전 날 레지하고 칼의 집에 갔다가 메리앤을 봤는데……"

"그 여잔 어떻게 지내?"

"임신했던데. 또."

"어쩜!"

"그런데 그 여자가 뭐라 그런 줄 알아? 유니, 네 차례야."

"메리앤은 나를 좋아한 적이 없어." 유니스가 말했다. "셀마 결혼식에 갔을 때 기억나?"

그들의 대화 전체가 스텔라는 따라잡지 못하는 원을 그리면서 이런 식으로 흘러갔다. 스텔라는 애초에 그들이 소재로 삼은 인물들에 대한 속기 같은 이야기를 이해하거나 복잡한 뒷이야기를 주워들어서는 안 되는 사람이었다. 애초에 그 자리에 있어서는 안 되는 사람이었다. 하지만 그녀는 거기 조용히 앉아 카드를 만지작거리며 이야기를 듣는 시간이 행복했다. 벌린다와 유니스는 그 자리에 스텔라가 있는 게 불편했겠지만 그런 말을 하지는 않았다. 하지만 그들은 로레타에게 이건 네 책임이야, 하고 말하는 것처럼 스텔라에게 직접적으로 말을 건네지 않고 에둘러서 대화를 했다. 그럼에도 오후 시간은 충분히 즐겁게 흘러갔고, 마침내 딸들이 간식을 먹으려고 뛰어들어왔다. 스텔라는 로레타가 신디를 대하는 자연스러움이 늘 놀라웠다. 아이는 로레타의 옆구리로 파고들며 고양이처럼 몸을 비볐고, 그러면 로레타는 대화를 중단하지 않고도 손을 뻗어 딸을 챙겼다. 그녀는 신디가 원하는 걸 요구하기도 전에 그게 뭔지 아는 것 같았다. 아이들이 다시 위층으로 뛰어올라가자 유니스가 담배를 한 모금 빨고 말했다. "난 네가 왜 기어코 그렇게 하려는지 그 이유를 모르겠다."

"뭘 말이야?" 로레타가 말했다.

"뭔지 알잖아. 지금 이게 네겐 새 삶이란 건 알지만……"

"오 제발."

"하지만 네 딸이 아주 힘들어질 거야. 우리 다 알잖아. 그럴 가치가 없어. 그저 본보기를 보여주기 위해서라면."

"본보기를 보여주고 말고가 아니야." 로레타가 말했다. "학교는 바로 이 길 아래에 있고, 신디는 거기 다니는 다른 모든 아이들만큼 똑똑해."

"우리도 알지, 허니." 벌린다가 말했다. "뭐가 맞는지를 말하는 게 아니야. 맞고 아니고로 말하면 네 말이 백번 옳지. 하지만 그앤 네 하나뿐인 아이고, 이건 그애의 하나뿐인 삶이야."

"내가 그걸 모르는 줄 알아?" 로레타가 말했다. 그녀가 눈빛을 번득이다가 이내 이성을 찾고 살짝 웃으면서 담배를 비벼 껐다. "우리 모두가 너희 둘처럼 생각하지 않는 게 다행이지 뭐야."

"네 새 친구에게 물어보자." 유니스가 말했다. "이 모든 일을 어떻게 생각해요, 샌더스 부인?"

스텔라는 이미 목이 뜨겁게 달아오른 채 카드 테이블을 물끄러미 내려다보았다.

"오, 글쎄요." 그녀가 말했다.

"틀림없이 의견이 있을 텐데요."

유니스는 스텔라에게 입에 토끼를 문 사냥개를 연상시키는 미소를 지어 보이고 있었다. 달아나려 하면 턱이 더 단단히 조여올 것이다.

"나라면 그러지 않을 거예요." 스텔라가 마침내 말했다. "다른 부모들 등쌀에 아이의 삶이 지옥이 될 거예요. 아이를 본보기로 만들려고 할 거예요. 당사자가 없는 자리에서 사람들이 뭐라고 할지는 모르는 거니까……"

"분명 당신은 그럴 때 곧장 로레타 편을 들어주겠죠." 유니스가 말했다.

"그만해." 로레타가 부드럽게 말했지만, 그럴 필요가 없었다. 그때쯤 분위기는 이미 험악해져 있었다. 벌린다와 유니스는 게임이 끝나기도 전에 떠났다. 스텔라는 와인 잔을 씻었고 아이들은 위층에서 장난감을 치웠다. 시간이 늦어져 네시가 다 되었다. 블레이크가 곧 집에 도착할 것이다. 그녀 옆에서 로레타는 격자무늬 행주로 조용히 잔을 닦았다.

"미안해요." 스텔라가 말했다. 정확히 무엇이 미안한지 그녀도 몰랐다. 여기로 온 것이 미안한지, 카드 게임을 망친 게 미안한지, 정확히 유니스가 비난한 그런 사람이 맞아서 미안한지. 그녀는 로레타를 변호해주지 않았고, 심지어 멍청한 캐스 조핸슨과 대화하는 순간에도 그랬다. 로레타와 어울린다는 것을 남편이 알게 되는 게 두려워 딸도 거짓말에 동참시켰다.

로레타가 묘한 미소를 지었다.

"내가 당신이 죄의식을 느끼길 바란다고 생각해요?" 그녀가 말했다. "당신의 죄의식은 내겐 전혀 쓸모없어요, 허니. 당신은 꺼림칙한 기분을 그런 식으로 털고 가뿐한 마음으로 돌아가고 싶겠죠. 그러는 건 당신 자유지만 길 건너에서 하세요."

스텔라는 젖은 잔을 싱크대 상판에 내려놓고 수건에 손을 닦았다. 그러니까 이것이 스텔라에 대한 로레타의 진짜 속마음이었다—죄의식을 덜어보려고 계속 주위를 얼쩡거리는 백인 여자. 그리고 사실이 그렇지 않은가? 그녀는 정말로 죄의식을 느꼈다. 그러나 로레타와 시간을 보내면 그녀는 오히려 기분이 더 나빠졌다. 로레타와 비교하면 그녀의 삶은 더욱 가짜 같았다. 하지만 로레타와 멀어지고 싶지는 않았다. 심지어 그녀가 자신에게 화가 나 있는 지금도 그랬다. 로레타는 물기 묻은 잔에 손을 뻗다가 그만 잔을 쳤고 잔이 상판 아래로 떨어졌다. 유리잔이 그들의 발치에서 산산조각이 났다. 로레타는 갑자기 몹시 지치는지 천장을 올려다보았다. 그토록 고단한 모습은 나이에 걸맞지 않았지만, 줄곧 싸우며 살았을 테니 지치는 게 당연했다. 스텔라는 한 번도 싸우지 않았다. 늘 굴복했다. 그녀는 그런 면에서 겁쟁이였다.

로레타가 유리잔을 집으려고 허리를 숙였고, 스텔라는 미처 생각할 틈도 없이 팔을 뻗으며 말했다. "만지지 마요. 그러다 다쳐요." 그러고는 타일 위에 무릎을 꿇고 자신이 만든 혼란을 수습했다.

처음에는 멤피스에서 마틴 루서 킹 주니어였고, 다음에는 로스앤젤레스 시내에서 보비 케네디였다. 곧 신문을 펼칠 때마다 중요한 인물의 피 묻은 시신을 봐야 할 것 같은 느낌이 들었다. 이제 스텔라는 딸이 아침을 먹으러 부엌으로 뛰어들어오면 뉴스를 껐다. 로레타는 몇 달 전에 신디가 암살이 무슨 뜻인지 물었다고 했다. 그녀는 물론 사실대로 말해주었다—암살은 본보기를 보여주려고 사람을 죽이는 거라고.

스텔라는 그게 충분히 맞는 말이라고 생각했지만, 당사자가 중요한 사람일 때만 그랬다. 중요한 사람은 순교자가 되고, 중요하지 않은 사람은 희생자가 된다. 중요한 사람의 장례식은 텔레비전으로 방송되고 공적인 추모의 시간이 주어진다. 그들의 죽음은 예술의 탄생과 도시의 파괴를 부른다. 하지만 중요하지 않은 사람은 그들이 중요하지 않다는—심지어 인간도 아니라는—본보기를 보여주기 위해 죽임을 당하고 세상은 그대로 흘러간다.

그녀는 아직도 가끔 누군가가 집에 침입하는 꿈을 꾸었다. 침대에서 내려가 확인하고 오라고 블레이크를 떠민 적도 몇 번 있었다. "이 동네는 안전하다고 했잖아." 돌아온 그는 툴툴거리며 다시 이불 속으로 파고들었다. 하지만 오래전 나무로 둘러싸여 눈에 띄지 않는 작고 하얀 집에 살 때도 그녀는 안전하다고 느끼지 않았던가? 이제 스텔라는 침대 헤드보드 뒤에 야구방망이를 두고 잤다. "그걸로 뭘 하려고, 강타자 선수?" 블레이크가 그녀의 작은 이두근을 꽉 잡으며 말했다. 하지만 남편이 출장을 가면 그녀는 그 닳은 손잡이를 만져 방망이가 거기 있다는 것을 확인하지 않고는 결코 잠들 수 없었다.

"당신은 가족 이야기는 전혀 안 하네요." 로레타가 말했다.

로레타는 자기 집 뒷마당에서 야외 의자에 몸을 쭉 펴고 누워 있었다. 얼굴의 절반이 선글라스에 가려져 있었고, 자주색 수영복 차림이었다. 수영을 하다 나와서 아직 다리에 물이 묻어 있었다. 스텔라는 목을 쭉 빼고 아이들이 물장구를 치며 노는 것을 지켜보았다. 두 주 뒤면 학교가 개학을 할 테고, 케네디는 다시 브렌트우드 아카데미로, 신디는 샌타모니카에 있는 세인트프랜시스로 가기로 되어 있었다. 반시간 거리밖에 되지 않는 좋은 학교라고 로레타가 말했고, 스텔라는 안심했다. 로레타에게 그게 최선이라고 말해주고 싶었다—머리를 숙이고 살아남으려고 애쓰는 것은 전혀 잘못된 일이 아니라고. 하지만 그렇게 말하면 로레타는 자신이 굴복했다는 느낌을 더 강하게 받을 것이다. 지금 로레타는 시카고에서 날아오는 시댁 식구에 대한 불평을 쏟아내고 있었다—그들은 여기서 꼬박 열흘 동안 머물 계획이었고, 레지는 당연히 그러라고 했다. 왜냐하면 그는 자기 가족들에게 안 된다는 말은 절대 하지 못하고, 그가 촬영하러 가고 없는 사이 그들을 주로 접대해야 하는 건 당연히 로레타일 것이기 때문이었다.

"당신은 어때요?" 로레타가 물었다. "남편이 당신 부모님과 잘 지내요?"

그 날카로운 질문에 스텔라는 정신이 번쩍 들었다. 벌써부터 로레타를 볼 수 없는 열흘 동안 뭘 해야 할지에 대한 고민에 빠져 방심하고 있었던 것이다.

"내 가족은 오래전에 떠났어요." 스텔라가 말했다. "모두……"

그녀는 문장을 끝낼 수 없어 말꼬리를 흐렸다. 로레타의 얼굴에 안타까워하는 표정이 떠올랐다. "오, 허니. 미안해요." 로레타가 말했다. "이를 어째, 내가 힘든 기억을 떠올리게 했네요."

"괜찮아요." 스텔라가 말했다. "오래전 일인걸요."

"어렸을 때였겠죠?"

"꽤 어렸죠." 그녀가 말했다. "사고였어요. 누구의 잘못도 아니었어요." 나쁜 일은 일어나기 마련이다. 원래 그렇다.

"형제는요?" 로레타가 말했다.

"남자 형제는 없어요." 스텔라가 잠시 말을 멈추었다가 대답했다. "쌍둥이 언니가 있었어요. 당신을 보면 언니가 조금 생각나요."

계획하지 않았던 말이라 그녀는 내뱉자마자 후회가 되었다. 하지만 로레타는 그냥 웃었다.

"어떤 면에서요?" 로레타가 말했다.

"오, 모르겠어요. 좀 비슷한 면이 있어요. 언니는 재미있는 사람이었어요. 거리낌없고. 나 같지 않았어요, 정말로." 스텔라는 눈물이 차오르는 것을 느끼고 서둘러 눈물을 훔쳤다. "미안해요. 내가 왜 자꾸 이러는지 모르겠네요……"

"미안해하지 마요." 로레타가 말했다. "가족 전체를 잃었잖아요! 울고불고할 일이 있다면 바로 이런 거죠. 그리고 언니에 대해서도 마찬가지고요. 자비가 있기를."

"지금도 언니 생각이 나요." 스텔라가 말했다. "내가 지금도 이렇게 언니 생각을 하고 있을 줄은 몰랐어요……"

"왜 안 그렇겠어요." 로레타가 말했다. "쌍둥이 자매 중 한쪽을 잃는 일인데요. 자신의 절반을 잃는 느낌일 거예요."

이따금 스텔라는 수화기를 들고 데지레에게 전화를 거는 상상을 했다. 그저 목소리라도 들으려고. 하지만 연락할 방법을 몰랐고, 게다가 무슨 말을 하겠는가? 너무 많은 세월이 지났다. 되돌아보는 게 무슨 소용이 있는가? 이미 내린 선택을 정당화하는 것에도 지쳤다. 더이상 자신의 것이 아닌 삶으로 다시 끌려 들어가고 싶지는 않았다.

"쌍둥이라," 로레타가 그 단어에 마법이 깃든 것처럼 말했다. "우리 엄마가 뭐라고 했는지 알아요? 손바닥만 보면 그 사람이 쌍둥이를 낳을 건지 알 수 있댔어요."

이제 스텔라가 웃었다. "뭐라고요?"

"진짜라니까요, 손금 본 적 없어요? 봐요, 내가 가르쳐줄게요." 로레타가 느닷없이 손을 뻗더니 스텔라의 손을 잡았다. "여기 이 선 보이죠? 이게 자녀선이에요. 이게 둘로 나뉘면 쌍둥이를 낳는 거고요. 당신은 하나만 있네요. 그리고 여기 이건 애정선. 깊게 쭉 뻗어 있는 게 보이죠? 결혼생활이 오래간다는 뜻이에요. 그리고 이건 생명선이에요. 봐요, 중간이 갈라져 있네요."

"그건 무슨 뜻이에요?"

"당신의 삶이 뭔가에 의해 중단되었다는 뜻이에요."

로레타가 미소를 지었고, 또다시 스텔라는 로레타가 아는 게 아닌지 의심했다. 어쩌면 지금껏 내내 로레타는 연기를 하고 있었는지도 몰랐다. 그 생각을 하니 창피했지만, 동시에 묘한 해방감이 들었다. 어쩌면 이제 스텔라는 자신의 이야기를 전부 다 말할 수 있을 것이고, 로레타는 이해해줄 것이다. 스텔라는 누구도 배신할 생각이 없었고 그저 새로운 삶이 필요했을 뿐이었다는 걸. 이것은 그녀의 삶인데, 그녀가 새로운 삶을 원한다면 스스로 결정을 내릴 수 있는 것 아닌가? 하지만 로레타는 웃었다. 그저 농담을 하는 것이었다. 손을 보고 누군가의 삶을 읽어내는 것은 불가능했고, 더욱이 스텔라의 것처럼 복잡한 삶은 말할 것도 없었다. 그럼에도 그녀는 여기 앉아 있는 것이, 로레타의 손톱이 그녀 손바닥의 선을 좇아가는 이 순간이 좋았다.

"그렇군요." 스텔라가 말했다. "또 뭐라고 돼 있어요?"

9

뉴올리언스에서, 스텔라는 둘로 갈라졌다.

그녀는 평생 두 사람으로 살았기 때문에 처음에는 알아차리지 못했다. 평생 스텔라는 자기 자신이었고, 또한 데지레였다. 그들 쌍둥이는 귀하고 아름다웠으며, 쌍둥이로만 불렸지 결코 자매라고 불리지 않았다. 마치 쌍둥이가 공식 명칭인 것처럼. 그녀는 자신을 늘 이 한 쌍의 일부로 생각했지만 뉴올리언스에서 지내던 시절, 딕시 세탁소에서 해고된 뒤 둘로 쪼개져 새로운 여자로 태어났다. 스텔라는 세탁소에서 일을 하다 몽상에 빠져 백인 여자로 미술관에 들어간 그날 아침을 다시 생각했다. 백인이 된다는 게 가장 흥분되는 부분은 아니었다. 다른 사람이 된다는 게 짜릿했다. 다 보는 데서 다른 사람이 된다는 것, 주위의 누구도 알아차리지 못한다는 것. 그토록 자유로운 기분은 느껴본 적이 없었다. 하지만 그 기억에 정신이 너무 팔린 나머지 압착기에 손이 빨려 들어갈 뻔했다.

그런 위험한 사고가 날 뻔했다는 건 메이가 그녀를 해고할 충분한 사유가 되었다. 어느 작업장이든 부상 사고는 나쁜 일이었지만, 불법으로 고용된 여자아이가 관련되어 있다면 너무 큰 위험이었다.

"해고로 끝난 게 다행인 줄 알아." 메이가 말했다. 직장만 잃었지 손을 잃지는 않아서 다행이고, 스텔라만 해고되고 데지레는 엄한 경고만 받아서 다행이란 건가? 어느 쪽이든 스텔라는 새 일자리가 필요했다. 몇 주 동안 그녀는 직업소개소에 가서 신청서를 쓰고 북적거리는 대기실에서 오후를 통째로 보낸 뒤, 아침에 다시 와보라는 약속과 함께 그곳을 떠났다. 매일 저녁 데지레를 마주하기가 두려웠고, 집에 돌아오면 유리병에 넣어둔 돈이 점점 줄어드는 것을 확인했다. 그러던 어느 날, 집세 내는 날을 앞둔 어느 일요일에, 스텔라는 신문에 실린 구인 광고를 보았다. 메종 블랑시의 마케팅 부서에서 글씨가 예쁘고 타이핑 실력이 좋은 젊은 여성을 찾고 있었다. 경력은 필요하지 않았다. 그녀는 타이핑에서 늘 좋은 점수를 받았지만, 백화점에서 유색인 여자를 신발 정리하는 일이나 매장에서 향수를 뿌리는 일 이상의 자리에 고용할 리는 없었다. 그래도 데지레는 한번 지원해보라고 했다.

"딕시 세탁소보다 돈을 많이 줄 거야." 데지레가 말했다. "그냥 한번 가봐."

스텔라는 지원하지 않을 것처럼 말했다. 잊어버리라고 데지레에게 말했다. 타이핑을 할 줄 안다고 해서 뭐? 새침한 백인 비서가 유색인은 지원할 필요 없다는 말로 굴욕감을 주는 상황에 왜 자신을 내맡기는가? 그럼에도 스텔라는 다음날 아침에 일어나 좋은 옷을 입고 커낼 스트리트로 가는 전차를 탔다. 무엇보다 그들의 돈이 줄

어드는 것은 그녀의 잘못이었다. 적어도 시도는 해보아야 했다. 엘리베이터가 그녀를 육층까지 데려다주었고, 거기서 스텔라는 백인 여자들이 그들먹하게 모인 대기실로 갔다. 입구에서 걸음을 멈추고, 그냥 돌아설지 말지 고민했다. 하지만 금발의 비서가 그녀에게 오라고 손짓했다.

"타이핑 샘플이 필요해요, 아가씨." 그녀가 말했다.

스텔라는 그 자리에서 떠날 수도 있었다. 하지만 지원서를 꼼꼼히 작성하고 샘플 문단을 타이핑했다. 자판을 누를 때 손이 떨렸다. 들킬까봐 무서웠지만, 어쩌면 들키지 않는 게 더 무서웠다. 그리고 그다음은 뭐? 이건 미술관에 슬그머니 들어가는 것과는 달랐다. 고용된다면 날마다 백인으로 살아야 하는데, 여기 대기실에 앉아서도 이렇게 손을 떨면서 어떻게 그런 일을 해낼 수 있겠는가? 비서가 그 자리는 채워졌다고 알렸을 때 그녀는 마음이 놓였다. 지원은 했으니 적어도 데지레에게 최선을 다했다고 말할 수 있었다. 얼른 코트와 핸드백을 챙겨 엘리베이터로 가는데, 비서가 미스 빈스를 부르며 내일부터 일을 시작할 수 있는지 물어왔다.

메종 블랑시에서 스텔라는 샌더스 씨를 도와 봉투에 주소 쓰는 일을 했다. 그는 마케팅 부서에서 가장 젊은 직원인데다 외모가 영화배우처럼 출중해서, 그 건물에서 일하는 다른 여자들 모두 그녀를 부러워했다. 라피엣 출신의 가슴이 풍만한 캐럴 워런은 스텔라는 본인이 얼마나 운이 좋은지 모르고 있다고 말했다. 캐럴은 리드 씨를 도와 일하는데, 그는 충분히 좋은 사람 같지만 받아쓸 내용을 불러줄 때 귓가에 보이는 회색 머리칼에 자꾸 눈이 간다고 말했다. 하지만 샌더스 씨를 위해 일하는 건 과연 어떤 기분일까! 캐럴은 샐러드를 열심히 씹으며 스텔라가 샌더스 씨에 관한 흥미로운 이야기를 해주기를 기다렸지만, 스텔라는 무슨 말을 해야 할지 알 수 없었다. 아침에 그가 그녀의 책상에 코트와 모자를 내려놓을 때와 그녀가 점심 먹고 돌아온 그에게 메시지를 전달할 때를 빼면 스텔라는 그 남자와 거의 대화하지 않았다. "고마워요, 아가씨." 그는 그렇게 말하고 메모지를 읽으며 다시 자신의 사무실로 걸음을 옮겼다. 심지어 스텔라의 이름조차 알지 못하는 것 같았다.

"정말 멋진 남자야, 안 그래?" 한번은 스텔라가 그를 빤히 쳐다보고 있는 것을 목격한 뒤 캐럴이 소곤거렸다.

스텔라는 얼굴을 붉히며 고개를 재빨리 흔들었다. 그녀가 가장 원하지 않는 일이 사무실에서 가십거리가 되는 것이었다. 그녀는 다른 사람들과 거의 어울리지 않았고, 정시에 출근하고 퇴근해야 하는 시간에 퇴근했다. 자기 책상에서 점심을 먹었고, 말이 헛나오면 의심을 살 게 분명하니 가능한 한 말을 아꼈다. 샌더스 씨 주변에서는 특히 말을 삼갔고, 그가 인사를 건넬 때는 조용히 안녕하세요, 하고 말할 뿐이었다. 어느 날 아침, 샌더스 씨가 그녀의 책상 앞에서 걸음을 멈추었다. 그의 몸 옆에서 서류 가방이 흔들렸다.

"말수가 적은 편이네요." 그가 말했다.

질문이 아니었으나, 스텔라는 대답해야 할 것 같았다.

"죄송합니다." 그녀가 말했다. "늘 조용한 편이에요."

"그런 것 같네요." 그는 자기 사무실로 가다 말고 갑자기 돌아섰다. "오늘 나가서 같이 점심 먹어요. 나를 도와주는 직원들에 대해 알고 싶어요." 그러고는 마치 그녀가 수락한 것처럼, 결정되었다는 의미에서 책상을 톡톡 쳤다.

스텔라는 너무 당황해서 오전 내내 봉투에 주소를 계속 잘못 적었다. 점심시간이 되자, 그녀는 샌더스 씨가 그 제안을 잊어버렸기를 바랐다. 하지만 그는 사무실에서 나오더니 따라오라고 손짓했다. 그래서 그들은 같이 나갔다. 앤트완스 레스토랑에서 블레이크는 굴 요리를 주문했고, 그녀가 메뉴를 물끄러미 바라보자 각자 먹을 앨리게이터 수프를 주문했다.

"이 지방 출신이 아니로군요, 그렇죠?" 그가 물었다.

스텔라는 고개를 끄덕였다. "네, 아닙니다." 그녀가 말했다. "저는 여기 북쪽에 있는 작은 타운에서…… 태어났어요."

"작은 타운이 뭐가 어때서요. 나는 작은 타운이 좋아요."

샌더스 씨가 스푼을 입으로 가져가며 그녀에게 미소를 지어 보였고, 스텔라는 애써 미소로 답했다. 그날 저녁, 데지레가 자세히 이야기해달라고 했을 때 스텔라는 에메랄드그린 색깔의 벽지도, 액자에 든 뉴올리언스의 유명 인사 사진도, 수프의 맛도 기억나지 않았다. 샌더스 씨가 그녀에게 보여준 미소 말고는 아무것도 기억나지 않았다. 어떤 백인 남자도 그렇게 친절한 미소를 보여준 적이 없었다.

"우리는 앞으로 이렇게 할 거예요." 그가 말했다. "이 도시에 대해 알고 싶은 게 있다면—그게 뭐든—나한테 물어봐요. 그걸 바보 같다고 생각하지 말고요. 새 도시가 얼마나 낯선 곳일 수 있는지 내가 잘 알아요."

스텔라는 잠시 가만히 있었다. "그건 어떻게 먹는 건가요?" 그녀가 굴을 가리키며 물었다.

샌더스 씨가 웃었다. "굴 먹어본 적 없어요? 루이지애나 사람들은 모두 굴을 좋아한다고 생각했는데."

"집이 넉넉하지 않았어요. 늘 궁금했어요."

"놀리려는 의도는 없었어요." 그가 말했다. "보여줄게요. 아주 간단해요." 그가 포크로 손을 뻗으며 그녀를 흘낏 올려다보았다. "당신은 이곳과 어울려요, 스텔라. 그렇지 않다는 생각은 하지 마요."

스텔라는 직장에서 미스 빈스가 되었고, 데지레는 그런 그녀를 화이트 스텔라라고 불렀다. 데지레는 그게 말도 안 되는 생각이라는 듯 그렇게 말하고 나면 늘 킥킥거렸고, 스텔라는 그게 거슬렸다. 자신이 그 역할을 얼마나 그럴듯하게 해내는지 데지레가 봐주었으면 했지만, 관객이 존재할 수 없는 연기를 하는 것이 그녀의 삶이었다. 스텔라의 진짜 정체를 아는 사람만이 연기를 인정해줄 텐데, 직장에서는 누구도 영원히 알 수 없었다. 마찬가지로 데지레는 미스 빈스를 결코 만나볼 수 없었다. 스텔라는 데지레가 없을 때만 미스 빈스일 수 있었다. 아침에, 메종 블랑시로 전차를 타고 가는 동안 그녀는 눈을 감고 천천히 미스 빈스가 되었다. 다른 삶, 다른 과거를 상상했다. 포치 계단을 쿵쿵거리며 올라오는 발소리도 없고, 아버지를 붙잡아 가는 혈색 좋은 백인 남자도 없고, 팬트리에서 그녀를 밀어붙이는 듀폰 씨도 없다. 엄마도 없고, 데지레도 없다. 스텔라는 자신이 아기처럼 새롭고 깨끗해질 때까지 마음을 백지로 만들었다. 자신의 삶 전체를 사라지게 만들었다.

곧 그녀는 엘리베이터가 하늘을 향해 올라가고 사무실 안에 발을 들여놓을 때 더이상 불안을 느끼지 않게 되었다. 당신은 이곳과 어울려요, 블레이크는 그렇게 말했었다. 곧 그녀는 그를 샌더스 씨가 아닌 블레이크로 생각하게 되었고, 이제 그가 굿모닝, 하고 인사할 때 그녀의 책상 앞에서 좀더 머뭇거린다는 걸, 그녀를 점심식사에 더 자주 데려간다는 걸, 스텔라가 일을 끝내고 전차를 타러 갈 때 바래다주기 시작했다는 걸 눈치채기 시작했다.

"바깥은 안전하지 않아요." 한번은 그가 횡단보도에서 걸음을 멈추고 말했다. "당신처럼 예쁜 여자가 혼자 걷기엔 말이죠."

블레이크와 같이 있을 때는 누구도 그녀를 괴롭히지 않았다. 정류장에서 수작을 걸던 음흉한 백인 남자도 어느 날 갑자기 입을 다물었다. 뒤에 앉은 유색인 남자는 그녀 쪽을 쳐다도 보지 않았다. 메종 블랑시에서 다른 직원이 그녀를 '블레이크의 여자'라고 부르는 것을 들었을 때, 스텔라는 그런 차별성이 회사 밖에서도 그녀를 보호해준다고 느꼈다. 블레이크의 여자로 세상에 나가는 것만으로도 자신이 얼마간 달라지는 것처럼.

곧 그녀는 유리문을 통과해 블레이크와 함께 천천히 보도를 걷는 순간을 기다리기 시작했다. 곧 그가 눈을 깜박일 때 속눈썹이 아기 인형처럼 짙고 풍성하다는 것을 알게 되었다. 그는 중요한 프리젠테이션이 있는 날에는 불독 모양 커프스단추를 했는데, 전 약혼자가 준 선물이라고 거의 수줍게 말했다. 그 관계는 끝이 좋지 않았지만, 그는 여전히 그게 행운을 가져온다고 생각했다.

"관찰력이 좋은데요, 스텔라." 블레이크가 말했다. "전에는 나한테 그걸 물어본 사람이 없었던 것 같아요."

스텔라는 그에 관한 모든 것을 알아차렸지만 누구에게도, 특히 데지레에게는 말하지 않았다. 이 삶은 진짜가 아니었다. 블레이크가 그녀의 정체를 알게 된다면 짐을 싸기도 전에 그녀를 사무실 밖으로 쫓아버릴 것이다. 하지만 스텔라의 무엇이 달라졌는가? 사실 달라진 건 아무것도 없었다. 변장도 하지 않았고, 심지어 새 이름을 쓰지도 않았다. 스텔라는 유색인 여자로 걸어들어갔고, 백인 여자로 걸어나왔다. 그녀가 백인이 된 것은 사람들이 모두 그렇게 생각했기 때문이었다.

매일 저녁 그녀는 그 과정을 거꾸로 거쳤다. 미스 빈스는 전차에 올라탔고, 거기서 다시 스텔라가 되었다. 집에 돌아가면 데지레가 물어봐도 직장 이야기는 하지 않으려 했다. 자신이 미스 빈스가 아닐 때 미스 빈스에 대한 이야기는 하고 싶지 않았다. 하지만 가끔 옛친구가 생각나는 것처럼 이따금 그 다른 여자가 불쑥 나타나곤 했다. 저녁에 아파트에 누워 있다가 문득 미스 빈스는 지금 뭘 하고 있을지 궁금하네, 하는 생각이 떠오르는 것이었다. 그러면 그녀가 거기 나타났다. 늘 녹말풀냄새를 풍기는 쌍둥이 자매와 같이 쓰는 이 비좁은 원룸 아파트가 아니라 호화로운 집에서, 발가락 사이로 모피가 삐져나오는 러그 위를 느긋하게 돌아다니는 미스 빈스가. 어느 밤에는 레스토랑 바깥의 유색인 전용 창구 앞에서 음식이 나오기를 기다리는 동안, 미스 빈스라면 골목 창구 앞에서 떠돌이 개처럼 음식을 받지는 않을 거라는 생각이 떠올랐다. 그녀는 불쾌한 기분이 드는 게 자신인지, 아니면 미스 빈스인지 알 수 없었다.

이따금 그녀는 미스 빈스가 완전히 별개의 다른 사람이 아닐까 생각했다. 어쩌면 미스 빈스는 스텔라가 쓰는 가면이 아닌 것이다. 어쩌면 미스 빈스는 이미 스텔라 자신의 한 부분인지도, 그녀는 지금까지 반으로 쪼개진 채 살아왔는지도 몰랐다. 그녀는 어느 쪽이 되기로 마음먹느냐에 따라, 햇살을 향해 어느 쪽 얼굴을 돌리느냐에 따라 두 여자 모두 될 수 있었다.

이스테이츠에 사는 누구도 그것을 어떻게 받아들여야 할지 몰랐다. 스텔라 샌더스가 길 건너 유색인 여자를 만나러 다니는 것 말이다. 마지 호손은 몇 달 전에 스텔라가 위험을 무릅쓰는 듯한 태도로 길을 건너는 모습을 보았다고 했다. 고개를 숙인 채 케이크를 품에 안고 가더라는 것이었다. "그 여자가 이 동네로 온 걸 반겨주다니, 믿어져요?" 마지가 말했고, 처음에는 아무도 그 말을 믿지 않았다. 마지의 말은 늘 신빙성이 없었다. 세차장에서 워런 비티*를 두 번이나 봤다고 장담한 적도 있었다. 하지만 캐스 조핸슨도 공원에서 스텔라와 로레타가 벤치에 나란히 앉아 있는 것을 봤다고 했다. 어깨에 긴장을 푼 채 일상적이고 편안한 자세로. 로레타가 무슨 말인가를 하자 스텔라가 웃었고, 로레타의 담배를 가져가 한 모금 빨기까지 했다는 것이다. 유색인이 피우던 담배를 자기 입에 물다니. 그 내용이 구체적이고 특이한 탓에, 더구나 캐스의 입에서 나온 탓에 그 이야기는 확실한 사실로 받아들여졌다. 캐스는 언제나 스텔라에게 약간 반해 있어서, 스텔라의 주위를 위성처럼 맴돌며 그녀의 빛 속에 기꺼이 몸을 담그고 싶어하는 듯 보였다.

하지만 다른 여자들에게 스텔라와 로레타에 대해 말하면서 캐스는 자신이 스텔라를 정말로 잘 알았던 적은 한 번도 없고, 게다가

* 미국의 영화배우이자 감독.

그 여자는 늘 뭔가 좀 이상한 구석이 있다고 했다. 벳시 로버츠가 끼어들어, 바로 그 월요일에 스텔라가 딸을 데리고 길을 건너는 것을 보았다고 말했다.

"어쩜 창피하지도 않나." 벳시가 말했다. "그 어린아이를 이 모든 일에 끌어들이다니."

하지만 이 모든 말은 결국 다 추측에 불과했다. 블레이크 샌더스에게 언질을 주는 사람은 아무도 없었고, 그는 스텔라의 이상한 점을 눈치챘으나 자기 아내는 원래 이해하기 힘든 기분 상태에 빠지는 사람이라는 걸 이미 받아들이고 있었다. 그의 어머니는 스텔라가 그런 수고를 들일 가치가 없는 여자라고 경고했었다. 그가 스텔라와 막 데이트를 시작한 시점이었고, 그녀가 그의 비서로 일한 지는 이미 이 년이었다. 블레이크는 평생 다른 누구에게보다 그녀에게 더 많은 말을 했다. 스텔라의 어깨 형태로 그녀의 기분이 좋지 않다는 걸 알아차렸다. 글씨의 기울어진 정도로 마음이 급했다는 걸 읽어낼 수 있었다. 하지만 스텔라와 데이트를 하는 것은 완전히 새롭게 펼쳐지는 미스터리였다. 그는 그녀의 삶에 존재한 어느 누구도 만나보지 못했다. 가족도, 친구도, 전에 사귄 애인도. 그때는 그녀가 두는 거리가 꿈결처럼 느껴졌다. 심지어 로맨틱했다. 하지만 그의 어머니는 스텔라가 뭔가를 숨기고 있다고 말했다.

"뭔지는 나도 몰라." 어머니가 말했다. "하지만 이건 말해줄 수 있어. 그애 가족은 아직 살아 있어."

"그런데 스텔라는 왜 아니라고 해요?"

"왜냐하면," 어머니가 말했다. "그애는 아마 루이지애나 오지의 형편없는 집안 출신일 테고, 네가 그 사실을 알아내길 바라지 않기 때문이겠지. 음, 곧 알게 될 거다."

어머니는 아들이 다른 여자, 족보 있는 집안의 여자와 결혼하기를 바랐다. 대학 때 블레이크는 그런 유의 여자를 공식 행사에 수십 번은 데려갔다—그런 사교계 여자들은 눈물이 날 정도로 재미없었다. 아마 그래서 그는 어디서 왔는지도 모르고 주변에 아무도 없는 예쁜 비서에게 끌렸을 것이다. 그녀의 비밀은 개의치 않았다. 시간이 지나면 알게 될 것이다. 하지만 많은 세월이 흘러도 스텔라는 변함없이 수수께끼 같은 존재였다. 어느 오후 그는 일을 마치고 일찍 집으로 돌아와 아내의 이름을 불렀다. 하지만 집은 비어 있었다. 한 시간 뒤 마침내 아내와 딸이 돌아왔고, 스텔라는 그를 보자 깜짝 놀라며 몸을 기울여 키스했다.

"미안해, 여보." 그녀가 말했다. "캐스 집에 갔다가 시간 가는 줄 몰랐어."

또 한번 그가 일찍 집에 왔을 때, 스텔라는 벳시 로버츠의 집에 가서 너무 오래 있었다고 말했다.

"둘이 무슨 대화를 했어?" 그가 나중에 물었다.

그때 스텔라는 화장대 거울 앞에 앉아 머리를 빗고 있었다. 매일 밤 잠들기 전에 백 번 빗질을 하라. 〈글래머〉 잡지에 그렇게 되어 있었다. 빨간 빗이 아물거리며 그에게 최면을 거는 듯했다.

"오, 알면서 그래." 그녀가 말했다. "여자들이 어떤지. 그냥 이런저런 소소한 이야기들이지 뭐."

"나는 당신도 그런 걸 할 수 있는지 정말 몰랐어."

"어떤 거?"

"음, 친하게 지내는 거."

스텔라가 웃었다. "그냥 이웃끼리 잘 지내보려는 거야. 나보고 밖에 더 자주 나가라고 말한 사람이 당신 아니었어?"

"하지만 이제 당신은 걸핏하면 없잖아."

"그럼 내가 어떻게 해야 해?" 그녀가 물었다. "케네디보고 친구를 사귀지 말라고 해?"

블레이크는 어렸을 때 수줍음이 많아서 유색인이건 아니건 친구가 많았던 적이 없었다. 그 대신 까맣고 못생긴 헝겊 인형 짐보를 갖고 놀았는데, 머리는 플라스틱이고 빨간 입술은 이상한 모양새였다. 아버지는 아들이 인형을, 그것도 흑인 인형을 들고 뛰어다니는 걸 못마땅하게 여겼지만, 블레이크는 그것을 어디든 가지고 다니면서 인형의 플라스틱 귀에 자신의 모든 비밀을 소곤거렸다. 인형은 친구였고, 고정된 빨간 미소 뒤에서 그의 감정을 지켜주는 존재였다. 그러던 어느 날 블레이크는 마당에 나갔다가 풀밭 사방에 솜 뭉텅이가 흩어져 있는 것을 보았다. 만신창이가 된 짐보가 팔다리는 나뒹굴고 속은 다 터져나온 채 보행로의 흙바닥에 던져져 있었다. 아버지는 개가 물어뜯은 모양이라고 말했지만, 블레이크는 아버지가 개의 입안에 인형을 던져주고 개가 탁 무는 장면을 늘 상상했다. 그는 무릎을 꿇고 짐보의 팔 하나를 집어 올렸다. 인형의 내부가 어떻게 생겼을지 항상 궁금했다. 어떤 이유에서인지, 그는 솜이 갈색일 거라고 생각했었다.

크리스마스가 다 되었을 무렵 스텔라는 이미 로레타의 집에서 너무나 많은 오후를 보낸 뒤여서, 어느 월요일에 로레타에게 습관적으로 내일 보자고 말했다. "내일은 크리스마스이브예요, 허니." 로레타가 웃으며 말했고, 스텔라도 그 사실을 잊은 게 당황스러워서 웃었다. 그녀는 늘 명절이 두려웠다. 가족 생각이 떠오르는 걸 막을 수 없었다. 물론 당시와 지금의 크리스마스 축하 방식은 완전히 달랐다. 지금은 트리가 너무 높아서 별이 천장에 닿았고, 식사 때 너무 많은 음식을 준비해서 먹고 남은 음식이 지긋지긋했고, 케네디를 기다리는 선물이 산더미였다. 12월마다 그녀는 산타에게 보낼 편지를 움켜쥔 채 다른 엄마들과 함께 백화점에 가면서 이런 어린 시절을 상상하려고 해보았다. 그들 쌍둥이 자매는 늘 선물을 하나씩 받았는데, 교회에 갈 때 입을 새 원피스처럼 유용한 것이었다. 어느 해 스텔라는 델라포스네 농장에서 새끼 돼지를 선물로 받았고 로잘리라는 이름을 붙여주었다. 몇 달 동안 그녀는 로잘리에게 먹이를 주었고, 마당에서 그녀를 쫓아다니는 돼지와 함께 뛰놀았다. 그리고 부활절 일요일이 오자 어머니는 돼지를 도살해 저녁을 차렸다.

"나는 그 고기를 한 입도 남기지 않고 다 먹었어." 한번은 스텔라가 딸에게 그 이야기를 해주었다. 그 이야기가 케네디에게 좀더 감사할 줄 아는 태도를 가르쳐줄 거라고 생각했다. 아이가 갑자기 울음을 터뜨리며 엄마를 괴물처럼 쳐다볼 거라고는 예상하지 못했다. 어쩌면 스텔라는 괴물이었는지도 몰랐다. 그 돼지 때문에 울었던 기억이 전혀 없었다.

"크리스마스에 뭐 재미있는 계획 있어요?" 로레타가 물었다.

"그냥 몇몇이 놀러와요." 스텔라가 말했다. "별건 아니고, 매년 하는 작은 행사예요."

하지만 그 파티는 작은 행사가 아니었다. 케이터링 업체와 현악 사중주단을 부르고 이웃 전체를 초대했다. 하지만 물론 로레타에게 사실대로 말할 수는 없었다. 스텔라는 초대장을 봉투에 넣고 침을 묻혀 봉인하면서, 워커 부부는 절대 초대할 수 없다는 것을 알았다.

크리스마스이브가 되었고, 조핸슨 부부가 벽돌처럼 단단한 과일 케이크를 들고 가장 먼저 도착했다. 이어 피어슨 부부가 에그노그를 만들 때 쓸 버번을 들고 왔다. 가톨릭 신자로 신앙심이 아주 깊은 로버츠 부부는 트리에 매달 작은 금발의 천사를 들고 나타났다. 이어 호손 부부가 집에서 만든 퍼지를 들고 나타나 집 앞 계단에서 손을 흔들었고, 화이트 부부는 해변에 눈이 내리는 풍경을 담은 아이러니한 스노볼을 들고 나타났다. 곧 거실은 사람들로 북적였다. 스텔라는 그 모든 사람 때문에, 혹은 뱅쇼를 마셔서, 혹은 길 건너 로레타에게 음악소리가 들릴 수도 있음을 알았기 때문에 몸이 훅 달아오르는 것 같았다. 로레타는 계단을 오르는 끝없는 이웃의 행렬을 틀림없이 봤을 것이다. 어쩌면 보지 못했을 수도 있다. 로레타의 부모가 그날 저녁에 도착했다. 스텔라는 노부부가 캐딜락에서 내리는 것을, 레지는 트렁크에서 가방을 내리고 로레타는 우연히 낯선 나라에 들어온 사람들처럼 어리둥절한 표정으로 동네를 둘러보는 노부부의 등을 팔로 감싸안는 것을 지켜보았다. 스텔라의 어머니도 스텔라의 새 삶을 저런 눈으로 볼까? 적어도 로레타의 부모는 자부심을 느낄 것이다. 로레타는 원래 자신의 것이 아니었던 삶을 훔치는 것이 아니라 솔직한 방식으로 이 좋은 것을 손에 넣었다. 하지만 다시 생각해보면, 그녀와 로레타 둘 다 결혼을 잘해서 여기 이스테이츠에 입성한 것이었다. 그러니 결국 두 사람 사이에는 큰 차이가 없을지 몰랐다.

블레이크는 스텔라의 빈 잔을 뱅쇼가 담긴 다른 잔과 바꿔주면서 무릎을 구부려 그녀의 뺨에 키스했다. 그는 파티를 여는 걸 좋아했지만 스텔라는 파티를 열면 구석으로 가서 숨고 싶은 마음뿐이었다. 벳시는 리넨에 관한 대화에 그녀를 끌어들였고, 캐스는 소파 테이블은 어디서 샀는지 물었고, 데일은 그녀의 머리 위로 겨우살이를 달랑달랑 흔들었다. 그녀는 딸이 늘 그러듯 혹시 자기만 재미있는 것을 놓치는 건 아닐까 여전히 계단 난간을 통해 훔쳐보고 있을지도 모른다고 생각하며 무리의 가장자리에 서 있었다. 그 순간 이웃들이 웃음을 터뜨렸고, 웃는 얼굴로 스텔라를 쳐다보며 대답을 기다렸다.

"미안해요." 그녀가 말했다. "뭐라고 했죠?"

그녀는 이런 파티에서는 너무 쉽게 당황했다. 막 정치적 토론이 시작되려는 참에 딴생각에 빠졌으니—베트남전쟁이나, 어쩌면 다가오는 선거에 관한 것이리라—누군가가 그녀의 생각은 어떤지 물었을 것이다. 그녀도 신문을 읽었고 다른 사람들처럼 의견이 있었지만, 머릿속이 하얗게 변했다. 늘 자신이 뭔가 잘못 말하지 않을까 두려웠다. 이제 데일 조핸슨이 그녀를 보며 싱글싱글 웃고 있었다.

"당신의 새 친구는 언제 오는지 궁금하다고 말했어요." 그가 말했다.

"오, 글쎄요." 스텔라가 말했다. "내 생각엔 이제 모두 온 것 같은데요."

다른 사람들이 재미있다는 시선을 교환했고, 스텔라는 얼굴을 붉혔다. 농담의 주인공이 되는 게 싫었다.

"무슨 이야기를 하는 건가요, 데일?" 스텔라가 말했다.

데일이 웃었다. "길 건너 사는 당신 친구가 오는지 물어본 거예요. 그 여자도 틀림없이 저 밖에서 이 음악소리를 들을 것 같거든요."

스텔라는 잠시 가만히 있었고, 심장이 벌렁거렸다.

"그 여자는 내 친구가 아닌데요." 그녀가 말했다.

"음, 당신이 그 여자 집에 드나든다고 사람들이 그러던데요." 캐스가 말했다.

"그래서요?"

"그러면 그게 사실이에요? 줄곧 그 여자 집에 갔다는 게?"

"그건 여러분이 왈가왈부할 문제가 전혀 아닌 것 같은데요." 스텔라가 말했다.

벳시 로버츠가 헉 소리를 냈다. 톰 피어슨은 이 상황을 농담으로 만들겠다는 듯 불편하게 웃었다. 갑자기 스텔라는 그들의 눈에 자신이 완전히 새로운 생명체로 변신한 것처럼 보이리라는 생각이 들었다. 무언가 야성적이고 짐승 같은 존재. 캐스는 뺨이 발그레하게 물든 채 뒤로 물러섰다.

"음, 사람들이 다 그 이야기를 해요." 캐스가 말했다. "난 그저 당신도 알아야 한다고 생각했을 뿐이에요."

그 여자 참 뻔뻔하기는.

욕실 거울 앞에서 스텔라는 씩씩거리며 얼굴에 물을 끼얹었다.

캐스 조핸슨은 도대체 무슨 자격으로 그런 말을 하는 거지? 말라비틀어진 과일 케이크나 들고 쳐들어와서는 스텔라의 면전에 대고, 그녀의 집에서, 모두 다 보는 앞에서 동네 전체가 그녀를 평가하고 있다는 말을 한 것이다. 데일은 옆에서 멍청하게 웃고 있었고, 블레이크는 문득 낮잠에서 깨어나 자기 집 거실에 그 많은 낯선 사람이 둘러서 있는 것을 목격한 사람처럼 어리둥절한 표정으로 그 장면을 지켜보았다. 스텔라는 이층으로 뛰어올라가 침실 창문 밖으로 몸을 내밀고 담배를 피웠다. 파티가 열리는 아래층에서는 조용히 웅성거리는 소리가 들렸다. 블레이크가 그녀 대신 양해를 구하고 있을 게 분명했다. 오, 신경쓰지 마세요, 스텔라는 연중 이맘때면 늘 신경이 조금 곤두서 있어요. 맞아요, 명절 우울증. 어쨌거나, 누가 저 여인을 절반이라도 이해하겠어요? 곧 조핸슨 부부와 호손 부부와 피어슨 부부는 조심스럽게 보도로 내려가, 잘 관리된 잔디밭을 지나고 똑같이 생긴 현관문을 통과한 뒤 그녀에 대해 수군거릴 것이다. 만약 그들이 그 사실을 알아낸다면. 그 장면이 그녀의 머릿속을 짜릿하게 스치고 지나갔다. 차를 몰고 고가도로를 달릴 때마다 운전대를 꺾어 난간 위로 자신을 날려버리는 상상을 하듯이. 완전한 파멸의 가능성보다 더 감질나는 것은 없었다.

"그러니까, 믿어져?" 스텔라가 블레이크에게 말했다. "바로 내 집에서! 나한테 그런 식으로 말하다니. 그러니까, 어떻게 그렇게 뻔뻔할 수 있지?"

그녀는 열을 내며 얼굴에 나이트 크림을 펴 발랐다. 블레이크는 스텔라 뒤에서 서성이며 셔츠 단추를 풀었다.

"왜 나한테 말하지 않았어?" 그가 말했다. 화가 난 것 같지는 않왔고, 그저 걱정하는 얼굴이었다.

"말할 게 없어." 그녀가 말했다. "애들이 같이 노는 걸 좋아해……"

"그런데 왜 말 안 했어? 왜 캐스 집에 간다고 거짓말을……"

"나도 몰라!" 스텔라가 말했다. "그냥…… 그렇게 말하는 게 더 쉽다고 생각했어, 됐어? 사실대로 말하면 당신이 이것저것 캐물을 테고……"

"나를 탓하는 거야?" 블레이크가 말했다. "당신 이런 적 없었잖아. 당신은 심지어 그 사람들이 이사오는 것도 싫어했어."

"음, 애들이 같이 노는 걸 좋아한다니까! 내가 뭘 어째야 하는데?"

"내게 거짓말은 하지 말았어야지." 그가 말했다. "나한테는 다른 걸 한다고 해놓고 매일같이 몰래 저 집에 놀러가고……"

"매일은 아니야."

"캐스가 이번주만 두 번이었다던데!"

스텔라가 웃었다. "당신 설마," 그녀가 말했다. "내 편이 아니라 캐스 조핸슨 편을 드는 건 아니겠지."

"편들고 말고의 문제가 아니잖아!" 블레이크가 말했다. "있잖아, 나도 눈치채고 있었어. 당신, 요즘 평소 당신 같지 않아. 구름을 쫓는 사람처럼 돌아다닌다고. 그리고 지금은 그 로레타라는 여자를 쫓아다니고 있고. 그건 정상적이지 않아. 그건……" 그는 스텔라 뒤로 다가가 두 손으로 그녀의 어깨를 감쌌다. "이해해, 스텔라. 정말로. 당신은 외로운 거야. 그렇지, 그런 거지? 당신은 애초에 로스앤젤레스로 오고 싶어하지 않았고, 이제 사무치게 외로운 거야. 게다가 케네디는 점점 커가고. 그래서 아마…… 음, 강좌 같은 걸 듣는 건 어때. 당신이 늘 하고 싶었던 걸 하는 거야. 이탈리아어를 배우거나 시를 쓰거나. 당신이 할 만한 괜찮은 걸 같이 찾아보자, 스텔. 걱정하지 마."

오래전 뉴올리언스 시절, 블레이크는 그녀를 밤에 열리는 직장 연회에 초대했었다. "혼자 가기 싫어서 그래요." 그는 말했다. "거기 분위기가 어떤지 알잖아요." 그녀는 분위기가 어떤지 당연히 알지 못했지만 고개를 끄덕였다. 데지레에게는 야근이라고 둘러댄 뒤 다른 비서에게 드레스를 빌렸다. 블레이크가 연회장 로비에서 그녀를 맞아주었는데, 여느 남자 주인공처럼 멋있었다. "눈을 뗄 수 없을 만큼 아름다운데요?" 그가 스텔라의 머리칼에 대고 속삭였다. 저녁 내내 블레이크는 그녀의 곁을 한시도 떠나지 않았고, 그의 손은 계속 그녀의 등허리 쪽에 머물러 있었다. 연회가 끝나자 그는 그녀를 카페로 데려가 함께 커피를 마셨고, 체리 파이를 반쯤 먹었을 무렵 자신은 보스턴으로 돌아갈 거라고 말했다. 아버지 병환 때문에 집 가까운 곳으로 가고 싶다는 것이었다.

"오." 스텔라는 그렇게 말하고 포크를 떨어뜨렸다. 앞으로 더는 이런 밤이 없으리란 사실을 깨닫기 전까지, 그녀는 그와 함께 오늘 같은 밤을 더 보내고 싶은 자신의 마음이 이토록 간절한지 알지 못했었다. 그 순간 블레이크가 그녀의 손을 잡는 바람에 스텔라는 깜짝 놀랐다.

"미친 소리인 거 알아요." 그가 말했다. "보스턴에서 일자리 제의가 들어왔는데……" 그가 잠시 망설이다가 웃었다. "미친 소리란 거 알지만, 스텔라, 나하고 같이 갈래요? 거기서도 비서가 필요

할 테고, 그래서 생각한 건데……"

그들은 아직 키스도 하지 않은 사이였지만, 그의 제안은 청혼만큼 진지하게 들렸다. "그냥 그러겠다고 말해줘요." 그가 말했고, 그 말에서 체리맛이 났다. 새콤달콤하고 편안한 맛. 그럴게요, 바로 그렇게, 그녀는 영원히 미스 빈스가 될 수 있었다. 그녀는 자신에게 두 번 생각할 기회조차 주지 않았다. 쌍둥이 언니를 어떻게 떠날지에 대한 계획도, 새 도시에서 혼자 힘으로 어떻게 정착할지에 대한 계획도 세우지 않았다. 태어나서 처음으로 현실적인 문제에 대한 아무런 고민 없이 블레이크 샌더스에게 그러겠다고 대답했다. 다른 누군가가 되는 것의 가장 힘든 부분은 결심이다. 나머지는 그저 실행 절차에 불과하다.

지금 거울로 흘끗 보니, 블레이크가 부드럽고 걱정스러운 눈빛으로 그녀를 바라보고 있었다. 스텔라는 그녀의 진짜 모습을 결코 알지 못할 남자와 새 인생을 시작했다. 하지만 이제 와서 어떻게 그것을 두고 그냥 떠날 수 있단 말인가? 그것이 그녀에게 남겨진 유일한 삶이었다.

크리스마스 아침에, 스텔라는 블레이크의 가슴에 기댄 채 그들의 딸이 꺅 소리를 지르며 선물더미로 뛰어드는 것을 지켜보았다. 줄을 잡아당기면 말하는 바비 인형, 수지 홈메이커 장난감 오븐 세트, 빨간색 스파이더 자전거. 이거 봐요, 저거 봐요, 케네디는 올해 아주 착한 아이였던 것이다! 아무 장식 없는 빈 트리만 쳐다보고 있는 형편없고 가난한 아이들은 그럴 만해서 그런 것이다. 그들은 가난하기 때문에 나빴고, 나쁘기 때문에 가난했다. 그녀는 산타 신화에 가담하고 싶은 마음이 전혀 없었지만, 블레이크는 케네디의 순수한 마음을 지켜주는 게 중요하다고 말했다.

"그냥 별것 아닌 동화야." 그가 말했다. "아이가 사실을 알게 된다고 해도 우리를 미워하거나 그러지 않아."

그는 차마 거짓말이라는 단어를 쓰지도 못했다. 그것은 그 자체로 거짓말이었다.

포장지 조각을 카펫에 흩어놓고, 케네디는 바닥에 풀썩 앉은 채 너무 신이 나 있었다. 스텔라가 블레이크가 놓아둔 선물 상자를 하나씩 풀자 그녀가 사달라고 하지도 않은 선물이 하나씩 나타났다. 바닥에 끌릴 정도로 긴 밍크코트, 다이아몬드 테니스 팔찌, 에메랄드 목걸이. 두 사람은 침실 거울 앞에 섰고, 그가 목걸이를 채워주었다.

"너무 과해." 그녀가 보석을 만지작거리며 속삭였다.

"당신을 위해서라면 너무 과한 건 없어, 어여쁜 당신." 그가 말했다.

스텔라는 운이 좋은 사람이었다. 그녀를 아주 사랑하는 남편이 있었고, 행복한 딸이 있었고, 아름다운 집이 있었다. 그녀가 무엇에 대해서든 어떻게 불평할 수 있겠는가? 이미 이렇게 많은 것을 가졌는데 어떻게 더 원할 수 있단 말인가? 로레타 워커와 하는 이런 바보 같은 게임은 그만둬야 할 것이다. 두 사람 사이에 공통점이 있는 척하는 것, 그들이 같은 우주에 존재하는 척하는 건 그만둬야 할 것이다. 그들이 친구가 될 수 있는 척하는 것도. 이제 더는 놀러갈 수 없다고 로레타에게 말해야 할 것이다.

부엌에서 그녀는 팔이 뻐근해질 때까지 감자를 으깼다. 햄을 접어 그 사이에 파인애플 조각을 끼운 뒤 오븐에 넣었다. 블레이크는 로스앤젤레스 레이커스가 피닉스 선스를 완파하는 경기를 보고 있었고, 그녀에게 케네디는 동네 꼬마들과 놀러 나갔다고 말했다. 하지만 스텔라가 나가보니 피어슨네 아들들이 자전거를 타고 달려가는 모습도, 조핸슨 부부의 딸들이 카트를 끌고 지나가는 모습도, 축구공을 던지는 어떤 아이의 모습도 보이지 않았다. 막다른 길에 다른 아이들은 전혀 없었고, 워커 부부의 잔디밭에 있는 케네디와 신디만 보였다. 두 아이 다 울고 있었다. 로레타가 아이들 사이에 무릎을 꿇고 있었다—앞치마도 벗지 않은 채 신경이 곤두선 모습으로. 스텔라는 길 건너로 달려간 뒤 딸을 확 끌어당겨 다친 곳이나 긁힌 곳이 없는지 살폈다. 하지만 그런 건 없어서, 그냥 케네디를 끌어안았다.

"무슨 일이에요?" 스텔라가 로레타에게 물었다. "무슨 일 있었어요?"

아마 새 장난감 때문에 싸운 모양이었다. 말하는 바비가 아이들 사이 흙바닥에 놓여 있었다. 그리고 로레타는 딸의 손을 잡고 서 있었다.

"당신이 모를 리가 없을 텐데요." 로레타가 말했다.

그녀의 목소리는 묘하게 차가웠다. 아마 지난밤 파티에서 흘러나온 음악소리를 들은 모양이었다. 초대받지 않은 것에 여전히 기분이 상해 있는 모양이었다. 스텔라는 딸의 머리를 쓰다듬었다.

"같이 갖고 놀아야지, 아가." 그녀가 말했다. "엄마가 어떻게 하라고 했지? 미안해요, 로레타. 아직 어린아이라……"

"오, 충분히 같이 갖고 놀았어요." 로레타가 말했다. "앞으로 댁의 아이가 우리 애 근처에 오지 않게 해주세요."

"네?" 이제 스텔라는 케네디의 어깨를 보호하듯 잡았다. "무슨 말이에요?"

"댁의 아이가 신디에게 무슨 말을 했는지 알아요? 글쎄, 같이 무슨 게임을 하다가 자기가 지니까 신디에게 '검둥이하곤 안 놀아' 하고 말했대요."

스텔라는 가슴이 철렁했다.

"로레타, 나는……"

"아니요, 이해해요." 로레타가 말했다. "아이를 탓하진 않아요. 아시다시피 다 가정교육에서 비롯하는 거니까요. 그런데 나는 바보처럼 당신을 내 집에 들인 거고. 이 동네 전체에서 가장 빌어먹게 외로운 여자를 말이죠. 진작 알았어야 했는데. 내 근처엔 얼씬도 하지 마요."

로레타는 분노했으나 무력했고, 그 때문에 더욱 분노하여 몸을 부들거렸다. 스텔라는 몸이 마비된 것 같았다. 그녀는 딸을 데리고 다시 길을 건넜다. 문을 닫자마자 케네디를 붙잡고 뺨을 찰싹 때렸다. 아이가 꽥 비명을 질렀다.

"내가 뭘 어쨌는데요?" 아이가 다시 울음을 터뜨리며 물었다.

그녀 뒤로, 텔레비전에서 사람들이 함성을 질렀고, 블레이크는 함께 환호했다. 스텔라는 딸의 얼굴을 보면서 자신이 지금껏 미워한 모두를 보았고, 그리고 다시 딸을 보았다. 눈물이 그렁그렁한 채 벌게진 뺨을 한 손으로 가리고 있는 딸의 모습을. 스텔라는 무릎을 꿇고 딸을 가까이 끌어당겨 축축해진 얼굴에 키스했다.

"어쩌면 좋지." 스텔라가 말했다. "어쩌면 좋지. 엄마가 미안해."

세월이 흐르면 스텔라는 레지 워커와 세 번 이야기를 나누었던 것만 기억할 것이다. 어느 아침 스텔라가 신문을 가지러 나갔는데, 그가 세트장으로 막 떠나려는 참이었다. 그는 진입로에서 잠시 걸음을 멈추더니 "날이 참 좋네요, 안 그래요?" 하고 말했다. 그녀는 그렇다고 말하고, 그가 잘빠진 검은 차에 올라타는 것을 지켜보았다. 두번째는 그가 집에 돌아와 스텔라가 자신의 아내와 같이 카우치에 앉아 있는 것을 보았을 때였다. 그는 집을 잘못 찾아온 사람처럼 입구에서 잠시 걸음을 멈추었다. "안녕하세요." 그가 갑자기 수줍어하며 말했고, 로레타는 웃으며 와인 잔에 손을 뻗었다. "와서 우리랑 잠시 같이 앉아, 여보." 로레타가 말했다. 그는 그러지 않았지만, 자리를 뜨기 전에 스텔라의 담배에 불을 붙여주려고 허리를 숙였다. 그 순간 시선이 잠시 마주쳤는데 너무 친밀하게 느껴져 스텔라는 시선을 피했다. 그리고 세번째는 식료품을 집안으로 옮기는 것을 레지가 도와주었을 때였다. 그와의 거리가 좁혀지자 몸이 움츠러들었지만, 스텔라는 식료품 봉지를 든 레지를 집안에 들였고, 진입로에서 부엌 조리대까지가 이상하리만치 길게 느껴졌다. 심지어 로레타도 그때까지 그녀의 집에 들어온 적이 없었다. 스텔라는 레지와 함께 외롭고 청결한 복도를 걸었고, 그가 조리대에 봉지를 내려놓았다.

"여기 두겠습니다." 그가 말했다. 심지어 그녀를 쳐다보지도 않았다. 하지만 크리스마스 일주일 뒤, 스텔라는 여자들과 둘러앉아 바느질 모임을 하면서 캐스 조핸슨과 벳시 로버츠에게 레지 때문에 불편했다고 말했다.

"모르겠어요." 스텔라는 잘못 기운 바늘땀을 뜯어내며 말했다. "그가 나를 쳐다보는 눈빛이 좋았던 적이 없어요."

사흘 뒤, 누군가가 워커 부부의 거실 창문으로 벽돌을 던져 로레타가 모로코에서 사 온 타일 꽃병을 산산조각냈다. 톰 피어슨과 데일 조핸슨은 서로 자기가 했다며 공을 다투었지만, 어느 쪽의 소행도 아니었다—오히려 스텔라가 나중에 알아내기로 그 주인공은 사탕무 같은 얼굴을 한 퍼시 화이트였다. 그는 새 이웃이 이사온 목적이 오로지 자신의 대표 임기를 망치기 위해서라는 듯이, 그들의 존재를 개인적인 모욕으로 여겼다. 어떤 사람들은 그에게 환호를 보냈지만, 다른 사람들은 불편하게 여겼다.

"여긴 브렌트우드야, 미시시피가 아니라고." 블레이크가 말했다. 창문에 벽돌을 던지는 건 앞니가 벌어진 쓰레기나 할 짓이라고. 하지만 일주일 뒤 또다른 남자가 자신도 그런 사람인 것을 몹시 증명하고 싶었는지 불을 붙인 개똥 자루를 워커 부부의 집 앞 계단에 놓고 갔다. 며칠 뒤 또하나의 벽돌이 그 집 거실 창문 안으로 날아들었다. 신문 보도에 따르면 그때 그 집 딸은 텔레비전을 보고 있었다. 의사가 딸의 다리에 박힌 유리 파편을 제거해야 했다.

3월이 되자, 워커 부부는 이곳에 왔을 때처럼 갑자기 이스테이츠를 떠났다. 벳시 로버츠는 스텔라에게 그 아내가 아주 힘들어했고, 그래서 볼드윈힐스에 새로 집을 샀다고 말해주었다.

"왜 처음부터 그러지 않았는지 모르겠어요." 벳시가 말했다. "거기서 훨씬 더 행복할 텐데."

크리스마스 날부터 그때까지 스텔라는 로레타와 한마디도 하지 않았다. 하지만 그녀는 블라인드 틈새로 노란색 이사 차량이 들어오는 것을, 젊은 유색인 남자들이 판지 상자를 천천히 집밖으로 내가는 것을 지켜보았다. 그녀는 씩씩하게 길을 건너가 해명하는 자신을 상상했다. 자신은 로레타의 동굴 같은 거실에 서 있고, 로레타는 이삿짐 상자 위에 균형을 잡고 앉아 테이프로 다른 상자를 봉하고 있다. 로레타는 그녀를 봐도 화난 표정을 짓지 않을 것이다—얼굴에서 어떤 감정도 찾아볼 수 없고, 그렇게 텅 빈 얼굴이 그녀는 더욱 가슴 아프다. 스텔라는 로레타에게, 자기가 레지에 대해 그런 끔찍한 말을 한 것은 절박하게 감춰야 할 것이 있었기 때문이라고 말한다.

"나는 그들 중 하나가 아니에요." 스텔라는 말할 것이다. "나는 당신과 같아요."

"당신 유색인인가요." 로레타는 말할 것이다. 질문이 아니라, 꾸밈없는 사실을 진술하듯이. 스텔라가 그 말을 하는 건 그 여자가 떠날 것이고 몇 시간 뒤면 이 도시의 이 지역에서, 스텔라의 삶에서 영원히 사라질 것이기 때문이다. 그 모든 일에도 불구하고 로레타가 그녀의 세상에서 유일한 친구이기에 그 말을 할 것이다. 스텔라의 말을 믿을지 로레타의 말을 믿을지의 문제가 되면 세상은 언제나 스텔라의 말을 믿으리란 것을 알기에. 그리고 이것을 깨달으면서 그녀는, 처음으로, 자신이 진정 백인이라고 느꼈다.

스텔라는 로레타가 상자를 밀어서 치우고 자신에게 다가오는 것을 상상했다. 뭔가 아름답고 친근한 것을 본 것처럼, 로레타의 얼굴에는 경이로움이 떠올라 있다.

"그게 뭐든 나한테 해명할 필요 없어요." 로레타는 말할 것이다. "그건 당신 인생이니까."

"그렇지 않아요." 스텔라는 말할 것이다. "그중 내게 속한 건 아무것도 없어요."

"글쎄요, 당신이 선택한 거잖아요." 로레타는 말할 것이다. "그러니 그건 당신 거예요."

4부

극장 뒷문

1982

10

노먼디 애비뉴와 에이스 스트리트가 교차하는 곳에 박스Park's 코리안 바비큐가 있는데, 1982년 가을에 그곳에 가면 높은 테이블을 닦으며 안개 낀 창밖을 바라보고 있는 주드 윈스턴을 볼 수 있었다. 가끔 그녀는 근무시간이 시작되기 전에 안쪽 칸막이 자리에 앉아 책을 읽었다. 소음은 결코 그녀에게 방해가 된 적이 없었는데, 다른 종업원들은 그걸 이해하지 못했다. 그녀는 출근한 첫날 사장인 박에게 사실상 자신은 레스토랑—실제로는 식당—에서 자란 거나 다름없다고 말했지만, 사실 종업원 일은 한 번도 해본 적이 없었다. 주드는 식당에서 보낸 대부분의 시간 동안 어머니가 가게를 운영하는 것을 지켜본 게 아니라 책을 읽었다는 말은 하지 않았다. 하지만 박 자신이 누군가의 아버지이기 때문에 레스토랑에서 자란 아이들에게 연민을 느꼈는지도 몰랐다. 어쩌면 그는 주드가 일자리를 구하려고 열심인—대학을 졸업하고 일주일도 채

되지 않았으니 그의 아들들이었다면 해변에서 빈둥거렸겠지만 주드는 그러지 않았다—모습을 높이 샀을 것이다. 그것도 아니면 지난봄에 높은 테이블 자리에 앉아 같은 팀 친구에게 빌린 의과대학 입학 준비서를 공부하던 그녀의 모습을 기억하고 있었기 때문일 것이다. 박이 삼겹살 요리를 가지고 와서 주드에게 잘되어가는지 물으면, 그녀는 늘 그가 한국어로 물어본 것처럼 어리둥절한 눈빛을 했다. 똑똑한 아이라는 걸, 그는 알 수 있었다. 의과대학에 가고 싶어하는 멍청한 남자들은 많지만, 여자들은 똑똑한 아이들만 용기를 내서 지원했다. 그 자신도 서울에서 이 년 동안 의과대학 공부를 했었기 때문에 주드의 불안을 이해했고 그녀의 행운을 바랐다. 지금도 그는 늘 그녀의 행운을 빌어주고 있었다. 그녀가 몇 달 동안 어느 학교로부터도 답을 듣지 못했음에도. 아, 그런가, 그럼 행운을 빌어요.

"넌 행운 같은 거 필요 없어." 리스가 말했다. "합격할 거니까."

리스가 젓가락으로 그녀의 접시에 담긴 새우를 가져갔다. 그는 이따금 저녁 휴식 시간에 이곳을 찾아왔지만 박은 신경쓰지 않았다. 그는 공정한 사장이었다. 박 같은 사람의 가게에서 일하게 된 것은 행운이었다. 그럼에도 주드의 생각은 오로지 봄에 도착할 통지서에 가 있었다. 대부분 불합격 통지겠지만 하나쯤은 합격일 수도 있었다. 합격 한 통이면 행복할 수 있었다—의과대학은 그런 점에서 사랑과 같았다. 어떤 날은 가능성이 있는 것 같았고, 또 어떤 날엔 이런 어리석은 꿈에 매달려 있는 자신이 싫었다. 그녀는 화학에서 헤매지 않았던가? 생물학에서 고전하지 않았던가? 의과대학에 가려면 좋은 평점 그 이상이 필요했다. 부유한 가정에서 자라고 사립학교에 다니고 개인 과외를 받는 학생들과 경쟁해야 했다. 유치원 때부터 의사가 되는 꿈을 꾼 사람들, 앙증맞은 흰색 가운을 입고 테디베어의 배에 플라스틱 청진기를 댄 채로 가족사진을 찍은 사람들과 경쟁하는 것이다. 그들은 토할 정도로 아파도 찾아갈 수 있는 의사가 한 명뿐인 타운, 밖에서는 아무도 모르는 그런 타운에서 자란 사람들이 아니었다. 해부학 수업시간에 양의 심장을 해부한 뒤 의과대학에 가겠다는 큰 꿈에 빠져든 사람들이 아니었다.

지금 일곱 개의 학교에서 그녀의 지원서를 검토중이고, 몇 달 뒤면 그녀의 미래가 결정될 것이다. 그 생각만으로도 주드는 가슴속이 울렁거렸다.

"천장을 고칠 방법을 알아냈어." 리스가 말했다. "그것 때문에 네가 미치려고 했잖아."

11월이었고 이미 엄청나게 많은 비가 내렸다. 그들은 이번주 아침마다 차를 몰고 여기저기 빗물이 잔뜩 고인 노먼디 애비뉴를 통과하면서 차가 서버리지 않을까 걱정했다. 집에서는 물이 새는 천장 아래에 은색 물통을 놓았고, 리스가 가든스 아파트 뒤쪽에 있는 초라한 풀밭에 그걸 비웠다. 그는 그들이 사는 건물에 에덴동산 같은 이름이 붙은 것에 대해 늘 웃었다. 이 건물을 왜 '브릭슬래브'나 '노핫워터'나 '홀인더루프'*라고 부르지 않는 거지? 하지만 주드는 그 농담이 재미있지 않았다. 그녀가 다시 흘끗 시계를 보았다. 휴

* 차례대로 '벽돌판(Brick Slab)' '온수 안 나옴(No Hot Water)' '지붕에 구멍 뚫림(Hole in the Roof)'이라는 뜻.

식 시간이 오 분밖에 남지 않았다.

"그냥 송 아저씨에게 전화하지 그래?" 주드가 물었다.

"알잖아, 나이가 너무 많아서 사다리를 타고 오르긴 힘들 거야."

"그럼 다른 사람을 고용하라고 해야지."

"송 아저씨는 너무 구두쇠야." 리스가 그녀의 골반을 꾹 잡으며 말했다.

리스는 코닥 대리점에서 새 일자리를 찾아 카메라를 팔고 필름을 현상했다. 체육관에서 느꼈던 동지애가 그리웠지만, 코닥 대리점에서는 필름을 직원 할인가로 주었다. 하지만 최근에 그에게 필름이 필요한 건 아니었다. 그는 여섯 달 동안 새 사진을 찍지 않았다. 남는 시간에는 송을 도와 지하실에 고인 물을 닦아내거나 쥐덫을 놓거나 건물을 돌아다니면서 할 수 있는 허드렛일은 뭐든 해서 집세를 줄였다. 박의 가게에서 막힌 변기를 뚫었고, 쇼 부부의 부서진 팬트리 선반을 고쳤고, 부엌 개수대의 하수구에 빠진 최 부인의 결혼반지를 건져냈다. 할 줄 모르는 일이 생기면 배리에게 전화해 도움을 요청했다.

"내가 거긴 쓰레기장이라고 말했잖아." 배리가 말했다. 하지만 그들이 뭘 어쩔 수 있겠는가? 전에 살던 집의 주인이 집세를 크게 올리는 바람에 코리아타운까지 오게 된 것이었다. 어떻게 보면 모험이었다. 새로운 음식에, 간판은 읽을 수 없고, 버스나 거리에서 생경한 언어에 둘러싸여 있다보면 자연스레 자신만의 생각 속으로 빠져들었다. 가든스 아파트의 주민들은 대체로 최 부부나 박 부부나 송 부부처럼 나이가 많았는데, 천장에서 물이 새는 아파트에 사는 두 젊은이를 안쓰럽게 여겨 크리스마스에는 차진 떡을 가져다

주었다. 하지만 천장은 그 모양이고, 침실은 비좁고, 부엌은 작았다. 리스는 가든스 일을 충분히 도와주면 집세를 많이 절약해 새로운 집을 찾을 수 있을 거라고 말했다. 하지만 그때쯤 주드는 자신이 이미 그곳을 떠나 있기를 바랐다.

"넌 전혀 걱정할 필요 없다." 한번은 어머니가 전화로 그렇게 말했다. "똑똑하니까."

"똑똑한 사람이 얼마나 많은데요, 엄마."

"너처럼은 아니야." 어머니가 말했다.

전화를 끊고 나면 주드는 자신이 가장 두려워하는 삶이 어머니가 이미 살고 있는 삶이라는 생각이 들면서 늘 조금 죄의식을 느꼈다. 비좁은 집에 살면서 평생 테이블 서빙을 하는 삶. 적어도 그녀에겐 리스가 있었다. 적어도 그녀는 맬러드에 살지는 않았다. 그 사실에 감사할 수는 있었지만, 자신을 미래 속으로 던지고 싶은 욕구를 멈출 수는 없었다. 그녀가 봄을 언급할 때마다 리스는 그 이야기는 하고 싶지 않다는 듯 자세를 조금 틀고 자기와는 무관한 일이라는 표정을 얼굴에 드리웠다.

그날 밤 주드가 박의 가게 문을 닫은 뒤, 리스가 그녀의 어깨에 팔을 두른 채로 두 사람은 함께 집으로 걸어갔다. 가든스 밖 모퉁이에서 얼굴이 하얀 검은 머리의 여자가 지나가자 주드는 숨을 참았다. 하지만 그저 가로등 아래를 지나가는 백인이었다.

그 여자가 스텔라일 리 없었다. 베벌리힐스 파티 이후 여러 해 동안 주드는 그것 말고 다른 생각은 거의 하지 않았다.

가끔은 밍크코트를 입은 그 여자가 미소의 곡선까지 정확히 어머니를 닮은 것 같았다. 또 가끔은 그저 날씬하고 머리 색깔이 검은, 기껏해야 언뜻 닮아 보이는 사람이었다. 어쨌거나 와인이 다리에 튀기 전에 잠깐 그 여자를 봤을 뿐이었다. 그러고는 파티에 온 모두가 입을 벌리고 놀라는 동안 허둥지둥 깨진 유릿조각을 치웠다. 물론 이 장면 또한 기억에 남았다. 주드가 테이블을 더듬어 종이 냅킨을 집는데 칼라가 그녀를 밀쳐내고 엉망이 된 러그를 미친듯이 닦았다. 주드가 와인을 닦아낸 핏빛 냅킨을 쓰레기통에 버릴 때, 칼라는 그녀에게 여기서 나가 다시는 돌아오지 말라고 했다. 주드는 너무 창피해서 자신의 수치스러운 실수를 목격한 많은 사람 중 누구와도 시선을 마주치지 않으려고 그곳을 둘러보지도 않고 조용히 핸드백을 챙겼다. 밖으로 나와 문을 닫은 뒤에야 고개를 들었고, 그래서 그 여인은 아예 보지 못했다. 주드가 나가는 것을 지켜보는 보라색 눈의 젊은 여자와 그 여자의 히죽거리는 입술 모양만 봤을 뿐이었다.

검은 머리칼의 여자는 누구든 될 수 있었다. 아마도 어머니가 너무 그리워서 어머니와 닮았다고 스스로를 설득했을 것이다. 아마 어머니의 집에 가보지 않는 것에, 절대 가지 않는 것에 죄의식을 느꼈을 테고, 그 여인은 그런 무의식이 투사된 존재였을 것이다. 혹은 어쩌면—아니, 그 가능성은 생각하지도 않을 것이다. 자신이 스텔라와 한 공간에 있었을 거라는 가능성, 자신이 와인병을 떨어뜨려 모든 것을 산산조각내기 전에 심지어 스텔라와 눈을 마주쳤으리라는 가능성은.

"왜 그래, 베이비?" 그 일이 있던 날 밤에 리스가 물었다. "몸을 떨고 있는데."

그들은 미라지에서 배리를 만나려고 걸어가는 중이었다. 그녀는 집에 일찍 돌아온 뒤로 말을 많이 하지 않았지만, 리스가 걱정스러운 얼굴로 신호등 아래 걸음을 멈추자 진실을 말해야 한다고 느꼈다.

"나 잘렸어." 그녀가 말했다.

"뭐? 무슨 일이 있었는데?"

"바보 같은 일. 스텔라를 봤어. 그러니까, 그 사람이 스텔라라고 생각했어. 맹세코 똑같이 생겼어……"

그 말을 입 밖에 내자 주드는 자신이 더 미친 것처럼 느껴졌다. 북적거리는 파티에서 어머니와 닮았을 수 있는 한 여인을 잠깐 본 것 때문에 해고된 것이다.

"어쩜 그렇게 바보같이 굴었는지 믿을 수 없어." 그녀가 말했다.

리스가 그녀를 끌어안았다.

"아, 괜찮아." 그가 말했다. "다른 일을 찾을 수 있을 거야."

"하지만 너를 돕고 싶었어. 우리 둘이 같이 돈을 모으면……"

리스가 으음, 하는 소리를 냈다. "그래서 그렇게 미친듯이 일한 거였구나."

"나는 그저 우리 둘이 같이……"

"하지만 네게 그런 부탁은 하지 않았는데." 그가 말했다.

"알아." 그녀가 말했다. "그냥 그러고 싶었어. 화내지 마, 베이비. 나는 그냥 돕고 싶었어."

주드가 두 팔로 그를 감싸안았고, 잠시 뒤 리스도 그녀를 안아주었다.

"화 안 났어." 그가 말했다. "나는 그저 내가 자선의 대상이라고 느끼고 싶지 않은 거야."

"널 그렇게 생각하지 않는 거 알잖아."

"네 이야기를 들려줘." 그가 말했다. "가끔 너는 너무 멀리 숨어 있는 것 같아."

어쩌면 그들은 그 점 때문에 서로 끌렸을 것이다. 어쩌면 그것이 그들이 유일하게 아는 사랑의 방법이었을 것이다. 끌어당기고, 그 다음엔 고개를 숙이며 피하고. 리스가 그녀의 뺨을 어루만졌고, 주드는 애써 웃음을 지었다.

"알았어." 그녀가 말했다. "더이상 숨지 않을게."

여러 해 동안 스텔라는 주드의 꿈에 나타났다. 긴 밍크코트를 입은 스텔라, 창문턱에 올라앉은 스텔라, 어깨를 으쓱하고 미소를 지으며 문 안팎을 들락거리는 스텔라. 늘 스텔라였지 그녀의 어머니가 아니었다. 마치 잠들어 있을 때도 그 차이를 알 수 있는 것처럼. 주드는 늘 화들짝 놀라며 잠을 깼다. 늘 피곤했다. 캠퍼스 카페테리아에서 시간당 이 달러를 받고 접시 닦는 일을 새로 구했다. 그녀의 근무시간에는 일하는 사람이 그녀 혼자였고, 김이 모락모락 피어오르는 가운데 산처럼 쌓인 더러운 접시를 설거지했다. 저녁마다 손끝이 쪼글쪼글해지고 어깨가 축 늘어져 집으로 돌아왔다. 그러다보니 한번은 역사 보고서를 삼 주나 늦게 냈고, 학점까지 간당간당해지자 육상 코치가 사무실로 그녀를 불렀다.

"너 이것보다 똑똑하잖아." 그가 말했다. 주드는 훈계를 들으면서 고개를 끄덕였고, 그가 이만 가보라고 하자 폐소공포증을 일으킬 것 같은 사무실에서 재빨리 부리나케 뛰쳐나왔다. 네, 네, 더 열심히 공부하고 더 노력할게요. 물론 그녀는 학교를 진지하게 생각했고, 당연히 봄에는 시합에 나가고 싶었다. 당연히 장학금을 놓칠 수 없었다. 그저 그즈음 정신이 조금 딴 데 팔렸던 것뿐이고, 그렇게 심각할 건 없었다. 떨치고 나올 수 있을 것 같았다. 하지만 그러지 못했다. 공부를 시작하려고 할 때마다 스텔라가 떠올랐기 때문이다.

"아직도 그분을 생각하세요?" 주드는 어느 오후 어머니에게 물었다.

"누구?"

주드는 잠시 말을 멈추고, 전화선을 손가락에 빙빙 돌려 감았다. "엄마 동생이요." 주드가 마침내 말했다.

그녀는 차마 스텔라의 이름을 말할 수 없었다. 그러면 스텔라가 다시 불려 나오기라도 할 것처럼. 바깥 보도를 지나가는 스텔라, 뿌옇게 김 서린 유리창에 나타나는 스텔라.

"새삼 그건 왜?" 어머니가 말했다.

"모르겠어요. 그냥 궁금해서요. 궁금하면 안 돼요?"

"궁금해해도 소용없어." 어머니가 말했다. "나는 오래전에 궁금해하는 걸 그만뒀어. 더이상 이 세상 사람이라고 생각하지도 않아."

"살아 있다면요?" 주드가 말했다. "만약 그렇다면? 그러니까, 그분이 저기 어딘가에 살아 있다면요?"

"그러면 그애를 느끼겠지." 어머니가 조용히 말했고, 주드는 스텔라가 어머니의 피부 아래 흐르는 물처럼 느껴지기 시작했다. 주드 자신의 피부 아래에서는 그날 파티장 저만치에 있는 스텔라와 눈이 마주치기 전까지 휴면중이던 존재. 그러다 불쑥 뛰쳐나왔고, 불꽃이 튀었고, 그녀의 옆구리에서 팔이 갑자기 움직인 것이다. 이제 그녀는 그 기습적인 충격을 잊으려고 애쓰는 중이었다. 한두 번 어머니에게 파티에서 본 그 여자에 대해 말할까 생각했지만, 그런다고 좋을 게 뭐가 있겠는가? 그 사람은 스텔라였다가, 아니었다가, 스텔라는 죽었다가, 살았다가, 오마하에 있다가, 로런스에 있다가, 호놀룰루에 있었다. 밖으로 나가면 스텔라와 마주치는 장면을 상상했다. 스텔라는 보도에서 잠시 걸음을 멈추고 가게 창문을 통해 보이는 핸드백에 감탄한다. 버스에 탄 스텔라는 비닐 손잡이를 꼭 잡고 있다—아니다, 스텔라는 매끈한 검은색 리무진 안에서 선팅된 유리 뒤에 숨어 있다. 스텔라는 어디에든 있고, 언제나 있고, 동시에 어디에도 없다.

1982년 11월 〈한밤의 약탈자들〉이라는 뮤지컬 코미디의 개막 공연이 로스앤젤레스 시내의 어느 허름한 극장에서 열렸다. 고향인 엔시노에서 여전히 살고 있던 서른 살의 어느 극작가가—그가 자기 친구들에게 주장한 바에 따르면—아무도 연극의 가치를 인정해주지 않는 도시에서 그 극을 올리기로 마음먹은 것이다. 그는 〈한밤의 약탈자들〉을 농담처럼 가볍게 썼고, 물론 농담의 주인공은 늘 그 자신이라서, 그게 그의 유일한 성공작이 되었다. 그 작품은 스타더스트극장에서 사 주 동안 상연되었고, 지역에서 주는 상의 후보작이 되었으며, 〈헤럴드 이그재미너〉에서 미온적인 호평을 받았다. 배리가 코러스 라인에서 한자리를 차지하지 않았다면 주드는 그 작품에 대해 들어보지도 못했을 것이다. 오디션 날까지 배리는 몇 주 동안 전전긍긍했고, 발꿈치로 바닥을 쿵쿵 쳐가며 〈Somewhere Over the Rainbow〉를 연습했다. 그는 한 번도 원래의 자기 옷차림으로 누구 앞에서 노래해본 적이 없었다.

"거기 서니 벌거벗은 것 같았어." 그가 오디션이 끝나고 말했다. "땀이 겁나게 흐르더라고."

주드는 배리가 그 극단에서 배역을 맡은 게 기뻤다. 배리가 개막 공연 표를 보내주었지만, 그녀는 리스에게 자신은 일해야 한다고 말했다.

"그날 밤엔 휴가를 내봐." 리스가 말했다. "우리가 응원해줘야지. 그리고 요즘 밖에서 데이트도 전혀 못했잖아. 우리도 좀 즐겨야 해."

지난달에 차 엔진이 고장나서, 리스는 그걸 고친다고 모아둔 돈을 다 썼다. 양말 서랍에 넣어둔 구깃구깃한 지폐가 죄다 사라졌다. 그는 돈을 더 벌기 위해 주말에 미라지에서 안내원 일을 시작했다. 엄밀히 말하면 힘을 쓰는 역할이었지만, 대체로는 손님을 맞는 잘생긴 얼굴 역할을 했다. 지금까지 음주 난투를 한 번 뜯어말렸고, 그 대가로 잘생긴 얼굴에 베인 상처가 생겼다. 주드는 욕실에서 그 상처에 알코올을 톡톡 두드려주었고, 얼굴을 찡그리는 리스를 바라보며 완벽한 사진을 찍기 위해 요트 정박지에서 함께 햇빛을 쫓으며 보내던 그 주말들을 그리워했다. 탈칵 셔터가 눌릴 때 입술을 깨물던 리스. 이제 그는 금요일과 토요일 밤에 검은 티셔츠와 검은 청바지를 입고 나갔다가 새벽에 집에 돌아왔고, 손에는 고고 댄서가 무대로 올라가는 걸 도와주다가 묻은 가루가 반짝거렸다. 그러고는 코닥 대리점으로 일하러 가거나 송을 도왔다. 어떤 날에는 그를 거의 보지도 못하고 그저 그가 그녀 옆에 눕는 것을 느낄 뿐이었다.

주드는 코러스 라인에서 노래하는 배리를 잠깐 보겠다고 밤에 일을 쉬고 쿰쿰한 극장에 앉아 세 시간 동안 아마추어의 연기를 견딜 수는 없었다. 그럼에도 그러기로 했고, 리스의 머리카락을 손가락으로 빗어 내렸다. 그들은 하룻밤 밖에서 보낼 시간이 필요했다. 주드에게는 봄의 결정에 대해 생각하지 않을 시간이, 리스에게는 돈에 대한 강박에서 벗어날 시간이, 그들이 어떤 걱정도 하지 않을 시간이.

개막 공연이 있던 날 밤, 주드는 자주색 드레스를 입고 팬티스타킹을 쭉 올려 신었고, 리스는 타이를 매면서 거울로 그 모습을 흐뭇하게 바라보았다. 그들은 좋은 곳에 갈 일이 전혀 없었기 때문에 지나치게 차려입었다. 오늘밤은 다른 인생을 사는 척할 수 있는 기회였다. 그들은 어떤 모습이라도 될 수 있었다. 첫 데이트를 즐기는 젊은 연인, 아이들을 맡기고 슬그머니 빠져나온 신혼부부, 돈 걱정을 할 일도 쿠폰을 오려낼 일도 동전을 헤아릴 필요도 없는 세련된 극장 애호가 커플이 될 수 있었다.

"멋진데, 멋져." 그들이 로비에서 다른 남자 십여 명과 합류했을 때 루이스가 놀렸다. 주드는 종종 이 남자들이 무대 뒤에서 뷔스티에*를 입고 허둥지둥 돌아다니는 모습을 보곤 했었다. 곧 그들은

* 어깨와 팔이 드러나는, 몸에 붙는 여성용 상의.

모두 웃으며 곰팡내 나는 극장 안으로 들어갔고, 조명이 무대를 향해 비스듬히 각도를 틀자 모두 들떴다.

"시시하기만 해봐." 리스가 다 들리게 소곤거렸지만, 그는 그런 것에는 아주 너그러워서 실제로는 신경쓰지 않는다는 것을 주드는 알고 있었다. 오케스트라가 경쾌한 서곡을 연주하기 시작하자 그가 그녀에게 키스했다. 막이 올랐고, 주드는 배리를 보려고 몸을 앞으로 숙였다. 배리는 술이 달린 가죽조끼에 카우보이모자를 쓴 채 다른 무용수들과 함께 다리를 높이 차올리고 있었다. 주드는 배리가 붉은 머리칼의 무용수를 빙빙 돌리는 걸 지켜보며 쿡쿡 웃었다. 이어 무용수들이 물러나고 주인공인 금발 여자가 길고 풍성한 후프 드레스를 입고 무대 중앙에 등장했다. 노래할 때의 목소리가 예쁘긴 했지만 좀 평범했다. 그래도 그녀는 충분히 매력적이었고, 대사를 전달할 때의 냉소적인 느낌이 너무 익숙해서 주드는 어둠 속에서 〈플레이빌〉을 집었다. 그리고 거기, 그녀가 있었다. 보라색 눈을 한 금발의 여자가.

막이 내리고, 배리가 환하게 웃으며 허리를 굽혀 인사하고, 관객들이 플롯의 허점이나 눈에 띈 실수들을 지적하며 빛바랜 레드 카펫을 느릿느릿 가로질러 로비로 이동한 뒤, 주드는 극장 뒷문으로 나와 친구들과 둥그렇게 둘러섰다. 그들은 배리가 나타나면 천둥 같은 박수로 놀라게 해주려고 기다리면서, 어디서 술을 마실지 옥신각신 의견을 나누며 수다를 떨었다. 하지만 주드는 자기 몸을 끌어안은 채 이 발에서 저 발로 무게 중심을 옮기며, 어느 순간 어머니의 유령이 나타날지 모른다는 생각에 골목길을 뚫어지게 보고 있었다.

중간 휴식 시간에 주드는 극장 안이 어두워서 〈플레이빌〉에 실린 여자를 베벌리힐스 파티에서 본 여자로 착각한 거라고 확신하며 극장 밖으로 나왔다. 하지만 밝은 불빛 아래서 보아도 그 여자였다. 브렌트우드에서 태어난 케네디 샌더스는 서던캘리포니아대학교에서 공부하다 배우의 길을 걷기 위해 학업을 일찍 중단했다. 최근에 코딜리어(〈리어왕〉), 제니(〈세일즈맨의 죽음〉), 그리고 로라(〈유리 동물원〉) 역을 맡았다. 이번이 스타더스트극장에서의 첫 공연이며, 마지막이 되지 않기를 바란다. 프로필 사진에서 여자는 웃고 있었고, 곱슬곱슬한 금발이 천사처럼 어깨 위로 내려와 있었다. 이 사진에서 여자는 순수해 보였고, 파티에서 마티니를 요구하던 당돌한 여자로는 보이지 않았다. 눈이 아니었다면 완전히 다른 백인 여자로 생각했을 것이다. 그 눈은 결코 잊을 수 없었다.

이 여자가 배우로 나왔다면 밍크코트를 입은 그 여인도 여기 왔다는 뜻일까? 그 사람이 정말로 스텔라면 어떡하지? 스텔라가 아니면 어떡하지? 주드는 극장 불빛이 깜박거릴 때까지 로비를 돌아다녔지만 어머니를 닮은 여자는 어디에도 보이지 않았다. 이제 그녀는 자신이 심지어 전보다 더 미친 것처럼 느껴졌다.

"괜찮아, 베이비?" 리스가 물었다.

주드는 웃으려고 애쓰면서 고개를 끄덕였다.

"그냥 좀 추워서 그래." 그녀가 말했다. 리스가 그녀를 두 팔로 감싸고 몸을 덥혀주었다. 이내 극장 뒷문이 열렸지만, 배리가 나오는 대신 케네디 샌더스가 말보로 담뱃갑을 만지작거리며 골목길로 나왔다. 그녀는 사람들이 기다리는 것을 보고 깜짝 놀란 듯 미소를 지으며 잠시 기대하는 눈빛을 보이다가 자기를 보러 온 사람은 없다는 걸 깨달았다. 그 순간 그녀의 눈이 깜박이더니 주드를 향했다. 케네디가 픽 웃었다.

"오," 그녀가 말했다. "당신이네요."

삼 년이나 지났는데도 여자는 주드를 기억하고 있었다. 당연히 기억했다. 값비싼 러그에 와인을 왕창 쏟은 까만 피부의 여자를 누가 잊겠는가?

"친구가 이 공연에 출연해서요." 주드가 말했다.

케네디는 어깨를 으쓱하며 담뱃갑을 흔들어 한 개비를 손바닥에 꺼냈다. 그녀는 배꼽 위까지 올라오는 찢어진 섹스 피스톨스 티셔츠에 찢어진 그물 스타킹과 청 반바지를 입고 검은 가죽 부츠를 신고 있었다—그 파티에서 봤던 베벌리힐스의 공주처럼은 전혀 보이지 않았다. 그녀가 골목길을 걸어가기 시작했고, 주드는 재빨리 뒤를 쫓았다.

"배리라고," 주드가 말했다. "코러스로 출연했는데, 알아요?"

"남자친구인가요?" 케네디가 물었다.

"배리요?"

"아니구나, 바보 같은 질문이었네. 저 사람이군요." 그녀가 주드의 일행을 향해 고개를 홱 돌렸다. "곱슬머리 남자. 인형 같네요. 어디서 찾아냈어요?"

"학교에서요." 그녀가 말했다. "음, 정말로는 파티에서……"

"불 있어요?" 케네디가 담배를 입으로 가져갔다. 주드가 고개를 흔들자 그녀가 말했다. "차라리 다행이에요. 노래하는 사람한텐 안

좋거든요."

"오늘밤 굉장하던데요." 주드가 말했다. 정말로 그렇게 생각한 건 아니었지만, 뭐라도 알아내려면 띄워줄 필요가 있었다. "가족들이 아주 자랑스러워하겠어요."

케네디가 흥 콧소리를 냈다. "그런 소리 마요. 부모님은 내가 이 일 하는 거 싫어해요."

"왜요?"

"뭐, 부모님은 뭔가 실용적인 일을 하라고 나를 학교에 보냈으니까요. 자퇴하고 삶을 허비하라고 보낸 게 아니라. 적어도 엄마는 그렇게 말해요. 저기, 불 있어요?" 그녀는 구석에서 담배를 피우고 있는 텁수룩한 머리의 한 백인 남자에게 손짓했다. "음, 잘 가요!"

케네디는 구석에 있는 남자에게 서둘러 갔다. 그는 그녀의 담배에 불을 붙여주려고 몸을 기울이면서 미소를 지었다. 어둠 속에서 불이 번득였고, 그녀는 사라졌다.

배리는 케네디 샌더스가 돈 많고 재수없는 계집애라고 말했다.

"그런 유 알잖아." 그가 주드에게 말했다. "고등학교 합창단에서 솔로 몇 번 하고 자기가 바브라 스트라이샌드가 된 줄 아는 애들." 배리는 일요일 브런치 공연을 위해 미라지의 무대 뒤에서 분장을 하고 있었다. 이제 〈한밤의 약탈자들〉이 그의 저녁 시간을 다 차지해서 이 시간에만 미라지의 무대에 설 수 있었다. 그는 이른 시간에 무대에 서는 것과 관객이 적은 게 싫었지만, 그럼에도 비앙카가 되는 것이 너무 좋아서 공연이 막을 내리기까지 삼 주를 기다리기가 힘들었다. 배리가 자신의 뒤쪽을 가리켰고, 주드는 그의 운동 가방에서 삐죽 튀어나와 있는 브러시를 빼냈다.

"그 여자 부모는 뭐하는 사람이에요?" 그녀가 물었다.

"누가 알아?"

"극장에 온 적은 없었어요?"

"무슨, 안 왔어." 배리가 말했다. "그 사람들이 그런 쓰레기를 보러 올 것 같아? 그럴 리가. 그애는 정말로 부잣집 딸이야. 고고하고 잘난 족속이라고. 언덕에 큰 집이 있고, 그런 거 있잖아. 근데 그 여자애에 대해 왜 물어?"

"이유는 없어요." 주드가 말했다.

하지만 그날 오후 그녀는 스타더스트극장에 가려고 버스를 타고 시내로 향했다. 반시간 뒤면 일요일 낮 공연이 시작될 예정이었다. 십대 안내원이 표가 없으면 들여보내줄 수 없다고 해서, 주드는 보도 위 녹색 차양 아래를 서성였다. 애초에 버스를 타고 이곳에 온 것 자체가 바보같이 느껴졌다. 케네디에게는 뭐라고 말한단 말인가? 얼리라면 어떻게 할지 생각해보았다. 얼리의 말에 따르면 사냥의 핵심은 다른 누군가인 척하는 것이었다. 하지만 그녀는 자기 말고 다른 사람이 되는 일은 결코 할 수 없었고, 그래서 안내원이 그녀를 쫓아냈을 때 슬그머니 보도로 나온 것이었다. 아니나다를까 바로 그때 그녀는 사람들을 밀치며 입구로 급히 오고 있는 케네디와 부딪쳤다. 케네디는 주머니 덮개가 드러나는 아주 짧은 청 반바지와 낡은 카우보이 부츠 차림이었다.

"미안해요." 두 사람이 동시에 말했고, 케네디가 웃었다.

"음, 뭐예요." 케네디가 말했다. "나를 쫓아다니거나 뭐 그런 거예요?"

"아니, 아니에요." 주드가 바로 대답했다. "친구를 찾고 있는데 들여보내주지 않네요. 표가 없거든요."

케네디가 눈알을 굴렸다. "여기가 무슨 포트 녹스*도 아니고." 그녀가 말했다. 그리고 안내원에게 말했다. "나하고 같이 왔어요." 그렇게 주드는 그녀를 뒤따라 로비로 들어갔고, 무대 뒤쪽을 지나 분장실로 갔다. 그 방은 거의 벽장만큼 좁았고 벽에서는 노란색 페인트가 벗어지고 있었다.

거울에 달린 전등의 어두한 불빛 아래, 케네디는 낡은 가죽 의자에 털썩 앉았다.

"도나가 당신을 산 채로 가죽을 벗기고 싶어했어요." 그녀가 말했다.

"네?" 주드가 말했다.

"당신이 도나의 러그를 더럽힌 뒤에요, 맙소사. 그 여자를 봤어야 해요. 당신이 자기 첫째 아이를 살해하기라도 한 것처럼 날뛰더라고요. 내 러그! 내 러그! 무슨 폭동을 보는 것 같았다니까요. 음, 아마 당신을 위한 건 아니었겠지만요." 케네디가 의자를 빙그르르 돌려 거울에 비친 자기 모습을 보았다. "그런데 이름이 뭐예요?"

"주드."

"노래에 나오는 그 주드요?"

"성경에 나오는 주드요."

"마음에 들어요." 케네디가 말했다. "헤이 주드, 잡년 같은 건

* 미국 켄터키주에 위치한 육군 기지로, 금괴 보관소가 있으며 철통 보안을 자랑한다.

되지 마.[*] 근데 나 옷을 갈아입어야 해요."

"오," 주드가 말했다. "미안해요."

주드가 밖으로 나가려는데 케네디가 말했다. "가지 마요. 좀 도와줘요. 이건 혼자서는 도저히 못 입겠더라고요." 그러고는 첫 곡을 부를 때 입는 커다란 후프 드레스를 벽장에서 꺼냈다. 케네디가 머리 위로 티셔츠를 벗을 때 주드는 오렌지색 천의 구겨진 곳을 반듯하게 폈다. 케네디는 군살 없는 몸매에 피부가 까무잡잡했고, 그에 어울리는 핑크색 브래지어와 팬티 세트를 입고 있었다. 주드는 보지 않으려고 일부러 색조 화장 팔레트, 봉 고데기, 금귀고리, 구겨진 사탕 포장지가 흩어져 있는 화장대 위로 시선을 보냈다.

"그런데 어디서 왔어요, 헤이 주드?" 케네디가 말했다. "저것 좀 갖다줄래요? 아이, 이거 정말 싫어. 이것만 입으면 늘 재채기가 난다니까." 그녀가 두 팔을 들었고, 주드는 드레스를 머리 위로 들어 올려주면서 케네디의 매끈한 겨드랑이를 응시했다. 케네디의 말마따나 팔이 소매 안으로 들어가기도 전에 케네디가 얌전하게 재채기를 했다.

"루이지애나." 주드가 말했다.

"설마. 우리 엄마도 그런데. 나는 여기 출신이지만요. 음, 떠난 적이 없는데 어디 출신이라고 말하는 게 좀 이상하네요. 안 그래요? 뭐가 뭔지 하나도 모르겠네. 지퍼 좀 올려줄래요?"

케네디의 말이 너무 빨라서 주드는 그 말을 쫓아가면서 어지러움을 느꼈다.

---

* 비틀스의 〈Hey Jude〉 가사를 이용한 말장난.

"루이지애나 어느 지역인가요?" 주드가 물었다.

"저기, 좀 서두를 수 없어요? 이십 분 뒤에 막이 올라가는데, 아직 분장도 못했어요." 케네디가 금발 머리칼을 어깨에서 들어올렸다. 주드는 그녀 뒤로 다가가 지퍼를 끌어올렸다.

"어머니 성이 뭐예요?" 주드가 말했다. "내가 어머니 친척을 알지도 모르잖아요."

케네디가 웃었다. "설마."

주드는 지금 뭘 하고 있는가? 어머니와 닮은 듯한 여자를 보고, 이제 한 백인 여자를 쫓아와 우스꽝스러운 옷을 입혀주고 있는 것이다. 어쨌거나 주드가 무슨 상관인가? 하물며 스텔라를 만나본 적도 없는데. 케네디는 몸을 거울 앞으로 숙이고 얼굴에 파우더를 발랐다. 처음으로 그녀는 입을 다물고 집중했다. 배리가 공연 직전에 그러는 것처럼. "이제 집중해야 해." 배리는 늘 그렇게 말하고 막이 오르기 전에 주드를 내보냈다. 이따금 그녀는 입구에서 뭉그적거리며 그의 얼굴 앞으로 일종의 베일이 내려지는 것을 지켜보았다. 한순간 배리였다가, 다음 순간 비앙카였다. 주드는 지금 비슷한 순간이 케네디를 통과하는 것을 보았다. 그 순간을 목격하는 것이 속옷만 입은 그녀를 보는 것보다 더 친밀하게 느껴졌다. 주드는 떠나려고 돌아섰다.

"빈스라는 성을 가진 사람은 모를 거예요, 그렇죠?" 케네디가 나가려는 그녀를 향해 말했다. "그게 우리 엄마 성이에요. 혹은 성이었어요." 그녀가 흘끗 돌아보았다. "에스텔 빈스. 하지만 모두 스텔라라고 불러요."

11

통계학적으로 말해서, 베벌리힐스에서 열린 어느 은퇴 파티에서 한 번도 만난 적 없는 조카를 만나는 것은 일어날 법하지 않은 일이긴 해도 불가능한 일은 아니었다. 스텔라 샌더스는 적어도 머리로는 그것을 이해했을 것이다. 일어날 법하지 않은 일은 늘 일어난다고, 그녀는 학생들에게 설명하려고 했다. 왜냐하면 일어날 법하지 않다는 것은 우리의 지각에 바탕을 둔 착각이기 때문이다. 종종 그것은 통계적 진실과는 아무 상관이 없다. 따지고 보면 어떤 한 사람이 살아 있다는 것도 극히 일어날 법하지 않은 일이다. 특정한 정자 세포가 특정한 난자를 수정시켜 독자 생존이 가능한 태아를 만든다. 쌍둥이는 사산될 가능성이 더 크고, 일란성쌍둥이는 이란성쌍둥이보다 더 취약하지만, 스텔라는 여기 샌타모니카 칼리지에서 통계학 개론을 가르치고 있었다. 가능성이 있다는 것이 확실하다는 것을 의미하지는 않는다. 있을 법하지 않다는 것이 불가능하다는 것을 의미하지도 않는다.

스텔라는 로욜라 메리마운트 대학교 2학년 때 예상치 못하게 통계학을 만났다. 당시에 그녀는 2학년생이라 밝히고 다니지 않았다. 그 수업을 듣는 다른 모든 학생보다 열 살이 많아서 그렇게 말하는 게 바보같이 느껴졌다. 그녀는 자신이 뭘 공부하고 싶은지 잘 몰랐고, 그저 숫자를 좋아할 뿐이었다. 스텔라가 통계학에 빠져든 것은, 많은 사람이 그것을 제대로 이해하지 못하기 때문이었다. 라스베이거스에서 그녀는 담배 연기가 자욱한 카지노에서 블레이크 옆에 앉아 있었다. 그는 크랩스 테이블에서 사백 달러를 잃었지만 자기가 돈을 딸 때가 됐다고 확신했기 때문에 진작 떠났어야 할 게임 판에 계속 머물러 있었다. 하지만 주사위는 누구에게든 아무 빚이 없었다.

"앞에 어떤 숫자가 나왔는지는 중요하지 않아." 스텔라가 마침내 짜증을 내며 말했다. "각각의 숫자는 주사위만 공정하다면 똑같은 비율로 나올 거야. 하지만 여기 주사위는 그렇지 않지."

"아내가 그 공부를 하거든요." 블레이크가 옆에 앉은 남자에게 말했다.

남자는 시가를 뻐끔거리며 웃었다. "나는 늘 끝까지 버팁니다." 그가 말했다. "신중하게 숫자를 고르지 않을 때 돈을 딸 가능성이 높다는 걸 아느니 차라리 잃겠네요."

"제 말이요." 블레이크와 남자는 잔을 부딪쳤다. 통계학적 진실은 여느 다른 진실처럼 받아들이기 어려웠다.

대부분의 사람은 머리가 아니라 가슴으로 결정했다. 그 점에서 스텔라는 다른 모두와 같았다. 뉴올리언스에 살다가 블레이크를 따라오기로 한 것도 감정적인 결정 아니었는가? 혹은 그 세월 동안 그의 옆에 머무르겠다고 선택한 것은? 혹은 이를테면, 블레이크가 남들에게 가족의 단합된 모습을 보여줄 필요가 있다고 주장했기 때문에 버트 하디슨의 은퇴 파티에 가겠다고 동의하고 심지어 딸을 설득해 참석하게 한 것은? 아주 행복한 가족—다른 파트너들이 그런 모습을 보는 게 중요했다. 블레이크는 자신의 브랜드 가치를 알고 있는 마케팅맨이었고, 스텔라와 케네디는 순전히 그 브랜드 가치의 연장선상에 있었다. 그래서 그녀는 그 파티에 가겠다고 한 것이다. 그 모든 것에도 불구하고 그녀는 충실히 아내 역할을 하며 거실을 이리저리 돌아다녔다. 버트 하디슨이 브랜디 냄새를 풀풀 풍기고 밤시간 내내 바짝 붙어다니면서 그녀의 허리에 손을 올리고 있었음에도(그녀가 알아차리지 못할 거라는 듯이!). 하지만 물론 블레이크는 구석에서 롭 개릿과 얀시 스미스와 함께 머리를 맞대고 있느라 그것을 보지 못했다. 한편 스텔라는 조금씩 스탠드바로 접근하고 있는 딸에게서 눈을 떼지 않으면서, 그리고 팔다리가 긴 흑인 남자가 흐느적흐느적 소다수로 닦아내고 있는 흰색 러그 위의 붉은 얼룩을 피하면서, 도나 하디슨과 소소한 이야기를 나누고 있었다.

앞서 흑인 여자가 러그에 와인을 쏟는 소동이 있었다. 그 일은 잠시 파티에 참석한 모두의 주의를 끌었다. 스텔라는 방금 도착해서 그 여파를 봤을 뿐이었다. 석탄처럼 검은 여자가 비싼 메를로 와인의 얼룩을 그보다 훨씬 더 비싼 러그에서 미친듯이 닦아내고 있었고, 도나는 그 여자가 러그를 더 못쓰게 만들고 있을 뿐이라면서 빽빽 소리를 질렀다. 그 여자가 해고된 뒤에도 사람들은 계속 그 여자 이야기를 했다.

"도저히 믿을 수가 없어요." 도나가 스텔라에게 말했다. "와인병 하나 제대로 잡지 못하는 웨이터를 왜 고용해요?"

솔직히 스텔라는 그 주제가 지겨웠다. 그건 파티가 진행되는 동안 그보다 더 흥미로운 이야깃거리가 없을 때 화제로 삼는 경미한 사건이었다. 대화가 한 주제에서 다음 주제로 휙휙 넘어가는 수학과 사람들의 모임—이해하기 어렵고 잘난 척하는 분위기지만 결코 지루하지 않았다—과는 달랐다. 그녀는 그런 뛰어난 사람들 사이에 있다는 게 늘 행복했다. 생각하는 사람들. 블레이크의 동료들은 지성을 목적을 위한 수단으로 보았고, 그 목적은 늘 돈을 더 많이 버는 것이었다. 하지만 샌타모니카 칼리지 수학과에서는 누구도 부자가 되기를 기대하지 않았다. 무언가를 알아가는 것만으로 충분했다. 하루하루를 이런 식으로 앎을 추구하며 보낼 수 있다는 건 행운이었다.

그날 밤 파티가 끝나고 집으로 돌아가는데, 그녀는 자기도 모르게 로레타 워커가 생각났다. 스텔라는 그해 크리스마스에 블레이크가 깜짝 선물로 사준 밍크코트를 입고 있었는데, 종아리에 닿는 호사스러운 모피의 감촉 때문에 아마 로레타가 생각났을 것이다. 아니면 그날 아침, 블레이크에게 파티에 늦는다고 말했을 때, 스텔라가 오로지 로레타 때문에 갖게 된 그 직업으로 인해 두 사람이 또 싸워서였을 것이다. 워커 부부가 떠나고 몇 달 동안 스텔라는 자신의 기준으로 보더라도 깊은 수준의 우울감에 빠져 지냈다. 그녀는 스스로도 설명할 수 없는 이유로 슬퍼하고 있었다. 데지레를 잃었을 때의 감정이 오롯이 되살아나는 것 같았다. 블레이크는 그녀에게 강의 같은 걸 들어보라고 했고, 나중에는 자신이 그런 제안을 한 것을 후회했는데, 그가 스텔라의 일에 대해 불평할 때마다 그녀가 그걸 들춰냈기 때문이었다.

"당신이 하라고 했잖아." 지난번에 말다툼을 할 때 스텔라는 말했다. "그 집에 갇혀 있다간 미쳐버릴 것 같았어."

"그래, 하지만……" 블레이크가 잠시 말을 멈추었다. "나는 당신이, 뭐랄까, 꽃꽂이 강습이나 뭐 그런 걸 들을 줄 알았지."

하지만 스텔라는 고등학교 중퇴자라는 사실이 늘 부끄러웠다. 누군가가 자신은 이해하지 못하는 용어를 쓰는 걸 들으면 바보가 되는 것 같았다. 그녀는 심지어 길을 잃었을 때도 방향을 묻는 걸 싫어했다. 딸이 자기보다 더 많이 알게 되는 날이, 케네디의 숙제를 물끄러미 쳐다보기만 하고 도와줄 수 없게 되는 순간이 두려웠다. 그래서 블레이크에게 고졸 검정고시를 준비하고 싶다고 말했다.

"그거 정말 좋은 생각 같아, 스텔." 그가 말했다. 그는 물론 스텔라를 기분좋게 해주려는 것이었지만, 그녀는 어쨌거나 수강 신청을 했다. 안으로 들어갈 용기가 나지 않아, 이틀 연속 공공도서관 밖 주차장에 차를 대고 앉아 있었다. 스스로 멍청하다고 느끼며 칠판만 멍하니 바라보게 될 것 같았다. 수표장의 잔고를 맞추는 것보다 더 복잡한 수학을 한 게 언제가 마지막이었지? 하지만 마침내 안으로 들어갔을 때 강사는 막 대수학 문제를 설명하기 시작한 참이었고, 그녀는 서서히 다시 벨턴 선생의 시험에서 가장 좋은 성적을 받은 열여섯 살로 돌아간 기분이 들었다. 스텔라가 수학에서 좋아하는 점이 그것이었다. 예전이나 지금이나 똑같다는 것, 답을 알건 모르건 늘 맞는 답이 있다는 것. 그 사실이 위로가 되었다.

마침내 우편으로 학위증을 받았을 때, 블레이크는 기뻐하는 듯 보였다. 하지만 샌타모니카 칼리지에 진학해 준학사학위를 받고 싶다고 했을 때, 로욜라 메리마운트 대학교로 편입해 학사학위를 받겠다고 했을 때, 작년에 샌타모니카 칼리지에서 통계학 개론 조교로 스텔라를 고용하고 싶다는 제의가 들어왔을 때, 블레이크는 그렇게 기뻐하지 않았다. 보수는 보잘것없었지만 칠판 앞에 서서 십수 명의 학부생을 마주한 채 강의하면서 그녀는 활력이 생기는 것 같았다. 지도 교수는 페그 데이비스였는데, 다음에는 석사과정에 등록하라고 독려하고, 심지어 박사과정도 생각해보라고 했다. 정교수가 될 수도 있고, 언젠가는 종신 재직권도 받을 수 있을 거라고. 스텔라 샌더스 박사, 듣기도 좋다, 안 그런가?

"이게 다 그 여성해방운동가 때문이야." 블레이크는 스텔라가 캠퍼스에서 늦게까지 일할 때마다 불평했다. "그 여자가 당신 머릿속에 그런 생각을 심어줬다고."

"놀랍겠지만, 나도 내 생각이 있어." 스텔라가 말했다.

"오, 내가 그런 뜻으로 말한 게 아니잖아……"

"당신 말은 정확히 그런 뜻이었어!"

"그 여잔 당신과 같지 않아." 그가 말했다. "당신은 가정이 있어. 의무가 있다고. 그 여자는 자신의 정치적 견해가 있는 거고."

하지만 스텔라가 결정을 내릴 때 그 근거를 가정에 대한 의무에 두었던 적이 있었는가? 가정에 대한 의무감은 심장의 영역이었다. 그녀를 이끈 것은 언제나 머리였을 것이다. 그녀가 백인이 된 것은 그렇게 하는 것이 현실적이기 때문이었다. 당시에 그것은 너무도 현실적으로 다가와서 그 결정은 터무니없을 만큼 분명해 보였다. 백인이 될 수 있는데 왜 그러지 않겠는가? 타고난 모습으로 머무르는 것과 뭔가 새로운 모습이 되는 것, 그건 다 선택의 문제, 어느 쪽으로 보느냐의 문제였다. 스텔라는 합리적인 결정을 내린 것뿐이었다.

"이미 말했잖아. 당신은 이런 걸 할 이유가 없어." 블레이크는 그녀가 팔 밑에 끼고 있는 시험지를 가리키며 늘 그렇게 말했다. "나는 늘 가족을 잘 부양해왔어."

하지만 스텔라는 돈이 걱정되어 그 자리를 수락한 게 아니었다. 그녀는 그저 심장보다 머리를 선택한 것이고, 어쩌면 로레타가 그녀의 손바닥에 있는 긴 선을 짚어가며 본 게 이것이었을지도 몰랐다.

"당신 내가 건배사 하는 순간을 놓쳤어." 그들이 하디슨 부부의 집에서 돌아왔을 때 블레이크가 말했다. 그는 옷방 입구에서 넥타이를 푸는 중이었다.

"학점을 입력해야 한다고 말했잖아." 스텔라가 말했다.

"그리고 나는 오늘밤은 중요하다고 말했지."

"내가 무슨 말을 하길 바라? 나는 최선을 다했어."

블레이크는 한숨을 쉬고 검어진 창문 밖을 응시했다.

"음, 멋진 건배사였어." 그가 말했다. "멋진 파티였다고."

"그래." 그녀가 말했다. "파티는 아주 좋았어."

"엄마가 왜 여기 왔는지 알아요." 케네디가 말했다.

〈한밤의 약탈자들〉이 개막하고 일주일 뒤, 적당히 붐비는 레스토랑에서 케네디는 흰색 테이블보를 만지작거리며 테이블 건너편에 앉은 스텔라에게 미소를 지었다. 케네디는 웃을 때 늘 치아를 전부 드러냈고, 그 모습을 보면 스텔라는 불안했다. 상상해보라, 자신을 그렇게 많이 드러내다니. 한 테이블 건너에는 아시아계 여자가 완두콩 수프를 한 숟가락씩 떠먹으면서 기말 보고서에 점수를 매기고 있었다. 젊은 백인 남자 두 명은 존 스튜어트 밀에 대해 조용히 논쟁을 벌이고 있었다. 스텔라는 식사 장소로 서던캘리포니아대학교 캠퍼스 근처 레스토랑을 고른 건 편의성 때문이라고 말했지만, 당연히 그건 사실이 아니었다. 그녀는 대학생들을 보면서 딸이 자신의 선택을 다시 생각해보거나 적어도 자신의 선택에 대해 부끄러워하길 바랐다.

스텔라는 냅킨을 무릎 위에 펼쳐놓았다.

"당연히 알겠지." 스텔라가 말했다. "나는 여기 너하고 점심을 먹으러 온 거야."

케네디가 웃었다. "물론 그렇겠죠, 엄마. 그게 엄마가 도시를 가로질러 여기까지 차를 몰고 온 유일한 이유라고 확신해요……"

"왜 모든 걸 대단한 음모로 만들어버리는지 모르겠구나. 나는 딸하고 점심도 같이 못 먹니?"

스텔라는 캠퍼스 근처로 운전해 오지 않은 지 여러 해였고, 왔어도 손에 꼽을 만큼이었다. 대학 투어 때 스텔라는 딸의 뒤를 따라가면서, 빨간 벽돌에 붙여 세운 트렐리스를 기어오르는 덩굴을 회의적인 시선으로 쳐다보며 아이가 그 성적으로 과연 입학할 수 있을지 의문을 품었다. 하지만 시험 점수가 턱없이 부족해도 가족의 기부로 해결할 수 없는 것은 없었으므로, 스텔라는 딸이 기숙사에 입사하는 날 그곳에 다시 오게 되었다. 그리고 부끄러운 몇 주가 지난 뒤, 케네디가 방에서 마리화나를 피우다가 기숙사 조교에게 들켰을 때, 스텔라는 1학년 학장에게 사정을 하러 왔었다. 마약보다 더 걱정스러운 건 딸의 지각없는 행동이었다. 그런 식으로 들키는 건 어설픈 아이들뿐이었고, 케네디는 똑똑하면서도 어설펐다. 하지만 그래서 자기 엄마가 삶 자체가 되어버린 거짓말을 유지하려고 얼마나 애써왔는지를 다행히 모르고 있었다.

이제 케네디는 히죽 웃으며 천천히 수프를 저었다.

"좋아요." 그녀가 말했다. "엄마 잔소리는 뒀다가 디저트로 듣죠."

잔소리는 하지 않을 거라고, 스텔라는 블레이크에게 약속했었다. 그저 케네디를 슬쩍 찔러 옳은 길로 가도록 할 거라고. 이 아이도 자신이 학교로 돌아가야 한다는 걸 알고 있다. 지금까지 한 학기를 빼먹었을 뿐이다—학사과로 가서 딸아이가 좀 해이해져서 그랬다고, 다시 받아달라고 사정하면 된다. 그러면 동기보다 한 학기 뒤처지게 될 것이다—그래도 여름 계절학기를 마치면 졸업할 수 있을 것이다. 스텔라는 머릿속에서 다양한 시나리오를 짜보았지만, 번번이 분노에 다다를 뿐이었다. 배우가 되겠다고 학교를 그만두다니! 그 생각 자체가 너무 멍청해서, 그녀는 메뉴를 잡자마자 그 말이 튀어나오려는 걸 간신히 참았다.

가장 충격적인 부분이 뭐냐고? 그녀는 케네디에게 지옥 같은 시절은 이미 다 지나갔다고 생각했었다. 고등학생 때는 선생들이 케네디가 수업을 빼먹었다고, 성적표가 엉망이라고 전화했고, 밤에는 야심한 시각에 문이 삐걱 열리는 소리를 듣고 야구방망이를 잡았는데 알고 보니 술에 취해 슬그머니 들어온 딸인 적도 있었다. 허접한 사내애들이 허구한 날 집 앞에 차를 세우고 몸을 내밀며 빵

빵 경적을 울려댔다.

"우리 딸 야성이 넘치는데." 블레이크가 한번은 그게 자랑이라는 듯 껄껄거리며 말했다.

하지만 딸의 야성은 스텔라를 두렵게 만들 뿐이었고, 스텔라가 쌓아올린 조심스러운 삶을 위태롭게 했다. 아침이면 그녀는 식탁 맞은편에서 더이상 자신의 딸로 느껴지지 않는 아이를 물끄러미 바라보았다. 어여쁜 얼굴의 소녀는 사라졌고, 황갈색 피부에 팔다리가 길쭉하고 날마다 어떤 사람이 되고 싶은지를 두고 변덕을 부리는 다 자란 숙녀가 앉아 있었다. 어느 아침에는 야윈 어깨에 헐렁하고 빛바랜 라몬스* 티셔츠를 걸쳤다가, 다음날에는 허벅지 위로 몇 인치 올라가는 격자무늬 미니스커트 차림이었다가, 그다음날에는 발목까지 치렁하게 내려오는 긴 드레스를 입고 나타났다. 머리를 분홍색으로 염색한 것도 두 번이었다.

"왜 너는 그냥 너 자신으로 살지 못하는 거니?" 스텔라가 한번은 그렇게 물었다.

"아마 그게 뭔지 몰라서겠죠." 딸이 쏘아붙였다. 그리고 스텔라는 이해했다. 정말로 이해했다. 어떤 사람이든 될 수 있다는 것, 그것이 청춘이 일으키는 전율이었다. 그것이 오래전 부적 액세서리 가게에서 그녀를 사로잡았던 생각이었다. 그리고 성인기가 오면, 선택은 견고해진다. 지금 자신의 모든 모습은 이미 오래전부터 가동되고 있었음을 깨닫는다. 남은 인생은 그 여파였다. 그래서 그녀는 딸이 왜 자신의 진짜 모습을 찾고 있는지 이해했고, 심지어 그

* 1974년에 결성된 미국의 펑크록 밴드.

것에 대해 스스로를 탓했다. 아마 아이 안에 있는 뭔가가 안정되지 않았기 때문일 것이다. 아이 안의 작은 부분이 자기 삶이 무언가 잘못됐다는 걸 알아차리고 있는 것이다. 마치 나이가 들어 나무를 만져보니, 그게 실은 모두 판지로 만들어진 세트라는 걸 알게 되는 것처럼.

"잔소리는 하지 않아." 스텔라가 말했다. "그저 다음 학기를 생각해봐야 한다는 걸 분명히 알려줘야 할 것 같아서……"

"그거 봐요."

"네가 많이 뒤처진 건 아니야, 예쁜 딸. 네가 연극 때문에 흥분해 있는 건 아는데……"

"뮤지컬이에요."

"그게 뭐건……"

"음, 개막 공연을 한 밤에 엄마가 직접 와봤으면 알았을 텐데."

"이건 어떠니?" 스텔라가 말했다. "네가 학사과를 찾아가면 내가 네 연극을 보러 가는 거……"

"정서적인 협박인데요." 딸이 말했다. "새로운 방식을 시도하시네요."

"협박이라니!" 스텔라가 테이블 가까이 몸을 숙이고 목소리를 낮췄다. "네게 가장 좋은 걸 바라는 게 협박이라고? 네가 교육받기를 원하고, 더 잘되기를 바라는 게……"

"엄마한테 가장 좋은 게 꼭 저한테 가장 좋은 건 아니죠." 딸이 말했다.

그렇다면 케네디에게 가장 좋은 건 뭐지? 스텔라는 딸이 지난 학기에 학사 경고를 받은 것을 알고 충격을 받았고, 약간 부끄럽기까지 했다. "어려서 그래. 적응할 거야." 블레이크가 말했지만, 스텔라는 반박했다. 심지어 루이지애나의 아무도 모르는 곳 출신의 가난한 유색인 여자인 자신도 C 마이너스 두 개, D 두 개, 연극 수업에서 유일하게 B 마이너스 하나를 받는 것보다는 좋은 결과를 얻었다. 연극은 심지어 공부도 아니었다—취미였다! 딸은 형편없는 학기를 보내고 몇 달 뒤 그 취미를 아예 본격적으로 하겠다며 학교를 떠난 것이다. 그렇다면 아이에게 뭐든 다 해준 게 무슨 의미가 있는가? 책을 사주고, 가장 좋은 학교에 입학시키고, 과외 수업을 받게 하고, 학교에 사정사정해서 대학에 보내고—그중 의미 있는 일이 하나라도 있는가? 결과가 고작 이거라면, 이 나라에서 가장 영민한 인재들로 채워진 레스토랑을 두리번거리고 수프나 깨작거리며 지겨워하는 여자애라면?

"누구나 대학에 가야 하는 건 아니잖아요." 케네디가 말했다.

"음, 너는 가야 해."

"그걸 어떻게 아세요?"

"왜냐하면. 너는 똑똑한 아이니까. 난 그렇다는 걸 알아. 넌 그냥 노력하지 않는 것뿐이야. 우리는 네가 최선을 다해 노력하면 무엇까지 해낼 수 있는지조차 몰라……"

"그 최선이 이걸 수도 있잖아요! 나는 엄마처럼 머리가 그렇게 좋지 않아요."

"음, 나는 그게 네 최선이었다고 믿지 않는다."

"그걸 어떻게 아세요?"

"왜냐하면 네가 학교에서 쫓겨나는 꼴을 당하기엔 내가 너를 위해 너무 많은 것을 포기했으니까."

케네디가 머리를 뒤로 젖히며 웃었다. "또 그 이야기네요. 엄마가 가난하게 자란 건 내 잘못이 아니에요. 내가 태어나기도 전에 일어난 그 뭐 같은 일이 내 탓은 아니라고요."

젊은 흑인 종업원이 허리를 숙여 잔에 물을 채워주었고, 스텔라는 입을 다물었다. 그녀는 오래전에 자신의 삶을 선택했고, 케네디는 그것을 견고하게 해주었을 뿐이다. 그것을 깨닫는 것과 케네디를 탓하는 것은 같지 않았다. 스텔라는 그녀가 뭘 잃었는지 결코 알지 못할 딸을 위해 희생한 것이다. 두 사람이 서로 솔직할 수 있는 시간은 오래전에 지나갔다. 스텔라는 흰 냅킨으로 입을 톡톡 닦고 다시 접어 무릎 위에 내려놓았다.

"목소리 낮춰." 그녀가 말했다. "그리고 말조심해."

"그게 세상의 끝은 아니에요." 페그 데이비스가 말했다. "휴학하는 학생도 많아요."

스텔라는 한숨을 쉬었다. 그녀는 페그의 어수선한 연구실에서 책상을 사이에 놓고 마주앉아 있었다. 그곳은 언제나 잔뜩 어질러져 있어서 스텔라는 의자에서 책을 치우거나 십 분 동안 페그의 독서용 안경을 찾아야 했는데, 안경은 중간고사 시험지 뭉치 아래 처박혀 있었다. 페그는 사무실을 정리해줄 누군가를 고용할 수도 있었다. 심지어 스텔라가 도와주겠다고 자원하기도 했다. 페그의 사무실을 보면 데지레와 같은 방을 쓰며 살던 시절이 떠올랐는데, 데지레는 방에서 자기가 쓰는 쪽을 정리하는 데 들었을 시간보다 더 많은 시간을 잃어버린 물건을 찾는 데 썼고, 스텔라가 그걸 지적할 때마다 데지레는 눈알을 굴리며 엄마처럼 굴지 말라고 했다. 페그는 그런 말을 그냥 무시했다.

"오, 여기 어딘가 있을 텐데." 페그는 열쇠를 어디 뒀는지 기억하지 못할 때마다 그렇게 말했고, 그러면 면담은 또다시 물건 찾기 게임이 되어버렸다.

천재란 얼마간 엉망인 사람을 의미할 수도 있는 것이다. 페그는 수 이론을 가르쳤는데, 마법이라 해도 될 정도로 아주 복잡해 보이는 수학의 분야였다. 이론적 수학은 수학적 통계와 거의 공통점이 없었지만, 어쨌거나 페그는 스텔라의 지도 교수가 되어주었다. 그녀는 수학과에서 유일하게 종신 재직권을 받은 여자 교수였고, 그래서 여학생은 다 받아주었다. 첫 지도 면담에서 페그는 의자에 앉아 몸을 뒤로 젖히고 스텔라를 유심히 쳐다보았다. 교수의 머리칼은 회색으로 세어가는 긴 금발이었고, 동그란 안경이 얼굴의 절반을 덮고 있었다.

"이제 말해봐요." 교수가 말했다. "당신 사연은 뭔가요?"

스텔라는 그렇게 똑똑한 여자의 시선을 그렇게 직접적으로 받아본 적이 없었다. 그녀는 안절부절못하면서 손가락에 낀 결혼반지를 빙글빙글 돌렸다.

"글쎄요." 그녀가 말했다. "무슨 뜻인가요? 저는 사연이 없는데요. 그러니까 그렇게 재미있는 사연은 없어요."

물론 거짓말이었지만, 페그가 웃음을 터뜨려서 스텔라는 깜짝 놀랐다.

"그럴 리가." 페그가 말했다. "매일 주부로 살던 사람이 갑자기 수학을 공부하겠다고 결심하진 않아요. 그렇게 불러도 괜찮나요?"

"어떻게요?"

"주부."

"괜찮아요." 스텔라가 말했다. "주부 맞는걸요, 그렇잖아요?"

"그런가요?"

페그와의 대화는 늘 이런 식으로 흘러갔다. 꼬이고 비틀린 대화는 질문이 대답처럼 들렸고, 대답은 질문 같았다. 스텔라는 늘 페그가 자신을 시험한다고 느꼈고, 그러면 자신을 더욱 증명해 보이고 싶어졌다. 교수는 그녀에게 책을 주었고—시몬 드 보부아르, 글로리아 스타이넘, 에벌린 리드—스텔라는 그 책을 전부 읽었다. 블레이크는 책표지를 흘끗 보고 눈알을 굴렸다. 그는 그중 어떤 책이 수학과 연관이 있다는 건지 의아해했다. 페그는 그녀에게 시위에 나오라고 했고, 스텔라는 소리치는 사람들 속에 서 있기엔 너무 불안해서 그건 할 수 없었지만, 나중에 신문에서 관련 기사를 꼭 찾아 읽었다.

"페기의 추종자들이 이번엔 뭘 한대?" 블레이크가 그녀의 어깨 너머로 지역 소식란을 보면서 물었다. 거기 그 여자들이 있었다. 미스 아메리카 선발 대회와 〈로스앤젤레스 매거진〉에 실린 성차별적 광고와 여성에 대한 폭력을 미화하는 새로 개봉한 슬래셔 영화에 항의하는 그들이. 페기의 추종자들은 모두 백인이었고, 한번은 스텔라가 그들 중 니그로 여성도 있는지 묻자 페그는 예민한 반응을 보였다.

"그들에겐 그들만의 이슈가 있어요, 알겠지만." 그녀가 말했다. "하지만 그들도 이 싸움에 가담하겠다고 하면 환영이죠."

스텔라가 뭐라고 판단할 입장인가? 적어도 페그는 뭔가를 위해

맞섰고, 뭔가를 위해 싸웠다. 페그는 대학과도 모든 문제를 놓고 전쟁을 벌였다. 유급 육아휴직, 성차별주의자 교수의 채용, 시간강사를 착취하는 관행. 페그는 자식이 없고 이미 종신 재직권이 있었지만 이런 문제에 자신의 목소리를 냈다—이런 공개적인 지지가 자신에게 전혀 이익이 되지 않더라도 그렇게 했다. 스텔라는 그게 어리둥절했다. 의무감에서, 혹은 심지어 즐거움을 위해 항의한다는 것이.

지금 그녀는 페그의 사무실에 앉아 소수素數에 관한 책을 집어들며 말했다. "결국 다시 돌아가야만 그걸 휴학이라고 할 수 있죠."

"음, 아마 그 아인 돌아갈 거예요." 페그가 말했다. "스스로. 당신도 그랬잖아요."

"그건 달라요."

"어떻게요?"

"나는 선택권이 없었어요." 스텔라가 말했다. "학교를 그만둬야 했어요. 그애 나이였을 때 나는 그저 대학에 가고 싶다는 생각뿐이었어요. 그런데 그애는 그걸 그냥 내팽개친 거고요."

"음, 그 아이는 당신이 아니에요." 페그가 말했다. "딸이 당신이 되기를 바라는 건 옳지 않아요."

그런 게 아니었다. 적어도 그런 것만은 아니었다. 스텔라는 딸이 모르는 사람처럼 느껴졌다. 아마 스텔라가 지금도 맬러드에 살고 있다면 그녀는 딸과 자신의 다른 점 하나하나에 재미있어했을 것이다. 데지레를 떠올리게 하는 딸의 여러 가지 면 하나하나에 재미있어했을 것이다—심지어 데지레와 함께 그런 면에 대해 얘기하며 웃을지도 몰랐다. 저애가 정말 네 딸이 맞느냐면서. 하지만 여기 이 세상에서 딸은 모르는 사람처럼 느껴졌고, 그녀는 그것이 무서웠다. 딸이 진정 자신의 것으로 느껴지지 않는다면 그녀의 삶에서 진짜는 아무것도 없었다.

"당신이 정말로 화가 난 대상은 당신 자신인지도 모르겠네요." 페그가 말했다.

"저라고요? 왜요?"

"지난 몇 해 동안 당신은 계속 대학원 이야기만 했어요. 그런데 아무것도 하지 않았잖아요."

"그렇죠, 하지만……" 스텔라가 말을 멈추었다. 그건 전혀 다른 문제였다. 그녀가 석사과정에 지원하겠다고 말할 때마다 블레이크는 예상대로 아이 같은 반응을 보였다. 학교를 더 다닌다고? 맙소사, 스텔라, 학교를 얼마나 더 다녀야 해? 블레이크는 그녀가 가족을 버린다고 비난했고, 스텔라는 그가 그녀를 버린다고 비난했으며, 두 사람 다 화난 채로 잠이 들었다.

"내 말은, 당연히 남편은 자기가 여전히 당신을 이래라저래라 할 수 있다고 생각할 거예요." 페그가 말했다. "당신이 남편에게 두려움을 일으키는 거예요. 머리 좋은 여자. 남자를 그보다 더 두렵게 하는 건 없어요."

"그건 잘 모르겠네요." 스텔라가 말했다. 블레이크는 여전히 그녀의 남편이었다. 그녀는 누가 남편에 대해 비난하는 게 듣기 싫었다.

"내 말은 그게 전부 힘에 관한 문제라는 거예요." 페그가 말했다. "그는 힘을 원해요. 그리고 당신이 그 힘을 갖지 않길 바라고요. 그런 이유가 아니면 왜 남자들이 자기 비서하고 자겠어요?"

스텔라는 페그에게 자신과 블레이크가 만난 이야기를 해준 것을 또다시 후회했다. 그들의 이야기는 당시에는 낭만적이었지만, 시간이 지나면서 저속하게 느껴졌다. 그녀는 너무 어렸다. 지금의 그녀 딸 나이였다. 전에는 한 번도 블레이크 같은 남자를 만나본 적이 없었다. 당연히 그가 끌어당기는 힘에 저항할 수 없었다. 그들이 처음 같이 잤을 때 그녀는 겨우 열아홉 살이었다. 블레이크와 함께 필라델피아로 출장을 갔을 때였고, 비서가 되는 것은 아내가 되는 것과 약간 비슷하다는 것을 알게 되었을 무렵이었다. 스텔라는 그의 일정을 기억했고, 그의 모자와 코트를 받아 걸었으며, 그에게 스카치를 따라주었다. 그에게 점심을 갖다주었고, 기분을 살폈으며, 자기 아버지에 대해 불평하는 것을 들어주었고, 그의 어머니 생일에 잊지 않고 꽃을 보냈다. 그녀는 블레이크가 필라델피아에 같이 가자고 한 이유도 그것이라고 생각했지만, 출장 마지막 밤이 되자 그는 호텔 바에서 몸을 기울여 그녀에게 키스했다.

"당신은 내가 얼마나 오랫동안 이렇게 하고 싶었는지 모를 거예요." 블레이크가 말했다. "앤트완스 레스토랑에 간 날부터 그랬어요. 당신은 너무 사랑스럽고 완전히 길을 잃은 것 같았죠. 나는 당시에 좀 벅찬 상황이었어요. 그래서 회사에 글씨를 예쁘게 쓰는 사람을 찾아달라고 요청했던 거고요. 그 사람의 외모가 뛰어난지는 중요하지 않았어요. 오히려 그렇지 않기를 바랐어요. 한눈팔 곳이 필요한 건 아니었으니까. 알겠지만 나는 그런 유의 남자가 아니에요. 하지만 아니나다를까, 가장 예쁜 글씨는 가장 예쁜 여자의 것이더군요. 그리고 당신은 그뒤로 줄곧 내 마음을 괴롭혔어요."

블레이크는 그렇게 말하고 살짝 웃었는데, 그녀를 바라보는 시선이 아주 진지해서 스텔라는 목이 달아오르는 것 같았다.

"그럴 의도는 없었어요." 그녀가 말했다. "당신을 괴롭히는 것 말이에요."

"당신에게 이 모든 이야기를 하는 게 싫은가요?" 그가 말했다.

그의 불안한 모습에 스텔라는 마음이 놓였다. 그녀는 전에 백인 남자들과 몇 번 데이트한 적이 있었지만, 차 안에서 키스하는 정도 이상을 넘어간 적은 없었다. 그들이 그녀의 벗은 몸에서 어떻게든 거짓말을 알아낼까봐 늘 두려웠다. 하얀 시트에 누우면 그녀의 몸이 더 검어 보일지 몰랐다. 아니면 그들이 그녀 안으로 들어왔을 때 무언가 다르게 느껴질지 몰랐다. 벗은 몸이 실체를 드러내지 않는다면, 무엇이 그렇게 하겠는가?

호텔방에서 블레이크는 천천히 그녀의 옷을 벗겼다. 스커트의 지퍼를 내렸고, 브래지어의 고리를 풀었으며, 허리를 숙여 스타킹을 말아 내렸다. 그의 흰색 팬티는 팽팽해지고 있었고, 그녀는 그가, 실은 모든 남자가 자신들의 욕망을 그토록 공개적으로 입고 다녀야 한다는 사실이 부끄러웠다. 자신의 욕망을 감출 수 없는 것보다 더 무서운 건 생각해낼 수 없었다.

당시에 그에게 안 된다고 말할 수 없었다는 것을 스텔라는 나중에 깨달았지만, 그러고 싶지도 않았다. 어쩌면 그것이 다른 점이었을 것이고, 어쩌면 다른 점이란 다른 점이 존재한다고 생각하는 데 있는지도 몰랐다.

"그런 눈으로 보지 마요." 페그가 말했다.

"어떻게요?"

"키우던 고양이가 죽은 것처럼." 페그가 책상 위로 몸을 기울였다. "나는 당신이 그를 위해 스스로를 작게 만드는 게 싫어요. 그는 결코 당신을, 당신이 스스로를 보는 방식으로 보지 않을 테니까요."

스텔라는 시선을 피했다.

"당신은 잘 몰라요." 스텔라가 말했다. "그를 만나기 전의 내가 누구였는지 생각하면. 완전히 다른 사람이 된 거나 다름없어요."

"그럼 그전에 당신은 누구였는데요?" 페그가 말했다.

가끔 쌍둥이로 사는 일은 또다른 모습의 자신과 함께 살아가는 것처럼 느껴졌다. 그런 존재는 모두에게 있겠지만, 아마도 다른 사람에게 그것은 마음속에서만 살아 있는 또다른 자아일 것이다. 하지만 그녀의 경우는 실재했다. 스텔라는 매일 아침 침대에서 몸을 굴려 그 존재의 눈을 들여다보았다. 또한 가끔 그것은 외국인과 같이 사는 것처럼 느껴지기도 했다. 너는 왜 좀더 나 같지 않은 거니? 그녀는 데지레를 바라보며 그렇게 생각하곤 했다. 어떻게 나는 내가 되고 너는 네가 되었지? 어쩌면 그녀가 조용한 성격인 건 데지레가 그렇지 않기 때문일 것이다. 어쩌면 그들은 서로에게 맞춰가면서, 한 사람의 부족한 부분을 다른 사람이 상쇄하면서 함께 살아왔는지도 몰랐다. 아버지의 장례식 때 스텔라는 거의 말을 하지 않고, 누군가가 스텔라에게 질문하면 데지레가 대신 답해주었을 때처럼. 처음에 스텔라는 그게 불안했다. 누군가가 자신에게 말을 걸면 데지레가 답하는 것이. 자신의 목소리를 버리는 것 같았다. 하지만 곧 그녀는 사라지는 것이 편안해졌다. 아무것도 말하지 않고, 아무것도 아닌 존재가 되는 데서 자유를 느꼈다.

스텔라는 창밖으로 자전거를 타고 지나가는 학생들을 바라보았고, 이어 다시 교수에게로 시선을 돌렸다.

"기억도 나지 않아요." 그녀가 말했다.

12

스타더스트극장의 신참 안내원으로 처음 두 주를 보낸 뒤, 주드는 이미 케네디 샌더스에 대한 중요한 사실 두 가지를 알아냈다. 브로드웨이 스타가 되고 싶어하고, 피해 의식에 사로잡힌 다른 모든 여자 배우처럼 자만심이 좀 강하고 약간 상처를 입은 듯한 태도를 보인다는 것이었다. 그녀의 자만심을 눈치채지 못하기란 불가능했다. 그녀는 다른 사람들이 자기 때문에 기다려야 하는 상황을 만들거나 누가 잡아주는 문을 느리게 통과하는 데서 기쁨을 느꼈다. 그리고 대사 전달을 놓고 연출자와 싸웠는데, 종종 재미로 그러는 것 같았다. 케네디는 자신의 빨간 스포츠카를 주차장 먼 쪽에 댔는데, 질투심에 사로잡힌 어느 대역 배우가 그녀의 차를 열쇠로 긁었기 때문이라고 했다. 현실은 너무 지루해서 있는 그대로 말하는 걸 용납할 수 없다는 듯, 그녀는 자기 삶에 대한 이야기를 꾸며내는 것을 좋아했다. 때로는 한창 대화중에 자기 이야기를 수정했다. 주드에게 자기 차가 고등학교 졸업 선물이라고 말해놓고 그랬던 것처럼.

"아니다, 오히려 '우리는 네가 졸업한 걸 믿을 수 없어'라는 의미의 선물이었죠." 케네디가 말했다. "나 고등학생 때 좀 재수없는 애였거든요. 하지만 우리 모두 그렇지 않았어요? 뭐, 아닐 수도 있지만. 당신은 재수없는 사람으로 보이진 않네요."

"나는 아니었어요." 주드가 말했다.

"그럴 줄 알았어요. 봐요, 나는 늘 알아본다니까. 누가 브로콜리를 먹었고 아빠 말을 잘 들었는지, 누가 개지랄을 떨었는지. 저기, 부탁인데 이것 좀 버려줘요, 응?"

분장실에서 케네디는 구겨진 사탕 포장지를 주드가 내민 손에 떨어뜨렸다. 지난 두 번의 주말 동안 주드는 버스를 타고 시내에 있는 이 허름한 극장에 왔고, 이곳에서 바닥에 떨어진 팝콘을 쓸고 화장실 세면대를 닦고 분장실 청소를 했다. 관리자는 조만간 표를 받고 좌석을 안내하는 일을 맡기겠다고 약속했다. 그는 잘 몰랐겠지만, 주드는 지금 정확히 자신이 원하는 곳에 있었다. 하지만 물론 관리자에게 그런 이야기는 하지 않았다. 간단히만 말했다. 최근에 대학을 졸업했는데 주말에 돈을 좀더 벌려고 한다고. 금요일과 토요일 밤, 그리고 일요일 오후에 일할 수 있다고. 〈한밤의 약탈자들〉에 맞춘 시간이었다. 관리자는 그녀에게 위아래로 검은 옷을 입고 일요일 낮 공연에 맞춰 오라고 했다.

"그거 안 하면 좋겠어." 리스가 말했다. 그리고 부엌 조리대에 기댔다. 여전히 허리에는 송의 용구 벨트를 두르고 있었는데, 그가 아주 걱정스러운 얼굴을 해서 그녀는 애초에 이야기를 꺼내지 말

걸 그랬다고 생각했다.

"그냥 작은 부업 같은 거야." 주드가 가볍게 말했다. "우리가 쓸 돈도 생기는 거고."

"그게 아니라는 거 너도 알잖아."

"음, 내가 어떻게 해야 해? 계속 그 여자가 스텔라의 딸이 아닌 것처럼 행동해? 나는 그럴 수 없어. 그녀에 대해 알아야 해. 스텔라를 만나야 한다고."

"그러면 어떻게 할 계획인데?"

하지만 스타더스트극장 이상의 계획은 없었다. 주드는 매번 공연이 있기 전 분장실에서 케네디를 만났고, 머리 위로 풍성한 드레스를 입는 걸 도와주었다. 케네디의 다른 소소한 부탁도 들어주었다. 뜨거운 물에 레몬을 넣어 갖다준다거나, 근처 식당에서 샌드위치를 사 온다거나, 로비에 있는 자판기에서 콜라를 뽑아 온다거나. 케네디가 마침내 나타나 숨을 몰아쉬며 미안하다는 말도 없이 분장실로 휙 들어갈 때까지 주드는 김이 모락모락 나는 차가 담긴 머그잔을 들고 밖에 서 있었고, 그러는 자신이 늘 바보 같다고 느꼈다.

"당신이 생명의 은인이에요." 케네디는 그렇게 말하거나, "빚을 또하나 졌네"라고 말했다. 그냥 고마워요, 하고 말하는 법이 없었다.

1막이 진행되는 동안, 중간 휴식 시간을 위한 매점 판매를 준비하기 직전까지, 주드는 무대 옆 대기실로 슬쩍 들어가 공연을 보았다. 공연은 볼수록 유치했다. 유령 타운에 도착해 그곳이 실제로 유령에게 장악된 것을 알게 되는 용감하고 젊은 여성에 관한 웨스턴 뮤지컬이었다.

"아주 기발한 것 같아요." 케네디가 말했다. "생각해보면 〈햄릿〉

같잖아요." 그 뮤지컬은 전혀 〈햄릿〉 같지 않았지만, 목소리에 확신이 가득해서 거의 믿어질 정도였다. 두 달 전 자퇴한 뒤 처음으로 맡은 주인공 역이라고, 어느 저녁 공연이 끝나고 케네디가 주드에게 말했다. 그들은 길 건너 식당에 함께 앉아 있었고, 케네디는 랜치 소스에 감자튀김을 찍어 먹었다.

"엄마가 아직 공연을 보러 안 왔어요." 그녀가 말했다. "내가 학교를 그만둔 것 때문에 화가 많이 나 있어요. 엄마는 내가 내 미래를 걸고 도박을 한다고 생각해요. 그리고 아마 그게 맞을 거예요. 성공하는 사람은 거의 없죠, 안 그래요?"

케네디가 처음으로 허세를 벗고 순수하게 자신 없는 모습을 보이자 주드는 거의 손을 잡아줄 뻔했다. 케네디에 대한 갑작스러운 감정이입에 주드는 깜짝 놀랐다. 이 여자로 산다는 건 이런 것인가? 현명하지 않은 선택을 해도 조롱이 아니라 공감을 얻고, 어느 한순간 회의적인 모습을 보이면 당신을 잘 모르는 사람도 그건 당신이 특별해서라고 생각해버리는 것이다.

"의과대학에 가는 것도 거의 불가능한 꿈이죠." 주드가 말했다.

"오, 그건 달라요. 우리 엄마는 내가 의사가 되고 싶다고 하면 아주 좋아할 거예요. 진짜예요. 대부분의 엄마가 그럴걸요. 다들 우리가 자기들보다 더 나은 삶을 살기를 바라니까요, 안 그래요?"

"어머니의 삶은 어땠어요?"

"힘들었어요. 그러니까, 『분노의 포도』에서처럼 찢어지게 가난한 백인 알죠. 매일 10마일을 걸어서 학교에 가고 그런 거."

"그럼 대가족이었나요?"

"오, 아니에요. 엄마뿐이었대요. 부모님은 오래전에 돌아가셨다고 했어요. 엄마만 남은 거죠.”

가끔 주드는 스텔라가 다른 삶으로 넘어간 이유를 알 것 같았다. 원래 자기 모습을 버리고 새 사람으로 새 출발을 하겠다는 꿈을 꿔보지 않은 사람이 누가 있겠는가? 하지만 어떻게 자신을 사랑하는 사람들을 죽여버릴 수 있는가? 어떻게 긴 세월이 지나도 여전히 자신을 그리워하는 사람들을 떠난 뒤 아예 뒤돌아보지 않을 수 있는가? 그것이 주드가 결코 이해할 수 없는 부분이었다.

“당신이 그 여자를 어떻게 참는지 모르겠어.” 배리가 말했다. “그 여자는 쉴새없이 조잘거린다고! 나라면 그 여자 입에 보닛을 쑤셔박아버릴 텐데.”

거기 출연하는 다른 배우들처럼 배리도 케네디를 참을 수 없어 했다. 하지만 주드는 케네디가 하는 말을 들어야 했다. 주드는 스텔라에 대해 알아내기 위해 케네디의 모든 이야기에 귀기울여야 했다. 그래서 케네디가 여름 동안 인도에 가고 싶지만 알다시피 걱정이 된다고 이야기하는 걸 들으면서 머리 위로 드레스를 들어올려주었다. 그런 곳에서는 물도 마음대로 마실 수 없고, 그녀의 친구—음, 진짜 친구는 아니고 어린 시절 이웃에 살았던 태미 로버츠—는 그곳으로 선교 여행을 갔다가 과일을 먹고 아파서 돌아왔다고 케네디는 말했다. 상상이 돼요? 과일을 먹고? 케네디는 망고를 먹고 죽느니 팔에 주사를 맞고 죽겠다고 했다. 또 한번은 관객 중에 예전에 가볍게 즐긴 남자가 와 있을 거라고 했다. 같은 아파트 건물에 사는 유부남 서퍼인데, 그가 프랑스에서 산 압생트 한 병을 들고 왔을 때 같이 한 번 잤다고 했다.

“둘 다 헛것이 보일 정도로 취했었죠.” 그녀가 울퉁불퉁한 카우치에 맨발로 앉아 다리를 쭉 뻗으며 말했다.

십오 분 뒤면 막이 오를 텐데, 케네디는 아직 옷을 입지도 않았다. 그녀는 늘 집중하거나 준비된 상태가 전혀 아니었다. 주드가 옷 입는 걸 도와주려고 오면 케네디는 매번 약간 놀라면서, 자기가 먼저 주드에게 와달라고 부탁한 게 아닌 것처럼 문을 열어주었다. 그리고 항상 느닷없이 어머니 이야기를 꺼냈는데, 이를테면 공연 전에 자기가 열한 살 때 처음 연기를 시작했다는 이야기를 하면서 그랬다. 어머니는 그녀에게 온갖 과외활동을 시켰는데, 브렌트우드의 부모들은 아이들을 어망처럼 던져놓고 어떤 재능이라도 걸려들기를 바라기 때문이었다. 그래서 케네디는 테니스와 발레 교습을 받았고, 클라리넷과 피아노—혼자 교향곡을 연주할 만큼 많은 종류의 악기—를 배웠다. 하지만 무엇 하나 오래가지 않았다. 그녀는 끔찍이 평범했다. 어머니는 당혹스러워했다.

"엄마가 그렇게 말한 적은 없지만, 나는 알 수 있었어요." 케네디가 말했다. "엄마는 늘 내가 특별하길 바랐죠."

그래서 그녀는 충동적으로 골드러시에 관한 학교 연극 오디션에 지원했고, 중국인 철로 노동자라는 작은 역을 맡았다. 대사는 일곱 줄뿐이었지만, 어머니는 한 손에 대본을 들고 다른 손으로는 파스타 소스를 저으면서 그녀가 대사 암기하는 걸 도와주었다. 케네디는 보이지 않는 곡괭이를 바닥에 끌며 부엌을 가로질렀다.

"그러니까, 진짜 웃기는 상황이었죠." 그녀가 말했다. "여기 내가, 밀짚모자를 쓴 막노동꾼 중 한 명을 연기하는 거예요. 내 얼굴도 보이지 않아요. 하지만 엄마는 나보고 잘했다고 말해줬어요. 엄마는…… 모르겠어요. 그때만큼은 엄마도 정말 기뻐했던 것 같아요."

케네디는 어머니를 그리워하는 표정으로 말했다. 스텔라에 대해 말할 때 모두들 그러는 것처럼. 그 부분만큼은 유일하게 진실이라고 느껴졌다.

11월의 남은 나날 동안, 주드 윈스턴은 〈한밤의 약탈자들〉 공연이 있는 시간에 일했다. 팝콘 기계에 팝콘을 채우고, 문 앞에서 〈플레이빌〉을 나눠주고, 노부인들이 자리에 앉게 도와주었다. 밤에 잠들 때는 여전히 귓가에 서곡이 들렸다. 눈을 감으면 조명을 받아 환한 모습으로 중앙에 서 있는 케네디가 보였다. 그들이 사촌 사이일 리 없었다. 선글라스로 얼굴을 가린 금발의 여자가 극장 안으로 휙 들어올 때마다 그 생각은 더욱 터무니없게 느껴졌다. 오랫동안 연락이 끊겼던 친척이라 해도 뭔가 공통점이 있어야 한다, 그렇지 않은가? 처음에는 못 알아보더라도 시간이 지나면 어떻게든 같은 핏줄인 게 느껴질 것이다. 하지만 주드가 주변에서 시간을 더 많이 보낼수록 케네디는 더욱 낯선 존재로 느껴졌다.

어느 금요일 밤, 배우들이 술 한잔하러 가자고 했다. 배리가 주드의 팔을 잡아당기며 같이 가자고 설득했고, 주드가 너무 피곤하다고 말하기도 전에 케네디가 그녀 옆으로 뛰어왔다. 그래서 주드는 당연히 같이 갔다. 주드는 케네디에게 결코 안 된다는 말을 하지 않았다. 케네디 옆에서는 절박한 심정이 되었다. 공연이 거의 막바지에 이르렀지만 스텔라에 대해 알아낸 건 거의 없었다. 어둑한 술집 안쪽에서 극단 피아니스트가 먼지 낀 업라이트피아노를 발견하고 코드를 눌러보기 시작했다. 연기에 대한 열망이 아직 가시지 않은, 알딸딸하게 취한 배우들이 그쪽으로 어슬렁어슬렁 몰려들었다. 하지만 케네디는 주드와 함께 낡은 테이블의 끝자리에 무릎을 맞대고 앉아 있었다.

"당신도 나처럼 친구가 많지 않군요, 그렇죠?" 케네디가 물었다.

"무슨 뜻인가요?"

아마도 백인 친구를 말하는 걸 거라고 생각했지만, 케네디는 "여자 친구들 말예요. 나랑 마주친 그때도 주변에 죄다 남자들이던데" 하고 말해 주드를 놀라게 했다.

"맞아요." 주드가 말했다. "사실 여자 친구는 하나도 없어요."

"왜 없어요?"

"글쎄요. 자라면서는 정말로 한 명도 없었어요. 내가 자란 곳이 그랬어요. 나 같은 사람을 좋아하지 않거든요."

"흑인을 말하는 거겠죠."

"피부색이 검은 사람." 그녀가 말했다. "피부색이 옅은 사람은 괜찮아요."

케네디가 웃었다. "음, 그거 바보 같은데요."

두 사람 다 서로의 삶을 이해할 수 없다고 생각했었다. 그럴 수밖에 없지 않은가? 주드는 교육을 받는 일에 별로 관심이 없다는 건 어떤 기분일지, 최악의 일이 일어나도 괜찮으리란 걸 아는 것은 어떤 기분일지 궁금하지 않았던가? 케네디가 주차장에 쌩하니 들어올 때 스피커에서 쾅쾅 시끄럽게 흘러나오는 펑크록 음악이 싫지 않았던가? 그랬다. 주드는 케네디가 늦게 올 때마다 눈을 흘겼다. 케네디가 레몬차를 만들어달라고 했을 때는 화가 났다. 하지만 배리가 케네디를 두고 응석받이라고 했을 때 주드는 케네디가 응석받이가 맞음에도, 당연히 그럼에도 불구하고 케네디를 방어했다. 그애는 가끔 미치게 짜증나는 존재였지만, 주드의 어머니가 검은 피부의 남자와 결혼하지 않았다면 주드도 그런 사람이 되었을지 몰랐다. 그 다른 현실에서 쌍둥이 자매는 함께 새로운 삶으로 넘어갔다. 주드의 어머니는 시골 식당에서 테이블 서빙을 하는 사람이 아니라 백인과 결혼해 호화 파티에서 밍크코트를 벗는 사람이 되었다. 이 현실에서 주드는 피부가 희고 아름다웠고 팔을 차창 밖으로 내민 채 빨간 카마로를 몰며 브렌트우드를 돌아다녔다. 매일 밤 주드는 환히 웃으며 무대에 등장하고 세상이 박수갈채를 보낼 때 금발 머리카락을 뒤로 휙 넘겼다.

피아노 앞에 앉은 남자가 쾅쾅거리며 〈Don't Stop Me Now〉를 연주하기 시작하자, 케네디는 소리를 지르며 주드의 손을 잡았다. 주드는 다른 사람 앞에서 노래를 불러본 적이 없었다. 하지만 어쩌다보니 신이 난 그 무리와 함께 노래를 부르고 있었고, 손님들이 짜증을 내자 결국 바텐더는 그들을 내쫓았다. 주드는 그날 새벽 세 시가 넘어 침대에 누웠는데, 머릿속이 계속 띵하고 어깨를 감싼 케네디의 팔이 여전히 느껴졌다. 그들은 진정한 가족이 아니고, 진정한 친구도 아니었으나, 무언가이긴 했다. 그렇지 않은가?

"어디 갔었어?" 리스가 물었다. 그들은 침대에서 키스하고 있었지만, 주드는 생각이 다른 데 가 있었고, 머릿속은 음악소리로 여전히 어지러웠다.

"미안해." 그녀가 말했다. "생각 좀 하느라."

"그 백인 여자?" 리스가 한숨을 쉬었다. "베이비, 이제 그만해. 넌 위험한 게임을 하고 있는 거야."

"게임이 아니야." 그녀가 말했다. "내 가족의 일이라고."

"그 사람들은 네 가족이 아니야. 그들이 그렇게 되길 원하지 않고, 네가 그렇게 만들 수도 없어."

"그러려는 게 아니라……"

"그러면 왜 자꾸 그 여자 주변을 킁킁거리는 거지? 누군가에게 자기가 원하지 않는 사람이 되라고 할 수는 없어. 네 이모가 백인 여자가 되고 싶은 거라면, 그게 그 사람의 삶이야."

"넌 이해 못해." 그녀가 말했다.

"네 말이 맞아." 리스가 두 손을 들며 말했다. "난 너를 전혀 이해 못하지."

"그런 뜻으로 한 말이 아니야." 주드는 말했지만, 정말 그런 뜻이 아니었는가? 리스는 어머니가 스텔라를 그리워하며 긴 세월을 보내온 것을 지켜보지 않았고, 얼리가 스텔라를 찾아 차를 몰고 수천 마일을 돌아다닌 것을 보지 않았다. 그는 주드가 맬러드에서 아침마다 벽장 안쪽에 든 상자를 파헤치며 스텔라의 물건을 살피던 것을 보지 못했다. 낡은 장난감 몇 개, 귀걸이 한 짝, 양말 한 짝 같은 쓸모없는 물건이 대부분이었다. 그녀는 할머니가 이런 물건을 기념으로 간직하기로 한 것인지, 아니면 상자가 거기 있다는 사실조차 잊은 것인지 확실히 알 수 없었다. 하지만 그녀는 그 물건들을 뒤지면서 스텔라가 어떻게 다른 사람이 되었는지 알아내려고 애썼다. 어머니는 맬러드에 남는 법만 알았을 뿐인데 스텔라는 어떻게 떠나는 방법을 알아냈을까?

11월 내내 그녀는 분장실로 가서 케네디 샌더스가 그 풍성한 드레스를 머리 위로 들어올려 입는 것을 도왔다. 그리고 매일 저녁 무대 옆 대기 공간에 서서 관객 중에 스텔라가 없는지 살폈다. 스텔라는 한 번도 모습을 보이지 않았다. 그럼에도 서곡이 잦아들고 케네디가 마침내 무대에 서는 동안 주드는 스텔라를 찾았다. 신기하게도 공연이 시작되면 케네디의 목소리에서 스태프들이 눈을 흘기게 만드는 잘난 체하는 어조가 대번에 사라졌다. 조명을 받으면 그녀는 더이상 골목에서 줄담배를 피우는 냉소적인 여자가 아니었다. 버려진 타운에서 길을 잃은 사랑스럽고 걱정 없고 데데한 여자 돌리가 되었다.

"모르겠어요." 케네디가 말했다. "난 그냥 늘 무대가 좋았어요. 모두가 나를 쳐다보잖아요. 짜릿하지 않아요?"

토요일 밤 공연이 끝난 뒤 케네디는 주드를 집까지 태워다 주겠다고 제안했다. 케네디는 옆에 앉은 주드를 쳐다보며 웃었고, 주드는 안절부절못하며 차창 밖을 내다보았다. 주드는 케네디가 기어코 시선을 피하게 만들겠다는 듯 자신을 빤히 쳐다보는 게 싫었다.

"그러지 마요." 주드가 말했다. "난 누가 나를 그렇게 쳐다보는 거 싫어요."

"왜요?"

"모르겠어요. 그러면…… 노출된 기분이 드는 것 같아요."

케네디가 웃었다.

"알겠어요. 하지만 연기는 달라요." 그녀가 말했다. "당신이 사람들에게 보여주고 싶은 것만 보여주면 되거든요."

13

12월이 되자 스타더스트극장 밖에 걸려 있던 〈한밤의 약탈자들〉 포스터는 이미 떼어지고 〈웨스트 사이드 스토리〉 홍보물이 나붙었다. 주드가 몹시 침울해 보였는지 현수막을 바꾸고 있던 남자가 사다리 아래로 시선을 던지며 말했다. "가끔 재상연을 하기도 하더라고요." 하지만 주드는 공연을 생각하는 게 아니었다—아직 나타나지 않은 스텔라에 대한 생각뿐이었다. 이제 공연이 막을 내리는데, 내세울 만한 성과가 뭐가 있는가? 주드가 결코 알지 못할 한 여자에 대한 몇 가지 오래된 이야기뿐이었다.

마지막 공연이 있던 날 밤 주드는 바닥을 쓸러 빈 극장에 들어갔다가 어두운 무대 위에 혼자 서 있는 케네디를 보았다. 케네디는 한 번도 일찍 온 적이 없어서 주드는 무슨 일이 있느냐고 물었다. 케네디가 웃었다.

"마지막 공연 땐 항상 일찍 와요." 그녀가 말했다. "사람들은 그

한 번의 공연으로 당신을 기억하거든요. 마지막 공연에서의 연기만으로 실력을 평가받는 거죠."

케네디는 찢어진 청바지에 얼굴의 절반을 가리는 챙이 넓고 커다란 자주색 모자를 쓰고 있었다. 그녀는 늘 그렇게, 공연용 의상 보관함에서 마구잡이로 옷을 꺼내 입은 어린애 같은 차림으로 다녔다.

"여기 올라와볼래요?" 케네디가 말했다.

주드가 빈 극장을 둘러보며 웃었다. "무슨 소리예요?" 그녀가 말했다. "나 지금 일하는 중이에요."

"그래서요? 여기 아무도 없잖아요. 그냥 재미삼아 잠시 올라와봐요. 전엔 이렇게 무대에 올라와본 적 없을 거 같은데."

사실이었다. 주드는 매년 학교 연극에 도전해볼까 생각했지만, 그러지 않았다. 그녀의 어머니는 〈로미오와 줄리엣〉에서 주인공 역을 맡았다고 했다—그 이상한 영어를 다 익혔고, 학교 전체가 지켜보는 데서 아이크 구도의 키스를 받아야 했다. 하지만 우레와 같은 박수 속에 마지막 인사를 했으니 얼마나 기분이 좋았겠는가. 어머니는 주드가 어떤 역을 맡았더라도 아주 기뻐했을 것이다. 그리고 주드도 용기를 내 거의 오디션에 지원할 뻔했는데, 그 역을 원해서가 아니라 연기는 한때 어머니가 아주 사랑한 것이기 때문이었다. 주드는 자신과 어머니가 닮았음을 스스로에게 입증하고 싶었다. 하지만 극장 안에 발을 들여놓기가 무섭게 타운 전체가 그녀를 비웃는 장면이 그려졌고, 주드는 연극 교사가 그녀를 호명하기 전에 무대 옆에서 빠져나왔다.

주드는 빗자루를 맨 앞줄에 있는 의자에 기대놓았다.

"연극을 해보고 싶어서 도전할 뻔한 적이 한 번 있었어요." 주드가 계단을 올라가며 케네디에게 말했다. "하지만 겁을 먹고 그냥 나와버렸죠."

"음, 어쩌면 그게 당신의 문제로군요." 케네디가 말했다. "다른 사람이 안 된다고 말하기도 전에 먼저 스스로에게 안 된다고 말하는 것."

무대에서는 극장이 달라 보였다—객석의 조명이 어둑해서 배우는 자신을 지켜보는 수많은 사람의 얼굴을 볼 수가 없다. 얼마나 이상하겠는가. 당신을 보고 있는 사람들이 무슨 생각을 하는지 모른다는 것은.

"나는 끔찍한 악몽을 꾸곤 했어요." 케네디가 말했다. "어렸을 때요. 그러니까, 정말 끔찍한 악몽을요."

"무슨 꿈이었나요?"

"문제가 바로 그거예요. 기억이 전혀 안 났거든요. 하지만 연기를 시작하자 그 꿈이 멈췄어요. 그게 가장 이상했어요. 마치 내 안에서 빠져나오려고 하는 뭔가 나쁜 게 있는데 여기서만 그걸 없앨 수 있는 것 같았죠." 케네디는 무대 바닥을 발로 톡톡 쳤다. "하지만 그건 말이 안 되잖아요, 그렇죠? 의사들은 창의적인 사람들은 아주 생생한 꿈을 꾼다고 했어요. 나도 이유는 몰라요. 당신이 의사가 되면 알아낼지도 모르죠."

주드는 정신과 의사가 되고 싶지는 않았지만 케네디의 확신이 고마웠다. 당신이 의사가 되면. 케네디는 그 말을 아주 편하게 했다.

"네." 주드가 말했다. "어쩌면요."

그녀는 케네디를 따라 무대에서 내려왔다. 극단의 나머지 사람들이 도착하는 소리가 들렸고, 그들은 마지막 공연을 위해 의상을 갈아입고 들떠서 무대 뒤를 바쁘게 돌아다녔다. 주드는 극장 바닥을 쓸고, 마지막으로 그 어두운 무대 옆에 가서 섰다. 마지막 공연의 커튼이 열린 뒤, 케네디 샌더스가 누군지 알게 된 이후 처음으로, 주드는 언제 다시 케네디를 볼 수 있을지 모르겠다는 생각을 했다.

"출연진 쫑파티에 와요." 케네디가 말했다. "남자친구도 데려와요. 극단에서 사진을 몇 장 찍어달라고 하고 보수를 줄 거예요."

놀랍도록 사려 깊은 제안이었다. 주드는 케네디에게 리스가 사진작가라고 딱 한 번 말한 적이 있었지만, 케네디가 기억하리라고는 기대하지 않았었다.

"고마워요." 주드가 말했다. "전화해볼게요."

케네디가 무대 뒤로 걸어가다가 잠시 걸음을 멈췄다. "이제 끝나면 어떻게 될지 모르겠어요."

"무슨 뜻이에요?"

아마 배우에게 무대 옆의 어두운 대기 공간은 교회만큼이나 친밀하게 느껴졌을 것이다. 어쨌거나 케네디는 그곳에서 속을 털어놓기 시작했다. 내일 뭘 해야 할지—아니, 말 그대로 아침에 일어나면 뭘 해야 할지—모르겠다. 이 공연은 지난 몇 달 동안 그녀에게 목적의식을 심어준 유일한 것이었기 때문이다. 연기, 그게 그녀가 잘하는 유일한 것이었다. 공부에는 젬병이어서 학교는 그만두었고, 다른 모든 것에도 젬병이었다. 그리고 아마 어머니의 말이 맞을 것이다—아마 그녀는 큰 실수를 했을 것이다. 아마 연기는 시간 낭비일 것이다. 아마 그녀의 부모는 헤어지려는 중이라 그렇게 많이 싸우는 것일 테다. 아마 어머니는 그녀와 대화를 나누는 것보다 수학 과제에 점수 매기는 걸 더 좋아할 것이다. 아마 그 모든 것이 사실일 것이다. 그리고 아마 그녀가 이렇게 큰 역할을 맡게 된 건, 그녀와 같이 잔 남자가 어느 밤에 같이 마리화나를 피우면서, 자기 형이 형편없고 웃긴 대본을 썼는데 어느 극단이 시내에서 그걸 무대에 올리려고 한다는 말을 했기 때문일 것이다. 내용은 형편없었지만, 그녀는 대본을 읽으면서 울었다. 유령들로만 둘러싸인 세상에서 살아가는 외로운 소녀. 그녀 자신의 삶을 그보다 더 잘 보여주는 것은 없었다.

아마 연출자인 더그가 그것을 알아차렸거나, 그저 그녀의 젖꼭지를 보는 걸 좋아했거나, 아니면 같이 잤던 그 남자가 형에게 그녀의 이름이 출연자 명단 맨 위에 올라갈 수 있도록 어떻게든 수를 써보라고 했을 것이다. 어쨌거나 그녀는 주연을 따냈다.

"하지만 이런 이야기는 엄마에겐 하나도 할 수 없어요." 케네디가 말했다. "그러면 엄마는 자기가 옳았다고 할 테니까요. 엄마는 내 엄마인 것보다 옳은 게 더 중요한가봐요. 가끔은 엄마가 나를 그렇게 많이 좋아하지 않는다는 생각도 들어요. 그거 좀 그렇지 않아요? 자기 엄마조차 자기를 참을 수 없다고 생각하는 거."

케네디는 웃고 있었지만, 그녀의 보라색 눈동자에는 눈물이 그렁그렁했다.

"당연히 그럴 리 없어요." 주드가 말했다.

"음, 당신은 내 엄마를 몰라요. 그렇잖아요?" 케네디가 말했다.

그날 밤 마지막 공연에서, 주드는 스포트라이트 조명 아래에서 케네디 샌더스가 다른 사람이 되는 것을 목격했다.

케네디는 타운 광장에서 시작 곡을 부르기 위해 무대로 걸어나왔고, 묘지에서 사색적인 독창곡을 불렀으며, 막이 내리기 전에 술 취한 유령 코러스단과 춤추는 장면에서는 바의 스탠드 위에 올라서서 다리를 높이 차올렸다. 무대에 선 여자가 조금 전에 울던 사람이라고는 생각할 수 없었다. 조명 아래에서 걸음을 옮길 때마다 그녀는 새로운 사람이 되었다. 1막이 끝난 뒤 극장 안에 박수갈채가 쏟아질 때 주드는 사람들을 헤치고 매점으로 갔다. 미지근한 팝콘을 종이봉지에 담는데 마침내, 스텔라가 거기 있었다.

엄마다, 하지만 아니었다. 주드는 그 여인을 이런 식으로밖에 생각할 수 없었다. 어머니의 얼굴이 다른 여인의 몸에 이식된 거라고. 스텔라는 긴 녹색 드레스를 입었고, 머리칼은 나지막이 틀어올렸다. 다이아몬드 귀걸이를 하고 검은색 펌프스를 신었다. 스텔라는 가죽 핸드백을 만지작거리고 목을 조금 돌려 풀면서 우아하게 로비를 통과했고, 키 큰 남자가 문을 잡아주자 미소를 지었다. 그 미소에, 잠시 그녀는 엄마였다. 이어 다시 가면이 씌워지고, 다른 여인이 되돌아왔다.

생각할 시간이 없었다. 주드는 팝콘 판매대를 팽개쳐놓고 사람들을 밀치며 북적거리는 로비를 통과해 문까지 쫓아갔다. 밖으로 나가자 스텔라가 차양 밑에 서서 담배를 더듬어 찾고 있었다. 스텔라는 갑자기 누가 나타나자 놀라서 흘끗 쳐다보았고, 주드는 얼어붙었다. 처음에 들었던 바보 같은 생각은 스텔라가 자신을 알아볼지도 모른다는 것이었다. 스텔라는 주드의 얼굴에서 뭔가 익숙한 것—눈 혹은 심지어 입—을 볼 것이고, 곧 놀라서 입을 벌릴 것이고, 핸드백은 열린 채로 보도에 떨어질 것이다. 하지만 눈빛이 흐려지더니, 스텔라는 우울하게 거리를 응시했다. 주드의 심장만 쿵쾅거렸다.

"안녕하세요." 주드가 말했다. "저는 따님과 친구예요."

주드는 다른 말을 생각해낼 수가 없었다. 스텔라가 동작을 멈추었다가, 이어 담배에 불을 붙였다.

"학교 친구?" 스텔라가 말했다. 목소리가 좀더 부드럽고 다정했다.

"아니요. 공연을 통해서요."

"오, 멋지네요." 스텔라가 말했다.

주드의 어머니라면 결코 쓰지 않을 표현이었다. 멋지네요. 스텔라는 작게 미소를 짓고 담배를 한 모금 빤 뒤 차양을 올려다보았다.

"담배 피울래요?" 스텔라가 물었다.

주드는 거의 그러겠다고 말할 뻔했다. 그러면 적어도 거기 서 있을 이유가 생기는 것이다.

"아니요." 그녀가 말했다. "담배는 안 피워요."

"착한 아가씨네." 스텔라가 말했다. "건강에 정말 안 좋다고 하죠."

"그렇죠. 제 어머니도 끊으려고 하세요."

스텔라가 그녀를 흘끗 보았다. "끊기는 정말 힘든데." 그녀가 말했다. "좋은 건 다 그렇죠."

중간 휴식 시간이 거의 끝나가고 있었다. 스텔라는 곧 다시 안으로 들어가 극장의 어둠 속으로 사라질 것이다. 공연이 끝나면 거리로 쏟아져나오는 사람들 틈으로 들어갈 것이다. 그리고 집으로 돌아가, 어쩌면 그날 밤 고요한 순간에, 아까 담배를 피울 때 자신을 방해한 검은 피부의 여자를 떠올리겠지만, 그러고 나면 다시는 그 순간을 기억하지 않을 것이다.

"케네디가 그러던데, 루이지애나 출신이시라고요." 주드가 마침내 말했다. "저도 그래요. 맬러드가 고향이에요."

스텔라가 그녀를 흘끗 보았고, 눈썹이 약간 치켜 올라갔다. 몸은 미동도 하지 않았다. 눈썹이 살짝 올라간 것을 빼면 주드의 말을 들었다는 기색조차 없었다.

"그렇군요." 스텔라가 말했다. "미안해요. 모르는 곳이에요."

"제 어머니는……" 주드가 숨을 들이쉬었다. "제 어머니의 이름은 데지레 빈스예요."

이제 스텔라가 주드를 돌아보았다.

"너 도대체 누구니?" 스텔라가 조용히 말했다.

"말씀드렸잖아요. 제 어머니는……"

"너 누구야? 여기서 뭘 하는 거야? 이해가 안 돼."

스텔라는 약간 웃음을 띠고 있었지만, 더는 가까이 오지 말라는 경고의 표시로 담배를 몸에서 멀리 떼어 잡고 있었다. 화가 난 모양이었다—주드가 예상하지 못한 반응이었다. 스텔라가 혼란스러워할 거라고, 심지어 깜짝 놀랄 거라고는 생각했다. 하지만 놀란 마음이 가라앉으면 반겨줄 거라고 생각했다. 심지어 서로를 끌어당긴 우연의 작용에 감탄할지도 모른다고. 하지만 스텔라는 오히려 악몽에서 깨어나려고 애쓰는 것처럼 고개를 가로저었다.

"만나뵙고 싶었어요." 주드가 말했다.

"아니, 아니, 아니야. 이해가 안 돼. 넌 정말로 누구니? 전혀 닮지 않았는데."

창문을 통해 로비의 불빛이 깜박거리는 게 보였다. 사람들을 다시 좌석으로 안내할 시간이었다. 관리자는 아마도 잔뜩 화가 나서 주드를 찾고 있을 것이다. 그런데 그가 지금 이 순간 밖으로 나온다면 어떤 장면을 보게 될 것인가?—검은 피부의 여자가 하얀 피부의 여자에게 자기를 알아봐달라고 애걸하는 장면을 보게 될 것이다.

"엄마는 당신이 욕실에 숨곤 했다는 이야기를 해주셨어요." 주드가 말했다. "뉴올리언스에 있는 그 세탁소에서요. 손이 거의 잘릴 뻔하셨다고 들었어요." 주드는 지금 스텔라가 떠나지 못하게 하려고 아무렇게나 주절거리고 있었다. 스텔라는 손을 떨면서 담배를 한 모금 빨았고, 이어 보도에 담배를 버리고 발로 쿵쿵 밟아 껐다.

"맬러드로는 절대 돌아가지 않았을 줄 알았는데." 그녀가 말했다.

"음, 우리는 돌아갈 수밖에 없었어요. 아빠에게서 달아나야 했으니까요. 엄마를 계속 때렸거든요."

"때렸다고?" 스텔라가 누그러지며 잠시 말을 멈추었다. "그러니까, 여전히…… 내 어머니가 여전히……"

"두 분 다 여전히 거기 살고 계세요. 엄마는 식당에서 일하시고요."

"루의 식당? 맙소사. 루의 식당은 그동안 생각도……" 스텔라가 말을 멈추었다. "음, 네가 살기엔 끔찍했겠구나."

주드는 시선을 피했다. 스텔라가 자신을 불쌍하게 여긴다는 생각은 하기 싫었다.

"엄마가 계속 찾았어요."

스텔라의 입 모양이 미소를 짓거나 울음을 터뜨리기 직전의 형태가 되었다가 그 중간에서 굳었다. 해가 쨍쨍한데 쏟아지는 소나기처럼. 악마나 아내를 때리지, 어머니는 그렇게 말하곤 했다. 주드는 아버지가 화내는 소리를 들을 때마다 그 말을 떠올렸다. 악마는 자신이 때리는 여자를 사랑할 수 있었다. 해는 폭풍우를 뚫고 나올 수 있었다. 당신이 바라는 만큼 간단한 것은 아무것도 없었다. 주드는 무심결에 자기 이모를 향해 손을 뻗었지만 스텔라가 팔로 막았다. 스텔라의 눈이 반짝거렸다.

"데지레는 날 찾지 말았어야 해." 스텔라가 말했다. "나에 관한 모든 것을 잊었어야 해."

"하지만 엄마는 잊지 않았어요! 전화해보세요. 지금 당장 전화할 수도 있어요. 엄마가 정말 기뻐할 거예요."

"난 그만 가야겠다." 스텔라가 말했다.

"하지만……"

"이건 너무 심하구나." 그녀가 말했다. "나는 저 문으로 다시 못 들어가겠다. 그건 다른 삶이야, 알겠니?"

자동차 전조등 불빛이 그들을 파도처럼 휩쓸고 지나갔고, 노란 빛 속에 몸을 담근 스텔라는 순간 차도로 뛰어들 것처럼 겁에 질린 듯 보였다. 하지만 그녀는 핸드백을 꼭 잡은 채 밤 속으로 사라졌다.

출연진 쫑파티에는 모든 배우와 음악가가 참석했고, 그들은 공연의 주연배우가 엉망으로 취해서 들어주는 사람만 있으면 누구에게든 어머니가 나타나지 않았다고 불평하는 것을 지켜보았다. "믿어져요?" 케네디는 그 말만 계속했다. "공연이 끝나는 밤인데, 엄마는 오도록 노력해보겠다고 말한 게 다였어요. 그다지 노력한 것 같지도 않고요!" 누구도 여태 케네디가 그렇게까지 속상해하는 것을 보지 못했다. 그녀는 커튼콜 이후 무대에 거의 잠시도 머무르지 않았고, 그녀를 축하해주려는 다른 배우들을 본체만체했으며, 연출자가 준 장미꽃을 쓰레기통에 버렸다. 심지어 극장 뒷문에서 〈플레이빌〉에 사인을 해주지도 않았다. 그리고 지금 파티가 시작되고 삼십 분 동안 바에서 혼자 테킬라를 퍼마시고 있었다.

"내가 처음 하는 큰 공연인데." 케네디가 주드에게 말했다. "엄마는 그저 앉아서 끝까지 보기만 하면 됐다고요. 그런데 그것도 못 해줬어."

바의 카운터 맞은편에서 리스는 배우들의 자연스러운 사진을 찍으면서 돌아다니고 있었다. 주드는 리스가 다시 카메라를 잡은 것을 기뻐해야 했겠지만, 그러는 대신 아직도 부들부들 떨리는 몸으로 카운터에 서 있었고, 옆에는 뿌루퉁한 표정의 술 취한 여자가 있었다. 주드는 스텔라를 만났지만, 스텔라는 주드를 알고 싶어하지 않았다. 놀랄 일은 아니었다. 스텔라는 수십 년 동안 가족과 일절 연락하지 않았고, 그러니 아무것도 달라진 게 없었다. 하지만 왜 주드는 누군가를 잃은 기분이 드는가? 또다시, 자신이 스텔라를 향해 손을 뻗고 스텔라가 밀어내는 장면이 떠올랐다. 마치 어머니에게 손을 내밀었는데 어머니가 자신을 떠밀어버린 듯한 느낌이었다.

"이만 가봐야겠어요." 주드가 말했다. 북적거리는 파티에 있으려니 너무 더웠고, 상쾌한 공기가 간절했다.

"무슨 말이에요?" 케네디가 말했다. "파티는 이제 시작인데."

"알아요. 미안해요. 더 못 있겠어요."

"왜 이래요." 케네디가 말했다. "그냥 나하고 한잔해요. 제발요."

케네디가 어찌나 여린 목소리로 말하는지 주드는 거의 그러겠다고 대답할 뻔했다. 거의. 하지만 사냥감이 된 것처럼 겁에 질린 채 흘끗 뒤를 돌아보며 밤 속으로 사라지던 스텔라의 모습을 떠올리며 고개를 저었다.

"진짜 안 돼요." 주드가 말했다. "남자친구도 이제 갈 준비가 다 됐어요."

저만치에서 리스가 카메라를 챙기면서 배리와 이야기를 나누고 있었다. 케네디는 시선을 돌려 그들 두 사람을 잠시 쳐다보았다.

"당신 정말로 운이 좋은 거 알죠." 케네디가 말했다. 그녀는 여전히 웃고 있었지만, 목소리에서 야비함이 느껴졌다.

"무슨 뜻이에요?" 주드가 말했다.

"아무것도 아니에요. 하지만 알잖아요. 저런 남자가 당신하고 사귈 거라고는 정말로 아무도 예상하지 못할 거예요. 아닌가요?" 케네디가 웃었다. "알겠지만 그 말에 특별한 뜻은 없어요. 그냥 말하는 거예요. 그쪽 남자들은 대체로 피부가 하얀 여자들을 좋아하잖아요, 그렇지 않나요?"

세월이 지난 뒤에도, 주드는 늘 그때 정확히 어떤 것이 자신을 떠밀었는지 궁금했다. 케네디의 교활한 미소였을까, 아니면 자신은 거기 포함되지 않는다는 듯 그쪽 남자들이라고 아무렇지 않게 말한 그 방식 때문이었을까. 혹은 어쩌면 케네디의 말이 맞았기 때문일 것이다. 케네디는 주드가 누군가로부터 사랑받는 것을 얼마나 행운으로 느끼고 있는지 알았다. 주드는 그것을 감추려고 했지만, 그럼에도 케네디는 정확히 알았다. 어떻게 하면 주드에게 상처를 줄 수 있는지를.

주드는 몇 주 동안 스타더스트극장에서 케네디를 쫓아다녔다. 드레스 입는 것을 도와주고, 차를 갖다주고, 복도에서 트릴 발성을 연습하는 것을 들었다. 케네디와 이야기하기 위해 화장실을 청소하면서도, 이 이상한 여자가 자신과 어떻게 같은 핏줄인지 늘 궁금했다. 그러다 마침내 깨달았다. 케네디 샌더스는 자신이 들은 허구의 이야기를 진실이라 믿는, 잘난 척하는 맬러드 여자에 지나지 않는다는 것을.

"당신은 아주 어리석어요." 주드가 말했다. "자기가 어떤 사람인지도 모르니까."

"어떤 사람인데요?"

"당신의 어머니는 맬러드 출신이에요! 우리 엄마도 거기 출신이죠. 두 사람은 쌍둥이예요. 정확히 똑같이 생겼는데, 당신도 보면 알 거예요."

케네디가 웃었다. "미쳤군요."

"아니요. 미친 건 당신 어머니예요. 당신 어머니는 평생 당신에게 거짓말을 하고 있었던 거예요."

주드는 그 말이 입 밖에 나오자마자 후회했지만, 이미 늦었다. 그녀는 종을 쳤고, 그 종소리는 평생 허공에 걸려 있을 터였다.

박은 서비스로 불고기를 가져와 테이블에 내려놓았다. "아주 슬퍼 보이네요." 그가 말했다. "이렇게 슬퍼하는 모습은 처음 봐요." 그들의 모습이 얼마나 볼만했겠는가—주드는 부은 눈을 훔치고 있었고, 리스는 옆에서 그녀가 울 때 늘 그러듯 맥없이 무력하게 앉아 있었다. 그가 주드의 어깨를 꽉 잡아주며 말했다. "어서, 베이비, 좀 먹어." 하지만 그녀는 배가 고프지 않았다. 차를 타고 오면서, 주드는 그 끔찍한 밤에 대해 전부 이야기했다. 케네디가 그녀에게 상처를 주기 위해 어떤 말을 했는지만 빼고 모든 것을. 그 부분은 너무 아슬아슬해서 심지어 리스에게도 말할 수 없었다.

"네 말이 맞았어." 주드가 말했다. "네가 한 말이 모두 맞았어. 알아내겠다는 생각을 하지 말았어야 했어……"

"괜찮아." 리스가 말했다. "너는 그들을 알고 싶어했고, 이제 알게 됐잖아. 이제 털고 나아갈 수 있어."

"엄마한텐 말 못하겠어." 그녀가 말했다.

주드는 어머니에게 이런 비밀을 만든 적이 한 번도 없었다. 하지만 어머니에게 스텔라가 살아 있다고—심지어 자기가 만났다고—말하지 않는 게 잔인한 일이라면, 스텔라는 어머니와 연락할 마음이 전혀 없더라고 말하는 건 더욱 잔인하지 않은가? 오랜 세월 찾아 헤맨 쌍둥이 동생이 심지어 전화도 하지 않겠다고 했다는 걸 어머니가 안다고 좋을 게 무엇이겠나? 아마 어머니는 동생을 잃는 것이 최선이라는 사실을 깨닫게 될 것이다. 아마 시간이 지나면 어머니는 스텔라를 잊을 것이다. 주드가 이미 아버지의 얼굴을 잊기 시작한 것처럼. 단번에 되지는 않겠지만 서서히 기억이 해체될 것이다. 결국 기억한다는 건 상상한다는 것과 같은 의미가 될 것이다. 그 두 가지 사이의 차이는 얼마나 미미한가.

어머니는 결코 스텔라를 잊지 못할 것이다. 남은 나날 동안 거울을 보면서 자신이 잃은 것을 떠올릴 것이다. 하지만 주드가 그 슬픔에 다른 슬픔을 더하지는 않을 것이다. 며칠 뒤 어머니와 통화하겠지만, 스텔라에 대해서는 한마디도 하지 않을 것이다. 어쩌면 주드도 그런 면에서 이모를 닮았다. 어쩌면 스텔라처럼 그녀 역시 사는 장소에 따라 각기 새로운 사람이 되는지도 모른다. 그리고 주드는 이미 어머니가 알아볼 수 없는 존재가 되었다. 비밀을 품은 딸이. 거짓말쟁이가.

공연을 보고 온 다음날 아침, 스텔라는 벌렁거리는 가슴으로 잠에서 깼다.

눈을 채 뜨기도 전에 전날 밤의 기억이 되살아났다. 연기는 딸의 시간과 재능을 낭비하는 것이라는 것을 알면서도 마침내 그녀는 그 끔찍한 연극을 보러 갔다. 그날 밤이 마지막 공연이어서 보러 간 것이었다—그 끔찍한 공연을 참고 보면서, 스텔라는 무대 위에서 딸이 유일하게 빛난다는 사실에 기뻤고 약간 놀랐다. 중간 휴식 시간에 딸이 그녀를 알아보길 바라며 누구보다 열심히 박수를 쳤다. 하지만 딸은 나머지 배우들과 함께 무대 뒤로 사라졌고, 스텔라는 담배를 피우러 밖으로 나왔다. 우중충한 극장을 나오면서, 그녀는 상황을 어떻게 바로잡을지 생각하고 있었다. 공연 후에 케네디를 데리고 저녁을 먹으러 가서 더 일찍 오지 않은 것을 사과하면 어떨까. 학교로 돌아가는 것을 전제로 연극 수업을 더 들어보라고 제안할 수도 있을 것이다. 그 순간 검은 피부의 여자가 난데없이 어둠 속에서 나타났다. 그 이후 스텔라는 자신이 어디로 가는지도 생각하지 않고 곧장 거리로 나섰다. 시내로 휘청휘청 두 블록을 가고 나서야 주차해놓은 곳이 기억났다.

그 검은 피부의 여자애가 데지레의 딸일 리 없었다. 데지레를 전혀 닮지 않았다. 데지레가 그애의 몸에 손도 대지 않은 것처럼 완전히 까맸다. 그 아이는 다른 누구라도 될 수 있었다. 하지만 그렇다면 뉴올리언스에서 있었던 일에 대해 어떻게 알았을까? 데지레 말고 또 누가 알 수 있는가? 음, 데지레가 다른 누군가에게 말했겠지. 어쩌면 그애는 스텔라의 정체를 폭로하겠다고 협박하기 위해 캘리포니아로 왔는지도 몰랐다. 심지어 돈을 뜯어내려는 것일 수도 있다! 그런 끔찍한 가능성이 머릿속에서 점점 선명해졌지만, 어떤 것도 논리적으로 말이 되지 않았다. 도대체 어떻게 그녀를 찾아냈지? 그리고 돈을 뜯어내고 싶었다면 왜 액수를 말하지 않았을까? 보도에서 그렇게 풀이 죽어 있는 대신? 마음을 다쳤다는 듯 그렇게. 스텔라가 자기를 실망시켰다는 듯이.

"당신 심장이 엄청 빠르게 뛰는데." 블레이크가 말했다. 그러고는 고개를 들고 졸린 눈으로 스텔라를 보며 웃었다. 그는 그녀의 가슴에 머리를 묻고 잠드는 것을 좋아했고, 그녀는 그것이 다정하다고 생각했기 때문에 그대로 두었다.

"이상한 꿈을 꿨어." 스텔라가 말했다.

"무서운 꿈?"

그녀는 회색으로 세어가는 블레이크의 금발을 손가락으로 빗어내렸다.

"예전에 종종 이런 악몽을 꿨어." 그녀가 말했다. "남자들이 나를 침대에서 끌어내는 꿈. 아주 생생했어. 심지어 잠을 깬 뒤에도 내 발목을 잡은 그들의 손이 느껴질 만큼."

"그게 당신이 여기 그 방망이를 두는 이유는 아니지, 그렇지?"

그녀는 뭐라고 대답을 하려다가 고개를 돌렸다. 눈에 눈물이 차올랐다.

"어떤 일이 있었어." 그녀가 말했다. "내가 어렸을 때."

"무슨 일이었어?"

"뭔가를 봤어……" 하지만 목소리가 갈라졌고, 그녀는 더이상 말할 수 없었다. 블레이크가 그녀의 뺨에 키스했다.

"오, 여보. 울지 마." 그가 부드럽게 말했다. "당신이 무엇을 그렇게 두려워하는지 모르겠지만, 내가 늘 당신을 안전하게 지켜줄게."

하지만 그가 뭐라고 더 말하기 전에 스텔라가 그에게 키스했다. 그들은 절박하게 사랑을 나누었다. 그녀가 열아홉 살 때 샌더스 씨의 몸을 처음 만지면서 그랬던 것처럼. 젊은 날의 그녀였다면 그 모습을 떠올리며 얼굴을 붉혔을 것이다. 중년이 된 두 사람은 이불을 차내면서 서로의 몸을 부둥켜안았고, 그러는 사이 블라인드 틈새로 비쳐드는 햇살과 요란하게 울리는 알람이 새날의 시작을 알렸다. 그녀의 몸은 변했고 그의 몸도 변하고 있어서 익숙하면서도 낯설었다. 누군가와 결혼을 하면 그 사람의 모든 변해가는 모습을 사랑할 거라고 약속한다. 블레이크는 그녀의 모든 모습을 사랑하겠다고 약속했다. 그리고 여기서 그들은 과거와 미래 모두 알 수 없는 것임에도, 여전히 노력하고 있었다.

그날 아침 스텔라는 강의에 늦었다. 빠르게 샤워를 하고, 물기 묻은 어깨 위로 블라우스를 당겨 입었다. 블레이크는 면도하는 중에 거울을 통해 그녀에게 미소를 지었다. "내가 당신을 지각하게 만든 것 같군요, 샌더스 선생." 그가 말했고, 그 말은 샌더스 박사만큼 울림이 좋지는 않았지만, 괜찮게 들리는 것 같았다. 아마 샌더스 선생이 되는 것만으로 충분할 것이고, 통계학 개론 강의를 맡고 집과 가족이 있는 것만으로 충분할 것이다. 검은 피부의 여자. 그 여자가 다시 떠오르자, 스텔라는 떨쳐내려고 애썼다. 스텔라는 줄곧 오만했고, 그것이 그녀의 문제였다. 앞으로 다가올 일에 너무 집중한 나머지 이미 모면한 것에 신경을 쓰지 않았다. 또다시 그런 실수를 저지르면 안 된다. 집중해야 한다. 정신을 바짝 차려야 한다.

스텔라는 급하게 문밖으로 나가다가 세탁물 주머니를 들고 계단을 올라가는 딸과 부딪쳤다. 두 사람 다 깜짝 놀랐고, 이어 케네디는 아버지에게서 물려받은, 상대를 무장해제시키는 미소를 반짝였다. 그런 미소에 대고 화를 내는 건 불가능했고, 케네디는 종종 그것을 써먹었다. 강아지를 키우자고 졸랐다가 돌보는 건 결국 욜란다의 몫이 되었을 때도, 스텔라가 도와주려고 했는데도 9학년 기하학 시험에서 낙제했을 때도, 처음 운전한 카마로를 박아서 망가뜨리고 블레이크를 용케 설득해 두번째 카마로를 받아냈을 때도.

"음, 저애는 사람의 마음을 움직이는 재주가 있어." 그가 말했고, 스텔라는 엄격한 어머니 노릇에 지쳐서 마침내 동의했다. 그렇다고 스텔라의 발언권이 강하다는 얘기는 아니었다. 케네디는 뭐든 원하는 게 있으면 아버지에게 부탁해야 한다는 걸 오래전에 깨우쳤다. 스텔라에게 말하는 건 그저 예의상이었다.

"너하고 이야기를 좀 하고 싶었어." 스텔라가 말했다. "저기, 어젯밤 말인데……"

"알아요, 알아요, 미안하다는 거죠. 하지만 올 수 없었다면 미리 말해줄 수도 있었잖아요. 딴 사람에게 표를 줬을 텐데……"

"네 공연 봤어! 하지만 일찍 나와야 했어, 그뿐이야. 몸이 안 좋았어—먹은 게 잘못된 모양이야. 하지만 갔던 건 진짜야. 극이 아주 기발한 것 같더라. 유령도 그렇고 전부 다. 그리고 네가 술집에서 부른 그 노래 있잖아. 그거 아주 좋았어. 정말로."

딸이 크고 광택 있는 선글라스를 쓰고 있어서 스텔라는 딸의 눈을 볼 수 없었다. 보이는 거라곤 거기 비친 자신의 얼굴뿐이었다. 스텔라는 차분하고 자연스러워 보였다. 쿵쾅거리는 심장박동을 느끼며 잠을 깬 여자 같지 않았다.

"정말로 좋았어요?" 케네디가 물었다.

"물론이지, 예쁜 딸. 너 정말 굉장했어."

스텔라는 딸을 끌어안고 가녀린 어깨뼈를 한 손으로 쓸었다.

"자 이제," 그녀가 말했다. "나 늦겠다. 좋은 하루 보내렴."

스텔라가 작은 서류 가방을 뒤지며 열쇠를 찾는데, 딸이 어깨 너머에서 말하는 소리가 들렸다. "엄마는 맬러드란 곳에 가본 적 없죠?"

스텔라는 딸의 입에서 그 지명이 튀어나오리라곤 예상도 하지 못했고, 그날 아침 처음으로 마음이 흔들렸다.

"그게 무슨 말이니?" 스텔라가 말했다.

"거기 출신이라는 여자를 만났는데…… 엄마를 안다고 했어요."

"그런 곳은 들어본 적 없어. 맬러드라고 했니?"

케네디는 다시 상대를 무장해제시키는 그 미소를 지었다. 그리고 어깨를 으쓱했다.

"됐어요." 그녀가 말했다. "아마 그애가 다른 누구랑 착각했나 보죠."

그날 저녁 스텔라는 퇴근하고 돌아온 블레이크에게 그 검은 피부의 여자에 대해 이야기했다.

오후 내내 그녀는 그 얘기를 할지 말지 고민했고 마침내 해야 한다는 결론에 이르렀다. 선수를 치는 것이다. 남편이 그녀가 뭔가를 숨기고 있다고 생각하는 건 원하지 않았고, 그녀에게 직접 이야기를 듣는 게 더 나았다. 남편과 딸이 자신에 대해 속닥거리는 건 정말 싫었다. 그래서 남편이 잠자리에 들려고 옷을 벗는 동안, 검은 피부의 여자가 공연이 끝난 다음 케네디에게 접근해 자신이 그녀의 사촌이라고 주장했다고 말했다. 스텔라는 말하는 내내 그의 얼굴이 달라지기를 기다리며 지켜보았다. 순간적으로 스치는 알겠다는 표정, 아마도. 자신이 품었던 의문이 마침내 풀렸다는 안도감. 하지만 블레이크는 드레스셔츠의 단추를 풀면서 그저 코웃음을 쳤다.

"카마로 때문이야." 그가 말했다. "그걸 보고 이거다, 한 거지. 건수 물었다."

"정확해." 스텔라가 말했다. "그게 정확히 맞아. 나도 우리 애한테 그렇게 말해줬어."

"이 도시가, 단언컨대, 가끔 그렇지."

최근에 그들은 로스앤젤레스를 떠나는 문제를 의논하고 있었다.

오렌지 카운티로 이사하거나, 아니면 더 북쪽인 샌타바버라로 가는 것은 어떻겠는가. 처음에 스텔라는 직장을 그만두고 싶지 않아서 싫다고 했지만, 지금은 그 검은 피부의 여자가 또다시 접근해 문간으로 고개를 들이밀거나 창문을 똑똑 두드리는 장면을 상상했다. 더 나쁜 경우에는 그 여자가 이 도시 곳곳으로 케네디를 쫓아다니면서 케네디의 공연에 나타나거나 오디션을 보는 중간에 따라붙는 것이었다. 대체 그 여자가 원하는 게 뭘까? 또다시, 그 여자의 얼굴이 스텔라의 머릿속에 번득 떠올랐다. 차양 아래, 상처 입은 표정으로 서 있던 모습이.

스텔라의 실수는 자신이 어디든 정착할 수 있다고 생각한 것이었다. 계속 이동하지 않으면 과거는 늘 당신을 따라잡는다.

"당신도 알지, 시내에 돌아다니는 그런 사람들." 그녀가 말했다. "마약을 하고 정신이 나갔어. 절반이 그래."

"하, 절반 이상이지." 블레이크가 침대 위 그녀 옆에 누우며 말했다.

그녀가 백인이 되었던 최초의 순간, 스텔라는 데지레에게 자신이 무슨 일을 했는지 말하고 싶어 못 견딜 지경이었다. 데지레는 그 말을 절대 믿지 않을 것이었다—데지레는 스텔라가 무엇이든 놀라운 일을 할 수 있으리라고 생각하지 않았다. 그날 저녁 집에 돌아왔을 때, 스텔라는 쌍둥이 자매를 현관에서 스쳐지나가면서 아무 말도 하지 않았다. 혼자 몰래 저지르는 일탈이 공유하는 일탈보다 훨씬 짜릿했다. 데지레와 줄곧 모든 것을 나누며 살았었다. 이제 그녀는 혼자만의 무언가를 원했다.

이제 스텔라는 마흔넷이었다. 삶에서 데지레와 떨어져 보낸 시간이 함께 보낸 시간보다 더 길었다. 하지만 몇 주가 지나는 동안 그녀는 어떤 손이 자신의 목덜미를 움켜잡은 듯, 팽팽히 자신을 잡아당기는 데지레의 힘을 느꼈다. 가끔은 부드러운 마사지처럼 느껴졌고, 또 가끔은 목을 조르는 것 같았다. 그녀는 그 검은 피부의 여자를 탓했다. 비록 그날 밤 스타더스트극장 바깥에서 본 뒤로 그애를 다시 보지 못했지만. 도시는 넓었다. 절대 스텔라를 다시 찾지 못할 것이다. 스텔라는 그애를 결코 조카로 생각하지 않았다. 조카는 모르는 여자애, 자신을 전혀 닮지 않은 여자애에게 쓰기에는 적절한 단어 같지 않았다. 하지만 다시 생각해보면, 데지레도 케네디에 대해 똑같이 느끼지 않겠는가? 이따금 스텔라조차 자기 딸에게서 낯선 사람을 보았다. 오래전 스텔라가 다른 누군가가 되려고 했던 건 케네디의 잘못이 아니었다. 지금 그녀의 삶 전체는 그 거짓말과 거짓말을 유지하기 위해 쌓아온 다른 거짓말들 위에 세워져 있었다. 피부색이 검은 한 여자가 나타나 그 전부를 무너뜨리겠다고 협박하기 전까지는.

"엄마한테 자매가 있었어요?" 케네디가 어느 밤 물었다. 스텔라는 허리를 숙여 테이블에 떨어진 부스러기를 치우다가 몸이 뻣뻣해졌다.

"무슨 말이니?" 스텔라가 말했다. "없는 거 알잖아."

"그냥 혹시……"

"아직도 그 흑인 여자 생각하는 거 아니지, 그렇지?"

하지만 딸은 입술을 깨물고 어두운 창밖을 응시했다. 딸은 그 여자를 생각하고 있었다. 하지만 그에 대해 아무 말도 하지 않았고, 그건 더욱 큰 배신으로 느껴졌다.

"맙소사." 스텔라가 말했다. "너는 누구를 믿는 거니? 미친 여자니, 아니면 너를 낳은 엄마니?"

"하지만 그 여자가 왜 거짓말을 하겠어요? 왜 내게 그런 말을 하냐고요?"

"돈을 원하는 거야! 아니면 그냥 너를 골려주고 싶었거나. 미친 사람들이 어떤 짓을 왜 하는지 누가 알아?"

블레이크가 부엌으로 들어오려다가, 두 사람이 언쟁을 벌이는 중간에 끼어들었을 때 늘 해오던 대로, 지금이라도 물러나서 자신은 이 일과 아무 상관도 없는 척하면 된다는 걸 스스로 상기하려는 듯 걸음을 멈추었다. 그는 케네디에게 그 여자를 다시 만나면 경찰에 신고해야 한다고 말해준 것 외에는 그 검은 피부의 여자에 대해 별 관심이 없었다. 이제 그는 딸의 어깨를 꽉 잡았다.

"그만해, 켄." 블레이크가 말했다. "그런 애에게 휘둘려서는 안 돼."

"알아요, 하지만……"

"우리는 너를 사랑한다." 그가 말했다. "우리는 네게 거짓말을 하지 않아."

하지만 이따금 거짓말은 사랑의 행위였다. 스텔라는 거짓말을 하면서 보낸 시간이 너무 길어서 이제는 진실을 말할 수 없게 되었다. 아니, 어쩌면 밝혀야 할 진실이 하나도 남지 않았는지도 모른다. 어쩌면 그녀는 이런 모습으로 완전히 변해버렸는지도.

6월에 스텔라와 블레이크는 베니스*에 있는 새 아파트의 열쇠로 딸을 놀라게 했다. 케네디가 오디션에 지원하는 일 년 동안은 그들이 월세를 내주겠지만, 그뒤에는 학교로 돌아가거나 직장을 구해야 한다는 조건이었다. 엄밀히 뇌물은 아니었지만, 신이 난 딸에게 열쇠를 건넬 때 스텔라는 그게 뇌물로 느껴졌고 안도감이 밀려왔다. 이제 딸은 그녀의 과거에 대한 질문 공세를 멈출 것이다. 스텔라는 늘 케네디가 엄마의 비밀을 알아내고 그녀를 밀어낼까봐, 블레이크가 떠날까봐, 삶 전체가 그녀 자신의 손안에서 바스라질까봐 걱정했다. 스텔라가 미처 생각하지 못한 것은 의심이었다. 차라리 케네디가 그 검은 피부의 여자를 믿었다면 더 나았을 것이다. 하지만 딸은 그 여자의 주장을 깊이 따져보면서 가끔은 가능성이 있다는 쪽으로, 가끔은 없다는 쪽으로 생각이 기우는 것 같았는데, 스텔라는 딸이 어느 쪽으로 발을 디딜지 결코 알 수 없었다. 딸이 무엇을 물어볼지, 무엇을 믿을지 예측할 수 없었고, 그 불확실함에 미칠 것 같았다. 새 아파트는 적어도 주의를 다른 데로 돌리게 해줄 것이다. 어쩌면 해결책이 될 수도 있었다.

어느 토요일 아침, 스텔라와 블레이크는 딸의 이사를 도왔다. 블레이크는 침실에서 가구를 조립했고, 스텔라는 부엌 서랍을 닦으면서 데지레와 함께 뉴올리언스에서 살았던 아파트를 떠올렸다. 벽지는 종이처럼 얇고 바닥 판자는 늘 삐걱거렸으며 천장에는 물얼룩이 범위를 넓혀나갔다. 그럼에도 그녀는 그 공간을 사랑했다. 파라 티보도의 바닥을 벗어난 게 너무 감사해서, 그 새 아파트가 얼마나 작고 비좁은지는 신경도 쓰지 않았다. 그 아파트는 그녀의

---

* 캘리포니아주 로스앤젤레스 인근에 있는 해변 마을.

것이고 또한 데지레의 것이어서, 두 사람은 그들이 상상도 할 수 없을 만큼 거대한 삶의 문턱에 있다고 느꼈다. 그녀는 눈물이 솟구쳤는데, 그 순간 케네디가 뒤에서 끌어안는 바람에 깜짝 놀랐다.

"너무 슬퍼하지 마세요." 딸이 말했다. "저녁 먹으러 집에 자주 갈 거예요."

스텔라는 눈물을 훔치며 웃었다.

"여기가 네 마음에 들면 좋겠다." 그녀가 말했다. "작지만 좋은 아파트야. 뉴올리언스에서 내가 살았던 아파트를 봤어야 해."

"거긴 어땠는데요?"

"음, 여기가 거기 두 배는 될걸. 우리는 늘 부딪치고……"

"누가요?"

스텔라가 말을 멈추었다. "뭐라고?"

"'우리'라고 했잖아요."

"오. 맞아. 내 룸메이트. 같이 살던 여자애가 있었어. 나하고 같은 타운 출신이었지."

"그 이야기는 처음 들어요." 케네디가 말했다. "엄마 삶에 대한 이야기는 아무것도 해주지 않잖아요."

"케네디……"

"그 문제가 아니에요." 딸이 말했다. "그 여자에 관한 문제가 전혀 아니라고요. 그저 엄마에 대해 아는 건 불가능하다는 거예요. 같이 살았던 룸메이트에 대해 말해달라는 것도 이렇게 사정을 해야 한다니. 엄마는 내 엄마잖아요. 왜 내가 엄마에 대해 아는 걸 바라지 않으세요?"

스텔라도 딸에게 진실을 말하는 순간을 상상한 적이 한 번 이상 있었다. 맬러드에 대해, 데지레에 대해, 뉴올리언스에 대해. 직장이 필요해서 다른 사람인 척했고, 얼마 뒤엔 그런 척하는 게 현실이 되었다고. 그녀는 진실을 말할 수 있을 거라고도 생각했지만, 이제 단 하나의 진실도 남지 않았다. 스텔라는 두 여자로 나뉜 하나의 삶을 살았다—각각이 진짜고, 각각이 거짓이었다.

"나는 늘 이런 식이었어." 스텔라가 말했다. "너와는 달라. 개방적인 것. 그건 좋은 거야. 네가 계속 그렇게 지내면 좋겠어."

그녀는 딸에게 선반에 까는 종이를 건넸고, 케네디는 미소를 지었다.

"다른 방식은 몰라서요." 케네디가 말했다. "제가 숨길 게 뭐가 있어요?"

5부

퍼시픽 코브

1985/1988

14

1988년, 예술적 진지함을 추구하는 데 지쳐서, 더 중요하게는 이제 서른을 앞둔 나이가 되어서, 케네디 샌더스는 낮 시간대의 텔레비전 연속극에 출연하기 시작했고, 스물일곱이 되고 한 달 뒤에는 마침내 드라마 〈퍼시픽 코브Pacific Cove〉에서 배역을 맡아 세 시즌 동안 연기하게 되었다. 그것이 그녀의 연기 인생에서 가장 오래 연기한 배역이 될 것이었다. 심지어 몇십 년 뒤에도 이따금 눈썰미 좋은 팬이 쇼핑몰에서 그녀를 채러티 해리스라고 부르며 멈춰 세울 것이다. 그녀는 그 역을 맡을 운명을 타고났다고, 연출자는 말했다. 그 드라마에 꼭 맞는 얼굴을 가졌다고. 그가 케네디의 젖꼭지에 닿을락 말락 할 정도로 손을 가까이 뻗어 그녀의 팔을 만지며 웃었기 때문에, 그녀는 분명 그 말을 듣고 얼굴을 찡그렸을 것이다.

"자기를 폄하하려는 건 아니었어요." 그가 말했다. "나는 그저, 그러니까…… 음, 자기는 극적인 것에 재능이 있다는 얘기를 하는 거예요."

그 소식을 전하려고 부모님에게 전화를 걸었을 때, 그녀는 멜로 드라마라고 해서 문제될 것은 없다고 말했다. 사실 고전 영화에 등장하는 위대한 여자 배우들—베티 데이비스, 조앤 크로퍼드, 그레타 가르보—도 종종 드라마에 출연했다. 아버지는 딸이 캘리포니아로 돌아온다는 사실에 기뻐했다. 어머니는 딸이 일을 한다는 사실에 기뻐했다. 전화를 끊고 케네디는 버뱅크의 쇼핑몰을 돌아다녔는데, 일 년 뒤 어느 중년 여성이 그곳 구두 매장 밖에서 그녀를 멈춰 세우고 사인을 해달라고 한다. 그녀는 누군가가 공개적인 곳에서 말을 붙여올 때마다 깜짝깜짝 놀랐다. 그들이 그녀를 알아본다고? 의상을 갖춰 입지 않고 머리를 손질하거나 분장을 하기도 전인 평소 모습 그대로인데? 처음에는 짜릿했지만 곧 불안해졌다. 자신이 그들을 알아보기 전에 누군가가 자신을 알아본다는 것이.

〈퍼시픽 코브〉에 안착하기 전에 케네디가 드라마 세상에서 맡았던 배역의 불완전한 목록은 다음과 같다. 간호보조원으로 봉사 활동을 하면서 아기를 훔치는 십대, 학생의 아버지를 유혹하는 교사, 대본에 분명하게 쓰여 있지 않아 실수인지 고의인지 알 수 없으나 비행기에서 주인공에게 물을 쏟는 항공사 승무원, 공연 업계 사기꾼의 유혹에 넘어가는 시장의 딸, 차 안에서 목이 졸리는 간호사, 주연에게 장미꽃을 건네는 플로리스트, 비행기 사고에서 살아남지만 나중에 차 안에서 교살되는 항공사 승무원. 그녀는 검은 가발, 갈색 가발, 빨간 가발을 썼고, 채러티 해리스를 연기하면서 마침내 자신의 곱슬곱슬한 금발 머리를 그대로 사용했다. 그녀는 백인 역할만 맡았는데, 그 말은 곧 본래의 자신을 연기한 적은 한 번도 없었다는 뜻이다.

〈퍼시픽 코브〉 세트장에서 배우와 스태프는 그녀를 채러티라고 불렀고 결코 실명으로 부르지 않았다. 그 덕에 그 캐릭터에 계속 몰입할 수 있었다고, 그녀는 나중에 〈소프 다이제스트〉와 인터뷰할 때 기자에게 말했다. 케네디는 독자들이 진실을 알기보다 자신을 메소드 배우라 여겨주기를 바랐다. 진실을 말하자면, 누구도 그녀가 오래 버틸 것이라 기대하지 않았기 때문에 실명을 굳이 외우지 않은 것이었다. 드라마 세상에서 세 시즌이란 어쨌거나 삼 초와 같았고, 1994년에 드라마가 끝났을 때 채러티 해리스는 카메라가 벽에 걸린 사진을 훑는 마지막 부분에서 천 분의 일 초 동안 등장한다. 열성 팬들만이 그녀의 활약이 두드러졌던 그 시기, 애인의 스토커가 그녀를 납치해 지하실에 묶어두었던 그 아홉 달을 기억할 것이다. 그 기간 동안 그녀는 의자에 묶인 채 몸을 뒤틀지만—비명을 지르고 애원하고 간청하면서—몇 년이 지나서야 자신의 활약이 가장 컸던 그 부분이 드라마 전체에서는 그리 중요한 부분이 아니었음을 깨닫는다.

케네디는 어머니를 딱 한 번 세트장에 데려갔다. 어머니에게 사운드스테이지*에 들어가면 추울지 모른다고 미리 경고했더니, 버뱅크의 기온이 32도나 되었는데도 어머니는 바보같이 밝은 푸른색 스웨터를 입고 왔다. 케네디는 어머니에게 세트장을 구경시켜주면

---

* 영상에 삽입되는 사운드를 녹음하는 방음 스튜디오.

서, 해리스의 집, 시청, 채러티가 일하는 서핑 게스트하우스를 가리켰다. 심지어 어머니를 당시 채러티가 갇혀 있는 지하실로 데려가기도 했다. 납치된 지 삼 개월이 지난 시점이었다.

"그들이 너를 곧 풀어주면 좋겠구나." 어머니가 다른 배우나 스태프처럼 케네디와 채러티를 동일시하며 말했다. 그때가 어머니에게 배우로서 가장 크게 인정받은 순간이었다. 묘하게도 배우가 받을 수 있는 가장 큰 칭찬은 자신은 사라지고 다른 누군가가 되었다고 평가받는 것이다. 연기는 자신이 보이지 않게 되는 것이라고, 연기 수업 강사가 그렇게 말한 적이 있었다. 진정한 연기는 자신은 보이지 않고 캐릭터만 찬란히 빛나는 것이라고.

"이참에 이름을 채러티로 바꾸는 게 낫겠어요." 〈퍼시픽 코브〉 연출자가 그녀에게 말했다. "기분 나쁘게 듣진 말아요. 하지만 당신 이름을 들으면 머리에 총 맞은 그 사람이 생각나서 말이죠."

여기 그녀가 아주 오랫동안 떠올리지 않았던 기억이 있다.

일곱 살쯤 됐을 때였는데, 한번은 부엌에서 발판용 의자에 앉아 어머니가 케이크에 아이싱을 입히는 것을 보고 있었다. 그녀는 구석에 박힌 채 요요를 타일 바닥에 툭툭 던져가며 심드렁하게 신기술을 연습하면서, 그 소리에 짜증이 난 어머니가 그만하라고 말하기를 기다리는 중이었다. 그녀는 종종 그런 행동을 했다—크게 꾸지람을 듣기엔 사소하지만 관심을 끌 만큼은 충분히 짜증스러운 행동을 집요하게 하는 것이다. 하지만 어머니는 그녀를 쳐다보지도 않았다—어머니는 소소한 집안일을 기회로 딸과 유대감을 쌓는 사람이 아니었다. 딸, 엄마가 빵 반죽하는 방법을 가르쳐줄게. 혹은 이리 와봐, 아가, 아이싱은 이렇게 만드는 거야. 어머니는 케네디가 부엌에서 돕겠다고 하는 나이가 지나자 안심하는 것 같았다.

"네 도움이 필요하지 않다는 게 아니야." 어머니는 늘 말했다. "혼자 하는 게 더 빨라서 그래." 뒤에 말한 것이 앞에 말한 것을 정당화하는 게 아니라, 두 말이 서로 상충하는 것처럼.

무엇보다 어머니는 왜 케이크를 구웠는가? 어머니는 아무 이유 없이 케이크를 구울 사람이 아니었다. 어머니는 기금 마련 빵 판매 행사에도 가게에서 산 쿠키를 아무도 눈치채지 못하게 양철통에 담아서 가져갔다. 어쩌면 아버지의 생일이었을 수도 있지만 그때는 봄이 아니라 여름이었고, 그렇지 않았다면 한낮에 학교에서 돌아와 어머니가 작은 물결 모양 아이싱을 반듯하게 펴는 것을 따분하게 지켜보고 있지 않았을 것이다.

"그건 어디서 배웠어요?" 케네디가 물었다.

어머니는 훼손된 유화 작품을 복원하는 것처럼 집중하고 있었다.

"글쎄." 어머니가 마침내 말했다. "살다가 어느 시점에 배웠겠지."

"엄마의 엄마가 가르쳐줬어요?" 케네디는 어머니가 그렇다고 말하면서 자신을 불러 나이프를 건넬지도 모른다고 생각했다. 하지만 어머니는 심지어 고개도 들지 않았다.

"우리는 케이크 먹을 돈이 없었어." 어머니가 말했다.

나중에 케네디는 어머니가 과거 이야기를 피하는 수단으로 돈 이야기를 얼마나 자주 이용했는지 깨닫는다. 가난이 케네디에게는 상상도 할 수 없는 것일 테니, 그게 모든 것에 대한 변명이 된다는 듯이. 어머니는 왜 가족사진도 없고, 연락하는 고등학교 친구도 없고, 결혼식이나 장례식, 동창회에 초대된 적도 없는가. "우린 가난했어." 어머니는 케네디가 질문을 너무 많이 하면 가난은 자기 삶의 모든 면에 퍼져 있었다고 딱 잘라 말했다. 어머니의 과거 전체, 텅 빈 팬트리 선반.

"그분은 어떤 분이셨어요?" 케네디가 물었다. "할머니 말이에요."

어머니는 여전히 돌아보지 않았지만, 어깨가 굳어지는 게 보였다.

"어머니를 그렇게 생각하니 기분이 이상하네." 어머니가 말했다.

"어떻게요?"

"할머니로."

"음, 맞잖아요. 돌아가셨다고 해도 여전히 누군가의 할머니일 수 있죠."

"그건 그러네." 어머니가 말했다.

케네디는 거기서 멈췄어야 했다. 하지만 어머니가 중요한 건 케이크라는 듯, 딸과 대화하는 건 지독히 하찮은 일이라는 듯, 그 빌어먹을 것에 그토록 집중하는 것에 화가 났다. 어머니가 하던 일을 멈추고 자신을 봐주기를 바랐다.

"할머니는 어디서 돌아가셨어요?" 케네디가 물었다.

이제 어머니가 그녀를 돌아보았다. 어머니는 복숭아색 앞치마를 둘렀고, 손에는 바닐라 아이싱이 묻어 있었다. 그리고 얼굴을 찡그리고 있었는데, 정확히 화가 난 것은 아니고 혼란스러운 표정이었다.

"뭘 묻고 싶은 거니?" 어머니가 말했다.

"그냥 궁금해서요! 엄마는 아무것도 말해주지 않으니까……"

"오펄루서스에서, 케네디!" 어머니가 말했다. "내가 자란 그곳에서. 내 어머니는 고향을 떠난 적도, 다른 곳에 간 적도 전혀 없었어. 너 지금 이러는 거 말고 다른 할일이 없니?"

케네디는 울음이 터질 뻔했다. 당시에 그녀는 걸핏하면 울어서 어머니를 당혹스럽게 했는데, 어머니는 가끔 슬픈 영화를 볼 때만 울었고, 그러고 나면 늘 멋쩍게 웃고 눈가에 흐른 눈물을 훔치면서 미안하다고 말했다. 케네디는 슈퍼마켓에서 분홍색 고무공이 갖고 싶은데 어머니가 자신을 끌고 가면서 사주지 않겠다고 딱 잘라 말하면 바닥에 주저앉아 울었다. 운동장에서 테더볼 게임*을 하고 졌을 때도 울었다. 밤에 기억나지 않는 악몽에서 깼을 때도 울었다. 어머니가 한 말이 틀렸다는 걸 알고 있던 그때에도, 그녀는 눈을 깜작이며 눈물을 삼켰다.

"거긴 엄마가 태어난 곳이 아니잖아요." 그녀가 말했다.

"무슨 소리를 하는 거니? 당연히 거기지."

"아니, 그렇지 않아요. 엄마는 작은 타운에서 자랐다고 했어요. M으로 시작하는 곳인데. M…… 뭐였는데. 제가 어렸을 때 엄마가 말해줬어요."

어머니가 너무 오래 말없이 있어서 케네디는 『오즈의 마법사』 끝부분에서 도로시가 그랬듯 자신이 미친 것처럼 느껴지기 시작했다. 너 거기 갔었잖아, 너도 거기 있었는데! 하지만 그 타운에 대한 이야기는 진짜였다. 구체적인 것은 기억나지 않았지만, 자신은 욕조에 있고 어머니가 허리를 숙여 자기를 내려다보던 것은 기억났다. 하지만 지금 어머니는 그저 웃을 뿐이었다.

---

* 높은 기둥에 긴 줄로 공을 매달아 라켓으로 치고 받는 게임.

"내가 너한테 언제 그런 이야기를 했다는 거니?" 그녀가 말했다. "넌 지금도 어린데."

"잘 모르겠지만……"

"네가 잘못 기억하고 있는 거야. 너는 아기였어." 어머니가 한 걸음 앞으로 나왔고, 어머니 뒤에는 윗면과 가장자리가 매끈해진 케이크가 있었다. "이리 와봐, 딸. 스푼 빨아먹을래?"

그때가 케네디가 어머니는 거짓말쟁이라는 걸 깨달은 최초의 순간이었다.

그 타운에 대한 생각이 계속 맴돌았다.

그 생각을 떨쳐버릴 수 없었다. 지명이 기억나지 않는데도 그랬다. 기억나지 않았기에 더욱 그랬다. 케네디는 오랫동안 어머니에게 다시 그 이야기를 꺼내지 않았다. 하지만 대학에 들어간 뒤 어느 밤, 마리화나에 약간 취한 상태에서 남자친구의 책장에 꽂힌 백과사전을 꺼냈다. "뭐해?" 그는 말고 있는 마리화나에 더 집중한 채 심드렁하게 물었고, 그래서 그녀는 그를 무시하고 계속 페이지를 넘겨 마침내 루이지애나주에 이르렀다. 페이지 아래로 쭉 내려가니 도시와 타운의 이름이 알파벳 순으로 실려 있었다. 맨스필드, 매리언, 마크스빌.

"야," 그가 말했다. "그 빌어먹을 것 좀 내려놔. 재수없게 지금 공부나 하고 있냐."

메르루지, 밀턴, 먼로.

"뭐야, 왜 그래, 그 책이 나보다 더 재미있다는 거야?"

문샤인, 모스블러프, 마운트레바논. 딱 보면 알 것이다. 분명히. 하지만 지명 전체를 훑어봤는데도 친숙한 지명이 전혀 없었다. 그녀는 사전을 다시 책장에 꽂아 넣었다.

"미안해." 그녀가 말했다. "내가 무슨 생각이었는지 모르겠네."

그날 밤 이후로 다시는 그 타운의 이름을 애써 찾아보지 않았다. 그건 케네디 스스로는 확신하지만 결코 증명할 수 없는 무엇이 되었다. 엘비스 프레슬리가 식료품점을 돌아다니면서 멜론을 두들기는 것을 봤다고 장담하는 사람들처럼. 그런 멍청이들과 달리, 그녀는 누구에게도 말하지 않을 작정이었다. 혼자 미친 사람이 되는 것—그걸로 족했다. 주드 윈스턴을 만나기 전까지는. 그날 밤, 출연진 쫑파티에서 주드가 맬러드라는 지명을 말했을 때, 그것은 케네디가 오랫동안 듣지 않던 노래처럼 들렸다. 아, 그 노래가 이런 곡이었지.

1985년, 〈한밤의 약탈자들〉이 막을 내리고 거의 삼 년이 지났을 때, 케네디는 주드를 뉴욕에서 다시 만났다.

첫 겨울을 간신히 살아남았지만 여전히 그 도시가 낯설 때였다. 평생 로스앤젤레스를 떠나 사는 건 한 번도 상상해본 적이 없었는데 두번째 겨울이 되자 도시가 작아진 듯 느껴지기 시작했다. 그녀는 출연진 파티 이후로 주드를 본 적이 없었지만, 모퉁이를 돌 때마다 마주치는 장면을 상상했다. 레스토랑 창가에 앉아 있는 주드를 보기도 했다. 한번은 〈지붕 위의 바이올린〉에서 연기할 때 주드가 앞줄에 앉아 있는 것을 보고 대사 실수를 했다. 그 여자는 꼭 주드처럼 보였는데—피부색이 검고 다리가 길고, 약간 불안정하면서도 침착해 보였다—케네디가 자신의 실수를 알아차렸을 때는 이미 그 장면 전체를 망쳐버린 뒤였다. 연출자는 막이 내리기도 전에 무대 담당자에게 분장실에서 그녀의 소지품을 모두 치우라고 지시했다. 그녀는 주드를 탓했다. 그 모든 것에 대해 주드를 탓했다.

"이해할 수 없어." 케네디가 뉴욕으로 가겠다고 선언하자 어머니가 그렇게 말했다. "왜 그 먼 데까지 가려는 거니? 배우는 여기서도 할 수 있잖아."

하지만 케네디는 어머니로부터도 거리를 두고 싶었다. 처음에 어머니는 주드의 주장에 관심도 보이지 않으려고 했다. 그러다 논리적으로 따지기 시작했다. 내가 니그로처럼 보이니? 너는 어떻고? 우리가 그 아이와 같은 핏줄이라는 게 말이 되니? 아니, 그렇지 않았지만, 그럼에도 어머니의 삶에 대해 이해되는 부분은 거의 없었다. 어머니의 고향은 어디지? 결혼 전에 어머니의 삶은 어땠지? 어머니는 어떤 사람이었고, 누구를 사랑했고, 무엇을 원했지? 온통 공백이었다. 지금 어머니를 보면 그 공백만 보일 뿐이었다. 하지만 주드는 적어도 다리를, 이해할 수 있는 길을 놓아주었다. 그러니 주드에 대한 생각을 멈출 수 없는 건 당연했다.

"나는 네가 그 걱정은 그만했으면 좋겠어." 어머니는 말했다. "그러다 네가 미치겠다. 사실 난 그애가 네게 그 모든 이야기를 한 이유가 그거라고 확신해. 네게 질투가 났고, 네 머릿속을 흔들어놓고 싶었던 거야."

어머니는 케네디의 질문에 답을 하는 게 불편한 것 같았지만 결코 화를 내지는 않았다. 하지만 생각해보면 어머니는 원래 침착하고 이성적인 사람이었다. 어머니가 그녀에게 거짓말을 하고 있는 거라면, 그것 역시 다른 모든 일과 마찬가지로 침착하고 이성적으로 할 것이었다.

뉴욕에서 케네디는 크라운하이츠에 있는 지하층 아파트에서 남자친구 프랜츠와 함께 살았다. 그는 컬럼비아대학교에서 물리학을 가르쳤다. 포르드페*에서 태어났지만, 케네디가 버스를 타고 지나갈 때 보이는 베드스타이**의 저소득층 주택단지에 있는 적갈색 건물 중 하나에서 성장했다. 그는 자신이 자라면서 경험한 무서운 이야기를 들려주는 걸 좋아했다—그의 발톱을 잘근잘근 씹어 먹던 쥐, 벽장 구석에서 우글거리던 바퀴벌레, 건물 로비에서 그의 운동화를 훔치려고 어슬렁거리며 기다리던 마약 하는 소년들. 처음에 케네디는 그가 그녀에게 이해받기를 바라는 거라고 생각했지만, 나중에는 그저 자신이 자라서 이런 사람—신중하고 학구적이고 뿔테 안경을 늘 깨끗이 닦고 다니는—이 되었다는 걸 부각시켜주는 극적인 배경 이야기를 좋아한다는 것을 깨달았다.

그에겐 겉멋이 없었다. 케네디는 그게 좋았다. 프랜츠는 그녀가 멀리서 감탄하던 흑인 남자들, 고물차 안에서 빈둥거리거나 영화관 앞에 모여 지나가는 여자에게 휘파람을 부는 반반한 남자들과 달랐다. 그녀와 친구들은 성가신 척했지만, 속으로는 그런 남자들의 관심을 받는 걸 즐겼다. 절대 키스를 나눌 수 없고 집에 전화를 걸어올 리 없는 남자들. 오, 그녀는 그 남자들에게 조금 반했었다.

---

* 아이티 북서부에 위치한 도시.

** 뉴욕 브루클린에 있는 동네로 정식 명칭은 '베드퍼드스타이버선트'이다.

안전한 남자들, 짐 켈리*처럼 그녀를 설레게 했던. 고글을 쓴 카림 압둘자바를 잠시라도 보려고 레이커스 경기가 진행되는 동안 아버지의 의자 팔걸이에 자리를 잡고 앉은 적도 있었다. 정말로 무해하고 강렬한 사랑이었지만, 다른 사람에게 그들에 대한 이야기는 하면 안 된다는 것 정도는 알았다. 프랜츠는 그녀의 첫번째 흑인 연인이었다. 케네디는 그의 네번째 백인 연인이었다.

"네번째?" 그녀가 말했다. "정말? 다른 셋은 어땠어?"

그가 웃었다. 그들은 프랜츠의 학과 파티에 참석해 지도 교수의 부엌에 서서 진저비어를 마시고 있었다. 막 데이트를 시작한 시점이어서 그녀는 좀 과하게 꾸몄다—롱스커트를 입고 하이힐을 신은 채, 화려한 1960년대 영화에서처럼 자신이 담배 연기가 가득한 거실에서 안경을 쓴 교수 남편의 팔에 매달려 있다고 상상했다. 하지만 실제로는 엘리베이터가 없는 삼층 건물에서 지저분한 삼십대 무리와 어울려 플리트우드 맥의 음악을 듣는 중이었다.

"그들은 달랐어." 프랜츠가 말했다.

"어떻게 달랐는데?"

"너하곤 달랐어." 그가 말했다. "사람들은 다 달라. 그건 백인 여자들도 마찬가지고."

프랜츠는 그녀가 알았던 어느 누구와도 같지 않았다. 그의 모국어는 크레올어였고, 그의 영어에는 특유한 억양이 있었다. 기억력은 거의 사진을 찍는 것처럼 뛰어나서, 케네디의 대사 연습을 도와줄 때 늘 그녀보다 먼저 외웠다. 그들은 그녀가 일하는, 주로 단골

* 미국의 흑인 무술인이자 영화배우.

손님을 위한 저렴한 술집인 8 Ball에서 처음 만났다. 높은 테이블을 북적북적 둘러싼 체격 좋은 바이커들을 지나, 조앤 젯의 음악을 들으려고 주크박스에 이십오 센트짜리 동전을 넣고 있는 문신한 여자들을 지나, 케네디가 그들과 어울리려고 노력한 시간을 지나, 그들은 서로를 알아보았다. 그녀가 여전히 뉴욕 무대에서 첫 배역을 따내려고 애쓰고 있을 때였는데, 아무도 케네디가 로스앤젤레스를 떠나 그러고 있는 이유를 이해하지 못했다. 하지만 그녀는 무대가 좋았다. 로스앤젤레스에서는 그녀가 아는 모든 배우가 할리우드로 입성하는 데 혈안이 되어 있었는데, 상식이 있는 사람이라면 할리우드가 자금이 도는 곳임을 알았기 때문이었다. 하지만 케네디는 그 과정 전체가 재미없게 느껴졌다. 새벽에 일어나 몇 시간 동안 카메라 앞에 서서 재수없는 감독이 만족할 때까지 같은 대사를 반복하는 것이다. 무대는 완전히 다른 무엇이었다—매번 새로워서 그녀는 그것이 두렵고 짜릿했다. 각각의 공연이 다르고, 각각의 관객이 특유하고, 각각의 밤마다 가능성의 불꽃이 타올랐다. 자신이 하는 일에 돈이 따르지 않는다는 사실은 그저 덤 같은 것이었다. 그때 케네디는 겨우 스물넷, 삶의 고통에 여전히 낭만을 느끼던 시기였다.

"나도 알아." 그녀가 프랜츠에게 말했다. "그래서 그 여자들은 어땠는지 물어본 거야."

그들이 그 도시에서 프랜츠의 전 여자친구들과 마주치기 시작하자 케네디는 곧 물어본 걸 후회했다. 세이지는 시인이었는데, 여성의 몸에 대한 장황한 에세이를 발표하면서 프랜츠에게 자신의 글을 보내 의견을 구했다. 해나는 엔지니어였는데, 빈곤 국가의 위생을 개선하는 법을 연구하고 있었다. 케네디가 상상한 건 유행 지난 옷을 입고 오물 속을 헤치고 걸어가는 여자였지, 이렇게 5인치짜리 굽이 달린 높은 부츠를 신고 완벽하게 균형을 잡으면서 지하철을 타는 활기찬 금발 여자가 아니었다. 크리스티나는 브루클린 필하모닉에서 클라리넷을 연주했다. 같이 식사하는 자리에서 케네디가 크림을 넣은 시금치 요리를 휘젓는 동안 크리스티나와 프랜츠는 브람스에 대해 토론했다. 그가 맞았다. 그들은 다 달랐다. 그녀는 놀란 자신이 바보같이 느껴졌다. 케네디의 일부는 그의 다른 백인 여자친구들이 그녀 자신이 될 수 있었을 또다른 모습들일 거라고 상상했었다—그녀가 뉴저지에서 자랐다면 이런 모습이고, 기분 내키는 대로 머리칼을 빨갛게 염색했다면 저런 모습인 식으로. 하지만 백인 여자에 대한 그의 취향은 다양했고, 케네디는 뭐가 더 나쁜지, 그러니까 비슷한 애인들이 반복되는 가운데 가장 최근의 애인이 된 게 더 나쁜지, 앞선 애인들과는 딴판으로 다른 애인이 된 게 더 나쁜지 결론을 내릴 수 없었다. 일정한 패턴 중 하나가 되는 건 적어도 안전했다. 독특한 건 위험 부담이 있었다. 프랜츠는 정확히 케네디의 어떤 점을 좋아하는가? 그녀는 어떻게 계속 그의 관심을 받을 수 있는가?

"내가 백인이 아니라고 말하면," 그녀가 말했다. "넌 어떨 것 같아?"

그럴 생각은 없었는데 그냥 입에서 그 말이 튀어나왔다. 프랜츠가 맥주를 입으로 가져가며 싱긋 웃었다.

"그럼 네가 뭔데?" 그가 말했다.

"음, 완전히 백인은 아니야." 케네디가 말했다. "부분적으로 흑인이기도 해."

그녀는 이 말을 입 밖에 내뱉은 적이 없었다. 말로 하면 그게 더 진짜로 느껴질지, 그 말이 소리가 되어 나오면 그녀 안에 근본적으로 존재하던 뭔가가 깨어날지 궁금했었다. 하지만 그 사실을 인정하는 건 대사를 외워 말하는 것처럼 가짜로 느껴졌다. 심지어 자신을 설득할 수도 없었다. 프랜츠는 잠시 눈을 가늘게 뜨고 케네디를 바라보았다.

"아, 그래." 그가 말했다. "이제 알겠어."

"알겠어?"

"그럼." 그가 말했다. "너처럼 머리칼이 곱슬곱슬한 니그로는 나도 많이 알지."

프랜츠는 그녀를 놀리고 있었다. 그는 케네디가 장난을 치는 거라고 생각했고, 시간이 지나면서 그것은 그들 사이의 농담이 되었다. 그녀가 늦으면 그는 유색인 타임 때문이라고 말하곤 했다. 그녀가 발끈하면 "워워, 시스타*" 하고 말했다. 곧 그것은 케네디에게도 농담이 되었다. 주드도, 어머니의 비밀도, 그 모든 것이. 그게 진실이었다면 스스로 알아차렸을 것이라고 그녀는 결론을 내렸다. 자신에 대해 그토록 근본적인 무언가를 모른 채 평생을 살아갈 수는 없었다. 어떻게든 느낌이 왔을 것이다. 다른 흑인의 얼굴에서 어떤 익숙함이 보였을 것이다. 하지만 아무것도 느끼지 못했다. 지하철에서 맞은편에 앉은 그들을 흘끗 볼 때도 낯선 이의 모호한 무관심으로 쳐다볼 뿐이었다. 근본적으로는 프랜츠조차도 낯설었다.

---

* 'sister(여자 형제)'의 변형으로, 주로 흑인이 다른 흑인 여성을 지칭할 때 쓰는 표현.

그가 흑인이기 때문은 아니었지만, 아마 그 때문에 더 그렇게 느껴졌을 것이다. 하지만 그의 삶, 그의 언어, 심지어 그의 관심사도 그녀와는 거리가 있었다. 이따금 케네디는 그가 사무실로 바꾼 작은 옷방으로 들어가 그녀는 결코 이해하지 못할 방정식을 휘갈겨쓰는 것을 지켜보았다. 누군가로부터 멀어질 방법은 많지만 진실로 결속될 방법은 거의 없었다.

케네디의 어머니는 프랜츠를 싫어했다. 그가 잘난 척한다고 했다.

"네가 생각하는 이유 때문은 아니야." 어머니가 말했다. 그들은 카페 창가 자리에 앉아 지나가는 모든 사람을 바라보고 있었다. 어머니는 추수감사절 연휴에 비행기를 타고 그녀를 만나러 왔다. 케네디는 일도 하고 오디션도 봐야 하기 때문에 집에 갈 시간을 낼 수 없다고 말했지만, 실은 어머니에게 그녀의 뉴욕 생활을 보여주고 싶었다. 어머니를 끌고 가서 벽에 아무렇게나 그린 그림을 보여주는 아이가 된 것처럼, 케네디는 그러는 데서 비뚤어진 기쁨을 느꼈다. 봐요, 내가 이렇게 엉망으로 해놨어요! 어머니는 반응하지 않으려고 최선을 다했다. 어머니는 지하층 아파트 안을 둘러보는 내내 입을 꾹 다물고 있었다. 케네디가 8 Ball 이야기로 놀라게 할 때도 어머니는 조용히 고개를 끄덕였다. 하지만 프랜츠에 관한 이야기는 어머니의 한계를 무너뜨리는 마지막 지푸라기가 되었다. 그건 받아들이기 힘든 케네디의 삶에서, 어머니가 무시할 수 없는 한 부분이었다.

"그럼 이유가 뭔데요?" 케네디가 말했다.

"너도 알겠지만," 옆에서 흑인 여자 둘이 크루아상을 먹고 있었다. 어머니는 결코 큰 소리로 말하지 않을 것이다. "그런 게 아니야. 나는 그냥 누구든 그 남자처럼 행동하는 사람은 좋아하지 않아."

"어떻게 행동하는데요?"

"자기는 '그거'에서도 냄새가 안 난다는 듯이."

브루클린에 있는 모든 어머니 중에서 너무 고상해서 공개적으로 똥이라는 말을 쓰지 않는 유일한 사람이 아마 그녀의 어머니일 것이다.

"엄마가 왜 그 사람을 좋아하지 않는지 모르겠어요." 케네디가 말했다. "엄마한테 끔찍이 잘하잖아요."

"그러지 않는다는 말은 아니야. 하지만 자기가 이 집에서 가장 똑똑한 사람이라는 듯이 행동한다고."

"음, 정말로 그러니까요! 그는 다트머스에서 박사학위를 받았다고요. 그 사람 옆에 있으면 늘 내가 바보 같아요."

"나는 그냥 이해가 안 되는구나. 전에는 그런 남자를 좋아한 적 없잖아."

고등학생 때 케네디는 라몬스 멤버들처럼 기름기가 좔좔 흐르는 머리칼을 길게 기르고 징이 박힌 가죽 재킷을 입은 남자들과 데이트했다. 첫 남자친구는 눈앞을 가린 긴 머리칼을 옆으로 치우지 않으면 앞을 잘 보지도 못했다. 그녀는 그게 멋지다고 생각했지만, 아버지는 아주 못마땅해했다. 아버지는 다른 모든 아버지처럼 딸이 자신의 젊은 날을 떠올리게 하는 남자와 데이트하기를 바랐다. 짧게 깎은 머리에 준수한 옷차림을 하고 장래 계획에 집중하는 그런 남자와. 그녀가 집으로 데려오는 단정하지 못한 남자, 늘 가무잡잡하게 태운 피부에 전적으로는 아니어도 거의 예의가 바르지 않은 그런 남자가 아니라. 케네디가 만나는 남자들은 밴드를 한답시고 사랑 때문이 아니면 도저히 들어줄 수 없을 만큼 형편없는 연주를 했다. 대학에 들어가서는 레슬링 선수와 사귀면서 그가 체중 감량을 위해 쓰레기봉투를 짊어지고 몇 시간이고 달리는 것을 지켜보았다. 그후에 그녀는 무언가에 집요한 관심을 쏟는 남자는 결코 사랑할 수 없다고 생각했지만, 지금 여기서 욕실 거울에 방정식을 잊지 않기 위해 써놓는 남자와 살고 있었다.

"음, 변화할 시점이었어요." 케네디가 말했다.

나쁜 남자를 사귀던 시기는 끝났다. 그런데 어머니는 안도하는 게 아니라 오히려 더 곤란해하는 것 같았다.

"그 여자 때문은 아니지, 그렇지?" 어머니가 말했다.

그들은 이 년 동안 주드에 대해 이야기하지 않았었다. 하지만 주드가 그들을 떠난 것은 아니었다. 케네디는 대번에, 어머니가 누구를 말하는지 알았다.

"무슨 말이에요?" 케네디가 물었다.

"음, 너는 이런 유형의 사람을 한 번도 좋아한 적이 없었어. 그런데 그 이상한 계집애가 네 머릿속에 들어간 거지. 나는 그저 네가 뭔가를 증명해 보이려는 게 아니길 바랄 뿐이야."

어머니가 손가락으로 커피잔의 손잡이를 만지작거리면서 아주 곤혹스러워하는 듯 보여 케네디는 시선을 피했다. 프랜츠와 데이트를 하는 게 뭔가 실험의 일종이었다면, 그건 끔찍한 실패였다. 흑인을 사랑하는 것은 그녀를 더욱 백인으로 느끼게 만들 뿐이었다.

"그런 거 아니에요." 케네디가 말했다. "일어나요, 같이 박물관에 가요."

그녀가 주드 윈스턴을 다시 만난 겨울에, 케네디는 〈침묵의 강〉이라는 오프오프브로드웨이* 뮤지컬에 출연했다. 남성미 넘치는 농장 일꾼과 달아나는 꿈을 꾸는, 보안관의 반항적인 딸 코라 역할이었다. 몇 달 동안 그녀는 병에 걸리면 안 된다는 강박에 일반적인 수준 이상으로 사로잡혀 있었다. 2월이 되자 레몬을 넣은 뜨거운 차를 지겹도록 마신 탓에 그 냄새를 거의 참을 수 없을 지경이 되어 코를 잡고 구역질을 하면서 들이켰다. 분필 같은 아연 영양제를 삼켰고, 외출할 일이 있으면 목에 스카프를 세 겹으로 둘렀다. 지하철에서 내린 뒤에는 손을 박박 비벼 씻었다. 일반적인 상황이었다면 그녀는 뉴욕의 겨울을 견디지 못했을 것이다. 하지만 이 도시에 온 뒤 가장 큰 배역을 맡게 된 것은 분명히 특별한 상황이었다. 캐스팅 전화를 받은 밤에 프랜츠는 케네디를 데리고 외식을 하러 나갔다. 그녀는 들떴다. 그는 안심했다.

"이런 생각이 들기 시작했는데……" 프랜츠가 말을 시작했지만 끝맺지는 않았다. 그는 그녀보다 다섯 살 위였고, 나이를 따지지 않더라도 진지한 것을 추구하는 진지한 남자였다. 케네디의 연기가 성공적인 이력을 쌓지 못하고 있다는 게 점점 분명해져가던 시점이었다. 처음에 그는 그녀에게 매혹된 듯했다. 나의 캘리포니아 몽상가, 그녀를 그렇게 불렀다. 거실에서 그녀와 같이 대사를 읽었

---

* 오프브로드웨이보다 더 전위적인 실험극을 말한다.

고, 지하철에서 이동중에 대충이라도 그 이야기를 들으려고 오디션장 밖에서 그녀를 만났다. 하지만 지금 테이블 맞은편에서 애달픈 미소를 짓는 그는, 사실 산타클로스는 진짜라는 것을 알게 된 부모처럼, 기쁘기보다는 놀란 듯 보였다. 그는 카드에 답장하고 쿠키를 먹고 트리 아래 선물을 두었지만, 뚱뚱한 남자가 굴뚝을 타고 내려오리라고는 결코 기대한 적이 없었다.

케네디는 그 뮤지컬을 위해 지금까지 그 어느 때보다 더 많은 노력을 기울였다. 눈에 띄는 모든 가게와 가로등에 밝은색 공연 홍보물을 붙이고 다녔다. 이웃의 눈총을 견디면서 음향이 더 좋은 계단통에서 노래를 연습했다. 아침에는 이를 닦으면서 욕실 타일 위에서 소프트 탭댄스를 추며 안무를 연습했다. 연습하지 않을 때는 목소리를 아꼈다. 케네디를 만난 적이 있는 사람이라면 누구도 믿지 않겠지만 사실이었다. 몇 주 동안 그녀는 말을 거의 하지 않았다. 그 무렵엔 8 Ball을 그만두고 극장 근처에 있는 걸프Gulp라는 이름의 커피숍에서 일하고 있었다. 공연이 그녀의 저녁 시간을 차지한 데다, 바텐더로 일하려면 잡담을 나눠야 했기 때문이다. 상대적으로 커피를 따르는 일은 대화를 많이 하지 않아도 되었다. 휴식 시간에는 차를 마셨고 아무와도 대화하지 않았다. 집에서는 프랜츠가 준 작은 화이트보드에 할말을 써서 전달했다. 저녁은? 나 나간다. 당신 어머니가 전화하셨어. 그는 자신이 우연히 행위 예술에 동참하기라도 한 듯 그 모든 게 재미있는 것 같았다.

조용히 지내기로 결심하면 도시의 소리가 얼마나 시끄러운지 놀랄 것이다. 그녀는 안절부절못하면서 걸핏하면 겁먹은 말처럼 굴었다. 커피 그라인더의 갑작스러운 소리에도 깜짝깜짝 놀랐다. 하지만 주드가 문을 밀고 들어왔을 때 케네디는 아무 소리도 듣지 못했다. 종이 짤랑거리는 소리도, 싸늘한 공기와 함께 밀려든 거리의 소음도. 주드를 다시 만나면 무슨 말을 할지 삼 년 동안 상상했었다. 이제 주드가 카운터 건너에 서 있었지만, 케네디는 입을 벌려도 말이 나오지 않았다. 심지어 속삭일 수도 없었다.

"당신일 거라고 생각했어요." 주드가 말했다.

주드는 여전히 군살 없이 호리호리했고, 크고 하얀 코트로 몸을 감싸고 있어 피부가 더욱 검게 반짝이는 것 같았다. 그리고 웃고 있었다. 젠장, 그들이 오랜 친구라도 되는 것처럼 웃고 있었다.

"당신 이름이 적힌 홍보물을 봤어요." 주드가 말했다. "우리가 걸어가고 있는데, 유리창에 붙어 있어서 보니—와우, 정말 당신이더라고요."

케네디는 문가에 서 있는 주드의 남자친구를 알아보았다—곱슬곱슬한 머리는 더 길었고 턱수염 색깔은 더 짙어졌지만 그라는 걸 못 알아볼 수 없었다. 그는 창가에서 머뭇거리면서 손에 호호 입김을 불었고, 어깨에 얼음 조각이 묻어 있었다. 케네디는 자기도 모르게 이런 생각을 하고 있었다—그들이 여전히 함께라는 사실이 놀랍다고. 그녀는 그런 유의 남자—굉장히 잘생겼다—를 알았는데, 그런 남자들은 주드 같은 여자를 좋아하지 않았다. 물론 주드에겐 그녀 나름의 특별한 매력이 있었지만, 그처럼 예쁜 남자는 모호하게 아름다운 여자에게는 결코 빠져들지 않는다. 하지만 그들은 여전히 함께 여기 뉴욕에 있었다. 도대체 그들은 여기까지 와서 뭘 하는 건가?

"잘 지냈어요?" 주드가 물었다.

그녀는 아무렇지 않은 듯 행동했지만, 그들의 우정에서 일어난 어떤 일도 순수한 우연이 아니었다. 케네디는 주드 윈스턴에 관해서는 우연의 마법을 더이상 믿지 않았다. 회색 코트를 입은 백인 남자가 카페 안으로 들어왔고, 케네디는 그에게 앞으로 오라고 손짓했다. 여기가 로스앤젤레스였다면 그녀는 아마 주드에게 욕을 했을 것이다. 하지만 여기, 애벌레처럼 자신이 만든 침묵의 고치 속에 틀어박힌 그녀는 그저 주드를 무시할 수 있을 뿐이었다. 주드는 놀란 표정이었지만 줄에서 비켜주었다.

남자는 자신의 커피값을 내고 떠났다. 그리고 주드는 카운터 위로 쪽지를 밀었다. "여기가 우리가 묵고 있는 곳이에요." 그녀가 말했다. "혹시 하고 싶은 이야기가 있다면요."

케네디는 전화를 걸었다. 당연히 걸었다.

그녀는 앞치마 주머니에 쪽지를 넣을 때 이미 자신이 그러리란 걸 알았다. 쪽지를 버리지 않았다—그게 첫번째 신호였다. 두번째 신호는 자신이 계속 그 생각을 한다는 것이었다. 그녀의 옆구리를 찌르는 면도날이 될 수도 있는, 주머니에 찔러넣은 종이쪽지. 작은 종이 쪼가리가 자신을 이토록 괴롭힐 수 있다는 게 어이없었고, 잘게 찢어버리겠다고 근무시간에 두 번은 결심했다. 하지만 꺼낼 때마다 주드의 작고 단정한 글씨가 보였다. 캐스터호텔 403호, 그리고 전화번호. 세번째로 꺼내 보았을 때는 너무 늦었다. 번호를 이미 외워버린 것이다.

일이 끝난 뒤 케네디는 길 건너 전화 부스로 들어가 번호를 눌렀다. 아무도 받지 않아서, 집에 도착하면 다시 걸어야겠다고 열차 안에서 생각했다. 하지만 프랜츠가 듣는 것은 원치 않았다. 이걸 그에게 어떻게 설명할 수 있단 말인가? 자신의 사촌이라고 주장하는 흑인 여자가 이 도시에 나타난 기묘한 일을. 그는 그녀가 또 농담을 한다고 생각할 것이다. 그녀는 다음날 아침 일을 시작하기 직전에 전화를 걸었고, 이번에는 주드가 받았다.

"지금 내가 말을 하면 안 되는 상황인데요." 케네디가 말했다.

주드는 가만히 있었다. 잠시 케네디는 주드가 자신의 목소리를 알아듣지 못한 게 아닌가 생각했지만, 이윽고 주드가 말했다. "왜 안 돼요?"

"왜냐하면," 케네디가 말했다. "뮤지컬을 하고 있어서요."

"미안하지만," 주드가 차분하게 말했다. "무슨 말인지 모르겠어요."

"지금은 아무하고도 이야기하면 안 돼요. 목을 아껴야 하거든요."

"아."

"그러니 하고 싶은 말이 있으면 그냥 해요. 당신과 옥신각신하면서 시간을 낭비할 생각은 없어요."

"나는 여기 싸우려고 온 게 아니에요."

"그럼 여긴 도대체 왜 왔죠?"

"리스가 수술을 받아요."

케네디는 내내 주드가 무엇을 원할 것인지만 상상했다. 출연진 파티에서 자기가 그런 고약한 말을 했으니, 복수를 하러 온 거겠지. 어머니가 말한 것처럼 돈 때문에 왔을지도. 음, 그거라면 행운을 빈다. 누구라도 그녀가 사는 꼴을 보면 그녀에게 돈이 없다는 걸 알 테니까. 그녀는 집세도 간신히 내고 있었다. 주드에게 그렇게—조금은 창피하고 조금은 자랑스럽게—말하는 것을 상상했지만, 주드가 뉴욕에 나타난 건 케네디와는 전혀 상관없는 일 때문이라는 사실이 밝혀졌다. 남자친구가 아픈 것인데—심지어 죽어가는 것일 수도 있는데—케네디는 주드가 자신을 생각하고 있다고 착각한 것이다. "당신 문제가 뭔지 알아요?" 한번은 연출자가 케네디에게 그렇게 말했다. "자기 자신을 가장 매혹적인 탐구 대상이라고 생각한다는 거예요." 그녀는 사람들이 모두 각자 무대 위의 주인공이고, 각자의 조연과 악당과 연애 상대에 둘러싸여 있다고 생각했다. 케네디는 자신의 삶에서 주드가 어떤 작은 역할을 맡았는지 여전히 잘 알지 못했지만, 자신은 주드의 삶에 발을 들여놓지도 못한 것이었다.

"심각한 병이에요?" 그녀가 물었다. "그러니까, 괜찮은 거예요?"

"죽고 그러는 건 아니에요." 주드가 말했다. "하지만 심각해요. 네, 심각하다고 해야겠네요."

"그런데 왜 여기까지 왔어요? 이제 로스앤젤레스에는 수술을 집도할 의사가 없는 건가요?"

주드는 잠시 말이 없었다. "우리는 이제 로스앤젤레스에서 살지 않아요." 그녀가 말했다. "그리고 특별한 수술이에요. 이 수술을 집도할 수 있는 특별한 의사를 찾아야 해요."

주드가 모호하게 말하자, 케네디는 당연히 더 알고 싶어졌다. 하지만 대놓고 물어볼 수는 없었다. 리스의 삶이건 주드의 삶이건 그녀가 신경쓸 문제가 아니었다. 이번에 그들의 만남은 정말로 그냥 우연인 듯했다.

"그러면 지금은 어디서 살아요?" 케네디가 물었다.

"미니애폴리스요."

"거긴 대체 뭘 하러 간 거예요?"

"의과대학에 다녀요."

케네디는 자기도 모르게 주드가 조금 자랑스러웠다. 주드는 자신이 원한다고 말했던 삶을 살고 있는 것이다. 여전히 같은 남자의 사랑을 받고 의사가 되는 길을 걸어가고 있는 것이다. 그런데 그 시간 동안 케네디는 내세울 만한 성과가 무엇이 있었는가? 지하층 아파트에서 자신이 제대로 이해할 수도 없는 남자와 살고 대학 학위도 없고, 매일 밤 반쯤 빈 극장에서 노래를 뽑아내기 위해 커피를 서빙하는 일을 하고 있었다.

"전화해줘서 기뻐요." 주드가 말했다. "진짜 전화할 줄은 몰랐거든요."

"그랬나요, 뭐, 내가 잘못한 건 아니죠?"

"저기, 나도 그때 상황이 좀 이상하게 끝난 거 알아요……"

케네디가 웃었다. "음, 그때 일을 묘사하기에는 한참 부족한 표현인 것 같은데요."

"하지만 나를 십 분만 만나주면 보여줄 게 있어요."

어머니는 주드가 미쳤다고 말했다. 어쩌면 그럴지도 모른다. 하지만 주드는 이미 케네디를 다시 끌어당기고 있었다. 그냥 전화를 끊어버릴 수도 있었다. 그 순간 전화를 끊고 다시는 주드와 말하지 않을 수도 있었다. 그리고 그녀를 잊어버리려고 노력할 수도 있었다. 하지만 주드는 케네디에게 어머니를 이해하는 데 필요한 열쇠를 내밀었다. 그것에 대고 어떻게 쉽게 싫다는 말을 할 수 있겠는가?

"당장은 안 돼요." 그녀가 말했다. "지금은 일하는 중이에요."

"그럼 나중에요."

"나중에는 공연이 있어요."

"어디서요?" 주드가 말했다. "리스하고 같이 갈게요. 벌써 매진은 아니겠죠?"

그 극단에 표가 매진된 경우는 한 번도 없었지만, 그럼에도 케네디는 생각해보는 것처럼 잠시 말을 멈췄다.

"아마 그렇진 않을 거예요." 그녀가 말했다. "대체로 몇 장은 남아 있어요."

"잘됐네요." 주드가 말했다. "오늘밤에 갈게요. 뉴욕시티에 있는 동안 진짜 괜찮은 공연을 보고 싶었거든요."

주드는 케네디가 알던 강철 같고 신중한 여자처럼이 아니라, 참을 수 없을 만큼 순진한 말투로 말했다. 케네디는 그 순진함에 거의 빠져들 뻔했지만, 그것보다는 이제 다시 발을 디딜 단단한 자리를 찾았다고 느꼈다. 그녀는 주드에게 극장 이름을 알려주고 이제 그만 끊어야겠다고 말했다.

"알겠어요." 주드가 말했다. "오늘밤 만나요. 그리고 케네디?"

"진짜로, 이제 끊어야 해요."

"알았어요. 미안해요. 난 그저…… 음, 기대하고 있어요. 다시 당신 연기를 보는 것 말이에요. 지난번 공연 정말 좋았거든요."

그 말이 자신을 얼마나 기분좋게 만드는지, 케네디는 그게 싫었다. 그녀는 인사도 없이 전화를 끊었다.

15

〈퍼시픽 코브〉에서 채러티 해리스는 평범한 이웃집 여자였는데, 그 말은 드라마 팬의 절반은 그녀를 좋아하고, 나머지 절반은 그녀를 극도로 따분하게 여긴다는 말이었다. 마지막 출연에서 채러티가 유람선 항해중에 실종됐을 때, 케네디는 그녀의 불행을 기뻐하는 내용의 팬레터를 받기도 했다. 당시에는 그것이 괴롭지 않았다. 팬이 자신을 좋아하는지 싫어하는지는 신경쓰지 않았는데, 어쨌거나 그건 관심을 뜻했고 여태 그녀에게 편지를 보낼 만큼 그녀가 맡은 역에 강렬한 인상을 받았던 사람은 아무도 없었기 때문이었다. 그럼에도 그녀는 스튜디오 주차장을 빠져나오면서 이것이 채러티의 마지막 장면이 아니기를 바랐다.

"이건 연속극이에요." 연출자가 말했다. "완전히 막을 내리지 않는 한 최종적인 건 아무것도 없어요."

채러티에겐 더 나은 결말이 주어졌어야 마땅해, 마흔을 훌쩍 넘긴 후에도, 그 일을 계속 마음에 담아두는 걸 납득할 만한 시점이 한참 지난 후에도, 케네디는 술집에서 술에 취하면 친구들에게 이렇게 말하곤 했다. 채러티가 기적처럼 돌아오기를—연속극에서 죽어나간 모든 배우가 꿈꾸는 운명이었다—바랄 수는 없어도, 적어도 채러티의 이야기가 깔끔하게 마무리되기를 바랐다. 퍼시픽 코브를 떠나 페루에서 라마를 키우며 살게 되었다고 화면 밑에 개뿔 같은 자막을 내보내든 어쩌든 상관없었다.

"그냥 사라져버려?" 그녀가 한번은 말했다. "바다로? 그리고 그게 끝이야? 빌어먹을 그게 뭐냐고."

"마땅하다는 표현은 개소리야." 요가 강사인 그녀의 남자친구가 말했다. "무엇에 대해서건 마땅한 결과를 받는 사람은 없어. 우리는 그저 우리가 받는 걸 받는 거야."

어쩌면 케네디는 채러티가 착한 여자였기 때문에 뭔가 박탈당했다고 느꼈을 것이다. 충분히 많은 실수를 저지른 케네디보다는 틀림없이 더 나은 여자였다. 케네디는 유부남인 두 연출자와 잤고, 자존심 때문에 돈을 더 빌릴 수 없었을 때는 부모님 돈을 훔쳤고, 유리한 위치를 선점하려고 친구들에게 오디션 시간을 일부러 잘못 알려주었다. 하지만 채러티는 따뜻한 사람이었다. 물에 빠진 개를 구하다가 평생의 사랑이 된 남자이자 이 연속극의 섹시한 매력남인 랜스 개리슨을 만났다. 하지만 채러티가 사라진 뒤 랜스는 탐정의 관능적인 딸과 눈이 맞기 전까지 고작 반 시즌을 기다렸을 뿐이었다. 오 년 뒤 두 사람이 성대한 결혼식을 올리면서 〈퍼시픽 코브〉는 최고 시청률을 경신했다. 〈TV 가이드〉에 의하면 시청자 수 이천만 명을 기록하며 연속극 역사상 최고의 명장면 오십 편에 포함

되었다. 그 에피소드는 심지어 에미상 후보에도 올랐다! 그러나 그 빛나는 리뷰들 중에 채러티를 언급한 사람이나 채러티가 유람선을 타고 갑판에서 즐겁게 손을 흔들며 낮시간 텔레비전의 천국 속으로 사라지지 않았다면 그 커플은 결코 서로를 발견하지 못했으리라는 사실을 언급한 사람은 아무도 없었다.

케네디는 일자리를 잃었다는 사실보다, 대규모 연속극 결혼식에 주인공으로 등장하지 못했다는 사실이 아마 더 속상했을 것이다. 그녀가 진짜 삶에서 한 번도 결혼한 적이 없다는 사실보다 그게 더 화가 났을 것이다.

"나는 이웃집 여자 역은 한 번도 해본 적이 없어요." 한번은 특별 출연한 흑인 여자 배우가 케네디에게 말했다. "아무도 내 이웃으로 살고 싶지 않은가봐요."

팸 리드는 세트장에 마련된 테이블에서 입술 사이에 방울토마토를 넣고 터뜨리며 씁쓸한 미소를 지었다. 팸은 진짜 배우라고, 케네디는 촬영기사 두 명이 말하는 것을 우연히 들었다. 팸은 1970년대의 인기 액션 영화 시리즈에 출연해, 그중 세번째 영화에서 악당이 그녀를 쏴 죽이기 전까지 경찰 역을 맡았다. 그리고 공중파 법정 드라마에서 판사 역을 맡았다. 그녀는 남은 배우 인생 동안 계속 판사 역을 맡는데, 이따금 케네디는 텔레비전 채널을 돌리다가 준엄한 표정으로 턱을 괴고 몸을 앞으로 숙인 채 판사석에 앉아 있는 팸 리드를 보았다.

"텔레비전은 흑인 여성 판사를 좋아해요." 팸이 말했다. "재미있죠. 우리가 뭐가 공정한지 판단할 수 있다면 이 세상이 어떤 모습일지 상상할 수 있겠어요?"

팸은 그날 오후 〈퍼시픽 코브〉에서 판사 연기를 했다. 촬영중 휴식 시간에도 길고 검은 판사복을 입고 있는 팸은 위엄이 넘쳐 보였고, 그 바람에 케네디는 포도송이에 손을 뻗다가 머릿속에 처음 떠오른 바보 같은 말을 해버렸다.

"제 이웃집에 흑인 가족이 살았었어요." 케네디가 말했다. "음, 길 건너에요. 그 집 딸 이름이 신디였는데, 그애가 진정한 첫 친구였어요."

그녀는 그들의 우정이 끝난 건 자신이 어린 마음에 발끈해서 신디를 검둥이라고 불렀기 때문이라는 말은 하지 않았다. 그녀는 울음을 터뜨리던 신디를 떠올리면 여전히 움츠러들었다. 어처구니없게도, 케네디 역시 울기 시작했고, 어머니가 그녀를 때렸다—어머니가 그녀를 때린 최초이자 유일한 순간이었다. 맞은 것보다 그뒤에 어머니가 해준 키스가 더 혼란스러웠는데, 어머니의 분노와 사랑이 아주 격렬히 충돌한 순간이었다. 당시에 그녀는 검둥이라고 말하는 것이 다른 욕설을 내뱉는 것과 똑같이 나쁘다고 생각했다. 그녀가 그 골목길에서 씨발이라고 외쳤어도 어머니는 똑같이 화내고 당혹했을 거라고. 하지만 주드를 만난 뒤, 케네디는 자신을 집으로 끌고 갈 때 어머니의 얼굴에 떠오른 표정을 기억해냈다. 엄마는 화가 났었다. 물론 그랬다. 하지만 그보다도 겁에 질린 듯 보였다. 자신의 감정 때문에, 더 당혹스럽게는 아주 추한 면을 드러낸 딸 때문에 겁을 먹은 것이었다.

케네디는 두 번 다시 그 말을 내뱉지 않았다. 지나가는 말로도, 반복되는 농담으로도. 프랜츠가 침대에서 그 말을 해달라고 요구하기 전까지는. 진심으로 하는 말이 아닌 것을 아니까, 그건 그냥 게임 같은 거라고, 그는 그녀의 등을 어루만지며 말했다. 왜 지금 프랜츠 생각이 나는지 알 수 없었다. 그 말을 그에게 하는 것과 신디에게 하는 것은 달랐다. 그렇지 않은가?

팸 리드는 종이 냅킨으로 입을 톡톡 닦으며 조금 웃었을 뿐이었다.

"운이 좋은 친구네요." 팸이 말했다.

주드 윈스턴이 공연을 보러 온 밤에 케네디는 무대에서 혼신을 다했다.

배우라면 누구라도 이런 경험을 해본 적이 있다고 말할 것이다—더 뛰어난 배우라면 자신의 연기 인생에서 훨씬 더 일찍 경험했을 거라고 케네디는 확신했다. 그 겨울밤은 그녀가 정말로 자신을 잊는다는 게 어떤 느낌인지 깨달은 밤이었다. 노래하는 게 숨쉬는 것 같았고, 춤추는 게 걷는 것처럼 자연스러웠다. 농장 일꾼인 랜디—뉴욕대학교에서 연기를 전공하는 호리호리한 남자 배우—와 듀엣곡을 부르면서는 거의 그와 사랑에 빠진 기분이었다. 커튼콜이 끝난 뒤 배우들이 케네디를 둘러싸고 환호했고, 심지어 그 순간에도 그녀의 일부는 이번이 평생 그녀가 할 수 있는 최고의 연기였다는 사실을 알았다. 그리고 그렇게 할 수 있었던 것은 어두운 극장 어디선가 주드가 지켜보고 있다는 걸 알았기 때문이었다.

분장실에서 케네디는 천천히 옷을 갈아입었고, 무대의 마법은 사라졌다. 프랜츠가 로비에서 그녀를 기다리고 있을 것이다. 그는 목요일 밤이면 근무시간이 끝나고 이곳으로 왔다. 프랜츠는 그녀에게 오늘밤 잘했다고, 아주 훌륭하기까지 했다고 말해줄 것이다.

케네디에게서 달라진 점을 알아차리고, 무엇이 그렇게 만들었는지도 궁금해할 것이다. 그리고 거기 로비에서 주드와 리스도 기다리고 있을 것이다. 그녀가 예상치 못한 것은 그들 셋이 함께 기다리고 있다는 사실이었다. 프랜츠가 싱긋 웃으며 그녀를 손짓으로 불렀다.

"친구들이 올 거라는 말은 안 했잖아." 그가 말했다. "자, 다 같이 한잔하러 가자고."

"다들 이렇게 밖에 오래 붙잡아두고 싶지 않아." 케네디가 말했다.

"그건 말도 안 되지. 친구들이 여기까지 왔는데. 딱 한 잔만."

케네디는 8 Ball까지 멍하니 걸어간 것이 거의 기억나지 않았다. 그녀가 그 술집을 선택한 건 주드가 불편해할 장소라는 걸 알았기 때문이었다. 그리고 아니나다를까, 안으로 들어가자마자 주드는 스피커에서 빵빵 울려대는 펑크 음악에 압도당한 듯 어둑한 술집 안을 여기저기 흘끗거렸다. 그녀는 테이블 상판에 지워지지 않는 마커로 휘갈겨놓은 상스러운 욕설과 술집 안에 득시글한 바이커들을 물끄러미 보더니, 어디든 여기 말고 다른 곳이면 좋겠다는 표정을 지었다. 좋다, 그렇다면 아무도 여기 오래 있고 싶어하지 않을 것이다. 어리석게도 그녀가 예상하지 못한 것은 자신의 삶을 이루고 있는 두 부분이 붕괴하리라는 사실이었다. 케네디는 공연이 끝난 뒤 주드를 잠시 만날 생각이었고, 그때 주드가 보여주겠다던 것을 보면 된다고 생각했다. 주드와 프랜츠가 결국 이야기를 주고받게 되고 두 사람 다 그녀를 보러 왔다는 걸 알게 되는 일은 결코 상상하지 못했다. 프랜츠가 대학 시절에 케네디는 어땠는지 계속 묻는 걸 보면 주드가 학교 친구라고 말한 모양이었다.

"베이비." 케네디가 말했다. "이 친구들 좀 그만 괴롭혀. 그냥 술이나 마시자."

"괴롭히는 게 아니야." 프랜츠가 말했다. 그리고 주드를 돌아보았다. "내가 괴롭히는 건가요?"

주드는 웃었다. "아니에요, 괜찮아요. 이곳에 있으니 조금 위축돼서 그래요."

"우리는 대도시 사람이 아니거든요." 리스가 말했다. 그게 너무 소탈하고 매력적으로 보여서, 케네디는 토할 것 같았다.

"나도 아니에요." 프랜츠가 말했다. "나는 어렸을 때 여기로 왔어요. 도시는 여전히 내겐 뭔가 대단한 거예요. 그럼 두 분은 여기 온 지 얼마나 됐어요? 켄이 이곳을 구경시켜주고 싶어할 것 같은데……"

"술부터 마시자." 케네디가 말했다. "투어 계획을 세우기 전에."

프랜츠가 웃었다. "알아 모시겠습니다." 그가 칸막이 자리의 문을 밀고 나가면서 리스에게 고개를 까딱했다. "도와줄래요?"

두 남자는 카운터로 갔다. 이제 케네디와 주드는 아주 오랜 시간 만에 처음으로 둘만 있게 되었다. 케네디는 지금보다 더 술을 마시고 싶었던 적이 없었다.

"남자친구가 좋은 사람이네요." 주드가 말했다.

"저기. 그때 종파티에서 내가 한 말 미안해요." 케네디가 말했다. "당신과 리스에 대해 말한 거요. 내가 취했었어요. 진심이 아니었어요."

"그건 진심이었어요." 주드가 말했다. "그리고 당신은 취했었고요. 두 가지가 다 진실일 수 있죠."

"그래요, 그래서 여기 온 건가요? 나하고 한판 해보려고요? 나는 이 모든 게 지긋지긋해요."

"이 모든 게 뭔데요?"

"당신이 하려는 게 뭐든. 이 게임인지 뭔지 모를 것 말이에요."

주드는 그녀를 잠시 응시했고, 이어 핸드백을 집어들었다.

"당신을 다시 만날 거라는 예감이 들었어요." 주드가 말했다.

"대단하네요, 신통력이 있나봐요." 케네디는 남자들이 카운터에서 술을 주문하는 것을 보았고, 프랜츠에게 자신이 뭘 마시고 싶은지 말하지 않았다는 생각이 떠올랐다. 말하기도 전에 그녀가 원하는 것을 프랜츠가 안다는 것, 그건 사소한 친밀함이었지만 여전히 굉장한 일이었다.

"당신에게 그런 얘기를 하고 싶진 않았어요." 주드가 말했다. "쫑파티에서요. 당신이 알고 싶어할 거라는 생각도 하지 않았고요. 내가 그 말을 한 건 그때 화가 났었기 때문이에요. 당신이 내게 그런 말을 해서, 나도 당신 마음을 아프게 하고 싶었어요. 그건 옳은 행동이 아니었어요." 그리고 지갑에서 뭔가 하얀 것을 꺼냈다. "누군가의 마음을 아프게 하고 싶다는 이유로 진실을 말해서는 안 돼요. 그 사람이 알고 싶어할 때 말해야 해요. 그리고 지금 당신은 알고 싶어하는 것 같네요."

주드는 케네디에게 하얗고 네모난 종이를 건넸다. 사진이었다. 케네디는 보기도 전에 어머니의 사진이라는 걸 알았다.

"맙소사, 한참 걸렸네." 프랜츠가 술을 들고 칸막이 자리로 돌아오며 말했다. "어, 그게 뭐야?"

"아무것도 아니야." 케네디가 말했다. "비켜봐. 좀 비우고 와야겠어."

"아, 켄. 방금 앉았는데." 프랜츠는 궁얼거리면서도 비켜주었다. 그녀는 사진을 움켜쥐고 밖으로 빠져나왔다. 그리고 여자 화장실로 갔는데, 그저 더 밝은 조명이 필요했기 때문이었다. 주드가 아무의 사진이나 건넸을 수도 있다. 누가 알겠는가. 케네디는 화장실 거울 앞에 서서 잠시 그 사진을 배에 대고 있었다.

꼭 보지 않아도 괜찮았다. 그냥 찢어버릴 수도 있었다. 그날 밤이 지나고 나면 주드에게 다시 말을 걸 필요도 없다. 리스는 곧 수술을 받을 테고, 그러면 그들은 이 도시를 영원히 떠날 것이다. 굳이 알아야 할 필요가 없었다. 그렇게 하면 된다, 그렇지 않은가?

음, 다음에 일어난 일은 짐작이 갈 것이다. 그녀 역시 사진을 뒤집기도 전에 알았다. 기억은 그렇게 작동한다—전과 후를 동시에 보는 식으로. 그 순간에 케네디는 양방향을 다 볼 수 있었다. 어린 시절의 자신을 보았다—그녀가 다가가는 걸 결코 원하지 않는 어머니에게 가까이 가려고 기를 쓰고 떼를 쓰며 매달리는 자신을. 그녀는 어머니를 결코 제대로 알았던 적이 없었다. 그리고 그녀는 그 사진을 어머니에게 보여주는 자신을 보았다. 어머니가 평생 거짓말을 했음을 말해주는 그 증거를. 케네디가 사진을 뒤집었을 때 검은 원피스를 입은 쌍둥이 여자아이들이 보였고, 또 한 명의 여인이 아이들 사이에 서 있었다. 사진은 낡고 회색으로 바랬지만, 그래도 형광등 불빛 아래 똑같이 생긴 두 소녀 중 어느 쪽이 어머니인지 알아볼 수 있었다. 어머니는 할 수만 있다면 프레임 밖으로 뛰쳐나가고 싶어하는 것처럼 불편해 보였다.

어머니는 늘 사진 찍는 것을 싫어했다. 한자리에 못박히는 것을 싫어했다.

"좋은 친구들이던데." 프랜츠가 그날 밤 침대로 기어들며 말했다.

케네디는 집으로 돌아오는 지하철에서 거의 한마디도 할 수 없었다. 그녀는 술 한 잔을 마신 뒤 몸이 좋지 않다고, 오늘밤은 이만 정리하는 게 좋겠다고 모두에게 말했다. 그녀는 어렸을 때 부엌에서 과자를 슬쩍 가지고 나올 때처럼 화장실에서 허리 밴드 안에 사진을 밀어넣었다. 다만 역으로 걸어가는 내내, 셔츠 밑에서 초콜릿바가 녹아가는 느낌 대신, 몸을 찌르는 사진의 뾰족한 모서리를 느꼈다. 마음 한편에서는 주드가 이렇게 생각해주기를 바랐다. 그녀가 그 사진을 없애버렸을 거라고. 변기에 넣고 물을 내렸든 어떻게 했든. 작별인사를 할 때 주드는 실망한 눈치였다. 음, 좋아. 실망할 테면 하라지. 애초에 자기가 누구라고 생각하는 거지? 그녀의 삶을 두번째로 파괴한 사람 아닌가. 게다가 주드가 여전히 거짓말을 하는 건지 알 게 뭔가. 주드는 사진 속의 어느 쪽 소녀와도 닮지 않았고, 그 사이에 서 있는 여인과도 닮아 보이지 않았다. 여인은 두 아이의 어깨에 양손을 각각 하나씩 올리고 있었고, 피부는 쌍둥이보다 더 짙은 색이긴 해도 하얬다. 세 사람은 모두 같은 핏줄에 속한 것처럼, 한 세트 같았다. 하지만 주드는 아무에게도 속하지 않았다. 그렇다면 케네디는 어떤가? 케네디는 대체 누구에게 속하는가?

"우리는 친구가 아니야." 그녀가 말했다. "정말로는 아니야. 그러니까, 그냥 알고 지내던 사람들이야."

"아. 그래." 프랜츠는 어깨를 으쓱했고, 이어 몸을 굴려 케네디의 목에 키스했다. 그녀가 꿈틀거려 몸을 뺐다.

"뭐야, 하지 마." 그녀가 말했다.

"뭐가 문제야?"

"무슨 뜻이야? 내가 아까 말했잖아. 몸이 좋지 않다고."

"왜 이래, 그렇게 쏘아붙일 건 없잖아."

기분이 상한 그는 몸을 굴려 그녀에게서 떨어진 뒤 불을 껐다.

"그 사람들 네 친구가 아니라는 거 알고 있었어." 그가 말했다.

"뭐?"

"넌 흑인 친구가 없잖아." 그가 말했다. "넌 나 말고 흑인은 누구도 좋아하지 않고, 우리도 정말 친구는 아니잖아, 안 그래?"

아침에 케네디는 캐스터호텔로 다시 전화했지만, 아무도 받지 않았다.

그녀는 일하러 나가야 하는 시간까지 혼자 침대에 누워 빛바랜 사진을 살펴보았다. 수수한 검은 원피스를 입고 나란히 서 있는 쌍둥이. 그녀의 어머니와 그녀의 어머니가 아닌 여인과 그들 사이에 서 있는 할머니. 어머니는 가족이 하나도 없다고 했는데 거기엔 온 가족이 있었고, 어쨌거나 주드는 그 모든 것을 알고 있었다. 예전에 케네디가 열세 살이 되었을 때, 어머니가 생일 선물로 새 원피스를 사주겠다고 그녀를 쇼핑몰에 데려간 적이 있었다. 이제 막 어머니의 품을 벗어나기 시작한 시기라, 케네디는 어머니가 아니라 친구들과 함께 블루밍데일백화점에 가고 싶었다. 하지만 어머니는 쇼핑몰에서 케네디에게 거의 관심을 주지 않았다. 가게 한복판에서 걸음을 멈추고 검은 원피스의 레이스 달린 소매를 만지작거렸다.

"나는 쇼핑이 좋아." 어머니는 거의 혼잣말을 하듯 말했다. "나일 수도 있었을 다른 사람들을 입어보는 것 같거든."

점심시간에 케네디는 호텔방으로 다시 전화했다. 여전히 받지 않았다. 이번에는 프런트 데스크로 전화를 걸었다.

"여자분이 오늘 종일 병원에 있을 거라고 하셨어요." 데스크 직원이 말했다. "혹시 누가 전화할지 모른다고 하시면서요."

"어느 병원인가요?"

"죄송합니다, 미스, 그건 말씀하지 않으셨어요."

아무렴, 난생처음 뉴욕시티에 온 시골 여자에게 뭘 기대하겠는가? 주드는 맨해튼에만 몇 개의 병원이 있는지 당연히 생각해보지 않았을 것이다. 케네디는 짜증이 났지만 호텔에서 가장 가까운 병원을 찾으려고 전화번호부를 뒤졌다. 안내원은 환자의 이름은 알려줄 수 없다고 했고, 케네디는 전화를 끊으면서 어쨌거나 리스의 전체 이름을 알지도 못한다는 사실을 깨달았다. 그럼에도 그녀는 일을 일찍 끝낸 뒤 버스를 타고 병원에 갔다. 그리고 간호사실에 있는 작은 체구의 빨간 머리 여자에게 주드 윈스턴을 호출해달라고 부탁했다. 주머니 안에서는 전화번호부 페이지가 부스럭거렸고, 그녀는 도심을 벗어나야 그들을 찾을 수 있으려나 생각하며 오 분을 기다렸다. 그 순간 엘리베이터 문이 열렸다. 주드가 밖으로 나왔고, 처음에는 기진맥진한 듯 보였지만 케네디인 것을 알아보자 안심한 기색이었다.

"병원 이름을 안 남겼더군요." 케네디가 말했다. "당신을 찾느라 하루를 통째로 다 쓸 뻔했어요."

"그럴 일은 없었네요." 주드가 말했다.

"그래요, 뭐, 그럴 수도 있었다고요." 맙소사, 그들은 이미 자매처럼 티격태격하고 있었다. "여긴 큰 도시예요, 알겠지만."

주드는 잠시 가만히 있었다. "음," 그녀가 말했다. "지금 내가 정신이 하나도 없어서요."

정확히 어머니가 했을 법한 말이었다—죄의식을 자극해 항복을 받아내려는 교묘한 말.

"미안해요." 그녀가 말했다. "남자친구는 괜찮아요?"

주드가 입술을 씹었다. "모르겠어요." 그리고 말했다. "아직 수술중이에요. 병원에서 면회를 못하게 해요. 우리가 가족이나 뭐 그런 건 아니니까요."

케네디는 만약 바로 여기 이 병원 로비에서 자신에게 심장마비가 오면 주드가 가장 가까운 친척이겠다는 생각이 떠올랐다. 사촌. 그들은 사촌이었다. 하지만 주드가 간호사에게 그렇게 말하고 병실에 들어갈 권리를 주장한다면 누가 그 말을 믿겠는가?

"어처구니없네요." 케네디가 말했다. "여기서 그에겐 당신밖에 없잖아요."

"음." 주드가 어깨를 으쓱했다.

"그는 당신과 결혼해야 해요." 케네디가 말했다. "이제 끝을 봐야죠. 둘이 사귄 지 충분히 오래됐잖아요. 그렇게 하면 이런 지랄 같은 상황을 고민할 필요도 없고요."

주드는 잠시 그녀를 쳐다보았고, 케네디는 주드가 꺼지라고 말할 거라고 생각했다. 아마 그런 말을 들어도 마땅할 것이다. 하지만 주드는 눈알을 굴릴 뿐이었다.

"꼭 우리 엄마처럼 말하네요." 그녀가 말했다.

사진은 장례식장에서 찍은 거라고, 주드가 말했다. 카페테리아에서 두 여자는 긴 금속 테이블 앞에 마주보고 앉아 사진을 가운데 놓고 미지근한 커피를 마시고 있었다. 장례식, 케네디도 그럴 거라고 짐작은 했었지만—검은 원피스나 그런 것들을 보면—이제 그 사진을 다시 쳐다보았다. 쌍둥이 소녀. 똑같은 머리 리본과, 똑같은 스타킹. 그녀는 한쪽이 다른 쪽을 가만히 있게 하려고 옷자락을 잡고 있는 것을 처음으로 알아차렸다. 케네디는 사진을 만지면서 이건 진짜라고 스스로 상기했다. 어떻게든 자신을 그 자리에 붙들어놓으려면 그래야 했다.

"누가 죽었나요?" 그녀가 말했다.

"두 분의 아버지요. 죽임을 당했어요."

"누구한테요?"

주드가 어깨를 으쓱했다. "백인 남자들 패거리요."

케네디는 무엇이 더 충격적인지 알 수 없었다. 주드가 말한 그 사실인지, 아니면 그것을 아무렇지 않게 말하는 주드의 태도인지.

"네?" 그녀가 말했다. "왜요?"

"꼭 이유가 있어야 해요?"

"누군가가 죽임을 당할 때라면? 대체로 있죠."

"음, 없었어요. 그냥 그 일이 일어났대요. 바로 눈앞에서."

케네디는 소녀 시절의 어머니가 뭔가 아주 끔찍한 장면을 목격하는 것을 상상하려 했지만, 팔 년 전 어머니가 어두워진 현관 끝에서 야구방망이를 들고 있던 모습만 떠오를 뿐이었다. 그날 케네디는 파티가 끝난 뒤 약간 취한 상태로 슬그머니 집으로 들어왔다. 통금 시간을 어긴 것에 대해 어머니가 야단을 칠 거라고 생각했다. 하지만 그러는 대신 어머니는 현관 끝에 서서 한 손으로 입을 막고 있었다. 나무 바닥에 떨어진 야구방망이가 케네디의 맨발을 향해 굴러왔다.

"어머니는 자신의 아버지에 대해 한 번도 말한 적이 없어요." 케네디가 말했다.

"내 어머니도 그래요." 주드가 말했다.

테이블 끝에서 늙은 유대인 남자가 자신의 스웨터 소매에 대고 자꾸 기침을 했다. 주드는 그쪽을 흘끗 보며 사탕 포장지를 만지작거렸다.

"어떤 분이세요?" 케네디가 물었다. "당신 어머니요."

"고집이 세요." 주드가 말했다. "당신처럼."

"나는 고집이 세지 않아요."

"그럼 그렇다고 쳐요."

"음, 또 어때요? 고집이 세다, 그게 다는 아니겠죠."

"모르겠어요." 주드가 말했다. "식당에서 일하세요. 거기가 싫다고 하면서도 다른 곳엔 절대 가지 않아요. 마망을 결코 떠나지 않으실 거예요."

"당신은 할머니를 그렇게 부르나요?" 케네디는 여전히 우리라는 말이 나오지 않았다.

주드는 고개를 끄덕였다. "나는 마망 집에서 자랐어요." 그녀가 말했다. "이제 점점 늙어가고 계시죠. 잘 잊으시고. 아직 가끔 당신의 어머니에 대해 물어보세요."

스피커를 통해 병원 안내 방송이 지지직거리며 흘러나왔다. 케네디는 결코 다 마시지 않을 커피에 설탕 한 봉지를 또 뜯어 넣었다.

"나는 이 상황이 이상해요." 케네디가 말했다. "이 모든 게 얼마나 이상한지 당신은 모를 거예요."

"알아요." 주드가 말했다.

"아니, 몰라요. 누구도 알지 못할 거라고 생각해요."

"그래요, 몰라요." 주드는 일어서서 커피를 쓰레기통에 던져넣었다. 케네디는 주드가 자신을 여기 두고 가버릴지도 모른다는 생각에 갑자기 두려워져 허둥지둥 뒤를 쫓았다. 그녀가 주드를 밀어낸 셈이 되어 주드가 이제 더는 말해주지 않겠다고 하면 어쩌지? 조금 아는 것은 전혀 모르는 것보다 더 나빴다. 그래서 케네디는 주드를 따라 엘리베이터를 탔고, 말없이 오층으로 올라갔다. 그리고 대기실의 시들어가는 화분 옆자리에 주드와 나란히 앉았다.

"여기 있지 않아도 돼요." 주드가 말했다.

"알아요." 케네디가 말했다. 하지만 그녀는 계속 거기 있었다.

리스는 그날 저녁 퇴원했다. 주드가 그를 휠체어에 태워 병원 밖으로 나왔을 때, 케네디는 위를 올려다보고 하늘이 이미 감청색 옷을 입은 것에 깜짝 놀랐다. 몇 시간 동안 케네디는 대기실에서 주드 옆에 앉아 느긋이 잡지를 넘겨 보거나, 커피를 더 마시려고 카페테리아로 천천히 걸어가거나, 그냥 앉아서 그 사진을 응시했다. 그리고 극단에 전화해 아파서 공연에 갈 수 없다고 했다. 결국 독감에 걸렸다고 했다. 떠나야 하는 갖가지 이유에도 불구하고, 무뚝뚝한 간호사가 들어와 퇴원해도 좋다고 말할 때까지 조용한 병실에 가만히 앉아 있었다. 그녀는 집에 전화를 걸까 생각했다. 프랜츠는 늘 공연 시작 전에 그녀에게 전화를 걸었으니, 대역 배우가 케네디의 자리를 차지했을까봐 걱정하고 있을지도 몰랐다. 하지만 그녀는 택시를 부르고 주드가 리스를 태우는 것을 도왔다. 그는 아직 마취가 완전히 풀리지 않아 움직임이 둔했고, 호텔까지 택시를 타고 가는 내내 계속 주드의 어깨로 힘없이 고개를 떨구었다. 주드는 그의 허벅지를 꽉 잡았고, 케네디는 고개를 돌렸다. 누군가를 그렇게 공개적으로 필요로 할 수 있다는 게 상상이 되지 않았다.

케네디는 호텔 밖에서 작별인사를 할 수도 있었지만, 차에서 내렸다. 그녀와 주드 둘 다 말은 하지 않았다. 각자 리스의 허리를 한 팔로 감싸고 둘이 같이 그를 안으로 이동시켰다. 그는 보기보다 무거웠고, 엘리베이터에 도착했을 때쯤 케네디는 어깨가 욱신거렸다. 하지만 호텔방으로 들어가 침대 위에 그를 부드럽게 눕힐 때까지 그녀는 그 자세를 유지했다. 주드는 매트리스 모서리에 앉아 리스의 이마에 흘러내린 곱슬곱슬한 머리칼을 쓸어넘겼다.

"고마워요." 주드가 부드럽게 말했지만, 시선은 여전히 리스를 향하고 있었다. 목소리에서 느껴지는 부드러움은 오로지 그를 향한 것이었다.

"저기." 케네디가 말했다. 그녀는 떠날 때가 되었으나 방안에서 머뭇거렸다. 주드는 리스가 회복하는 동안 이 도시에 며칠 더 머무를 것이다. 케네디는 내일 잠깐 다시 호텔에 들를 수도 있을 것이다. 분명 주드는 온종일 그가 잠든 걸 지켜보며 초라한 방을 지킬 수는 없을 것이다. 어쩌면 주드와 케네디는 같이 나가 커피를 마시거나 점심을 먹을 수도 있을 것이다. 그녀가 이 도시를 구경시켜주면, 주드는 집으로 돌아갔을 때 뉴욕에서 그저 그런 뮤지컬을 봤다거나 병원 대기실에 앉아 있었다는 것 이상의 뭔가를 했다고 말할 수 있을 것이다. 주드는 그녀를 로비까지 데려다주었고, 케네디는 목에 천천히 스카프를 둘렀다.

"거긴 어떤 곳이에요?" 케네디가 말했다. "맬러드 말이에요."

그녀는 메이베리 같은 타운을 상상했다. 민속적이고 집처럼 편안하고, 여자들이 창턱에 파이를 올려놓고 식히는 곳. 너무 작은 타운이라 모두가 당신의 이름을 아는 곳. 다른 삶이었다면 여름 동안 그곳으로 놀러갔을지도 몰랐다. 할머니 집 앞에서 주드와 함께 놀았을 수도 있었다. 하지만 주드는 그냥 웃을 뿐이었다.

"끔찍해요." 그녀가 말했다. "거기선 피부색이 하얀 니그로만 좋아해요. 거기 가면 당신은 아주 자연스럽게 어울릴 수 있을 거예요."

주드가 너무 아무렇지 않게 말해서 케네디는 알아차리지 못하고 지나갈 뻔했다.

"나는 니그로가 아니에요." 케네디가 말했다.

주드가 다시 웃었는데, 이번에는 불편한 웃음이었다.

"음, 당신 어머니는 맞아요." 주드가 말했다.

"그래서요?"

"그러니까 당신도 그렇다고요."

"그 사실이 나를 바꿔놓진 못해요." 케네디가 말했다. "내 아버지는 백인이에요, 알겠지만. 그리고 당신이 나타나서 내가 누구라고 말할 권리는 없죠."

그건 인종 문제가 아니었다. 케네디는 누구든 그녀가 어떤 사람이라고 규정하는 것 자체가 싫었다. 그녀는 그런 면에서 어머니와 같았다. 흑인으로 태어났다고 해도 그녀는 더없이 만족했을 것이다. 하지만 그렇게 태어나지 않았고, 자신이 아니라고 하는 걸 주드는 무슨 권리로 그렇다고 하는가? 정말로 변한 건 아무것도 없었다. 어머니에 대해 한 가지 사실을 알게 됐지만, 전체의 삶에서 그 사실이 차지하는 비중은 얼마만큼일까? 한 가지 구체적인 사실이 제거되고 교체되었다. 벽돌 한 장을 뺀다고 해서 집이 소방서가 되지는 않는다. 케네디는 여전히 그녀 자신이었다. 변한 것은 없었다. 변한 건 아무것도 없었다.

그날 밤 프랜츠는 케네디에게 어디 갔었는지 물었다.

"병원에." 그녀가 말했고, 너무 지쳐서 거짓말도 나오지 않았다.

"병원? 무슨 일인데?"

"오, 난 괜찮아. 주드하고 같이 있었어. 리스가 수술을 받았거든."

"어떤 수술인데? 리스는 괜찮아?"

"나도 몰라." 그녀는 아예 물어보지 않았었다. "가슴에 뭔가 문제가 있나봐. 그래 보였어. 지금은 괜찮아. 아직 마취가 덜 깼어."

"나한테 전화해줬어야지. 안 자고 기다렸잖아."

그녀는 프랜츠를 떠날 것이다. 케네디는 늘 떠날 때가 왔다는 걸 알아채는 감이 좋았다. 그걸 직감이라 불러도 좋고, 불안이라 불러도 좋고, 뭐든 부르고 싶은 대로 불러도 좋다. 케네디는 환영받는 시기가 지났는데도 더 머무르는 유가 결코 아니었다. 로스앤젤레스를 떠날 때가 언제인지 알았고, 일 년 뒤에는 뉴욕을 떠날 때라는 걸 알게 될 것이다. 육 주 동안이건 육 년 동안이건 언제 남자가 필요한지도 알았다. 떠나는 것은 이러든 저러든 똑같았다. 떠나는 것은 간단했다. 머무는 것은 그녀가 결코 완전히 습득하지 못한 부분이었다. 그래서 그날 밤 침대에 누워 있는 프랜츠를 보면서, 그의 짙은 갈색 피부가 은색 시트를 배경으로 희미하게 반짝거리는 것을 보면서, 그의 곁에 머물 날이 그리 길지 않으리란 걸 알았다. 그럼에도 그녀는 그의 안경을 벗기고 그의 눈앞에 흐릿한 형체가 되어 침대 모서리에 앉아 있었다.

"그래도 나를 사랑할 거야?" 그녀가 말했다. "만약 내가 백인이 아니어도?"

"아니." 그가 케네디를 더 바짝 끌어당기며 말했다. "그러면 너는 네가 아닐 테니까."

프랜츠를 떠났을 때, 그녀는 누구에게도 자신이 어디로 가는지 밝히지 않고 일 년 동안 떠돌아다녔다. 뮤지컬은 끝났고 극장은 지겨워지기 시작했지만, 그래도 몇 년 더 그 주변을 얼쩡거렸다. 즉흥 코미디 극단에 가입하고, 실험극 오디션을 보았다. 연기는 그녀가 유일하게 언제 그만두게 될지 절대 알 수 없는 뭔가인 듯했다. 멀리 떠나기 전에 그녀는 어머니를 마지막으로 보러 갔다. 그들은 함께 뒷마당에 앉아 수영장 옆에서 샤르도네를 마셨다. 부자연스럽게 화창한 겨울날이었다. 케네디는 따뜻한 날씨에 놀랐고, 2월의 따뜻한 하루가 특별할 수 있다는 걸 알지 못하고 지나간 때가 있었다는 사실에 또한 놀랐다. 그녀는 눈을 감고 다리에 햇볕을 쬐었고, 탈탈거리는 라디에이터 옆에서 몸을 웅크리고 있을 불쌍한 프랜츠 생각은 하지도 않았다.

"아침에 이곳에 나와 있곤 했어." 어머니가 말했다. "네가 학교에 갔을 때. 나는 딱히 할일이 없었고, 그래도 어쨌거나 늘 여기 밖에 나와 물위에 떠서 생각에 잠기곤 했지."

아름다운 날이었다. 케네디는 나중에 그 순간을 이렇게 기억할 것이다. 그때 아무 말도 하지 않을 수도 있었다고, 거기 그 햇살 속에 영원히 누워 있을 수도 있었다고. 하지만 그녀는 어머니에게 사진을 건넸다.

"이건 뭐니?" 어머니가 사진을 보려고 고개를 기울이며 물었다.

"엄마의 아버지 장례식 때 찍은 사진요." 케네디가 말했다. "기억 안 나세요?"

어머니는 아무 말도 하지 않았고, 얼굴은 텅 비었다. 그리고 사진을 응시했다.

"이건 어디서 났니?" 어머니가 말했다.

"어디서 났을 것 같아요?" 케네디가 말했다. "그애가 나를 찾아냈어요. 나보다 엄마를 더 잘 알던데요!"

소리를 지를 생각은 아니었다. 그저 어머니가 뭔가 느끼기를 기대했다. 가족사진을 보여주면 어머니가 울기 시작할 거라고 기대했다. 눈물을 닦고 마침내 딸에게 자신의 삶에 대한 진실을 말해줄 거라고. 케네디에게는 그런 순간이 주어져야 마땅했다, 안 그런가? 솔직해지는 단 한 번의 순간. 하지만 어머니는 사진을 그녀에게 다시 밀었다.

"네가 왜 이러는지 모르겠다." 어머니가 말했다. "내게 무슨 말을 기대하는지 모르겠어……"

"엄마가 누군지 말씀해주시면 좋겠어요!"

"너는 내가 누군지 알잖니! 여기," 어머니는 사진을 손가락으로 찌르며 말했다. "이건 내가 아니야. 이걸 봐! 나하고 전혀 닮지 않았잖아."

케네디는 어머니가 어느 쪽 소녀를 가리키는지 알 수 없었다. 쌍둥이 자매인지, 어머니 자신인지.

주드는 사진 뒤쪽에 전화번호를 남겨놓았다. 케네디가 전화를 하지 않은 채 여러 해가 흘렀다.

하지만 케네디는 그 사진을 간직했다. 어디로 가든 가지고 다녔다. 이스탄불, 로마, 그리고 스웨덴인 두 명과 아파트를 같이 쓰며 석 달 동안 살았던 베를린에도. 어느 밤 그들이 해롱해롱 취했을 때 그녀는 그들에게 사진을 보여주었다. 금발의 남자들은 뭔지 모르겠다는 표정으로 그것을 돌려주었다. 그 사진은 그녀 말고는 누구에게도 의미가 없었고, 그것이 그 사진을 절대 없애버릴 수 없는 이유 중 하나였다. 그 사진은 케네디의 삶에서 유일하게 진짜인 부분이었다. 나머지 삶으로는 뭘 할 수 있는지 몰랐다. 그녀가 아는 모든 이야기는 허구였고, 그래서 새로운 허구를 만들기 시작했다. 그녀는 의사의 딸, 배우의 딸, 야구 선수의 딸이었다. 의과대학 휴학중이었다. 고향에 리스라는 이름의 남자친구가 있었다. 백인이었다가 흑인이었다가 국경을 넘을 때마다 새로운 사람이 되었다.

그녀는 늘 자신의 삶을 만들어냈다.

1990년대 초, 배우 일이 슬슬 들어오지 않다가 영원히 고갈되었다. 아직 스타성을 입증하지 못한 삼십대 금발 여자 배우를 쓰려고 하는 감독은 없었다. 그녀는 텔레비전 네트워크 방송 몇 개에서 언니 역할을 몇 번 했고, 교사 역할을 한두 번 했다. 그러고 나서는 에이전트가 아예 연락을 끊어버렸다. 그렇게 사라져버리기엔 자신이 너무 젊은 것 같았지만, 다시 생각해보면 그녀는 지금까지 있을 법하지 않은 행운의 연속을 타고 달려왔다. 실은 그녀의 삶 전체가 행운의 선물이었다—그녀에게는 하얗다는 특성이 주어졌다. 그리고 금발, 예쁜 얼굴, 멋진 몸매, 부유한 아버지가 주어졌다. 속도위반 딱지를 받았을 때 눈물로 모면했고, 추파를 던져 끝없이 두번째 기회를 따냈다. 살아오는 내내 자신이 받아 마땅하지 않은 풍족한 선물을 받은 것이다.

케네디는 이 년 동안 운동용 실내 자전거 강사를 했는데, 스튜디오에서는 손님을 끌기 위해 광고지에 채러티 해리스의 사진을 실었다. 하지만 매일같이 땀을 흘리려니 점점 지치고 다리가 자꾸 씰룩거리고 경련이 일어나서, 1996년에 마침내 학교로 돌아가기로 결심했다. 진짜 학교는 아니고 부동산 학교라고, 그녀는 웃으며 모두에게 그렇게 말했다. 그녀는 오랫동안 낮시간에 허접한 상품을 파는 텔레비전 광고에 나갔었다. 그러니 집이라고 못 팔겠는가? 수업 첫날에 그녀는 작은 책상에 어색하게 앉아, 강사가 줄별로 나눠주는 강의 자료를 물끄러미 바라보았다.

고객이 부동산 중개소에 대해 중요하게 생각하는 것

- 정직함
- 주택 시장 관련 지식
- 협상 기술

거의 다 배울 수 있겠다고, 케네디는 속으로 생각했다. 첫 항목만 빼고. 그녀는 평생 연기를 했고, 그건 그녀가 자신이 아는 가장 뛰어난 거짓말쟁이라는 뜻이었다. 음, 두번째로 뛰어난.

샌퍼낸도밸리 부동산 중개소에서 일하기 시작한 첫해에, 케네디는 집을 일곱 채 팔았다. 상사인 로버트는 그녀가 미다스의 손을 가졌다고 말했지만, 케네디는 속으로 그것을 채러티 해리스 효과라고 불렀다. 그녀는 사람들이 모호하게 기억하는 유의 얼굴을 갖고 있었고, 심지어 〈퍼시픽 코브〉를 한 번도 보지 않은 사람들도 그렇게 느꼈다. 모두 그녀를 안다고 생각했다. 그리고 물론 〈퍼시픽 코브〉의 팬들은 그 드라마가 오래전에 끝났음에도 그녀가 오픈하우스를 하면 늘 나타났다.

"나는 당신에게 일어난 일이 절대 옳다고 생각하지 않았어요." 한번은 어떤 여자가 타자나 모델하우스에서 그녀에게 그렇게 속삭였다. 케네디는 공손하게 미소 짓고, 현관 안쪽으로 그 여자를 안내했다. 그들이 바라는 게 그거라면, 그녀는 채러티가 될 수 있었다. 정말로 누구든 될 수 있었다.

매번 오픈 하우스를 하기 전에 그녀는 다시 무대에 올라 막이 오르기를 기다리는 기분이었다. 그녀는 장식품을 반듯하게 놓고, 액자에 담긴 상투적인 가족사진을 교체했다. 흑인 가족이 백인 가족이 되었고, 축구공 모양 빈백 의자는 농구공 빈백 의자가 되었으며, 코뉴코피아*는 캐비닛 안으로 들어가고 그 자리에 메노라**가 놓였다. 생각해보면 모델하우스는 세트장과 다르지 않았고, 오픈 하우스는 그녀가 연출하는 화려한 공연이었다. 매번 그녀는 문 뒤에 서서 고개 숙여 인사했고, 어머니가 관객석에 앉아 자신을 지켜보고 있으리란 걸 알면서 무대에 올랐던 첫 순간처럼 가슴이 두근거렸다. 이어 그녀는 채러티 해리스의 커다란 미소를 지으며 문을 열었다. 케네디는 자기 안으로, 사실상 아무도 살지 않는 이 텅 빈 집안으로 사라질 것이다. 그 공간이 낯선 사람들로 가득해지면 그녀는 언제나 적당한 표적을 찾아내, 그 커플을 부엌으로 안내하여 조명 기구와 싱크대 뒤쪽 면과 높은 천장을 가리켜 보이곤 했다.

"이곳에서 살아가는 당신의 삶을 상상해보세요." 그녀는 말했다. "당신이 어떤 사람이 될 수 있을지 상상해보세요."

---

* 과일과 꽃으로 가득 채운 뿔 모양의 장식품으로 풍요를 상징한다.

** 유대교 의식에 쓰이는 일곱 혹은 아홉 갈래로 나뉜 큰 촛대.

6부

장소들

1986

16

1981년에 맬러드는 더이상 존재하지 않는 곳이 되었다. 혹은 적어도 더는 맬러드라는 이름으로 불리지 않았다.

그 타운은 사실상 제대로 된 타운이었던 적이 한 번도 없었다. 주정부는 그곳을 마을로 생각했지만 미국 지질조사국은 그저 인구 밀집지역이라고만 언급했다. 그곳 주민들은 그들만의 경계를 만들었을지 몰라도 법적인 경계는 존재하지 않았다. 그래서 1980년 인구조사 이후 세인트랜드리 패리시가 타운 경계를 다시 설정했을 때, 맬러드 주민은 어느 아침 깨어나 자신들이 팰머토로 편입되었음을 알게 되었다. 1986년이 되자 맬러드는 그 지역의 모든 교통지도에서 지워졌다. 대부분의 사람들에게 지명의 변경은 큰 의미가 없었다. 맬러드는 늘 장소라기보다는 구상構想이었고, 구상은 지리학적 용어로는 재정의될 수 없는 것이었다. 하지만 달라진 지명 때문에 스텔라 빈스는 혼란을 경험했다. 그녀는 오펄루서스 기차역에 서서 십 분 동안 지도를 쳐다보다가, 마침내 검은 피부의 젊은 운반인을 손짓으로 불러 맬러드로 가는 가장 좋은 방법을 물었다. 그는 웃었다.

"오, 옛날 분인가 보네요." 그가 말했다. "거긴 더이상 그렇게 부르지 않아요."

스텔라는 얼굴을 붉혔다. "그럼 어떻게 부르나요?"

"오, 많아요, 많아. 르보, 포트바리. 원래는 팰머토라고 불러야 하지만 지금도 맬러드라고 부르는 사람들이 종종 있어요. 사람들은 그런 고집이 있잖아요."

"그렇군요." 그녀가 말했다. "한동안 와보지 못했어요."

그가 스텔라에게 미소를 지었고, 그녀는 시선을 피했다. 그녀는 혹시라도 사람들의 관심을 끌까봐 최대한 간소한 차림으로 왔다. 단출한 가방 하나, 결혼반지는 그 안에 넣어두었다. 가장 싼 바지를 입었고, 예전에 하던 대로 머리칼을 뒤로 모아 핀을 꽂았지만, 이제 회색 머리칼이 나기 시작했다. 그래서 출발하기 전에 염색약을 살짝 발랐는데, 자신의 허영이 당혹스러웠다. 그래도 데지레가 머리에 염색을 했으면 어쩌는가? 쌍둥이 중 더 나이들어 보이는 쪽이 되고 싶지는 않았다. 데지레의 얼굴을 봤을 때 그녀 자신의 얼굴이 보이지 않을 수 있다는 생각에 그녀는 두려워졌다.

떠나는 것과 마찬가지로, 돌아가는 것의 가장 어려운 부분은 결심이었다. 몇 달 동안 다른 방법이 없을까 고민했지만, 그녀는 절박했다. 뉴욕에서 사진 한 장을 들고 왔던 딸은 떠난 뒤로 소식이 없었고, 스텔라는 어느 순간 과거를 똑바로 보고 있는 자신을 발견했다. 그녀는 아버지의 장례식 날 사진을 찍은 게 기억나지 않았지만, 다시 생각해보면 그날 일의 많은 부분이 기억나지 않았다. 까슬한 검은색 레이스가 다리에 스치던 것. 폭신하고 달콤한 파운드케이크를 조금 떼어 먹은 것. 닫혀 있던 관. 그녀의 옆구리에 바짝 붙어 있던 데지레. 쌍둥이 언니는 스텔라가 하지 못한 말이 무엇인지 다 아는 것 같았다.

뒷마당에서 스텔라는 사진을 보면서 침묵에 빠졌다. 입을 열기 전에도 자신이 늘 해오던 대로 거짓말을 하리란 걸 알았다. 하지만 이번에 딸은 그녀를 믿지 않을 것이다.

"엄마는 진실을 말할 능력 같은 건 없는 것 같아요." 케네디가 말했다. "거짓말 말고는 할 줄 아는 게 없는 사람 같다고요."

몇 달 동안 딸은 스텔라의 전화를 받지 않았다. 스텔라는 자동응답기에 메시지를 남겼고, 잘난 척하는 프랜츠가 자신이 애원하는 걸 들을 거란 생각에 창피했다. 심지어 프랜츠와 한두 번 통화도 했다. 그는 늘 메시지를 전달하겠다고 약속했지만, 그저 통화에서 놓여나기 위해 그런 말로 좋게 넘어가려는 건 아닌지 알 수 없었다. 그리고 여섯 달 전에 프랜츠는 스텔라에게 딸이 짐을 꾸려서 나갔다고 말했다. "사라졌어요." 그가 말했다. "어디 갔는지 몰라요. 어느 날 아침에 그냥 떠나버렸어요. 우편물을 보내줄 주소도 남기지 않고요. 그녀의 물건을 싼 상자가 아직 여기 있는데, 어디로 보내면 되는지도 말하지 않았어요." 프랜츠는 케네디가 그를 버렸다는 사실보다 케네디의 물건을 자기가 보관하고 있다는 사실이 더 불편한 듯했다. 스텔라는 당연히 겁을 먹었지만, 몇 주가 지난 뒤 블레이크는 딸이 로마에서 보낸 엽서를 받았다. 급하게 휘갈겨 쓴 딸의 글씨체였다.

저 자신을 찾기 위해 떠났어요, 케네디는 그렇게 썼다. 저는 무사해요. 제 걱정은 하지 마세요.

스텔라는 무엇보다 그 표현이 마음에 걸렸다. 자기 자신이란 어디 바깥에서 기다리고 있는 게 아니었다—스스로 만들어야 하는 것이었다. 원하는 모습으로 창조해야 하는 것이었다. 그리고 딸은 이미 그렇게 하고 있지 않았나? 스텔라는 검은 피부의 그 여자애를 탓했다. 로스앤젤레스에서 딸의 뒤를 밟고, 어찌어찌 딸의 행로를 추적해 나라 반대편까지 갔던 여자. 케네디에게 진실을 증명하기로 결심했으니 그애는 결코 포기하지 않을 것이다. 스텔라가 나서지 않는다면. 그녀는 연구실에서 서성거리던 걸음을 멈추고 문에 털썩 몸을 기댔다.

그녀는 자신이 뭘 해야 하는지 알았다. 데지레에게 네 딸을 막아달라고 말해야 했다. 맬러드로 돌아가야 했다.

그래서 블레이크가 보스턴으로 출장을 갔을 때, 그녀는 뉴올리언스로 가는 항공편을 예약했다. 비행기가 하강할 때 그녀는 두 손을 비비며 창으로 갈색 평지를 내다보았다. 언제라도 집으로 돌아갈 수 있었다. 돌아서서, 로스앤젤레스행 비행기표를 사고, 이 모든 바보 같은 계획을 잊어버리면 되는 것이다. 하지만 그 검은 여자가 머릿속에 계속해서 나타났고, 비행기가 달달거리며 부드럽게 활주로를 달릴 때 그녀는 팔걸이를 단단히 움켜잡았다. 지금, 기차역에서, 호리호리한 운반인이 웃는 얼굴로 그녀를 보았고, 스텔라는 자신이 떠날 수 있으리라 결코 상상하지 않았던 장소를 떠나 여기로 돌아왔다는 사실을 이 남자가 어떻게든 알아본 거라고 확신했다. 그는 버스 정류장을 가리켰다.

"맬러드 바로 밖에서 설 겁니다." 그가 말했다. "거기서부터는 어쩔 수 없이 걸어가셔야 해요."

그녀는 오랫동안 버스를 탄 적이 없었다. 그가 공중전화를 향해 고개를 까딱했다.

"가족에게 전화를 걸어보세요." 그가 말했다. "데리러 와달라고 하세요."

하지만 그녀는 자신에게 가족이 있는지 더이상 확신할 수 없었다. 그래서 이렇게 말했다. "걸으면서 다리를 좀 푸는 것도 괜찮겠네요."

맬러드가 더이상 맬러드가 아니게 되자, 어떤 사람들은 식당도 사람들이 오랫동안 불러오던 이름으로 바꿔야 한다고 농담했다. 데지레 식당으로. 1980년대에는 "너네 데지레 식당에 갈 거지"가 흔한 후렴구처럼 되어버려서 식당이 다른 이름으로 불리던 때가 있었음을 기억하지 못하는 아이들도 생겨났다. 타운 사람들은 지붕 위를 장식한, 여전히 루의 이름이 쓰여 있는 빛바랜 커피잔을 무시했고, 루는 그 사실을 좋아하지 않았지만, 이제는 그도 늙었다. 루는 데지레에게 모든 것을 맡겼다. 그녀가 수석 종업원이자 관리자였다. 그녀는 요리사를 고용하거나 해고했고, 마음대로 메뉴를 바꾸었다. 오랜 세월 동안 그녀는 액자 같은 검은색과 흰색의 창틀 안에 들어 있는 간판 얼굴이었다. 루는 늘 자기가 죽으면 식당을 데지레에게 물려줄 거라고 말했지만, 데지레는 원하지 않는다고 했다.

"내 삶은 루의 식당 바깥에도 있어요." 그녀가 말했다. "평생 이곳에 붙잡혀 살고 싶진 않아요."

하지만 그 삶이란 게 정확히 무엇인가? 이따금 그녀 자신도 알지 못했다. 얼리는 여전히 이곳을 오갔다. 어머니의 기억은 흐트러져갔다. 딸은 나라 반대쪽에 살고 있었다. 데지레는 1985년 겨울에 미니애폴리스로 딸을 보러 갔다. 두 사람은 서로 팔짱을 끼고 질펀거리는 보도를 걸었고, 예상치 못한 빙판이 나오면 잔뜩 긴장했다. 데지레는 거의 삼십 년 동안 이런 진짜 눈을 본 적이 없었다. 어느 모퉁이에서 그녀는 눈을 감았고, 굵은 눈송이가 속눈썹 위로 떨어졌다. 그녀는 워싱턴 D.C.에서 보낸 첫겨울을 생각하고 있었다. 샘이 그녀를 시내 아이스스케이트장에 데려갔고, 그녀가 기우뚱거리자 웃었다. 링크장 전체가 그들처럼 서로 손을 잡은 젊은 유색인들과 빙글빙글 돌며 빙판을 가르고 화려한 기술을 뽐내는 사람들로 가득했다. 심지어 연석에서 종을 흔드는 산타클로스마저 유색인이었다. 전에는 니그로 산타를 본 적이 없어서, 너무 열심히 쳐다보다 하마터면 균형을 잃을 뻔했다.

"한 주 내내 눈이 내릴 거래요." 딸이 말했다. "미안해요, 엄마."

"뭐가 미안해? 네가 날씨를 통제할 순 없잖아."

"알아요. 하지만…… 엄마가 오시니까 날씨가 좋았으면 했거든요."

그녀는 주드의 머리칼에서 얼음을 털어주었다. "난 좋아." 그녀가 말했다. "자, 이제 가자."

식료품점 안으로 들어가자 불빛이 밝았고, 딸은 천천히 카트를 밀면서 그녀를 뒤쫓았다. 데지레는 셀러리를 한 묶음 집었다. 그녀가 요리를 하겠다고 제안했다—사실은 딸의 궁상맞은 찬장 상태를 보고 나서 고집을 피운 것이었다. 있는 거라곤 시리얼과 캔에 든 음식뿐이었다.

"너한테 요리를 가르쳤어야 했는데." 데지레가 말했다.

"저도 요리는 해요."

"요즘은 집안일을 못하는 똑똑한 여자애들이 너무 많아."

"음, 저도 할 줄 알아요, 리스도 요리하고요."

"오, 그렇겠지. 너네는…… 그걸 뭐라고 하지?"

"현대적."

"현대적." 데지레가 반복했다. "그애는 착하더구나."

"하지만?"

"하지만은 없어. 좋은 애 같아. 그냥 걔가 왜 너하고 결혼하지 않는지 모르겠어. 뭘 기다리고 있다니, 죽음의 신이라도 기다린다니?"

"그럼, 엄마는요?" 주드가 말했다.

"내가 뭐?"

"얼리 아저씨하고 말이에요."

데지레는 피망을 집다가 그냥 그의 이름을 들은 것뿐인데 갑작스레 애틋한 감정이 솟구쳐 깜짝 놀랐다. 그가 그리웠다. 이렇게 나이가 들어서도 여전히 그가 그립다니. 데지레는 미네소타에 도착한 뒤 얼리에게 전화를 걸었다. 한 번도 비행기를 타본 적이 없어서, 달의 표면을 가로질러 폴짝 걸음을 내디딘 것처럼 용감해진 기분이었다. 그녀는 얼리가 함께 오기를 바랐지만, 그는 집에서 그녀의 어머니 곁을 지키겠다고 말했다. 데지레는 어머니를 혼자 두는 게 위험할 수 있다는 사실을 점점 깨닫고 있었다.

"오, 그건 달라." 데지레가 말했다.

"어떻게요?"

"너희는 젊잖아. 함께하는 삶을 시작하고 싶지 않니? 그 양파 좀 건네줘."

"우리는 함께하는 삶을 살고 있어요." 주드가 말했다. "그 때문이라면 결혼하지 않아도 돼요."

"알아. 난 그저……" 데지레는 잠시 말을 멈추었다. "너희가 겁을 먹진 않았으면 해. 내가 겪은 일 때문에."

데지레는 딸을 보지 않으려고 멍든 토마토를 유심히 보았다. 딸이 보았을지 모르는 싸움의 순간들을 떠올리고 싶지 않았다. 사랑의 그 잔인한 가르침을. 주드는 두 팔로 어머니를 감싸안았다.

"그런 거 아니에요." 그녀가 말했다. "약속해요."

데지레는 작은 부엌에서 식사로 새우 크리올과 쌀밥을 준비했다. 그녀는 아파트 안을 둘러보며 소스팬에 담긴 내용물을 저었다. 짝이 맞지 않는 식탁 의자, 오렌지색 2인용 소파, 액자에 넣어 벽에 걸어놓은 리스의 사진들이 보였다. 그는 프리랜서로 〈미네소타 데일리 스타〉에 사진을 팔기 시작했다. 대체로 리틀리그 경기나 개업식 같은 작은 일을 맡았다. 일이 많지 않은 날에는 바르미츠바*나 결혼식, 졸업 기념 댄스파티에 가서 사진을 찍었다. 이따금 그는

---

* 유대교에서 남자아이가 십삼 세가 되면 치르는 성인식.

손끝이 빨개질 때까지 몇 시간이고 돌아다니면서, 호수에서 촉수 모양으로 자라는 얼음이나 문간에 쭈그리고 앉은 노숙자, 질퍽한 둑에 처박힌 낡은 빨간색 손모아장갑을 찍었다. 그는 추위가 싫다고 말했지만 지금껏 그렇게 생산적으로 움직인 적은 없었다. 사진 한 장을 이백 달러에 팔았다. 그는 돈을 모아 집을 사고 싶어했다.

"제가 따님에 대해 진지한 마음이라는 걸 알아주셨으면 합니다." 리스는 데지레에게 말했다.

카우치 모서리에 앉아 두 손을 비비고 있는 그는 정말로 진지해 보였다. 너무 진지해서 데지레는 그의 진심어린 모습에 웃음을 터뜨릴 뻔했다. 하지만 그러지 않고 리스의 팔을 꽉 잡아주었다.

"알아, 베이비." 데지레가 말했다.

맬러드로 처음 돌아간 그때는 자신이 여기 미네소타에서 낡은 카우치에 앉아, 딸을 사랑하는 남자와 마주하게 될 거라고는 결코 상상하지 못했다. 그 주 내내 그녀는 주드와 함께 캠퍼스로 가서 눈 아래까지 옷을 껴입고 지나가는 학생들을 쳐다보았고, 딸이 그들 중 하나라는 것이 여전히 믿기지 않았다. 그녀의 딸은 세상 속으로 나아간 것이다. 데지레가 어렸을 때 그랬던 것처럼. 그녀의 일부는 여전히 자신에게 다시 그럴 수 있는 시간이 남았기를 바랐다.

"바보 같지." 얼리에게 전화했을 때 그녀는 그렇게 말했다. "새로 시작한다는 건 내게 가당치도 않은 일인데. 하지만 모르겠어. 가끔 궁금해. 이 세상에 또 뭐가 있는지."

"전혀 바보 같지 않아." 그가 말했다. "뭘 하고 싶어?"

그게 뭔지는 몰랐지만, 다시 맬러드를 떠나는 상상을 하면 얼리와 둘이서만 그의 차에 타고 어딘지 모를 곳으로 먼길을 달리는 장면이 떠오른다는 걸 인정하기는 부끄러웠다. 그저 공상이었다, 당연히. 그녀는 루의 식당을 결코 떠나지 않을 것이다. 지금은 아니다. 어머니가 여전히 그녀를 필요로 하는 동안에는 아니다.

미니애폴리스에서의 마지막 밤에, 눈이 천둥소리를 내며 지붕 위로 떨어지자 데지레는 블라인드 틈을 벌리고 바깥을 내다보았다. 주드가 접시를 치우는 동안 데지레는 리스가 커피에 위스키를 조금 부어준 머그잔을 들고 있었다. 리스가 찍은 사진들이 테이블 위에 펼쳐져 있었다. 로스앤젤레스에서 그들의 삶을 찍은 스냅사진이었다. 주드가 리스의 목덜미에 손을 올렸고, 그는 몸을 숙인 채 자신이 찍은 도시의 여러 풍경을 가리켰다. 맨해튼비치의 방파제, 레코드판을 꽂는 축처럼 생긴 캐피톨 레코드 빌딩, 샌타바버라에서 본 혹등고래. 그들이 알고 지내던 사람들, 두고 온 친구들, 북적거리는 파티 장면을 찍은 사진들. 텔레비전에서 보기만 했던 도시를 딸의 눈을 통해 보는 것은 신기했다.

"저 사람은 누구니?" 그녀가 물었다.

데지레는 특정한 사진을 가리키고 있었다. 북적거리는 술집에서 찍은 사진이었다. 배경에 있는 금발의 여자가 방금 농담을 들은 듯 돌아보며 웃고 있는 모습이 보이지 않았다면 그 사진은 눈에 띄지 않았을 것이다. 딸은 그 사진을 다른 사진들 속에 아무렇게나 다시 집어넣었다.

"아무도 아니에요." 딸이 말했다. "그냥 우리가 알고 지내던 여자예요."

그날 밤 나중에, 딸의 남자친구가 울퉁불퉁한 카우치에서 자겠다고 호기롭게 자청한 뒤 약간 부끄러워하며—데지레가 이 지붕 아래 없을 때 두 사람 사이에 어떤 일이 일어나는지, 그녀가 떠나는 순간 젊고 사랑에 빠진, 언제 결혼할 거냐고 자꾸 묻는 늙은 여자에게서 놓여난 것에 안도하는 두 사람 사이에 어떤 일이 일어날지 데지레가 모른다는 듯이—자신이 쓰던 베개와 이불을 챙겨 나갔을 때, 데지레는 침대 위 딸의 옆에서 잠을 청하며 사진 속 금발 여자를 자꾸 떠올렸다. 그 여자가 왜 그렇게 강렬한 인상을 주었는지 알 수 없었다. 그 여자는 딱 캘리포니아처럼, 혹은 그녀가 상상한 캘리포니아처럼 보였다. 날씬하고 가무잡잡하고 금발이고 행복해 보였다. 너무 늦은 시간만 아니었다면, 하루 뒤에 얼리를 만나는 게 아니었다면, 그 모든 것에도 불구하고 여전히 그에게 전화하고 싶다는 사실이 몹시 당혹스럽지 않았다면, 그녀는 얼리에게 전화하려고 했을 것이다. 그리고 주드에게 그런 면도 있다는 걸, 백인 여자를 친구로 사귀기도 한다는 걸 알았는지 물었을 것이다. 신세계 같아, 안 그래? 세상이 이렇게나 새로워졌다는 거 당신 알았어?

1986년에 빅 실이 죽었다. 얼리 존스가 닥터 브레너의 병원에서 신문을 읽으면서 알게 된 사실이었다. 장모 혹은 이제 막 그가 그렇게 생각하기 시작한 여인과 대기실에서 기다리다가 그 남자의 사진을 보게 된 것이었다. 〈타임스 피커윤〉의 페이지를 한참 넘겨서 보는데 고리대금업자 숨진 채 발견이라는 제목 아래 그 사진이 실려 있었다. 카드 게임을 하던 중에 불화가 일어나 칼에 찔렸다고 되어 있었다. 빌려주고 돌려받는 일로 인생을 쌓아올린 남자, 어떻게 보면 실은 자신에게 어울리는 결말을 맞은 것 같았다. 하지만 한편으로는 그처럼 적은 액수 때문에 죽은 것은 명예롭지 않은 듯했다. 사십 달러, 신문에는 그렇게 되어 있었다. 사십 달러, 젠장. 물론 얼리는 남자들이 얼마나 작은 일로 죽고 죽이는지 그때쯤엔 이미 충분히 알고 있었다. 그는 더 사소한 이유로 더 나쁘고 더 위험한 일에 휘말리는 것도 보았다. 그럼에도 실의 죽음을 그런 무감정한 검은 활자로 알게 되었다는 사실에 그는 놀랐고, 실의 실명이 클리프턴 루이스라는 사실 또한 그만큼 놀라웠다.

오, 그는 깨달았다. C. L.* 닥터 브레너가 아델의 이름을 부르는 소리를 듣고 신문을 덮으면서, 어떤 면에서는 실이 그의 가장 오랜 친구였다는 사실이 머릿속에서 서서히 선명해졌다.

그때쯤 그는 석 달 동안 실의 일을 맡지 않고 있었다. "벌써 은퇴 파티를 열어줘야겠는걸." 마지막으로 통화할 때 실은 그렇게 말했다. "자넨 더이상 내가 처음 만난 그 꼬맹이가 아니야. 킬러 본능을 잃었어." 얼리는 전화를 끊으면서 실이 그를 다시 자극하려고 한다는 것을, 여전히 자신을 필요로 한다는 것을 알았다. 그 늙은이가 자신이 일을 맡기는 사람들 중 얼리가 최고의 헌터라는 말을 몇 번은 했기 때문이었다. 예전에는 그런 모욕이 효과가 있었을 것이다. 하지만 지금은 삶이 달라졌다. 얼리는 더이상 꼬맹이가 아니었다. 책임져야 할 것들이 있었다. 사랑하는 여자가 있었다. 그는 그녀의 어머니도 사랑했다. 커피 물을 끓인다고 레인지를 켜놓은 뒤 깜빡 잊고 다시 잠든 바람에 집을 홀랑 태울 뻔한 그 여인을.

---

* '실(Ceel)'이라는 이름은 '클리프턴 루이스(Clifton Lewis)'의 머리글자를 이용해 만든 것이다.

그날 그는 폰테노 가게에 가서 부엌에 둘 미스터 커피 기계를 사와 아델에게 사용법을 가르쳤다. 하지만 그날 아침 이후 아델은 절대 커피를 내리지 않았다. 데지레가 루스 에그하우스의 문을 열려고 집을 나서면, 얼리가 일어나 아델을 위해 커피를 내렸다. 그러니 그가 실이 주는 일을 하려고 집을 비우면 누가 그 일을 하겠는가?

그는 살면서 처음으로 직장을 구했다. 정유공장에서 일하는 진짜 직장이었다. 이제 그는 가슴에 자기 이름이 수놓인 회색 작업복을 입고 매일 출근했다—제대로 된 남자 같다고, 아델은 그렇게 말했을 것이다. 늦깎이 신참 얼리, 그가 채굴 노동자들 중에서 가장 나이가 많았기 때문에 현장 감독은 얼리를 그렇게 불렀다. 그는 일하는 시간을 데지레가 가게문을 열지 않는 아침과 일찍 들어오는 저녁으로 조정해 아델이 절대 혼자 있지 않게 했다.

어느 아침 그는 아델을 데리고 강 낚시를 하러 갔다. 제비가 머리 위에서 활강하면서 소나무 사이를 바스락거리며 통과했다. 아델은 그쪽을 흘끗 보고 스웨터로 몸을 더 단단히 감쌌다. 그녀는 이제 머리칼을 길게 두 가닥으로 땋았다. 아침마다 데지레가 어머니의 머리를 빗겨주었고, 루의 가게에 가는 날에는 얼리가 했다. 데지레가 어느 오후에 털실로 시범을 보이며 그에게 머리 땋는 법을 가르쳐주었다. 그는 연습하고 또 연습하면서, 자신의 손가락이 그렇게 섬세한 일을 할 수 있다는 사실에 놀랐다. 얼리는 아델의 머리를 땋아주는 아침을 좋아했다. 아델이 그러도록 놔둔 이유는 오로지 자신이 그의 어머니가 아니라는 사실을 자꾸 잊고, 그 역시 그 사실을 잊을 수 있었기 때문이다.

"춥지 않으세요, 미스 아델?" 그가 물었다.

아델은 스웨터를 단단히 여미며 고개를 끄덕였다.

"데지레가 그러는데, 낚시하러 가는 걸 좋아하신다고요." 그가 말했다. "정말 그러신가요?"

"데지레가 그렇게 말했어?"

"네. 제가 데지레에게 우리가 오늘밤 튀겨 먹을 물고기를 잡아올 거라고 말했어요. 정말 좋겠죠, 안 그런가요?"

그녀는 손을 비비면서 나무를 올려다보았다.

"이제 나도 일하러 가야겠어." 아델이 말했다.

"아니에요, 아주머니. 오늘 쉬는 날이에요."

"하루를 통째로?"

아델이 그 생각에 깜짝 놀라며 기뻐해서, 얼리는 그녀가 지난 아홉 달 동안 일하러 가지 않았다는 사실을 차마 말할 수 없었다. 그녀가 일하는 집의 백인 가족이 아델의 기억이 오락가락하는 것을 가장 먼저 알아차렸다. 접시가 엉뚱한 서랍에 들어가 있다거나, 마르기도 전에 빨래를 갠다거나, 콩 캔은 냉장고에 들어가 있고 팬트리 선반에서는 닭고기가 썩어가는 식이었다.

"오, 나이를 먹어서 그래요." 아델은 말했었다. "그게 어떤 건지 알잖아요. 자꾸 깜박깜박 잊는 거."

하지만 닥터 브레너는 알츠하이머 때문이라고, 증세는 계속 악화될 거라고 말했다. 데지레는 전화로 얼리에게 그 이야기를 하면서 울었다. 그는 그녀 옆에 있어주려고 로렌스에서 하던 일을 짧게 끝내고 돌아왔다. 괜찮을 거야, 얼리는 그녀를 부드럽게 흔들어주며 말했지만, 그 역시 어느 날 데지레의 얼굴에서 낯선 사람을 보게 되는 순간보다 더 무서운 것은 없다고 생각했다.

"당신 내 아들인가?" 아델이 물었다.

얼리는 싱긋 웃으며 낚싯대를 잡았다.

"아니요, 아주머니." 그가 말했다.

"아니지." 아델이 그의 말을 반복했다. "내겐 아들이 없거든."

그녀는 자신을 괴롭히던 수수께끼를 푸는 걸 그가 도와줬다는 듯, 만족한 얼굴로 다시 나무를 보았다. 그리고 다시 얼리를 흘끗 보았다. 거의 수줍게.

"당신 내 남편은 아니지?"

"아니에요, 아주머니."

"나는 남편 같은 것도 없지."

"저는 그저 아주머니의 얼리예요." 그가 말했다. "그저 그뿐이에요."

"얼리?" 그녀가 느닷없이 웃음을 터뜨렸다. "무슨 이름이 그렇게 바보 같아?"

"제겐 그 바보 같은 이름밖에 없어요."

"나는 당신이 누군지 알아." 아델이 말했다. "맨날 데지레를 쫓아다니던 그 농장 일꾼이지."

얼리가 그녀의 땋은 회색 머리칼의 끝을 만졌다.

"맞아요." 그가 말했다. "정확히 맞아요."

그들이 집으로 돌아왔을 때 포치에 백인 여자 한 명이 앉아 있었다.

얼리는 작은 얼룩무늬 송어 두 마리를 잡았고, 아델은 송어가 낚싯대에서 버둥거리는 것을 지켜보며 즐거워했다. 집으로 돌아오면서 아델은 그의 팔에 팔짱을 낀 채 노래를 흥얼거렸다. 그러다 어느 순간 공터 저만치 백인 여자가 있는 것을 본 얼리는 아델의 팔을 더 단단히 잡았다. 한번은 아델의 상태를 확인하려고 카운티에서 사람을 보낸 적이 있었다. 데지레는 낯선 백인 여자가 거실 환경이 적합한지 확인하려고 자신의 집안을 돌아다니는 걸 수치스러워했다.

"적합하지 않을 리 없잖아." 데지레는 얼리에게 말했다. "여기서 육십 년을 사셨는데!"

얼리는 자신들에게 기억력을 상실해가는 여인 하나를 돌볼 능력이 없다는 듯, 공무원들이 여기저기 헤집고 다닌다는 발상 자체가 싫었지만, 그들의 방문은 보조금을 의미했다. 약을 사고 병원에 가고 청구서 요금을 내려면 돈이 필요했다. 하지만 그는 여전히 카운티 공무원을 만난다는 게 그리 달갑지 않았다. 그녀가 그를 어떻게 생각하더라도 놀랍지 않았다.

그는 아델의 손을 가볍게 두드렸다.

"저 여자가 물어보면, 제가 사위라고 하는 거예요." 그가 말했다.

"무슨 소리야?"

"포치에 앉아 있는 저 백인 여자요." 그가 말했다. "카운티에서 나왔어요. 여기 상황이 별 탈 없이 흘러가는지 보려고요."

아델이 손을 뺐다.

"웃기는 소리 작작 해." 그녀가 말했다. "저 여자는 백인이 아니야. 저앤 스텔라야."

얼리가 스텔라를 찾아 헤매고 상상하고 꿈꾼 그 모든 시간 동안,

그녀는 그의 머릿속에서 더 커다란 존재가 되어 있었다. 스텔라는 그보다 더 똑똑했다. 영리하게도, 그가 가까워질 때마다 쏙쏙 빠져나갔다. 하지만 '백인이 아닌' 이 여인, 이 스텔라 빈스라는 여자는 아주 평범해 보여서, 얼리는 잠시 숨이 멎었다. 데지레 같진 않았다—더 가까이 가서 봤다고 해도 그 둘이 헷갈리지는 않았을 것이다. 스텔라가 일어섰다. 그녀는 감청색 바지에 가죽 부츠를 신었고, 머리는 핀을 꽂아 하나로 묶었다. 관자놀이께 머리칼이 세기 시작한 데지레와 달리, 나이를 전혀 먹지 않은 것처럼 머리색이 까맸다. 옷차림뿐 아니라, 몸을 가누는 자세도 달랐다. 감긴 기타줄처럼 팽팽했다. 표정은 겁을 먹은 것 같았는데, 뭐가 겁나는 거지? 그가? 뭐, 어쩌면 그래야 할지도 몰랐다. 데지레가 그가 아니라 스텔라를 생각하며 잠드는 밤마다 얼리는 스텔라에게 화를 내고 싶었다.

하지만 스텔라는 그를 보고 있지 않았다. 자신의 어머니를 보고 있었고, 숨을 쉬려고 입을 벌린 송어처럼 입이 벌어져 있었다. 아델은 그녀를 거의 쳐다보지도 않았다.

"얘야, 여기 와서 우리가 이 물고기 씻는 것 좀 도와다오." 아델이 말했다. "그리고 가서 네 언니 좀 데려와."

어머니의 정신이 오락가락한다.

스텔라는 좁은 현관을 통해 어머니를 따라 부엌으로 가면서 그 사실을 서서히 알아차렸다. 부엌에서 낯선 남자가 아이스박스에 든 물고기를 꺼냈다. 집으로 돌아가면 어머니가 무슨 말을 할지—

화를 낼 테고, 심지어 뺨을 후려칠지도 모른다—상상하며 보낸 그 모든 시간 동안, 이런 장면은 결코 그려본 적이 없었다. 어머니는 껍데기만 남은 모습으로, 머릿속에는 오로지 식사를 차릴 생각뿐인 사람처럼 부엌을 부산스레 돌아다녔다. 그리고 스텔라가 긴 세월이 아니라 고작 이십오 분 떠나 있었던 것처럼 그녀에게 무관심했다. 뒤따라 들어온 낯선 남자는 어머니가 내려놓은 칼을 집어들더니 그녀를 레인지에서 떨어져 있게 했고, 마침내 식탁에 앉아 있으면 커피를 내려주겠다고 어머니를 설득했다.

"당신이 데지레의 남편인가요?" 스텔라가 물었다.

남자가 나지막이 웃었다. "그 비슷해요."

"음, 그럼 누구시죠? 제 어머니와는 뭘 하시는 거고요?"

"태도가 왜 그 모양이니, 스텔라?" 어머니가 그녀에게 숟가락을 건네며 말했다. "여긴 네 오빠잖아."

이 남자가 그 검은 여자애의 아버지일 리 없었다. 머리가 반백으로 세고 여자에게 폭력을 쓸 수도 있겠다 싶을 만큼 거친 남자로 보였지만, 그애만큼 피부색이 검지는 않았다.

"이렇게 되신 지 얼마나 됐어요?" 스텔라가 말했다.

"아마 일 년쯤요."

"하느님 맙소사."

"딸아, 신의 이름을 함부로 부르는 거 아니다." 어머니가 말했다. "내가 너를 그렇게 키우진 않았어."

"죄송해요, 엄마." 스텔라가 재빨리 대답했다. "엄마, 정말 죄송해요……"

"네가 무슨 말을 하는지 모르겠구나." 어머니가 말했다. "아마

군이 알 필요도 없겠지. 그 물고기 손질부터 해."

아버지는 그녀에게 물고기 내장을 제거하는 법을 가르쳤다. 그녀는 아버지와 나란히 강물을 헤치고 나아갔고, 물은 무릎 위에서 찰랑거렸다. 데지레는 발을 시끄럽게 구르며 앞장섰는데, 아버지는 그러다 물고기가 겁을 먹고 죄다 달아나겠다고 말했다. 그들은 아버지의 쌍둥이 요정이 되어 그를 따라 숲속으로 들어갔다. 데지레는 낚시하는 걸 늘 지겨워해서 그 시간에는 어디론가 사라져 배를 깔고 누운 채 데이지 꽃으로 목걸이를 만들었지만, 스텔라는 뿌연 물 아래 자신의 맨발가락을 감아 도는 모든 생물을 볼 수 있을 거라고 상상하며 아버지와 함께 몇 시간이고 가만히 앉아 있었다. 나중에 아버지는 쌍둥이에게 잡은 물고기를 깨끗이 손질하는 방법을 보여주었다. 물고기를 납작하게 눕혀놓고 칼로 배를 가른다. 그 다음엔 어떻게 하지? 기억나지 않았다. 스텔라는 울고 싶었다.

"어떻게 하는지 모르겠어요." 그녀가 말했다.

"그냥 손을 더럽히고 싶지 않은 거지." 어머니가 말했다. "데지레!"

"데지레는 일하러 갔어요, 미스 아델." 남자가 말했다.

"일하러?"

"타운에 있어요."

"음, 누가 가서 걔 좀 데려와야겠다. 저녁식사를 놓치겠어."

"스텔라가 데려올 거예요." 남자가 말했다. "저는 여기서 아주머니하고 같이 있을 거고요."

그는 어머니를 보호하듯 어깨를 한 팔로 감쌌다. 어머니를 나로부터 보호하려는 거구나, 스텔라는 그 사실을 깨달으며 조심스레

칼을 내려놓았다. 그녀는 앞쪽 포치로 나가 숲을 바라보았다. 자신이 어디로 가야 하는지 모른다는 사실을 그녀는 흙길을 통과하고 나서야 깨달았다.

그날의 재회—나중에 사람들은 그렇게 부를 것이다—에 대해 알아야 할 첫번째 사실은 진정한 목격자는 없었다는 것이다. 루스에그하우스는 점심과 저녁 시간 사이에는 늘 손님이 없어서, 주드는 그 시간을 이용해 학생회관에서 전화를 걸었다. 주드는 강의실이나 실험실로 서둘러 가느라 늘 급한 목소리였지만, 데지레는 그렇게 소음이 들리는 통화를 좋아했다. 그날 오후, 주드는 데지레에게 다시 자기를 보러 오라고 설득하고 있었다.

"못 가는 거 알잖니." 데지레가 말했다.

"알아요." 주드가 말했다. "그냥 보고 싶어서요. 가끔 엄마가 걱정이 돼요."

데지레는 침을 삼켰다. "음, 그러지 마." 그녀가 말했다. "너는 거기서 네 삶을 살아야지. 내가 너한테 바라는 건 그게 전부야. 내 걱정은 하지 마. 엄마는 잘 지낼 테니까."

데지레는 전화를 끊고 나서야 문 위에 달아놓은 종이 울리는 소리를 들었다. 그 소리에 그녀는 깜짝 놀랐다. 전화를 받으려고 안쪽으로 들어올 때까지 식당에는 마빈 랜드리 말고는 아무도 없었다. 그는 정오가 지나면 어김없이 술에 취해 있었는데, 전쟁이 그를 그렇게 만든 것이었고, 특히 그날 오후에는 안쪽 칸막이 자리에서 재킷 안에 위스키 한 병을 찔러넣은 채 엎어져 있었다. 데지레가 그의 앞에 놓아준 칠면조 샌드위치에는 손도 대지 않았다. 심지어 스텔라 빈스가 안으로 들어왔을 때도 그는 잠에서 깨지 않았다. 그는 스텔라가 입구에서 걸음을 멈추고, 벗겨져나가고 있는 리놀륨 바닥과 균열이 생긴 가죽 스툴과 구석에서 잠들어 있는 술꾼을 둘러보는 것도 보지 못했다. 안쪽에서 데지레가 "곧 나가요!" 하고 소리치는 것도 듣지 못했다.

그는 데지레가 앞치마 끈을 다시 매며 주방에서 나오는 것도 당연히 보지 못했을 것이다. 데지레는 그를 쳐다보지도 않았는데, 돌아서자 눈앞에 스텔라가 서 있었기 때문이다.

"오." 데지레가 말했다. 그게 그녀가 생각해낼 수 있는 유일한 말이었다. 오. 단어라기보단 외마디. 데지레는 앞치마 끈을 놓아버렸고, 앞치마 자락이 무력하게 펄럭거렸다. 카운터 맞은편에서 스텔라는 미소를 짓고 있었지만 눈에는 눈물이 그렁그렁했다. 그녀가 데지레를 향해 다가왔고, 데지레는 손을 들어 멈춰 세웠다.

"다가오지 마." 데지레가 분노를 억누르며 말했다. 눈앞에 스텔라가 서 있었다. 어떤 경고도, 사과도 없이 나타난 스텔라. 데지레가 마침내 마음에서 떠나보내고 나니 그제야 돌아온 스텔라. 스텔라는 한 번도 얼룩이 묻거나 구겨진 적이 없었을 것 같은 블라우스를 입고 있었는데, 훗날 데지레는 그것을 때로는 크림색으로, 또 가끔은 뼈의 색으로 기억할 것이다. 작은 진주 단추. 반짝거리는 은팔찌. 결혼반지는 없었다. 주먹을 꽉 쥐고 있었는데, 스텔라는 원래 긴장할 때 그렇게 손을 오므리곤 했으니, 지금 그녀는 긴장하고 있는 것이다, 그렇지 않은가? 예전에는 데지레 때문에 긴장한 적은 결코 없었다. 하지만 왜 그러지 않겠는가? 그 긴 세월이 지나고 나서, 무슨 배짱으로 다시 얼굴을 보여주겠다는 용기를 낸 걸까? 환영받을 거라고 기대했나? 데지레의 머릿속에 이런저런 생각이 뒤죽박죽 빠르게 흘러갔다. 그 생각을 거의 쫓아갈 수도 없었다. 스텔라의 미소는 희미해졌고, 그녀는 아주 작은 보폭으로 또 한 걸음 다가섰다.

"다가오지 말라는 거 진심이야." 데지레가 말했다. 그녀의 목소리는 낮고 위협적이었다.

"용서해줘." 스텔라가 말했다. "나를 용서해줘."

스텔라는 카운터를 돌아 다가가면서도 그 말을 반복하고 있었다. 데지레는 밀어내려 했지만, 스텔라는 끌어당겼고, 그들은 곧 투닥투닥 몸싸움을 하다가 서로 부둥켜안은 모양새가 되었다. 데지레는 기진맥진한 채 훌쩍거렸고, 스텔라는 쌍둥이 언니의 머리칼에 얼굴을 묻고 용서를 구했다. 마침내 잠에서 깬 마빈 랜드리가 목격했다고 모두에게 말한 건 이 장면이었다. 그의 앞에 놓인 칠면조 샌드위치, 물방울이 서린 콜라 한 병, 카운터 뒤에서 자기 몸을 감싸안은 채 서 있는 데지레 빈스.

애는 이제 달라졌어.

쌍둥이 각각의 머릿속에 똑같은 생각이 지나갔다. 데지레는 스텔라가 칼과 포크를 쥐는 방식을 눈여겨보았는데, 금속 손잡이를 잡은 손에 거의 힘을 주지도 않았다. 스텔라는 이제 데지레가 부엌 안을 거리낌없이 돌아다니는 모습을 보았다. 데지레는 스텔라가 목덜미를 문지르는 것을 지켜보았고, 그 동작이 아주 고단해 보여서 깜짝 놀랐다. 스텔라는 데지레가 어머니에게 말하는 것을 들었다. 부드럽고 어르는 목소리로. 그러는 내내 아델 빈스의 눈에 쌍둥이의 모습은 예전 그대로였다. 시간이 붕괴되고 확장되는 가운데 쌍둥이 자매는 다르면서도 똑같았다. 식탁에 오십 쌍의 쌍둥이가 앉아 있다고 말할 수도 있었다. 그들이 마지막으로 이야기를 나눈 이후 지금까지 존재해온 모습 하나하나에 한 자리씩 주는 것이다. 남편에게 얻어맞은 아내와 권태에 빠진 아내, 식당 종업원과 교수, 각각의 여인 옆에는 낯선 사람이 앉았다.

하지만 지금은 쌍둥이 두 사람뿐이었고, 그들 사이에 얼리가 앉아 있었다. 그는 스텔라가 얌전히 생선을 잘라 먹는 모습을 지켜보면서 자신은 데지레를 전혀 몰랐다고 느꼈다. 어쩌면 둘 중 한 사람 없이 다른 한 사람을 아는 것은 불가능한 것이었을 테다. 식사를 마친 뒤, 그는 접시를 치웠고 쌍둥이 자매는 집 앞 포치로 나갔다. 데지레의 손에는 팬트리 깊숙한 곳에서 발견한 먼지 낀 진 병이 들려 있었다. 데지레는 스텔라가 이런 술을 좋아하는지 몰랐지만 진을 꺼냈고, 스텔라의 시선은 병으로 갔다가 다시 데지레의 눈으로 옮겨갔다. 데지레는 말없이 이루어지는 대화에서 짜릿함을 느꼈다. 데지레가 병을 들고 밖으로 나갔고, 스텔라가 뒤따랐다.

"너무 늦게까지 밖에 있지 마라." 어머니가 소리쳤다. "내일은 학교 가는 날이야."

이제 그들은 진 병을 느긋이 서로 주고받았고, 어머니가 마리 빈스에게서 받은 결혼 선물인 해묵은 진을 한 모금 마실 때마다 몸을 움찔거렸다. 드퀴어 부부는 분개했지만—어쩜 네 시어머니는 그런 걸 선물한다니!—논쟁거리가 되었던 그 술은 어쩐지 세월과 함께 잊혀 있었다. 데지레가 홀짝이면 이어서 스텔라가 홀짝이는 식으로 쌍둥이는 자연스러운 리듬을 탔다.

"지금은 말하는 방식이 좀 바뀌었네." 데지레가 말했다.

"무슨 뜻이야?" 스텔라가 말했다.

"그런 거. 무슨wut 뜻이야, 라고 그렇게 발음하는 건 어디서 배웠어?"

스텔라는 잠시 말을 멈추었고, 이어서 미소를 지었다. "텔레비전." 그리고 말했다. "몇 시간씩 텔레비전을 보곤 했어. 그 사람들처럼 말하는 걸 배우려고."

"맙소사." 데지레가 말했다. "나는 네가 그랬다는 게 여전히 믿기지 않아, 스텔라."

"그렇게 어렵진 않아. 너도 할 수 있었어."

"너는 내가 그러길 바라지 않았어. 나를 떠났잖아." 맙소사. 데지레는 자신이 상처 입은 사람처럼 말하는 게 싫었다. 이만큼의 세월이 지났는데 운동장에 버려진 아이처럼 징징거리다니.

"그런 게 아니었어." 스텔라가 말했다. "누군가를 만났어."

"이게 다 남자 때문이었다는 거야?"

"그를 위해서가 아니야." 스텔라가 말했다. "그와 함께 있을 때의 나 자신이 좋았어."

"백인인 게."

"아니." 스텔라가 말했다. "자유로운 게."

데지레가 웃었다. "같은 거야, 동생." 그녀는 진을 한 모금 더 마셨다. 이번에는 꿀꺽. "음, 어떤 남자였는데?"

또다시 스텔라가 잠시 침묵했다.

“샌더스 씨.” 그녀가 마침내 말했다.

그 모든 일에도 불구하고, 데지레는 웃었다. 그녀는 몇 주 동안, 심지어 몇 해 동안 이보다 더 크게 웃어본 적이 없을 만큼 크게 웃음을 터뜨렸고, 마침내 스텔라도 따라 웃으며 술병이 엎어지기 전에 데지레의 손에서 병을 낚아챘다.

“샌더스 씨라고?” 데지레가 말했다. “옛날 그 회사 상사 말하는 거니? 그 남자하고 같이 달아난 거야? 파라가 그러던데……”

“파라 티보도! 오랫동안 생각을 안 하고 살았네.”

“네가 남자하고 있는 걸 봤대.”

“파라는 어떻게 됐어?”

“글쎄. 오래된 얘긴데, 시의회 의원하고 결혼했다고……”

“정치가의 아내가 됐구나!”

“믿어지니?”

쌍둥이는 웃었고, 술병을 주고받으며 다시 이야기를 나누었다. 데지레는 십대였던 그들이 포치에서 담배를 피울 때 하던 대로 계속 어머니의 눈치를 살폈다. 이제 그녀는 약간 취했다. 시간이 얼마나 늦었는지도 알지 못했다.

“뭘 하고 살았어?” 데지레가 말했다. “그 긴 세월 동안.”

“그냥 그렇게 계속 살아나가야 했어.” 스텔라가 말했다. “가족이 생기면 돌아설 수 없으니까. 자신에게 의지하는 사람들이 생기면 말이야.”

“네겐 가족이 있었어.” 데지레가 말했다.

“오, 그런 뜻으로 한 말은 아니야.” 스텔라가 시선을 피하며 말했다. “아이가 생기면 달라지잖아. 너도 알겠지만.”

하지만 정확히 뭐가 다른가? 딸보다는 자매를 떼어내기 쉽고, 남편보다는 엄마를 떼어내기가 쉬운 건가. 스텔라가 그렇게 쉽게 놓아버린 이유는 뭔가? 물론 데지레는 묻지 않았다. 그녀는 혹시 자신이 술을 마시는 걸 어머니가 봤는지 확인하느라 계속 흘끗흘끗 돌아보면서 이미 아이가 된 기분이었는데, 그 질문을 하면 더욱 그렇게 느껴질 것 같았다.

"그러니까, 너하고 샌더스 씨, 그 사람 이름이 뭐였더라……"

"블레이크."

"너하고 블레이크하고……"

"우리는 딸을 낳았어." 스텔라가 말했다. "이름은 케네디야."

데지레는 그 딸을 상상하려 해보았다. 이유는 모르지만, 피아노 의자에 앉아 손을 무릎 위에 얌전히 포개 올린 예의바르고 자그마한 하얀 소녀의 모습만 떠올랐다.

"그앤 어떤 아이야?" 데지레가 말했다. "네 딸 말이야."

"고집이 세. 매력적이고. 배우야."

"배우라고!"

"뉴욕에서 작은 연극 무대에 서. 브로드웨이나 그런 건 아니고."

"그래도." 데지레가 말했다. "배우라니. 다음에 올 때 한번 데려와."

스텔라가 시선을 피하는 것을 보고, 데지레는 자신이 뭔가 잘못 말했다는 것을 깨달았다. 작은 표정이었지만 그래도 데지레는 읽을 수 있었다. 그들의 시선이 다시 마주쳤을 때, 스텔라의 눈에 눈물이 그렁거렸다.

"그럴 수 없다는 거 알잖아." 스텔라가 말했다.

"왜?"

"네 딸이……"

"내 딸이 뭐?"

"네 딸이 나를 찾아냈어, 데지레. 로스앤젤레스에서. 내가 그래서 여기 온 거야."

데지레는 코웃음이 나왔다. 주드가 어떻게 스텔라를 찾아낼 수 있지? 그녀의 딸은 대학생인데 로스앤젤레스 같은 큰 도시에서 둘이 우연히 마주쳤다고? 게다가 용케 스텔라를 찾아냈다고 해도 딸은 데지레에게 말을 했을 것이다. 주드가 그런 비밀을 그녀에게 말하지 않고 감출 리 없었다.

"네게 말하지 않았구나." 스텔라가 말했다. "그앨 탓하지 않아. 내가 아주 끔찍하게 굴었거든. 일부러 그런 건 아니었어—나는 겁이 났어. 어떤 여자애가 난데없이 나타나서 나를 안다고 하니까. 너하고 전혀 안 닮았더라, 너도 알겠지만. 내가 무슨 생각을 할 수 있었겠어? 하지만 그애가 내 딸을 찾아냈고, 나에 대해, 맬러드에 대해 모든 것을 말했어. 그러고는 다시 뉴욕에 나타나서……"

데지레는 포치 계단을 짚으며 일어섰다. 주드에게 전화를 걸어야 했다. 시간이 늦었고, 조금 취했고, 스텔라가 기적처럼 이곳 포치에 앉아 있다는 것은 상관하지 않았다. 하지만 스텔라가 그녀의 손목을 잡았다.

"데지레, 제발." 스텔라가 말했다. "내 말 좀 들어봐. 이성적으로 생각해……"

"이성적으로 생각하고 있어!"

"그앤 결코 멈추지 않을 거야! 네 딸이 내 딸한테 계속 진실을 말할 테고, 이제 와서 그런 걸 밝히기엔 너무 늦었어. 그걸 모르겠어?"

"오 아무렴, 그게 세상의 끝인 거지. 네 딸이 자기가 백합처럼 하얗지 않다는 사실을 알게 되는 게……"

"내가 그애한테 거짓말을 했다는 게 문제야." 스텔라가 말했다. "딸은 나를 절대 용서하지 않을 거야. 넌 이해 못해, 데지레. 넌 좋은 엄마야, 그건 알겠어. 네 딸은 너를 사랑하고. 그래서 그애가 너한테 내 이야기를 하지 않은 거야. 하지만 나는 좋은 엄마가 아니었어. 오랫동안 숨기고 살았어……"

"네가 선택한 거였잖아! 네가 원했던 거라고!"

"나도 알아." 스텔라가 말했다. "나도 알지만, 제발. 제발, 데지레. 내 딸을 빼앗아가지 말아줘."

스텔라는 두 손에 얼굴을 묻은 채 허리를 숙이고 울었고, 데지레는 몹시 지친 상태로 스텔라가 앉은 계단으로 돌아갔다. 데지레는 옆에 앉아 한 팔로 스텔라의 어깨를 감쌌고, 목덜미를 쳐다보며 검은 머리칼 사이로 몇 가닥 보이는 회색 머리칼을 못 본 척했다. 몇 분 차이여도 데지레는 늘 자신을 언니로 느꼈다. 하지만 아마 처음 떨어져 있던 그 칠 분 동안, 그들은 각자 한평생을 살며 분리된 길을 걸어가기 시작했는지도 모른다. 각각 자신이 어떤 사람이 될지 탐색하면서.

처음에 얼리 존스는 빈스 가족의 집에서 전혀 잠이 오지 않았다. 그 편안함이 불편했다. 별빛 아래서 자거나 차 안에서 웅크리고 자거나 교도소의 딱딱한 침대에 눕는 것에 익숙했다. 혹은 이 모든 잠자리 전에, 스페인 이끼로 속을 채운 매트리스 위에서, 얼굴은 고사하고 이름도 기억나지 않는 여덟 명의 형제자매와 포개지고 뒤엉킨 채 잠을 잤었다. 그는 이런 것, 큰 침대와 집에서 손수 만든 퀼트 이불, 누구도 언급하지 않지만 여전히 모든 가구에 깃들어 있는 한 남자가 깎은 침대 헤드보드에는 익숙지 않았다. 처음에 그는 물이 새지 않는 지붕 아래, 침대 위 데지레의 옆에 누워 가망 없이 잠을 청했다. 어떤 때는 집 자체가 그를 거부한 듯 느껴져서 결국 새벽 세시에 담배를 피우며 집 앞을 서성였다. 또 어떤 때는 포치에서 잠이 들었다가 다음날 아침 데지레가 그의 몸에 발이 걸려 휘청할 때까지 깨지 않았다.

"저 남자는 들개 같아." 그는 아델이 데지레에게 말하는 소리를 들었다. "네가 좋은 침대를 줬는데도 여전히 흙에서 자는 걸 더 좋아하는구나."

아델은 틀리지 않았다. 어쨌거나 얼리는 헌터였다. 그의 몸은 부드러운 퀼트나 널찍한 의자를 위해 만들어진 게 아니었다. 저 길에 코를 박고 추적할 때만 스스로가 자기답다고 느꼈다. 그것이 다음날 아침 스텔라가 앞문을 열고 슬그머니 나갈 때, 그가 그 소리를 듣고 그녀를 쫓아 밖으로 나간 이유였다.

"기차를 타기엔 턱없이 이른 시간인데요." 얼리가 말했다.

스텔라는 깜짝 놀라 작은 가방을 거의 떨어뜨릴 뻔했다. 그에게 들켰다는 사실이 창피한 것 같았다.

"집에 돌아가야 해요." 그녀가 말했다.

"이렇게 떠나는 건 옳지 않아요." 그가 말했다. "작별인사도 하지 않고."

"이 방법밖에 없어요." 그녀가 말했다. "작별인사를 한다면 절대 떠나지 못할 텐데, 나는 떠나야 해요. 내 삶으로 돌아가야 해요."

그는 이해했다. 그냥 이해되었다. 얼리의 부모가 그를 그렇게 버리고 갔을 때도 그 방법밖에 없었을 테니까. 그들이 작별인사를 했다면 그는 소리를 지르며 그들의 다리에 매달렸을 것이다. 절대 그들이 떠나게 두지 않았을 것이다.

"태워줄까요?" 얼리가 말했다.

스텔라는 어두운 숲을 쳐다보더니 고개를 끄덕였다. 그는 스텔라를 자신의 차로 안내했다. 그가 태워주겠다고 한 것은 호의에서가 아니라, 데지레가 스텔라를 사랑하기 때문이었다. 사랑은 그런 식으로 작동한다, 그렇지 않은가? 전이, 조금씩 거리를 좁히다 충분히 가까워지면 순식간에 일어나는 것. 그는 스텔라를 태우고 버스 정류장을 지나 기차역까지 데려다주었다. 그녀는 그의 고물차 앞자리에 앉아 무릎에 올린 가방을 두 손으로 꽉 잡고 있었다.

"상황을 이렇게 만들 의도는 결코 없었어요." 그녀가 말했다.

얼리가 음 소리를 냈다. 그는 스텔라가 차에서 내리는 것을 보고 싶지 않았다. 그녀에게 작별인사를 하는 유일한 사람이 되고 싶지 않았다. 집에 돌아가면 자신이 데지레에게 거짓말을 하리라는 걸 이미 알고 있었다. 스텔라가 현관을 살금살금 지나가는 소리를 듣지 못한 척할 것이다. 스텔라가 그의 손바닥에 결혼반지를 슬며시 내려놓았을 때 자신이 결코 데지레에게 그 사실을 말하지 않으리란 걸 알았던 것처럼.

"팔아요." 스텔라가 그를 쳐다보지 않고 말했다. "엄마를 돌봐주세요."

얼리는 반지를 돌려주려 했지만, 그때쯤 스텔라는 이미 차에서 내리고 있었고, 기차역으로 들어가고 있었고, 유리문 뒤로 사라지고 있었다. 손바닥 위에 놓인 그 다이아몬드 반지는 차갑게 느껴졌다. 그는 그런 게 값이 얼마나 나가는지 전혀 몰랐고, 몇 주 뒤 감정을 받고 나서야 그 가치를 분명히 알게 된다. 대머리 백인 남자는 확대경으로 반지를 한참 들여다보았고, 그러고는 의심하는 눈빛으로 얼리를 빤히 쳐다보더니 이런 반지를 어떻게 갖게 됐는지 다시 한번 물었다. 집안에 물려 내려온 반지라고, 얼리는 그에게 말했다. 대부분의 진실이 그렇듯, 그 말은 조금 거짓처럼 들렸다.

그날 아침 데지레가 잠에서 깨서 침대 반대쪽으로 손을 뻗었을 때, 공기 말고는 만져지는 게 없었다. 놀라지는 않았지만, 침대 옆 빈자리를 만지면서 소리를 질렀다. 전날 밤 그녀는 쌍둥이 동생 맞은편에서 잠들었고, 두 여자는 침대가 너무 작아 비좁게 붙어 잤다. 스텔라는 예전에 자던 그 자리에서, 데지레는 오랫동안 잠들어 온 그 자리에서. 몇 시간 동안 그들은 깨어서, 어둠 속에 시야가 아물아물해질 때까지 소곤거렸다. 어느 쪽도 먼저 눈을 감는 사람이 되고 싶지 않았다.

스텔라가 맬러드에 다녀오고 한 달 뒤, 마침내 그녀의 딸이 집으로 전화를 걸어 캘리포니아로 돌아오겠다고 선언했다. 프랜츠와의 일—진지한 관계를 '일'이라고 부르다니, 케네디답지 않은가?—

은 종말에 이르렀고, 가진 돈은 유럽에서 다 썼고, 마음은 더이상 뮤지컬 극단에 있지 않았다. 그리고 몇 가지 이유를 더 댔지만, 스텔라는 들으면서 심장이 두근거렸을 뿐 이유가 뭔지는 중요하지 않았다. 심지어 딸이 부모와 더 가까이 살고 싶다는 말을 하지 않았다는 것도, 부모가 보고 싶다는 말을 하지 않았다는 것도 상관없었다. 스텔라는 고향집에 갔었고, 이제 딸이 집으로 돌아온다는 것이다. 두 사건은 당연히 서로 관련이 없었지만, 그녀의 마음속에서는 한 사건이 다음 사건을 유발한 것처럼, 두 사건이 하나로 묶여 있었다. 그녀는 오후 강의를 취소하고 로스앤젤레스국제공항에 케네디를 마중나갔다. 그리고 저기 케네디가 나타났다. 터질 듯한 가방을 끌고 터미널을 통과하여 걸어왔다. 몸은 더 말랐고, 머리칼은 잘라서 굽슬굽슬한 금발이 목 중간까지 내려왔다.

스텔라는 딸을 확 끌어안았다. 너무 오래 놓지 않자 수하물 벨트에서 기다리던 사람들이 그들을 쳐다보았다.

"괜찮아요?" 딸이 물었다. "좀 달라 보여요."

"어떻게 다른데?"

"모르겠어요. 피곤해 보여요."

스텔라는 지난 한 달 동안 밤에 잠을 이루지 못했다. 눈을 감을 때마다 데지레의 얼굴이 보였다.

"나는 괜찮아." 그녀가 케네디의 손을 잡으며 말했다. "그냥 네가 돌아와서 너무 기뻐."

"엄마 반지는 어디 갔어요?" 딸이 말했다.

그녀는 거의 거짓말을 할 뻔했다. 거짓말을 하는 게 너무 자연스럽다는 것, 그것이 무서웠다. 그녀는 이십 년 만에 처음으로 손에

반지를 끼지 않은 채 집에 돌아와 블레이크에게 했던 이야기를 딸에게 그대로 할 뻔했다. 교직원 화장실에서 손을 씻으려고 반지를 빼서 비누 받침에 두고 나온 것 같은데, 눈에 띄는 건물 관리인들을 전부 붙잡고 물어봐도 아무도 못 봤다고 하더라고. 그녀가 몹시 속상해하자 결국엔 블레이크가 그녀를 위로했다.

"오, 괜찮아, 스텔." 그가 말했다. "어차피 이젠 반지를 업그레이드할 때가 된 것 같아."

블레이크는 그녀가 좋아하는 보석상을 통해 새 반지를 맞추게 했다. 한 번의 거짓말로 첫번째 반지를 얻었고, 다른 거짓말로 두번째 반지를 얻은 것이다. 남편에게는 결코 완전히 솔직할 수 없었지만, 공항에 서 있던 그때, 어쩐지 딸에게는 차마 다시 거짓말을 할 수가 없었다. 몹시 피곤해서, 혹은 마침내 딸이 집에 돌아왔다는 안도감 때문에, 혹은 터질 듯한 가방으로 손을 뻗으며, 딸의 핏속에도 그녀와 같은 기질이 흐른다는 사실을 알았기 때문에. 딸은 늘 달아나고 싶은 충동에 이끌리면서도 그 이유를 모를 것이다, 스텔라가 설명해주지 않는 한. 딸은 영원히 그녀의 인생에서 진실로 그녀를 아는 유일한 사람이 될 것이다.

스텔라는 가방 손잡이를 잡고 낡은 카펫을 내려다보았다.

"그거 내 언니한테 줬어." 그녀가 말했다. "나보다는 언니한테 더 필요한 것 같아서."

케네디가 걸음을 멈췄다. "엄마의 언니요?" 그녀가 말했다. "거기 갔었어요?"

"가자, 딸." 스텔라가 말했다. "차 안에서 이야기하자."

교통 체증은 악몽 같을 것이다. 그건 차가 조금씩 움직여 405번

고속도로에 진입하기 전에 이미 알고 있었다. 범퍼와 범퍼가 바짝 붙고, 빨간 미등이 눈길 닿는 곳까지 이어져 있었다. 처음 로스앤젤레스에 왔을 때, 그녀는 이런 차량 행렬이 조금 아름답다고 생각했다. 어딘가로 이동하는 그 모든 사람들. 고속도로에서 운전하려니 겁이 났지만, 일단 감을 잡고 나자 마음의 평화를 찾아 한낮에 혼자 드라이브를 하러 나가곤 했다. 구름 없는 하늘을, 저 앞에 보이는 옅은 푸른색 산을 바라보는 게 좋았다. 그녀의 귀여운 딸이 뒷좌석에서 벨트를 한 채 라디오에서 나오는 노래를 흥얼흥얼 따라 부르고 있었다.

"묻고 싶은 게 있으면 뭐든 물어도 좋아." 스텔라가 운전대를 단단히 잡고 말했다. "하지만 집에 돌아가면……"

"알아요, 알아요." 딸이 말했다. "어떤 말도 해서는 안 되죠."

"그 이야기를 하는 건 고통스러워." 스텔라가 말했다. "이해할 수 있겠니? 하지만 네가 나를 알면 좋겠어."

딸은 고개를 돌려 창밖에 눈길을 주었다. 집은 멀지 않았지만, 이곳은 로스앤젤레스였다. 11마일이면 평생의 이야기를 다 할 수 있었다.

17

그들은 죽은 남자에게 프레디라는 이름을 붙여주었다.

스물한 살, 188센티미터에 82킬로그램. 심장비대증 환자였다. 실험실에서 조금 더 병리적인 관점으로 그를 바라볼 때는 '사망자 프레드'라고 불렀다. 미네소타대학에 다니는 모든 의과대학 학생들은 시신에 이름을 붙였다. 그것이 죽음을 개인화한다고, 죽음이라는 품위 없는 과정에 품위를 복원시켜준다고, 교수는 말했다. 그리고 과학이라는 품위 없는 과정에 품위를 복원시켜준다고. 사람들이 연구를 위해 자신의 시신을 기증하겠다고 상상할 때 떠올리는 건 이런 장면이다—실험실 가운을 입은 스물몇 살의 학생들이 농담처럼 시신에 붙일 이름을 이것저것 던지고, 해마다 적어도 한 팀은 별 고민 없이 요릭*이라고 명명한 뒤 계속 그 이름을 쓴다. 이

* 셰익스피어의 『햄릿』에 나오는 죽은 광대로, 무덤 파는 이가 그의 해골을 파낸다.

상하게도, 프레디라고 이름을 붙이니 주드는 그의 시신이 덜 친밀하게 느껴졌다. 그건 그의 진짜 이름이 아니었다. 그는 완전히 다른 사람으로 살다가 죽었고, 진짜 그 사람에 대해 차트에 기록된 내용 이상을 알 수 있는 사람은 아무도 없었다. 하지만 인생을 제대로 살아봤다고 할 수도 없는 나이였으므로, 그는 지금 여기 지하층의 실험실 평판 위에서 더 재미있는 삶을 살고 있는지도 몰랐다.

냄새를 견디기 힘든 단계를 지나자 주드는 시체로 공부하는 것을 좋아하게 되었다. 불편한 마음을 위장하려고 괜스레 시체에 관한 농담을 할 필요도 없었다. 시신을 보아도 결코 구역감이 들지 않았다. 강의를 듣는 건 지겨웠지만 실험실에서는 홀린 듯 몰입했고, 교수가 자원할 사람이 없느냐고 물을 때면 늘 가장 먼저 메스를 잡았다. 사람들은 몸을 매개로 살아가지만, 그 몸이란 대체로 알 수 없는 것이다. 우리 자신에 대한 어떤 것들은 결코 알 수 없다—우리가 죽기 전까지는 어느 누구도 알 수 없다. 도전하는 것도 매력적이었지만, 해부의 신비도 그랬다. 그들은 찾기가 거의 불가능한 작은 신경을 탐색해야 했다. 작은 보물찾기나 다름없었다.

"못 참겠어, 베이비." 리스가 말했다. 그녀가 포름알데히드 냄새를 풍기며 집에 돌아오면, 그는 늘 꿈지럭꿈지럭 물러났다. 그에게 키스하려면 먼저 샤워부터 해야 했다. 그녀가 죽은 사람을 만지고 온 날에는 그의 몸을 만질 수 없었다. 리스는 늘 그녀보다 다소 감상적이었다. 적어도 주드는 그렇게 생각했다. 어느 오후 어머니가 전화로 할머니의 죽음을 알려오기 전까지는. 그녀는 창문이 없는 연구실에서 뺨에 전화기를 대고 서 있었다. 그 학기에 조교를 맡아서 연구실이 주어졌지만 사용하는 일은 드물었다. 위급한 상황에 대비해 리스와 어머니에게 알려준 것 말고는 거기 전화번호를 아는 사람도 없었다. 어머니가 전화를 걸 이유는 하나뿐이었지만, 주드는 어머니의 목소리를 듣고 너무 놀라서 그런 건 떠오르지도 않았다.

"아프셨던 거 알잖아." 어머니가 말했다. 어머니는 딸을 위로하려고, 딸의 놀란 마음을 조금이나마 달래주려고 애썼다.

"알아요." 주드가 말했다. "그래도."

"고통스러운 죽음은 아니었어. 숨이 다하는 순간까지 웃는 얼굴로 내게 말씀을 하셨어."

"엄마는 괜찮아요?"

"오, 나를 알잖아."

"그래서 묻는 거예요."

어머니가 조금 웃었다. "난 괜찮아." 그녀가 말했다. "아무튼 장례식은 금요일이야. 그냥 네게 알려주고 싶었어. 학교 일로 바쁜 거 아니까……"

"금요일요?" 주드가 말했다. "비행기 타고 갈게요."

"잠깐. 여기까지 그 먼 거리를 올 필요는 없어."

"할머니가 돌아가셨는걸요." 주드가 말했다. "집에 갈게요."

어머니는 더이상 말리지 않았다. 주드는 그것이 고마웠다. 어머니는 벌써 할머니의 죽음을 알리는 게 얼마간 불편을 끼치는 일이라는 듯한 태도를 보였다. 어머니는 주드가 어떤 삶을 살고 있다고 생각하기에 그런 소식으로 방해해서는 안 된다고 여기는 걸까? 전화를 끊고, 주드는 복도로 나갔다. 학생들이 웅성거리며 지나가고 있었다. 생물학과 친구가 몸을 약간 숙이고 라운지로 들어가면서 커피컵을 흔들어 그녀에게 인사했다. 잡초 같은 오렌지색 머리의 여자가 게시판에 시위를 알리는 녹색 포스터를 붙였다. 죽음이란 이런 것이다. 죽음은 구체적일 때만 아프다. 죽음이 일반적인 의미일 때는 배경음일 뿐이다. 그녀는 죽음의 침묵 속에 서 있었다.

웨스트할리우드는 묘지라고, 배리가 지난번에 주드에게 전화했을 때 말했다. 날마다 죽어가는 이를 위한 호칭기도가 새로 흘러나온다고.

그중에는 당신이 적당히 알고 지내는, 재러드 같은 남자들이 있었다. 재러드는 미라지에서 술을 콸콸 따라주는 금발의 바텐더였다. 그는 눈을 찡긋한 뒤 술병을 기울여 잔에 진을 따라주면서, 개인적인 호의에서 이러는 거지 아무에게나 이렇게 넉넉히 따르지는 않는다는 분위기를 풍기곤 했다. 그의 추모식이 이글록에서 있었다. 배리가 인정하는 것보다 더 많은 댄스파티에서 배리를 이긴 여왕이자 예시카라는 예명을 쓰는 리카르도 같은, 지난날의 연인 혹은 적들이 참석했다. 재러드는 화장되기를 원했고, 배리는 그가 바다에 뿌려지는 동안 맨해튼비치의 해안에 서 있었다. 그리고 당신이 사랑하는 남자들이 있었다. 루이스는 그때 막 굿서매러튼병원에 입원했는데, 주드가 전화를 걸자 어떤 간호사에게 보비 케네디가 거기서 사망했다는 말을 들었다면서 그 이야기만 반복했다.

"믿어져?" 그가 말했다. "그러니까, 대통령이 여기서 죽었대."

주드는 그에게 보비 케네디는 대통령이 아니었다고 차마 말하지 못했다. 보비 케네디는 선거에 출마했다가 죽었고, 당시 그는 젊고 앞날이 창창했다.

"그렇게 젊지는 않았어." 주드가 나중에 배리에게 전화했을 때 그가 말했다. "사십대였어."

"그건 젊은 게 아니에요?" 그녀가 말했다.

배리는 대답하지 않았고, 주드는 그냥 말하지 말 걸 그랬다고 생각했다.

주드는 주말이면 사회운동가들이 개최하는 열띤 회의에 참석했다. 그들은 정부의 무관심이 부끄러운 일임을 지적하고 개혁을 촉구하기 위해 청원과 편지 쓰기 캠페인과 시위를 조직했다. 그녀는 미니애폴리스 시내에서 콘돔과 깨끗한 바늘을 나눠주는 학생 단체의 활동에도 자원했다. 가족이 없는 환자를 찾아가 잡지를 갖다주거나 같이 카드 게임을 하기도 했다. 그녀는 죽음에 대해 줄곧 생각하고 있었지만, 할머니가 돌아가신 그날 오후에는 시체를 만질 수 없었다. 바보 같지만, 심지어 쳐다볼 수도 없었다. 주드는 어딘가의 평판 위에 생명이 빠져나간 모습으로 누워 있는 할머니의 모습을 계속 상상했다. 마망은 연구를 위해 몸을 기증할 생각 같은 건 아예 없었다. 모르는 사람이 자신을 만진다는 것 자체를 싫어했고, 게다가 여전히 화장하는 건 죄라고 믿는 가톨릭 신자였다. 심판의 날에 그녀의 몸은 부활할 테니 훼손되지 않은 채 남아 있어야 했다.

"나를 소박한 소나무 관에 넣어 뒷마당에 묻어다오." 할머니는 말하곤 했다. 오래전 할머니가 자신이 아픈 것을 깨닫기 시작한 무렵의 일이었다. 할머니의 기억은 조수처럼 밀려들었다가 밀려 나갔다.

그해 내내 주드는 알츠하이머에 대해 찾을 수 있는 모든 책을 찾아 읽었다. 그 병에 대해 잘 알게 되면 상황이 조금이라도 달라질 수 있다는 듯이 필사적으로 공부했다. 물론 달라지지 않았다. 그녀는 1학년 학생일 뿐이었고 되고 싶은 것도 심장학 전문의였다. 심장은 그녀가 이해하는 근육이었다. 뇌는 정말 이해하기 어려웠다. 그럼에도 그녀는 의과대학 도서관에서 읽을 수 있는 모든 책을 대출해서 읽었다. 할머니의 뇌 안에서 단백질 조각이 굳어 신경세포 사이에 침착되었다. 뇌세포가 쪼그라들었다. 해마 안의 세포는 퇴화했다. 결국 그 병이 대뇌피질에 퍼지면 할머니는 일상의 과업을 수행할 능력을 잃게 될 것이다. 판단력과 감정 통제력과 언어 능력을 잃을 것이다. 혼자 밥을 먹을 수도 없고, 사람들을 알아볼 수도 없고, 신체 기능을 통제할 수도 없을 것이다. 기억을 잃을 것이다. 자기 자신을 잃을 것이다.

"나한테 그 많은 돈을 낭비하지 마라." 할머니는 말했다. "어차피 나는 그걸 구경도 못할 테니."

할머니는 자신을 묻을 때 갖추는 외관, 즉 묘석에 어떤 성경 구절이 새겨지고 어떤 꽃으로 할머니를 장식할지는 신경쓰지 않았다. 하지만 화장은 안 된다. 절대로 안 돼. 그 점에 대해서는 완강했다. 주드는 그게 이해되지 않았지만 할머니에게 강요하지는 않았다. 신이 부패하는 시신을 다시 조립할 수 있다면 왜 재에는 생명을 불어넣지 못하겠는가? 하지만 주드는 할머니가 태워지고 항아리 안에서 뼈와 살의 가루가 소용돌이치는 것을 상상하고 싶지 않았다. 그녀는 실험실에서 일찍 나왔다.

집에 돌아오니 리스가 레인지에 수프를 올려놓고 젓고 있었다.

셔츠도 입지 않고 청바지 차림에 맨발이었다. 그는 요즘 늘 셔츠를 벗고 있었다. 누가 보면 그들이 얼어붙을 듯 추운 북부가 아니라 마이애미 해변의 오두막에서 산다고 생각했을 것이다.

"그러다 폐렴에 걸리겠어." 주드가 말했다.

리스가 어깨를 으쓱하며 웃었다. "방금 샤워를 하고 나왔거든."

그의 머리칼은 아직 젖어 있었고, 어깨에는 작은 물방울이 묻어 있었다. 주드는 두 팔로 그의 허리를 감싸고 축축한 등에 키스했다.

"할머니가 돌아가셨어." 그녀가 말했다.

"맙소사." 리스가 그녀를 돌아보았다. "마음 아프겠다, 베이비."

"괜찮아." 그녀가 말했다. "줄곧 아프셨으니까."

"그래도. 넌 괜찮아? 어머니는 어떠셔?"

"어머니는 괜찮으셔. 모두 괜찮아. 장례식이 금요일이야. 가보려고."

"당연하지. 가봐야지. 왜 내게 전화하지 않았어?"

"모르겠어. 그냥 아무 생각이 안 났어. 학교에서 시신을 쳐다볼 수도 없었어. 바보 같지 않아? 그러니까, 전에도 그게 시신인 걸 알았는데 말이야. 오늘은 다르게 느껴진 건 무엇 때문일까?"

"무슨 뜻이야?" 그가 말했다. "오늘 다르게 느껴졌다는 게."

"할머니하고 나는 그렇게 가까운 사이가 아니었어."

"그건 중요하지 않아." 리스가 주드를 끌어안으며 말했다. "핏줄은 핏줄이니까."

그날 오후, 버뱅크 분장 트레일러에서 전화벨이 일곱번째 울렸을 때, 미용사가 수화기를 낚아채듯 들어 의자에 앉아 있는 금발 여자에게 건넸다. "나는 당신 개인 비서가 아니에요." 그는 전화기를 넘겨주며 주변에 다 들리도록 소곤거렸다. 그는 매력적인 사람들—그 자신의 취향과 상관없이 그녀는 그런 사람이었다—은 왜 자신의 시간을 존중해주지 않는지, 왜 맨날 늦게 오는지, 왜 귀찮게 달라붙는 남자친구나 계속 전화를 걸어오는 누군가에게 좀 나중에 괴롭히라고 말하지 않는지 이해할 수 없었다. 그녀는 전화 올 데가 없다고 말했지만 어쨌거나 일어서서 받았다. 그로부터 몇십 년 뒤 그녀는 〈퍼시픽 코브〉를 화질 나쁜 영상으로 보다가 그날 위쪽 절반만 부풀려 묶은 자기 머리 모양새를 보고 경악한다.

"여보세요?" 그녀가 말했다.

"주드예요." 목소리가 말했다. "당신 할머니가 돌아가셨어요."

바보같이 케네디는 처음에 아버지의 어머니가 돌아가신 줄 알았다. 그 할머니는 그녀가 어렸을 때 돌아가셨고, 그게 케네디가 처음 간 장례식이었다. 그녀가 당황한 건 주드가 우리 할머니가 아니라 당신 할머니라고 말했기 때문이었다. 한 번도 만나지 못한 그녀의 할머니. 영원히 만나지 못할 사람. 죽었다. 케네디는 카운터에 기대 손으로 눈을 가렸다.

"오 세상에." 그녀가 말했다.

미용사는 전화선 반대쪽에서 일어난 비극을 알아채고 자리를 떴다. 마침내 혼자가 된 케네디는 담뱃갑을 집었다. 담배 피우는 습관을 없애려고 노력하는 중이었다. 어머니는 마침내 금연에 성공해서, 이제 그녀에게도 끊으라고 늘 잔소리를 했다. 이따금 케네디는 당장 끊겠다고 스스로에게 말한 뒤 가지고 있는 담뱃갑을 죄다 내다버렸다. 하지만 늘 서랍장이나 차의 글러브 박스에 낱개로 숨겨놓은 담배를 찾아냈다. 나중에 이런 일이 생길까봐 꿍쳐둔 것이었다. 그녀는 자신이 정말로 중독자처럼 느껴졌다. 끊으려고 할 때만 중독이라고 느꼈다. 하지만 나중에 끊으면 된다. 할머니가 돌아가셨다. 담배 정도는 피워 마땅하다, 그렇지 않은가?

"당신 정말 환자와의 대화법을 좀 고민해봐야겠는데요." 케네디가 말했다.

그녀는 전화선 저쪽에서 미소 짓는 주드를 상상했다.

"미안해요." 주드가 말했다. "다르게 표현할 방법을 모르겠어서."

"어머니는 어떠세요?"

"괜찮으신 것 같아요."

"아, 마음이 안 좋네요. 무슨 말을 해야 할지 모르겠어요."

"아무 말 안 해도 괜찮아요. 당신 할머니이기도 하니까요."

"마음이 똑같진 않겠죠." 그녀가 말했다. "나는 당신처럼 할머니를 잘 알지 못했으니까."

"음, 그래도 당신이 알아야 한다고 생각했어요."

"그래요." 그녀가 말했다. "알았어요."

"어머니한테 말씀드릴 거예요?"

케네디가 웃었다. "내가 엄마한테 언제 뭐라도 말하던가요?"

그녀는 어머니에게, 예컨대 주드와 여전히 통화한다는 것도 말하지 않았다. 늘 전화하는 사이는 아니었지만, 충분히 자주 했다. 이따금 케네디는 주드의 자동응답기에 메시지를 남겼다. 헤이 주드, 그렇게 부르면 주드가 미치려고 하는 걸 아니까 매번 그렇게 남겼다. 때로는 주드가 먼저 전화했다. 그들의 대화는 늘 이런 식으로 흘러갔다—말이 종종 끊어지고 약간 전투적이고 친숙하게. 그들은 결코 길게 대화하지 않았고, 만날 계획을 세우지도 않았다. 가끔, 통화는 맥박을 재기 위해 다른 사람의 손목에 손가락을 대는 것처럼 다른 어떤 것보다도 형식적으로 느껴졌다. 몇 분 동안 그곳을 손가락으로 누르고 있다가 놓는 것이다.

그들은 어머니들에게 이런 전화 통화에 대해 말하지 않았다. 쌍둥이 자매의 삶이 각기 끝날 때까지 그 비밀을 말하지 않을 생각이었다.

"어머니가 알고 싶어할 수도 있잖아요." 주드가 말했다.

"나를 믿어요, 엄마는 그렇지 않아요." 케네디가 말했다. "당신은 나만큼 엄마를 몰라요."

비밀이 그들이 쓰는 유일한 언어였다. 어머니는 그녀에게 거짓말을 함으로써 사랑을 보여주었고, 케네디가 한 것도 사실 똑같았다. 케네디는 장례식 사진에 대해 다시 말을 꺼내지 않았지만 쌍둥이 자매가 찍힌 그 빛바랜 사진을 간직했고, 할머니가 돌아가신 날 밤에도 그 사진을 다시 꺼내 유심히 봤지만 누구에게도 말하지 않았다.

"나는 전혀 모르죠." 주드가 말했다.

그날 밤 늦게 주드는 침대에서 리스에게 집에 같이 가달라고 부탁했다.

그녀는 손가락으로 그의 숱 많은 눈썹과 아주 오랫동안 깎지 않은 턱수염을 쓸었다. 그 수염 때문에 주드는 그를 나무꾼이라고 부르기 시작했다. 리스는 계속 변화하고 있었다. 턱선은 이제 더 날카로워졌고, 근육은 더 단단해졌으며, 팔에 난 털도 숱이 더 많아져서 그가 카펫을 가로지를 때마다 그녀는 깜짝깜짝 놀랐다. 심지어 냄새도 달라졌다. 주드가 미네소타로 오기 직전에, 그들이 헤어졌던 뒤로, 그녀는 리스에게 일어나는 모든 소소한 변화를 알아차렸다. 그는 로스앤젤레스에서의 삶을 떠나고 싶어하지 않았다. 그녀에게 무거운 짐짝처럼 매달려 중서부로 가고 싶지는 않다고 했다. 언젠가 그녀가 눈을 뜨면 그 없이 훨씬 더 잘 지낼 수 있다는 걸 깨닫는 날이 올 거라고, 그는 말했다.

봄 내내 그들은 느리게, 한 번에 한 가지씩 헤어졌다. 소소한 일로 다투고 화해하고 사랑을 나누고, 그런 다음 그 모든 과정을 처음부터 반복했다. 주드가 배리의 집에 들어가 살 뻔한 적도 두 번 있었다. 불가피한 일을 늦추려고 애쓰는 것보다 지금 헤어지는 게 낫다고, 그녀는 속으로 말했다. 하지만 그녀는 매일 밤 리스의 침대에서 잠들었다. 다른 곳에서는 잠을 잘 수 없었다.

그해 첫눈이 예상보다 일찍 내려, 핼러윈에 작은 눈송이가 떨어지기 시작했다. 주드는 캠퍼스 무스 타워의 창밖으로 핼러윈 복장을 한 학부생들이 서둘러 걸어가는 것을 지켜보았다. 그러다 그 북적거리는 파티에서 그녀의 카우보이가 카우치에 앉아 있던 모습이 떠올라, 다시 울음이 터지려는 걸 참았다. 하지만 그날 밤 그녀의 아파트 문밖에, 리스가 눈송이가 하얗게 덮인 검은 니트 캡 모자를 쓰고 어깨에 캔버스 가방을 홀렁 둘러멘 채 서 있었다.

"젠장." 그가 말했다. "난 가끔 정말 미치게 멍청하다니까. 그거 알아?"

대학에서 주드는 리스에게 테스토스테론 처방전을 써줄 흑인 내분비 전문의를 알게 되었다. 그들은 매달 그걸 살 돈을 마련하려고 아끼고 쪼들린 생활을 해야 했는데, 닥터 셰일라는 길에서 구하는 약은 간을 손상시킬 거라고 말했다. 의사는 무뚝뚝했지만 친절했다—그녀는 처방전을 끄적이면서 리스를 보면 자기 아들이 생각난다고 했다.

지금 주드는 침대 위 리스의 옆자리에 누워 그의 감긴 눈꺼풀에 키스했다.

"어떻게 할래?" 그녀가 물었다.

"진심이야?" 그가 말했다. "내가 같이 가길 바라?"

"너 없이는 거기 돌아갈 수 없을 것 같아."

그녀는 열여덟 살에 그와 사랑에 빠졌다. 삼 년 동안 그와 떨어져서 잠든 밤이 하루도 없었다. 뉴욕의 우중충한 호텔방에서 주드는 천천히 그의 붕대를 풀었고 차가운 공기가 그의 새로운 피부에 키스하는 동안 그녀는 숨을 참았다.

알츠하이머는 유전성 질병이었는데, 그 말은 데지레도 그 병에 걸릴지 모르니 조심해야 한다는 뜻이었다. 데지레는 어떤 여성 잡지에서 두뇌 퍼즐이 기억력 상실을 막는 데 도움이 된다는 내용을 읽은 게 생각나 크로스워드 퍼즐을 풀기 시작했다.

"뇌를 훈련시켜야 해." 그녀는 딸에게 그렇게 말했다. "다른 근육처럼."

그녀의 딸은 사실 뇌는 근육이 아니라고 차마 말하지 못했다. 주드는 힌트를 주면서 최선을 다해 어머니를 도왔고, 한편으로 이 세상 어딘가에서 이미 무언가를 잊어가고 있을 스텔라를 상상했다.

주드 윈스턴이 자란 곳이자 한 번도 타운이었던 적이 없는 그곳은 이제 더는 존재하지 않았다. 그럼에도 여전히 똑같아 보였다. 그녀는 얼리의 트럭에 앉아 차창 밖을 바라보고 있었는데, 그가 라피엣으로 마중나왔을 때 그 트럭을 보고 깜짝 놀랐다. 여전히 엘카미노를 몰고 다닐 거라 예상했던 것이다. "그 차는 너보다 나이가 더 많아." 얼리가 웃으면서 말했다. "폐차시켰다." 그는 정유공장 작업복을 입고 있었는데, 그 또한 그녀를 놀라게 했다. 유니폼을 입은 얼리라니. 그는 리스의 손을 잡고 세게 흔들었고, 주드를 끌어안고 이마에 키스했다. 그의 턱수염은 그녀가 기억하는 그대로 까끌했다.

"이야 굉장한데." 그가 말했다. "다 컸구나. 믿어지지 않아."

얼리는 머리칼이 세기 시작해 구레나룻에도 은색이 비치고 턱수염에도 몇 가닥 보였지만, 여전히 강인해 보였다. 그녀가 흰 수염을 가지고 놀리자 그는 턱을 만지면서 웃었다. "깎아야지." 그리고 말했다. "산타클로스처럼 보이느니 아기 얼굴로 돌아다니는 게 낫지."

"엄마는 어때요?" 주드가 물었다.

얼리는 이마를 닦고 야구모자를 다시 눌러썼다.

"오, 괜찮아." 그가 말했다. "네 엄마를 알잖니. 강한 사람이야. 잘 견뎌낼 거야."

"저도 여기 있었으면 좋았을 걸 그랬어요." 주드가 말했다. 하지만 진심이었는지는 자신이 없었다. 어쨌거나 할머니 옆에서는 늘 무슨 말을 해야 할지 알 수가 없었다. 하지만 어머니를 생각하면 곁에 있을걸 싶었다. 어머니 혼자 이 일을 견딘 것은 단연코 부당한 일이었다. 임종의 순간에 두 여자가 침대 양쪽에서 각각 한 손을 잡고 할머니를 위로했어야 했다.

"괜찮아." 얼리가 말했다. "네가 할 수 있는 건 아무것도 없었어. 우리는 지금 네가 와서 기쁠 뿐이다."

주드는 리스의 허벅지를 꽉 잡았다. 그도 주드의 허벅지를 꽉 잡아주었다. 차창 밖을 바라보는 리스의 입이 약간 벌어져 있었다. 그녀는 그가 이런 풍경을 그리워했다는 것을 알았다. 햇빛이 얼룩덜룩 무늬를 그리는 해변이 아니라, 도시의 얼어붙은 보도가 아니라, 광활한 숲으로 이어지며 완만한 경사를 이루는 평평한 갈색의 시골 땅을. 하얀 숏건 하우스가 나타났고, 그녀가 기억하는 모습 그대로였지만 포치에 앉아 그들을 맞아줄 할머니가 없으니 그 말은 틀렸을 것이다. 할머니의 죽음이 파도처럼 밀려왔다. 잠길 정도의 높은 물결이 아니라, 그녀의 발목에 끊임없이 찰싹거리는 물결처럼.

사람은 2인치 깊이의 물에서도 익사할 수 있다. 아마 상실의 슬픔 또한 그와 같을 것이다.

주드는 어머니를 도와 장례식 이후에 있을 식사 준비를 하면서 그날 저녁을 보냈다. 얼리는 장례식과 관련된 일들을 마무리지으러 장의사에게 가면서 리스를 데려갔다. 주드는 부엌 창문으로 두 남자가 트럭에 타는 것을 물끄러미 쳐다보면서, 그들은 대체 어떤 주제로 대화를 나눌까 궁금해했다.

"너희 여전히 잘 지내는 거지?" 어머니가 말했다. "리스가 너한테 잘해주니?"

데지레는 얌이 담긴 쟁반을 꺼내려고 오븐 앞에 허리를 숙이고 있어서 주드를 보고 있지 않았다.

"저를 사랑해요." 주드가 말했다.

"내가 물은 건 그게 아니야. 그 두 가지는 별개의 문제야. 사랑하는 사람을 다치게 할 수 없다고 생각하는 거야?"

주드는 감자 샐러드에 넣을 셀러리를 썰면서 익숙한 죄의식이 불쑥 솟구치는 것을 느꼈다. 그녀는 사 년 동안 스텔라의 소식을 알면서도 한마디도 하지 않았다. 스텔라가 여기 제 발로 나타나리라고는, 어느 아침 어머니가 눈물을 꾹꾹 참으며 전화를 걸어 그녀의 거짓을 밝히리라고는 단연코 예상하지 못했었다. 주드는 최선을 다해 사과했고, 어머니도 용서했다고 말했지만, 그들 사이에 무언가가 달라졌음을 그녀는 알고 있었다. 어머니의 눈에 주드는 다 큰 성인이었고, 더이상 어머니의 딸이 아니라 오롯이 자신의 비밀을 지닌 독립적인 여성이 되어 있었다.

"엄마는……" 주드는 잠시 말을 멈추고 다 썬 셀러리를 그릇에 쓸어 담았다. "아빠가 엄마를 사랑했다고 생각해요?"

"나는 내게 상처를 준 모든 사람이 나를 사랑했다고 생각한다." 어머니가 말했다.

"아빠가 저를 사랑했다고 생각하세요?"

어머니가 그녀의 뺨을 어루만졌다. "그래." 그리고 말했다. "하지만 그걸 확인하려고 기다릴 수는 없었어."

장례식 날 아침에 주드는 할머니의 침대에서 눈을 떴다. 어머니가 결혼 전에는 주드와 리스가 자기 집에서 같은 침대를 쓸 수 없다고 말했기 때문이었다. 어머니는 여전히 결혼식을 올리라고 그들을 슬쩍 찌르는 중이었다. 그만큼 분명하게 이야기하는 걸 슬쩍 찌르는 것으로 본다면 말이다. 어머니는 주드와 리스가 결혼에 대해 한두 번 대화를 나눈 적이 있다는 사실을 알지 못했다. 리스의 출생증명서가 새로 만들어지지 않는 이상 결혼은 불가능했지만, 그들은 여전히 어린아이들이 결혼에 대한 이야기를 하듯이 그 이야기를 했다. 동경하듯이. 어머니는 그들이 결혼을 고리타분하게 여기는, 자유로운 신세대 지성인이라고 생각했다. 그러는 편이 어머니가 그들이 실제로 얼마나 로맨틱한지 아는 것보다 나았다.

주드는 깨끗한 시트를 가지고 자기가 옛날에 쓰던 침실로 가서 리스가 잠자리를 준비하는 걸 도왔지만, 어머니와 얼리도 법과 교회의 관점에서는 결혼한 사이가 아니라는 사실은 지적하지 않았다. 주드는 아침까지 잠을 이루지 못했다. 그리고 바보처럼, 혹시 어떤 식으로든 할머니의 존재를 느끼게 될지 모른다고 생각했다. 하지만 아무것도 느껴지지 않았고, 오히려 그게 더 기분이 좋지 않았다.

주드는 복도에서 머리칼을 뒤로 모아 핀을 꽂으며 돌아섰고, 리스가 그녀의 검은 원피스 지퍼를 올려주었다.

"지난밤에 잠을 거의 못 잤어." 그녀가 말했다. "네가 옆에 없어서."

리스가 그녀의 목덜미에 키스했다. 그는 말끔한 검은색 슈트를 입고 있었다. 그녀의 어머니가 그에게 운구를 도와달라고 부탁했었다. 주드는 간밤에 이를 닦으면서 두 사람이 부엌에서 대화하는 소리를 들었다. 어머니는 리스에게, 둘이 결혼을 하든 안 하든 자신은 그를 아들로 생각하겠지만, 적어도 할머니가 되는 일만은 평생을 기다리게 하지 않으면 좋겠다고 말했다.

"당장 낳으라는 소리는 아니야." 어머니가 말하는 소리가 들렸다. "너희 둘 다 바쁜 거 알아. 하지만 언젠가는 말이다. 그게 다야. 내가 늙어서 머리가 온통 회색으로 세고 거동도 제대로 못하게 되기 전에. 자넨 좋은 아빠가 될 거야, 그렇게 생각하지 않나?"

리스는 잠시 말이 없었다. "저도 그러기를 바랍니다." 그가 말했다.

삶의 끝이 다가왔을 때, 아델 빈스는 데지레에게 자신의 어린 시절 이야기를 해주었다. 너무 생생해서 데지레는 어머니가 연속극과 혼동하는 게 아닌가 생각했다. 아델이 학교에서 싫어했던 여자애가 그녀를 밀어서 우물에 빠뜨리려고 했다는 이야기. 아델의 남자 형제들이 전부 까만 옷을 입고 석탄을 훔치려 했다는 이야기. 가난한 남자아이가 졸업반 댄스파티 때 그녀에게 카네이션 코르사주를 줬다는 이야기. 아델은 매일 오후 텔레비전 앞에서 연속극을 보다가 이런 일화를 하나씩 꺼냈다. 연속극은 아델에게 더없이 적합한 형식 같았다. 날마다 조금씩 이야기가 전개되지만, 주말이 되었을 때 세상은 본질적으로 바뀌지 않고 등장인물들은 정확히 원래 그대로의 모습이었다.

어머니가 데지레를 처음으로 스텔라라고 불렀을 때, 데지레는 어머니를 부축해 막 의자에 앉힌 참이었다. 데지레는 카우치 쿠션에서 리모컨을 찾다가 갑자기 동작을 멈췄다.

"네?" 데지레가 말했다. "방금 저를 뭐라고 불렀어요?" 데지레는 너무 혼란스러워서 말을 더듬었다. "저예요, 엄마. 데지레."

"당연하지." 어머니가 말했다. "그 말을 하려던 거야."

어머니는 말이 헛나온 것이 예의 없는 일이라는 듯 당황한 모습을 보였다. 닥터 브레너는 어머니의 실수를 고쳐주지 말라고 했다. 어머니는 머릿속에서 진실이라고 믿는 대로 말하는 것이니 고쳐주는 건 어머니를 불안하고 혼란스럽게 만들 뿐이라고. 그래서 데지레는 대체로 그렇게 하지 않았다. 어머니가 얼리를 리언이라고 불렀을 때도, 일상적인 물건—팬, 펜, 의자—의 이름을 잊어버렸을 때도 그렇게 하지 않았다. 하지만 어떻게 어머니가 그녀를 잊을 수 있는가? 지난 이십 년 동안 같이 살았던 딸을? 식사를 차려주고 욕조로 데려가고 끈기 있게 약을 먹여준 딸을? 닥터 브레너는 그것이 그 병의 본질이라고 했다.

"옛날 것만 기억하죠." 그가 말했다. "이유는 아무도 모릅니다. 인생을 거꾸로 살아가는 것이나 마찬가지죠."

거꾸로 가는 이야기는 이런 것이다. 희미해지는 현재와 그 지루한 일상, 그 모든 병원 방문, 끝없이 먹는 약, 눈동자에 불빛을 비춰보는 낯선 남자, 결코 내용을 따라갈 수 없는 텔레비전 프로그램, 가만히 지켜보다 아델이 의자에서 몸을 일으킬 때마다, 아델이 어디론가 가려고 할 때마다 같이 몸을 일으키는 딸. 아델은 정신을 차려보면 엉뚱한 장소에 도착해 있곤 했다. 산책하러 나가서 몇 시간 동안 들판에 잠들어 있으면, 마침내 딸이 울면서 그녀를 담요로 감싸 집에 데려갔다. 아델은 아기가 된 걸지도 몰랐다. 그녀를 데리러 온 여자는 아델의 어머니이거나 언니인지도. 딸의 얼굴은 아델이 볼 때마다 달라졌다. 한때는 두 개의 얼굴이 있었다. 아니면 여전히 두 개의 얼굴이 있고, 아델이 눈을 감을 때마다 다른 얼굴이 나타났는지도 모른다. 아델은 오로지 그중 한 사람의 이름만 기억했다. 스텔라. 별빛, 활활 타오르지만 먼 곳에 있는.*

"어디 갔었니, 스텔라?" 아델이 한번은 그렇게 물었다.

이것은 끝을 향하는 것, 아니, 오히려 시작을 향하는 것이다. 아델은 리언이 가게에서 집으로 돌아오기를 기다리고 있었다. 그가 수선화를 사 오기로 약속했었다. 스텔라는 그녀 옆에 앉아 손에 파우더 로션을 바르고 있었다.

"아무데도 안 갔어요, 엄마." 그녀가 말했다. 아델을 쳐다보지는 않는다. "여기 계속 있었는걸요."

"갔었어." 아델이 말했다. "어딘가에 갔었는데……"

하지만 아델은 어디였는지 생각해내지 못했다. 스텔라는 두 팔로 아델을 감싸안고 같이 침대로 올라갔다.

"아니에요." 그녀가 말했다. "한 번도 떠난 적 없었어요."

* 스텔라는 라틴어 어원을 가진 이름으로 '별'이라는 뜻이다.

데지레 빈스는 어느 날 불쑥 맬러드를 떠났다고, 사람들은 그렇게 말했다. 그녀가 떠난 게 갑작스러운 일이었다는 듯. 하지만 애초에 데지레가 여기 일 년 넘게 남아 있으리라고 예상한 사람은 아무도 없었다. 그녀는 거의 이십 년을 머물렀다. 그러던 어느 날 어머니가 돌아가셨고, 그녀는 마침내 이 정도면 충분하다는 결론을 내렸다. 어쩌면 부모를 모두 잃고 난 뒤 더는 유년의 집에서 살 수 없었을 것이다. 비록 부모의 마지막 순간은 더 다를 수 없을 만큼 달랐지만. 아버지는 병원에서 자신을 죽인 사람들의 얼굴을 쳐다보며 숨졌다. 어머니는 그냥 잠이 들어 깨어나지 않았다. 어쩌면 꿈을 꾸고 있었을 것이다.

하지만 데지레를 그곳에서 밀어낸 것은 단지 기억만은 아니었다. 그녀는 오히려 미래를 생각하고 있었다. 평생 처음으로 앞을 보고 있었다. 그래서 어머니를 묻고 난 뒤 집을 팔고 얼리와 함께 휴스턴으로 갔다. 그는 코노코 정유공장에, 그녀는 콜센터에 일자리를 구했다. 데지레는 삼십 년 동안 사무실에서 일하지 않았다. 첫 출근 날 아침에 그녀는 에어컨 바람에 몸을 떨면서, 암기한 대본을 떠올리려 애쓰며 전화기를 들었다. 하지만 서른몇 살쯤 되는 금발 여자인 관리자는 그녀에게 잘하고 있다고 말했다. 그녀는 자신에게 쏟아진 칭찬의 그늘 속에서 물끄러미 책상을 바라보았다.

"글쎄." 데지레는 딸에게 말했다. "그냥 다음으로 나아가야 할 때 같았어."

"거기가 마음에 드세요?"

"달라. 교통도 그렇고. 시끄럽고. 사람도 많고. 나는 그렇게 많은 사람에 둘러싸여 지내는 게 아주 오랜만이잖아."

"알아요, 엄마. 하지만 마음에 드시냐고요?"

"가끔은 더 일찍 떠나왔어야 했다는 생각이 들어. 너하고 나를 위해서. 우리는 어디든 갈 수 있었는데. 나도 스텔라처럼 대단한 삶을 살 수도 있었을 텐데."

"전 엄마가 그분 같지 않아 다행이에요." 딸이 말했다. "내가 엄마하고 살아서 다행이에요."

데지레는 매일 아침 콜센터로 출근해 전화번호 목록을 보며 전화를 돌렸다. 쉬운 일이 아니라고, 젊은 관리자가 첫날 그렇게 말했다. 거절당하더라도, 사람들이 욕을 하며 전화를 끊어도 아무렇지 않아야 한다고.

"사람들이 내 얼굴에 대고 한 말들보다 더 나쁘진 않겠죠." 데지레가 말했고, 관리자는 웃었다. 그녀는 데지레를 좋아했다. 모든 젊은 여자가 그랬다. 그녀를 '마마 D'라고 불렀다.

첫 주가 지나자 그녀는 대본을 완전히 암기했고, 사무실 밖 벤치에 앉아 얼리가 데리러 오기를 기다리는 동안 혼자 그것을 읊조렸다. 안녕하세요, 이름을 부르고—늘 개인적인 느낌을 줘야 한다—저는 휴스턴에 있는 로열 트래블에서 근무하는 데지레 빈스입니다. 시즌 프로모션이 있어 전화드렸는데요, 댈러스 포트워스 알링턴 메트로폴리탄 지역에서 묵을 수 있는 이박삼일 호텔 숙박권을 드립니다. 이제 조건이 궁금하실 텐데요, 그러시죠? 그녀는 항상 여기서 말을 멈추고 조금 웃었는데, 그러면 그녀에 대한 호감도를 높이거나 상대방에게 전화를 끊을 기회를 줄 수 있었다. 그녀는 전화를 끊지 않는 사람들이 꽤 많다는 사실에 놀랐다.

"당신 목소리가 예뻐서 그래." 얼리가 한번은 포치에서 맞은편에 앉아 그녀를 보고 웃으면서 말했다.

하지만 더 그럴듯한 이유는 사람들이 외롭다는 것이었다. 이따금 데지레는 스텔라에게 그런 광고성 전화를 하는 장면을 상상했다. 그녀는 스텔라의 목소리를 알아들을까? 여전히 데지레 자신의 목소리처럼 들릴까? 아니면 스텔라는 전화로라도 누군가의 목소리를 듣고 싶어서 데지레가 계속 말해주기를 바라는 외로운 사람처럼 느껴질까?

아델 빈스는 세인트폴 묘지의 유색인 구역에 묻혔다. 달리 예상한 사람은 아무도 없었다. 줄곧 해오던 방식이었다. 백인은 북쪽에, 유색인은 남쪽에. 어느 해에 묘지를 소유한 백인 교회의 평신도 성체 분배자들이 위령의 날에 북쪽 묘석만 청소하는 일이 있기 전까지는 아무도 불평하지 않았다. 맬러드 주민들이 항의하자 싸움을 원하지 않은 부제는 투덜거리는 복사 두 명에게 철벅거리는 물통을 들려 보내 유색인 묘석을 닦게 했다. 어머니가 그 이야기를 해주었을 때 주드는 거의 웃음이 터질 뻔했다—묘지의 인종차별을 없애는 게 아니라 양쪽 묘석을 모두 청소하는 게 해결책이라니. 허리케인이 강하게 몰아치면 묘지는 물바다가 되고 낡은 관 뚜껑은 홀렁 열리고 그 안에 흙탕물이 쏟아부어질 것이다. 도굴꾼들은 자신의 행운에 감탄하며 진흙에 처박힌 금시계나 다이아몬드 반지를 건져내겠지만, 흩어진 뼈들을 넘어 다니면서도 그 차이를 알지 못할 것이다.

묘지에서 주드는 리스가 할머니를 들어올리는 것을 지켜보았다.

리스의 맞은편에 얼리가 섰고, 나머지 네 명은 그 뒤에서 관을 들었다. 구덩이 맞은편에서 신부가 할머니를 축복하고 허공에다 손으로 십자 표시를 그었다. 할머니는 그렇게 땅속으로 내려졌다. 주드는 어머니가 자신을 돌아보지 않기를 바라며 어머니의 등을 어루만졌다. 지금 당장은 어머니 얼굴을 볼 수 없었다. 장례식 동안 그녀는 어머니의 손을 잡은 채, 신자석에 또 한 여자가 앉아 있는 모습을, 스텔라가 자신의 쌍둥이 언니와 함께 고요한 애도의 시간에 잠겨 묵주 알을 굴리는 모습을 상상했다.

장례식이 끝나고 식사 자리에서, 타운 주민들은 아델 빈스의 집에 모였고, 맬러드가 떠나보낸 딸을 잠시라도 볼 수 있기를 바랐다. 의과대학에 다니고 있다고, 그 어머니에게서 들었다. 거기 모인 사람 절반이 하얀 가운을 입고 들어오는 딸의 모습을 기대했다. 나머지 절반은 데지레 빈스가 허풍을 떠는 게 아닐까 의심했다. 피부색이 검은 여자가 어떻게 데지레가 말한 그 모든 것을 할 수 있단 말인가?

하지만 그녀는 죽은 이들이 묻힌 곳에서 이미 보이지 않았다. 남자친구와 뒷문으로 빠져나가, 그의 손을 잡고 숲을 통과해 강으로 달려간 뒤였다. 해가 지기 시작했고, 귤색 하늘 아래, 리스는 머리 위로 속셔츠를 벗었다. 아직은 몸의 나머지 부분보다 하얀 그의 가슴을 햇살이 따뜻하게 데웠다. 시간이 지나면 흉터도 사라질 테고, 피부도 가무잡잡해질 것이다. 그러고 나면 그녀는 그를 보면서도 한때 그가 그녀에게 뭔가를 감췄던 시절이 있었다는 사실조차 잊을 것이다.

그는 그녀가 장례식 때 입은 원피스의 지퍼를 내리고 그것을 반듯하게 개서 바위 위에 올려놓았다. 그리고 그들은 꽥꽥 소리를 지르며 차가운 물을 헤치고 걸어들어갔고, 물이 그들의 허벅지 위로 조금씩 차올랐다. 이 강은 다른 모든 강처럼 자기가 흐르는 길을 기억하고 있었다. 그들은 무성한 나뭇잎의 차양 아래 떠서, 잊기를 간절히 바랐다.

감사의 말

다음의 분들에게 끝없는 감사를 표한다. 늘 나를 믿어준 내 에이전트 줄리아 카던, 글이 생각대로 써지지 않아 씨름할 때 나를 도와주고 내가 작가로서 성장할 수 있도록 도전하게 해준 편집자 세라 맥그래스. 리버헤드출판사에서 일하는 모두에게, 특히 브릿 베넷 담당 팀, 과거와 현재의 팀 모두에게 감사한다. 진 딜링 마틴, 클레어 맥지니스, 델리아 테일러, 린지 민스, 칼라 브루스-에딩스, 리즈 호나델 스콧에게 감사한다.

두번째 소설을 쓰지 못할 것 같다고 앓는 소리를 할 때 푸념을 다 들어준 모든 친구에게, 특히 브라이언 와니요케, 애슐리 버크너 그리고 데릭 오스틴에게 감사한다. 그들이 지지해준 덕분에 제정신을 유지할 수 있었다. 내 글의 초기 독자인 크리스 매코믹, 머레이드 스몰 스테이드, 캐시어스 어데어에게 감사한다. 그들의 예리하고 너그러운 의견이 나를 격려하고 이끌어주었다. 『나디아 이야기』를 응원해준 모든 사서, 도서 판매자, 독자에게 감사한다. 그리고 마지막으로 내 가족, 그대들의 사랑에 늘 감사한다.

옮긴이의 말

선택의 자유, 자유의 선택

첫 소설 『나디아 이야기The Mothers』에서 서던캘리포니아주 어느 흑인 교회를 배경으로 흑인 청소년의 임신에 대한 '선택'의 문제를 던졌던 미국 작가 브릿 베넷이 이번에도 '선택'을 주제로 한 소설을 들고 돌아왔다. 추리소설에 어울릴 법한 '사라진 반쪽'이라는 제목의 이 소설에서, 브릿 베넷은 타고난 정체성을 선택과 결심으로 바꿀 수 있는지에 대해 좀더 과감하고 급진적이며 본원적인 질문을 던진다.

인생을 바꿔보는 것, 혹은 뒤바뀐 인생에 대한 이야기가 전혀 생소하지는 않다. 가장 먼저 접한 작품은 마크 트웨인의 『왕자와 거지』였던 것 같다. 개인적으로 더 먼저, 더 묵직하게 떠오르는 작품은 벨기에 태생의 자코 반도르말 감독의 1991년 영화 〈토토의 천국〉이다. 이 영화에서 주인공 토토는 산부인과 신생아실 화재로 자신의 인생이 부자인 이웃집 소년의 인생과 바뀌었다고 생각하며 한평생을 살고, 죽는 순간에도 그 믿음을 놓지 않는다. 이것 말고도, 문학과 영화를 좋아하는 독자 여러분의 머릿속에는 이미 많은 이야기가 떠올랐을 것이다.

우리가 뭔가를 바꾸고 싶다고 생각할 때는 내가 사는 게 어떤 이유에서든 불편할 때, 혹은 내가 가진 것이 상대가 가진 것에 비해 적거나 마음에 들지 않을 때다. 그것은 개인적인 문제일 수도 있고, 특정 집단에 속한 개개인이 거의 비슷한 수준으로 비슷한 감정을 느낀다면 사회적인 문제일 수도 있다. 그래서 우리는 성격이나 외모나 학력을 바꾸고 싶다고 생각하고, 자신에게 가능한 한계 내에서 종종 그렇게 한다. 그 바꿈에 거짓이 개입될 수도 있고, 그렇지 않을 수도 있을 것이다. 거짓이라도 끝까지 누구 하나 알아차리지 못하면 진짜가 되어버리기도 할 것이다. 하지만 바꾸고 싶은 것이 좀더 근원적인 것, 혹은 타고난 것에 가까워 바꾸기가 거의 불가능하다면? 이를테면 흑인과 백인처럼 누가 봐도 바꿀 수 없는 피부색의 정체성 같은 것이라면? 아무리 노력해도 불가능한 것은 분명 있다. 하지만 아주 예외적으로, 피부색이 하얀색에 가까운 흑인으로 태어나 백인과 흑인 중 어느 한쪽을 선택할 기회가 주어진다면? 이 소설에서는 그런 상황을 제시하여 우리에게 '정체성 바꾸기'에 대한 더 깊고 본원적인 질문을 던진다. 정체성을 바꾸고 싶은가? 어디까지 어느 정도로 바꾸고 싶은가, 혹은 바꿀 수 있는가? 그 궁극적인 이유는 무엇인가? 이유는 개인적인 것인가, 사회적인 것인가, 아니면 둘 다인가? 바꿈으로써 얻는 것은 무엇이고, 잃는 것은 무엇인가?

이 소설의 공간적 배경은 뉴올리언스, 보스턴, 워싱턴 D.C., 로스앤젤레스, 뉴욕 등을 아우른다. 하지만 가장 확고하고 지속적인 배경은 맬러드다. 그곳은 피부색이 하얀색에 가까운 어느 흑인 남자의 구상에 의해 "백인으로 받아들여질 일은 결코 없으나 니그로로 대우받기는 거부하는" 흑인들을 위해 만들어졌다. 그곳에 사는 흑인은 세대를 거듭할수록 피부색이 더 희어지기를 바란다. 그래서 흑인의 정체성과 백인의 정체성이 모호하게 겹쳐 있는 곳이다. 그런 경우 그 공간의 테두리 안에서만 살아갈 때는 혼란스러울 일이 없으나, 조금이라도 밖으로 나가면 크거나 작게 정체성이 흔들리는 경험을 하게 된다. 맬러드 타운 안에 있는 사람들은 내가 피부는 하얘도 흑인이란 걸 다 알지만, 밖의 사람들은 내가 흑인이란 걸 알아볼 수도 있고, 알아보지 못할 수도 있다. 여기서 우리는 조금 생각해보아야 하는데, 만약 외부에서 알아보지 못해서 백인 행세를 한다면, 그리고 그 모습을 충분히 오래 유지할 수 있다면, 마음속까지 온전한 백인이 되는 게 가능할까? 온전하지 않다면 얼마만큼 백인이고, 얼마만큼 흑인일까. 타고난 정체성이란 뽑아도 결코 뿌리 뽑히지 않는 것일 텐데, 잠재웠다가도 어느 순간 들고일어나는 것일 텐데, 지뢰 같은 순간을 평생 안고 산다는 것은, 안개처럼 떠 있는 진짜와 가짜 사이의 간극에서 늘 맴돌아야 한다는 것은 어떤 기분일까. 이 질문과 관련해, 애초에 그런 질문이 잉태되어 있는 맬러드에서 태어나고 자란 스텔라가 하나의 가능한 삶의 모습을 우리에게 보여준다. 그리고 데지레는 그 대극점에 있다고 할 만한, 전혀 다른 삶의 모습을 보여준다.

쌍둥이는 우리가 흔히 짐작하듯 서로 떼어놓을 수 없는 사이로 자라지만, 작은 타운에 갇혀 살아가는 데서 오는 답답함과 펼칠 수 없는 꿈의 한계는 어느 순간 그들에게 더이상 견딜 수 없는 것이 된다. 그래서 그들은 달아난다. 1954년 여름, 나이는 열여섯. 아무것도 정해놓은 것 없이 막연히 달아난 것이었지만, 그들은 맬러드로 돌아가지 않고 새로운 도시에 머물기로 결심한다. 달아난 곳은 뉴올리언스. 맬러드와는 비교되지 않는 대도시다. 그렇게 이 년여의 시간이 흐르면서 그들은 새로운 경험을 하고, 더 넓은 물에서 자신과 타인을 비교하고 돌아볼 기회도 가져본다. 그러던 어느 날 스텔라가 사라지는 일이 일어난다. 그리고 그 이후 그들의 삶은 완전히 달라진다.

그들이 맬러드를 떠나고 십사 년 뒤인 1968년, 데지레는 스텔라 없이, 남편도 없이, 딸아이만 데리고 맬러드로 돌아온다. 데지레가 데리고 온 딸아이는 더 검을 수 없을 만큼 검은 피부를 가졌다. 데지레는 검은 피부의 얼리가 첫사랑이었고, 더 검을 수 없을 만큼 검은 피부를 가진 샘과 결혼했고, 다시 얼리를 생의 동반자로 선택할 만큼 흑인에게서 더 편안함을 느낀다. 그 이면에는 아버지의 죽음에서 얻은 깨달음이 있다. 데지레는 놀이처럼 쌍둥이 자매인 스텔라를 흉내내긴 했어도 단 한 번도 정체성을 바꾸겠다는 생각은 해본 적이 없다.

한편 쌍둥이 중 다른 쪽인 스텔라가 선택한 정체성은 백인이었다. 스텔라는 어느 날 자신이 보는 자기와 타인이 보는 자기에 차이가 있다는 것을 알게 된다. 그런데 타인이 보는 자기가 훨씬 더 좋다. 사회적 제약이 없고, 자유롭고 당당하다. 그런데 스텔라에게 이쪽과 저쪽 중 하나를 선택할 수 있는 기회가 주어졌다. 어떻게 하겠는가? 유혹은 솔깃하다. 그렇게 스텔라는 자신이 타고난 것과는 다른 정체성을 취하는 길을 택했다. 부유하고 잘나가는 백인 남자와 결혼했고, 백인의 피부를 가진 아이를 낳았다. 스텔라에게 "자기 자신이란 어디 바깥에서 기다리고 있는 게 아니었다—스스로 만들어야 하는 것이었다. 원하는 모습으로 창조해야 하는 것이었다."

그렇게 데지레와 스텔라는 각자 선택한 길로 걸어간다. 하지만 데지레가 느끼는 감정에 대해서는 좀더 공감이 느껴지지만, 피부색을 바꾼 스텔라에 대해서는 좀 거리감이 든다. (독자에 따라 두 사람에 대해 반대의 감정을 느낄 수도 있겠다. 스텔라에게 더 가깝게, 데지레에게 더 멀게.) 하얀 피부를 가지고 백인으로 살아가는 흑인? 살기 더 편하긴 하겠지? 하지만 들키지 않을까 늘 조마조마할 테고, 마음속에서는 무수한 정체성의 흔들림이 있을 테고, 당당하게 자기를 내세우기도 힘들겠지? 스텔라가 케네디를 낳기 전에 혹시라도 검은 피부의 아이가 태어나면 어쩌나 걱정하는 장면에서는 스텔라의 불안이 아주 현실적이다. 그렇게 태어나, 자기 몸속에 오로지 백인의 피만 흐른다고 믿으며 자라는 아이 케네디.

데지레와 스텔라가 전반부의 주인공들이었다면, 후반부에서는 두 사람의 딸들인 주드와 케네디가 전면에 나선다. 데지레와 스텔라의 나이가 마흔넷이 되던 해인 1982년, 로스앤젤레스에서 대학생으로 살아가는 주드와 대학을 휴학하고 배우가 되어 로스앤젤레스 시내의 어느 허름한 극장에서 무대에 오른 케네디가 만나면서, 쌍둥이로 태어났으나 다른 길을 선택한 어머니의 딸들로 살아가는 두 사람의 이야기가 본격적으로 펼쳐진다. 주드와 케네디는 태어났을 때의 피부색에 따른 정체성 그대로 자라난 아이들이다. 주드는 검은 피부로 태어나 흑인으로 자란다. 하지만 맬러드라는 곳은 피부색이 검은 주드에게는 너무도 살기 힘든 곳이다. 시대와 장소를 막론하고 이질적인 존재는 따돌림, 소외감, 고립감, 괴리감을 경험하게 된다. 그러면 자괴감에 빠지고 자존감이 낮아지고 늘 달아나고 싶다. 갇힌 환경에서는 변화를 모색할 기회조차 잘 주어지지 않는다. 그것이 환경의 한계이고, 거의 대부분의 인간은 결국 특정한 환경의 테두리 안에서 살아간다. 실제로나 의식적으로나 그 테두리를 벗어날 때 비로소 다른 것이 보인다. 그러는 과정에서 자신을 더 분명히 볼 수 있게 되고 진짜 자신을 찾아갈 기회를 얻는다.

케네디는 자신에게 흑인의 피가 흐른다는 생각은 한 번도 해보지 못한 채 온실 안 화초처럼 자랐다. 너무 보호를 받아 진짜 자기에 대해 생각해볼 기회조차 제대로 없었다. 대학에 가고 난 뒤에야 이건 아니야, 하고 뛰쳐나올 힘이 생겼고, 그렇게 학교를 그만두고 배우가 되었다. 그렇다고 승승장구하는 것은 아니다. 전혀 다른 환경에서 자랐지만, 케네디도 기존 환경을 벗어나고서야 진짜 자신을 찾아갈 기회를 얻은 것은 마찬가지다.

까만 피부로 태어나 흑인으로, 하얀 피부로 태어나 백인으로 길러져 정체성만큼은 흔들림이 없었던 두 사람. 주드에게 다른 정체성을 선택할 수 있다는 건 맬러드에서 귀로 들어 머릿속으로 아는 이야기일 뿐 피부에 와닿는 이야기는 아니다. 케네디에게 그런 선택은 아예 생각도 해보지 않은 것이다. 그들에게 피부색은 주어진 것이고, 선택하는 것이 아니며, 그 불일치로 인해 혼란스러울 일은 없다. 그래서 케네디는 자신에게 흑인의 피가 흐른다는 것을 알게 된 뒤에도 그것을 쉽게 인정할 수가 없다. "그건 인종 문제가 아니었다. 케네디는 누구든 그녀가 어떤 사람이라고 규정하는 것 자체가 싫었다. 그녀는 그런 면에서 어머니와 같았다. 흑인으로 태어났다고 해도 그녀는 더없이 만족했을 것이다. (중략) 벽돌 한 장을 뺀다고 해서 집이 소방서가 되지는 않는다. 케네디는 여전히 그녀 자신이었다. 변한 것은 없었다."

주드와 케네디의 만남은 우여곡절 끝에 결국 스텔라를 고향으로 떠민다. 스텔라가 고향에서 데지레를 만난 뒤 두 사람 사이에 오간 대화는 우리가 살아감에 있어 궁극적으로 원하는 것이 무엇인지를 보여준다. 피부색은 표면적인 문제일 뿐, 본질적인 문제는 역시 우리에게 소중한 것은 무엇인지이다. 그 소중한 것이 주변 환경이나 사회적 제약에 의해 억압받을 때 우리는 답답함, 갑갑함, 통제되고 속박된 감정을 느끼고, 그것에서 벗어나고 싶어진다. 그래서 그것에서 벗어날 수 있는 선택의 기회가 주어진다면 선택지들 사이에서 고민하게 되는 것이다. 그런 순간순간 선택의 결과들이 데지레와 스텔라를 만들었고, 주드와 케네디를 만들었다. 그 선택이 작은 것이더라도, 때로는 급진적이고 과격한 것이더라도.

이 소설에 등장하는 가장 큰 시대적 사건이라면 바로 1968년 마틴 루서 킹 암살 사건을 들 수 있다. 베넷은 2020년에 발표한 이 소설을 2014년에 처음 쓰기 시작했다고 하는데, 하나의 역사적 사건을 경험하는 각기 다른 관점에 흥미를 느껴서였다고 한다. 그 배경에는 작가의 부모가 성장한 환경이 달랐던 점도 있었다. 어머니는 루이지애나주의 작은 마을 출신으로 졸업생이 총 여든네 명인 학교에 다녔고, 아버지는 로스앤젤레스에서 성장했다. 부모 모두 가난한 집에서 자랐으나 서로 다른 환경 때문에 흑인이라는 것blackness에 대해 서로 다른 경험을 했다. 작가는 의도적인 듯 1968년 마틴 루서 킹이 암살당한 사건을 소설의 중간에 배치했다. 이 사건을 어떻게 경험하는지가 작중 인물 각각에 의해 다르게 그려진다. 검은 피부색을 가진 데지레의 흑인 남편 샘은 슬픔을 가누지 못하고, 데지레는 슬퍼하는 샘을 위로하지만 한 발 떨어진 느낌이고, 스텔라는 하얀 세상에 살며 어디에도 속할 수 없는 마음이 된다. 스텔라의 백인 남편은 킹의 죽음을 안타까워하지만, 흑인 사회를 온전히 받아들일 수는 없다. 스텔라가 완벽하게 백인 사회와 동화될 수 없는 것과 마찬가지이다.

이 시대는 분명 격동기였다. 여러 폭동이 일어났고, 변화가 일어났다. 하지만 생각해보면 우리는 늘 격동기에 살아가는 듯도 하다. 내가 이 글을 쓰는 지금은 2022년, 몇 년 사이 우리에게 일어난 여러 방면에서의 일을 한 발짝 떨어져 바라보면 이 시대가 얼마나 격동기에 휘말려 있는지 알 수 있다. 시대의 혁명적인 변화를 예견한다고밖에 생각할 수 없는 여러 현상이 나타났다. 누가 얼마만큼 알아차렸는지는 차이가 있겠으나, 변화의 흐름 속에서 자신을 어떤 정체성으로 규정하는지는 자신이 대응하는 방식에 영향을 미친다. 영리하게든 간신히든 적응하는 게 좋을지, 전면에 나서서 저항하는 게 좋을지, 아니면 내 가치에 따라 내 방식대로 세상 어떤 일이 일어나도 오늘은 한 그루 사과나무를 심으며 한결같이 살아갈지,

적응이 내가 가장 중요하게 생각하는 가치를 버릴 것을 요구하면 어떻게 할지, 그 거부가 내 안위를 위태롭게 할 때는 어떻게 할지. 독자 여러분은 어떤 변화를 감지하고 있고, 시대적으로 내 앞에 선택지가 주어진다면 어떤 정체성을 선택하겠는가? 더욱 넓고 긴 시선이 필요해진 시점이다. 협소하고 닫힌 세계 안에서는 자신도, 타인도 잘 보이지 않는다. 누구에겐 처절한 폭동의 현실이 TV 화면 앞에서 한 발짝 떨어진 거리에서 보면 어이없게도 '안타깝긴 하지만 저건 내 일이 아니라, 다른 누군가의 일이야, 난 괜찮아'가 돼버리기 때문이다.

이 소설에는 스텔라와 데지레 말고도 또다른 정체성의 문제로 힘들어하는 인물들이 등장한다. 역시 타고난 것으로 여겨지는 남성과 여성이라는 정체성이 그것이다. 주드와 사랑하는 사이가 되는 리스는 여자로 태어났으나 남자가 되고 싶었고, 리스의 연장자 친구인 배리는 남자로 태어났으나 때로 여자의 복장을 하고 무대에 오르는 데서 자유로움을 느낀다. 두 사람은 선택의 다른 형태들을 보여준다. 리스는 겉과 속을 일치시키는 방식을 선택하고, 배리는 시간과 역할을 쪼개어 이렇게도 살고 저렇게도 사는 방식을 선택한다. 윤리적인 측면에서 이를 바라보는 관점은 독자 각자마다 다를 것이다. 다만 우려가 되는 것은 이런 문제가 지나치게 편향된 관점에서 옳고 그름의 문제가 되어버리는 것이다. 하지만 먼저 생각해야 할 것은 연민이다. 연민에서 휴머니즘이 나온다. 이것이 없다면 우리는 분열될 것이고 서로 편가르기를 할 것이다. 휴머니즘은 사람들 사이를 연결한다. 옳고 그름은 뒤로 밀어놓고, 먼저 연민의 시선으로 보면 인간이 보인다. 거기서 출발해야 본질을 잃지 않고 균형을 잡을 수 있다. 그래서 나는 이 주인공들에 대해, 선택의 옳고 그름보다는 선택 이전, 선택, 그리고 선택 이후 그들이 사회 속에서 부대끼며 느낄 감정 상태에 더 관심이 간다.

한 가지 더 살펴보고 싶은 것은 많은 소설의 주제이자 부제인 떠남과 돌아옴이다. 자신을 바꾸는 선택에는 필연적으로 어딘가를 떠나거나 누군가를 떠나는 일이 뒤따른다. 과거의 자신을 버린다는 의미다. "가끔 주드는 스텔라가 다른 삶으로 넘어간 이유를 알 것 같았다. 원래 자기 모습을 버리고 새 사람으로 새 출발을 하겠다는 꿈을 꿔보지 않은 사람이 누가 있겠는가?" 한편 주드는 가족을 떠나는 것에 대해 질문을 던진다. "하지만 어떻게 자신을 사랑하는 사람들을 죽여버릴 수 있는가? 어떻게 긴 세월이 지나도 여전히 자신을 그리워하는 사람들을 떠난 뒤 아예 뒤돌아보지 않을 수 있는가?" 이제 우리가 다다른 것은 이 질문이다. 종교에 귀의하는 성인들이야 가족을 버리는 것이 예사이나, 일반적인 사람들이 가족을 떠나고 버리는 것은 어디까지 받아들여질 것인가. 내가 떠나는 사람이 되기도 하고, 남겨지는 사람이 되기도 할 텐데, 매몰찬 자신이 되는 것을 감수하고라도 변화를 선택하는 사람들은 어떤 사람들이고 그 이유는 무엇일까?

변화를 꿈꾸고 실행에 옮긴 사람들은 어떻게든 자리를 잡아간다. 그 자리가 궁극적으로 좋은 것이든 그렇지 않은 것이든, 영속적인 것이든 그렇지 않은 것이든 새로운 정착이 이루어진다. 그 모든 변화가 결국은 가장 자신답다고 생각되는 자신을 찾아가는 여정일 수도 있겠다. 그리고 그 여정은 정착과 변화가 끊임없이 반복되는 과정인지도 모르겠다. 소설에서 스텔라는 백인의 삶으로 돌아갔고, 데지레는 맬러드를 벗어났다. 데지레가 자신을 찾는 여정을 맬러드에서 끝내지 않을 수 있었던 것은 자신의 근원을 벗어나지 않았기 때문일 것이다. 하지만 어느 순간 한 번의 선택으로 한 자리에 고착될 수도 있는데, 스텔라가 그런 경우가 아닐까 한다. 스텔라에게는 백인이 되는 것이 진짜 자신을 찾는 과정이 아니었기에 더 나아가지 못한 것 아닐까. 하지만 다시 생각해보면 스텔라에게 진짜는 무엇이었을까? 흑인과 백인 또한 사회와 시대가 갈라놓은 이분법에 불과하지 않은가. 그러니 시대 앞에서는 뭐가 진짜고 뭐가 가짜인가라는 질문도 무색해진다. 어쩌면 늘 진짜이고 늘 가짜일 수 있다. 그 두 가지는 결국 경계가 없는 것인지도 모른다. 변한다는 것과 변하지 않는다는 것도 아마 그럴 것이다. 모든 변화와 정착은 결국 자기 자신의 진짜를 지향하는 길에서 일어나는 중간 단계인지도 모르겠다. 그 과정에서 우리는 뭔가를, 어쩌면 지나간 자신의 모습을 잊고 싶어지는 것 같다. 이 소설의 마지막 문장에서처럼. "그들은 무성한 나뭇잎의 차양 아래 떠서, 잊기를 간절히 바랐다."

그리고 그 과정 전체는 아마도 뭔가를 찾기 위한 것이다. 브릿 베넷은 인터뷰에서 이렇게 말한다. "나는 흑인의 고통에 대해서만 글을 쓰고 싶지 않았어요. 흑인의 사랑과 사람들이 어떻게 자유로워지는지—아주 힘든 상황에서 어떻게 자유를 발견하는지—에 대해 쓰고 싶었어요."

"그를 위해서가 아니야." 스텔라가 말했다. "그와 함께 있을 때의 나 자신이 좋았어."

"백인인 게."

"아니." 스텔라가 말했다."자유로운 게."

데지레가 웃었다. "같은 거야, 동생."

우리 시대의 모습에도 그 시대만큼이나 많은 제약이 존재한다. 많은 통제가 존재한다. 거대한 권력이나 자본 같은 강력한 힘은 늘 우리를 통제하려 하고, 일상에서 우리는 "너는 왜 아직도 그러고 있니?" "왜 너만 튀고 그래?" 같은 여러 상투적인 표현으로 서로를 인식하지 못한 채 통제하려 한다. 우리는 자유로워야 하고, 서로에게 자유를 주어야 한다. 그래야 자유를 얻는다. 그러므로 자유를 발견하는 것은 우리의 책임이고, 또한 우리의 선택이다. 어떤 자유인지도 우리의 선택이다. 데지레는 이런 자유를 선택했고, 그 길을 따라갔다. 스텔라는 다른 자유를 선택했고, 그 길을 따라갔다. 그 결과 "그녀는 평생 딱 한 가지 재미있는 일을 했고, 남은 인생은 그것을 숨기는 데 써야 했다. (중략) 그녀는 모든 기억을 반으로 쪼개 쌍둥이 자매가 차지한 부분을 잘라냈다. 그러고 나면 그 기억은 얼마나 외로워 보이는지." 하지만 우리의 선택이 모든 순간에 완벽하기란 불가능하다.

정연희

옮긴이 **정연희**
서울대학교 영어교육과를 졸업하고 미국 펜실베이니아대학교에서 석사학위를 받았다. 전문 번역가로 활동하고 있으며, 옮긴 책으로 『디어 라이프』『착한 여자의 사랑』『소녀와 여자들의 삶』『운명과 분노』『플로리다』『다시, 올리브』『내 이름은 루시 바턴』『무엇이든 가능하다』『버지스 형제』『에이미와 이저벨』『엘리너 올리펀트는 완전 괜찮아』『그 겨울의 일주일』『비와 별이 내리는 밤』『커먼웰스』『헬프』 등이 있다.

문학동네 세계문학
사라진 반쪽

초판 인쇄 2022년 4월 22일 | 초판 발행 2022년 5월 2일

지은이 브릿 베넷 | 옮긴이 정연희
기획 이현자 | 책임편집 이봄이랑 | 편집 윤정민 홍유진 이희연 이현자
디자인 최윤미 이원경 | 저작권 박지영 형소진 이영은 김하림
마케팅 정민호 이숙재 한민아 김혜연 이가을 박지영 안남영 김수현 정경주
브랜딩 함유지 함근아 김희숙 정승민
제작 강신은 김동욱 임현식 | 제작처 영신사

펴낸곳 (주)문학동네 | 펴낸이 김소영
출판등록 1993년 10월 22일 제2003-000045호
주소 10881 경기도 파주시 회동길 210
전자우편 editor@munhak.com | 대표전화 031) 955-8888 | 팩스 031) 955-8855
문의전화 031) 955-3578(마케팅) 031) 955-1929(편집)
문학동네카페 http://cafe.naver.com/mhdn | 트위터 @munhakdongne
북클럽문학동네 http://bookclubmunhak.com

ISBN 978-89-546-8621-1 03840

잘못된 책은 구입하신 서점에서 교환해드립니다.
기타 교환 문의 031) 955-2661, 3580

www.munhak.com